HET WILDE EILAND

Eerder verschenen van Karen Swan bij Xander Uitgevers

Een Noorse winternacht (2019)
De Spaanse belofte (2020)
De Ierse erfenis (2020)
De Zweedse affaire (2021)
Het winterse avontuur (2021)
De Griekse ontsnapping (2022)
De Schotse ontdekking (2022)

KAREN SWAN

Het wilde eiland

XANDER

Uitgegeven door Xander Uitgevers
www.xanderuitgevers.nl

Oorspronkelijke titel: *The Last Summer*
Oorspronkelijke uitgever: Macmillan
Vertaling: Ireen Niessen
Omslagontwerp: ZeroMedia
Omslagbeeld: Rijksmuseum, Amsterdam
Auteursfoto: Alicia Clarke
Zetwerk: Michiel Niesen, ZetProducties

Vierde druk 2024

ISBN 978 94 0162 110 6 | NUR 302

Voor Laura Tinkl, die nu deel uitmaakt van ons verhaal

VERKLARENDE WOORDENLIJST

ENGELSE TERMEN

Boat cough: luchtweginfectie die vanaf de zeventiende eeuw nu en dan op St Kilda uitbrak na bezoek van buitenaf

Boll: oude Schotse gewichtsmaat, overeenkomend met acht Schotse stones, circa vierenzestig kilo

Bothy: een primitieve schuilplaats of een boerenstulp, meestal van steen of hout

Cleit: een stenen opslaghutje of bothy, alleen op St Kilda te vinden

Cragging: het beklimmen van een steile rotswand of klif; een *cragger* is een klimmer

Dreich: somber, grauw (gebruikt om het weer te beschrijven)

Fank: een ommuurd stuk grond voor schapen, een schaapskooi

Lazybeds: parallelle rijen grond met smalle afwateringsgreppels ertussen; een traditionele, tegenwoordig vrijwel niet meer gebruikte akkerbouwmethode

Midges: kleine steekvliegjes die in zwermen verschijnen; komen vooral in Schotland en het noorden van Ierland voor

Peely-wally: bleek of ziekelijk

Quern: een simpele stenen handmolen om graan mee te malen

Stac/stack: een losstaande rotskolom in zee – ook wel brandingspilaar genoemd – die is overgebleven na erosie van een klif

Stone: Schotse gewichtseenheid, bijna acht kilo; een Engelse stone is circa 6,35 kilo

NEDERLANDSE TERMEN

Kaakklem: tetanus

Kaarden: met een wolkam de vezels van een te spinnen stof ontwarren

Kamizooltje: wollen onderlijfje met of zonder mouwen

Smak: schip in de vorm van een tjalk, met een grote en kleine mast en zwaarden

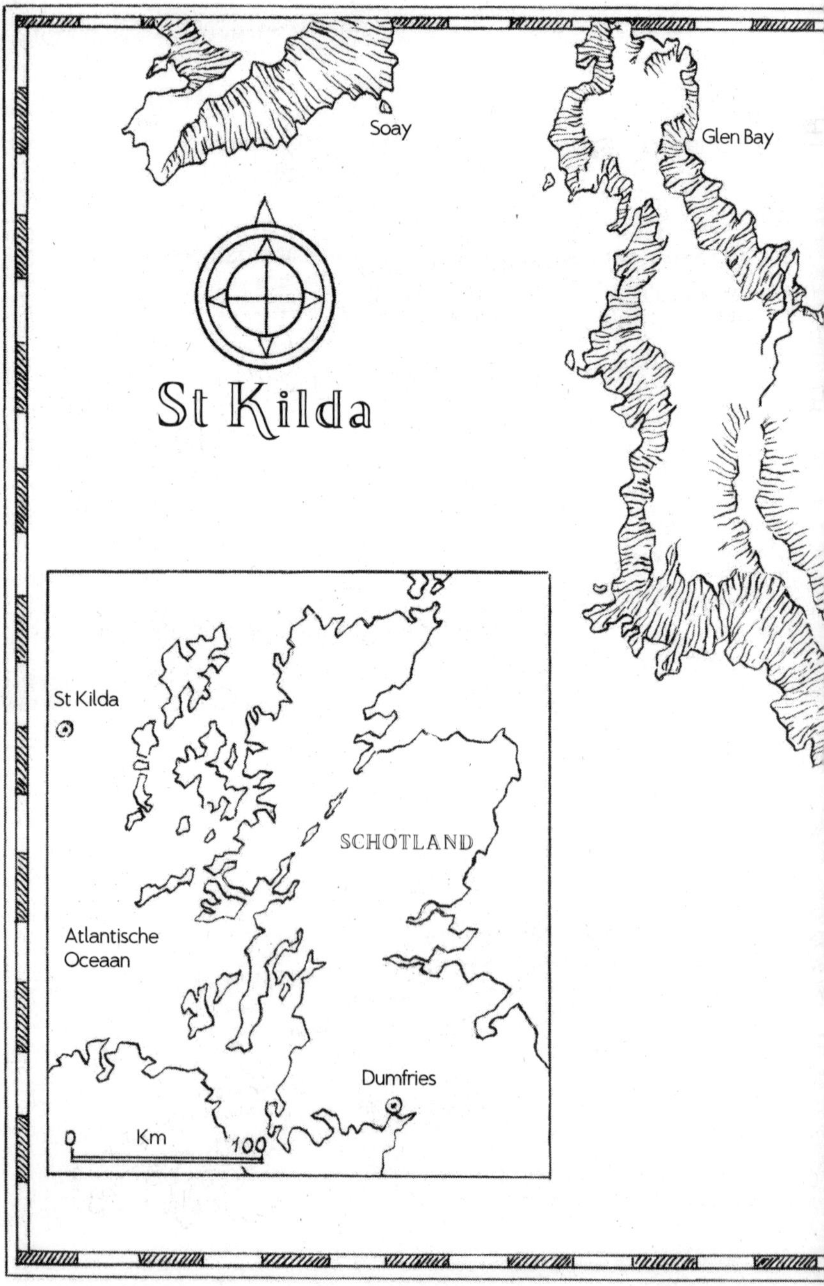
Soay
Glen Bay
St Kilda
St Kilda
SCHOTLAND
Atlantische
Oceaan
Dumfries
0
Km
100

Boreray
Papegaaiduikers
Amazon's
House
Connachair
Klim-
expeditie
Stierenstal
An Lag
Oiseval
Effies huis
Rent-
meesters-
huis
Am
Blaid
Village Bay
Stormcleit
Rui-
val
Dun
0
0.5
1
Kilometer

PROLOOG

21 juni 1930
Glen Bay, St Kilda

De drie jonge vrouwen zaten in kleermakerszit in het gras terwijl de zon zachtjes daalde en lange schaduwen achter hen wierp. Er dommelden schapen op de hellingen, naar de vliegen zwiepend met hun staarten terwijl ze beschutting zochten achter de stenen muurtjes, wachtend op de fladderende kus van een briesje. Het was de langste dag van de zomer, de lucht hield zijn adem in en de droge warmte bleef als een sluier boven hun hoofd hangen. Hun vingers trokken eendrachtig de veertjes uit de vogels en het witte dons bespikkelde de weide als madeliefjes.

Flora legde de rug van haar hand tegen haar voorhoofd. 'Ik zal dit niet missen.'

'Natuurlijk niet. Je zult het je niet eens herinneren,' zei Effie met een licht spottende blik. 'Je zult een grande dame zijn in je huis met een heuse trap en een radio en je zult je lippen stiften, en dan geloof je gewoon niet meer dat je ooit stormvogels hebt moeten plukken.'

Flora zag het helemaal voor zich en glunderde. 'Jullie moeten echt komen logeren. James zegt dat er voor jullie allebei een slaapkamer is en dat jullie een nieuwe jurk krijgen als jullie komen en dat we voorstellingen gaan bezoeken en in restaurants gaan eten...'

Mhairi fronste. 'Echte restaurants?'

Effie lachte. 'Ja! Waar ze de vogels voor je plukken én bereiden.'

'O... Dat lijkt me fijn.'

'James zegt dat je in Glasgow een maand lang elke avond uit kunt gaan en dan geen twee keer op dezelfde plek hoeft te eten.' Flora gooide haar lange donkere haar naar achteren.

'Als mijn buik maar vol is, maakt het mij niet veel uit waarmee,' zei Effie schouderophalend.

Mhairi's handen hielden op met plukken en haar plotse stilvallen verbrak de harmonie van de gezamenlijke handeling. De anderen keken op en zagen dat ze op haar lip beet en haar tranen met moeite binnenhield.

'Stil maar, Mhairi,' zei Flora snel. 'Alles komt goed.'

'Hoe kun je dat nou zeggen? Voor mij is het anders dan voor jou. Als we oversteken krijg jij alles waar je naar hebt verlangd. Maar ik zal alles verliezen. En er valt niets tegen te doen.'

'Je weet nooit hoe een koe een haas vangt, Mhairi,' zei Flora, die Mhairi's vlamrode haar naar achteren streek en haar hand pakte. 'Vertrouw er gewoon op dat jouw geluk elders op je wacht.'

Mhairi trok haar hand weg. 'Dat blijf je maar zeggen, maar wat er van me wordt gevraagd… Het is gewoon te veel!' Haar grijze ogen gloeiden. Ze werd zelden boos. Ze had een zacht karakter en een open hart, maar die hadden haar tot nu toe geen van beide veel geluk gebracht.

'Dat begrijp ik. Ik zou ook woest zijn. Ik zou gek worden van ellende als ik jou was,' zei Flora welgemeend. 'Maar jij bent een beter mens dan ik. Jij bent door en door goed. Ik ben niet eens goed aan de oppervlakte.'

'Zo erg is het ook weer niet met je gesteld,' wierp Effie tegen, en ze sloeg haar ogen ten hemel.

'O nee? Ik word al boos als mijn haar door de wind verwaait. Ik vloek als ik mijn knie stoot in de kerk. Als ik dit niet had…' Ze omlijstte haar mooie gezicht met haar handen. '… hadden ze me jaren geleden al afgeschreven.'

Er viel een korte stilte. Langzaam verscheen er een schalkse glimlach op Flora's gezicht.

Mhairi grinnikte onwillekeurig. 'Nee hoor,' corrigeerde ze Flora met een liefhebbend klopje op haar knie. 'Je hebt heel veel goede eigenschappen.'

'Ik ben een mooi mispunt,' verklaarde Flora, maar ze leek zich er in de verste verte geen zorgen over te maken. 'En Effie is een baldadige vlaskop...'

'*Oi!*' protesteerde Effie, wier lange broek de vele korstjes op haar knieën en schenen van het klauteren over de rotsen bedekte.

'Jij bent de beste van ons drieën, Mhairi. Het kan niet zo zijn dat jij je beloning niet krijgt. Wacht maar af,' zei Flora met haar gebruikelijke vastberadenheid. 'Ook al zie je het nu misschien nog niet. Je moet erin geloven.'

Mhairi schudde droevig haar hoofd, maar gaf geen antwoord meer. Flora's passie kon hen er meestal van overtuigen dat de hemel groen was en de zee zwart, maar Mhairi had er helemaal geen behoefte aan om zich een onzichtbare toekomst voor te stellen, want ze had al alles wat ze wilde. Konden ze hier maar blijven... Maar hun pad was uitgestippeld en daar viel niets aan te veranderen. Voor geen van hen.

'Voor jou geldt hetzelfde.'

Effie kromp ineen en merkte dat haar adem hoog in haar keel bleef steken toen Flora's intense blik op haar viel. Ze sloot haar ogen en hoopte dat het waar kon zijn, maar ze wist dat ze voor een gelukkige afloop meer moest doen dan op een boot stappen. Het was geen ver verschiet, geen andere plek die het zicht op haar toekomst belemmerde, maar de dreiging van iets onuitsprekelijks. Iets ondenkbaars. Het hing als een zwaaiende zeis boven haar hoofd wanneer ze turf stak of schoffelde, het kroop als een schaduw door haar dromen heen.

'Je zult daar vrij zijn,' zei Flora vurig.

Effie slikte even en knikte. Ze zou het graag willen geloven. Een paar ogenblikken lang zwegen ze. Het leek nog steeds niet mogelijk dat hun op hun afgelegen eiland iets ergs zou kunnen overkomen, maar deze zomer was alles veranderd.

'We hebben nog een paar weken te gaan, maar je moet er klaar voor zijn, voor het geval dat,' zei Flora. 'Je moet het ijzer smeden als het heet is.'

'Ik weet het.' Effie had stilletjes verzameld wat ze nodig had. Ze had de kleine diefstalletjes gespreid om ervoor te zorgen dat niemand dat stuk touw zou missen, of het roestige mes dat altijd in de roeiboot lag. Er was nu nog maar één ding dat ze nodig had, maar ze wist dat het niet op het eiland te vinden zou zijn. 'En ik ben er bijna, als kapitein McGregor me van dienst is.'

'Wanneer hijst hij het anker?' vroeg Mhairi bezorgd.

Effie keek naar de ondergaande zon, die achter de kliffen van Mulach Bi was gezakt. Het zou nog een uur of drie licht blijven. Maar met de wandeling van twee uur terug naar de andere kant van het eiland... 'Snel. Ik moet maar eens gaan.' Ze trok haar benen in en maakte aanstalten op te staan, maar Flora pakte haar hand.

'Voor je gaat...'

Ze bleven samen zitten in hun kringetje, hand in hand, met het geruis van de zee en het gekwetter van winterkoninkjes als een symfonie om hen heen.

'Ik weet dat het moeilijk is. En voor jullie tweeën het allermoeilijkst. Over een paar maanden zal ons leven voor altijd veranderen. We gaan hier weg en alles wordt anders. Maar dan ook alles. Deels wordt het beter, deels wordt het slechter. Maar ik weet ook dat er een dag zal komen waarop we terugkijken op dit moment – wij drieën, zittend in het gras met veertjes in ons haar en dode vogels aan onze voeten – en dat er iets van zal zijn overgebleven.'

'Wat dan?' Mhairi knipperde met haar ogen.

'Wij. Dít.' Flora kneep wat steviger in hun hand. 'We zullen altijd dochters van Kilda blijven, waar we ook terechtkomen. Mijn moeder zegt steevast dat er geen sprake is van een geheim als drie ervan weten, maar in ons geval heeft ze ongelijk. Wat wij drieën weten, zullen alleen wij drieën ooit weten.' Ze legde een vinger tegen haar lippen. 'Wij zijn zusters. Toch?'

Mhairi knikte, en Effie ook. Ze kreeg een brok in haar keel. Ze was geen sentimenteel type, maar de emoties probeerden door haar dikke huid te dringen. Ze kwam overeind, haar schouders opgetrokken, haar slanke lichaam breekbaar als een dunne stok. 'Ik kom terug wanneer ik kan.'

Ze voelde hun ongerustheid toen ze zich afwendde en met stevige tred in de richting van de heuvelrug begon te lopen. Ze wilde bij haar vriendinnen blijven. Ze wilde het liefst doen alsof ze nog steeds meisjes waren en het leven misschien niet eenvoudig was, maar wel eerlijk. Die dagen waren echter verdwenen met eerdere zonsondergangen, en ze wist dat het moment om haar toekomst onder ogen te zien nabij was. Flora had zoals altijd gelijk, het ijzer was heet. Het werd tijd het te smeden.

Eerder

1

Een maand eerder – 13 mei 1930

De honden blaften op het strand. De oude vrouwen kwamen in hun deuropening staan en keken met een diepe frons uit over de bocht van de baai. Het werd eb en er stond de hele dag al een hinderlijke wind die de golven opzweepte en de vogels opgetogen liet rondcirkelen.

Effie bleef op haar melksteen zitten. Met haar wang tegen Iona's buik zat ze ontspannen en achteloos de emmer te vullen. Ze wist dat het nog twintig minuten zou duren voordat er een boot om de landtong zou verschijnen, hoewel dat vandaag waarschijnlijk iets eerder zou zijn met deze harde wind. Haar collie Poppit – met haar bruine kop en een witte vlek rond één oog – zat met gespitste oren over het water uit te kijken, wachtend op de indringers die vanaf de zee zouden komen, maar ze zou niet van Effies zijde wijken.

Ze keek vanaf haar hoge uitkijkpunt naar de bewegingen van de dorpsbewoners. De melkplaats lag op een derde van de helling en ze genoot altijd weer van het uitzicht. Het was dinsdag, en dus wasdag, en ze zag de jongere vrouwen met opgetrokken rokken in het beekje het bedlinnen staan boenen terwijl ze praatten. Ze zouden het niet prettig vinden om hun lakens in de bries te hebben waaien als er bezoekers kwamen. Maar er zouden deze week geen toeristenboten komen, en als het een trawler was, zou het niet zo erg zijn. De meeste kapiteins waren bekenden.

De schande van het ophangen van hun beddengoed voor het oog van vreemdelingen werd serieus genomen in een dorp waar privacy slechts een begrip en geen realiteit was. Alleen al de indeling betekende dat iedereen het komen en gaan van de dorpsbewoners vanaf bijna elk punt in de vallei kon zien. Die had de vorm van een brede kegel met voor twee derde gladde maar steile hellingen rondom die leidden naar hoge kliffen die verticaal vanuit de zee oprezen. De kliffen daalden op de zuidoostelijke punt als de tuit van een melkkan schuin af naar een kiezelstrand. Dit was de enige plek op het eiland waar boten konden afmeren. De zeeën rondom waren krachtig en onstuimig, maar door een gelukkig toeval lag het naburige eilandje Dun – niet veel meer dan een langwerpig stuk rots – bijna tegen de zuidelijke kust van het eiland Hirta aan. Het diende als natuurlijke golfbreker, zodat Village Bay in de woelige wateren van de noordelijke Atlantische Oceaan als veilige haven kon dienen. Tijdens sommige stormen hadden hier weleens twintig schepen hun toevlucht gezocht.

Trawlvissers, walvisvaarders, mariniers, ze waren allemaal enthousiast over het uitnodigende, aangename dorpje in de ellips tussen de hoge hellingen, de rokende schoorstenen, de twinkelende olielampen. De grijze stenen cottages – afgewisseld met de oudere traditionele *blackhouses*, die sinds de jaren zestig van de negentiende eeuw langzaamaan verlaten waren – stonden schouder aan schouder in een waaier rond de oostzijde van de baai, begrensd door robuuste stenen walletjes. Als je er van bovenaf naar keek, leken het net kiezen en tanden in een kaak. Reuzentanden, zei Effies moeder altijd.

De ligging van het dorp gaf de beste bescherming tegen de wind, die langs de hellingen kon razen met een snelheid die rotsen optilde en de stalen daken van de stenen muren rukte (in elk geval tot de landheer, Sir John MacLeod of MacLeod, ze met metalen banden had laten vastmaken).

The Street – er was maar één straat – was een breed graspad tussen de cottages met een brede, lage muur langs de moestuinen. Dit pad was het kloppend hart van het leven op het eiland. Hier verzamelden de bewoners zich, door hun huisjes beschermd op winderige dagen en zich koesterend in de zon op mooie dagen. De oude vrouwen zaten voor hun voordeur te breien en te spinnen, de kinderen holden langs de muur waar soms koeien met hun kop boven stonden te knikken. Elke ochtend kwamen de mannen samen voor nummer 5 en nummer 6 voor hun dagelijkse overleg over wie welke klussen zou doen, en na de avondmaaltijd kuierden de eilanders over het pad om 'het avondnieuws' van hun buren te horen.

Voor elke cottage, aan de overkant van The Street, lag een lange, smalle ommuurde lap grond die naar het strand beneden liep. Hier plantten de bewoners hun aardappelen in *lazybeds*, hingen ze hun wasgoed op en lieten ze hun weinige vee overwinteren. In de zomermaanden stonden de koeien achter de stenen hoofdwal, terwijl de schapen op de weiden bij Glen Bay graasden, aan de andere kant van het eiland. De diepe inham van Glen Bay werd van Village Bay gescheiden door een hoge heuvelrug, Am Blaid. Er was daar geen noemenswaardig strand, want de noordelijke golven waren meedogenloos, en hoewel de dorpelingen er voor noodgevallen een roeiboot hadden liggen, was het alleen mogelijk er te varen en aan land te gaan als de wind draaide en de zee er volkomen kalm bij lag.

Iona hield op met kauwen en kwam geïrriteerd in beweging. Onverstoorbaar reikte Effie omlaag naar de zuringbladeren die ze onderweg naar boven had geplukt en gaf haar er zwijgend nog een paar. De koe zuchtte tevreden en Effie ging verder met melken. Dit was hun ochtendroutine en ze waren allebei gewend aan het rustige ritme.

Een paar minuten later was de emmer bijna vol en ging Effie rechtop zitten. Ze gaf Iona een klopje op haar flank. 'Goed zo, meid,' mompelde ze, waarna ze van de melksteen opstond en langs de helling naar beneden keek. Zoals verwacht kwam de voorsteven van een vaartuig net rond de landtong van Dun tevoorschijn.

Ze keek aandachtig hoe het schip stilletjes de omarming van de baai binnengleed, een anker uitwierp en de zeilen streek. Geen trawler dus. Daar zouden de vrouwen niet blij mee zijn. Dit jacht met zijn drie slanke masten en lage, ronde romp was een verfijnd schepsel, dat je eerder in de azuurblauwe wateren van Frankrijk zou verwachten dan in de Buiten-Hebriden.

'Vriend of vijand?!'

De vraag weerklonk door de caldeira.

De bemanning bestond van hieraf uit zwarte stippen, maar ze zag dat de eilanders de roeiboot al klaarmaakten. De mannen zouden krachtig moeten roeien om de beukende golven de baas te kunnen zijn. De passagiers aan boord van het jacht hadden een slechte dag uitgekozen om te gaan zeilen. In het open water waren ze als een kurk heen en weer geschud, maar de aanwezigheid van Dun had enige luwte geboden. Daarmee waren ze er echter nog niet. Een zuidoostelijke wind liet het gewoonlijk zo beschutte water schuimen en kolken als de inhoud van een heksenketel, en er was geen garantie dat het ze zou lukken van boord te komen.

Slechts één ding was zeker: als de mannen hen aan land zouden kunnen brengen, zouden ze geen van allen droog blijven. Er begonnen al pluimpjes grijze rook uit de schoorstenen te kringelen en de mensen haastten zich in en uit de glimlachende boog van cottages rond de baai om hun wasgoed van de lijn te halen, vloeren te vegen, hun schoenen aan te trekken en de spinnewielen op een prominente plaats neer te zetten, zodat hun bezoekers ze goed zouden kunnen zien.

Ze wisten allemaal hoe het werkte. De toeristen ter wille zijn leverde voordeel op. Niet in de vorm van levensonderhoud – er was niet één winkel op het eiland en ze hadden op Hirta zelf dus weinig aan geld – maar ze konden de bekendere kapiteins wel vragen om de volgende keer dat ze langs zouden komen iets speciaals mee te nemen. Of ze konden het als extra aan de rentmeester geven om in een goed blaadje bij hem te staan als hij kwam om de pacht op te halen. Flora had het gebruikt om een felgekleurde lippenstift te kopen die ze eens had gezien bij een van de dames die het eiland kwamen bezoeken – hoewel ze daar niets aan had bij de driehonderd schapen die ze momenteel bij Glen Bay hoedde.

Geen van de dorpelingen begreep precies waarom de hele wereld interesse in hen had, maar postmeester Ian McKinnon, Mhairi's vader, had van collega's op het vasteland gehoord dat een op St Kilda gestempelde briefkaart nu begerenswaardig, zelfs kostbaar was. Hun manier van leven, zo werd gezegd, bleef snel achter bij de ontwikkelingen in de rest van de wereld. Door de industrialisatie veranderde de maatschappij sneller dan in vorige eeuwen, en ze waren levende relieken aan het worden, curiositeiten uit een vervlogen tijdperk. Sommige mensen hadden misschien wel medelijden met hen, maar dat kon de St Kildanaren niet deren. Zij hadden geleerd om het spel in hun voordeel te spelen – en Effie al helemaal.

Ze tilde de emmer op en begon de helling af te lopen, haar ogen strak op de zwarte stippen gericht, die het ene deinende vaartuig nu verruilden voor het andere. Als ze eenmaal waren opgedroogd en bijgekomen, verwachtten ze een spektakel. En zij was van plan de show te stelen.

'Waar gaat het gebeuren?' vroeg haar vader knorrig toen ze bijna klaar was met het karnen van de boter. Hij stond achter het raam naar buiten te kijken, zijn pijp bungelend aan zijn onderlip.

'Sgeir nan Sgarbh, denk ik,' antwoordde ze terwijl ze het deksel van de ton sloot en naast hem kwam staan. 'Daar is meer bescherming tegen de wind.'

'Aan de andere zijde, *aye*, maar lukt het hun om de roeiboten eromheen te krijgen?'

'Archie MacQueen heeft er de armen voor,' mompelde ze.

'Maar niet de benen.'

'Nee, niet de benen.' Ze keek naar de drie mannen die over The Street liepen. Een van hen herkende ze aan zijn opvallende loopje – Frank Mathieson, de rentmeester, de vertegenwoordiger van hun landheer en in feite de heerser over de eilanders – maar de andere twee waren onbekenden. Ze droegen beiden een donkerbruin pak en een wollen hoed, maar onder een ervan zag ze goudblond haar en een bruine nek vandaan komen. Ze zou willen dat hij zich omdraaide, zodat ze een glimp zou kunnen opvangen van het gezicht dat bij dat haar en die elegante gestalte hoorde, maar het pad boog af en ze verdwenen uit het zicht.

Het groepje dat aan wal was gekomen, was teleurstellend klein geweest – een particuliere delegatie, had Ian McKinnon op zijn kenmerkende gezaghebbende toon gezegd. Dat betekende magere fooien. De vrouwen haalden hun lakens alleen binnen als er een goede reden voor was, en twee mannen zouden niet iedereen kunnen belonen. De kapitein was ondergebracht in de cottage van haar oom Hamish, en de andere twee mannen zouden in het huis van de rentmeester verblijven, want dat was het grootste op het eiland. Ze benijdde hen niet. Mathieson was niet de hartelijkheid zelve.

'Ik breng dit even naar de opslag.' Ze tilde de ton op haar schouder en liep naar buiten, met een trippelende Poppit achter zich aan. Ze zag de bezoekers verderop wat penny's op de handpalm van Mad Annie leggen, die wol zat te kaarden en verhalen vertelde over huwelijken 'over de bezem' en het vangen van papegaaiduikers. Anders dan de meeste oudere eilandbewoners sprak ze goed Engels, maar dat wilde niet zeggen dat de anderen niet konden communiceren, en Effie grijnsde toen ze zag dat Ma Peg zich op theatrale wijze verschuilde voor hun fototoestel, hoewel de dagen van geschoktheid om de nieuwe technologieën allang achter hen lagen. Er werden meer munten uitgedeeld.

Ze liep achter de cottage langs en een stukje naar boven over de helling die naar het plateau van An Lag leidde, waar ze de schapen bij slecht weer in stenen *fanks* onderbrachten. Erachter rees Connachair – de hoogste berg van het eiland – majestueus omhoog als een opstap naar de hemel. Soms letterlijk. Velen waren aan hun eind gekomen nadat ze door de glooiende heuvelrug aan de dorpskant waren misleid en werden verrast door de steile kliffen van vierhonderdvijfentwintig meter hoog, die plotseling verticaal in zee staken, alsof ze doorkliefd waren.

Het weelderige gras was bezaaid met boterbloemen en strandkruid, en het veerde onder haar voeten terwijl ze langs de vele identieke stenen *cleits* liep, op weg naar de cleit waar zij en haar vader hun boter en room bewaarden. Ze bukte en stapte naar binnen om de ton neer te zetten. Dit was de opslag die haar familie al meer dan driehonderd jaar gebruikte. Er waren meer dan veertienhonderd van deze ronde hutjes van gestapelde stenen op het eiland, maar zij wist precies welke van haar familie waren: deze cleit onder An Lag voor de zuivel, het hutje op Ruival voor de vogelveren, dat op Oiseval voor de stormvogelolie, dat op Connachair voor het gezouten vlees, het hutje voor de turf... Er waren ook lege bij, maar die werden soms gebruikt voor noodvoorraden, als schuilplaats bij regen en wind, als verstopplaats van geliefden...

Ze liep terug over de helling, waarbij ze behendig over de rotsen in het gras sprong. Over de daken heen zag ze dat iedereen zich op het strand begon te verzamelen, klaar voor de vertoning voor de bezoekers.

'Ga jij ook, Effie?' hoorde ze iemand roepen.

Ze keek om en zag Lorna MacDonald uit het huisje van de postmeester komen, haar kastanjebruine haar gladstrijkend met haar handen. Ze hielp er soms met de post.

Effie huppelde naar haar toe, Poppit dartelde voor haar uit. 'Aye,' zei ze grijnzend. 'Je weet nooit of er nog wat penny's te halen zijn.'

'En misschien wel meer,' zei Lorna met een knipoog.

'Hoe bedoel je?'

'Hij is heel knap, die jongeman. Alleen al een glimlach van hem is de moeite waard,' antwoordde Lorna lachend, en haar bruine ogen twinkelden vrolijk.

Effie haalde haar schouders op. 'Ik heb hem alleen maar van achteren gezien.'

'Ook een fraaie aanblik, volgens mij.'

Effie grinnikte. Het was een wonder dat Lorna hun plaatselijke oude vrijster was – wel drieëndertig en nog steeds ongetrouwd – want ze flirtte graag. Maar helaas, de mannen die hier kwamen bleven nooit lang, en de vrijgezel op St Kilda die qua leeftijd het dichtst bij haar in de buurt kwam was Donnie Ferguson, die geen trek had in een echtgenote van zeven jaar ouder, die ook nog eens slimmer was dan hij en haar vruchtbare jaren al bijna achter zich had.

'Wie zijn het, trouwens?'

'Ze zijn in elk geval rijk,' zei Lorna schouderophalend. 'Te oordelen naar dat schip.'

Lorna had kijk op dat soort dingen. Zij was niet op St Kilda geboren. Als verpleegster uit Stornoway die ervoor had gekozen hier een leven op te bouwen had ze ook een andere wereld gekend en wist ze wat je met geld kon kopen.

'Mooi,' zei Effie met een zucht en met een blik op de mannen die de helling op begonnen te lopen met hun touwen terwijl de honden voor hen uit holden. 'Nou, dan probeer ik hun toch wat penny's te ontfutselen en dan mag jij de glimlach van de jongeman hebben. Wat vind je daarvan?'

'Afgesproken.' Lorna knipoogde en Effie liep de cottage weer binnen om hun touw te pakken. Dat was van paardenhaar gevlochten en lag soepel en ruw tegelijk in de hand. Haar vader zat nu in zijn stoel bij de haard – hij kon niet lang staan – zijn pijptabak aan te drukken.

'Nou, dan ga ik maar.'

Hij keek haar aan. Zijn ogen zagen er waterig uit, met wit dat gelig was van ouderdom, maar het waren toch de ogen van een sterke man, zij het in een zwak lichaam. Hij knikte. Een sentimenteel afscheid paste niet bij hem. 'Hou je goed vast, *lass*.'

'Aye.' Ze knikte terug, wetend dat dit ook zijn laatste woorden aan haar broer waren geweest.

Even dacht ze dat hij nog iets zou zeggen, aan zijn houding zag ze dat er meer woorden waren die zich een weg naar buiten zochten. Maar het moment ging voorbij en ze verliet de cottage met een kort knikje.

De mannen liepen de helling al op, eveneens met touwen over hun schouders geslingerd. Zoals ze al had voorspeld, begaven ze zich naar de oostelijke kliffen. Een kleine rotspilaar iets verderop in het water brak de golven genoeg om de roeiboot relatief comfortabel vast te leggen terwijl de demonstratie plaatsvond.

Ze rende om ze in te halen en luisterde hoe ze over de bezoekers praatten, en over het nieuws 'van overzee', waarmee ze Skye bedoelden.

'... vrienden van de landheer,' zei David MacQueen, Flora's oudste broer. 'Dus dat belooft wat op te leveren.'

'Jammer dat het zo hard waait, anders hadden we verder rond gekund,' antwoordde haar neef Euan.

'Fooien kun je wel vergeten als ze hondsberoerd worden,' reageerde Ian McKinnon.

'Maar hier zijn de kliffen lager.'

'Dat maakt geen verschil. Die lui vinden het allemaal hoog.'

Ze ging naast Mhairi's oudere broers, Angus en Finlay, lopen.

'Wat doe jíj hier nou?' vroeg Angus op zijn gebruikelijke schampere toon.

'Hetzelfde als jullie.' Ze haalde haar schouders op, ietwat buiten adem omdat ze met hun langere benen grotere stappen namen.

'We gaan geen vogels vangen. Dit is alleen voor het vertoon.'

'Aye, dus er valt wat te verdienen.'

'Ga liever sokken breien!'

'Jullie weten heus wel dat ik daarvoor veel minder krijg dan wat ik hierboven kan beuren, en we hebben afgesproken dat ik mee mag als jullie ook allemaal op de rotsen zijn.'

'Je bent een blok aan mijn been, Effie Gillies,' kreunde Finlay.

'En jij aan het mijne,' kaatste ze terug.

Ze sloegen hun ogen ten hemel, maar dat deerde haar niet. De vrienden van haar broer, de broers van haar vriendin, ze plaagden haar al haar hele leven en ze wist hoe ze hen van repliek moest dienen. Ze waren met z'n allen opgegroeid, hadden in hun kindertijd verstoppertje gespeeld in de cleits, hadden samen leren lezen in het klaslokaal naast de kerk en elkaar geschopt tijdens de preek op zondag.

Maar ze kon niet negeren dat er dingen veranderden. Of al veranderd waren. Er heerste nu een spanning, een zacht gegons dat er vroeger niet was geweest. De dood van haar broer had diepe sporen achtergelaten en ze was niet langer Johns kleine zusje. Soms merkte ze dat ze haar op een nieuwe manier bekeken, een manier die haar nerveus maakte. Finlays ogen leken haar voortdurend te volgen en Angus had geprobeerd haar te zoenen toen ze op een avond aan het turfsteken was. Hij had haar nog steeds niet vergeven dat ze in lachen was uitgebarsten.

Voor bezoekers die het uitzicht wilden bewonderen – en dat wilden ze altijd – was dit een wandeling van drie kwartier, maar de mannen en zij deden er minder dan een half uur over. Ze waren de touwen al aan het uitrollen tegen de tijd dat de roeiboot rond de kliffen kwam varen. Er wervelden en krijsten vogels om hen heen, deinend op de luchtstroom. Van deze hoogte leek de boot ook niet groter dan een vogel. Effie wierp een paar keer een blik naar beneden, het rotsoppervlak afspeurend naar de lijn die ze wilde volgen, waarna ze zocht naar een steen waarmee ze haar haak kon inslaan.

Ze legde een lus om de haak en leunde achterover om de stevigheid en spanning te controleren. Het touw vibreerde aangenaam en ze sloeg het om haar middel.

Ze keek nog een keer de afgrond in. Haar neef Euan had gelijk, het was hier niet zo heel hoog. Tweehonderd meter? De helft van Connachair. Een enkele touwlengte bracht hen misschien tot een derde. Hoe dan ook zouden ze hierboven alleen maar het spel spelen. Geen vogeljacht, geen eieren verzamelen, geen schapen uit benarde situaties redden... Alleen spelen. 'Je ziet er wat *peely-wally* uit, Eff,' riep Angus plagerig. 'Weet je zeker dat je het durft?'

Ze keek hem geringschattend aan. Angus ging er prat op dat hij de snelste klimmer van het eiland was. Hij had vorig jaar de Old Trial gewonnen, een klimwedstrijd tussen de jonge mannen om te bewijzen dat ze sterk en flink genoeg waren om voor hun familie – en toekomstige echtgenote – te kunnen zorgen. Als hij daarmee indruk op haar had willen maken, was dat een vergeefse poging geweest. Effie was er zeker van dat ze hem (en de rest) had kunnen verslaan als ze ook mee had mogen doen. Maar als meisje… 'Ja hoor, ik vroeg me alleen maar af hoe snel ik beneden zou kunnen zijn.'

Hij grijnsde breed. 'Dus jij denkt dat je het snél kunt?'

'Sneller dan jij.' Ze trok haar blonde haar naar achteren en bond het in een knot. Het laatste wat ze nodig had was een vlaag wind die haar losse haar in haar gezicht zou blazen waardoor ze onderweg niets meer zou kunnen zien.

'Ha! Je trekt een te grote broek aan, Effie Gillies.'

Nu was het haar beurt om te grijnzen. 'Ja, ik moet toegeven dat mijn broek aan de ruime kant is.' Angus McKinnon was misschien de snelste man op het eiland, maar niet de snuggerste. Ze trok haar broek bij haar middel omhoog. Hij was van John geweest – en het enige kledingstuk dat geschikt was om in te klimmen of af te dalen, maar ze droeg hem niet alleen om praktische redenen.

Finlay bloosde vurig. 'Luister niet naar haar,' zei hij. 'Ze probeert je alleen maar op stang te jagen. Iedereen weet dat jij de snelste bent, broer. Geef nou maar gewoon een mooie show weg voor die rijke mensen. Dit is een demonstratie, geen wedstrijd.'

Effie haalde haar schouders op alsof het haar koud liet, maar ze wisten allemaal dat de uitdaging er lag. Zij – een meisje! – stak Angus naar de kroon. En de strijd zou hier en nu gestreden kunnen worden. Waarom niet? Het was een goede gelegenheid. Ze zag hoe hij langs de klif omlaagkeek terwijl de eilanders nog een laatste keer hun touwen controleerden en hun positie op de rand innamen.

Effie hield haar blik recht voor zich uit gericht en had het touw al vast. Ze wachtte. Hoopte…

'Klaar? Af!' riep Archie MacQueen, Flora's vader. Hij was zelf een ervaren *cragger*, maar tegenwoordig liet hij deze demonstraties over aan de jongere mannen. Hij was al kreupel aan één been en zijn grip was niet meer zoals vroeger. Bovendien moest er iemand boven blijven voor het geval iemand opgehesen zou moeten worden.

Dit was het startsein voor hun waaghalzerij, het tonen van de klimvaardigheid waar St Kildanaren wereldwijd om bekendstonden. Zonder te aarzelen leunde Effie achterover en stapte ze schuin omlaag. Ze voelde haar maag draaien nu haar lichaam een hoek in de open ruimte maakte en het touw strak werd getrokken. Ze zette zich af en liet het touw zwenken. Haar blote voeten bereidden zich voor op het contact met de rotswand, klaar om eroverheen te huppen en de zwaartekracht te trotseren. Een bezoeker had hun eens verteld dat het leek alsof een groep spinnen zich langs de muur naar beneden liet vallen. Ze hield van het geluid van de strakgespannen touwen – een soort gezoef – wanneer zij en de mannen heen en weer sprongen.

'Wie het eerst bij de boot is?'

Ze keek opzij en zag Angus aan zijn touw hangen. Hij keek haar recht aan. Ze glimlachte om zijn tactiek – de wedstrijd bij de boot laten eindigen in plaats van gewoon beneden, ook al konden ze geen van beiden zwemmen. 'Aye. Maar ik wacht wel op je, maak je geen zorgen.'

Angus' ogen vernauwden zich bij die belediging, maar ze was alweer weg. Ze liet de acrobatiek achterwege en vond een plek om haar tenen te plaatsen terwijl haar andere voet steun zocht. Op St Kilda klommen ze nooit met bergschoenen aan, maar altijd met blote voeten. De kliffen boden te weinig houvast, telkens slechts zo'n anderhalve centimeter, en er was niets beter dan huid op rots. Voor schoenen of laarzen – tekenen van beschaving – was geen plaats op een granieten klif.

Ze liet het spel aan de mannen over, die hun sterke armen en benen spanden en over het rotsoppervlak wipten, die zich afzetten met hun voeten, omhoog reikten naar een rand en zich als hagedissen weer optrokken, waarna ze het allemaal herhaalden. Anderen klauterden zijwaarts en scharrelden als krabben over de wand.

Effie concentreerde zich alleen maar op de weg naar beneden. Ze zag de boot tussen haar benen door, ver onder zich, terwijl ze via het touw afdaalde, haar armen gespannen terwijl ze zich hand over hand liet zakken. Ze had geen enorme spierbundels om haar te helpen, maar die had ze ook niet nodig, zoals ze altijd tegen haar vader zei. Ze was pezig en licht, dun zelfs, maar dat wilde niet zeggen dat ze zwak was. Hoe minder ze woog, hoe minder ze hoefde te dragen. Ze werd ook niet zo snel moe. Ze was behendiger, flexibeler.

Vanuit haar ooghoeken zag ze dat ze al voorlag op Angus, maar niet veel. Hij had spierkracht, lengte en de zwaartekracht aan zijn kant.

Al snel was ze aan het eind van haar touw. Balancerend op een smalle richel rolde ze het uiteinde van haar middel.

'Wat doe je?' riep Ian McKinnon op scherpe toon naar beneden toen ze vrij begon te klimmen.

'Ik ga winnen! Het komt goed. Het was Angus' idee.'

Het voelde altijd anders om zonder touw te klimmen of af te dalen. Ze wist dat het roekeloos was, maar de intensiteit – haar brein en ogen in opperste concentratie, de adrenaline die haar spieren van brandstof voorzag – bracht de herinnering aan de ogen en glimlach van haar moeder tot leven, en die aan de gulle lach van haar broer. Op de een of andere manier leek ze de doden bijna te kunnen bereiken door het levenskoord te versmallen.

Ze daalde verder, vlug en bedreven, tot ze op één lijn met de horizon was, die daarna boven haar leek te zweven terwijl het geraas van de golven haar focus begon te verstoren. Witte spetters van de koude zee spatten op haar blote bruine kuiten, maar nattigheid en kou deerden haar niet. Ze wilde winnen. Ze moest zeker weten – net als Angus – dat zij de snelste en de beste was.

Ze zag de donkere zee onheilspellend dichtbij komen. Ze stak nu nog maar een meter of tien boven de golven uit, maar de kliffen sneden alleen maar verticaal naar beneden de oceaan in, en terwijl ze steeds verder daalde, besefte ze dat de enige plek waar ze kon staan en zich kon omdraaien een smalle richel was, niet veel breder dan haar hand en ongeveer twee meter boven het water.

Even voelde ze een peilloze steek van angst. Dit was waanzin! Als haar vader hoorde hoe lichtzinnig ze met haar leven omging… Of misschien was dat het juist. Misschien wilde ze dat hij het hoorde. Zijn hart was al te vaak gebroken door de dood, en zij was als enige overgebleven. Hij kon – of wilde – niet van haar houden, voor het geval hij ook háár zou verliezen. Was dat het? Als ze zou uitglijden en onder de golven zou verdwijnen… Zou hij dan treuren? Zou er om haar gerouwd worden zoals om de anderen werd gerouwd? Aan de andere kant, als ze nu won, zou hij dan trots op haar zijn? Zou hij zien dat zij voldoende kon zijn?

Er was geen tijd om na te denken. Alles was instinct. Haar voeten landden op een uitsteeksel en haar armen spreidden zich over de wand. Ze greep het oppervlak vast met haar vingertoppen en drukte haar wang tegen het koude, natte graniet. Ze ademde snel in en uit en gaf haar spieren een moment rust. Ze brandden, maar ze wist dat ze er nog niet was.

Ze keek omhoog. Angus hing nog maar een kleine meter boven haar. Wat hij aan behendigheid ontbeerde, maakte hij goed met spierkracht. Over een paar seconden… Ze wierp een voorzichtige blik over haar schouder en zag de roeiboot liggen, vlakbij vastgebonden aan een rots. Haar oom Hamish, de schipper, fronste en sloeg haar nauwlettend gade, zoals Poppit eerder naar het schip had uitgekeken. Hij zag haar beweging en leek te begrijpen dat de boot haar doel was, dat ze zichzelf ernaartoe zou lanceren, op de een of andere manier. Hij toonde geen ongerustheid en aarzelde niet. Niet waar de gasten bij waren. Hij trok snel aan het touw en sleepte de roeiboot zo dicht naar de klif als hij durfde. Hij wist dat de deining hen op de rotsen zou kunnen werpen als hij te ver ging.

Een gespannen ineenkrimpen in de boot verraadde de nervositeit die ontstond toen haar bedoeling iedereen duidelijk werd. Effie wist dat ze de volgende golf perfect moest inschatten en dan zou moeten springen. Ze drukte zich tegen de wand, keek goed en zette zich schrap – precies op het moment dat Angus naast haar neerkwam.

Een massa wit water overviel hen beiden, zodat ze doorweekt raakten en naar adem hapten van de plotse kou. Het kon haar niet schelen. Toen ze de stroom terug voelde vloeien, draaide ze zich om en sprong blindelings. De dood of de zege tegemoet!

Eén verbijsterend, langgerekt moment had ze het gevoel dat ze kon vliegen, net als de vogels die in de lucht rond het eiland scheerden, cirkelden en doken. Toen werd ze gegrepen door de zwaartekracht en kwam ze neer – half in de roeiboot, half in het water. Haar ribben kregen een harde stoot te verduren, maar haar armen omvatten de voorsteven terwijl de boot wild op en neer schommelde en het water over de randen klotste. Maar het was een boot met een platte bodem die voor zwaar weer gemaakt was. Hij lag bijna meteen weer stabiel en ze lachte triomfantelijk toen haar oom Hamish haar haastig bij haar broeksband pakte en haar in een snelle beweging aan boord sleepte alsof ze een gevangen zalm was.

'Ik wist niet dat jullie er een wedstrijdje afdalen van zouden maken,' zei oom Hamish met een strenge blik. Meer afkeuring kon hij niet laten zien waar de toeristen bij waren, maar ze wist dat hij haar vader hierover zou vertellen. Er hing een uitbrander in de lucht, misschien zelfs een pak slaag, maar het was de moeite waard. Effies ogen straalden. Ze had Angus McKinnon verslagen! De snelste cragger van het eiland. En daar kwam bij dat hij niet langer kon verkondigen dat hij voor haar zou kunnen zorgen nu zij hem had overtroffen.

'Het was Angus' idee,' zei ze hijgend. Ze krabbelde op haar knieën, keek achterom en zag dat hij zich nog aan de richel vastklampte. Na haar sprong naar de overwinning stond hij nu als verstijfd en raakte hij met elke golf doorweekter. Hij moest ook springen, of weer naar boven klimmen, maar hij kon daar niet blijven.

Met een boze zucht gebaarde hij omhoog met zijn duim, om aan te geven dat hij koos voor de tweede optie. Hij had verloren. Wat had het voor zin om met hen terug te varen? Zij zou alleen maar victorie kraaien.

Oom Hamish knikte. Hij begreep maar al te goed wat er zojuist tussen hen was gebeurd. Het was een mannenblik, zo'n oogopslag die haar buitensloot, maar wat maakte dat uit? Met een tevreden glimlach ging Effie op het bankje zitten, waarna ze haar lange haar lostrok en het uitwrong. Het zeewater drupte op de vloer van de roeiboot.

'Lieve hemel!' zei iemand. 'Is het een méísje?'

Ze draaide zich om en keek de bezoekers recht in de ogen. In haar streven Angus te verslaan was ze vergeten op wie ze in eerste instantie indruk hadden willen maken. De drie mannen achterin staarden haar met grote, verbaasde ogen aan: Frank Mathieson, de rentmeester, en de twee mannen van wie ze eerder vandaag een glimp van achteren had opgevangen.

'Aye. Ik kan niet klimmen met een rok aan, sir,' zei ze grijnzend, en ze wrong ook haar tweed broek zo goed mogelijk uit.

'Ik werd niet alleen op het verkeerde been gezet door je kleding. Die snelheid! Zo'n spektakel heb ik nog nooit gezien. Je daalde die klif af als een eekhoorntje dat uit een boom klimt!' riep de oudere man verwonderd uit. Hij had een stevig postuur en een donkere snor die doorspekt was met wat grijs. Door de weerkaatsing van zijn brillenglazen waren zijn ogen moeilijk te zien, maar hij zag er vriendelijk uit en was duidelijk onder de indruk. 'Dus de vrouwen klimmen hier ook?' vroeg hij hun schipper.

'Alleen deze,' zei oom Hamish op berustende toon terwijl hij het touw van de rots losmaakte en begon te roeien. 'Dit is mijn nichtje, Euphemia Gillies.'

'Effie is de dochter van Robert Gillies. Ze wonen op nummer negen,' voegde de rentmeester eraan toe, alsof die informatie van enig belang was. 'Hoe gaat het met je, Effie?'

'Goed, sir, dank u.'

'Steeds stoutmoediger, zie ik.'

'Steeds sneller, vooral.'

Hij lachte. 'Mag ik je voorstellen aan de graaf van Dumfries en zijn zoon, Lord Sholto,' zei hij. 'Je hebt vast al vernomen dat zij goed bevriend zijn met Lord MacLeod.'

'Ah,' zei ze beleefd, want dat had ze helemaal niet vernomen. Met wie hun landheer bevriend was ging haar niet aan, maar het bevestigde wel Lorna's opmerking dat de bezoekers rijk waren.

'Ze waren bij de lord te gast op Dunvegan toen ze hoorden dat ik hiernaartoe zou gaan...'

'En ik wilde hier, als fervent vogelaar, graag een keer komen kijken,' onderbrak de graaf hem opgewekt. 'Sir John was zo vriendelijk in te stemmen met mijn voorstel dat wij hier zelf naartoe zouden zeilen, met Mr Mathieson als gast aan boord. Twee vliegen in één klap.'

'Aye.' Ze voelde dat de jongere man haar aandachtig gadesloeg, maar zolang de anderen spraken, had ze niet de mogelijkheid om hem openlijk aan te kijken. 'En blijft u lang op het eiland?'

De rentmeester haalde adem. 'Nou, het zal afhangen van het weer...'

'Zeker een week,' zei Lord Sholto plotseling. Zijn gelaatstrekken werden verlevendigd door een verblindende glimlach toen haar ogen eindelijk die van hem ontmoetten.

'Een week?' Effie glimlachte terug naar de blauwogige, goudblonde man. Eindelijk kon ze zijn gezicht zien. En dat beviel haar zeer.

'Miss Gillies.'

Ze draaide zich om en zag dat de rentmeester zich op het strand achter haar aan haastte. Oom Hamish legde de boot vast en de voorname gasten waren door de predikant opgeëist zodra ze voet aan wal hadden gezet.

'Mr Mathieson.' Ze probeerde haar ongeduld te verbergen. Haar tweed broek was doornat en ze wilde naar huis om zich om te kleden. Hun tocht om de landtong had lang geduurd door de tegenwind en ze rilde van de kou.

Hij bleef voor haar staan, iets lager op de helling dan waar zij stond, zodat ze een stukje boven hem uitstak. Hij was geen lange man, gedrongen, maar ook weer niet heel erg klein, en dat hij niet erg opviel leek in zijn voordeel te werken: al vaak had een eilander dingen gezegd die hij of zij niet had moeten zeggen, zonder te beseffen dat hij zich binnen gehoorsafstand bevond. Zijn relatie met de St Kildanaren was gespannen, want als degene die in het voorjaar voorraden kwam brengen en in het najaar de pacht kwam ophalen, was hij zowel een lust als een last voor de gemeenschap op het eiland. Hij kon glimlachen en charmant zijn als het hem goed uitkwam, maar niemand vergat ooit helemaal dat de macht die hij over hen had bijna absoluut was. En slechts weinigen – behalve Mad Annie – waagden het hem tegen te spreken. Hij droeg fraaiere pakken dan de mannen uit het dorp en had de manieren van zijn werkgever overgenomen, maar aan zijn rode wangen vol putjes en zijn onderarmen als die van een worstelaar zag je dat hij eerst en vooral een vechtjas was.

'Nou, dat was nogal een vertoning,' zei hij.

Effie wist niet of het als een compliment bedoeld was. 'Dat is wel het idee erachter,' reageerde ze vaag. 'Ze waarderen het altijd.' Een plotselinge windvlaag blies haar lange, natte haar naar voren en ze moest het met beide handen naar achteren houden. De hemel werd onheilspellend donker.

'Zeker.' Hij liet een stilte vallen, een gewoonte die ze in de loop der jaren van hem had leren kennen. Die ging meestal vooraf aan een tegenwerping of bedenking. 'Hoewel ik me afvraag of naast de gebruikelijke drieste capriolen de toegevoegde nieuwigheid wel op haar plaats is.'

Het duurde even voor ze begreep wat hij wilde zeggen. 'Een meisje dat klimt, bedoelt u?'

Hij haalde zijn schouders op. 'Ik begrijp dat je je tegenover je vader verplicht voelt om op gezette tijden mannenwerk te doen, maar als het erom gaat een goede indruk op bezoekers te maken...'

'Ze leken het erg te waarderen.'

'Nou, ze zijn natuurlijk beleefd, maar in de wijde wereld liggen de verhoudingen anders. Ik weet dat je het niet kunt helpen dat je niet beter weet – waarom zou je ook? – maar waardigheid en goede smaak staan er hoog in het vaandel. Vrouwen die als apen over de kliffen klimmen...' Hij trok een bedenkelijk gezicht. 'Nee. Het is belangrijk stil te staan bij de indruk die je op deze bezoekers maakt, en hoe jij en je mede-eilanders in hun toekomstige gesprekken ter sprake zullen komen. Je wilt Sir John toch niet in verlegenheid brengen?'

Ze had Sir John nog nooit ontmoet. 'Natuurlijk niet.'

'Mooi. Dan zijn we het er dus over eens dat er geen acrobatische toeren meer worden uitgehaald. We moeten ervoor zorgen dat we de gasten geen ongemakkelijk gevoel bezorgen. Beste beentje voor, goed?'

Ze keek hem aan, huiverend van de kou en van boosheid. 'Aye, sir.'

Hij wierp een blik over haar schouder naar The Street. 'Hoe gaat het trouwens met je vader? Loopt hij nog steeds mank?'

Ze kneep haar ogen samen. 'Dat blijft zo.'

'Des te meer geluk dat hij jou heeft,' zei hij knikkend, zonder haar korzeligheid op te merken. 'Maar vertel hem alsjeblieft dat ik hem nog kom opzoeken om de pachtachterstand te bespreken.'

'Achterstand?' De schrik sloeg haar om het hart.

'Ik meen me te herinneren dat jullie vorig jaar dertien Schotse ellen tweed tekortkwamen. Je oom heeft een deel opgevangen, maar er kwam ook nog een tekort van negen gallons olie en zeven zakken zwarte veren bij.'

'Het komt dit jaar wel goed,' zei ze vlug. 'Dat kwam alleen maar doordat ik mijn enkel had verstuikt en tien dagen niet kon lopen. Het was gewoon pech dat het gebeurde in de tijd dat we op vogeljacht gingen.'

De rentmeester leek niet overtuigd. 'Ik zal de quota met hem moeten herzien. Je weet vast nog wel dat ik zeer welwillend ben geweest door de *bolls* havervlokken niet te verminderen na het ongeluk van je broer, wat betekent dat jullie al bijna vier jaar meer krijgen dan jullie deel...'

Effie keek hem paniekerig aan. Wat hij zei was waar, maar het was toch niet genoeg. De afgelopen winters waren zwaar geweest en hun oogsten waren grotendeels mislukt, afgezien van een klein aantal aardappelen en de haver, waarvan de helft door de vorst was aangetast.

'Ik ben zowel royaal als geduldig geweest, maar het is niet eerlijk om van anderen te verwachten dat ze jullie tekorten goedmaken. Een ongeluk zit in een klein hoekje, Miss Gillies. Je kunt er niet van uitgaan dat je elke dag van het jaar fit en gezond bent.'

'Daar ga ik wél van uit,' zei ze op dringende toon. De rentmeester wist het nog niet, maar zij en haar vader waren dit jaar al vier schapen kwijtgeraakt, dus de wolopbrengst zou al lager uitvallen. Haar vader had daarom honderd extra stormvogels geruild met Donald McKinnon, en het getuigde van een zeldzaam vertrouwen in Effies klimvaardigheid dat beide mannen geloofden dat zij de extra vangst zou kunnen leveren, boven op de gangbare hoeveelheid.

'Miss Gillies, ik hoef je er niet aan te herinneren dat je een meisje bent dat mannentaken verricht. Je werkt boven je macht.'

'Maar ik ben nu achttien en ik ben het afgelopen jaar gegroeid. Ik kan alles wat zij kunnen en dat zal ik bewijzen. Ik zal het u laten zien, sir.'

De rentmeester keek haar doordringend aan. 'Jullie ontvangen meer dan waar jullie recht op hebben en jullie leveren minder dan jullie verschuldigd zijn. Begrijp je mijn dilemma? Ik moet eerlijk zijn, Miss Gillies. Waarom zou ik een uitzondering voor jullie moeten maken – en blijven maken? Als de anderen ervan zouden weten...'

'Maar ze hoeven het niet te weten te komen. Ik zorg ervoor dat we het in september weer rechttrekken.'

'Dus je wilt dat ik het geheimhoud?'

'Geheim...' De twee gasten liepen samen met de predikant achter hem langs op het pad terug naar het dorp, waarbij laatstgenoemde uitweidde over de opknapbeurt die de pastorie had ondergaan. Lord Sholto keek in het voorbijgaan opzij en ze merkte dat ze onwillekeurig terugglimlachte, alsof hij haar aan een touwtje had.

'Voor je buren? En je vader?'

In verwarring gebracht keek ze de rentmeester weer aan. Hij keek haar oplettend aan. 'Mijn vader? Vertel het hem alstublieft niet. Ik wil niet dat hij zich zorgen maakt. Het lukt mij dit jaar met de quota, echt waar.'

Hij schudde zijn hoofd. 'Ik weet niet waarom ik me door jou laat manipuleren, Miss Gillies...'

Ze fronste. Manipuleerde ze hem?

'Een bedankje betaalt het gelag niet, toch?' zei hij met een zucht. 'Maar ik begrijp jullie situatie en hoewel ik mijn plicht moet doen, vind ik ook dat ik een vriend moet zijn in tijden van nood.'

Effie beet op haar lip om te voorkomen dat ze in de lach zou schieten. Wat? Er was niemand op het eiland die de rentmeester als vriend zou beschouwen. Hij kocht hun veren voor vijf shillings per *stone* in en verkocht ze voor vijftien, en voor de voorraden die hij naar het eiland bracht – havervlokken, meel, suiker, thee en tabak – rekende hij drie keer zoveel als hij er zelf voor had betaald. Was het een wonder dat de St Kildanaren hem probeerden te omzeilen met geld dat ze hadden verdiend aan de toeristen en dat ze zelf konden uitgeven?

'En nu we het er toch over hebben, ik heb weer iets voor je meegenomen.'

'Voor school?' Die had ze vier jaar geleden al afgemaakt, maar dat leek hij zich nooit te herinneren.

'Ik heb het achtergelaten op de bekende plaats. Wees alsjeblieft discreet. Ik kan niet iedereen zulke gunsten verlenen.'

Gunsten? Geheimen? 'Maar...'

'Goedendag, Miss Gillies,' zei hij kordaat. Hij nam zijn gebruikelijke houding weer aan toen hij de drie mannen zag die nu vóór hem over het pad liepen. 'Ik moet verder. Onze gasten zullen trek hebben na al die... spanning en sensatie van vanmiddag. Onthou waar we het over hebben gehad. Laten we hopen dat de eerste indruk niet blijft hangen.'

2

De volgende dag begon helder, terwijl het zonlicht op de bruine plassen blonk. Het had 's nachts geregend nadat de onstuimige wind van overdag in de loop van de avond in kracht was toegenomen en grijze wolken naar hen toe had geblazen. En toen de regen kwam – na haar klimavontuur – was die als zilveren messen naar beneden gekomen, zodat de dorpsbewoners zich hadden moeten terugtrekken in hun cottages – en de gasten in het huis van de rentmeester. Zoals te verwachten viel, had Effie een fikse uitbrander van haar vader gekregen voor haar 'uitsloverij'. Oom Hamish had sneller dan anders verslag uitgebracht van de gebeurtenissen van die middag. Het leek erop dat Angus McKinnons vernedering de hoofdzaak was, in plaats van het dodelijke gevaar dat zij had gelopen.

Maar nu voelde alles weer schoon en fris. Het was een nieuwe dag en Effie had goed geslapen. Na grote inspanningen was ze altijd buiten westen zodra haar oor het kussen raakte, maar ze was ontwaakt met een sprankelend gevoel in haar buik dat ze niet goed kon verklaren. Het leek alsof haar lichaam scherper was afgesteld.

Ze verrichtte haar ochtendtaken met haar normale zorgvuldigheid – haalde een stuk turf uit de cleit voor het vuur, haalde water uit de beek, kookte havermoutpap voor het ontbijt en melkte de koe – maar hield intussen haar omgeving goed in het oog, vol verwachting leek het wel. Ze was zowel afgeleid als uiterst geconcentreerd.

Haar blik viel steeds weer op het prachtige jacht dat nu rustig op de gladde zee lag.

Zouden de eigenaren echt een week blijven? De meeste bezoekers hielden het hooguit drie dagen vol. Ze vonden het moeilijk om zich te schikken in de eenvoud van het leven hier, hoezeer ze na aankomst ook van het eiland gecharmeerd waren. Bovendien was het jammer dat het zo'n drukke tijd was. Het was de tweede woensdag van mei en het stormvogelseizoen kwam eraan. De hoge kliffen en de *stacks* die als naalden uit de zee staken waren wit van de massa's zeevogels die hier kwamen nestelen en broeden, en de mannen (en Effie) zouden er binnenkort duizenden vangen en doden – misschien vandaag al – waarna de vrouwen ze zouden plukken en de veren zouden worden opgeslagen. Vervolgens zou het gevogelte worden gezouten, waarna het in de cleits werd bewaard voor de komende winter. Het zouden dus lange werkdagen worden, met weinig vrije tijd.

Tegen de tijd dat Effie met Poppit kwam aanlopen, hadden de mannen zich al op The Street verzameld voor het dagelijkse overleg. Van een afstandje zagen ze er allemaal hetzelfde uit met hun bruine wollen broeken en vesten, hun opgerolde mouwen en hun petten en blote voeten. Zijzelf droeg hetzelfde minus de pet en bleef in de buurt rondhangen bij Mad Annie, die voor de deur van haar cottage achter haar spinnewiel zat. De mannen waren er nog niet uit of ze de aardappeloogst zouden inkuilen, met de stormvogelvangst zouden beginnen of naar het naburige Boreray zouden gaan om de schapen daar te plukken. Effie keek naar de zee. Het water was het hele stuk van zesenhalve kilometer naar het eiland glad en kalm.

'We moeten de kans grijpen nu het kan,' zei Norman Ferguson beslist. 'Jullie hebben gezien hoe hard het gisteren waaide, en we hebben maar een paar rustige dagen voordat de volgende voorjaarsstorm opsteekt. Als we tot daarna wachten, gaan de schapen ruien en...'

'Aye, maar met de winter die we hebben gehad,' wierp Donald McKinnon tegen, 'vind ik dat we de oogst nu vast de grond in moeten doen. Daarmee winnen we tijd en dan kunnen we er zo nodig vroeg bij...'

'Maar de vogels dan? Stac Lee zit er vol mee,' zei Angus, die weer de touwen in wilde.

'Daar hebben we nog wel wat dagen voor. Ze waren dit jaar een week later dan anders,' antwoordde Norman. 'Maar als we nu naar Boreray gaan om te plukken, kan de rentmeester de wol mee terugnemen en maken we wat plaats vrij in de verenopslag. Die zit altijd stampvol bij zijn terugkeer.'

Haar vader lachte spottend. 'Nu de wol halen, aye, maar geloof maar niet dat hij je die in september nog volledig vergoedt. Tegen die tijd is de helft gemakshalve verloren gegaan of vergeten.'

Zijn brutale woorden werden met zwijgen beantwoord. Het was één ding om de rentmeester te beledigen in diens afwezigheid, het was heel iets anders om dat te wagen als hij op het eiland was. Ze keken om om te controleren of ze werden afgeluisterd, want de rentmeester was een stille schaduw die overal kon opduiken.

'Dan laten we het hem opschrijven om bewijs te hebben dat hij de wol heeft gekregen,' zei Norman met gedempte stem.

'Omdat wij zo goed kunnen lezen en schrijven?'

Normans wangen kleurden rood. 'Misschien kan Lorna MacDonald het doen.'

Oom Hamish schraapte zijn keel. Als een van de oudere mannen die nog steeds actief was in het werk op het eiland trad hij vaak op als de ongekozen leider. 'We steken onze handen op. Wie is er voor de aardappelen?'

Er gingen twee handen omhoog – van Donald McKinnon en van de oude Finlay Ferguson. Old Fin was al in de tachtig, maar het graven van lazybeds was een van de weinige taken waar hij nog aan kon meedoen.

'Voor het plukken van de schapen?'

Er gingen twaalf handen omhoog, waaronder die van Effie.

'Dan wordt het dus Boreray.' Oom Hamish keek haar aan. 'Effie, je weet heel goed dat jij niet meegaat.'

'Maar...'

'Geen gemaar.'

'Maar het water is zo glad als een spiegel!' zei ze desondanks fel. 'Je kunt er bijna naartoe rénnen!'

'Ah, goedemorgen!'

Ze draaiden zich allemaal om bij het horen van de hartelijke begroeting. De predikant liep naar hen toe, op de voet gevolgd door de twee gasten en de rentmeester. Hadden ze met z'n vieren ontbeten? Effie voelde het kriebelen in haar buik toen ze de jonge lord weer zag. Als het de afgelopen nacht niet zo hard had geregend, had hij misschien wel een avondwandelingetje over The Street gemaakt. Dan hadden ze misschien wel met elkaar gepraat. Er was dus al een kostbare avond verloren gegaan.

'Ik neem aan dat we niet te laat zijn voor het overleg van vanochtend?' vroeg de predikant op zeldzaam opgewekte toon. De eerwaarde John Lyon was een jonge predikant die zijn standplaats op dit afgelegen eiland in eerste instantie met verbittering had aanvaard. Hij was nog maar drie maanden predikant toen hij te horen kreeg dat hij geacht werd naar het einde van de wereld te varen, en het eerste jaar had hij overal mee geworsteld: de voortdurende wind, de meedogenloze zon, het geraas van de zee, het gekrijs van de vogels, het armzalige voedsel. De eilanders zaten elke avond in de kerk met een mengeling van minachting, medelijden en verwondering toe te kijken hoe hij zich door zijn preken heen mompelde, wit van vermoeidheid, ondervoeding en vertwijfeling.

Maar geleidelijk had hij onder het motto van 'er zit niets anders op' de smaak van geroosterde papegaaiduiker (min of meer) leren waarderen, en was hij gaan beseffen dat hij in een gemeenschap van slechts zesendertig mensen, die allemaal op hem aangewezen waren voor spirituele raad en ondersteuning, een bepaalde macht kon uitoefenen. Zijn religieuze vurigheid nam toe en zijn waarschuwingen voor verdoemenis en de eeuwige strijd tegen de zonde maakten dat de eilandbewoners de nacht in werden gestuurd met een steeds diepere frons in hun voorhoofd. Ze begroetten hem in The Street door hun pet af te nemen, en als er belangrijke bezoekers naar het eiland kwamen, was hij degene die hen ontving. De predikant was altijd in zijn element als er mensen van het vasteland overkwamen, die voedsel, goederen en nieuws vanuit de grotere wereld meebrachten, en het was een nieuwe bron van vermaak voor de dorpsbewoners om te zien hoe hij meer Kildanaar werd dan de geboren eilanders.

'Ik ben bang van wel, eerwaarde,' zei oom Hamish. 'We hebben besloten om te profiteren van de kalme zee en de tocht naar Boreray te ondernemen.'

'Boreray? Is dat het grote eiland daar?' vroeg de graaf, die zich erin mengde en in de richting van het eiland wees.

'Aye, sir,' beaamde oom Hamish knikkend. 'Daar houden we onze schapen. Die moeten worden geplukt voor ze in de rui gaan.'

'Gaan jullie schapen in de rúí?'

'Ja. Het is een heel oud ras, sir. We plukken ze, nemen de wol mee, die we dan kaarden en spinnen en weven tot tweed als pacht voor de lord.'

'Heuse huisnijverheid! Goed, mogen we ons bij u voegen? Mijn zoon en ik zijn erg geïnteresseerd in uw Hebridiaanse gewoonten.'

Effie zag dat de mannen blikken uitwisselden.

'U bent welkom, sir, maar hou er wel rekening mee dat altijd het risico bestaat dat het weer verandert en dat we daar vast komen te zitten. Als dat gebeurt, kunnen we er wel een week moeten blijven, of tien dagen, en ik vrees dat we daar niets hebben van het comfort dat we hier genieten.'

Beide gasten lachten, tot ze zich realiseerden dat de man geen grap had gemaakt toen hij suggereerde dat er híér sprake zou zijn van enig comfort. De graaf schraapte zijn keel. 'Juist. Ja, ik begrijp het. Hoelang bent u van plan daar te blijven?'

Lord Sholto ontmoette Effies blik. Ze zag de lach in zijn ogen, hoewel hij zich perfect beheerste. Hij droeg een lichtbruin pak en, anders dan zijn vader, geen stropdas.

'Waarschijnlijk drie of vier dagen. Het is niet erg comfortabel, omdat we allemaal in het Stalker's House moeten verblijven. Wij alle dertien.'

'Veertien!' merkte Effie op.

'Aye, veertien,' bevestigde oom Hamish, maar hij keek met een strenge blik in haar richting.

Het kon haar niet schelen. Ze had hem overrompeld en zich zo van deelname verzekerd. Ze straalde tevreden.

'Dat klinkt nogal... vol.'

'Het is tamelijk rustiek, milord,' reageerde de rentmeester met een zuur gezicht. 'Het is een eeuwenoud, half ondergronds onderkomen. Weinig meer dan een met stenen ommuurde greppel, eigenlijk.'

Als hij probeerde hem ervan af te brengen...

'Goeie genade. Wat jammer dat we niet mee kunnen, ik had het plukken graag willen zien!' riep de graaf uit.

'Dat kan alsnog, sir. We hebben hier op Hirta ook een aantal schapen. Het Fairy House is niet ver. We kunnen vast wel iemand vinden die het u kan demonstreren.' Oom Hamish keek haar aan. 'Effie, jij kunt je nuttig maken door de heren mee te nemen naar Tigh Na Banaghaisgich.'

Ze keek hem met roze wangen van verbolgenheid aan. 'Maar ik ga mee naar Boreray!'

'Ik heb net gezegd dat je hier zou blijven.'

'Maar u zei net dat we met z'n veertienen zouden gaan.'

'Aye, de rentmeester zal mee willen. Hij is nummer veertien.'

De rentmeester leek al net zo verrast te zijn door zijn vanzelfsprekende toevoeging aan de groep als zij was door haar uitsluiting.

'Ik neem tenminste aan dat u een overzicht wilt maken van het aantal schapen en de conditie waarin ze verkeren, voor de *laird*?' vroeg oom Hamish hem.

Er viel een korte stilte. 'Natuurlijk.'

'Maar jullie waren het erover eens dat ik het recht heb om ons deel bij te dragen,' zei Effie, die zich een weg naar voren baande en weigerde te worden genegeerd.

'Effie,' zei Finlay McKinnon op waarschuwende toon, in een poging haar terug te fluiten, zoals altijd, alsof ze een gevaar tegemoet ging dat alleen hij kon zien.

'Alleen op Hirta. Dat weet je.' Oom Hamish wendde zijn blik af om de discussie nadrukkelijk te beëindigen. 'Goed dan. Laat de vrouwen de voorraden inpakken. We vertrekken over een uur.'

De mannen draaiden zich om en maakten aanstalten zich te verspreiden.

'Ik vraag me af...' De graaf liet de woorden in de lucht hangen. Zijn voorname positie zorgde ervoor dat de mannen hem niet zomaar de rug konden toekeren terwijl hij sprak. Ze draaiden zich allemaal weer om. 'Blijft er iemand op dit eiland achter die als onze gids kan dienen?'

'Ik vrees dat de mannen allemaal een paar dagen weg zullen zijn, sir,' antwoordde Archie MacQueen met een verontschuldigend tikje tegen zijn pet.

'Ach, dat is jammer,' zei de graaf knikkend. 'We zijn van ver gekomen om de beroemde vogelsoorten hier te zien. Sir John heeft gezegd dat alleen al de vogels onze tocht de moeite waard zouden maken.'

Er viel een stilte. Iedereen wist dat het subtiele noemen van Sir John een elegante waarschuwing was: het zou niet in hun belang zijn om hun landheer of diens vrienden teleur te stellen.

'Wat de vogels betreft is er niemand die er meer van weet dan Effie. Zij zag de vale stormvogeltjes vorige week nog bij Mullach Sgar, toch, lass?' merkte Mad Annie op vanachter haar spinnewiel. 'En als het om klimmen gaat, kan ze zich meten met de mannen.'

Angus McKinnons stekels stonden meteen rechtovereind. Net als die van Effie. Had ze niet gisteren nog bewezen dat ze béter was?

'Nou, we hebben gistermiddag zeker een staaltje van haar snelheid en moed gezien,' zei de jonge lord, die met een hand in zijn broekzak gestoken nonchalant tegen de muur leunde. 'Ik zou zonder meer vertrouwen in Miss Gillies stellen. U vast ook, vader?'

De graaf dacht er even over na en keek Effie door zijn brillenglazen aan. Voor het eerst vroeg ze zich af wat hij zag, hoe ze overkwam op buitenstaanders – een meisje dat gekleed was als een jongen, dat indruk probeerde te maken aan een touw, dat discussieerde met de mannen...

'Na wat we gisteren hebben gezien, inderdaad. Wat vindt u ervan, jongedame? Bent u bereid de komende dagen onze gids te zijn? We betalen u natuurlijk voor uw tijd. Laten we zeggen twee shillings?'

'Twee...' Effie keek vol ongeloof naar haar vader. Met het zorgen voor de stier verdiende ze maar één pond in een heel jaar! Het zou betekenen dat ze alle hoop om mee te mogen naar Boreray zou moeten opgeven, maar...

Ze knikte naar de beide heren. 'Voor twee shillings zal ik graag uw gids zijn, sir.'

'Dat is dan afgesproken,' zei oom Hamish, die met zijn intonatie de bijeenkomst wederom beëindigde. De mannen gingen snel uiteen, maar Effie bleef staan waar ze stond terwijl de graaf en zijn zoon naar haar toe liepen. Poppit drukte zich tegen haar benen en ze aaide haar over de kop.

'Nou, dan bevinden we ons nu in uw handen, jongedame,' zei de graaf. 'Kunt u ons naar de vale stormvogeltjes brengen?'

'Aye, sir. Of naar het Fairy House. Wanneer u er klaar voor bent.'

'Ik vraag me af of dit misschien ongepast is, milord,' kwam de rentmeester tussenbeide.

'Waarom?' vroeg de graaf monter. 'Ze heeft bewezen dat ze in haar vaardigheden gelijkwaardig is aan de mannen. En ze heeft de vogels gezien waarvoor ik hier speciaal naartoe ben gekomen.'

'Maar een jonge vrouw alleen, als gids...' De rentmeester liet zijn woorden wegsterven om de toespeling voor zich te laten spreken.

'Ja?'

Er volgde een ongemakkelijke stilte terwijl de rentmeester zijn blik van haar naar hun voorname gasten, de vrienden van hun landheer, liet glijden.

'Nee, niets, sir, u hebt gelijk. Ik ben blij dat er een overeenkomst kon worden getroffen.' Frank Mathieson begon af te druipen als een hond die werd weggeschopt.

'Mr Mathieson, voor we weggaan,' zei Ian McKinnon, de postmeester, die een stap in zijn richting zette. 'Ik zou graag met u praten over de kwestie die we tijdens uw laatste bezoek in september hebben besproken...' Hij liet de zin in een diplomatieke stilte eindigen, want hij wilde kennelijk niet op de details ingaan waar hun gasten bij waren.

De mond van de rentmeester vormde zich tot een strakke streep. Hij leek vaak ontevreden te zijn over de realiteit van zijn werk. Als tussenpersoon van de laird moest hij niet alleen voorraden naar de mensen brengen, maar ook luisteren naar hun verhalen over problemen, ziekten en wensen: de daken waren gammel, het regende zowel binnen als buiten, de oogst was mislukt... Op zijn tweede trip van het seizoen, eind augustus, haalde hij de goederen op die ze als pacht opbrachten, en liet hij weer noodzakelijke voorraden achter om hen de lange, zware winter door te helpen, als het eiland door de barre zeeën van het vasteland was afgesloten.

'Kan het niet wachten tot we terug zijn, Mr McKinnon?' snauwde hij. 'Ik heb net een helse overtocht achter de rug en weet nog maar net dat ik meteen wéér een oversteek moet gaan maken.'

De postmeester voelde zich duidelijk gekrenkt. 'Aye, dat denk ik wel, sir.'

'Goed,' mompelde de rentmeester met een laatdunkende blik terwijl hij zich omdraaide. 'Excuseer, dan ga ik nu. Ik moet me voorbereiden op het tellen van schápen.'

Het hele dorp stond op zijn kop door het besluit dat de mannen naar de schapen zouden gaan. Reguliere karweitjes werden uitgesteld. De vrouwen zorgden voor proviand en er werden dekens tevoorschijn gehaald. Uit de cleits werden oude zakken opgediept en opgevouwen waarin de mannen de geplukte wol mee terug zouden nemen. De honden renden opgewonden blaffend langs de waterkant en de vogels fladderden de lucht in terwijl de boot naar het water werd getrokken.

Binnen een uur waren ze klaar en stonden de vrouwen en kinderen met een zakdoek in de hand te zwaaien tot de boot van het dorp om de landtong van Oiseval zou zijn verdwenen.

'Zullen wij ook zo'n hartelijk afscheid krijgen als het onze beurt is om te vertrekken, Miss Gillies?' vroeg Lord Sholto met een geamuseerde blik in zijn ogen. Hij was uit het huis van de rentmeester gekomen toen hij het rumoer hoorde en was bij de groep vrouwen op het strand gaan staan. En nu stonden zij tweeën ineens vlak bij elkaar.

'Ik ben ervan overtuigd dat we u met lede ogen zullen zien gaan, sir,' zei ze met haar blik strak vooruit gericht. Ze zag dat de rentmeester achteromkeek vanaf de boot en ze wist dat hij er nog steeds geen vrede mee had dat zij hun hooggeëerde gasten zou gidsen, wat hij ook had gezegd. In de zes jaren dat hij de rol van MacLeods rentmeester had vervuld was er geen bezoek voorbijgegaan zonder dat hij haar 'een pittig ding' had genoemd, alsof ze een voorwerp was en geen meisje. 'We nemen altijd met aandacht afscheid, want we kunnen er nooit zeker van zijn dat we herenigd zullen worden.'

Ze draaide zich om en maakte aanstalten terug te lopen over het strand, maar hij kwam ook in beweging en liep met haar mee. Hij had zijn pak verruild voor een praktische tweed broek.

'Maar ze gaan niet ver. Het eiland ligt daar verderop, toch?'

'Aye, maar je hoeft niet ver te gaan om in gevaar te komen. Er zijn eens drie mannen hier in de baai verdronken en die hebben we niet kunnen redden.'

Er verscheen een diepe frons in zijn gladde voorhoofd. 'Wat verschrikkelijk. Is dat kort geleden gebeurd?'

'Nee, veertien jaar geleden, maar voor hun families voelt het als de dag van gisteren.'

'Stormde het?'

'Niet heel hevig, maar er was wel veel deining. Ze gingen vogels vangen van de stack daarginds. Stac Levenish. De mannen werden via een touw aan elkaar gebonden en waren klaar om te klimmen. Een van hen viel...' Ze haalde haar schouders op.

'En sleurde de anderen mee,' mompelde hij. 'Konden ze niet zwemmen?'

'Dat kunnen we geen van allen.'

'Wat?' Hij keek geschokt.

'Het is voor ons niet nodig het water in te gaan. De zee is te onstuimig om op grote schaal te vissen. We vissen een beetje vanaf de rotsen, maar dat is de reden waarom we vooral op vogels jagen.'

'Maar gisteren, toen u de klif afdaalde... Toen sprong u in de boot.'

'Aye.' Ze keek hem met een effen blik aan.

'Als u mis was gesprongen...'

'Maar dat deed ik niet.'

'Het ging maar nét goed.'

'Maar net is goed genoeg.' Ze haalde haar schouders op. 'Maar wie weet, als het nodig was geweest, had u mij misschien wel gered, sir.'

Hij lachte om haar droge toon. 'Ik hoop dat u weet dat ik niet geaarzeld zou hebben.'

Ze haalde weer haar schouders op.

'Maar zegt u nu eigenlijk dat u uw leven hebt geriskeerd om die jongen in dat wedstrijdje van jullie te verslaan?'

'Het was belangrijk dat ik zou winnen.'

'Zo belangrijk dat u bereid was ervoor te sterven?'

'Nou, liever niet natuurlijk.'

Hij lachte weer.

De graaf, die het vertrek van de mannen had gadegeslagen vanachter het raam van het huis van de rentmeester, kwam naar buiten, en ze liep naar hem toe. 'Bent u er klaar voor, sir?' vroeg ze.

'Zeker. Maar een kleine waarschuwing: mijn zoon kan u misschien wel bijhouden aan de touwen en op de hellingen, maar wat mezelf betreft vrees ik dat die dagen lang en breed achter mij liggen.'

Effie glimlachte behoedzaam. De beleefdheid belette haar uit te roepen dat zijn zoon geen enkele kans maakte om haar aan een touw bij te houden. 'We zullen vandaag vooral wandelen, sir. Ik heb de vaaltjes voor het laatst zien cirkelen bij Na h-Eagan, achter Ruival.' Ze wees naar de berg aan hun linkerhand, aan de andere kant van de vallei.

'Noemt u ze ook vaaltjes?' De graaf leek onder de indruk te zijn. 'Dan weet u dus wel wat van vogels, behalve dat u ze herkent?'

'Aye, sir.' Ze stak haar kin opstandig naar voren. Arm was niet hetzelfde als onwetend. De jongere generatie op het eiland had leren lezen en schrijven in zowel het Engels als het Gaelic. 'Ik lees veel.'

'Juist ja. En uw hond...' Hij wierp een blik op Poppit, die vlak naast haar stond, met haar kop zoals altijd onder Effies handpalm. 'Die verstoort de vogels niet?'

'Integendeel, ze is mijn geheime wapen. Ze kan ze ruiken.'

'Hoe heet ze?'

'Poppit.'

'Dat is een ongebruikelijke naam.'

'Die heeft ze overgehouden aan haar vriendschap met een *pipit*, een graspieper, toen ze nog een puppy was.'

De graaf lachte. 'Aha.'

'Ik heb haar zelf getraind. Haar moeder stootte het nestje af, dus ik heb haar grootgebracht.'

'Ja, ik kan wel zien dat jullie een sterke band hebben. Ze volgt elke beweging die u maakt.'

'Ze is heel trouw, hè, Poppit?' Er klonk warmte door in Effies stem terwijl ze de kop van haar hond aaide. Ze keek op en zag dat beide mannen haar een bevreemde blik toewierpen. Praatten zij dan niet tegen hun dieren? 'Zullen we dan maar?'

Ze liepen door The Street. Terwijl ze langsliep met de voorname gasten deelde Effie knikjes uit, wisselde een glimlach met Jayne Ferguson en knipoogde schalks naar Lorna MacDonald. Ze wist dat het geroddel zou losbarsten nu de vrouwen het dorp voor zichzelf hadden, en ze voelde dat hun blikken de mannen achtervolgden. Zelfs Mary McKinnon, die de laatste tijd zelden haar bed uit kwam – ze was in verwachting en had veel zwangerschapskwalen – keek op van haar breiwerk toen ze haar deur passeerden.

Ze liepen gedrieën naast elkaar met de graaf in het midden en begonnen Mullach Geal te beklimmen. Het was te steil om veel te praten, hoewel Effie zo veel vogels aanwees als ze kon – watersnippen en graspiepers, tapuiten en de inheemse winterkoninkjes die op de muren en cleits rondhupten, luid kwetterend alsof ze boven de zee, de wind en de krijsende zeevogels uit wilden komen.

Toen ze ongeveer een uur later – twee keer zo lang als ze er normaal over zou doen – boven op de Am Blaid-heuvelrug aankwamen, stopten ze.

'Miss Gillies, een korte pauze alstublieft,' hijgde de graaf, leunend op zijn wandelstok. 'Op mijn leeftijd nemen de krachten helaas langzaam af.' Voorzichtig ging hij op de grond zitten.

Effie plofte neer, net als zijn zoon, en ze leunden alle drie met hun ellebogen op hun knieën, uitkijkend over de vallei en de zee.

'U mag zich gelukkig prijzen met zo'n thuis, Miss Gillies,' zei de graaf toen hij op adem was gekomen, met een vleugje verwondering in zijn stem om zo veel pracht.

'Aye,' zei ze met een zucht, en ze keek vol trots naar het gehucht met zijn rokende schoorstenen, haar koninkrijk.

'Bent u hier ooit vandaan geweest?'

'Waarom zou ik, sir? Ik heb hier alles wat ik nodig heb.'

'Juist.' Hij glimlachte en leek haar antwoord te overpeinzen. 'Toch zal het ondanks alle woeste schoonheid geen gemakkelijke manier van leven zijn. Sir John heeft het vaak over de problemen waar jullie op deze afgelegen plek mee te maken hebben: mislukte oogsten, ziekte en gebrek aan medische zorg.'

'Problemen zijn er zeker. Maar de schoonheid weegt zwaarder.'

'Dus u hebt nooit overwogen ergens anders naartoe te verhuizen?'

'Alleen tijdens al te hevige stormen.'

'Ik kan me voorstellen dat die behoorlijk ruig kunnen zijn. De regen was afgelopen nacht verschrikkelijk.'

'Het zijn vooral de winden die heel fel zijn. Er zijn weleens daken afgerukt, de boot is omvergeblazen... Het is niet fijn als je er weg van huis door wordt overvallen, dat kan ik u wel vertellen.'

'Zoeken jullie dan beschutting in de cleits?'

'Aye. Als de schapen ons niet voor zijn.'

Lord Sholto liet een diepe lach horen. Het gesprek leek hem te amuseren.

'Maar zou u geen gemakkelijker leven willen hebben?'

Ze zuchtte. 'O, soms komen er bezoekers die ons verhalen vertellen over uw kant van het water, en dan vraag ik me wel af hoe het moet zijn om niet te hoeven... zwoegen. Maar dit is wat ik ken. Wat ik ben.' Ze keek omlaag naar haar thuis en speurde met haar ogen de lange muur van de wal achter de cottages af, de symmetrisch ronde muur om de begraafplaats heen, de stippen en strepen die haar voorouders in het landschap hadden gemaakt. De natuur had deze rots in zee gebeeldhouwd, gebeiteld en omgewoeld tot een thuis. En dat thuis had haar gevormd. Deze wilde krachten hadden haar als een ouderpaar bijgeschaafd.

'Bovendien zou mijn vader hier nooit weg willen en ik zou hem nooit verlaten, dus...' Ze haalde haar schouders op.

'Hij heeft maar geluk met zo'n liefdevolle dochter.'

'Hij zou liever een nog levende zoon hebben.' De opmerking was eruit voor ze het wist. Ze glimlachte stijfjes toen ze de verraste blik van de hooggeplaatste bezoekers zag. 'Sorry, sir, dat had ik niet mogen zeggen. Soms vergeet ik dat ik niet alles moet zeggen wat in me opkomt.'

'Jongedame, u mag vrijuit spreken,' zei de graaf. 'Als we hier in deze uithoek niet vrij kunnen zijn, waar dan wel?'

'Dit is geen uithoek,' protesteerde ze met gekrenkte trots.

'Nee?'

'Het is het middelpunt van de hele wereld – in elk geval voor mij.'

'Natuurlijk. Het spijt me. Dat was een tactloze opmerking van me.'

Lord Sholto sloeg haar geïnteresseerd gade. 'Bent u enig kind, Miss Gillies?'

Ze slikte. 'Nu wel. Mijn oudere broer, John, is vier jaar geleden overleden... Hij daalde af en...'

De lord fronste. 'Bedoel je dat hij...'

'Hij is gevallen, aye. Het touw knapte.'

Er viel een pijnlijke stilte. De bezoekers hadden gisteren zelf gezien hoe hoog de kliffen waren. 'Gebeuren dergelijke ongelukken vaak?' vroeg de graaf.

'Nee, maar wel om de zoveel jaar. Mijn vader is er nooit overheen gekomen.'

'En uw moeder...'

Effie haalde diep adem. 'Die heeft er gelukkig niets van geweten. Zij is overleden toen ik tien was. Aan tbc.'

'Ach, lieve meid toch, wat erg,' zei de graaf zacht. 'Dus uw vader en u zijn met z'n tweeën?'

Effie knikte. 'Mijn vader was al eerder getrouwd geweest. Zijn eerste vrouw is gestorven in het kraambed. Zij hadden vijf kinderen, maar die zijn geen van allen ouder geworden dan zeven, om verschillende redenen – kaakklem, de *boat cough*.'

'Dat is een zware dobber voor een man.'

'Aye.'

De graaf keek haar aan. 'En voor u ook.'

Ze was verrast door zijn opmerking. Nooit eerder had iemand iets gezegd over háár verlies. 'Ik red me wel.'

Er viel weer een korte stilte, waarin de mannen met meelevende ogen overpeinsden wat ze zojuist had gezegd, maar tragiek maakte deel uit van het leven hier, net als de wind.

'Is dat de reden waarom u vanochtend bij het overleg van de mannen aanwezig was? Hebt u de taken van uw broer overgenomen?' vroeg Lord Sholto.

Ze knikte. 'We hebben craggers nodig om vogels te vangen en hun eieren te rapen, die als voedsel dienen, maar van de zesendertig eilanders zijn er veel te oud of te jong om langs de kliffen af te dalen. Mijn vader is te oud om te klimmen en hij heeft sowieso een zwak gestel, dus doe ik het.'

'Maar kunnen uw buren u dan niet helpen?' vroeg de graaf.

'Aye, dat willen ze wel, ze helpen ook de weduwen en Old Fin. Maar waarom zouden we gebruikmaken van hun hulp terwijl ik jong en sterk en gezond ben? Moeten we bedelen alleen omdat ik een meisje en geen jongen ben?'

Ze zagen de opstandigheid in haar ogen. 'Dat is een heel moderne opvatting, vooral in een gemeenschap als deze. Kunnen de mannen zich er wel in vinden?' vroeg de graaf.

'Niet echt. De oude tradities zitten diep, maar ze gaan erin mee omdat ze geen andere keus hebben. Wat ze ook vinden van een meisje dat mannenwerk doet, er zijn hier gewoon niet genoeg mannen om het zonder mij te kunnen. Ik heb bewezen dat ik het kan en ze hebben mijn hulp nodig, al willen ze die liever niet.'

De zoon glimlachte weer terwijl ze sprak. 'En welke van uw werkzaamheden zouden meisjes dan eigenlijk niet moeten doen?' vroeg hij.

'Craggen, klimmen. Stormvogels, drieteenmeeuwen en zeekoeten vangen. En papegaaiduikers. En de honden trainen.'

'En waarom mocht u niet mee naar het andere eiland?'

'Dat is hun manier om me tegen te houden. De schapenwol is immers geen voedsel, alleen maar pacht, dus kunnen ze het zonder mij wel redden. Ze hebben me hier nodig voor de vogels en ze weten dat ze me toch niet kunnen beletten langs de kliffen te klimmen, maar ze kunnen wel verhinderen dat ik meega in een boot.'

'En welke reden geven ze daarvoor?'

'Dat ik niet kan zwemmen.'

Lord Sholto fronste. 'Maar zij kunnen dat ook niet. Op het strand zei u tegen mij...'

'Dat klopt. Maar het is wel de smoes die ze gebruiken.'

Hij gaf geen antwoord, maar in zijn ogen dacht ze iets van boosheid te zien flitsen.

'Mag ik eerlijk tegen u zijn, Miss Gillies?' vroeg de graaf nadat hij even had gezwegen.

'Graag, sir.'

'Voor we vertrokken heeft Sir John me in vertrouwen verteld dat hij een brief van de eilanders had ontvangen. Volgens hem hebben jullie de regering verzocht om evacuatie naar het vasteland.'

Effie keek hem even aan en wendde haar blik weer af. Ze klemde haar kaken opeen. 'Aye.'

'Hebt u dat verzoekschrift ook ondertekend?'

'Dat moest wel. We gaan allemaal of we blijven allemaal, dat was de afspraak.'

'Zelfs als het niet uw wens is? U vertelde net dat u hier nooit weg zou willen gaan.'

'Zo gaat het hier nu eenmaal. We moeten één lijn trekken. We kunnen maar amper in onze levensbehoeften voorzien met het aantal mensen dat we nu hebben, dat is gewoon zo, en als er nog meer jonge mannen zouden weggaan... Ik probeer ze elke dag weer te laten zien dat we het wel rooien als de vrouwen ook mannenwerk mogen doen, maar...'

'Zij zijn niet zo dapper als u?'

'Ze willen gewoon niet. Elke maand komen er meer boten met toeristen die ons vertellen over het leven aan de overzijde. Luxe. Comfort. Verwarming. Winkels. Auto's. Binnentoiletten. Sprekende beelden die ze films noemen...' Ze zuchtte en haalde hopeloos haar schouders op. 'Hun hoofd is op hol gebracht. Ze zijn het leven op het eiland moe.'

'Maar u niet?'

'Ik hoef het niet gemakkelijk te hebben. Dit is mijn wereld. Bovendien heb ik daar geen plek om naartoe te gaan.'

'Dus als de regering jullie verzoek inwilligt...'

'Dat gebeurt niet. Het zal nooit gebeuren, daarom heb ik ingestemd en getekend. We vragen al jarenlang om een radiotoren, een regelmatige postboot, een grotere boot in plaats van de roeiboten, zelfs alleen maar haringnetten! Niets. Waarom zou het nu anders gaan? Niemand geeft om ons.'

Haar stem stierf weg. Ze besefte dat ze te veel had gezegd, dat ze de onvrede en het getob van de eilanders had blootgelegd tegenover onbekenden die vrienden van hun landheer waren, een man die op het punt stond het flinke inkomen dat ze voor hem genereerden te verliezen. Waarom zouden zij het begrijpen, laat staan haar kant kiezen? Als de rentmeester zou horen wat ze zojuist had gezegd… Gedroeg ze zich niet precies zoals hij had gevreesd? Ze dwong zichzelf te glimlachen en een eind aan het gesprek te maken.

'Goed, als u er weer klaar voor bent, sir?' Ze kwam overeind.

Hij knikte, zich zo te zien bewust van haar plotselinge ongemak. Ze stonden alle drie op en gingen weer op weg. Ze liepen in zuidwestelijke richting, met minder inspanning nu ze op het plateau waren aangekomen. Effie vond het hierboven heerlijk. De oceaan strekte zich naar alle kanten uit en de horizon was overal rondom hen te zien. Op heel heldere dagen waren in de verte de toppen van North Uist en Harris als vage schaduwen waarneembaar, maar vandaag niet. Een lichte nevel hield hen in hun eigen universum besloten.

Ze liepen nog een uur door. De mannen volgden haar in ganzenpas op de plekken waar het pad smaller werd. Ze liepen langs de rand van de kliffen, waar het land hier en daar steil landinwaarts glooide. De hemel raakte bezaaid met witte en grijze pijltjes, vogels die om hun nesten op de duizelingwekkend hoge rotswanden cirkelden. De graaf was een ervaren vogelaar. Hij herkende zelfs de kuifaalscholver op grote hoogte, wist de stormvogel van de kleine mantelmeeuw te onderscheiden en herkende de vliegwijze van de jan-van-gent en de drieteenmeeuw. Effie liep doelgericht voort, haar blik dan op de ene en dan weer op de andere vogel gericht – volgend, inschattend, zoekend…

'Daar,' zei ze plotseling. Ze stond stil en wees voor zich uit. De mannen gingen aan weerszijden van haar staan en volgden de richting waarin haar vinger wees. Ze gebaarde dat ze zich moesten laten zakken en haar ogen speurden het lange pluimgras af. Ze gingen alle drie op hun buik liggen.

'Wat ziet u?' fluisterde de graaf.

'Een vaaltjesnest, recht voor ons.'

'Hier? Niet op de kliffen?' vroeg de graaf.

Ze schudde haar hoofd. 'De stormvogel nestelt op richels, maar het vale stormvogeltje broedt in een holletje.'

'Ik zie het niet,' zei Lord Sholto.

'Daar is het, kijk.' Ze wees naar de ruïne van een oude cleit. Er was maar weinig van over, de overblijfselen nauwelijks meer dan een muur, maar tussen een paar gestapelde stenen staken wat grassprieten en stukjes mos alle kanten op. Het nest was bijna onmogelijk te zien met slechts wat piepkleine grilligheden die het oog ernaartoe trokken.

'Hoe hebt u dat in hemelsnaam opgemerkt?' vroeg de graaf. 'Ik kan het zelfs amper waarnemen nu u me erop hebt gewezen.'

'Kom maar wat naar links.' Ze schoven alle drie een halve meter naar links op, waarvandaan de kleine vogel – ongeveer ter grootte van een zwaluw – die zat te broeden op het schriele nest tussen de stenen beter zichtbaar was. Haar veren waren blauwgrijs met een hoekig wit stukje bovenaan de staart, en ze had een vaalzwarte snavel.

De vogel schudde met haar vleugels alsof ze voelde dat ze bestudeerd werd.

De graaf haalde diep adem. Ze hadden alle drie een glimp van het perfect gevormde ei opgevangen. 'Vertel eens wat u over deze vogels weet,' fluisterde hij.

Effie dacht even na. Ze wist veel. Haar boeken waren de enige afleiding die ze op lange winteravonden had en als ze moest kiezen tussen een natuurboek en de Bijbel... 'Het zijn zeevogels, ze brengen acht maanden per jaar door op zee. Door hun gevorkte staart zijn het goede duikers. Ze zijn iets groter dan de *stormies* en hun vliegwijze is onregelmatig, aarzelend. Ze lijken vaak over het water te lopen... Wat nog meer?' Ze dacht harder na. 'O. Ja. Ze herkennen hun eigen kuikentjes niet en wisselen van partner als een nestje mislukt. Ze leggen meestal één ei. Dat heeft een ruwe textuur en is kalkachtig wit met een paar kleine rode stipjes aan het bredere uiteinde. De eieren worden hooggewaardeerd.'

'Dat kun je wel zeggen,' mompelde Sholto terwijl hij opzijkeek.

'Mijn pa is al zes jaar naar zo'n ei op zoek. En u hebt hem er recht naartoe geleid!'

'Ik vrees dat ik het móét hebben,' mummelde de graaf, alsof dat voor haar slecht nieuws was. Maar hij was niet de eerste rijke man die hier op eierjacht naartoe was gekomen, en hij zou ook niet de laatste zijn. 'Sholto, aangezien jij er het dichtstbij bent...'

Zijn zoon knikte.

'Wacht,' zei Effie toen hij in beweging wilde komen. 'Als u het nest nadert, spuugt ze naar u met olie.'

'Dat is niets vergeleken met wat mijn pa zal doen als ik dat ei niet voor hem bemachtig.' Lord Sholto glimlachte minzaam.

Het was zo'n glimlach die uitdrukte dat hij waarschijnlijk altijd kreeg wat hij wilde, maar ze hield vol. 'Wacht nou maar. Tot ze even weggaat.'

'Vandaag nog?' Maar het was een goedmoedig grapje en hij ging weer liggen.

'Tijdens de broedperiode verlaten beide ouders het ei geregeld. Hun eieren kunnen veel lagere temperaturen verdragen dan die van andere vogels. Kijk eens hoe ze verschuift. Ik denk dat ze straks wegvliegt...'

'Hoe weet u dit allemaal?' vroeg Lord Sholto.

Dat hij zo weinig van haar verwachtte, voelde als een belediging. Veronderstelde hij dat ze onontwikkeld was, alleen omdat ze op dit eiland was geboren en getogen? 'Ik neem waar en ik leer, sir.'

Om haar punt kracht bij te zetten haalde ze een schrijfboekje uit haar klimtas en begon – aandachtig kijkend – aantekeningen te maken over het gedrag van het vogeltje en haar snavel. Vervolgens maakte ze een schets van haar kopje. Ze bleven een poosje in het gras liggen en keken wat de kleine moedervogel deed, hoe ze op het ei ging zitten en er weer af schoof, zo goed en zo kwaad als het ging in de kleine holte waar het nest zich bevond. Ze trok aan een grasspriet die niet lag zoals zij wilde. Ze schudde weer met haar veren en sloeg haar vleugels uit.

'Goed zo...' prevelde Effie terwijl ze haar ogen geconcentreerd samenkneep. 'Toe maar...'

Enkele ogenblikken later vloog het vogeltje op en scheerde het half cirkelend over de kliffen en het open water.

'Hoera!' riep de graaf uit toen het ei in al zijn glorie werd onthuld.

'En nu kunt u het pakken zonder dat uw kleren vies worden.'

'Dat was de moeite van het wachten waard – en ik kan het nu zelf gaan halen.' Hij kwam moeizaam overeind.

'Mijn moeder zegt altijd dat geduld een schone zaak is. Volgens haar zijn de beste dingen in het leven altijd het wachten waard,' zei Lord Sholto.

'Dan zijn uw moeder en ik het daarover eens,' zei ze effen. Ze probeerde de lichte glans in zijn ogen te negeren, zoals hij daar op zijn buik naar haar lag te kijken. Ondanks zijn vlotte lach en voorname charme had ze het gevoel dat iets in hem haar zou kunnen optillen en wegdragen. Ze ging rechtop zitten, in kleermakerszit, nu het stormvogeltje was weggevlogen. Om maar ergens naar te kijken, naar iets anders dan naar hem, richtte ze haar blik op de vogels boven hen, met haar potlood nog in de aanslag.

Lord Sholto rolde op zijn zij en legde zijn hoofd in zijn hand terwijl hij toekeek hoe ze tekende. De graaf zat inmiddels op zijn hurken bij het nest, het ei koesterend in zijn handen. 'Het is prachtig,' riep hij naar haar. 'Een ruwe textuur, inderdaad, zoals u al zei.'

'U zult het goed moeten uitblazen, sir, als u het wilt bewaren.'

Hij wierp haar een blik toe. 'Vermoedelijk hebt u ook daarvoor weer deskundige tips?'

'Ik kan u alleen vertellen hoe wij het hier doen, sir. Ik ben geen deskundige.' Uitgeblazen vogeleieren behoorden tot de belangrijkste dingen die toeristen graag van de eilanders kochten, naast het zachte tweed en de breisels.

'Au contraire, Miss Gillies,' zei de graaf, tot haar grote verwondering. 'Ik merk wel dat u op het gebied van zeevogels wel degelijk deskundig bent, en dat wij veel van u kunnen leren. Wie was ook alweer de dame die u aan ons heeft aanbevolen? We zullen haar moeten bedanken.'

'Mad Annie?'

Lord Sholto lachte. 'Mád Annie? Mijn hemel. Is ze gek dan?'

'Nee,' antwoordde Effie met een grijns. 'Maar ze rookt pijp en vloekt en gaat niet naar de kerk. Ze drijft de predikant tot wanhoop.'

'Waarom gaat ze niet naar de kerk?'

'Ze gaat niet meer sinds de dag dat haar man overleed. Hij behoorde tot de groep die is verdronken. Ze zei dat God haar had verlaten en dat zij Hém daarom verliet.'

'Een eigenzinnig type, zo te horen.'

'Zo zijn er hier wel meer,' beaamde ze. 'Met Ma Peg valt ook niet te spotten en Old Fin kan nog altijd van tien passen afstand in je oog spuwen.'

Beide mannen leken geschokt te zijn door die opmerking en Effie kreeg weer de indruk dat ze iets beschamends had gezegd. Maar het volgende moment lachten ze weer.

Effie keek toe terwijl de graaf een doosje uit zijn rugzak haalde. Hij ging op zijn knieën zitten en trok wat mos en gras uit de grond, waarmee hij het doosje bekleedde voordat hij het ei erin legde. Ze bleef kijken, enigszins in verwarring gebracht. Dit was een hobby die ze niet begreep. Ze zag de schoonheid er wel van in, maar voor haar – voor alle St Kildanaren – waren eieren voedsel, geen mooie voorwerpen om te verzamelen. Ze was geen hypocriet, ze wist dat zijzelf duizenden eieren meer uit hun nest had gehaald en zou halen dan deze beide mannen ooit zouden doen, maar dat was een kwestie van overleven. Op de een of andere manier vond ze het tegennatuurlijk om een ei uit zijn nest te halen – het enige ei dat het vogeltje dit broedseizoen zou leggen – enkel en alleen om ernaar te kijken, als object voor de sier. Het voelde bijna als hebzucht.

Ze zag dat Lord Sholto een stengel raaigras plukte en erop begon te kauwen, waarna zijn ogen weer haar kant uit flitsten en daar bleven hangen toen hij zag dat haar blik al op hem gericht was. Ze kreeg opnieuw dat gevoel opgetild te worden, alsof de grond onder haar weg-viel, en haar maag maakte een kleine salto. Ze begreep deze sensatie niet. Ze was een meisje van St Kilda, een onverschrokken klimster die achteloos aan de touwen hing, maar voor het eerst in haar leven snapte ze wat anderen voelden wanneer ze haar bekeken als een spin op de muur: de angst om te vallen.

3

Ze keerden terug in een dorp waar rust heerste. Nu de mannen weg waren, gingen de vrouwen op een zeldzaam ontspannen manier hun gang terwijl de zon zachtjes achter Mullach Bi begon te zakken. De kinderen speelden verstoppertje achter de wal en hun geroep weerklonk door de vallei. De wateremmers voor de volgende ochtend waren al gevuld, hun karweitjes waren gedaan.

Effie zag de rook uit hun schoorsteen komen toen ze naderden, en haar vader die gebukt de drempel veegde. Samen met Archie MacQueen, die was teruggeroeid nadat hij de mannen had afgezet, waren hij en Old Fin de enige mannen van hier die op het eiland waren achtergebleven – Old Fin vanwege zijn leeftijd, haar vader vanwege zijn gestel. Mad Annie zat op het lage muurtje te breien terwijl ze met hem praatte. Er lagen wat honden rond haar bungelende voeten. Effie zag dat de witte overhemden van haar vader, inclusief zijn zondagse, nog aan de lijn hingen. Ze moest ze binnenhalen, de dauw zou snel komen.

'Hebt u genoegen beleefd aan deze dag, sir?' vroeg ze de graaf toen ze The Street in stapten. Ze was vastbesloten haar twee shillings te verdienen en te behouden.

'Jongedame, het was een openbaring,' antwoordde de graaf, zijn rugzak vol eieren van alken, steenlopers en zeekoeten, naast dat van het vaaltje. Ze had het grootste deel van de middag aan een touw doorgebracht om op zijn verzoek eieren te roven.

'In meerdere opzichten,' voegde zijn zoon eraan toe.

'Nog nooit eerder heb ik zo'n rijkdom aan vogelleven gezien,' ging de graaf verder.

'Ja, aan vogels hebben we hier geen gebrek.'

'En het geluid dat ze maken is heel bijzonder.'

'Wij zijn eraan gewend. En aan de wind. Ook die blijft altijd doorgaan,' zei ze terwijl ze door Mary McKinnons raam keek toen ze langs haar huis liepen. De deur was gesloten, maar Effie ving een glimp op van een schaduw die achter in de kamer bewoog. Ze was dus in elk geval op. Ze had nog vier maanden te gaan voor de baby werd verwacht en die kon ze niet helemaal liggend doorbrengen. Haar echtgenoot, Donald, werkte zo veel als hij kon.

Ma Peg liep verderop langzaam over het pad, leunend op haar stok. Ze droeg een stuk turf mee. Ze had brede heupen, gezwollen enkels en benen als gezouten hammen. Haar lange witte haar was op haar hoofd in dezelfde losse knot gestoken als de afgelopen vijfenzeventig jaar, met eromheen de roodgeruite hoofddoek die alle getrouwde vrouwen droegen om hun haar netjes te houden in de bries.

'Ik neem het wel even van u over,' zei Effie, die op het gebruikelijke Gaelic overschakelde toen ze haar inhaalden, en ze nam het stuk turf uit haar hand. De oude vrouw maakte geen tegenwerpingen, maar tot Effies grote verbazing stak Lord Sholto zijn handen uit en pakte het stuk turf uit haar hand. Hij zei geen woord, maar glimlachte simpelweg toen ze hem aankeek.

'Zeg eens, lass,' zei de oude vrouw terwijl ze naast elkaar verder liepen. Ze had haar hoofd niet opgetild omdat ze steeds behoedzaam haar voeten neerzette, maar ze hoefde Effie ook niet te zien om haar stem – en sprietige schaduw – te herkennen. 'Hoe was het boven?'

'Vandaag uitstekend. Het uitzicht was goed, hoewel we de andere eilanden niet konden zien.'

'Daar valt ook niks aan te zien,' zei de vrouw hoofdschuddend. Ze had de archipel in haar lange leven nog nooit verlaten. 'Ben je op vogeljacht geweest?'

'Nee, we hebben vandaag verzameld. Mooie eieren. Ma Peg, hebt u deze heren al ontmoet? De graaf van Dumfries en zijn zoon Lord Sholto. Ze hebben de rentmeester meegebracht.' Ze wendde zich tot de mannen en ging weer verder in het Engels. 'Dit is Mrs MacDonald.'

'Graaf?' De oude vrouw stopte even met schuifelen om zich te kunnen omdraaien en de mannen aan te kijken. Ze bekeek ze van top tot teen. 'Geen kroon?' vroeg ze terwijl ze weer in beweging kwam. 'Wat teleurstellend.'

De graaf, die de taal niet sprak, keek Effie vragend aan.

'Ze is zeer verheugd kennis met u te maken,' zei Effie.

Ma Peg zei nog iets over de onderdrukking door de aristocratie. Effie vertaalde dit in een beleefde opmerking. 'En ze hoopt dat u ons mooie eiland kunt waarderen.'

'Ah, jazeker!' Hij knikte theatraal. 'Het behoort tot de mooiste eilanden die ik ooit heb gezien, Mrs MacDonald. We prijzen ons gelukkig dat we hier mogen zijn.'

Ze waren bij haar cottage aangekomen en wachtten even terwijl de oude vrouw de open deur verder openduwde.

'Sta me toe dit voor u naar binnen te brengen, Mrs MacDonald,' zei Lord Sholto overdreven articulerend, alsof ze doof was, en hij stapte de sobere kamer in. 'Zal ik het bij het vuur leggen?'

De oude vrouw keek toe met een twinkeling in haar ogen toen hij het bij de haard legde. Ze bedankte hem met een knikje en een tandeloze glimlach en wierp Effie ten afscheid een samenzweerderige knipoog toe.

Het drietal liep de korte afstand over The Street verder naar Effies cottage. Het huis van de rentmeester stond aan het eind, het dichtst bij de kade en het strand.

'Goed, dan ga ik u hier verlaten,' zei ze toen ze bijna bij haar cottage waren. 'Hier woon ik.'

Poppit was vooruitgedraafd om de andere honden te begroeten na een dag weg te zijn geweest. Haar vader was het huis in gegaan met de bezem, maar Mad Annie zat nog op het muurtje. Haar handen bleven bewegen en de naalden tikten onophoudelijk terwijl ze met openlijke belangstelling toekeek hoe de drie naderden.

Effie stelde haar aan de beide heren voor. Mad Annie, wier staalgrijze haar in een strakke knot zat, was tien jaar jonger dan Ma Peg en bezat nog de bijbehorende levenskracht en nerveuze energie. Ze keek de mannen aan met haar donkere, nieuwsgierige ogen.

'Ah, je bent terug,' zei haar vader, die weer tevoorschijn kwam toen hij het geluid van hun stemmen hoorde.

'Mr Gillies, mag ik u complimenteren met het feit dat u zo'n buitengewoon ontwikkelde dochter hebt opgevoed,' zei de graaf. 'U kunt trots op haar zijn.'

'Ik ben bang dat hij geen Engels spreekt. Een ogenblik, alstublieft...' Effie vertaalde snel, maar het waren niet zijn letterlijke woorden. 'Hij zegt dat ze een goede dag hebben gehad en dat ze ons graag de twee shillings zullen geven,' zei ze, zonder iets over haar ontwikkeling te zeggen. Haar vader wist niet dat ze boeken onder haar matras verborgen hield. Ze wist nooit hoe ze hem moest uitleggen dat de rentmeester ze voor haar had meegebracht. Dat was begonnen als vriendelijk gebaar na Johns overlijden, ter afleiding, omdat ze geen broer meer had om mee te praten, maar nu, een aantal jaren later, had ze geen recht meer op deze speciale behandeling, dat wist ze. Maar ze hield zo van boeken...

Ze hoorde een pauze in het getik van Mad Annies breinaalden voor het geluid weer verderging. Ze was vergeten dat Mad Annie ook Engels sprak.

Effies wangen gloeiden nu ze was betrapt.

'U vindt het huis van de rentmeester zelf wel?' vroeg ze de twee mannen.

Vanuit haar ooghoeken zag ze de grijns van Lord Sholto. De korte route ernaartoe was immers gewoon rechtdoor.

'Ik denk dat we ons wel redden. Bedankt, Miss Gillies, voor deze leerrijke dag.' Ondanks hun directheid en opgewekte glimlach merkte ze dat ze het steeds lastiger vond om de jongere man in de ogen te kijken. Er was een onderstroom tussen hen aanwezig die ze niet kon duiden, en in de loop van de dag was ze haar opmerkingen, gedachtewisselingen en blikken bijna helemaal op zijn vader gaan richten.

Haar eigen vader zei iets tegen haar. Ze keek weer naar de gasten.

'O. Mijn vader zegt dat de predikant langs is geweest om te vragen of u al terug was. Omdat Mr Mathieson met de mannen op pad is, heeft hij u uitgenodigd om vanavond bij hem te komen eten.'

Er was sprake van een kleine aarzeling. 'Wat vriendelijk,' mompelde de graaf.

'Zeer,' voegde Lord Sholto eraan toe.

Er viel een stilte.

'En wat zullen we morgen gaan doen, Miss Gillies?' vroeg de graaf.

'Nou, ik laat u graag zien hoe we de papegaaiduikers vangen, als u wilt,' zei ze.

'Heel graag.'

'En misschien bent u ook bereid mij wat van uw vaardigheid in het touwklimmen bij te brengen, Miss Gillies,' zei Lord Sholto.

'Hebt u al eens geklommen, sir?'

'Op bescheiden schaal in de Franse Alpen,' antwoordde hij. 'Maar ik vermoed dat u me nog wel het een en ander kunt leren.'

'Als u wilt, zal ik beide touwen meenemen. En u, sir?'

De graaf schudde lachend zijn hoofd. 'Niets voor mij. Ik ben hier voor de vogels, niet voor de opwinding.'

'Prima. Ik moet nog wat karweitjes doen, maar morgenochtend sta ik weer voor u klaar. Komt u hier maar naartoe, ik blijf in de buurt.'

'Uitstekend. Dag, Miss Gillies. Dag, Mr Gillies.' De graaf knikte. Lord Sholto glimlachte.

Vader en dochter keken toe hoe de vader en zoon wegliepen, beiden lang en imponerend, beiden rechtop. Zelfs op de rug gezien zagen ze er voornaam uit, verheven boven de rest. Allebei droegen ze een pak dat goed van snit en van een dure stof was. Hun omgangsvormen waren onberispelijk. Ze glimlachten en spraken ongedwongen met de eilanders, met haar, maar ze voelde dat er een onzichtbaar schild om hen heen zat, een zekere afstandelijkheid.

'Heb je het warm, *missy*?' vroeg Mad Annie, die nog steeds ijverig zat te breien.

Effie legde een hand op haar voorhoofd. 'Nee. Volgens mij niet,' zei ze, op haar hoede. 'Hoezo?'

De oude vrouw haalde haar schouders op. 'Je ogen glinsteren. Je ziet er koortsig uit.'

Effie draaide zich om en liep de cottage in. Nu ze erover nadacht, besefte ze dat ze zich inderdaad niet zo lekker voelde – zowel geagiteerd als vermoeid. Ze voelde zich… gespannen. Maar waarom? Ze had zich vandaag goed van haar taak gekweten. Ze had het weliswaar niet prettig gevonden om vogeleieren te rapen louter omdat iemand ze graag wilde hebben, maar er waren al veel vaker vogelaars naar het eiland gekomen die precies hetzelfde hadden gedaan. En ze had nog nooit zo gemakkelijk zo veel geld verdiend. En hoe meer ze – de dorpelingen – zelf aan de toeristen verdienden, zei oom Hamish altijd, hoe minder afhankelijk ze waren van de handel via de rentmeester. En dat was natuurlijk gunstig.

Er stond een pan op het vuur te pruttelen en de ruimte vulde zich met damp. Ze tuurde erin en haar maag rammelde bij het zien van de vlezige botten. Ze had geen maaltijd meer gegeten sinds de havermoutpap van vanochtend, hoewel de graaf wat appels uit zijn tas had gehaald en haar er eentje had gegeven. De zoete smaak had haar doen watertanden en de twee mannen waren openlijk verbaasd geweest toen ze hoorden dat ze er nog nooit eerder een had gegeten. Ze leken te zijn vergeten dat er voor een appel eerst een appelboom nodig was, en op de hele archipel was er geen enkele boom te vinden.

Ze liep het piepkleine vertrek tussen de keuken en de slaapkamer in. Dit was haar kamertje. Het had geen ramen en er was net genoeg ruimte voor een smal bed en een stoel. Het was van John geweest toen hij nog leefde – zij sliep toen nog in de stal met Poppit en hun koe – maar na zijn dood was het een troost geweest om de geur van zijn haar op het kussen te ruiken. (Ze herinnerde zich nog steeds het schuldgevoel op de dag dat ze zijn kleren had aangetrokken en besefte dat ze niet meer naar hém roken, maar naar háár, alsof ze hem had uitgewist. Misschien was dat ook wel zo. Ze droeg zijn kleren, sliep in zijn bed, deed zijn klusjes. Maar toch was ze niet goed genoeg.) Het kamertje had altijd een kalmerend effect op haar, alsof je een zak over de kop van een stier trok, en ze ging op het bed liggen. Maar een minuut later stond ze alweer handenwringend op.

'Waar ga je naartoe?' vroeg Mad Annie toen ze het zonlicht weer in liep.

'Ik ga de was binnenhalen,' zei ze over haar schouder. Ze sprong op en over het muurtje en liep naar de waslijn. Poppit draafde weer naast haar, met haar staart omhoog springend over het gras.

'Die heeft beslist koorts,' hoorde ze Mad Annie tegen haar vader zeggen toen ze de overhemden begon los te halen.

'Miss Gillies!'

Ze keek op en zag de zoon van de graaf over The Street in haar richting lopen. Ze waren maar een paar minuten van elkaar gescheiden geweest, maar ze voelde haar bloed weer harder stromen nu ze hem weer zag. Zijn vader was niet meer bij hem en hij had zijn jasje uitgetrokken en over zijn schouder geslingerd. De formele houding van nog maar een aantal minuten geleden leek als zeemist te zijn opgetrokken.

Ze wachtte, met de overhemden tegen zich aan geklemd, terwijl hij atletisch over het muurtje sprong en naar haar toe kwam. 'Hallo, daar ben ik weer.' Zijn glimlach was als het ochtendgloren, een belofte van iets helders en nieuws.

'Hallo, sir.'

'O... alsjeblieft... Niet zo formeel. Althans, niet als we... onder elkaar zijn.'

Onder elkaar.

'Hoe moet ik u dan noemen?'

'Gewoon Sholto,' zei hij schouderophalend.

'Gewoon Sholto. Dat is een rare naam. Gewoon Sholto,' zei ze droogjes, genietend van zijn lach om het grapje.

'En mag ik jou dan Effie noemen?'

'Aye. Dat doet iedereen.'

'Een afkorting van Euphemia, zei je oom geloof ik?'

'Aye. Zo heette mijn moeder.'

'Een mooie naam. En zij was vast ook mooi, denk ik.'

'Waarom denk je dat?'

'Zo moeder, zo dochter, zeggen ze toch?'

Ze was beduusd. 'Hier niet.'

'Nou, dat zouden ze wel moeten doen.'

Hij was haar aan het inpalmen, merkte ze, met zijn galante manieren. Ze draaide zich weer naar de waslijn en ging door met het loshalen van de overhemden zonder echt de behoefte te voelen de taak te voltooien, maar ze vormden een nuttige barrière tussen hen beiden en haar vader en Mad Annie aan The Street, die allebei toekeken.

'Ga je niet naar binnen om te rusten?' vroeg ze hem.

'Nee. Mijn vader is nog steeds moe van de overtocht, maar ik voel me... ongedurig. Ik vind het zonde van de lange reis om nu te gaan rusten. Ik vroeg me af of we weer op avontuur kunnen gaan?'

'Wij met z'n tweeën?'

'Ja. Als je er tijd voor hebt.'

'En wat voor avontuur dan?'

'Zeg jij het maar. Wat doen jullie hier in jullie vrije tijd? Behalve aan touwen hangen?'

'We lezen de Bijbel.'

Zijn gezichtsuitdrukking veranderde. 'O.'

Effie kon zich niet inhouden en giechelde. 'Nee hoor. De predikant zou het wel willen, maar ik ben in zijn ogen een enorme teleurstelling.'

'Alleen in zijn ogen, vermoed ik.'

Ze had de overhemden inmiddels van de lijn gehaald.

'Ik heb trouwens zelf wel een idee,' zei hij. Hij stak zijn handen in zijn broekzakken en keek haar aan. 'Maar ik weet niet of jij het aandurft.'

Ze zette haar stekels op. 'Vast wel.'

Het water was op zijn koudst. De dagen warmden al op, maar de zee droeg de winterkilte nog in zich. Ze was eraan gewend om erdoorheen te waden met het water tot haar knieën, maar dieper was ze nooit gegaan. Maar Lord Sholto – of Gewoon Sholto – wilde geen nee horen.

'Klaar?' vroeg hij, en hij stak zijn hand uit. Ze stonden samen aan de waterkant. Dit was de enige manier om erin te gaan – geleidelijk.

Weifelend legde ze haar hand in de zijne. Zijn vingers sloten zich om haar hand heen, huid op huid. Er was erg veel huid zichtbaar. Hij had een zwembroek aan, een exemplaar zoals ze op het eiland nog nooit hadden gezien. Old Fin had bijna zijn kunstgebit doorgeslikt toen hij de lord uit het huis van de rentmeester zag komen. Zelf droeg ze een lang winterhemd van haar moeder – een wolvilten gewaad in een havermoutpapkleur die vormeloos om haar lichaam hing. Ze was zich ook pijnlijk bewust van het kleurverschil op haar benen, daar waar het bruin op kniehoogte abrupt stopte, maar haar kersverse zwemleraar leek er geen acht op te slaan. 'Drie, twee, een... kom!'

Zonder te aarzelen trok hij haar blootsvoets mee over de rotsige bodem, het ijskoude water in. Ze hapte naar adem en gilde, maar haar benen bleven – door hem aangedreven –bewegen, en terwijl het steeds dieper werd, wervelde het water rond haar knieën, waardoor ze omtuimelde. Ze viel met een enorme plons in het water en zoog lucht in haar longen toen ze enkele ogenblikken later weer met grote ogen bovenkwam. 'O! O!' hijgde ze lachend, bijna hysterisch van de schok. 'Wat kóúd!'

'Ja hè,' antwoordde hij, naar adem happend. 'Verschrikkelijk koud. En daarom moet je in beweging blijven. Kom snel hier.'

Ze schudde haar hoofd. 'Ik wil niet te diep gaan.'

'Dat doen we ook niet. Je kunt de hele tijd blijven staan, dat beloof ik je.'

Ze waadde naar hem toe met haar ellebogen boven het water. Ze rilde nu al en had kippenvel. 'En ga dan nu achteroverliggen. Ik hou je schouders vast, zodat je niet zinkt. Je moet me vertrouwen. Ik laat je niet los. Ik wil alleen maar dat je ervaart hoe het voelt om in het water te liggen, om te drijven.'

Weer schudde ze haar hoofd. 'Nee. Dat klinkt niet goed. Dat klinkt me helemaal niet fijn in de oren.'

Hij deinsde een stukje achteruit. 'O, het spijt me, jij moet de verkeerde Effie Gillies zijn. Wat gênant, ik zou de andere Effie leren zwemmen, die onverschrokkene die de jongens altijd weet te verslaan.'

Haar ogen vernauwden zich en het volgende moment lag ze achterover, staken haar tenen boven het water uit en voelde ze hoe zijn handen onder haar schouders haar drijvende hielden.

'Zie je? Dat valt best mee, toch?' Hij keek haar aan terwijl hij langzaam achterwaarts begon te lopen en haar meetrok. 'Hou je mond gesloten, en als je wilt ook je ogen. Ervaar alleen maar dat je drijft.'

Ze deed wat hij zei, maar ze was zich te zeer bewust van zijn blik op haar, en ze opende haar ogen weer. Ze voelde hoe haar voeten onder water zakten.

Ook voelde ze een hand op haar onderrug. 'Probeer het volgende eens. Haal diep adem en hou de lucht even vast. Voel je hoe je lichaam omhoogkomt in het water? Adem dan langzaam uit. En dan voel je dat je zinkt.'

'Maar...'

'Vertrouw me nou maar. Ik laat je niet los.'

Ze sloot haar ogen weer en haalde adem. Zoals hij al had gezegd, voelde ze haar lichaam een paar seconden omhoogrijzen voordat ze weer zachtjes in de omarming van het water terugviel.

'Zie je wel? Je kunt je drijfvermogen met je ademhaling sturen. Dat is belangrijk om te weten als je in de nesten komt te zitten.'

'In de nesten? Bedoel je... als je dreigt te verdrinken?'

'Juist.'

Ze keken elkaar aan – achterstevoren – en hij zag de geamuseerdheid in haar ogen. 'Nee, niet lachen, dan zink je,' zei hij grinnikend.

Maar het was te laat en haar lichaam kromde zich. Sholto hees haar omhoog onder haar oksels om te voorkomen dat ze kopje-onder zou gaan en ze gilde. Heel even hield hij haar half in en half boven het water, en ze zag dat hij op het punt stond haar erin te gooien. Haar adem stokte van angst.

'Verleidelijk,' zei hij grijnzend terwijl hij haar zachtjes neerzette. 'Maar nog niet.'

'Nooit!'

'Nou, dat zullen we nog wel zien. Ik beloof niets.' Hij tikte met zijn duim en wijsvinger tegen het wateroppervlak zodat ze wat spettertjes in haar gezicht kreeg.

Effie snoof verbaasd voordat ze met beide handen reageerde en het zijn beurt was om verbaasd te zijn. Een moment vielen ze stil, hun ogen op elkaar gericht terwijl de tijd zijn adem inhield en de broze muur van vormelijkheid – fatsoen, zou de rentmeester zeggen – barstjes begon te vertonen. Even later waren ze verwikkeld in een heus watergevecht en duwden ze met hun handpalmen grote golven water naar elkaar toe. Het geluid van hun spel weerklonk als een adelaarskreet door de vallei.

4

De bijna volle maan gleed stilletjes over de kalme zee en wierp een zilverachtige glans over het water, dat het land met een zacht geruis kuste. Effie sloot de deur achter zich en liep op haar tenen over het laantje. Er viel nergens licht op het pad vanuit de ramen van de cottages, want de eilanders lagen te slapen en de dieren knikkebolden in hun stallen. De bergen rondom vormden een donkere, beschermende kring om het dorp en zelfs de vogels hadden hun roep gestaakt.

Effie bewoog zich met een lichte, geoefende behendigheid voort. De sleutel voelde zwaar aan in haar handpalm terwijl ze langs de cottages van haar buren sloop. Ze hoorde Old Fin snurken toen ze zijn raam passeerde. De cyperse kat lag opgerold op de vensterbank van Mary en Donald McKinnon. Er stond een rekje met stormvogeleieren op die van Jayne en Norman Ferguson. In het huis van de rentmeester – het fraaiste op het eiland, het enige huis dat witgekalkt was – was alles stil. Ze was er nog nooit binnen geweest, maar nu vroeg ze zich af in welke kamer de gasten verbleven.

Eenmaal voorbij het witte huis bevonden zich tussen haar en de verenopslag alleen nog cleits, dus ontspande ze zich wat meer en liep ze wat gemakkelijker, de sleutel stevig in haar hand geklemd. De opslag lag aan het eind van The Street, tegen het strand bij de steiger aan, en ze keek om zich heen terwijl ze de sleutel in het slot stak. Slechts twee mensen hadden een sleutel. Officieel. De rentmeester en de postmeester. Die van haar had ze verstopt bij de boeken onder haar bed. Dat viel ook al niet uit te leggen.

De deur ging zachtjes piepend open en ze stapte naar binnen. De ruimte was warm en bedompt, met maar weinig ventilatie. De vertrouwde wasachtige geur kwam haar tegemoet terwijl ze de deur achter zich sloot. De opslag was al voor de helft gevuld met de producten die in september verschuldigd waren als de rentmeester zijn terugtocht zou ondernemen om de pacht voor hun landheer te vervoeren: rollen tweed in lichtblauw, lichtgrijs en bruin lagen hoog opgestapeld langs een muur, en zakken met veren stonden tegen een andere muur, naast wat vaten met stormvogelolie.

Effie liep meteen naar de zakken met veren. Hun inhoud bevoorraadde de stoffeerdershandel op het vasteland, en ze wist dat de grijze stormvogelveren vijf shillings per stone opleverden, maar dat de betere zwarte van de papegaaiduikers zes shillings kostten. Ze had nooit op een verenmatras geslapen, maar daar had ze ook geen behoefte aan, ze had de afgelopen achttien jaar goed genoeg geslapen op haar matras van paardenhaar. De veren waren in slechts één opzicht waardevol voor haar...

Ze trok een van de voorste zakken opzij en baande zich een weg naar achteren, haar ogen omlaag gericht tot ze uiteindelijk iets zag: een harde hoek die uit een zak zwarte veren stak.

Ze aarzelde, nauwelijks bestand tegen de verleiding. Ze was vastbesloten geweest om het deze keer te laten liggen. Na de wrede woorden van de rentmeester op het strand bij de steiger gisteren wilde ze zijn goedgeefsheid afwijzen en hem op de enige manier die ze kon bedenken van zich afduwen – maar zoals altijd kreeg haar nieuwsgierigheid de overhand. De nieuwigheid van alles wat van het vasteland kwam was moeilijk te weerstaan. Maar dat was het niet alleen. Als ze eerlijk was, moest ze toegeven dat de complimenten van de graaf haar naar het hoofd waren gestegen. Ze vond het fijn dat ze meer wist dan hij. Zou er nog meer te leren zijn? Nog een feit of een weetje om hem – en zijn zoon – te imponeren?

Ze stak haar hand uit en haalde een groot, zwaar boek tevoorschijn. Ze voelde haar hartslag versnellen toen ze zag dat de randen van de pagina's goudkleurig waren. Het boek was enorm, zo lang als het stuk tussen haar elleboog en vingertoppen, en het woog net zo veel als een pasgeboren lammetje. Heel even kon ze niet bewegen en zat ze gehurkt naar de dikke pil te staren, maar een seconde later gleed haar handpalm eroverheen in een eerbiedig gebaar. Nooit had ze zo'n boek gezien. Het was duidelijk heel oud en het leek net zo belangrijk en zeldzaam als de bijbel die de predikant tijdens zijn gepassioneerde preken tegen zijn borst klemde.

Effie nam het mee naar het kleine raam om het beter te kunnen bekijken bij het licht van de maan. *Zangvogels van Schotland*, stond er in sierlijke goudkleurige letters op, en de rug was stijf en onberispelijk, alsof het boek nog nooit was geopend. Ze streek met haar vinger over de vergulde randjes van de pagina's. Kon een boek te kostbaar zijn om gelezen te worden?

Ze sloeg het open alsof het een juwelenkistje was. Op de eerste pagina stond een cirkelvormige afbeelding van een stierenkop met twee gekruiste vlaggen. Ze bladerde langs de titelpagina en de inhoudsopgave en vergaapte zich aan de aquareltekeningen die als schilderijtjes tegen de vellen papier geplakt waren. De kleuren waren zacht maar precies en legden niet alleen het uiterlijk van de vogels vast, maar ook hun persoonlijkheid. Elke pagina was omlijst door een decoratieve handgetekende streep groene inkt met krullen in de hoeken.

Zoiets moois had ze nog nooit gezien. Alle andere boeken waren feitelijk en informatief geweest, met schetsachtige tekeningen, studies van kopjes, snavels of klauwen, van vleugel- en staartpatronen. Sommige hadden ook kleurtekeningen of een leren kaft, maar dit was echt andere koek.

Ze sloot het boek zachtjes, teder, alsof ze een deur dichtdeed waarachter een schitterend uitzicht te zien was. Ze hield het tegen zich aan, leunde tegen de muur en keek door het raam naar buiten. Ze had nog nooit zoiets kostbaars bezeten en ze had het gevoel dit bezit niet waard te zijn. Voor een boek als dit was hier geen plaats, letterlijk niet, want er was zelfs geen plank waar het op kon staan. Als ze het zou houden, moest het onder haar matras worden bewaard, bij de andere boeken, en zouden de schoonheid en het vakmanschap die erachter zaten verborgen blijven en dat voelde... verkeerd. Dit boek hoorde bij een beter leven dan het hare.

Ze staarde nietsziend naar buiten en probeerde zich voor te stellen wie ze zou moeten zijn om het te mogen bezitten. Een meisje met zijden jurken en een huis vol literatuur? Vol kunst? Waar muziek uit de ramen kwam zweven en waar vogels zongen in de bomen? In elk geval niet het meisje dat een jongensbroek droeg. Niet het meisje voor wie vogels niet alleen mooi waren, maar ook voedsel. Niet het meisje dat ze strikte als ze in hun holletje zaten. Dat met haar ene hand aan een touw hing en met de andere hun nek omdraaide. Dit boek hoorde bij een leven dat zij nooit zou kennen. Een leven dat niet hier geleefd kon worden, op een grote rots in de oceaan. Voor het eerst in haar leven voelde ze een zweem van rancune toen ze aan haar thuis dacht.

De zee sluimerde, rijzend en dalend, en dicht bij de kust zag ze een zeehond zwemmen die met zijn donkere kop in een gelijkmatig ritme onder de golven verdween en weer bovenkwam.

Maar wacht...

Het was geen zeehond. Er verscheen een arm, en toen verscheen er nog een, en die twee armen sneden als lemmeten door het water. Er zwom een man door de baai. Ze ging rechtop zitten. Een nachtzwemmer bij een eiland dat werd bevolkt door landrotten? Dat kon natuurlijk maar één iemand zijn. Niemand van hier kon het water zo doorklieven.

Ze keek gefascineerd toe. Ze had nog nooit een mens zien zwemmen. Sommige mannen hadden als ze van de boot vielen een vreemde krabbelbeweging gemaakt, een beetje als een hond, waarmee ze bovenbleven tot ze de bootrand vast konden grijpen. Maar dit was van een andere orde. Zijn lichaam was gesynchroniseerd en gestroomlijnd. Hij bewoog zo soepel als zijde.

Haar eigen zwemles – na de korte poging te drijven en het watergevecht – was geëindigd met een sprint terug naar het strand (die zij had gewonnen) om weer op te warmen. Ze had nog niets geleerd wat hier ook maar in de verste verte op leek.

Ze keek toe hoe hij terug naar het midden van de baai zwoegde en ging staan. Hij wierp zijn hoofd achterover en maakte zijn haar weer nat voordat hij het uitschudde en met zijn vingers naar achteren streek. Zijn lichaam was een inktzwart silhouet, maar ze kende zijn contouren al goed. Die had ze sinds zijn komst hier bestudeerd.

Hij begon naar het strand te waden.

Ze was zich er niet van bewust dat haar adem was gestokt, dat haar keel dichtzat, dat al haar reflexen het tijdelijk lieten afweten. Had hij al in het water gelegen toen zij hiernaartoe liep? Had hij haar hier naar binnen zien gaan? Of was hij uit zijn bed geglipt op het moment dat zij haar nieuwe schat tevoorschijn haalde? Hoe dan ook waren ze elkaar nét misgelopen, dat kon niet anders, toch? Ze voelde opnieuw die spanning, die geladen prikkel die ze diep vanbinnen voelde bij de gedachte hem in het maanlicht te ontmoeten. Had het lot ervoor gezorgd dat ze allebei in het holst van de nacht uit hun bed waren gekomen? Of hield het lot hen juist uit elkaar? Zij hierbinnen en hij daarbuiten?

Ze zag hoe hij uit het water kwam en over het korrelige strand terugliep naar zijn handdoek. Hij wreef zich met kracht droog, zijn blik op het dorpje gericht terwijl hij de handdoek diagonaal tussen zijn schouderbladen heen en weer bewoog. Daarna trok hij zijn broek aan en liep vanaf het strand het gras op, waar ze hem niet meer kon zien.

Ze voelde een golf van paniek door zich heen gaan, een behoefte om hem in haar blikveld te houden tot het moment dat de deur van het huis van de rentmeester zich achter hem zou sluiten. Haastig rende ze naar buiten, het boek tegen zich aan geklemd. Ze ging om de hoek van de verenopslag staan, maar tot haar verwondering was hij niet rechtsaf gegaan, richting het huis van de rentmeester. Hij was rechtdoor gelopen, bijna helemaal naar nummer 8, waar Old Fin woonde. Dat was naast hun huisje, daar waar de overhemden van haar vader vanmiddag in de wind hadden gewapperd, waar hij over het muurtje was gesprongen en naar haar toe was geslenterd. Effie zag hem naar de cottage kijken. Haar cottage.

Hij had de handdoek in een lus om zijn nek gedrapeerd, met aan beide uiteinden een hand, zijn ellebogen omlaag gericht. Wat was hij aan het doen? Waar dacht hij aan? Stel dat haar vader wakker zou worden en zou opstaan, stel dat iemand hem zou zien, de jonge lord, zoals hij daar in het maanlicht naar hun cottage stond te staren... Ze verroerde zich niet. Wat zou er gebeuren als hij zou ontdekken dat zij nu keek hoe hij naar háár keek? Wat zou hij doen? En wat zou ze zelf doen?

Uiteindelijk keerde hij om en liep hij met kordate passen door The Street, langs alle cottages, in gedachten verzonken. Ze keek toe hoe hij het huis van de rentmeester binnensloop en de deur achter zich sloot.

Ze leunde achterover tegen de muur en beet op haar lip terwijl ze probeerde te begrijpen wat ze zojuist had gezien, waarom hij in stilte naar hun cottage had staan kijken. Ze klemde het boek dichter tegen haar borst, hoewel ze het al was vergeten. Het was niet meer het kostbaarste wat haar ten deel was gevallen.

5

'Is er nieuws over de mannen?' vroeg Effie, die over de grazige steil aflopende oever omlaagkeek naar Lorna MacDonald, die met haar rokken opgetrokken tot haar dijen in de beek stond terwijl ze haar emmers vulde. Effie klauterde naar beneden om zich bij haar te voegen en ging op een grote steen aan de oever zitten, blij met het koele water dat om haar benen heen stroomde. Poppit ging liggen en keek toe met haar kop tussen haar poten. De hemel was al helderblauw en er stond geen zuchtje wind. De vogels cirkelden loom rond. Het jacht lag roerloos in de baai, alsof het vastzat in ijs. De lange, elegante lijnen werden perfect weerspiegeld in het rustige water dat de wereld ondersteboven liet zien.

Effie vroeg zich half af of ze die omgedraaide wereld in was gestapt, want ze voelde zich op vreemde wijze losgezongen van haar eigen wereldje. Na een nacht waarin ze onrustig had liggen woelen liep ze rond en deed haar klusjes net als anders. Het vertrouwde landschap zag er nog hetzelfde uit terwijl er toch iets veranderd was. Er had een verschuiving plaatsgevonden, al was het alleen maar in haar eigen waarneming.

'Aye. Het gaat allemaal goed daar,' zei Lorna MacDonald, terwijl ze een emmer vulde en aan haar doorgaf. 'De kleine Fin en Donnie Gillies zijn vanochtend naar de top gehold om te kijken. Het was slim van de mannen om te gaan. Het is zelden zo kalm als nu.' Ze gaf Effie een knipoog. 'Gelukkig voor ons hebben ze het ook nog eens zo gepland dat de rentmeester mee kon.'

Effie rolde met haar ogen. 'Aye. Ik heb al een uitbrander van hem gekregen.'

'Nu al? Knap werk, lass. Wat heb je gedaan?'

'Me voor de gasten uitgesloofd aan de touwen.'

'Ah. Het gras voor zijn voeten weggemaaid dus?'

'Ik schijn een schande voor het eiland te zijn.'

'In zijn ogen zijn we dat allemaal,' zei Lorna grinnikend, terwijl ze weer een emmer doorgaf. Effie droeg hem naar boven. Ze probeerde haar vaak te helpen, ook al vroeg Lorna haar dat nooit. Ze woonde alleen, dus de klusjes kwamen allemaal op haar eigen schouders terecht, maar ze klaagde nooit. Ze was jong genoeg om goed voor zichzelf te kunnen zorgen: ze kon harken, schoffelen en haar eigen gewassen verbouwen, haar eigen koe melken en haar eigen boter karnen. Ze waste haar beddengoed, spon haar garen en verfde haar wol. Ze was snel genoeg om de schapen te vangen en soepel genoeg om papegaaiduikers te strikken. Het enige wat ze niet kon was het werk aan de touwen. Ze was te laat van het vasteland hiernaartoe gekomen om de natuurlijke angst te overwinnen die het beklimmen van de kliffen met zich meebracht. Het gemak om het te doen moest van jongs af aan worden geleerd, later lukte het niet meer.

'Nou, gelukkig voor jou hebben ze de gasten hier gelaten,' zei Lorna, die inmiddels een pan aan het uitspoelen was.

Effie voelde een schok door zich heen gaan. Was Lorna jaloers omdat Effie de knappe bezoeker een glimlach had weten te ontlokken? Of erger nog, had Lorna de jonge lord de afgelopen nacht bij haar cottage zien staan?

'Twee shillings, hoorde ik.'

'O. Aye.' Effie richtte haar blik omlaag terwijl ze de helling weer af klauterde. 'Vader wil graag nog een koe erbij.'

'Een koe kost meer dan twee shillings.'

'Niet als we er zélf een kopen.'

Lorna keek op. 'Je bedoelt zonder de rentmeester als tussenpersoon?'

'Ja, waarom niet? We zijn niet verplicht om elke cent via hem te laten gaan.'

'Dat is waar. Maar hij zal er niet blij mee zijn.'

Effie haalde haar schouders op. 'Vader zegt dat we naar Harris zullen moeten varen om de koe zelf te kopen.'

'Maar dat is een lastige oversteek in de roeiboot, zelfs op een dag als deze,' waarschuwde Lorna. 'En de vochtigheid zal niet goed zijn voor zijn gestel.'

Effie wist dat ze gelijk had. De boot van de eilanders was niet gebouwd op zo'n tocht over de open zee. 'We zouden terug kunnen reizen met een trawler, net als Mary.'

'Mary?' Lorna fronste.

'Toen ze ziek was en daarom naar het vasteland moest. Kapitein McGregor heeft haar meegenomen.'

Lorna fronste weer. 'Dat kan ik me niet herinneren.' Ze was verpleegster en had haar opgedane kennis op de dorpsbewoners losgelaten vanaf het moment dat ze op het eiland was gearriveerd. Ze kende de medische achtergrond en kwalen van iedere St Kildanaar.

'Dat moet dan voor jouw tijd zijn geweest,' zei Effie schouderophalend.

Ze hadden nu alle emmers gevuld. Ze klommen de steile oever weer op, waarna Lorna haar rok losmaakte en haar rug rechtte voordat ze samen over de helling terugliepen.

'Maar misschien is het niet eens meer nodig om nog een koe te kopen,' zei Lorna op veelzeggende toon.

Effie keek haar gepijnigd aan, want ze doelde natuurlijk op het verzoekschrift. Sinds ze het een aantal weken geleden hadden ondertekend, leefden de eilanders in afwachting. Het verzoek geëvacueerd te worden was formeel ingediend, dus het balletje was aan het rollen gebracht. Daarmee waren de eindeloze discussies en ruzies die er in de strenge winter en *dreich* lente aan vooraf waren gegaan nu stilgevallen. Niemand had het nog over de evacuatie gehad sinds de brief met de trawler mee naar de 'overzijde' was gestuurd. Het leek wel of ze bang waren dat de uitkomst beïnvloed zou worden als erover gepraat zou worden. De wil om te vertrekken was niet unaniem – de ouderen wilden blijven, net als sommige jongeren, zoals Effie en Mhairi. Laatstgenoemde had te veel te verliezen, Effie had simpelweg niets te winnen. Meestal troostte Effie zichzelf met de overtuiging dat het toch nooit zou gebeuren. Alles was hun tot nu toe geweigerd, waarom zou het nu anders gaan? Maar bij tijd en wijle sloeg de twijfel even toe en voelde ze een koude klauw om haar hart als ze dacht aan het vooruitzicht te moeten vertrekken. Het was te veel om bij stil te staan en de eilanders hadden zich collectief een houding aangemeten van wachten, stil en geduldig, op het oordeel dat hun lot zou bepalen.

'Heb je er dan iets over gehoord?' Ze slikte, bevangen door een gevoel van paniek.

Lorna was degene geweest die het initiatief tot het verzoekschrift had genomen. Ze had het zich erg aangetrokken toen de arme Molly Ferguson de afgelopen winter was gestorven aan een ziekte die op het vasteland behandeld had kunnen worden. Lorna had verklaard dat het nu genoeg was en het idee van een evacuatie geopperd. De oogst was voor het tweede jaar achtereen mislukt, ze waren allemaal moe omdat ze met te weinig mensen het werk van te veel mensen deden. Zij had de discussies over de kwestie geleid, en nadat er was gestemd had ze de brief geschreven. Ze had besloten dat ze een nieuw leven wilde, net zo vastbesloten en ferm als ze ooit dít leven had nagestreefd, en het leek vanzelfsprekend dat zij degene was die het oordeel zou overbrengen aan de rest.

'Nee, nog niet.'

Beide vrouwen liepen zwijgend door, met hun blote voeten over oude stenen en langs de bijenkorfachtige stenen gebouwtjes die eeuwen geleden door mensen waren opgetrokken. Effie kon zich geen leven voorstellen dat zich ergens anders zou afspelen, want hoe zou het eruitzien? Het land, de huizen, de vele mensen? Ze liepen achter elkaar verder op het smalle pad tussen haar cottage en die van Old Fin. Lorna woonde op nummer 16, aan de uiterste westkant van The Street. Haar huisje was een van de weinige cottages die beschikbaar waren geweest nadat Dougie MacDonalds familie van dertien een paar jaar geleden naar Australië was geëmigreerd. Het was logischer geweest, mompelde Effies vader altijd, wanneer ze als dorpsverpleegster centraler woonde, maar de privacy leek haar te bevallen en het naastgelegen verlaten blackhouse, dat ouder was dan haar cottage uit 1870, was goed genoeg om als kliniek te dienen.

Ze sloegen de hoek om, The Street in, waar ze de gasten aantroffen bij Effies tante Mary Gillies, een paar cottages verder, op nummer 10. Ze zat in haar stoel bij de voordeur garen te spinnen, schijnbaar niet gehinderd door het feit dat de mannen geen Gaelic verstonden en zij geen Engels sprak. Effie zag dat ze een demonstratie gaf, in de hoop er wat mee te verdienen.

Effie en Lorna wisselden een blik terwijl Effie haar de andere emmer teruggaf.

'Goedemorgen, heren,' zei Lorna opgewekt bij het langslopen, inmiddels weer kuis ogend in haar lange rok, die nog maar even geleden in haar onderbroek gestopt had gezeten.

'Goedemorgen,' antwoordde de graaf, eveneens opgewekt, en hij nam zijn hoed af. Zijn zoon deed hetzelfde, maar hij keek meteen om zich heen en stopte toen zijn blik op Effie viel, die bij het smalle laantje stond.

'Miss Gillies,' zei hij, en hij liep recht op haar af. Zijn huid was al wat bruiner geworden nadat hij gisteren op de hellingen aan de zon was blootgesteld, waardoor zijn tanden en ogen nog lichter leken. 'We waren naar u op zoek.'

Als ze hem gisteren niet in het maanlicht bij haar cottage had zien staan, zou ze nooit iets hebben gemerkt van zijn achteloze houding, die voortborduurde op hun avontuur van gistermiddag. Maar ze had hem wél gezien en ze kon het niet vergeten. Zij voelde zich nu houterig, hoe nonchalant hij ook overkwam. 'Het spijt me dat ik u beiden heb laten wachten. Ik ben net terug, ik moest de stier voeren.'

'De stier...'

Ze zag dat zijn mondhoeken trilden, alsof ze zich tot een glimlach wilden vormen. Het was vermoedelijk een bijzonder beeld, een tenger meisje als zij dat voor een stier zorgde, hoewel ze daar nooit eerder over had nagedacht. Maar alleen zijn ogen toonden iets van zijn ingehouden lach. 'Heeft die stier ook een naam?'

'Aye. Tiny.'

'Tiny.' Zijn mondhoeken trilden weer. 'Uitstekend. Vast en zeker goedgekozen.'

De graaf slenterde naar hen toe; hij had een rode blos op zijn wangen. Effie vond dat ze er allebei beter uitzagen. 'Miss Gillies, alweer het begin van een mooie dag,' zei hij hartelijk. 'Bent u er klaar voor om twee hopeloze vogelaars te leren hoe ze papegaaiduikers kunnen vangen?'

'Aye, sir. Ik haal de strikken, dan kunnen we gaan.'

'We hebben nog wat appels meegenomen,' zei Sholto terwijl ze haar naar haar cottage volgden. Hij stond op de drempel en keek voorzichtig rond terwijl zij de strikken met hun lange grepen pakte, die aan spijkers aan de eerste dakspant hingen. De touwen lagen opgerold op de vloer en ze keek in de grote klimtas die naast de deur hing, op zoek naar haken, haar schrijfboekje en haar potlood. 'Aangezien u ze gisteren zo lekker vond,' zei hij snel toen ze zich naar hem omdraaide.

'Dank u,' zei ze met een knikje, en ze overhandigde hem in het voorbijgaan een strik, waarbij hun ogen elkaar aftastten als vingers in het zand.

'U tekent, maar schildert u ook, Miss Gillies?' vroeg hij toen hij een pot met penselen op de vensterbank zag staan.

'Ik probeer het wel.'

Zijn vingers gleden verstrooid over de punten. 'Zijn die van marterhaar?' vroeg hij haar verwonderd.

Ze wist niet wat marterhaar was – ze had ze via de rentmeester gekregen – maar zijn verwondering bracht haar een ogenblik van haar stuk. Ze haalde haar schouders op. 'Alle penselen zijn in mijn ogen hetzelfde,' zei ze, terwijl ze langs hem The Street in glipte.

Effie had al besloten dat ze niet verder hoefden dan de Gap, het dal tussen de toppen van Connachair en Oiseval aan de oostkant van het eiland, achter de cottages. Aan de kant van de baai glooide het land lichtjes en ze wist precies waar de papegaaiduikers daar graag zaten. Ze liepen gedrieën langs de cleits en door de smalle doorgang in de hoofdwal naar het plateau van An Lag. Jayne Ferguson stond haar lazybed te schoffelen en was zo in gedachten verzonken dat ze hen niet hoorde naderen tot ze haar bijna hadden bereikt.

'Hallo, Jayne,' zei Effie zwaaiend. Met de strikken in haar hand en de touwen over haar schouder zag ze er net zo uit als anders, behalve dan dat ze in voornaam gezelschap was.

Jayne zwaaide terug naar het drietal en keek toe hoe ze aan de steilere klim begonnen. Poppit rende voor hen uit en holde onvermoeibaar steeds weer terug in voortdurende kringetjes. Effie bleef onvermoeibaar doorklimmen tot ze de top bereikten.

'Wat een uitzicht!' riep de graaf met dezelfde verwondering als de vorige dag, en ze begreep dat het zijn manier was om aan te geven dat het tijd was om te pauzeren. Ze liet de tas van haar schouder vallen en zakte neer op het gras, met haar knieën omhoog, maar Sholto bleef met zijn handen op zijn heupen staan uitkijken over haar domein. Zijn ogen waren tot spleetjes geknepen tegen het felle licht en hij genoot zichtbaar van het warme briesje dat zijn huid beroerde. Ze herinnerde zich weer hoe hij in het maanlicht door het water kliefde. Beheerste hij elk element waar hij zich aan waagde?

'Ik had niet verwacht dat het weer zo weldadig zou aanvoelen,' merkte de graaf op terwijl hij op adem kwam.

'Het is hier in mei vaak aangenaam, sir,' zei ze. 'Mei en juni zijn de beste maanden.'

'Juli en augustus dus niet?'

'Nou, nee. Dan waait het altijd heel hard en regent het veel, waardoor de *midges* tevoorschijn komen.'

'Verdraaide rotbeestjes,' zei de graaf hoofdschuddend. 'Ze komen altijd op mij af, vrees ik. Ik zie eruit als een speldenkussen nadat ze zich aan me tegoed hebben gedaan.'

'En in december, hoe is het hier dan?' vroeg Lord Sholto.

'December is vaak kalm en mild. Soms lijkt het wel lente.'

'Wat merkwaardig. In Ayrshire krijg je dan soms het idee dat het huis omver wordt geblazen.'

'Ah, dat gebeurt bij ons in januari. Razende stormen die de huizen deels vernielen. Dit jaar stormde het een keer zo hard dat we de week erna allemaal doof waren.'

'Doof?'

'Ja, de wind beukt hier echt. Hij huilt niet alleen, maar brult. Je kunt er niet aan ontsnappen en de vorm van de vallei zorgt ook nog voor extra galm. De wind komt dan meestal uit het noordoosten en is bitter koud.' Ze haalde haar schouders op. 'En in februari sneeuwt het. De sneeuwbanken worden zo hoog – soms wel twaalf meter – dat we de schapen moeten redden. De sneeuw stapelt zich op tegen de muren van de fanks, en ze zouden stikken als we ze zouden laten staan.' Ze lachte zacht. 'Hoewel mijn vader altijd zegt dat de schapen zo dom zijn dat ze twee keer zouden sterven als dat kon.'

Beide mannen lachten, en ze maakten aanstalten weer op weg te gaan.

Ze liepen in de volle zon langs de oostkant van het eiland en naarmate ze dichter bij de rand kwamen, nam de vogeldichtheid toe. Rechts onder hen lagen de steile kliffen, de hoogste van alle kliffen op de Britse eilanden. Een misstap was hier al vaak fataal geweest.

'Het lijkt wel alsof hier net een kussengevecht heeft plaatsgevonden,' zei Sholto glimlachend bij de aanblik. 'Vinden jullie niet? Met die witte veren overal.'

Ze liepen over het pad dat naar Aird Uachdarachd leidde, het kleine schiereiland dat achter de berg Connachair uitstak. Het was het oostelijkste punt van het eiland en er bevonden zich gelaagde grazige richels waar de papegaaiduikers graag vertoefden. Effie stopte op de plek die ze voor ogen had gehad en liep voorzichtig naar de rand. Ze keek omlaag naar het landschap beneden. Ze knikte bij zichzelf, haalde het touw van haar schouder en liet zich op haar knieën vallen. Ze deed haar tas open, haalde een houten haak tevoorschijn, koos een steen om mee te hameren en dreef de haak de grond in.

De mannen kwamen ook een blik over de rand werpen. Ze zag dat de graaf opgelucht was toen hij zo'n vierenhalve meter lager een plateautje met gras zag liggen, weliswaar te diep om naartoe te springen, maar onvergelijkbaar met de afgronden die ze op weg hiernaartoe waren gepasseerd.

'Een van u zal boven moeten blijven als tegengewicht voor de ander,' zei ze, nog steeds de haak in de grond slaand.

'En u dan?' vroeg de graaf.

'Dat is het voordeel als je een mager meisje bent,' zei ze glimlachend. 'De haak houdt mij prima.'

Ze bleef met het touw staan wachten tot zij hadden besloten wie er eerst zou gaan.

De wangen van de graaf waren dieprood van de inspanning. 'Ga jij maar, jongen. Ik moet bijkomen na die wandeling. Het is uitputtend om je over dit eiland te bewegen!'

'Uitstekend.' Sholto hield zijn armen wijd terwijl Effie het touw diagonaal over één schouder en om zijn middel sloeg, en er een knoop in de stijl van St Kilda in legde. Ze deed hetzelfde bij zichzelf en bevestigde het andere uiteinde van haar touw in een lus om de haak.

'Sir, als u het touw om uw middel wikkelt en daar gaat zitten, biedt dat genoeg tegenwicht. Als er spanning op de lijn ontstaat, zet dan uw hakken in de grond en leun achterover. Probeer niet te gaan staan. Wij laten het u weten als we beneden zijn door twee keer stevig aan het touw te trekken. En dan kunt u rusten.'

'Goed.' De graaf ging zitten zoals ze hem had geïnstrueerd, terwijl Effie en Sholto naar de rand liepen.

Ze tuurde weer naar beneden. 'De vogels zijn daar, ziet u?'

Sholto tuurde naar de rotswand waar ze op wees. 'Nee…'

'Daar. Niet tussen de rotsen maar in het gras.' Ze ging dichter bij hem staan zodat hij de lijn van haar vinger kon volgen.

'O.' Zijn stem klonk vlak bij haar oor. Ze rook zijn zeep. 'Hoe merk je ze in godsnaam op? Ze hebben zich duivels verdekt opgesteld.'

'Het is een kwestie van weten waar ze graag neerstrijken. In het geval van papegaaiduikers zijn holletjes in de grond ideaal, maar ook spleten in de rots. Ze zijn ook kleiner dan de meeste mensen denken.' Ze draaide zich naar hem toe. 'We moeten stil zijn, anders vliegen ze weg. Volg mij gewoon en doe wat ik doe. Leun achterover en heb vertrouwen in uw zekeraar.' Ze glimlachte naar de graaf, die zijn voeten al schrap had gezet, met de hakken half ingegraven.

'Klaar, sir?'

'Zeker, Miss Gillies,' riep hij terug.

Effie duwde de strikken langs haar ruggengraat omlaag – ze werden op hun plaats gehouden door het touw dat om haar middel gewikkeld was – en hurkte op de rand van de klif met haar rug naar de zee. Poppit wist dat ze moest gaan liggen en wachten. Effie trok een paar keer aan haar touw en leunde achterover. Ze stapte over de rand en keek hem van opzij aan. 'Benen recht, vertrouw op je zekeraar, hand over hand. Je vuisten moeten elkaar raken, hou je bewegingen klein,' mompelde ze terwijl ze zelf vlot en soepel afdaalde. Ze hoefde niet eens te kijken. Ze konden hier desnoods vallen en dan nog zouden ze zacht neerkomen, als ze maar niet zouden rollen.

Hij klom met schijnbaar gemak omlaag en gaf twee stevige rukken aan het touw, zoals afgesproken, om zijn vader te laten weten dat hij op de richel was geland. Ze hoorden de papegaaiduikers nu duidelijk over de roep van de jagers en zeekoeten heen. Het geluid was opvallend, als het loeien van een koe gevolgd door een soort klak.

'Hou het touw om je heen,' fluisterde ze, en ze hurkte en reikte naar de strikken op haar rug. Ze trok ze naar voren en gaf hem er een.

'Waar zijn deze van gemaakt?' vroeg hij terwijl hij ze bestudeerde.

'Vleugelbotten van de jan-van-gent.'

Hij glimlachte. 'Vindingrijk.'

Ze keek naar de vogel waar ze in eerste instantie haar oog op had laten vallen. 'Geen haastige bewegingen. De strik wordt op deze manier strakgetrokken.' Ze liet hem zien hoe de lus werd verkleind door aan het garen te trekken. Sholto knikte en bleef haar nauwlettend gadeslaan. Ze zaten dicht bij elkaar op de richel. 'Ik vang de eerste. Je moet de strik langzaam boven de vogel brengen. Laat hem dan zakken over het kopje en sluit de lus.'

'Gaat-ie dan dood?'

'Nee, zo vang je hem. Je moet hem de nek omdraaien.'

'Aha.' Ze keken beiden naar wat papegaaiduikers die aan kwamen vliegen en niet ver van hen neerstreken. Hun opvallend helder gekleurde snavels waren gevuld met een paar slaphangende makrelen.

Effie sloop naar de rand van de richel en wachtte met de strik in haar hand terwijl ze bepaalde welke vogel ze het best zou kunnen vangen. Er kwam er een tevoorschijn, waggelend op een rotsige rand met een stokje in de snavel. Geruisloos kroop Effie dichterbij. Ze stak de strik naar voren en bracht hem een stukje naar beneden boven de vogel. Ze plaatste de lus boven zijn kopje en maakte aanstalten hem te laten zakken...

Ze stopte.

Ze keek hoe de papegaaiduiker – met het stokje in zijn snavel – zijn kop omdraaide en zijn eigen rug begon te krabben. Effie kon haar ogen niet geloven. Ze keek achterom naar Sholto, maar die leek vooral verbaasd te zijn over háár verbazing.

'Wat is er?' Hij vormde de woorden met zijn lippen.

Ze kroop terug. 'Zag je dat?' fluisterde ze opgewonden. 'Zojuist. Dat hij zijn rug krabde?'

'Ja,' zei hij langzaam, nog steeds verbluft.

'Weet je wat dat betekent?' Ze keek hem met blinkende ogen aan. 'Hij gebruikte het stokje als gereedschap. Minder dan één procent van alle diersoorten kan voorwerpen als gereedschap gebruiken!' Ze pijnigde haar hersens om te bedenken welke dieren dat ook alweer waren. 'Chimpansees... Otters... Maar het is nog niet gezien bij zeevogels, voor zover ik weet.'

Hij staarde haar aan. 'Hoe weet jij zulke dingen in vredesnaam?'

'Zoals ik al eerder heb gezegd, door te lezen. Denken jullie soms dat ik onwetend of dom ben, alleen maar omdat ik arm ben en op een eiland woon?'

'Natuurlijk niet. Ik bedoelde alleen maar dat je heel veel weet. Meer dan de meeste professoren, lijkt me.'

Maar ze luisterde al niet meer. Ze keek weer naar de papegaaiduiker. 'Hè, waarom heb ik mijn schrijfboekje niet meegenomen?' Ze beet op haar duimnagel terwijl ze toekeek en in haar geheugen probeerde te prenten wat ze zag: de vogel had nog steeds het stokje in zijn snavel en krabde ermee tussen de veren van zijn vleugels. 'Krabt hij alleen maar waar het jeukt,' dacht ze hardop na. 'Of maakt hij zich schoon? Parasieten kunnen veel last geven... Wat denk jij?'

Ze keek weer om en zag dat hij haar gadesloeg. Van dichtbij waren zijn ogen nog blauwer, nog puurder van kleur. 'Ik denk wat jij denkt. Jij bent de expert.'

Ze kon niet meteen reageren. Al haar gedachten en woorden leken ineens te zijn verdwenen.

Ze wendde haar blik af en voelde ze terugkeren. 'Ik kan hem nu niet doodmaken,' zei ze zacht. 'Niet nu ik dat heb gezien. Ik weet dat het dwaas is. Ik heb er duizenden gedood, maar... Het spijt me.'

'Dat hoeft niet.'

'Nee?' Ze ontmoette opnieuw zijn blik.

'Als we hem doden, moeten we hem opeten, toch?' Zijn wenkbrauw maakte een kleine beweging. Steeds weer borrelde zijn gevoel voor humor onder zijn keurige manieren op.

'Ha! Geroosterde papegaaiduiker is hier lekkerder dan waar ook. Je mag van geluk spreken als je dit gevogelte te eten krijgt. Wij wachten het hele jaar tot de papegaaiduikers terugkomen.' Ze wachtte even. 'Wat heeft de predikant jullie gisteravond voorgeschoteld?'

'Gekookte stormvogel en het grootste deel van het boek Job.'

Effie lachte hardop, waardoor de vogels schrokken en zich begonnen te roeren, gealarmeerd door de aanwezigheid van indringers. 'Nou, waarom ben je dan meegekomen, als het niet is om jullie avondeten te vangen?' zei ze grinnikend.

'O, om... het uitzicht te bewonderen,' antwoordde hij, maar iets in de manier waarop hij haar aankeek, suggereerde dat hij niet het imposante panorama om hen heen bedoelde. Plotseling werd ze gewaar hoe dicht ze bij elkaar zaten, hoe alleen ze waren, met de vogels die in een wervelende witte confetti om hen heen fladderden. Op deze richel waren ze verborgen voor het hele eiland. 'Maar ik weet niet zeker of jij hetzelfde voelt. Wat het uitzicht betreft.'

Ze reageerde niet meteen. Ze voelde dat hij een woordspelletje speelde, het ene zei en het andere bedoelde. 'Het uitzicht is... prachtig.'

'Dat vind ik ook. Het beneemt me de adem. Ik had nooit gedacht dat het zo magnifiek kon zijn.'

Zei hij wat ze dacht dat hij zei? Er had nog nooit iemand met haar geflirt. Kon hij haar hart horen bonzen?

'Ik heb je vannacht gezien!' Ze had de woorden eruit geflapt voor ze het wist.

Hij zweeg een moment. 'Vannacht?'

'Toen je aan het zwemmen was.'

'Ja. Ik kon niet slapen en het water lonkte.' Hij keek haar aan. 'Ik hoop dat ik je niet heb gestoord. Als ik had geweten dat ik iemand zou tegenkomen, laat staan jou...' Er gleed een flits van een herinnering door zijn ogen en ze wist wat hij zich afvroeg. Had zij hem het water uit zien komen? Hij had immers naakt gezwommen.

Haar wangen gloeiden er weer van. 'En daarna?' Ze móést het vragen. Ze wilde het gewoon weten. Wat betekende dat?

'Daarna?'

'Toen je naar mijn huis stond te kijken?'

Zijn wenkbrauw bewoog weer – een teken dat hij zijn impulsen achter zijn goede manieren schuil liet gaan, had ze langzamerhand door. 'Was dat jouw huis?'

'Dat weet je best.'

Hij gaf niet onmiddellijk antwoord. 'Waarom denk je dat ik naar jouw huis keek en niet erlangs, naar de bergen?' vroeg hij nonchalant. 'Het was bijna vollemaan. De glans van de maan was schitterend.'

Ze keek hem met een dof kloppend hart aan. Had ze het bij het verkeerde eind gehad?

'Hoewel...'

Hoewel?

'Er is niets mis met een jonge man die het huis bewondert van een meisje dat hem intrigeert, toch?'

Er ontglipte haar een geluidje van ongeloof. 'Je bent niet door mij geïntrigeerd.'

'O jawel, je klimvaardigheid en moed, je buitengewone kennis over de natuur, je openhartigheid, de manier waarop je me als een gelijke tegemoet treedt, hoe je je totaal niet bewust bent van je schoonheid... Ik zou zeggen dat er heel veel aan jou is wat me intrigeert, Miss Gillies. Ik heb nog nooit eerder iemand als jij ontmoet.'

Hun ogen maakten contact en daar was het weer: dat gevoel dat ze ging vallen, veel beangstigender dan wanneer ze aan een touw hing. Er leek een spanning tussen hen te heersen die zich niet stoorde aan de barrière die volgens de rentmeester tussen hen behoorde te bestaan. Ze kon het gevoel niet negeren. Haar ogen afwenden lukte niet, en zoals hij haar nu aankeek, dat voelde heel intiem. Zou hij haar kussen? Ze leken door zwaartekracht naar elkaar toe getrokken te worden. Of door het lot? Of alleen maar de wind?

Ik zal de quota met hem moeten herzien... De woorden van de rentmeester weerklonken in haar hoofd en vroegen om haar aandacht. *Je wilt Sir John toch niet in verlegenheid brengen?* Ze kon het niet riskeren hem nog meer tegen zich in het harnas te jagen.

'We moeten verder,' zei ze kordaat, achteruitdeinzend om afstand tussen hen beiden te creëren.

'Effie...'

'Denk je dat je vader een ei wil hebben?'

Het was een abrupte overgang terug naar het gewone leven, naar de positie die ze in het openbaar moesten innemen. Ze had de vraag niet eens willen stellen, net als de vale stormvogeltjes legde een paartje papegaaiduikers maar één ei per seizoen. Maar ze voelde zich verplicht om toch een soort aandenken te presenteren voor de twee shillings die ze hiermee verdiende.

Maar Sholto schudde zijn hoofd toen hij haar terugtrekkende beweging zag. 'Hij heeft er al een aantal. Vandaag is hij geïnteresseerd in vogels vangen.'

'Ah. Nou, dan klimmen we weer naar boven en leggen we hem uit wat we hebben gezien.' En voor hij haar kon tegenhouden klauterde ze razendsnel omhoog en liet hem achter.

Maar eerlijk is eerlijk, ook híj was een uitstekend klimmer. Hij was lang en sterk en wist hoe hij zich aan de rotsen moest vasthouden. Zij was vliegensvlug naar boven geklommen, zelfs voor haar doen, maar Sholto klom nog geen twintig seconden na haar over de rand.

'Wat is er gebeurd? Waren er geen vogels?' vroeg de graaf, duidelijk teleurgesteld toen hij zag dat ze met lege handen terugkwamen. Poppit rende opgewonden om haar heen, blij dat haar bazin terug was.

'Dat was het niet, sir,' stamelde Effie terwijl ze keek hoe Sholto het touw van zijn middel begon te halen. Zijn blik was strak omlaag gericht. Ze keek zijn vader weer aan. 'Maar... ik zag een bepaald gedrag dat nog nooit eerder is opgemerkt of vastgelegd – voor zover ik weet.'

'Wat voor gedrag?'

'De papegaaiduiker krabde met een stokje op zijn rug. Hij gebruikte het als gereedschap.'

Tot haar voldoening keek de graaf verrast. 'Als gereedschap?'

'Aye, sir. Het is geen gedrag dat met zeevogels wordt geassocieerd.'

'Zeker niet.'

'Ik hoop dat u begrijpt dat het nu niet goed voelde om de vogel te doden met als enige reden om te demonstreren hoe je zo'n vogel doodt.'

'Natuurlijk. Miss Gillies, u hebt de eruditie van een wetenschapper.'

'De wat?'

Hij lachte alsof ze een grapje maakte.

Effie wierp een blik op zijn zoon, maar Sholto, die het touw inmiddels had losgemaakt, wendde zich af en keek uit over zee. Hij had zijn handen in zijn zakken gestoken en zijn onderkaak stak iets vooruit. Had ze hem gekrenkt met haar abruptheid? Was ze onbeleefd geweest terwijl ze juist had geprobeerd beleefd te blijven?

'Aangezien we toch hierboven zijn, kan ik u iets bijzonders laten zien als u wilt. Een bonte stern?' bood ze aan. 'Die heb ik een paar dagen geleden nog gezien. Hij nestelt niet hier. Hij rust tijdens de trek, dus misschien is hij alweer vertrokken, maar ik kan u laten zien waar ik hem heb waargenomen, want je weet maar nooit. Voor zover ik heb begrepen is de bonte stern nog maar drie keer op de Britse eilanden gezien.'

Sholto draaide zich plotseling om. 'Is dat daar Boreray?' Zijn stem klonk ongebruikelijk scherp toen hij haar aankeek, waardoor ze nu zeker wist dat ze hem had gekrenkt.

'Aye. Daar zijn de mannen naartoe gegaan om de schapen te plukken.'

Hij fronste en keek weer naar het eilandje. 'En wat is dat?'

'Wat is wa...' Maar ze zag het al en wist dat er iets mis was.

Er waren twee enorme plaggen – beide zo lang als drie mannen – uit het gras gestoken en omgekeerd. Van deze afstand, ongeveer zesenhalve kilometer over het water, leken het donkere sneden, verwondingen in het landschap. 'Nee,' fluisterde ze, verblekend bij de aanblik.

'Miss Gillies?' vroeg de graaf bezorgd. 'Wat betekent dat?'

Het duurde een moment voor het haar lukte te antwoorden. Slechts één keer eerder in haar leven was dit sein gebruikt.

'Dat is het teken dat we de boot moeten sturen. Eén omgekeerde plag betekent dat ze klaar zijn om terug te keren. Twee plaggen wil zeggen dat er een ongeluk heeft plaatsgevonden of dat er iemand ziek is. Drie wil zeggen dat er iemand is overleden.' Ze keek naar hen terwijl ze achteruit begon te lopen, klaar om het op een hollen te zetten. 'Het spijt me, ik kan niet blijven. Ik moet teruggaan en het de anderen vertellen. Kunt u zelf beneden komen? Gewoon het pad volgen.'

'Natuurlijk. Ga maar gauw!' drong de graaf aan.

'Ik ga mee,' zei Sholto.

'Nee, blijf liever bij uw vader. Uw wegen mogen zich niet scheiden, u moet bij elkaar blijven.'

'Maar ik kan helpen roeien. Er is slechts één man teruggekomen, toch? Als we er met z'n tweeën naartoe roeien, zijn we sneller.'

Hij had een punt. En ze wisten dat Effie, ondanks haar vastbeslotenheid haar mannetje te staan, de kracht van een man aan de riemen niet kon evenaren.

'Mijn zoon heeft gelijk,' zei de graaf. 'Jullie hebben mankracht nodig, en hij heeft voor Oxford geroeid. Neem hem maar mee. Ik red me wel. Maak voort! Ik kom in mijn eigen tempo naar beneden.'

Met een knikje draaide Effie zich om. Ze begon over het vage pad van platgetreden gras te rennen, met de vogelstrikken in haar rechterhand terwijl het touw en haar tas om haar linkerschouder bungelden. Ze was blij dat ze omlaag moesten rennen en niet omhoog; geen noodgeval kon iemand aansporen deze hellingen sneller te beklimmen dan de eilanders al deden.

Ze was zich ervan bewust dat Sholto hard hijgend achter haar aan rende en met zijn leren laarzen verwoed poogde om grip te houden, maar ze zwegen allebei. Er was een man gewond of ziek, mogelijk stervende, en elke seconde telde. Ze holden rond Connachair en terug naar de Gap, en daarna over de grazige hellingen terug naar het plateau van An Lag. Jayne Ferguson was nog steeds bezig op haar lazybed, waar ze wat mest in aan het verwerken was, en keek verrast op toen ze langs kwamen rennen. 'Twee plaggen,' wist Effie nog net uit te brengen. Meer was ook niet nodig. Jayne liet haar hark vallen en begon achter hen aan te hollen.

Ze renden door de opening in de wal, langs de cleits, omlaag naar de achterkant van de waaier van cottages. Effie snelde over het dichtstbijzijnde pad tussen de huisjes door en sloeg links af naar het huis van Archie MacQueen. Hij was teruggeroeid nadat hij de mannen op Boreray had afgezet. Hij had sterke armen, maar door een ongeluk dat een aantal jaren geleden had plaatsgevonden liep hij mank, waardoor hij niet achter de schapen aan kon rennen.

'Archie!' riep ze. 'Twee plaggen! Twee plaggen!'

Meteen verschenen er hoofden door de deuropeningen van cottages, boven de muur langs The Street, vanachter spinnewielen en waslijnen. Archie, die een stuk muur repareerde voor Ma Peg, keek op toen de woorden hem bereikten, en onder de dorpsbewoners ontstond dezelfde onrust als bij de papegaaiduikers op de richel. Hij zag Effie op hem afrennen, met haar armen op en neer pompend, het wit van haar ogen zichtbaar, en wist dat de woorden van haar afkomstig waren. Hij liet de steen die hij in zijn handen had vallen en begon – zo goed en zo kwaad als het ging met zijn kreupele been – naar het strand beneden te snellen. Het had geen zin om 'Wat?' of 'Wie?' te vragen, want dat wist nog niemand.

De boot was vlak voorbij de vloedlijn getrokken. In de winter moest hij met stenen en graszoden worden volgeladen om te voorkomen dat de wind er vat op zou krijgen, maar nu lag hij klaar voor de terugtocht, die eigenlijk pas over een dag of twee ondernomen zou worden.

De vrouwen die er het eerst waren – Rachel McKinnon, de moeder van Mhairi, en Effies eigen tante Mary – begonnen de boot over het strand naar de zee te duwen. Effie, Sholto en Jayne volgden enkele ogenblikken later, waarna ze met vereende krachten de boot verder omlaag schoven.

'Waar is Lorna?' vroeg Effie terwijl ze met een zoekende blik om zich heen keek.

De vrouwen keken elkaar aan. Iedereen binnen gehoorsafstand had het roepen gehoord en ze waren allemaal tevoorschijn gekomen.

'Ik heb haar in geen uren gezien,' zei tante Mary. 'Is ze gaan vissen? Ze zei dat ze dat misschien nog ging doen.'

Rachel McKinnon haalde haar schouders op. 'Of is ze bij Mary? Ze zei dat ze nog bij haar zou langsgaan om te kijken hoe het gaat.'

'Zal ik even gaan kijken?' vroeg Effie, die aanstalten maakte om er weer de spurt in te zetten.

'Nee, daar is geen tijd voor,' antwoordde Archie verbeten. 'Ze kan overal en nergens zijn en we kunnen niet wachten.'

De boot raakte het water al.

'Ik help wel,' zei Sholto, die samen met Archie de zee in waadde en in de boot sprong toen die begon te drijven.

Archie McKinnon knikte alleen maar, met een grimmig gezicht. De kans was aanwezig dat ze een van zijn eigen zonen moesten gaan redden. De twee mannen grepen de riemen vast en brachten de boot op gang, hun lichamen eendrachtig voor- en achterwaarts bewegend terwijl ze begonnen te roeien.

Samen met de andere vrouwen stond Effie tot haar knieën in het water en keek hen na. Ze hadden een hand tegen hun mond gedrukt en er brandden tranen in hun keel, maar het had geen zin om te huilen. Nog niet. Hoewel ze doodongerust waren, zou het nog uren duren voordat de mannen terugkwamen en ze wisten om wíé ze zich zorgen moesten maken. Ze konden alleen maar afwachten.

Het was het idee van de kinderen om een soort estafette te organiseren vanaf Rubha Cholla, het punt waar de boot om de landtong bij Oiseval zou varen, op weg naar Village Bay. De oudsten namen strategische plaatsen in langs de route terwijl Neil MacQueen, Flora's veertienjarige broertje, op de uitkijk stond. 'Die is zo snel als de bliksem,' zei hun vader altijd, en de jongen trok inderdaad een stevige sprint zodra hij de boot zag naderen.

De naam was via vier kinderen gegaan voordat ze hem op het strand konden horen. 'Donald McKinnon! Hoofdwond!'

Lorna knikte ernstig en opende haar dokterstas. Effie wist dat ze had gehoopt op een gebroken arm, iets wat ze recht kon zetten. Een hoofd was nooit eenvoudig. Het letsel bleef vaak net zo verborgen als gedachten, leugens, beloften en geheimen.

'Zal ik het Mary vertellen?' vroeg Effie haar. Lorna was inderdaad bij de aanstaande moeder geweest toen de boot vertrok, slechts een paar honderd meter van de commotie op het strand verwijderd, maar hun geschreeuw was door een pan kokend water overstemd.

De verpleegster dacht even na. 'Ja. Doe dat maar. Ze zal tijd nodig hebben om beneden te komen. We weten pas hoe ernstig het is als ze het strand bereiken, maar ze moet hier zijn, voor het geval dat.'

Effie rende over het gras naar boven en sprintte over het lapje grond van de MacQueens, waar ze per ongeluk met een blote voet in het vers bemeste lazybed stapte.

'Mary,' riep ze. 'Ben je daar?'

Effie stak haar hoofd om de deur van de cottage. Mary McKinnon stond in de slaapkamer. Haar rug was naar de deur gekeerd en ze leunde met haar handen tegen de muur. 'Mary,' hijgde Effie, en ze rende naar haar toe. 'Gaat het...'

'Terug!' riep Mary paniekerig.

Effie bleef stokstijf staan.

'Alsjeblieft... raak me niet aan.' De vrouw stond in een ongemakkelijke houding, alsof ze probeerde te voorkomen dat de muur zou instorten. Effie zag aan het verkreukelde beddengoed dat ze zojuist nog in bed had gelegen.

'Heb je pijn?' fluisterde Effie. 'Moet ik Lorna halen?' Maar die was natuurlijk op het strand, waar ze wachtte op Mary's gewonde echtgenoot...

Mary schudde haar hoofd, dat ze liet hangen terwijl ze langzaam en zwaar ademhaalde. De baby werd pas over een paar maanden verwacht, wist Effie. 'Laat maar. Ik moet alleen maar even bijkomen... Ik hoorde rumoer.' Ze draaide haar hoofd vragend een stukje opzij.

'O. Aye.' Effie voelde zich bezwaard omdat ze slecht nieuws kwam brengen terwijl de arme vrouw al zo'n pijn leed. 'Ik vrees dat het om Donald gaat. Een hoofdwond.'

Ze zag dat Mary's vingertoppen harder tegen de muur drukten, waardoor haar knokkels wit werden. Het sprak vanzelf dat het leven voor Mary zeer zwaar zou worden als haar man stierf of niet in staat zou zijn om te werken terwijl zij voor een pasgeboren baby moest zorgen. De buren zouden helpen, zoals ze altijd deden in zulke gevallen, maar...

'Lorna vindt dat je naar het strand moet komen. Voor het geval...' Ze hoefde het niet te zeggen. Dat was niet nodig.

Mary knikte alleen maar. 'Ga jij maar vast. Ik kom eraan.'

'Zal ik je ondersteunen?' bood Effie aan.

'Nee. Ik red me wel. Het was alleen maar een plotselinge beweging waardoor... Ga nou maar.'

Effie wachtte nog een moment, want ze wist niet zeker of ze haar alleen kon laten, maar Mary had een sterk karakter. Ze hadden allemaal in de loop der jaren weleens gehoord hoe ze haar echtgenoot luid terechtwees. Als zij nee zei, was het ook nee.

'Roep dan maar als je me nodig hebt,' zei Effie zacht, en ze verliet de cottage.

Ze liep The Street weer in. De roeiboot was inmiddels dichtbij en alle vrouwen hadden zich verzameld, klaar om te zorgen, te voeden, te treuren. De predikant ijsbeerde met de Bijbel in zijn hand langs het water. Effies blik viel weer op het schitterende jacht dat in de afgelopen dagen een vertrouwd onderdeel van het landschap was geworden – het symbool van een vreemde wereld dat in hun omgeving had postgevat. Ze had er onafgebroken naar gekeken terwijl ze met de vrouwen op de boot stond te wachten. Als Donalds letsel zo ernstig was dat hij een echte dokter nodig had en naar het ziekenhuis moest, zou het jacht hem daar kunnen brengen... Mogelijk zouden Sholto en zijn vader slechts minuten na de terugkeer van de mannen vertrekken – en ze wist dat ze niet zouden terugkomen.

Ze werd uit haar gedachten gehaald door het geluid van stemmen en ze zag de vrouwen naar de boot waden. Ze moest erheen. Ze begon weer te rennen, eindeloos in beweging leek het wel, terug naar het strand. Haar oom Hamish en oudste neef Euan, die net zo oud was als zij, waren uit de boot gesprongen en hielpen de vrouwen de boot naar de kant te trekken. Die stopte abrupt toen de voorsteven het kiezelstrand raakte en de mannen die waren teruggekeerd – de helft van degenen die naar Boreray waren gegaan – sprongen in het water. Ze droegen Donalds slaphangende lichaam aan zijn armen en benen tussen zich in. Zijn hoofd hing achterover en zijn huid was krijtwit.

Een paar vrouwen slaakten een kreet en de kleinste kinderen grepen hun moeders rokken vast. Effie keek achterom, op zoek naar Mary. Die kwam naar beneden over het gras, met redelijk gemak gezien de toestand waar ze zich zojuist nog in bevond.

Donald werd het strand op gedragen en neergelegd op de rand van het gras. Lorna legde meteen een deken over hem heen, kroop naast hem en verwijderde de overhemdsmouw die was afgescheurd en als verband was gebruikt. Er was bloed doorheen gesijpeld, dat nu donker en opgedroogd in zijn haar zat. De predikant bleef naast hen staan en bad terwijl de verpleegster haar werk deed.

Effie voelde zich schuldig. Waarom had ze niet eerder naar het andere eiland gekeken toen ze omhoog was geklommen? Dan had ze het teken meteen gezien en waren er geen kostbare minuten verstreken. Maar ze had het te druk gehad met het vermijden van de glanzende ogen van een jonge lord om het noodsignaal aan de overkant op te merken.

'Wat is er met hem gebeurd?' vroeg Lorna terwijl ze de wond inspecteerde. Er zat een diepe, akelige jaap in zijn achterhoofd, bovenaan zijn schedel.

'Hij is tegen een rots gevallen,' zei de rentmeester, die mee teruggekomen was.

'Hebt u het zien gebeuren?' vroeg Lorna.

'Aye. We waren op de Sunadal. Hij wierp zich op een schaap en ving het, maar het wurmde zich weer vrij en bij die worsteling verloor hij zijn evenwicht.'

Lorna fronste en keek weer naar de wond. 'Een diepe snee,' mompelde ze. 'Hij moet hard zijn neergekomen.'

'Dat klopt, aye. Met een flinke klap.'

‘Wanneer is het gebeurd?’ Ze bekeek nu zijn pupillen.

‘Zes of zeven uur geleden? De zon stond nog laag.’

‘Zeven uur?’ Er klonk een verwijt door in Lorna’s stem.

‘Het heeft alleen al een uur gekost om genoeg mannen te vinden die konden helpen hem naar de waterkant te brengen! En toen moesten we wachten tot jullie het teken zouden zien.’

Zijn woorden troffen Effie als een stomp in haar maag. Ze had het gevoel dat zij verantwoordelijk was voor de vertraging.

‘Vanochtend was er nog niets aan de hand,’ schoot Jayne Ferguson in de verdediging. ‘De jongens zijn naar boven gegaan om te kijken, net als anders.’

‘Pech dus dat hij net wat te laat is gevallen voor de ochtenduitkijk,’ snauwde de rentmeester.

‘Donald?’ Dat was Mary, die zich hijgend een weg naar hem toe baande over de hobbelige grond. ‘O, Donald!’ Ze sloeg haar handen voor haar mond.

‘Het komt goed, Mary,’ zei Lorna snel terwijl Donalds vrouw naast haar neerzeeg – en naast haar man. ‘Hij heeft een akelige snee in zijn hoofd. Die is wel diep, maar hij zal er niet te veel bloed door verliezen. Hij zal een aantal dagen van de kaart zijn, maar als we de wond schoonhouden en hij genoeg rust neemt, herstelt hij wel weer.’

‘Beloof je dat?’ Mary keek haar doordringend aan en legde haar handen op haar gezwollen buik.

Lorna slikte. ‘Voor zover ik dat kan. Ik zal goed voor hem zorgen… Ik blijf de komende paar nachten bij jullie, dat is de riskantste tijd.’

Dat idee leek Mary te troosten. Ze was zelf al niet in goede conditie. Hoe kon ze hem verzorgen?

Lorna keek naar de mannen. ‘We moeten hem in huis zien te krijgen, op de tafel, zodat ik de wond kan reinigen. Een ontsteking is nu het grootste risico.’

De mannen kwamen in beweging en tilden de gewonde man op terwijl de vrouwen voor hen uit holden, hun rokken opgetrokken. Slechts één man bleef achter.

Sholto pakte zijn jasje uit de boot. Ter hoogte van zijn schouder zat een scheur in zijn overhemd en toen hij zich omdraaide zag Effie vegen bloed op de voorkant. Zijn gezicht was rood en hij zag er afgemat uit. Hij had natuurlijk nog nooit eerder dertien kilometer geroeid vanwege een medisch noodgeval.

'Dank je wel,' zei ze zachtjes terwijl hij over het strand naar haar toe kwam sjokken.

'Waarom bedank je me?'

'Voor je hulp aan Donald en oom Hamish.'

Hij fronste. 'Wat voor man zou ik zijn als ik níét had geholpen?'

Ze voelde dat hij zich nog steeds gekrenkt voelde door hun 'moment' eerder vandaag op de richel, het moment dat zij hem uit de weg was gegaan. Hun zorgeloze wederzijdse gemak en bijna kinderlijke spontaniteit waren verdwenen.

'Je ziet er moe uit.'

Hij schonk haar een flauw glimlachje. Hij was net een berg af gerend en naar Boreray heen en weer geroeid. 'Ja.' Vandaag zou hij zich niet ongedurig voelen. Vannacht zou hij niet gaan zwemmen.

'Je moet uitrusten. En wat eten.' Ze dacht aan hun grapje van eerder vandaag. Gekookte stormvogel was bepaald geen beloning. 'Je zei dat je wat appels had meegenomen,' zei ze, in de hoop dat ze het ongemak tussen hen kon verzachten. 'Die kun je eten.'

'Klopt. Die kan ik eten.' Hij keek haar knipperend met zijn ogen aan. 'En ik zal me moeten omkleden.'

Ze liepen samen over het pad omhoog. Beiden zwegen, maar de stilte tussen hen leek gevuld te zijn met onuitgesproken woorden. Bij de voordeur van de rentmeester draaide hij zich naar haar toe. 'Nou, het was een opluchting te horen dat Mr McKinnon waarschijnlijk zal herstellen,' zei hij, nu weer op zijn gebruikelijke wellevende manier.

'Aye,' beaamde ze. 'Mary was erg ongerust.'

'Natuurlijk.' Hij schraapte zijn keel. 'En het betekent ook dat wij niet in haast hoeven te vertrekken.'

Haar mond viel een klein stukje open en hun ogen ontmoetten

elkaar weer. Dus hij had daar ook aan gedacht? De hele tijd dat hij weg was geweest had zich in haar hoofd het onvermijdelijke scenario afgespeeld, dat vroeg of laat zou komen: zij aan de waterkant toekijkend hoe het anker zou worden gelicht, hoe de zeilen zouden opbollen en hij bij haar vandaan zou glijden. Ze was erdoor ontdaan geweest, maar vooral geschokt door de heftigheid van haar emotie. Hij was hier nog maar twee dagen en ze wist dat ze nu al in de schaduw verkeerden van het moment dat hij zou vertrekken, het moment dat zeker zou komen. Maar… nog niet. Ze wilde meer. Ze wist niet precies wat, maar ze wist dat ze meer nodig had dan dit.

En haar wens was uitgekomen! Ze hadden respijt gekregen en hij was hier nu. Vandaag. Vannacht. De vraag was wat ze gingen doen met de tijd die hun restte.

Ze zag de hoop oplaaien in zijn ogen toen hij zijn eigen onrustige gevoelens in de hare weerspiegeld zag. Er begon een glimlach om zijn lippen te spelen…

Plotseling ging de voordeur open en maakte de rentmeester aanstalten naar buiten te komen. Hij was duidelijk verbaasd toen hij de twee samen zwijgend op zijn drempel aantrof. Sholto zette meteen een stapje achteruit. Effie deed hetzelfde om ruimte te maken, zodat de man kon passeren. Maar dat deed hij niet. 'Lord Sholto,' zei hij, terwijl hij haar nadrukkelijk de rug toekeerde. 'Ik was juist naar u op zoek! U zult wel trek hebben na uw inspanningen. Ik heb een maaltijd voor u bereid.'

'Dat is heel attent,' zei Sholto na een korte stilte.

Effie keek naar de grond en voelde de werkelijkheid weer tot zich doordringen. Heel even had ze zichzelf laten geloven dat hij voor haar bereikbaar was. Had hij gemerkt hoe de rentmeester haar vernederde? Zou hij begrijpen dat ze dáárom een stap terug moest doen – niet alleen eerder vandaag en nu, maar telkens weer? Zou hij inzien dat het niet uitmaakte wat zij zélf wilde?

'Was er nog iets, Miss Gillies?' vroeg de rentmeester, die zich half omdraaide terwijl zij als verstijfd stond te wachten.

‘Nee.’ Haar stem klonk vlak en ze keek Sholto aan.

‘Misschien dat Miss Gillies zich bij ons wil voegen?’ vroeg Sholto vlug.

Er verscheen een hoogrode kleur op de wangen van de rentmeester, en zijn neusvleugels verwijdden zich van verontwaardiging bij het idee.

‘Dank u, maar ik moet gaan,’ zei ze stijfjes. ‘De stier heeft vers hooi nodig.’

Deze keer verscheen er geen twinkeling in Sholto’s ogen nu ze het over de stier had, maar ze zag het goedkeurende knikje van de rentmeester en ze vertrok zonder nog iets te zeggen, zoals het hoorde.

6

Effie liep door de stal van de stier en veegde de mest bijeen. Ze had Tiny de omsloten weide in gelaten, waar hij stond te grazen. De zon scheen op zijn rug en liet zijn huid glanzen. Beneden in de vallei zag ze dat de vrouwen bezig waren maaltijden te bereiden en dat er kinderen om een boodschap tussen de cottages heen en weer werden gestuurd nu enkele mannen terug waren. Ze hadden Donald McKinnon naar zijn tafel gedragen en erop neergelegd – Lorna was daar nog om de wond goed schoon te maken – voordat ze terug naar de boot gingen om de zakken wol uit te laden.

Effie schepte de mest in de emmers bij de achtermuur, maar toen ze een blik naar buiten wierp zag ze iemand de helling van Mullach Mor afsnellen, iemand die een rode sjaal om haar middel had geknoopt en wier donkere rok opbolde. Effie fronste. Er was maar één persoon die op die manier een hoofddoek zou dragen…

'Flora?' riep Effie terwijl ze de mestvork tegen de muur zette en wild zwaaide. Ze had haar vriendin meer dan twee weken niet gezien, sinds zij en Mhairi het vee naar de zomerweiden bij Glen Bay hadden gebracht. De wandeling daarnaartoe kostte heen en terug bijna vier uur en er zaten al niet genoeg uren in een dag. Het beste waar ze op kon hopen was een toevallig bezoekje als dit – de meiden hadden vast meer proviand nodig. 'Flora!'

Het meisje keek om en boog af naar de stal toen ze Effie zag, die op het muurtje was geklommen en met haar armen boven haar hoofd stond te zwaaien.

'Waar is de brand?' vroeg Effie glimlachend toen ze haar een paar minuten later enthousiast omhelsde.

'Pff,' bracht Flora hijgend uit, terwijl ze met haar armen en hoofd op het muurtje geleund op adem probeerde te komen. Ze keek schuin omhoog en glimlachte naar Effie, blozend van inspanning. Het was algemeen bekend dat zij het mooiste meisje op het eiland was, met haar lange ravenzwarte haar dat glansde als olie, haar hazelnootkleurige ogen en volle mond. Haar oudere broer David noemde haar 'de *kelpie*'. Nu was het niet echt een compliment om watergeest genoemd te worden, maar Flora wist hoeveel macht ze met haar schoonheid kon uitoefenen. 'Ik kan niet meer. Ik moest van haar de hele weg hiernaartoe rennen.'

'Van Mhairi?'

'Aye.'

'Waarom kon zíj niet rennen? Is ze gewond?'

Flora stak een hand op om Effies opborrelende ongerustheid weg te nemen. 'Nee, niets aan de hand. Maar we waren op de Cambir en zagen de plaggen op Boreray...' Ze slaakte een zucht, nog steeds buiten adem. 'Om wie gaat het?'

'Donald McKinnon...'

'Wat?' Flora stond meteen rechtovereind.

'Hij is gewond aan zijn hoofd.'

'Wordt hij wel weer beter?'

'Aye. Hij is gevallen toen hij een schaap probeerde te vangen en heeft een flinke wond opgelopen, maar Lorna denkt dat hij wel weer herstelt als hij rust neemt. Ze blijft de komende twee nachten bij hem en Mary.'

'O ja?'

'Aye. Die arme Mary is zelf ook niet fit.'

'Nee,' zei Flora peinzend. 'Maar hij gaat het dus echt redden?'

Effie was lichtelijk verbaasd over de buitengewone bezorgdheid van haar vriendin. Hoewel ze dezelfde achternaam hadden, was Donald McKinnon geen familie van Mhairi. 'Kon je niet zonder ons?' plaagde Effie. 'Mis je ons allemaal nu jullie de zomer daar zoekbrengen?'

'Zoekbrengen?!' snoof Flora verontwaardigd. Ze plukte een grasspriet uit de muur en liet die door haar vingers gaan. 'We hebben daar driehonderd schapen.'

'Aye, die lekker lopen te grazen. Ze geven jullie geen problemen, zo te zien.'

'Hoe bedoel je?'

'Gewoon dat je er fris en fleurig uitziet. Ik dacht dat je uit honger terug was gekomen, maar kennelijk niet.' Flora's haar glansde meer dan anders en haar huid oogde fluwelig zacht. 'Zo ziet verliefdheid er dus uit.' Flora straalde altijd als anderen haar een complimentje gaven.

Effie dacht niet dat ze er zelf ook zo content uitzag – eerder gekweld, had ze het idee – en bovendien wist ze niet eens zeker of ze verliefd was. Ze wist niet hoe het voelde.

'Van twee weken alleen met Mhairi doorbrengen word je echt niet fris en fleurig, kan ik je vertellen. Ze is opgegroeid met broers die haar verhalen vertelden over de vloek van McKinnon en ik zweer je dat ze er nog in gelooft ook! Ze is steeds bang dat haar of haar dierbaren iets overkomt.' Flora rolde met haar ogen. Ze wisten allebei dat hun gevoelige, zachtmoedige vriendin meer leed dan zij in deze ruige omgeving.

'Nou, je kunt haar vertellen dat ze zich geen zorgen hoeft te maken. Er zijn geen familieleden gewond of omgekomen.'

'Maar het is nog niet zeker dat Donald herstelt?'

'Nee, maar als Lorna dacht dat het heel ernstig was, had ze hem naar het vasteland gestuurd.'

'Hoe dan?' Maar terwijl ze de vraag stelde, keek Flora op en zag ze het jacht dat in de baai voor anker lag. Haar adem stokte. Effie verwonderde zich erover dat ze het niet had gezien toen ze de heuvel af stormde, maar vatte het maar op als een teken van de grote ongerustheid die haar had voortgedreven. 'Van wie is dat schip?'

Effie zuchtte en staarde er weer naar. Het stond symbool voor de afstand tussen haar en Sholto, het weerspiegelde hun verschillende werelden. Als ze met hem samen was, kon ze geloven dat hij gewoon een man met stralende ogen en een hartelijke lach was, een man die naakt ging zwemmen in het maanlicht, die met haar flirtte op bergrichels, maar het jacht drukte haar telkens weer met de neus op de feiten: hij was niet zomaar iemand. 'Van vrienden van MacLeod. De graaf van Dumfries en zijn zoon. Ze hebben de rentmeester gebracht.'

Flora kreunde. 'Blèh.'

'Ja. En wij dachten geluk te hebben toen de mannen besloten naar Boreray te gaan vanwege het fraaie weer, want ze namen Mathieson mee, zodat wij rust hadden. Maar ja… twee dagen later en ze zijn alweer terug.'

'Helaas.'

'Het is het ergst voor Donald,' zei Effie schouderophalend.

Ze keken hoe Tiny door het omsloten veldje liep en vergenoegd snuivend met zijn kop schudde.

'Die ziet er tevreden uit,' mompelde Flora.

'Dat mag ook wel. Hij heeft een lange bronsttijd achter de rug,' grapte ze.

'Mannen! Mannen en beesten, ze zijn allemaal hetzelfde,' zei Flora op die alwetende toon van haar die voorbehouden leek te zijn aan beeldschone vrouwen. Ze lachte een klaterende lach en duwde haar hoofd tegen dat van Effie zoals ze als kleine meisjes altijd deden. Hoewel Flora haar kinderlijke manieren inmiddels was ontgroeid. Ze was verloofd met James Callaghan, een rijke textielkoopman uit Glasgow. Hij was hier de vorige lente geweest om te proberen een overeenkomst met de eilanders te sluiten – hij wilde hun tweed rechtstreeks van hen kopen – maar de hoeveelheden die hij voor ogen had waren te groot voor de St Kildanaren. Zij moesten als pachters eerst hun quotaverplichtingen nakomen. Maar hij was niet met lege handen weggegaan. Na één blik op Flora te hebben geworpen, was hij zo vaak als de zee het die zomer toeliet naar het eiland gevaren. Hij was bezig met de verbouwing van een statig herenhuis aan Blythswood Square en had haar beloofd dat ze zouden trouwen en er zouden gaan wonen zodra het gereed was.

In veel opzichten was Flora al vertrokken. Ze was een rusteloze ziel, en deze stip in de oceaan was te klein voor haar hartstochtelijke levenskracht. Effie had daarom altijd al geweten dat haar beste vriendin voorbestemd was voor een groter schouwtoneel. Ironisch genoeg was ze door haar verloving, met de bijbehorende belofte van een toekomst op het vasteland, het leven op hun woeste eiland gaan omarmen met een bijna angstaanjagend opgewekte goedgunstigheid die ze eerder niet bezat. Ze liep voortdurend te zingen en deed haar karweitjes met een glimlach, en toen de vraag rees wie er een zomer afgezonderd met de grazende dieren bij Glen Bay zou doorbrengen, had ze zich welwillend bereid verklaard om die taak samen met Mhairi McKinnon op zich te nemen. Effie kon zich deze plek niet voorstellen zonder haar.

'Blijf je eten?' vroeg Effie haar. 'Iedereen zal blij zijn je te zien. Je vader heeft de boot heen en terug naar Boreray moeten roeien, dus die is doodmoe. David is daar nog en je moeder is van streek door die val van Donald.'

'Als ze me zien, willen ze dat ik blijf,' zei Flora. 'Maar Mhairi zit in de piepzak. Ik moest haar beloven dat ik meteen terug zou komen.'

Effie fronste. 'Als Mhairi zo in de piepzak zit, waarom is ze dan niet zelf hiernaartoe gekomen in plaats van jou te sturen?'

Maar Flora hoorde niet wat ze zei. Ze keek omlaag naar het dorpje. Naar Lorna, om precies te zijn, die met Mary stond te praten achter haar cottage. De verpleegster hield haar hand troostend vast. Bracht ze slecht nieuws over? Stonden ze daarom achter het huisje, zodat Donald hen niet kon horen?

Beide jonge vrouwen fronsten. 'Dat ziet er niet goed uit,' mompelde Flora.

'Nee,' beaamde Effie.

'Misschien moet ik toch een klein beetje langer blijven. Om na te gaan of de situatie is veranderd.' Ze keek Effie aan. 'Heb ik trouwens veel gemist?'

Effie opende haar mond een stukje. Waar moest ze beginnen? Hoe kon ze uitleggen in wat voor lastig parket ze zich bevond nu ze zich aangetrokken voelde tot een man die ze nog niet eens een vriend mocht noemen, laat staan meer dan dat. Maar zonder moeder om haar raad te geven, zonder zussen... Haar leven had zich grotendeels in een mannenwereldje afgespeeld, al helemaal sinds de dood van haar broer. Hoe kon zij nou weten wat ze moest voelen, doen, zíjn?

'Er is wel een en ander gebeurd, ja,' murmelde Effie vaag. Alleen al door het onderwerp aan te snijden voelde ze zich kwetsbaar. De meiden hadden haar geplaagd om de manier waarop ze hun oudere broers meedogenloos had afgewezen toen die haar met een andere blik begonnen te bekijken, maar nu was zijzélf degene met een nieuw perspectief. Waarom had niemand haar ooit verteld hoe het voelde?

Flora's ogen lichtten op toen ze Effie zag aarzelen, wat niets voor haar was. 'Vertel op.'

'Terwijl de mannen weg waren, heb ik als gids gediend voor de bezoekers.'

'Aye.'

'Ik krijg er twee shillings voor,' zei ze, eromheen draaiend.

'Twéé?'

Ze werd steeds nerveuzer. 'En we zijn bevriend geraakt.'

Flora fronste. 'Ik dacht dat je zei dat het lords waren.'

'Eh, ja, maar... je merkt er niets van. Niet echt. Ze doen niet uit de hoogte als we over het eiland aan het wandelen zijn.'

Flora's ogen vernauwden zich. 'En...' drong ze aan. Ze had altijd al een neus voor geheimen gehad. De vrouw van de predikant had zich de haren uit het hoofd getrokken bij haar pogingen om Flora te leren lezen, maar als klein meisje had ze al het talent gehad om mensen te lezen en in te schatten. 'Wat is er verder?'

'Miss Gillies! Jou zocht ik.'

Ze keken op bij de scherp klinkende stem en zagen de rentmeester in hun richting benen.

'Jakkes,' fluisterde Flora. 'Als het niet de duivel in eigen persoon is. Ik zie je nog wel.'

'Flora, wacht...' Maar haar vriendin slenterde al weg, expres met haar heupen wiegend in het voorbijgaan. De rentmeester was een van de weinige mannen die niet gevoelig leek te zijn voor Flora's charmes – ze grapte altijd dat hij alleen opgewonden raakte van winstmarges – maar ze spreidde ze toch tentoon in zijn aanwezigheid, al was het maar om hem te provoceren. Flora hield er niet van te worden genegeerd en ze wist heel goed dat hij niets te zeggen had over de manier waarop ze haar weelderige vrouwelijkheid etaleerde.

'Dag, Mr Mathieson,' zei ze luchtig terwijl ze met haar neus in de wind langs hem liep.

De rentmeester knikte nors en bleef staan bij Effie. 'Hoogmoed komt voor de val,' mompelde hij terwijl hij Flora fronsend nakeek. Hij wachtte tot ze de wal voorbij was en de cottages bijna had bereikt voordat hij zich weer tot Effie wendde.

Hij schonk haar een glimlachje, maar zijn gedrag had iets onnatuurlijks. Ging het weer over hun achterstand? Had hij gehoord dat ze vier schapen waren kwijtgeraakt? Of had ze iets anders misdaan? 'Miss Gillies, ik ben me ervan bewust dat we nog geen tijd hebben gehad om elkaar te spreken.'

'O nee, sir? We hebben elkaar een paar dagen geleden toch nog gesproken?'

Ze keek hem aan met haar gebruikelijke onbewogen blik, maar ze was niet vergeten hoe hij haar op het strand had berispt na het klimavontuur, toen Sholto en zijn vader waren langsgelopen. 'En ik dacht dat u met uw gasten een maaltijd genoot.'

'Ja, nou ja, Lord Sholto was vermoeid van de verrichte inspanningen, dus heeft hij besloten in zijn kamer te eten.'

'O.' Effie was heimelijk blij dat te horen. Ze wist hoeveel belang de rentmeester hechtte aan de sociale omgang met hoogwaardigheidsbekleders. Sholto's ontwijkende houding zou een soort triomf zijn over het snobisme van deze man, ook al wist hij het zelf niet.

Er viel een stilte waarin de rentmeester zich bewust werd van haar gereserveerde houding. Herinnerde hij zich zijn scherpe woorden van eergisteren nog wel? Of hoe hij haar een uur geleden voor zijn deur had gekleineerd? Waarschijnlijk niet. Zelfs Tiny was nog fijnzinniger dan deze man.

'Gaat het goed met je?'

De vraag verraste haar. Zo praatte hij anders nooit. 'Ja, sir,' antwoordde ze argwanend.

'Je ziet er inderdaad... goed uit. Ik hoop dat het niet te belastend voor je is geweest, dat je de vrienden van de lord de afgelopen paar dagen hebt moeten begeleiden?'

Ze kneep haar ogen tot spleetjes. 'Helemaal niet. Ze waren vriendelijk en ik heb mijn best gedaan om ze naar de vogels te brengen die ze wilden zien.'

'Natuurlijk.' Hij keek haar onderzoekend aan, alsof hij wilde weten wat zich achter haar ogen afspeelde. Had Sholto iets losgelaten over hun... Intimiteit kon ze het niet noemen, maar toch wel een zekere ongedwongenheid? 'De lord heeft me verteld hoe tevreden ze zijn over je inzet en me gevraagd je namens hen te bedanken.'

Effie verstijfde en haar hart sloeg een slag over. 'Zo klinkt het net alsof ze me niet meer nodig hebben.'

'Ja, dat klopt.'

Dus daarom was hij hier. 'Maar het was de bedoeling dat ik als hun gids zou dienen zolang ze hier zijn...' Ze merkte dat haar stem een stukje in toonhoogte was gestegen.

'Nee. Je zou als hun gids dienen zolang zij hier waren en *wij* niet. Maar we zijn nu terug, dus neem ik het over gedurende de rest van hun bezoek.'

Die bevreemdende glimlach verscheen weer op zijn gezicht. 'Miss Gillies, je hoeft niet zo ontsteld te kijken. Je hebt het druk genoeg met de zorg voor je vader zonder die extra verplichtingen.'

'Maar ik vond het niet erg, sir.'

Hij knikte. 'Omdat je onbaatzuchtig bent, Miss Gillies. En dat strekt je tot eer. Maar zoals ik al zei, je kreeg de opdracht omdat wij afwezig zouden zijn, en het zou ongepast zijn als jij deze taak zou voortzetten nu de omstandigheden zijn veranderd.'

Ongepast. Daar had je dat woord weer.

Effie probeerde wanhopig iets te bedenken om hem van gedachten te laten veranderen. Als ze de bezoekers niet meer zou rondleiden op het eiland zou ze hen – hem – alleen nog in het dorp zien, met de ogen van alle eilanders op zich gericht. Ze verlangde naar de afzondering van de richel, daar waar ze tussen wens en daad hadden gebalanceerd, met de loeiende papegaaiduikers op de achtergrond. 'En hoe zit het dan met de betaling?' flapte ze eruit. 'Ik zou twee shillings krijgen en die heb ik nog niet verdiend.'

Mr Mathieson aarzelde en stak toen zijn hand in zijn zak om er twee munten uit te vissen. 'Je hebt gelijk. Je verdient een beloning voor alles wat je hebt gedaan. Ik zal de lord er na terugkomst van op de hoogte stellen.'

Hij zette een stap naar voren en stopte ze in haar handpalm. De munten waren warm en ze moest de neiging weerstaan om ze te laten vallen en een stap naar achteren te zetten. Dat hij tegenover de bezoekers zo onderdanig was terwijl hij de eilanders koeioneerde had iets weerzinwekkends.

'Nu we elkaar toch spreken...' Hij dempte zijn stem, hoewel er niemand in de buurt was. 'Ik zag dat je het hebt gevonden?'

Effie slikte nu ze zich het boek weer herinnerde. Ze had er helemaal niet meer aan gedacht omdat ze steeds met haar hoofd ergens anders had gezeten. 'Aye, sir. Inderdaad.' Ze zag zijn verwachtingsvolle blik, de behoefte aan erkenning van zijn gulheid. 'Het is prachtig,' voegde ze eraan toe. 'Zoiets moois heb ik nog nooit eerder gezien.'

'Nee, dat zal wel niet,' zei hij met een zucht. 'Maar ja, dat je met niets bent geboren hoeft nog niet te betekenen dat je met niets zult moeten sterven. De wereld verandert snel en we kunnen allemaal onze positie in het leven verbeteren. Je bent dan wel van lage afkomst en onbesuisd, maar je bent niet gek, Miss Gillies. De hoop bestaat dat je vooruit zult komen, zodat je vader trots op je kan zijn.'

Er viel een korte stilte, die voelde als een scheur in de stof van het universum. Ze voelde hete tranen achter haar ogen branden toen tot haar doordrong dat hij suggereerde dat haar vader nu nog niét trots op haar was.

'Nou, ik wilde het er eigenlijk nog met u over hebben. Ik vind het een prachtig boek, maar ik kan het niet aannemen, sir,' zei ze met een stille vastberadenheid. Ze zag hoe geschokt hij was en besefte dat het goed voelde om voor de verandering terug te kunnen slaan.

'Wat?'

'Het is te mooi. Het hoort hier niet thuis, niet bij mij.'

'Nonsens. Heb je niet gehoord wat ik zojuist heb gezegd? Bovendien, wie heeft er meer gevoel voor en verstand van dan jij? Je hebt jezelf opgeleid tot een expert op het gebied van deze vogels. Toen ik het boek zag, wist ik dat jij het moest hebben. Het is op jouw lijf geschreven.' Ze voelde de zwaarte van zijn blik op zich rusten. 'Je bent misschien arm, maar...'

'Maar ik bén niet arm, sir,' reageerde ze met een plotselinge opstandigheid. 'Dat is het nou juist. Ik heb hier alles wat ik nodig heb. Een arme man heeft behoefte aan wat hij niet heeft, maar ik hoef verder niets.'

'Miss Gillies.' Er verscheen een lachje om zijn mond. 'Hoe vaak moet het nog gezegd worden? Je bént geen man – en je wordt geen man door de kleren van je broer te dragen en zijn klusjes te doen. Dat is voor ons allemaal zonneklaar, maar jij hebt het dus nog steeds niet door? Je lijkt je er niet van bewust te zijn dat je bent uitgegroeid tot nogal een schoonheid.'

Ze slikte, ontdaan door de wending die hun gesprek nam. 'Ik hou me niet bezig met hoe ik eruitzie, sir, alleen maar met wat ik kan doen.'

'Jij houdt je er zelf misschien niet mee bezig, maar anderen wel, dat ik kan je verzekeren. En een vrouw moet voorzichtig zijn met haar attenties.' De woorden hadden een dreigende ondertoon.

'Ik begrijp niet wat u wilt zeggen,' stamelde Effie.

'O nee?' Hij liet zijn twijfel erin doorklinken.

Ze verstarde. Wat wist hij? Had Sholto iets gezegd? Had hij haar verraden vanwege haar vrijpostigheid, of omdat ze hem weer had afgewimpeld toen ze hem op de drempel had achtergelaten?

De rentmeester, een bijna een meter tachtig lange pilaar van macht en muskus, zette nog een stap in haar richting. 'Luister naar mijn goede raad. De macht die jij uitoefent, is slechts een illusie. Speel niet met de gevoelens van een man, Miss Gillies. Reken je niet rijk.'

Dus Sholto had inderdaad iets gezegd. Hij was nog boos om wat hij als een afwijzing opvatte. Het ging in tegen de natuurlijke gang van zaken – dat zíj een man als hij afwees!

De rentmeester zette weer een stap achteruit en haalde diep adem terwijl hij een blik over het dorp liet glijden. Hij knikte, rondkijkend alsof het zijn eigendom was. Hij wendde zich weer tot haar met een andere gezichtsuitdrukking. 'Nou, ik ben blij dat het boek je bevalt. Ik zal op zoek gaan naar iets wat net zo bijzonder is als ik weer op het vasteland ben.'

'Nee, alstublieft, dat is niet nodig...'

Hij keek haar streng aan en haar woorden bleven in haar keel steken. 'Miss Gillies, het is maar een boek. Het is geen geschenk van grote waarde of belang. Er is geen reden om je zo druk te maken.'

'Nee, sir.'

'Goedendag, Miss Gillies.'

Haar hart bonsde terwijl ze hem de helling af zag lopen en hij kleiner en kleiner werd, waarna hij langs de cottage van de McKinnons liep, de hoek omsloeg en uit het zicht verdween.

Tiny was al grazend aan komen lopen en snoof luidruchtig over het muurtje. Ze schrok – maar het was niet de stier waar ze bang voor was.

7

'Eff, heb jij Jayne gezien?'

Effie keek op van de handmolen. Ze zat op het driepootkrukje de haver te malen, blij met de lichamelijke inspanning die het vergde. Ze moest zich afreageren. Flora leunde tegen de andere kant van de muur, haar mouwen opgerold en haar haar in een slordige knot gedraaid. Zelfs verhit zag ze er mooi uit, maar ze keek bezorgd. 'Ben je er nog? Ik dacht dat je was teruggegaan.'

'Ik ga zo terug, maar ik moet Jayne eerst spreken en ze is niet thuis.'

Effie dacht even na. Ze had Jayne een poosje geleden door The Street in de richting van de steiger zien lopen. 'Heb je de visrotsen geprobeerd, voorbij de verenopslag? Daar zit ze graag rond deze tijd.'

Flora trok een wenkbrauw op. Ze wisten allebei dat Jayne het zo veel mogelijk vermeed om thuis te zijn met haar echtgenoot. Norman Ferguson was knap en energiek, maar hij had een opvliegend karakter en losse handjes. De buren hadden al vaak naar binnen moeten rennen om Jayne te redden als er heibel was. Ironisch genoeg was zijzelf juist zachtmoedig van aard. Effie dacht dat de milde vriendelijkheid van zijn vrouw in combinatie met zijn eigen donkere ziel Norman tot razernij dreef.

'Ah,' zei Flora knikkend. 'Wil je mee?'

Effie keek achterom naar de cottage. Haar vader was binnen, net als de buren, en zat aan het weefgetouw te weven. De felle zon van de ochtend was in de loop van de middag steeds sterker gaan branden en de lucht was zo stil en zwaar dat de vogels bijna uit de hemel vielen. Op dit tijdstip stonden de cottages aan de voorkant bloot aan de volle zon en de schaduw van de muur bereikte de plek waar ze zat net niet. Effie realiseerde zich dat ze zweette. Haar wangen waren rood en ze droeg haar lange blonde haar in losse vlechten om haar nek lucht te geven. Nadat ze terug was gekomen van het uitmesten van Tiny's stal had ze haar tweed broek uitgedaan en de lichte bloes en donkerblauwe wollen rok aangetrokken die de vrouwen van St Kilda in de zomer droegen. Ze had ze zo weinig mogelijk aan, alleen op zondag, omdat de predikant haar duidelijk had gemaakt dat ze het huis van God niet in mannenkleding mocht betreden, maar in deze hitte kon ze het voordeel van blote benen niet ontkennen.

'Aye, laten we gaan,' zei Effie, die opstond en haar rok weer over haar benen liet vallen. Ze wist dat dit hun laatste kans zou zijn om te praten voordat Flora terug zou lopen over de heuvelrug. Ze sprong over het muurtje in de verwachting dat ze door The Street zouden lopen, maar Flora sloeg de hoek om naar het paadje tussen hun cottage en die van Old Fin, en liep vervolgens naar de achterzijde. Effie voelde een mix van teleurstelling en opluchting omdat het betekende dat ze de voordeur van het huis van de rentmeester niet zouden passeren.

'Waarom moet je Jayne spreken?' vroeg Effie terwijl ze haar arm door die van Flora haakte en ze langs de cleits over de stenen in het lange gras stapten. Zo liepen ze al sinds hun kindertijd. Ze scheelden maar acht maanden en Effie had vaak het gevoel dat ze eerder zussen waren dan vriendinnen.

'Vanwege Mhairi en haar gepraat over die vloek. Ik word er bang van.'

'Jij?' Effie lachte. 'Maar jij gelooft niet in zulke dingen!'

'Vroeger niet,' verzuchtte Flora. 'Maar weet je, als iemand je keer op keer vertelt dat er iets ergs staat te gebeuren...'

Effie was verbaasd over het nieuwe bijgeloof van haar vriendin. 'Je hecht er toch niet écht geloof aan?'

'Niet tot er inderdaad iets ergs gebeurde,' antwoordde Flora schouderophalend. 'Ik hoop maar dat dit alles is. Donald heeft zijn hoofd verwond, maar hij zal herstellen en het gevaar is voorbij.'

'Flora, het was gewoon een ongeluk. Er zit verder niets achter.'

'O nee? Hij is wel een McKinnon.'

Effie lachte. 'O, Flora! De vloek van de McKinnons is niet echt!'

'En geldt dat ook voor Jaynes visioenen?' kaatste Flora terug.

Effie gaf geen antwoord. Ze begreep het weliswaar niet – niemand begreep het – maar als Jayne een bepaald soort droom of een visioen had over iemand, dan was diegene binnen een paar dagen dood, zo wisten de eilanders. Helderziendheid was geen nieuw verschijnsel – de moeder van Ma Peg had dezelfde gave gehad, zei ze altijd, maar de eilanders werden er toch onrustig van. Jayne had tijdens Effies leven slechts vijf van die visioenen gehad en ze sprak er vooraf nooit over. Alleen als de dierbaren van de overledene naderhand bij haar kwamen, bevestigde ze wat ze had gezien. Ze had Effies vader – na de dood van haar broer John – verteld dat het vaak moeilijk voor haar was om te begrijpen wat ze zag. De visioenen waren altijd weer anders van vorm en niet altijd duidelijk, en ze wist nooit wanneer en hoe de dood zou komen. De rest van de dorpsbewoners – behalve haar eigen echtgenoot – behandelde Jayne met een behoedzaam respect, maar Effie kon zich amper indenken hoe vreselijk het voor de arme vrouw moest zijn dat ze zo'n last met zich meedroeg, want het was geen prettige gave. Hoe moest ze zich voelen in de dagen na een droom? Wachtend op wat komen ging? Geen wonder dat ze zo eenzelvig was.

'Eerlijk gezegd weet ik echt niet meer wat ik ervan moet denken, maar toen ik hiernaartoe kwam had ik geen idee wie er gewond was. En nu moet ik teruggaan en Mhairi vertellen dat het een McKinnon is.'

'Maar hij is geen familie van haar.'

'Hij heeft wel dezelfde naam. Dus als ik haar kan vertellen dat ik Jayne heb gesproken en dat zij me ervan heeft verzekerd dat het niet de vloek was...'

'Is het leven voor jou een stukje rustiger.'

'Precies.' Flora wierp haar een blik toe. 'Ik wil dat er niets misgaat tot ik na de zomer van het eiland weg kan, terug naar James.'

Effie lachte om de aloude zelfzuchtigheid van haar vriendin. 'Ah... En als er daarná iets misgaat is dat niet erg?'

Flora lachte ook, onbeschaamd en zonder het te ontkennen. 'Ik heb je gemist.' Ze drukte Effies arm tegen haar middel, waarbij iets hards tegen haar huid schuurde.

'Au, wat is dat?' Effie trok haar arm terug en zag een distelvormige broche waarmee de sjaal om Flora's taille werd gehouden. 'Van wie heb je die gekregen?'

Maar Flora hoefde geen antwoord te geven. Want wie zou het anders geweest kunnen zijn dan James?

'Heb je hem niet verteld dat hij je pas zulke cadeaus behoort te geven als jullie getrouwd zijn?' Broches waren de enige sieraden die op het eiland gedragen werden, en dan ook nog alleen door getrouwde vrouwen. Dit voortijdige geschenk ging in tegen de bescheidenheid die hoorde bij het wachten tot de bruiloft – en het suggereerde dat ook andere dingen niet werden uitgesteld tot het huwelijk.

Flora's wangen kleurden dieproze. 'Sst. Dat heb je niet gezien,' zei ze vlug terwijl ze de sjaal weer zo schikte dat de broche weer tussen de vouwen verborgen zat.

'Natuurlijk niet,' mompelde Effie, die haar vriendin zijdelings aankeek met een mengeling van jaloezie, fascinatie en bezorgdheid. 'Ik heb jou ook gemist. Ik snap niet waarom je je vrijwillig hebt gemeld om de zomer aan de andere kant van het eiland door te brengen – al helemaal niet omdat je binnenkort vertrekt.'

'Mhairi heeft me nodig.'

'Ik heb je nodig! Mhairi heeft zusjes die met haar mee hadden kunnen gaan.'

'Die zijn te klein. Jij had ook mee kunnen gaan, hoor,' merkte Flora op.

'Je weet dat ik voor mijn vader en de stier moet zorgen.'

Flora haalde haar schouders op. Ze was eraan gewend dat mensen om haar streden. 'Wat wilde Mathieson eigenlijk?'

'O.' Ze liet haar schouders hangen. 'Hij kwam me vertellen dat ik niet langer nodig ben als gids voor de bezoekers nu de mannen terug zijn. Hij neemt het nu over.'

'Natuurlijk. Afschuwelijke snob die hij is,' mompelde Flora, met haar ogen half dichtgeknepen turend naar de nevelsluier die de horizon begon te vervagen. 'Er is weer storm op komst.'

Maar Effie hoorde haar niet, ze was afgeleid. Ze liepen nu achter het huis van de rentmeester langs. De wal boog aan dit uiteinde van het dorp af, waardoor ze dichter bij het woonerf kwamen, en Effie wierp in het voorbijgaan een blik op de slaapkamerramen, maar die staarden terug als donkere ogen en onthulden niets. Flora zag hoe belangstellend Effie naar het huis keek. 'De bezoekers zullen snel het anker moeten lichten als ze het slechte weer voor willen zijn.'

Deze keer kwamen de woorden aan en verstijfde Effie onwillekeurig. Flora moest het hebben gevoeld, want ze liepen innig gearmd. 'Waarom heb je eigenlijk niet gezegd dat de jonge bezoeker erg knap is?' Flora knipoogde, drukte haar arm dichter tegen zich aan en grijnsde ondeugend.

'Wie heeft je dat verteld?'

'Lorna.'

Effie rolde met haar ogen. Wie anders?

'Nou? Is hij inderdaad zo knap?'

'Redelijk knap,' zei ze luchtig, maar ze kon de glans in haar ogen niet verbergen. Flora slaakte een verrukt gilletje.

'Heb je een oogje op hem?' zei ze naar adem happend.

'Flora, hij is een laird!'

'Een lass mag toch wel kijken?' Flora lachte. 'O, dat ik dit nog mag meemaken! Eindelijk is het pantser om Effie Gillies' hart opengebroken! Wacht tot de jongens dat horen!'

'Ze krijgen het niet te horen,' zei Effie snel. 'Help alsjeblieft geen praatjes de wereld in. Je weet hoe mijn vader is.'

'Ik snap niet waar je je druk over maakt. Het is helemaal veilig voor een meisje om te flirten met een man van wie ze weet dat hij nooit met haar kan trouwen. De zoon van een graaf zelfs. Het zijn de mannen die wél met je kunnen trouwen die je moet vrezen.'

'Jij misschien. Voor mij staan ze niet in de rij, hoor.'

Flora gooide haar hoofd achterover en lachte. Zij flirtte met de bloemen, de wolken, de predikant, met alles en iedereen. 'Nou, het klinkt allemaal een stuk leuker dan luisteren naar Mhairi's gejammer over de vloek van de McKinnons!'

Jayne zat verderop te breien op de rotsen. Ze was een eenzaam silhouet met op de achtergrond de glinsterende zee en de landtong die zich in de richting van Boreray uitstrekte.

'Jayne!' riep Flora terwijl ze naderden. 'Ik heb je overal gezocht.'

De vrouw met het bruine haar keek op. Haar gezicht was niet heel mooi en ze had veel rimpels voor iemand die nog zo jong was, maar ze had een stralende glimlach, ondanks haar vele zorgen.

'Flora, je bent terug,' zei ze hartelijk terwijl de meisjes over het gras aan kwamen lopen. Hun gebruinde benen werden zichtbaar toen ze hun rokken optilden om beter te kunnen zien waar ze hun blote voeten op de rotsen neerzetten. Ze gingen aan weerszijden van haar zitten, ieder op een grote steen, met uitzicht op de open zee. Effie dacht dat zij als eilandbewoners ongeveer hetzelfde moesten ervaren als de zeelieden van Christoffel Columbus: het geloof dat zich iets aan de andere kant van de horizon bevond, al konden ze het niet zien.

'Aye. Mhairi zag de plaggen en heeft me gestuurd. Ze was ongerust vanwege de vloek van McKinnon.'

Jayne grinnikte. 'Ze heeft een levendige fantasie, die meid.'

'Net als jij?' vroeg Flora op veelzeggende toon.

'In mijn geval gaat het niet om fantasie,' mompelde Jayne, die meteen begreep waar dit bezoekje om draaide. Flora was van alles, maar subtiel was ze niet. 'Wat wil je van me?'

Effie voelde zich ongemakkelijk en keek de andere kant op. Jayne was geen waarzegster, ze kon de visioenen niet zomaar oproepen. Wat had dit voor zin?

'Het spijt me, ik weet dat we het niet zouden moeten vragen,' zei Flora, 'maar ik moet het gewoon weten voordat ik terugga: is het nu achter de rug?'

Jayne fronste en keek Flora even aan. 'Is wat achter de rug?'

Effie keek bijna gehypnotiseerd toe hoe Jaynes naalden op en neer bewogen terwijl ze sprak. Ze hoefde nooit te kijken tijdens het breien.

'De kwade kracht die vandaag heeft geleid tot het ongeluk van Donald McKinnon.'

Er verscheen een vleugje geamuseerdheid in Jaynes ogen. 'Wie zei dat er kwade krachten in het spel waren? Ik heb begrepen dat hij is gevallen toen hij een schaap te pakken probeerde te krijgen.'

'Dus je hebt geen droom over hem gehad?'

'Over Donald?' Jayne glimlachte breed. 'Nee. Geen dromen over Donald.'

'En ook geen visioenen?' wilde Flora weten, vastbesloten om niet over een detail te struikelen.

'Ook geen visioenen.'

Flora zuchtte luid. 'Nou, dan kan ik teruggaan met goed nieuws en heb ik weer wat rust.'

'Maar als ze zich zo veel zorgen maakt om de vloek van McKinnon zou ze toch bezorgder moeten zijn over de McKinnons in haar eigen familie?' vroeg de altijd schrandere Jayne.

'Aye, natuurlijk,' zei Flora vlug. 'Je hebt toch zeker ook geen dromen over een van hen gehad?'

Jayne reageerde kalm op Flora's onrust. 'Flora, je kunt Mhairi vertellen dat ik geen dromen – of visioenen – heb gehad over leden van de McKinnons, noch over familieleden, noch over anderen.'

'Nou, dan zal ik vannacht genoeg slaap krijgen. Dank je wel.' Flora zuchtte nog eens opgelucht, maar haar ogen leken plotseling iets over Effies schouder op te merken. Ze ging rechtop zitten. 'Wie...'

Effie draaide zich half om. Heel even zag ze slechts een donker silhouet, omlijst door het felle zonlicht dat er met elke stap omheen schitterde. Maar ze zou die gestalte overal herkennen, in het licht en in het donker. Het voelde alsof er een gloed naar haar toe bewoog.

Sholto kwam dichterbij en ze stond automatisch op om hem te begroeten. Hij droeg een vishengel over zijn schouder en achter hem bungelden twee zilverkleurige vissen aan een haak. ‘Miss Gillies. Wat een verrassing u hier tegen te komen.’ Hij leek positief verrast, maar ze hoorde ook de gereserveerdheid in zijn stem.

‘Hebt u een voorkeur ontwikkeld voor het vangen van uw eigen maaltijd, sir?’ Het was een grapje dat alleen zij tweeën begrepen, maar ze waren geen van beiden in de stemming om te lachen.

‘U hebt me betrapt, ben ik bang,’ zei hij terwijl hij op een meter afstand bleef staan en haar aankeek. Er lagen vragen in zijn ogen, net als in die van haar. Het ongedwongen contact van hun eerste ontmoeting was in de loop der uren en dagen steeds gecompliceerder geworden: een blik had inhoud, woorden hadden een verborgen betekenis. Maar wat konden ze ermee? Een oergevoel in haar herkende een oergevoel in hem, maar hoewel die aantrekkingskracht groot was, trok het klassenverschil hen uit elkaar.

Ze rukte zich los uit haar gedachten. ‘Neem me niet kwalijk… Dit zijn mijn vriendinnen, Mrs Ferguson en Miss Flora MacQueen. Dit is Lord Sholto…’ Ze besefte dat ze zijn achternaam niet kende.

‘Crichton-Stuart,’ zei hij vlug. ‘Maar laten we de formaliteiten maar achterwege laten.’

Desondanks stonden de beide vrouwen op en knikten ze respectvol en ingetogen.

‘Aangenaam kennis te maken, sir,’ zei Jayne als de oudste van de twee.

Effie voelde een plotselinge scheut van ongerustheid door zich heen gaan, want hoe zou Sholto reageren op de aanblik van haar beeldschone vriendin? Zou hij ter plekke verliefd op haar worden, zoals iedere andere man?

‘Mrs Ferguson, Miss MacQueen, het genoegen is geheel aan mijn kant,’ zei Sholto, en zijn blik bleef even op Flora rusten. Hij fronste. ‘Miss MacQueen, ik heb u nog niet gezien in het dorp, geloof ik?’

Effies hart zonk haar in de schoenen. Zo ging dat dus…

‘Nee, sir. Ik breng samen met Mhairi McKinnon de zomer door met het vee, verderop bij Glen Bay.’

'Glen Bay,' herhaalde Sholto. 'Dat is omhoog via Mullach Mor en dan over de heuvelrug?'

Het duurde een moment voordat Effie zich realiseerde dat hij de vraag aan haar had gesteld en niet aan Flora. 'O... Aye. Dat is de noordelijke baai, niet ver van waar wij de stormvogels gisteren hebben gezien.'

'Daar zijn we nog niet geweest. Misschien kunnen we er morgen naartoe gaan?'

Effie staarde hem aan. Hij wilde naar de baai om Flora op te zoeken? Haar hart verschrompelde. 'Ik kan helaas niet met u mee, sir.'

'Waarom niet?' vroeg hij fronsend.

Een ogenblik lang had ze geen woorden bij het zien van de verwarring op zijn gezicht. Maar ze zag ook de harde ogen van de rentmeester, en ze hoorde zijn harde, vernederende woorden. 'Nu de mannen terug zijn, zal de rentmeester weer als uw gids dienen...' Ze keek de andere kant op.

'Mathieson?' Hij klonk ontsteld. 'Eh... Hoewel ik ervan overtuigd ben dat Mathieson zich uitstekend van zijn taak zou kwijten... kunnen we uw klimvaardigheid... en vogelkennis...' Zijn stem haperde en hij probeerde haar blik te vangen.

'De rentmeester is ook heel bekwaam. Of misschien kan een van de andere mannen met u meegaan,' zei ze terwijl ze naar de grond keek. 'Angus McKinnon kan goed klimmen. Hij is de oudere broer van Mhairi.'

Ze voelde dat hij naar haar keek en dat de stilte zwaar tussen hen in hing, maar ze beantwoordde zijn blik nog steeds niet.

Sholto lachte een kort, ongemakkelijk lachje. 'Goed, ik merk dat ik u niet kan overhalen, Miss Gillies. Erg jammer. Ik weet zeker dat mijn vader zeer teleurgesteld zal zijn.'

'Het spijt me, sir,' zei ze opgelaten. Ze kon nu eenmaal niet op haar schreden terugkeren.

Er viel weer een stilte.

'Nou,' zei hij ten slotte, en hij richtte zijn aandacht weer op de anderen. 'Ik moet nu echt verder, anders beginnen deze vissen nog te bederven. Het was me een genoegen u te ontmoeten, dames.'

'Goedenavond, sir,' zei Jayne met een knikje. Flora knikte ook.

'Mrs Ferguson. Miss MacQueen.' Hij keek Effie weer aan. 'Miss Gillies.'

Ze keek niet meer op tot ze zijn voeten in beweging zag komen.

De andere twee vrouwen bleven roerloos staan. Pas toen hij terug op het pad was en de pastorie passeerde, verroerden ze zich weer.

'Laten wij ook maar gaan,' zei Flora gedecideerd. 'Ik moet nodig terug naar de andere kant, of Mhairi sterft nog van ongerustheid. Ik kan haar nu in elk geval vertellen dat de McKinnons veilig zijn. Dank je, Jayne.'

'Tot later, Jayne,' mompelde Effie terwijl Flora in plotselinge haast naar het gras liep. Ze klauterden samen over de rotsen terug naar het smalle pad en liepen even zwijgend verder. 'Nou, dat is dus goed nieuws voor...'

Maar haar woorden werden abrupt afgebroken.

'Wat is er aan de hand?' wilde Flora weten zodra ze buiten gehoorsafstand waren. Ze draaide zich naar Effie om. 'Vertel me wat er tussen jullie is gebeurd.'

'Niets...'

'Lieg nou niet tegen me, Eff! Ik weet wat ik zojuist heb gezien. Heeft hij je gezoend?'

'Natuurlijk niet!'

'Je de liefde verklaard?'

Effie schudde haar hoofd. 'N...'

'Maar dat gaat hij wel doen.'

Effie schudde opnieuw haar hoofd, maar Flora knikte. 'Het was geen vraag maar een constatering. Hij gaat het doen en dan moet jij er klaar voor zijn. Je kunt het niet laten gebeuren, Eff.'

Het voelde als een eeuwigheid voordat Effie iets kon uitbrengen. 'Waarom niet?'

'Dat weet je best. Het is een doodlopende weg.'

Effie staarde haar aan, woedend om de woorden van haar vriendin en de onontkoombaarheid ervan. Ze had verlangd naar het moment dat ze haar gevoelens en haar verwarring kon delen met haar wereldwijze vriendin, maar al voordat ze de kans daartoe kreeg, werd deze kwestie, die eigenlijk nog niet eens een kwestie wás, al veroordeeld. 'Maar met jou en James gaat het goed! Hij is ook rijk! Hij komt ook uit een andere wereld!'

'Aye. Maar hij heeft zich opgewerkt. Dat is anders. Hij kan zijn eigen koers varen. Maar die man...' Flora gebaarde met haar duim over haar schouder in de richting van het dorp. 'Hij zou net zo goed de koning kunnen zijn.'

'Maar jij zei eerder dat ik gerust kon flirten met de zoon van een graaf!'

'Toen had ik jullie nog niet samen gezien. Dat was geen spelletje. Het kán gewoon niet.'

Verslagen voelde Effie haar dromen vervliegen. 'Dat heb ik ook niet beweerd.'

'Dat was ook niet nodig! Het is kristalhelder wat er tussen jullie gaande is en welke kant het opgaat.' Flora keek haar fel aan. 'Waarom heb je niets tegen me gezegd? Je had over de heuvelrug kunnen komen! Je had het me bij de stierenstal kunnen zeggen! Of op weg naar Jayne!'

'Dat was ik van plan. Ik wilde het erover hebben bij de stal.' De rentmeester had hen gestoord. 'En er is niets gebeurd,' herhaalde ze met beverige stem. 'Hij heeft geen... ongepast woord tegen me gezegd. En geen intieme dingen.'

'Omdat hij een gentleman is. Maar een acteur is hij niet, dat kan ik je wel vertellen.'

Effie keek de andere kant op. 'Je maakt je zorgen om niets. Zelfs als het zou zijn zoals jij denkt. Want ik word niet geacht in zijn gezelschap te verkeren. De rentmeester zegt dat ik hem in verlegenheid breng tegenover de vrienden van de laird. Ik moet uit Sholto's buurt blijven.'

Flora keek haar aan. 'Dus daarom brak je zojuist zijn hart? Omdat dat van de rentmeester moest?'

Effie haalde haar schouders op. 'Hij heeft het steeds over ons pachtaandeel. Ik kan het me niet veroorloven hem boos te maken.'

'Eff, je weet dat ik het normaal gesproken nooit eens ben met die vreselijke man,' verzuchtte Flora. 'Maar hierin heeft hij gelijk. Niet omdat je hem in verlegenheid zou brengen, maar omdat dit op maar één manier kan aflopen en omdat ik niet wil dat jij gekwetst wordt. Voor hem liggen de kaarten heel anders dan voor jou.' Ze keek Effie aan met een zachte blik in haar ogen. 'Uit zoiets komt zelden iets goeds voort voor meisjes als wij.'

Ze hoefde het niet verder uit te leggen. Iedereen kende het verhaal van die arme Kitty McQueen, Flora's nichtje, een meisje wier leven was verwoest door een liefdesverhouding met een marineofficier die hier tijdens de oorlog gestationeerd was. Toen de gevechten voorbij waren, was hij naar huis teruggekeerd en had zij zich met haar reeds opzwellende buik van de rotsen gegooid.

Ze voelde zich overvallen door een troosteloos gevoel. 'Dus wat moet ik doen?'

'Niets. Laat Mathieson de gids zijn tot ze vertrekken om de storm voor te zijn. Je hoeft er alleen maar voor te zorgen dat je tot die tijd bij hem uit de buurt blijft. Kun je dat, Eff?'

Effie keek haar vriendin met knipperende ogen aan. Kon ze dat?

8

De vallei lag nog in donkere schaduwen gehuld toen ze het huis uit sloop. Haar vader had liggen snurken in zijn bed toen ze op haar tenen langs hem liep. Poppit had haar kop opgetild van de oude deken die als haar bed diende en was zonder aarzeling met haar mee naar buiten getrippeld. Het jacht deinde zachtjes op en neer in de baai, maar het water had zijn vlakke, glasachtige spanning verloren; kleine rimpelingen vervormden de spiegeling van de maan en landden met een zucht tegen de kust.

Achter flarden van nachtwolken kleurde de hemel schitterend rood, als een vuur onder as dat op het punt van opvlammen staat. Morgenrood, water in de sloot. De zon was nog maar net begonnen aan haar klim, net als zijzelf, maar de temperatuur was gedurende de nacht amper gedaald en ze had plakkerig en rusteloos onder haar laken gelegen, de slaap slechts een kus die af en toe op haar neerfladderde.

Meisje en hond liepen vlot langs de cleits en door de opening in de wal, op weg naar de steile helling van Mullach Mor. Ze zwaaide met haar armen, de klimtas met daarin haar haak en touwen over een schouder. Ze zou aan de andere kant met de meisjes eten en daar blijven tot het schip uit de baai weg zou glijden, tot het veilig was om naar huis te komen. Ze had een gezouten stormvogel uit de cleit gehaald en voor haar vader in een pan water achtergelaten, met daarbij een briefje waarin ze hem liet weten dat ze een paar dagen zou gaan helpen met het hoeden van het vee. Hij zou geen honger lijden.

Ze haalde zwaar adem terwijl ze voortbeende, haar blik omlaaggericht, zich concentrerend op haar stappen, die haar telkens een stukje verder brachten, weg van de man die ze nauwelijks kende en die kwam uit een plaats die ze nooit had gekend, maar die in een paar korte dagen toch haar wereld – en dit kleine rotseilandje – had doen kantelen. Flora's woorden hadden haar de vorige avond van haar stuk gebracht, maar ze vertrouwde haar vriendin. Flora kon geen stormvogelnek omdraaien of een stopperknoop leggen, maar ze wist hoe mannen in elkaar zaten en hoe ze met vrouwen omgingen – wat ze deden voor schoonheid, liefde en plezier. Effie zou Lord Sholto Crichton-Stuart niet meer zien.

Ze stopte pas toen ze Am Blaid bereikte, de ruggengraat van het eiland, een plateau waarvandaan ze alle kanten op kon kijken, het noorden, zuiden, oosten en westen – maar haar blik viel alleen maar op het dorp, de solide, vertrouwde grijze stenen cottages die zich in een waaier uitspreidden.

Het was haar bedoeling geweest om rechtstreeks naar het Amazon's House te gaan, het half ondergrondse verblijf waar de meiden sliepen, maar ze had zo snel gelopen, zelfs voor haar doen, dat ze haar hart als een steen in een kistje voelde bonken. Ze liet zich op de grond zakken, trok haar knieën op en liet haar ellebogen erop rusten, er nog niet klaar voor om zich naar beneden de andere vallei in te begeven, waar het dorp uit haar blikveld zou verdwijnen. Nu kon ze van een afstand tenminste nog een poosje de eilanders – en hun gasten – ongemerkt observeren. Het maakte niet uit dat ze van hieraf niet te onderscheiden waren, dat het jacht een donkere schaduw was, en het huis van de rentmeester een stip. Het was genoeg dat ze wist dat hij nu nog daarbeneden was.

Haar hart balde samen als een vuist elke keer dat ze aan zijn vertrek dacht. Dat zat eraan te komen, dat wist ze. Het respijt van gisteren werd ongedaan gemaakt door het weer van vandaag. De druk die toenam, de wolken die verschenen... De schipper zou de hemel bekijken, naar zijn gastheer – haar oom Hamish – luisteren en voorbereidingen treffen om te gaan.

De dag werd langzaam ingekleurd. De lucht werd met de minuut helderder, er vloeide groen over de westelijke hellingen terwijl de zon de toppen van de masten van het jacht in een gouden gloed zette. Overal om haar heen bevonden zich de oude cleits, stil als oude vrienden, haar verstopplekken uit haar kindertijd. Hoe vaak was ze er als klein meisje niet in gekropen als ze verstoppertje speelde met Mhairi en Flora en hun broers? Waarom was geen van deze jongens uitgegroeid tot een man die haar wereldje op zijn kop kon zetten? Waarom had God een man gestuurd die nooit de hare kon worden, maar toch bezit nam van haar hart?

Het was hierboven doodstil. De wereld sliep aan haar voeten, zelfs de symfonie van winterkoninkjes klonk nu niet.

Alleen... was ze niet helemaal alleen. De grond trilde lichtjes, pulserend. Een vibratie van iets wat naderbij kwam. Naast haar tilde Poppit haar kop tussen haar voorpoten op en spitste haar oren terwijl ze omlaagkeek. Ze zaten op een plek waar de helling zo snel omlaagliep dat ze de honderd meter vlak onder zich niet kon zien – maar ze hoorde iemand ademhalen, zwaar en snel en steeds dichterbij. Effie voelde een golf van paniek door zich heen gaan en duwde haar handpalmen tegen de grond, klaar om zich omhoog te drukken en weg te rennen, terwijl Poppit een laag, diep gegrom liet horen. 'Wie is daar?' vroeg ze fel.

'Goed volk!' riep een mannenstem, nu nog op slechts een paar meter afstand, en een ogenblik later verscheen er als een tweede zon een hoofd met goudblond haar boven de rand.

'Miss Gillies, u loopt buitengewoon snel,' zei Sholto hijgend. Hij legde zijn handen op zijn bovenbenen en probeerde op adem te komen.

Ze staarde hem verschrikt aan. 'Wat doet ú hier?'

Hij zuchtte en glimlachte tegelijkertijd, en hield toen zijn hoofd schuin. 'Ik was in de baai aan het zwemmen toen ik je jullie cottage uit zag sluipen.'

Ze keek hem vol ongeloof aan. De zon was nog niet eens opgekomen! Sliep hij dan nooit?

'Ik sloop niet,' zei ze verontwaardigd. Ze zag dat zijn haar nat was en dat hij zijn kleren haastig had aangetrokken: zijn overhemd was scheef dichtgeknoopt, zodat de onderkant ongelijk hing. Daardoor zag hij er jongensachtig uit. Minder als een lord.

'Nou ja, ik veronderstelde dat je je vader niet wilde storen,' zei hij schouderophalend. 'Maar goed.' Hij staarde haar aan. Aan de blik op zijn gezicht te zien had hij geen idee dat hij degene was aan wie ze wilde ontsnappen.

'Waarom bent u op zo'n vroeg tijdstip gaan zwemmen?' Ze had hem niet gezien toen ze vanaf The Street had rondgekeken, maar ze had de baai dan ook niet afgespeurd. Haar enige doel was geweest te vertrekken.

Hij aarzelde en zijn glimlach haperde een beetje. 'Ik kon niet slapen.'

O.

Hij liet zich naast haar op de grond zakken. 'En jij? Zou jij wel hier alleen moeten zijn, in de ochtendschemering?'

'Hier is geen gevaar.'

'O nee? Je leek net wel een wild konijn.' Zijn ogen boorden zich in de hare. 'Wat doe jij hier op dit tijdstip?'

Het was haar beurt om te aarzelen. 'Ik ga naar Glen Bay.'

Er gleed een zweem van een frons over zijn gezicht. 'Om je vriendin op te zoeken?'

Ze knikte. 'Ze heeft hulp nodig… met de schapen.'

Aan zijn gezichtsuitdrukking te zien geloofde hij haar niet. 'Een vroege start.'

Zijn woorden klonken sceptisch. 'Gelukkig was ik aan het zwemmen, anders had ik je misschien niet gezien.'

'Aye, sir.'

Hij kromp ineen. 'Alsjeblieft… Hou op met die sir- en u-nonsens.'

Ze keek de andere kant op. Het had geen zin erover te bekvechten.

Er viel een korte stilte.

'Onze kapitein zegt dat we vanavond bij gunstig tij moeten vertrekken.' Hij streek met een hand door zijn vochtige haar. 'Er schijnt storm op komst te zijn.'

Ze trok aan een polletje gras. Zo had ze wat te doen, iets om naar te kijken. 'Aye, dat weet ik.'

'Dat weet je?' Zijn ogen vernauwden zich, de boodschap was duidelijk. 'En je ging toch weg? Zonder afscheid te nemen?'

'Ik dacht niet dat u zich bezig zou houden met de vraag of ik wel of niet afscheid zou nemen, sir.'

Een lachje van ongeloof ontsnapte hem, gevolgd door een nadenkende stilte. 'Maar wij zijn toch bevriend geraakt?'

'Als u het zegt, sir.' Haar stem trilde.

Hij keek nu gepijnigd. 'Effie, noem me toch niet zo.'

'Waarom niet? U bént een sir.' Ze voelde een steeds grotere woede in zich opborrelen. Ze was achttien jaar oud, maar ze voelde zich afgeleefd. 'U bent een lord en ik ben slechts een wildebras. Een wild konijn.'

'Nee...'

'Dat hebt u zojuist gezegd.'

'Ik weet wat ik heb gezegd,' riep hij uit. Weg was de zelfbeheersing die al zijn bewegingen en woorden had gekenmerkt sinds zijn komst naar dit eiland. 'Maar je weet toch wel dat er een verschil is tussen wat ik zeg en wat ik bedoel? Dat er dingen zijn die ik niet kan zeggen hoewel ik... dat wel zou willen?' Hij bewoog zich naar haar toe, maar Poppit gromde. Hij stopte en keek naar de hond. Vervolgens keek hij haar weer aan. 'Maar als...'

'Maar als wat?' Ze keek opstandig terug. Ze wilde dat hij het zou zeggen, dat hij de woorden zou uitspreken en vorm zou geven aan het vacuüm dat tussen hen bestond. Een kloof die ze nooit konden oversteken. Het moest worden gezegd en erkend. Hij moest gaan. Hij wist veel beter dan zij dat er meer was dat hen verdeelde dan dat hen verenigde. Hij kwam van een grotere wereld dan de hare.

'Maar als ik vanavond vertrek, moet ik ze misschien toch zeggen,' antwoordde hij, waarop ze haar hoofd met een ruk omhoog bewoog.

Effie voelde dat haar hart begon te bonzen, alsof ze nog steeds de helling op beende. Poppit gromde weer en Sholto wierp haar weer een behoedzame blik toe, maar de hond keek niet naar hem.

'Goed volk!' riep een stem van beneden, en ze schrokken allebei.

Sholto sprong op. ‘Wat?’ mompelde hij vol ongeloof toen er naderende voetstappen en gehijg hoorbaar werden. Effie krabbelde overeind in een poging om verder, beter, sneller te kunnen kijken.

‘Wie is dat?’ vroeg ze hem.

‘Goed volk,’ zei de stem opnieuw, nu dichterbij en met een vermoeide zucht. Sholto en Effie keken zwijgend toe hoe de onwelkome indringer eindelijk met een glimlach de top bereikte. ‘Kijk eens aan… Goedemorgen!’

9

Heel even zei niemand iets. Effie en Sholto keken alleen maar toe hoe de rentmeester hijgde en zuchtte, met zijn hoofd gebogen en zijn handen op zijn bovenbenen terwijl hij op adem kwam. Effie kon wel huilen. Wat deed hij hier?

'Ik dacht al dat u het was, maar ik wist het niet zeker,' zei de rentmeester, die uiteindelijk zijn rug rechtte en zoals altijd zijn volledige aandacht op de gast richtte. Hij fronste bij het zien van diens verfomfaaide toestand: het natte haar, het scheef dichtgeknoopte overhemd. 'Gaat het wel, sir? Het is nogal vroeg voor een wandeling.'

Sholto keek net zo verbijsterd als zij zich voelde bij de aanblik van de rentmeester die daar vlak bij hen in de ochtendschemering stond. 'Ik was aan het zwemmen toen ik zag dat Miss Gillies hier naar boven liep,' antwoordde hij stijfjes.

'Voor zwemmen is het ook nog vroeg,' reageerde de rentmeester.

'Ik slaap de laatste tijd niet zo goed.'

'O, wat vervelend.' Als zijn gastheer hier op het eiland voelde de rentmeester zich persoonlijk verantwoordelijk voor het comfort van de bezoekers. Effie keek met een nauwelijks verholen spottende blik toe hoe hij zich in bochten wrong. 'Is het bed hobbelig? Of is de kamer misschien te warm?'

'Nee, nee. Het ligt aan... mezelf.' Sholto staarde de rentmeester aan. Zijn mond was vertrokken tot een streep. Hij leek gevangen te zitten in zijn eigen goede manieren. Effie wist dat hij net zomin op de rentmeester zat te wachten als zij, maar ze konden geen van beiden een reden geven waarom ze alleen zouden moeten zijn. 'En u, Mathieson?'

'Waarom ik hier ben?' De rentmeester haalde achteloos zijn schouders op. 'Ik hoorde de deur achter u dichtgaan, althans ik denk dat

dat het was. Ik ben opgestaan om te kijken en daarna was ik klaarwakker.' Hij praatte gemoedelijk, op informele toon. 'Geeft niks. Er valt immers nog veel te doen voordat we vanavond vertrekken.'

'Zeker. Nou, het spijt me als ik u heb gestoord in uw slaap. En laat u alstublieft niet door ons belemmeren in uw bezigheden.'

Het viel te proberen.

'Nee, niets aan de hand. Het komt allemaal prima uit. Ik heb de verenopslag kunnen controleren en een inventaris opgesteld terwijl u aan het zwemmen was.'

'Terwijl ik... Ik hoop dat u mij niet bespioneert, Mathieson?'

'Waarom zou ik dat doen, sir?' vroeg de rentmeester met een wat al te joviale lach. 'Nee, uw comfort is mijn enige zorg. Sir John heeft me nadrukkelijk verzocht tegemoet te komen aan uw wensen en behoeften. Het is hier prachtig, maar ook woest – bitter, ruig, genadeloos... Ik bedoel de omgeving, niet de mensen.' Het was een grapje, maar alleen hijzelf lachte.

Sholto keek naar Effie en hun ogen ontmoetten elkaar in stille wanhoop.

Ook de rentmeester keek naar Effie, met een koude blik die in tegenspraak was met de lichtheid van zijn woorden. 'En Miss Gillies, jij bent op dit tijdstip gewoonlijk nog niet op, toch?'

'Ik ga Flora en Mhairi een paar dagen helpen met de schapen. Mhairi zit een beetje in de lappenmand.'

Zijn ogen vernauwden zich. 'Heeft ze medische zorg nodig?' vroeg hij fronsend. 'Als zuster MacDonald moet...'

'Zo erg is het niet. Een paar dagen rustig aan doen, zei Flora.'

'Aha,' zei hij langzaam. Effie slikte nerveus. Als de rentmeester dacht dat zij deze vroege ontmoeting met de zoon van de graaf had geregeld, als hij dacht dat ze dat achter zijn rug om had gedaan na alles wat hij had gezegd, zou haar vader daar de gevolgen van ondervinden. 'Dus dan hebben we alle drie zo onze redenen om hier bij zonsopgang te zijn.' De woorden van de rentmeester hadden een sarcastische ondertoon. 'Een betoverend schouwspel, nietwaar?'

Ze keken naar de opkomende zon en de rode schakeringen aan de hemel nu de aarde geleidelijk weer kleur kreeg. Vogels begonnen de lucht te bestippelen en ochtendmelodietjes de stilte in te slingeren, maar Effie kon de schoonheid van de nieuwe dag niet op zich laten inwerken. Sholto was koel als een kikker, de rentmeester veel te vriendelijk – en zij zat ergens tussen hen in gevangen.

'Hoe ging het met uw vader voor u vertrok, sir?' vroeg de rentmeester, die zijn aandacht weer op Sholto richtte.

'Die sliep nog,' mompelde Sholto.

'Hij sliep? Nou, dat is positief. Laten we hopen dat de zwelling op zijn enkel vannacht is afgenomen. Het zal wel lastig zijn om op de boot te komen nu hij gewond is.'

'Gewond?' Effie keek Sholto vragend aan.

'Het is niet ernstig,' zei hij. 'Mijn vader heeft gisteren op weg naar beneden zijn enkel verstuikt, meer niet.'

Dat bracht Effie van haar stuk. De graaf was onder haar hoede geweest en zij had hem zomaar achtergelaten.

'Het was de juiste keuze, Miss Gillies,' zei hij haastig, haar gedachten lezend. 'Mr McKinnon had dringend hulp nodig. Hij had nog veel ernstiger letsel kunnen hebben. Met mijn vader komt het wel goed. Hij heeft er alleen lang over gedaan om af te dalen. Hij neemt vandaag de hele dag rust en zal vast snel herstellen.'

Sholto bleef rustig staan en nam zijn goede manieren in acht, maar toen zijn woorden tot haar doordrongen, hoorde ze wat ze verder nog inhielden: hij was vandaag vrij. Ze zouden het rijk alleen hebben gehad – precies de situatie waaraan ze wilde ontsnappen en waar ze toch zo naar verlangde...

Hun ogen maakten weer contact en ze zag de urgentie in de zijne. De klok bleef tikken. Morgen rond deze tijd zou hij hier niet meer zijn.

'En waarom bent u Miss Gillies naar boven gevolgd, sir?' vroeg de rentmeester hem met hernieuwde nieuwsgierigheid. 'Als u alleen maar wilde gaan zwemmen?'

Er viel een stilte.

'Nou, aangezien dit mijn laatste dag op het eiland is, hoopte ik Miss Gillies te kunnen overhalen mij voor mijn vertrek nog wat van haar klimvaardigheid bij te brengen.'

Zoals gewoonlijk wist de rentmeester snel roet in het eten te gooien. 'Maar helaas, zoals Miss Gillies zojuist vertelde, is haar hulp nodig aan de andere kant...'

'Nee, het is prima, Mr Mathieson,' zei Effie vlug. 'Ik word voorlopig nog niet verwacht. Ik ben veel eerder dan nodig vertrokken.'

'Had u misschien ook moeite met slapen, Miss Gillies?' vroeg Sholto. Het waren woorden met een bijbedoeling, dat wist ze. Hij vroeg haar meer dan hij feitelijk zei.

'Ja.'

'Ja, *sír*,' snauwde de rentmeester. 'Hoe dan ook kan *ík* u helpen met het klimmen, sir...'

'Mooi! Dat hoopte ik al, Mathieson,' zei Sholto met een plotselinge, stralende glimlach.

Effie fronste en keek hem verward aan. Hoezo...

'Als u zo vriendelijk zou willen zijn om als mijn zekeraar te dienen, kunnen Miss Gillies en ik samen afdalen en kan zij mij beter instrueren.'

Even stond de rentmeester sprakeloos. Voor de verandering was hij klemgezet.

'Is dat wat u betreft mogelijk, Miss Gillies, dat u een uurtje of twee van uw tijd en expertise deelt voordat u vertrekt?' vroeg Sholto.

Ze probeerde haar ogen niet te helder te laten glanzen. Ze zou haar kans grijpen. Flora kon het haar niet kwalijk nemen als ze de rentmeester als chaperon hadden! 'Aye, sir. Het is het minste wat ik kan doen. Ik heb het gevoel dat ik mijn twee shillings nog niet heb verdiend...'

Sholto's gezichtsuitdrukking veranderde toen hij zich de overeenkomst herinnerde. 'Hemel, dat was ik helemaal vergeten. Hier...' zei hij en hij stak zijn hand in zijn zak.

'O... nee, sir, dat is al geregeld,' zei ze snel. Het geld kon haar niet schelen. Ze wilde zijn verhaal alleen maar kracht bijzetten.

Hij keek op. 'Heeft mijn vader u al betaald?'

'Nee, niet de graaf, sir, maar Mr Mathieson.'

Sholto keek de rentmeester aan, wiens gezicht dieprood kleurde. 'Hebt ú Miss Gillies betaald, Mathieson? Wanneer dan? En waarom? Dat was niet uw verantwoordelijkheid. Dit was een privéovereenkomst tussen ons en Miss Gillies.'

Er viel weer een stilte. Hoe kon de rentmeester zijn gulheid verklaren zonder zijn wanhopige behoefte de gasten voor zichzelf op te eisen te openbaren? 'Het was na alle drukte rondom Donald gisteren. Ik wilde u niet lastigvallen na de door u geleverde inspanningen. Miss Gillies vroeg ernaar...'

Effie schrok van de manier waarop hij de waarheid verdraaide – nu klonk het alsof zij op het geld uit was geweest, terwijl ze alleen maar een excuus had gezocht om langer in Sholto's gezelschap te kunnen verkeren – maar ze wist dat ze zich niet openlijk kon verdedigen. Sholto's ogen flitsten even in haar richting en namen haar stille protest waar.

'Dus het leek me het beste om het zelf af te handelen, ook al omdat Miss Gillies vandaag naar Glen Bay zou gaan en wij vanavond zouden vertrekken.'

'Maar u wist toch niet dat zij vandaag deze kant op zou gaan? Ze heeft u nog maar net verteld wat haar plannen waren.'

'Nou, ik had al wel gehoord dat het meisje van McKinnon ziek was. Het leek me waarschijnlijk dat er een dag of twee hulp gewenst zou zijn.'

Effie staarde hem aan, verwonderd dat hij zulke pertinente leugens kon verkopen en zich desondanks een christen noemde.

Sholto glimlachte simpelweg, de kalmte zelve. 'Ik begrijp het. Nou, dat was heel attent van u, Mathieson. Ik zal ervoor zorgen dat Sir John het te horen krijgt.'

De blik van de rentmeester veranderde. Het was duidelijk dat hij verwachtte schadeloos te worden gesteld, dat zijn daad van edelmoedigheid en professionele efficiëntie later zou worden terugbetaald.

Effie moest een grijns onderdrukken omdat Sholto er niet verder op inging. Zijn kruiperigheid had de rentmeester dit keer geld gekost.

'Goed, Miss Gillies, waar zullen we gaan klimmen?' vroeg Sholto, die haar triomfantelijk aankeek.

Ze dacht even na.

'Nou, er is een geschikte rotswand vlak bij die smalle inham daar.' Ze draaide zich om en wees naar een plek rechts van haar. 'Aangezien we toch al hierboven zijn. De grond loopt er eerst wat af, dus de klif is niet zo heel hoog, en de wand is net niet helemaal verticaal. Met andere woorden, het is niet Connachair. U kunt er veilig klimmen.'

Maar hij leek zich niet druk te maken over de veiligheid. Ze was er zelfs vrij zeker van dat hij op zoek was naar gevaar. Hij hield haar weer gevangen met zijn ogen en sloot de rentmeester zo nogmaals buiten. 'Zullen we dan maar?'

Ze liepen samen over het plateau, in de richting van de plek waar ze de eerste dag het ei van het vaaltje hadden geraapt, en kwamen snel bij de inham, die zich als een kloof landinwaarts boorde.

'Waarom is die cleit zoveel groter dan de andere?' vroeg Sholto terwijl ze de touwen in trossen op de grond legde en ze in geconcentreerde stilte controleerde.

Ze keek op. 'O, dat is een stormcleit, voor als je hierboven wordt overvallen door een omslag in het weer en er geen tijd is om terug te keren naar het dorp. We houden hem speciaal daarvoor leeg.'

'Ah ja, dat hebt u verteld, dat jullie de schapen dan voor proberen te zijn.'

Ze glimlachte en verdeelde de touwen in twee sets van twee, die ze plat op de grond legde. Ze haalde haar zware, betrouwbare haak tevoorschijn, pakte een geschikte steen en begon te zoeken naar de beste plek om hem te verankeren.

'Zal ik...' vroeg Sholto, die aanbood het voor haar te doen.

Ze schudde haar hoofd. 'We nemen zelf de verantwoordelijkheid voor onze eigen verankering, sir. Zodat als het ergste mocht gebeuren...'

'O, ik begrijp het, dan heeft niemand de schuld. Heel verstandig.' Hij keek toe hoe ze de haak met de steen in de grond sloeg en het touw eraan bevestigde.

'En wat voor soort knoop gebruikt u om uzelf aan de haak vast te maken, Miss Gillies?' Hij kwam naar haar toe en hurkte naast haar, zo dichtbij dat hun bovenbenen elkaar raakten.

Ze hapte even naar adem vanwege de gewaagde nabijheid. 'Dit is een paalsteek, sir.' Ze had het gevoel dat hij dat al wist. Ze wist dat hij in Frankrijk al klimervaring had opgedaan, en ze had gezien hoe hij gisteren achter haar aan was geklommen. Hij was al een vaardig klimmer en had helemaal geen les van haar nodig. Dit was een truc.

'Kan hij niet losschieten?'

'Ik leg er voor de zekerheid ook nog een stopperknoop in.'

'Ah.' Hij keek intens geconcentreerd naar haar behendige handelingen terwijl de rentmeester als een schaduw naast hen stond.

Toen ze uiteindelijk tevreden was over het resultaat, kwam ze overeind, gevolgd door Sholto.

'Mr Mathieson,' zei Effie, en ze overhandigde hem een van de touwen. 'U weet natuurlijk hoe het moet.'

De rentmeester bond met een ongelukkige blik het uiteinde van het touw om zich heen.

'Sir, ik zal het touw om u heen binden, als u het goedvindt.' Sholto hield zijn armen gespreid en keek naar haar terwijl zij het touw behoedzaam diagonaal over zijn schouder en rond zijn torso bond. Ze wist dat ze zich beiden bewust waren van haar lichaam dat het zijne heel even raakte toen ze over en om hem heen reikte. Haar ogen vielen op zijn scheef dichtgeknoopte overhemd en ze kon de neiging het los te halen en opnieuw dicht te knopen amper weerstaan, hoewel ze het leuk vond staan. Deze nieuwe onvolmaaktheid bracht hem dichter bij haar wereld, alsof het eiland hem losser, vrijer maakte. 'Zo. Nu jullie allebei een tuig omhebben, koppelen we de touwen zodat jullie aan elkaar verbonden zijn.'

Twee paar ogen waren op haar gericht terwijl ze de touwen op bedreven wijze aan elkaar knoopte. 'En hoe noemt u die knoop, Miss Gillies?' Hij kwam weer dicht bij haar staan.

Effie voelde dat haar hart een slag oversloeg om zijn roekeloosheid. Zijn manier van doen had iets vrijpostigs. En dat waar de rentmeester bij was! Maar zíj was niet degene die dicht bij hém kwam staan, ze deed simpelweg wat Lord Sholto haar had gevraagd. De rentmeester kon het haar niet aanrekenen.

'Een achtknoop, sir.'

'Ach ja... Die heb ik in Frankrijk geleerd. Een knoop in de vorm van een acht.'

'In de vorm van een acht,' herhaalde ze zijn woorden, alsof het kleren waren die ze paste.

Tevreden over het touwwerk bond ze haar eigen tuig van touw om en testte ze alles nog een keer grondig. 'Klaar, sir?'

Sholto knikte en kwam weer dicht bij haar staan.

'Een beetje ruimte tussen u beiden is beter, sir,' zei de rentmeester. 'Voor het geval een van u per ongeluk begint te slingeren.'

'Slingeren. Juist.' Sholto zetten een stapje opzij.

Effie bestudeerde de helling. Die liep ongeveer tweehonderdvijftig meter omlaag tot het wateroppervlak, en pakweg de eerste dertig meter bestond voornamelijk uit lapjes gras die als dekens tussen rotsige stukken lagen – te grillig om zonder touw langs omlaag te lopen – waarna een gedeelte met losse stenen verder schuin afliep, gevolgd door een granieten wand.

'We gaan samen als ik het zeg,' zei ze. Ze keek hem aan en probeerde in het bijzijn van de rentmeester te klinken als een gids. 'Onthou dat u net als gisteren achterover dient te leunen met rechte benen. Hou het lichaam schuin en maak kleine bewegingen. Vertrouw op uw zekeraar.'

Hij keek met een twijfelachtige blik achterom naar de man die met het touw om zijn middel op het gras zat, zijn benen gebogen vóór zich en zijn hakken half in de grond ingegraven. 'Hoort u dat, Mr Mathieson? Ik moet op u vertrouwen. Laat me niet vallen, alstublieft. Ik reken op uw kracht en stabiliteit. Ik geloof in uw geoefende vaardigheid.'

'Heel vriendelijk van u, sir,' zei de rentmeester met een knikje, maar hij glom niet van trots bij het compliment. Hij was zich er ongetwijfeld van bewust dat hij, mocht Sholto vallen, waarschijnlijk meegetrokken zou worden.

Sholto en Effie keken elkaar weer in de ogen en stapten over de rand toen zij het sein gaf, waarna ze achterwaarts een helling afdaalden waar zelfs de schapen moeite mee hadden. Effie zag dat de rentmeester zich schrap zette toen hij het gewicht van de andere man voelde. Hij klemde zijn kaken opeen en zijn knokkels werden wit terwijl hij het touw langzaam liet vieren.

Het eerste stukje daalden ze zij aan zij af, langs de in het gras zittende papegaaiduikers en stormvogels, glimlachend om de luide protesten, het gefladder en de wijd geopende snavels van de vogels die hun eieren beschermden. Als de rentmeester dichter bij de rand had kunnen zitten, zou hij hen achterwaarts hebben kunnen zien afdalen, maar ze waren uit zijn blikveld verdwenen en hij kon niet meer zien wat ze deden. Effie glimlachte. Sholto had de man niet minder van zijn bewegingsvrijheid kunnen ontnemen als hij diens beide benen had gebroken.

Hij volgde haar met een verrassende concentratie. Hij zei niets toen ze even inhielden bij het punt waar het gras overging in de verticale kale rotswand, en toen ze aan het technische gedeelte van de klim begonnen, stapte hij meteen omlaag, van de glooiing af, zodat hij in de lucht hing. Pas nu zou de rentmeester zijn volle gewicht ervaren, zou hij klem zitten op zijn plek en zich schrap zetten om tegenwicht te bieden. Effie keek vanaf een meter hoger toe terwijl Sholto balans zocht aan het touw en een plek vond om zijn voet tegen de rotswand te zetten, waarmee hij de rentmeester weer wat ontlastte. Met een glimlach sprong ze naast hem. Ze waren in een nieuwe topografie terechtgekomen, waar de op de grond nestelende vogels waren vervangen door pijlstormvogels en alken, en waar zeekoeten en noordse stormvogels verstoord opfladderden. Ze krijsten verontwaardigd terwijl de twee mensen langzaam langs de ondiepe spleten en richels bewogen waar zij hun grote, volmaakt witte eieren hadden gelegd. Het verwonderde Effie altijd weer hoe de smalste uitsteeksels en randjes voorkwamen dat ze naar beneden rolden of werden weggeblazen.

Een aantal minuten zwegen ze, ieder opgaand in de opwinding van het afdalen. Hun lichamen spanden, strekten en rekten zich, ze vonden richels om vast te grijpen en bewogen steeds verder omlaag naar de brullende golven. Maar af en toe keek hij vluchtig opzij en dan glimlachten ze naar elkaar, samen in het moment.

'Effie, heb je vanochtend wel gegeten?' vroeg Sholto haar plotseling toen ze naar een ondiepe, vooruitstekende rand afdaalden.

Effie. Dat was het teken dat ze weer alleen waren. Alleen met z'n tweeën, zonder anderen in de buurt. Geen 'sir' of 'miss'. Geen rentmeester.

'Nee. Hoezo?'

'We zouden eieren kunnen eten als ontbijt,' zei hij met een glimlach. Aan zijn andere zijde zag ze een ei liggen, net binnen handbereik. Hij had zijn arm al uitgestrekt, maar een stormvogel in de rotsspleet stond hem opstandig aan te kijken.

'O...' begon ze toen hij er met zijn hand naar reikte. 'Sholto, nee!'

Ze was te laat. De vogel boog zich naar hem toe, opende agressief zijn snavel en spuwde, snel achter elkaar, een paar keer vies ruikende olie uit. Sholto, die in het gezicht en de hals was geraakt, slaakte een luide kreet, en zijn handen lieten de rots los terwijl hij instinctief terugdeinsde. Het touw trok strak terwijl hij rondtolde en zijn handen de olie uitsmeerden die hem tijdelijk had verblind.

Zonder na te denken maakte Effie een zijwaarts sprongetje en greep het touw vast om te voorkomen dat hij tegen de oneffen klif zou botsen, maar ze schatte zijn gewicht verkeerd in en werd ook van de rotswand getrokken, waarbij ze ronddraaide en zelf de buffer werd. Ze hapte naar adem toen de ruwe rotsen over haar rug schraapten. Ze voelde het touw zoemen door de spanning, maar het lukte haar om met haar voet een rand te vinden waar ze haar gewicht op kon plaatsen, zodat ze haar balans weer enigszins hervond en een deel van de trekkracht opving.

'Effie!' riep Sholto, die zijn hand uitstak en een vooruitstekende rots te pakken kreeg terwijl hij met zijn andere hand het touw vasthield, maar hij kon niets zien door de olie die in zijn ogen drupte. 'Gaat het wel?'

'Ja hoor. Maak je geen zorgen. Alles in orde,' riep ze terug, inmiddels weer steunend op beide voeten. 'Probeer terug op de rotswand te komen.'

Nog steeds verblind bracht hij zijn voeten in de richting van de klif. Ze daalde een meter af en greep een van zijn benen om hem te helpen zijn voet naar een smalle spleet te bewegen. Zijn andere voet vond vervolgens ook houvast, en ze klom weer tot zijn hoogte toen ze zag dat het touw minder strak ging staan omdat hij zijn eigen gewicht weer droeg.

'Wacht. Ik zal proberen de olie uit je ogen te krijgen,' zei ze, zich naar hem uitstrekkend. Ze streek met haar handpalmen over zijn gezicht, maar er was erg veel olie en ze had niets om haar handen aan af te vegen – geen gras, geen bladeren, alleen haar eigen kleren. 'Het is geen giftig goedje, het is alleen maar... vettig,' zei ze, balancerend op de rand met één hand op de rotsen terwijl een plotselinge windvlaag haar haren in haar gezicht blies en haar ook even verblindde.

'Het lijkt erop dat de aanval de beste verdediging is.' Hij bleef geduldig staan terwijl zij met haar vrije hand over zijn gezicht bleef strijken en snel vertrouwd raakte met de contouren ervan.

'Aye. Hoewel ze je heus niet blind willen maken. Met de olie proberen ze de veren te bedekken van de grotere zeevogels die op hen jagen. De veren verliezen dan hun waterbestendigheid, waardoor de vogels, die op zee uitrusten, uiteindelijk verdrinken.'

'Mijn god, wat een strategie,' mompelde hij terwijl haar hand herhaaldelijk over zijn gezicht gleed, waarbij haar vingers de lijnen van zijn voorhoofd en jukbeenderen volgden. 'Genadeloos ook. Een lange, langzame dood voor een roofvogel die alleen maar... aan zijn middagmaaltijd probeert te komen.' Hij was langzamer gaan praten.

'Nou, zo werkt het op St Kilda. Doden of gedood worden,' zei ze glimlachend, afgeleid door de lengte van zijn wimpers. Hij leunde iets naar voren en drukte zijn gezicht tegen de ronding van haar hand. 'Zie je al wat?'

Ze zag zijn oogleden knipperen en zijn pupillen samentrekken en verwijden terwijl hij zijn blik op haar richtte.

'Ja, prachtig.'

Ze stonden tegen de rotswand in een moment van suizende stilte die om hen heen zweefde. Zelfs de vogels riepen niet. Er bestond niets anders. Alleen zij tweeën.

Al voordat ze zag dat de spieren in zijn onderarmen zich spanden en hij zich naar haar toe bewoog, wist ze dat hij haar zou gaan kussen. Ze sloot haar ogen terwijl zijn lippen de hare beroerden en het harde, ruige landschap waaraan ze zich vasthielden zacht en diffuus werd terwijl de zwaartekracht zijn betekenis verloor. Ze had niet kunnen zeggen of ze vloog of viel.

Toen hij uiteindelijk een stukje achteruitbewoog, keek hij haar vurig aan. 'Dit allemaal om met jou alleen te kunnen zijn.' Hij grinnikte zacht om hun extreme situatie. 'Hoewel het wel passend is dat ik je kus in het decor waar ik voor je ben gevallen.'

Hij was voor haar gevallen? Ze voelde haar hart bonzen tegen haar ribbenkast. 'Het is in dit decor vooral passend dat je het over vallen hebt,' zei ze met een ironisch lachje om haar lippen.

Hij lachte en ze voelde de vibraties van zijn lichaam tegen het hare. Hij kuste haar opnieuw. 'Dit zou ik de hele dag wel kunnen doen,' mompelde hij toen ze zich uiteindelijk van elkaar losmaakten, allebei ademloos, verlangend naar meer.

'Dat houdt Mathieson niet vol. Die moet zich daarboven behoorlijk schrap zetten,' zei ze.

'Mooi zo.' Zijn ogen glinsterden. 'Die man is me een steen des aanstoots, al vanaf het moment dat ik je zag. Ik zou bijna durven zweren dat hij tussen ons probeert te komen.'

'Dat is ook zo,' zei ze, bijna verbaasd dat hij dat niet had ingezien.

'Echt?'

'Hij vindt dat ik niet goed genoeg ben om mensen als jullie te gidsen.'

'Wat?'

'Hij denkt dat hij de enige is die met de laird en zijn vrienden zou mogen omgaan.'

Sholto streek over haar wang. 'Hij heeft dus geen idee dat jij in je eentje beter bent dan wij allemaal samen.'

Het was een leugen, maar wel een charmante.

'Konden we hier maar blijven,' zei hij. 'Jij en ik. Daar verlang ik al naar sinds het moment dat je in die boot sprong. Ik heb mijn hersens gepijnigd om manieren te bedenken alleen met je te kunnen zijn. Maar gisteravond, toen je zo vastbesloten was om vandaag niet onze gids te zijn...'

'Dat was niet mijn eigen idee. De rentmeester was heel boos op me omdat ik hem tegenover jullie in verlegenheid had gebracht. Ik was bang dat hij onze pacht zou verhogen.'

'Hij is een bullebak.' Hij kuste haar weer, maar het was lastig om in evenwicht te blijven en hun statische houding werd met de minuut moeilijker vol te houden. Hij pakte de rotsrichel vast met zijn andere hand en schudde met zijn arm. Ze raakten vermoeid. En als mensen moe werden, gebeurden er ongelukken.

'We kunnen maar beter weer naar boven klimmen,' zei ze met tegenzin.

'Nee. Laten we hier blijven.'

Ze lachte zachtjes om zijn vertwijfelde gretigheid. 'De touwen hebben onder veel spanning gestaan.' Ze wreven al die tijd al tegen de grillige rotsen.

‘Wacht!’ Hij legde zijn hand op de hare. ‘Blijf vandaag bij me,’ zei hij op dringende toon. ‘Ga niet naar de andere kant van het eiland. Geef me elke seconde die we nog overhebben.’

Ze slikte. ‘Maar hoe dan? De rentmeester zal het niet toestaan.’

Hij dacht even hard na. ‘Laat hem maar aan mij over. Hij is niet de eerste hielenlikker waar ik in mijn leven mee te maken heb gehad, en hij zal ook niet de laatste zijn.’ Hij liet zijn hand weer over haar wang glijden en keek haar aan alsof ze iets heel moois en zeldzaams was. ‘Hoe had ik ooit durven denken dat ik hier iemand als jij zou vinden?’

Effie vroeg zich af waar zíj naartoe had moeten gaan om hém te vinden. Hoe zag de wereld waar hij vandaan kwam eruit?

‘Ga gewoon mee in alles wat ik zeg. Ik schud hem wel af, geloof me.’

Ze begonnen te klimmen. Ze stond erop dat hij eerst zou gaan, zodat ze hem zo nodig aanwijzingen kon geven, maar zijn klimervaring bleek uit de plekken waar hij steun zocht en hoe hij zich voortbewoog. Ze begon hem in te halen, maar toen ze op gelijke hoogte kwam, merkte ze dat hij versnelde. Ze keek opzij en zag dat hij naar haar grijnsde.

‘Aha! Een wedstrijdje?’ Ze lachte, want ze wist dat ze gemakkelijk een tandje bij kon schakelen. En dat deed ze.

‘Nee!’ riep hij toen hij al snel achteropraakte. Hoewel hij langer en sterker was, kon hij niet op tegen haar behendigheid. Ze was op blote voeten en kon zich met een teen in de kleinste spleten vasthaken. Dat kon hij niet, met zijn bergschoenen.

Ze nam niet zo veel voorsprong dat hij het nakijken had, maar toen ze de rand eenmaal over waren, en voorbij het gedeelte met losse stenen, terug op de helling met grasgedeelten, waar ze hun benen konden gebruiken om naar boven te klimmen terwijl ze zich omhoogtrokken, dichtte hij het gat tussen hen.

‘Opschieten!’ plaagde ze, klauterend over de ruwe rotsen. ‘Waarom ga je zo langzaam?’

Ze lag nog maar een klein stukje voor – ze moest het bezuren op de grasgedeelten omdat ze genade had getoond bij de technische klim – en ze gilde toen hij herhaaldelijk naar haar greep, zijn arm gestrekt, en haar bijna te pakken kreeg. Ze sprong net op tijd op de vlakte, ademloos lachend, haar ogen stralend als die van een kind terwijl ze vergat – heel eventjes – wie daar op hen wachtte. Sholto kwam een moment later tevoorschijn en rolde buiten adem het gras op, waar hij met zijn armen en benen gespreid ging liggen.

De rentmeester keek vol ongeloof toe. 'Wat...' fluisterde hij bijna toen hij hun stoeierige spel zag. 'Wat is er gebeurd? Ik dacht dat het touw zou knappen.' Zijn blik viel op Effies kleren, die bevlekt waren met olievegen.

'Sholto is aangevallen door een stormvogel,' zei ze hijgend. Ze zag dat het touw om haar middel was gedraaid en haar bloes had losgetrokken, zodat haar buik was ontbloot. Ze begon het touw zo snel mogelijk los te maken, want ze wist dat de rentmeester haar nog heviger zou verachten als ze zo rond bleef lopen.

Hij keek zwijgend toe. 'Lórd Sholto,' corrigeerde hij haar streng toen ze haar vergissing niet leek op te merken. Haar stuitende familiaire gedrag.

'Lord...' begon ze automatisch te herhalen, maar de man in kwestie onderbrak haar.

'Nou, ik heb Miss Gillies – of Effie, zo u wilt – gevraagd om haar vormelijkheid achterwege te laten. Zo'n aanspreektitel klinkt tamelijk raar als je aan een touw bungelt en door een zeevogel wordt aangevallen.' Zijn ogen twinkelden geamuseerd.

Effie staarde hem aan en onderdrukte de neiging in lachen uit te barsten en haar armen om zijn nek te slaan. Ze voelde zich draaierig van geluk, haar lippen tintelden nog van zijn kussen.

'Ik begrijp het,' zei de rentmeester na een lange stilte. Hij kookte zo te zien inwendig van woede omdat zij – tegen zijn wensen, waarschuwingen en dreigementen in – zich de vriendschap van de lord, die hij zelf zo graag wilde, had toegeëigend. 'Maar ik neem aan dat u nu voldoende bent bijgekomen, sir?'

‘Zeker. Hoewel…’ Hij ging zitten, snoof aan zijn overhemd en trok aan de stof. ‘Ik ben bang dat ik nogal stink.’ Hij trok zijn neus op en Effie lachte als vanzelf. Ze wist dat hetzelfde voor haar moest gelden, want ook haar kleren zaten onder de olie.

‘Het is akelig spul, die olie,’ zei de rentmeester. ‘Het gaat in je haar zitten. U kunt maar beter even de zee in duiken.’

‘Dat is precies wat Effie zei!’ riep Sholto uit.

Effie keek hem verbaasd aan. Had ze dat gezegd?

‘Ik hoop oprecht dat het niet te saai voor u was om hier vast te zitten terwijl beneden van alles gaande was,’ zei Sholto, die zijn tuig losmaakte. ‘Hoewel het waarschijnlijk maar goed is dat u ervan verschoond bent gebleven! We hebben wat dramatische momenten meegemaakt daarbeneden, toch, Effie?’

‘Heel dramatisch,’ zei ze met een lichte grijns.

Mathieson leek verbijsterd te zijn door Sholto’s herhaaldelijke gebruik van haar voornaam, een overduidelijk teken van vriendschap.

‘Maar ik waardeer het zeer dat u mijn zekeraar hebt willen zijn, Mathieson. U was onwrikbaar, zelfs toen ik verblind rondtolde.’

‘Ik vroeg me al af wat er daarbeneden gebeurde,’ mompelde de rentmeester.

Sholto lachte zorgeloos. ‘Het was enorm enerverend. Ik heb nog nooit zoiets bloedstollends meegemaakt! Wacht tot mijn vader het hoort.’

De rentmeester stond kaarsrecht, alsof er een pook in zijn rug zat. Effie had haar tuig inmiddels losgemaakt en trok haar bloes snel naar beneden, waarna ze het touw zo oprolde dat het weer in de klimtas en over haar schouder paste.

‘Ik zal me moeten schoonspoelen in de zee,’ zei Sholto, die zijn overhemd inspecteerde op olievlekken en met zijn handen door zijn haar streek, waarbij zijn vingers plakkerig werden.

‘Of we zorgen ervoor dat uw kleren worden gewassen, sir. Ik ga ervan uit dat Miss Gillies het niet erg vindt om dat te doen, aangezien ze haar eigen kleding ook zal moeten wassen,’ zei Mr Mathieson.

Sholto slaakte bijna een kreet van ongeloof. 'Mathieson, we zijn toch zeker bij ú te gast?'

De mond van de rentmeester viel open.

'Mijn hemel, kerel, ik zou een vriendin nooit vragen om mijn was te doen.'

Mathieson gaf geen antwoord, maar hij kleurde rood van ingehouden woede. Elke slag werd uitgedeeld met een fluwelen handschoen.

Toen alles weer ingepakt was, begonnen ze terug te lopen naar de rand waar ze elkaar allemaal nog maar een uur geleden hadden ontmoet. De dag was nu echt aangebroken en ze zagen de dorpsbewoners in The Street, de moestuinen en bij het beekje. Er kwam rook uit de schoorstenen. De nachtelijke wolken waren geweken, maar een heiig waas gaf de hemel een zware aanblik. De storm bouwde zich langzaam maar zeker op, de reden waarom Sholto bij haar weg zou gaan.

'We zullen u hier nu verlaten, Miss Gillies, met een welgemeende groet,' zei de rentmeester toen ze het gedeelte van het plateau bereikten waar het pad zich splitste: de ene kant leidde naar Village Bay en de andere naar Glen Bay.

'O nee, Miss Gillies gaat met ons mee,' zei Sholto luchtig voortstappend.

'Maar de schapen...' sputterde de rentmeester tegen, zich achter hem aan haastend.

'De schapen? Wat doen die ertoe? Ze kan er onmogelijk naartoe gaan in deze toestand. Kijk maar, ze zit onder de olie, net als ik! Haar kleren zijn vuil! En ze heeft een duik in zee nodig om het spul uit haar haar te krijgen.'

'Zit het in haar haar?'

'O ja,' zei Sholto beslist. 'Of kun je baden bij Glen Bay?' vroeg hij haar rechtstreeks.

'Daar is geen strand,' zei ze. 'Onder sommige omstandigheden kunnen er boten aanmeren, maar meestal is het er te lastig.'

'Veel te gevaarlijk voor iemand die niet kan zwemmen. Nee, je zult met ons mee terug moeten gaan om je op te kalefateren voordat je weer op pad kunt gaan. Het zou niet netjes zijn om je in deze staat te laten gaan.'

De rentmeester en Effie liepen zwijgend achter hem aan. Effie zag Sholto's verende tred. Hij was in de wolken.

'Weet je wat? Ik kan je nog een zwemles geven, als je wilt,' zei hij, zich opgewekt omdraaiend.

'O, dat hoeft niet, hoor,' antwoordde ze vlug.

'Natuurlijk wel. Voor wat hoort wat. Jij hebt tenslotte net mijn leven gered.'

Effie beet op haar lip om niet te lachen om zijn spelletjes. Dat had ze helemaal niet gedaan, en dat wist de rentmeester vast ook, maar die kon zijn meerdere niet tegenspreken.

'Ik sta bij je in het krijt en ik wil mijn schuld graag inlossen. Ik kan hier niet met goed fatsoen weggaan in de wetenschap dat jij niet kunt zwemmen. Als er iets gebeurt, zou ik het mezelf nooit vergeven. Bovendien gaan we sowieso de zee in om ons schoon te spoelen. Twee vliegen in één klap.' Hij schonk haar een stralende blik. 'Hoewel ik inmiddels weet dat ik in jouw geval beter van twee vógels in één klap kan spreken.'

Effie glimlachte terug, ze kon het niet helpen.

De vrolijkheid die hun eerste momenten samen had gekenmerkt, was teruggekeerd en ze waren allebei duizelig van vreugde. 'En u, Mr Mathieson, kunt u zwemmen?'

'Nou...'

'Kom mee, ik zal het u ook leren,' zei Sholto uitbundig.

'Ik kan al goed genoeg zwemmen, sir.'

'Wilt u dan misschien een nieuwe slag leren? Ik ben een uitstekend zwemmer. Ik zou u graag meer kneepjes bijbrengen. Ik zou er zelfs het algemeen nut mee dienen, iets wat ú weer kunt overbrengen op de eilanders. Voor mij zou het een manier zijn om hen te bedanken voor hun gastvrijheid.'

'Dat is heel genereus van u, sir,' mompelde de rentmeester. 'Maar aangezien dit onze laatste dag hier is, moet ik nog een aantal dingen regelen met de mannen voor als ik aan het eind van de zomer terugkeer. Tijdens ons verblijf zijn er veel dingen voorgevallen, zoals het plukken van de schapen en de val van Donald McKinnon.'

'Ah, natuurlijk, ja, daar had ik niet over nagedacht. Nou, dat is jammer,' zei Sholto zonder een greintje spijt tentoon te spreiden. 'Dan zullen jij en ik met z'n tweeën zijn, Effie. Ik hoop dat je dat niet erg vindt?'

'Nee, sir...'

'Sholto,' zei hij voordat ze weer tot haar oude gewoonte kon vervallen.

'Sholto,' herhaalde ze.

10

'De mensen kijken.' Ze zag gezichten achter het raam van de verenopslag en de pastorie, bij het huisje van de postmeester en in The Street.

'Laat ze maar. We doen niets verkeerds.' Zijn handen lagen om haar middel en hielden haar omhoog in het ijskoude water. 'We hebben ze aangeboden zich bij ons te voegen. Ik wil iedereen leren zwemmen.'

'Maar je wist heel goed dat ze het aanbod niet zouden aannemen.'

Hij haalde zijn schouders op.

Ondanks de adembenemende kou wilden ze het water geen van beiden verlaten, maar ze wisten dat het net zo was als toen ze in de touwen hingen: vroeg of laat zouden ze moeten terugkeren naar de rest van de wereld. Ze konden niet eindeloos in deze verhulde marges blijven bestaan, verborgen voor spiedende ogen over de rand van een klif, of onder water.

'Nu je benen weer uitslaan, laten we in elk geval een show weggeven.'

Ze bewoog haar armen zoals hij haar had voorgedaan, met haar kin omhoog, maar ze had niets van zijn elegantie in het water. Haar lichaam krabbelde meer dan dat het kliefde. Hij haalde zijn handen van haar middel, maar bleef bij haar terwijl ze schokkerig naar voren bewoog, paniekerig en verrukt tegelijk. 'Goed zo, ga door!'

'Zwem ik?' vroeg ze hijgend. 'Hou je me nog vast?'

'Ik ben bij je, je doet het fantastisch. Niet stoppen, ga door.'

Een van de honden was naar het strand gekomen en stond te blaffen naast Poppit, die stilletjes op het zand zat toe te kijken, met haar oren omhoog, een tikje verontrust.

Effie werd opgetild door een kleine golf. Ze voelde de gedempte kracht die onder haar lichaam door deinde, maar het voelde niet bedreigend en ze lachte uitgelaten – waarna de volgende golf haar overrompelde, zodat ze een hap zeewater binnenkreeg. Meteen begon ze te hoesten en te proesten, en was haar zelfvertrouwen verdwenen. Instinctief richtte ze zich op en begon te zinken, maar Sholto's handen pakten haar meteen weer vast en hielden haar omhoog terwijl ze naar adem hapte.

Ze voelde het zout in haar keel en moest bijna kokhalzen. 'Gaat het?' vroeg hij, wrijvend over haar rug terwijl ze bleef hoesten. 'Wil je naar de kant?'

Ze schudde haar hoofd. Ze wilde hier blijven, half verborgen in het water, hoe dan ook, want als ze het water verlieten... Wat voor excuus hadden ze dan nog om samen te zijn? Ze voelde zijn vingertoppen zachtjes in haar taille duwen. Hij wist precies wat ze niet uitsprak en hij wilde ook meer dan dit. 'Ik weet het,' fluisterde hij, heel even zonder acht te slaan op de buitenwereld.

Maar ze kon niet ophouden met hoesten, ze had te veel water ingeslikt, en deze keer tilde hij haar zonder het te vragen op en droeg haar naar een ondiepe plek, waar ze met haar handen op haar knieën op adem probeerde te komen.

'Bah,' kreunde ze, met haar hoofd nog gebogen toen het hoesten uiteindelijk stopte. 'Dat was vreselijk.'

'Ja, dat klopt. Maar het zal je niet weer gebeuren, dat garandeer ik je.'

Ze keek op. Ze stonden alleen nog met hun voeten in het water en de schok van de lucht op haar met zeewater bedekte huid zaaide een veld van kippenvel over haar lichaam. De wind trok aan en werd vlageriger.

'Je lippen worden blauw.' Aan zijn blik te zien wilde hij ze het liefst weer roze kussen. 'Je moet opdrogen en warm worden.'

'Nee, het gaat wel. Ik wil nog niet stoppen. Ik wil doorgaan. Laten we het nog eens proberen. Ik zal mijn mond deze keer dichthouden,' zei ze vertwijfeld, hoewel het plezier er nu wel af was. Eerder had ze nog gegild en gelachen toen hij haar natspetterde en had ze hem geholpen zijn haar schoon te wrijven om de olie eruit te krijgen. Alles had vol leven gevoeld, als een nieuwe start – terwijl het eigenlijk het begin van hun einde was.

Hij schudde zijn hoofd. 'Dat kan niet. Je lichaamstemperatuur is verlaagd. Zo word je nog ziek.'

'Maar...'

Zijn ogen ontmoetten de hare. 'Een andere keer.'

Het was weer als toen ze aan de touwen hingen, toen híj langer had willen blijven... Maar nu wisten ze allebei dat er geen andere keer zou zijn. Hun opgetogenheid van eerder vandaag – de verrassende ontmoeting in het donker, de overgave van hun eerste kus, de erkenning dat ze beiden hetzelfde voelden – maakte plaats voor een melancholieke vertwijfeling. De tijd verstreek, ging te snel voorbij, en dit was alles wat ze hadden en ooit zouden hebben: een verhulde aanraking, steelse blikken, onderlinge grapjes, een enkele gestolen kus...

Ze keken elkaar verlangend aan, maar haar tanden begonnen onbedwingbaar te klapperen, wat bewees dat hij gelijk had. Het was de adrenaline die haar zo lang in het water had gehouden, om nog een paar ogenblikken te ervaren...

'Kom. Naar binnen.'

'Het gaat wel.'

'Nu,' zei hij beslist, en hij nam haar bij de arm en trok haar mee de golven uit.

Ze wankelde het water uit, verbaasd over hoe slap ze zich voelde. De honden stonden aan de waterrand te blaffen terwijl zij door het ondiepe water waadden. Ze had ze eerder nog niet echt opgemerkt.

'Waarom blaffen ze naar ons?' vroeg Sholto toen ze erlangs liepen, naar de plek waar hun handdoeken lagen.

'Ze blaffen niet naar ons. Er komt een boot aan,' zei ze terwijl hij een handdoek om haar heen wikkelde.

Sholto keek achterom, maar zag alleen zijn eigen jacht. Hij fronste, trok een handdoek om zich heen en zag hoe zij in die van haar gehuld stond te rillen. Even bleven ze samen staan, stijfjes en met gebogen hoofd.

'Ik weet niet hoe ik het moet doen, Effie,' zei hij met gedempte stem. Ze keek op en zag dat hij haar treurig aankeek. 'Ik weet niet hoe ik vanavond op die boot kan stappen. Ik wil je niet verlaten.'

'Ga dan niet,' zei ze op dringende toon. 'Blijf hier. Bij mij.'

Zijn ogen vulden zich met wanhoop. 'Dat gaat niet.' Zijn lichaam leek erdoor te verschrompelen. 'Ik heb... verantwoordelijkheden thuis. Banden. Het is niet zo eenvoudig. Ik kan niet zomaar doen wat ik wil.'

'Waarom niet?' Er klonk pijn door in haar stem.

Zijn stem klonk als een zucht. 'Je begrijpt het niet.'

Nee, ze begreep het niet. Want als ze iets voor hem betekende... Híj was degene die naar háár thuis was gekomen, die háár leven was binnengestapt... Nog maar vier dagen geleden had ze niet geweten wat liefde was, maar nu kende ze het gevoel door en door. Het was duizelingwekkend en geladen, pijnlijk en ontregelend, het maakte haar heel en holde haar tegelijkertijd uit. Ze was nog nooit zo gelukkig geweest, maar ook nog nooit zo ongelukkig. Het was niet eerlijk. Als het om een van de jongens uit het dorp zou gaan, had iedereen staan juichen dat iemand het rebelse hart van Effie Gillies – eindelijk! – had gestolen. Maar een lord was geen huwelijkskandidaat. Hun liefde zou een schandaal betekenen.

Hij zette een stap dichterbij, nog steeds in zijn handdoek gehuld. 'Effie, als het aan mij lag, had ik je de mijne gemaakt zodra we een paar dagen geleden uit die roeiboot stapten. Ik had nooit verwacht dat dit kon gebeuren, maar... ik kan de dingen niet veranderen,' zei hij, vurig hopend dat ze het zou begrijpen. Ze kon hem alleen maar blanco aankijken. Ze had geen context, geen kader buiten dit eiland, dit leven, en hij keek gefrustreerd en boos de andere kant op.

Hij kreunde. 'En nu komt er iemand aan.'

Ze draaide zich om en zag Lorna naderen over het pad. Ook haar zonk de moed in de schoenen.

'Lorna, ik heb leren zwemmen!' zei Effie zo opgewekt als ze kon, met blauwe lippen en in de handdoek weggedoken.

'O ja?' vroeg Lorna. 'Uit de verte leek het eerder alsof je de zee inslikte.' Ze klonk kortaf, in haar ogen stond een waarschuwing, en Effie begreep meteen hoe hun 'zwemles' door haar buren was geïnterpreteerd. Niet alleen de rentmeester zou woedend zijn.

'Aye. Ook dat.'

'Nou, je kunt maar beter de warmte opzoeken – en u ook, sir. Jullie zien allebei blauw van de kou.' Lorna sprak de woorden ferm uit, met het gezag dat ze genoot als de lokale verpleegster.

De honden werden nog opgewondener op het moment dat de boot die Effie had aangekondigd om de landtong kwam varen. Het was Vaila, een trawler die de eilandbewoners goed kenden. Callum McGregor was de schipper, hij woonde op het schiereiland Applecross op Skye en was met hen bevriend geraakt toen hij een aantal jaren geleden door een zware storm een hele week bij hen was gestrand. Hij had hen vermaakt met verhalen over het leven op het vasteland die klonken alsof ze bij een andere tijd hoorden, en niet alleen een andere plek. Hij was altijd welkom. Hij viste naar kabeljauw en leng in de diepere wateren, en kwam altijd langs Village Bay, want hun archipel was het enige land tussen Schotland en de Faeröer.

'Hoe gaat het met Donald?' vroeg Effie om tijd te rekken, hoewel ze stond te klappertanden.

'Hij heeft een onrustige nacht gehad, maar hij wordt nu kalmer en krijgt de rust die hij nodig heeft.'

'Goed zo. Ik zal gauw naar ze toe gaan om Mary sterkte te wensen.'

'Dat hoeft niet, ik geef het wel door. Ik ga zo weer naar ze toe als dit klaar is.' Ze keek naar McGregors boot en Effie realiseerde zich dat Lorna hier niet was om hen terug naar het dorp te brengen, maar dat ze wachtte op de postzak. Ian McKinnon, de postmeester, was nog op Boreray. McGregor bracht hun post vaak mee, en hij nam hun brieven ook mee op de terugtocht.

Effies hart kromp ineen toen ze besefte dat de oudere vrouw hier zou blijven staan tot de bemanning van de trawler de lading had gelost en van boord was gegaan. Haar tijd alleen met Sholto was al voorbij.

'Schiet op, Effie. Je vader heeft water voor je opgewarmd zodat je een bad kunt nemen,' zei Lorna, die nog steeds recht voor zich uit keek.

Effie keek Sholto weer vertwijfeld aan. 'Nou... bedankt, sir,' zei ze, weer terugvallend op hun formele verhouding. Het voelde als toneelspel. 'U hebt me leren zwemmen, eindelijk, en daar ben ik u zeer dankbaar voor.'

'Graag gedaan,' zei hij stijfjes, met een gepijnigde blik, want ook hij realiseerde zich dat er geen tijd meer over was. Oom Hamish en Archie MacQueen waren op weg naar de roeiboot, om naar de trawler te varen. 'Maar eh... wel goed blijven oefenen.' Hij wierp Lorna een blik toe. Ze stond naast hen naar de boten te kijken, maar ondertussen luisterde ze overduidelijk mee. 'En als je zelf eenmaal goed kunt zwemmen, kun je het je buren misschien leren.' Zijn stem klonk vlak, de woorden waren slechts een middel om hun laatste momenten samen langer te laten duren.

'Ik zal mijn best doen, sir.'

'Goed... Heel goed.'

Ze hadden geen beleefdheden meer over.

'Nou, vaarwel dan, sir,' zei ze, al lopend over het strand naar de lange grashelling die naar haar voordeur leidde.

'Vaarwel, Miss Gillies,' zei hij. De woorden vielen achter haar neer als papieren vliegtuigjes in een duikvlucht.

De tinnen badkuip was voor het haardvuur in de slaapkamer gezet. Haar vader zat achter het weefgetouw aan het raam in de keuken. Hij kon vanaf die plek de zee niet zien, maar ze zag aan de manier waarop hij naar haar keek dat hij het al had gehoord. Je kon hier geen geheim bewaren.

'Ik ben terug, vader,' zei ze zacht, huiverend in de deuropening met de handdoek om haar nek geklemd en de klimtas en touwen in haar andere hand. De lucht in de cottage was bedompt en leek zwaarder dan buiten, alsof ze er zo een hap van kon nemen. De pan met gestoofde stormvogel stond te pruttelen.

'Je lijkt wel een verzopen kat,' zei hij na een moment, terwijl zijn armen en benen bleven bewegen aan het getouw. 'Je kunt maar beter in dat bad gaan voordat je botten uit elkaar klapperen.'

Ze sloot de voordeur achter zich en liet de tas en de touwen vallen. Ze liep door de slaapkamer naar haar kamertje en wurmde zich uit haar natte kleren, die aan haar kleefden als het wier dat zich altijd om haar benen wikkelde als de vloed opkwam na een storm. Ze liet ze in een kletsnatte hoop op de vloer vallen. Het had nu geen zin om ze bij het vuur te drogen te hangen, ze zou eerst de olievlekken eruit moeten boenen in de beek.

Ze liet zich in het water glijden. Het voelde gloeiend heet aan, omdat haar lichaam verstijfd was van de kou. Ze bleef met haar knieën tegen haar borst zitten en klappertandde terwijl ze haar ogen dichtdeed en probeerde aan iets te denken, aan wat dan ook, om dit gevoel te verjagen. Haar hart ging als een razende tekeer en haar gedachten schoten alle kanten op. Nu was hij hier nog. Hij was ergens verderop, maar als zij vanavond naar bed ging, zou hij op zijn jacht huiswaarts varen, voor de storm uit zeilend. Ze zou hem nooit meer zien. Ze was hem kwijt.

'Dus ze hadden je toch niet nodig bij Glen Bay,' zei haar vader vanuit de keuken.

Ze perste haar lippen samen, want ze draaide niet graag om de hete brij heen. 'Nee, de plannen zijn veranderd. Ik ga morgen.'

'En waarom dan wel?' Zijn stem had een harde klank en ze wist dat hij wist dat ze tegen hem loog.

'Omdat ik Lord Sholto en de rentmeester op Am Blaid tegenkwam. De lord vroeg me om hem nog wat klimvaardigheid bij te brengen voordat hij vanavond vertrekt,' mompelde ze, zo dicht mogelijk bij de waarheid blijvend. 'Ik kon geen nee zeggen. Zijn vader en hij hebben me twee shillings betaald om hen te gidsen. Ik voelde me genoodzaakt om eerst mijn verplichtingen aan hen na te komen. De meiden zullen het wel begrijpen.'

'Je kunt vanmiddag nog gaan. Het is licht genoeg.'

Effie voelde haar hart bonzen. Hij daagde haar uit en liet haar vastlopen in haar eigen leugens. 'Ik ben koud geworden tot op het bot. Ik kan vannacht maar beter warm blijven en bij het ochtendgloren weer gaan.'

Er viel een stilte, die zo lang duurde dat ze dacht dat hij misschien had besloten het te laten passeren. 'En hoe kwam het van een les in klimvaardigheid aan de lord tot die vertoning in het water van daarnet?'

'Vertoning?'

'Aye,' zei hij beslist.

'Hij gaf me zwemles. Ik kan de kleintjes nu lesgeven. Het is veiliger als ze kunnen zwemmen. We zouden allemaal moeten kunnen zw...'

'Nu is het genoeg!' snauwde hij plotseling. 'Ik ben niet van gisteren. Denk je dat ik niet weet waarom je de afgelopen dagen voortdurend op hete kolen leek te zitten? Je bent smoor op die man!'

'Niet waar!'

'Lieg niet tegen me! Het hele eiland heeft net kunnen zien dat je dolgraag een echte dame zou zijn!' zei hij spottend.

'Nee!' zei ze fel. 'Ik wil geen dame zijn. Ik kan me niets ergers voorstellen.'

'En híj kan alleen maar een dame trouwen! Dat is zijn lot.'

Ze duwde haar gezicht tussen haar knieën en probeerde niet te huilen. Dacht hij dat ze dat niet wist? Ze rilde nog steeds en spatte warm water in haar gezicht.

'Het is maar goed dat er storm op komst is,' mompelde haar vader vanuit de keuken, waar de schietspoel met een ritmisch geklak heen en weer bleef bewegen. 'Het wordt tijd dat ze vertrekken, voordat het gedonder in de glazen begint. En er zijn mensen die niet blij zijn met jouw gedrag.'

'Het gaat de rentmeester niets aan!' riep ze boos.

'Ik had het over de predikant!' schreeuwde hij terug. 'Hij hecht aan de bescherming van jouw ziel, niet alleen aan je reputatie!'

'Maar ik heb niets verkeerds gedaan!'

'Het hele dorp heeft jullie gezien – dartelend op het strand, lachend en spelend als een stel kinderen.'

'En wat is daar mis mee? Ik heb de afgelopen drie dagen met hem en zijn vader doorgebracht. We hebben de hele tijd gepraat. We zijn bevriend geraakt.' Ze voelde dat haar stem oversloeg, dat de tranen in haar ogen opwelden, dat haar emotie te hoog zat om terug te duwen.

'Wij raken niet bevriend met mensen zoals zij. Je hebt goede manieren met iets anders verward en je hebt jezelf én mij vernederd. En Mathieson is woedend, aye. Je hebt zijn naam ook door het slijk gehaald.'

'Wat heeft dit met hem te maken?'

'Hij is hier namens de laird! Hij zal verslag moeten doen van jouw hoogmoed, en moeten melden dat je informeel bent omgegaan met zijn vrienden. Je moet de bestaande verhoudingen accepteren en begrijpen waar je thuishoort. Hij behoort niet tot ons soort mensen en jij past niet in zijn wereld, hoe leuk jullie elkaar ook vinden. Je kunt lonken en spelletjes spelen, maar dat is niet de basis voor een echt leven.'

'Nee!' zei ze met een snik. 'Ik moet zeker kiezen tussen Fin of Angus McKinnon of David MacQueen, maar dat zijn allemaal pummels! Angus is gemeen, Fin is timide en David is een stuntel. Ik zou mijn hele leven voor ze moeten zorgen of me tegen hun vuisten moeten verdedigen.'

'Nonsens! Ze hebben hun gebreken, maar het zijn stuk voor stuk goeie kerels die een goeie echtgenoot zouden zijn. Waarom denk je dat jij beter bent dan de andere meiden?'

'Dat denk ik niet!'

'O nee? Waarom vind je dan altijd dat voor jou andere regels gelden?'

De tranen stroomden nu over haar wangen. 'Ik wil alleen maar vrij zijn om mijn eigen leven te leiden zonder in een keurslijf te worden gedwongen! Ik mag niet klimmen omdat ik een meisje ben. Ik mag niet van hem houden omdat ik arm ben.'

'Dit is geen houden van!' schreeuwde haar vader. Zijn stem was schor geworden van de spanning. 'Het is verliefdheid, een bevlieging, meer niet! En je hebt mij beschaamd. Je bent een schande voor onze familie. Wat zou je moeder wel niet denken als ze dit zou zien? Ze zou zich voor je schamen!'

Effie verborg haar gezicht. Dat hij haar moeder erbij haalde, voelde als een klap.

'Je gaat hier vandaag niet meer weg. Je blijft in de buurt, waar ik je in de gaten kan houden tot dat schip met hem erop is vertrokken. Begrepen?'

Ze begroef haar gezicht weer tussen haar knieën, stilletjes huilend en nog steeds rillend van de kou.

'Begrepen?' herhaalde hij.

'Ja, vader.'

11

De middag sleepte zich voort. Effie werkte lusteloos haar taken af. Met haar wang tegen Iona's flank zag ze tijdens het melken dat zich paarse wolken samenpakten. Terwijl ze in touw was zag ze hoe de plotselinge, onvoorspelbare windvlagen het gras platdrukten en de rokken van de vrouwen lieten opbollen. Maar ze zag hem niet. De deur van het huis van de rentmeester ging niet open, hoewel ze die de hele tijd in het oog hield.

Poppit lag tevreden op het gras naast haar, hard hijgend om af te koelen in de drukkende warmte. Af en toe liep ze naar het beekje om te drinken. De horizon was vervaagd en de zon was slechts een heldere vlek achter het waas. Alles had meer gewicht, alsof de zwaartekracht was verdubbeld, zodat de dorpelingen traag voortbewogen.

Een plotselinge kreet weerklonk door The Street en doorboorde de malaise.

Het was Rachel McKinnon, Mhairi's moeder. 'Ze zijn terug!' riep ze, en ze liep snel door The Street met haar armen in de lucht, haar breiwerk achterlatend op haar kruk.

Effie keek naar het strand en zag de kleine roeiboot de monding van de baai binnenkomen. De Vaila lag daar nu voor anker, net als het jacht van de graaf, maar de roeiboot die McGregor en zijn bemanning aan land had gebracht, was meteen weer vertrokken met opnieuw haar oom Hamish en Archie MacQueen aan boord, die naar Boreray waren geroeid om de daar achtergebleven mannen op te halen. Het was een race tegen de klok geworden, want de storm kwam sneller op dan verwacht, en de rimpelingen die vanochtend het strand op kabbelden waren veranderd in een ruisende deining met sissend schuim. Verderop in de open zee, voorbij Dun, rolden witgekuifde golven. De hemel was gevuld met wervelende, kwetterende vogels die dansten op de thermiek alsof ze in een Londense balzaal rondzwierden, en de omstandigheden werden langzamerhand te ruig voor een roeiboot. Het was een opluchting om het kleine vaartuig schommelend door het woeste water te zien aankomen met de stevige silhouetten van zonverbrande echtgenoten, broers en zonen – de mannen die ze haar hele leven al kende. Sommigen van hen waren neven of ooms, anderen waren de broers van haar vriendinnen, of vrienden van haar overleden broer. Ze kende hun inborst, verhalen en gewoonten, zo alledaags en vertrouwd, maar terwijl zij drie dagen op schapen hadden gejaagd en ze van hun winterwol hadden bevrijd, was zij... ingrijpend veranderd, alsof ze in een nieuwe vorm was gegoten. Zouden ze de verandering in haar opmerken? Zouden ze zien dat ze niet meer het meisje was dat ze was geweest toen ze vertrokken?

Verderop in The Street zag ze Lorna voor de deur van Donald en Mary McKinnons huis staan. Ze had de postzak meegebracht om daar door te nemen. Het zou een opluchting voor haar zijn dat Ian terug was en zijn postmeesterwerk kon hervatten. Nu kon zij zich weer volledig aan haar verpleegtaken wijden.

Effie draaide zich om naar haar vader, die in de deuropening kwam staan om te kijken wat er aan de hand was. 'Zal ik beneden gaan helpen, vader?' vroeg ze hem.

Hij kon moeilijk nee zeggen, en dat wisten ze allebei. Als de mannen eenmaal weer op het land waren, zouden ze de vracht moeten uitladen, controleren en opslaan. Daarna zou er een feestmaal worden gegeven. De stoofpotten stonden al de hele dag te sudderen om de mannen na hun terugkomst mee te onthalen.

Haar vader knikte.

Effie zette haar schoffel weg en liep langzaam naar de zee. Alle andere vrouwen hielden hun rokken omhoog en renden blootsvoets over het gras, maar zij had geen haast, want voor haar was er niemand aan boord. Alle directe familie die ze had, was al op het eiland – en zijn ogen priemden in haar rug.

De honden blaften opgewonden. Zelfs Poppit wist de energie op te brengen om enthousiast te reageren. Effie durfde niet eens een vluchtige blik op het huis van de rentmeester te werpen terwijl ze met de vrouwen op het strand stond te wachten, maar haar hart bonsde heftig bij de gedachte dat hij haar nu misschien kon zien.

De boot kwam nu dichterbij en de vrouwen waadden zo ver de zee in als hun opgetrokken rokken toelieten. Effie bleef achter om niet weer in aanraking met de zee te komen, ze rilde nog steeds na. De vrouwen vormden een rij en de zakken schapenwol werden haar een voor een aangereikt. Ze stapelde ze netjes op en zag vanuit haar ooghoeken dat de deur van de rentmeester eindelijk openging en de eigenaar naar buiten kwam benen. Hij werd altijd nadrukkelijk zichtbaar als er geld of macht in het spel was.

Effie hield haar hoofd gebogen toen hij naderde, en deed alsof ze de zakken telde, hoewel ze dat al had gedaan en wist dat het er drieënvijftig waren.

'Je bent er dus nog, Miss Gillies,' mompelde hij, en hij stak een hand in de dichtstbijzijnde zak om de kwaliteit van de donkere wol te inspecteren.

'Ja. Ik ga morgen die kant op. Het was al laat tegen de tijd dat ik...'

Hij keek haar met een opgetrokken wenkbrauw aan, wachtend op haar beschrijving van de activiteiten in het water, eerder vandaag.

'... klaar was met zwemmen,' mummelde ze.

'Dus je hebt het geleerd,' zei hij na een korte stilte.

'Aye, sir, en nu ga ik het de kleintjes leren. Het is een kwestie van veiligheid.'

'Veiligheid? Juist ja,' zei hij, een stukje vacht uitpluizend om de dichtheid ervan te testen. 'Het is een wonder dat jullie het tot nu toe allemaal hebben overleefd op dit eiland.'

Zijn sarcasme stak haar, maar ze antwoordde niet. Over zijn schouder zag ze dat zijn gasten in de deuropening stonden te kijken naar de terugkeer van de eilanders. De graaf leunde op een paar krukken en zijn enkel en voet zaten in een dik verband: Lorna's werk. Sholto stond openlijk naar haar te kijken vanaf de drempel. Waren de twee mannen gedwongen geweest om de hele middag bij de rentmeester te gast te zijn? De graaf kon in elk geval niet weg.

Mathieson stopte de wol terug in de zakken en tilde ze op om hun gewicht en mogelijke opbrengst in te schatten. Hij had een manier van bewegen die suggereerde dat hij ontevreden was met wat hij aantrof, alsof hij vermoedde dat de eilanders hem bedrogen of oplichtten. Effie verplaatste ongemakkelijk haar gewicht van haar ene naar haar andere voet. Ze zou willen dat er nog iemand bij hen kwam staan, maar de mannen kwamen juist van boord. Ze hoorde het geluid van hun voeten die het water lieten opspatten terwijl de boot met vereende krachten het strand op werd gesleept.

'Hoe gaat het met hem?' riep Flora's broer David terwijl hij het meertouw om het rotsblok wierp. Effie draaide zich om en keek tegen wie hij het had. Lorna kwam door The Street aanlopen om zich bij de groep te voegen, zoals altijd kordaat zwaaiend met haar armen.

'Hij is herstellende. Hij ligt nog in bed,' antwoordde Lorna, die niet het strand op liep, maar op het gras bleef staan. 'Ik blijf er de komende dagen om een oogje in het zeil te houden. Die arme Mary is helemaal van slag en kan amper voor zichzelf zorgen.'

'Ik heb het al eerder gezegd, maar ik zeg het nog een keer: we mogen ons gelukkig prijzen met jou, Lorna MacDonald. We hebben daarginds gebeden zonder te weten of de dood hem zou komen halen.'

'Ik geloof dat hij het ergste achter de rug heeft,' zei ze ferm. 'Maar nu jullie er allemaal zijn, wil ik jullie vragen mee te komen naar de ontmoetingsplaats. Ik moet jullie iets vertellen.' En na die mededeling draaide ze zich om en liep weer omhoog over het gras.

Effie keek langs haar naar The Street. Ze zag haar vader, Mad Annie, Ma Peg en Old Fin al bij elkaar op het muurtje zitten. Er klonk een verwachtingsvol geroezemoes en iedereen keek elkaar aan, op zoek naar een antwoord dat er niet was.

De dorpelingen begaven zich samen van het strand naar The Street, de mannen zwaarder bebaard en iets magerder dan toen ze waren vertrokken, hun echtgenotes druk doende grassprietjes en pluisjes wol van hun overhemd te plukken. Ze hadden grasvlekken op hun broek, en sommigen bloed, nog van Donalds ongeluk, en ze roken sterk, aangezien ze zich de afgelopen dagen niet hadden gewassen en geen schone kleren hadden aangetrokken.

De kinderen, alle dertien, hingen nieuwsgierig om de groep heen, omdat ze doorhadden dat er onder de volwassenen iets bijzonders gaande was. Effie hield haar hoofd gebogen terwijl ze meeliep, maar ze wist dat Sholto haar vanuit de deuropening bekeek. Hij had zich ook omgekleed, zodat hun met olie bevlekte en met zeewater doorweekte ochtend was uitgewist en alleen verzengende herinneringen achterliet. Hij mompelde iets tegen zijn vader en de graaf knikte toen Sholto de groep volgde, op een afstandje, maar duidelijk met de bedoeling te horen wat er zou worden gezegd.

Ze stopten op de gebruikelijke plaats van overleg, bij het huisje van Mad Annie, en er viel een nerveuze stilte. Het was ongewoon dat een vrouw de groep toesprak, maar Lorna was verpleegster en dat bracht een uniek gezag met zich mee.

'Vrienden en buren, jullie zullen je bewust zijn van het besluit dat we een aantal weken geleden hebben genomen en de brief die we hebben verstuurd met het verzoek tot hulp bij een evacuatie naar het vasteland...'

Er ging een hoorbare schok door de groep heen, alsof ze collectief een duw hadden gekregen.

'Nou, vandaag hebben we een reactie gekregen.' Ze hield een opgevouwen brief omhoog.

Effie zag Ian McKinnon fronsen. Als postmeester vond hij het zíjn taak om nieuws van het vasteland aan de eilanders over te brengen.

'Zo snel al?' vroeg oom Hamish verbouwereerd, en hij was geen man die zich snel liet overrompelen. 'Maar de brief is nog maar zo kort geleden gestuurd!'

'Het lijkt erop dat het allemaal snel is gegaan. Er is over gepraat in het parlement en onze situatie is besproken...'

Niemand zei iets. De lucht werd koud als ijs terwijl de eilanders op Lorna's volgende woorden wachtten.

'En ze gaan in op ons verzoek! We worden naar het vasteland geëvacueerd!'

Er klonk een geschokte kreet, de vrouwen hapten naar adem en brachten een hand naar hun mond. Ze keken naar hun mannen, kinderen, broers en zussen, naar hun buren, terwijl de omvang van het nieuws indaalde: na meer dan tweeduizend jaar menselijke bewoning waren hun dagen op het ruige eiland nu geteld. Sommige mannen staarden naar de grond, ook Effies vader. Mad Annie en Ma Peg pakten in zeldzame stilte elkaars hand vast. Verschillende kinderen, inmiddels verveeld, waren alweer aan het spelen en maakten radslagen of deden haasje-over.

'Wanneer?' vroeg iemand buiten adem.

'Waar gaan we heen?' vroeg een ander.

'Houden ze ons bij elkaar?'

'En hoe zit het met werk?'

'Mensen, alstublieft,' zei de predikant, zijn stem verheffend boven de commotie. 'Laat Miss MacDonald uitspreken. We hebben veel vragen, maar ze kan in dit stadium slechts enkele antwoorden geven.'

Lorna schonk hem een dankbaar knikje. 'Er staat alleen dat we aan het eind van de zomer zullen worden geëvacueerd, zodra er nieuwe huizen en banen voor ons zijn gevonden. Ze zullen proberen om ons samen te houden, maar we krijgen geen garanties. Meer details volgen nog, maar we moeten ons nu gaan voorbereiden op onze grote verhuizing eind augustus, voordat het weer omslaat.'

Effies hart bonkte luid. Was dit echt waar? Gingen ze hier weg?

Ze keek rond en zag dat Sholto naar haar keek. Ze ging hier weg.

Ze zou op het vasteland gaan wonen, aan zijn kant van het water. Ze zou haar leven op het eiland – klimmen, vogels vangen, breien en spinnen – moeten achterlaten. Ze zou in een ander huis wonen, op een andere plek, en een baan hebben. Ze keek hem aan, knipperend met haar ogen, zij tweeën in hun eigen wereldje... Als ze een ander leven zou leiden, op een andere plek, zou ze dan ook anders worden? Anders genoeg om goed genoeg te zijn? Voor hem?

De dorpelingen begonnen zich alweer te verspreiden. Ze zouden het nieuws moeten verwerken. Ze hadden de behoefte om na te denken over de gevolgen van de inwilliging van hun verzoek. De oude manier van leven zou nu ophouden. Rachel McKinnon en Effies tante, Mary Gillies, depten hun tranen met hun zakdoek, de mannen liepen met een diepe frons in hun voorhoofd terug naar het strand om de zakken wol te halen en naar de opslag te brengen. De groep op The Street werd kleiner en Sholto schoof voorzichtig steeds dichter naar haar toe.

'Weet Mary ervan?' vroeg Archie MacQueen.

'Aye, ik heb het haar verteld,' zei Lorna.

'Ik laat mijn spinnewiel niet achter,' zei Mad Annie beslist, met een ongeruste blik in haar donkere ogen. 'Het is van mijn moeder geweest.'

'Dat hoeft ook niet,' zei Lorna tegen haar. 'We mogen allemaal onze bezittingen meenemen. Er mag niets achterblijven.'

'Dit is groot nieuws, Miss Gillies.' Effie draaide zich om naar Sholto, die nu eindelijk naast haar stond. 'Wat vindt u ervan?' Hij wendde zich tot haar alsof hij voor een publiek sprak.

Ze keek rond om te zien wie er dicht bij hen stonden, maar iedereen was onderling druk aan het praten. Haar vader en Old Fin liepen langzaam door The Street – haar vader was de schande die ze over de familie had gebracht even vergeten. Jayne en Norman Ferguson zaten op de muur, allebei in gedachten verzonken.

Ze richtte haar blik weer op hem. 'Ik had nooit gedacht dat dit zou gebeuren. Ik weet niet wat ik ervan moet vinden. Het is onvoorstelbaar...' Haar ogen dwaalden over de baai, de rotsige rug van Dun, de glooiende hellingen van Ruival, de majestueuze schoonheid van Mullach Mor en Connachair – een eeuwenoud decor dat de achtergrond vormde van al haar herinneringen. Dit achterlaten...

Haar ogen vulden zich met tranen nu het tot haar doordrong. Ze kon hier niet weggaan! Het was absurd. Ondenkbaar.

'Effie, ik begrijp dat het een schok moet zijn. Ik weet dat dit de enige plek is die je ooit hebt gekend...' Hij schraapte zijn keel en begon te fluisteren. 'Maar kan het niet ook...'

'Miss Gillies, kunnen we erop rekenen dat jij Mhairi en Flora morgen op de hoogte brengt van het nieuws?' De rentmeester zette een stap naar voren om zijn aanwezigheid kenbaar te maken. Hoelang stond hij daar al?

'Mr Mathieson,' zei ze vermoeid. 'Ja, natuurlijk doe ik dat.' Ze wilde hem deze middag niet ergeren. Hij stond sowieso bekend om zijn onbarmhartige genadeloosheid, maar vandaag was hij al de hele dag in een slecht humeur – ongetwijfeld vanwege de vroege start. Vanuit de cottage had ze hem horen bekvechten met bijna iedereen die op zijn pad kwam: haar tante Mary was in tranen geweest nadat hij de hakken van de door haar gebreide sokken had bekritiseerd, ze had hem horen ruziën met Lorna over de noodzaak van meer medische middelen, en hij had zelfs een aanvaring met Mad Annie gehad toen ze hem verzocht om twee extra schapen. Effie wilde niet wéér een uitbrander van hem krijgen. Niet nu.

Maar als ze had gedacht dat haar vlotte toezegging zijn zwarte stemming zou verzachten had ze zich danig vergist. Hij leek te trillen van razernij, de emotie kwam als een zoemende zwerm vliegen uit hem oprijzen.

'Nou, dit is... een grote verrassing, nietwaar, Mr Mathieson?' vroeg Sholto, terugvallend op een leven lang van goede manieren toen hij merkte dat de rentmeester niet van zins was om weer af te druipen.

'O, voor mij zeker, sir, ja.' Hij knikte met een amper verholen woede. 'Ik wist er niets van. Helemaal niets.'

Effie fronste. Dat was niet waar. Ian McKinnon had geprobeerd het hem mee te delen op de ochtend dat hij was aangekomen, meteen na het algemene overleg, en hij was met een berisping weggestuurd.

Hij keek Effie boos aan. 'Zeg me alsjeblieft dat jullie met z'n allen wel het fatsoen hebben gehad om de landheer te verwittigen voordat het verzoek naar het Britse parlement is gezonden?'

Jullie met z'n allen? Effie begreep plotseling wat de reden was voor zijn bijna tastbare woede: hij zou zijn functie verliezen. Geen eilanders betekende geen pachters en geen te innen pacht. Geen rentmeester.

Geen rentmeester?

Ze rechtte haar rug. Ze hoefde zich niet langer klein te maken voor deze man. Er viel een enorme last van haar schouders. 'Ik ben niet betrokken geweest bij de formaliteiten, sir. Ik heb alleen maar getekend waar ik verzocht werd te tekenen.'

Hij keek haar vol ongeloof aan. 'En zou je ook van een klif springen als je daartoe werd verzocht?'

'Als u me daartoe verzocht? Beslist niet, Mr Mathieson.'

Zijn ogen vernauwden zich bij het horen van de nieuwe toon in haar stem, bij het zien van de geringschatting in haar blik.

'Ben je vergeten wie je feitelijk bent, Miss Gillies?' snauwde hij.

'Mathieson, die toon is nergens voor nodig. Ik begrijp dat de emoties hoog oplopen. Iedereen is geschokt, maar Miss Gillies is niet verantwoordelijk voor deze ontwikkeling, en ook niet voor eventuele onbedoelde gevolgen ervan,' zei Sholto scherp. 'Het lijkt erop dat u bij Miss MacDonald moet zijn met vragen over de gang van zaken.'

Het was een bevel om te gaan, en dat wisten ze alle drie.

De rentmeester bleef even met vuurspuwende ogen staan en Effie vroeg zich af of het slechte humeur waarmee hij de dag van veel van haar buren had verpest weer de overhand zou krijgen. Maar hij kon zich nog net beheersen en liep weg zonder nog een woord te zeggen – zijn manieren begonnen al net zo vlot te verdwijnen als zijn vooruitzichten.

'Vreselijke man,' zei Sholto zacht. 'Sir John heeft ook een hekel aan hem.'

'Waarom houdt hij hem dan in dienst?'

'Hij is goed in zijn werk.' Sholto haalde zijn schouders op. 'Maar laten we onze tijd niet verdoen met praten over hem.' Bijna iedereen was nu vertrokken. Ook zij zouden snel moeten gaan omdat het zou opvallen als ze bleven hangen, en ze kon zich niet dezelfde aandacht als vanochtend veroorloven. Haar vader was nog nooit zo kwaad geweest.

'Ik moet gaan.'

'Wat? Nee. Blijf nog een paar minuten.'

'Dat kan niet.'

'Maar we moeten praten. We mogen toch wel met elkaar praten?'

Ze schudde haar hoofd. 'Mijn vader is woedend op me. Ik heb een standje van hem gekregen toen ik thuiskwam en hij heeft me de hele middag in de gaten gehouden. Hij heeft gezegd dat ik uit jouw buurt moet blijven. Hij kan zich elk moment realiseren dat ik niet bij hem ben en dan komt hij kijken waar ik uithang... Ik moet echt gaan.'

'Maar dat is niet eerlijk. Er zijn dingen die we moeten bespreken. Alles is nu veranderd.' Haar rechterhand rustte op het muurtje en ze voelde dat zijn vingertoppen die van haar naderden en nét raakten. Hij keek op, even ergens door afgeleid, en hij boog zich daarna naar haar toe. 'Effie, toen we elkaar eergisteren spraken, zei je dat je hier nooit zou weggaan omdat je je vader nooit zou verlaten. Maar nu gaat hij weg.'

'Aye, dat weet ik...'

'En je zei dat je niets had om voor te vertrekken, dat je niets had om naartoe te gaan... Maar dat is nu veranderd, toch? Toch?'

Ze keek de andere kant op. Hoe kon ze hier antwoord op geven? 'Dat weet ik niet.'

Ze zag hem over haar schouder naar iets of iemand kijken. 'Ik weet dat je hierdoor overdonderd bent. Je kunt je nu niet voorstellen hoe de toekomst eruit zal zien. En ik weet dat het nog een paar maanden zal duren voor jullie hier weggaan, maar kunnen we niet praten... Ik weet niet, misschien een plan maken?'

Ze knipperde met haar ogen. 'Een plan?'

Hij bleef maar over haar schouder kijken. Met een bezorgde blik. 'Kun je niet even weg tussendoor? Me ergens ontmoeten voordat wij vertrekken,' drong hij fluisterend aan. 'We moeten praten. Ik zorg dat je bericht krijgt… in de stierenstal.' Zijn ogen bleven ergens op rusten en hij ging stijf rechtop staan.

Alwéér de rentmeester?

'Mr Gillies,' zei Sholto luid, terwijl hij een glimlach tevoorschijn toverde. 'Wat een nieuws!'

Effie draaide zich om en zag haar vader nog net knikken. Niet eerbiedig, maar ook niet openlijk afwijzend. Net als de rentmeester bevond hij zich op het randje van beleefdheid. De verhoudingen waren veranderd. Het maakte niet langer uit dat de graaf van Dumfries en zijn zoon goed bevriend waren met hun laird, aangezien Sir John MacLeod binnenkort hun voormálig laird zou zijn.

'Naar huis,' zei haar vader bruusk, en hij pakte haar bij de elleboog. 'We moeten wat dingen bespreken.'

'Maar…'

'Geen gemaar.' Hij trok haar mee voordat er nog iets kon worden gezegd.

12

De wind was aangewakkerd, met intense vlagen die de golven tegen de kust smeten en verderop de hellingen op raasden. Effies haar wapperde wild voor haar gezicht, als de vleugels van een vogel, en kwam een paar keer in haar ogen terecht, waardoor ze traanden, maar ze kon het niet naar achteren strijken, want ze had haar handen vol. Ze droeg een verse bos hooi en een emmer geweekte haver op haar loopje van de cottage naar de stierenstal.

Ze liep langs de beek en de bemoste cleits waar ze de turf bewaarden, en zijwaarts door de smalle doorgang in de hoofdwal. De schemerige hemel zag er met laaghangende paarse wolken gekneusd uit door de turbulentie in de atmosfeer, waar haar vader hoofdpijn van had gekregen.

In de baai brandde licht op het jacht. De schipper trof de laatste voorbereidingen om met het opkomende getij te vertrekken. Ze zouden over minder dan een uur het anker lichten. Ze zag donkere silhouetten op en neer bewegen van The Street naar de kade, met tassen en wat rollen tweed die de graaf had besteld. Was Sholto een van hen?

Ondanks zijn smeekbede had ze niet eerder de gelegenheid gehad hun cottage te verlaten. Haar vader, die niet meer was teruggekomen op zijn eerdere woedende terechtwijzingen, had bij thuiskomst gehuild – een hele schok. Ze had perplex gestaan. De enige andere keer dat ze hem in tranen had gezien was toen John was gestorven en hij, haar vader, bovenaan de klif stond met een half touw in zijn handen. Dit was bijna net zo erg, en haar eigen verwarring was naar de achtergrond verdwenen toen ze bij hem was gaan zitten en had getracht hem te troosten. Maar zijn twee vrouwen waren hier begraven, zes van zijn kinderen lagen hier in de grond. Hoe kon hij hen achterlaten?

Net als zij, en anderen, vermoedde ze, had hij niet geloofd dat het verzoek zou worden ingewilligd. Alles werd altijd geweigerd – een radiotoren, een postboot... Waarom zouden de politici in Londen dit verzoek wel honoreren? Hij had het alleen ondertekend omdat hij zich moreel verplicht had gevoeld met de groep mee te bewegen. Vanwege zijn artritis kon hij niet klimmen als de andere mannen, kon hij de weduwen en haar, zijn enige overgebleven kind, niet onderhouden. Zij onderhield hém. Ze deed mannenwerk en nam de risico's die mannen namen omdat hij dat niet kon. Wie was hij om te zeggen dat ze allemaal moesten blijven terwijl hij zo weinig kon bijdragen aan het levensonderhoud van de eilanders? Van de zesendertig mensen in hun dorp waren er slechts drieëntwintig volwassen – dertien mannen en tien vrouwen – en als je Old Fin, Ma Peg en Mad Annie eraf trok, daalde het aantal gezonde werkers naar een kritiek niveau. Hij kon een gemakkelijker, beter leven voor degenen die hij belastte met zijn levensonderhoud niet in de weg staan.

En zij kon hem niet verlaten. Nu niet, nooit. Hoewel hij het haar leek kwalijk te nemen dat zij John niet was, was hij haar vader en had hij haar nodig. Inwendig had ze het verlangen voelen wringen om naar buiten te gaan en Sholto te ontmoeten, maar in plaats daarvan had ze bij hem gezeten terwijl hij huilde, waarna ze voor hem had gekookt terwijl hij in de stoel naar een lege haard had zitten staren. Ze hadden samen rustig gegeten, zonder veel te zeggen. En toen ze net was weggegaan met de mededeling dat ze de stier zou voeren en dan meteen terug zou komen, had hij zijn pijp zitten roken en oogde hij ouder dan gisteren.

Ze liep snel om de fanks van de schapen bij de hoofdwal heen, omhoog naar de stierenstal. Sholto was voor zover ze van hieraf kon zien nergens te bekennen, maar ze zag Tiny op en neer rennen in zijn omsloten veldje, zwaar snuivend terwijl de wind zijn rug teisterde. Hij werd altijd onrustig van stormen en ze zou hem voor de nacht moeten opsluiten in de stal als ze het hooi had vervangen.

'Hé, grote jongen,' riep ze terwijl ze dichterbij kwam. Ze praatte altijd tegen hem. Hij leek te luisteren, haar zelfs te begrijpen. Ze reikte over de lage muur en trok het hek dwars, zodat ze de ruimte in twee stukken opdeelde en ze veilig naar binnen kon terwijl hij buiten rondhing. 'Heb je het al gehoord? Er is nogal wat opschudding geweest vandaag.' Ze schudde de geweekte haver in zijn voerbak. 'We gaan hier weg. Wij allemaal... Het is groot nieuws... Sommigen zijn er blij mee. Anderen niet. Vader is bedroefd.' Ze keek rond terwijl ze praatte en doorwerkte, denkend aan het gevoel dat ze had gehad toen Sholto's vingertoppen de hare hadden aangeraakt en hij haar had gevraagd samen een plan te maken... Maar waar was hij nu?

'Natuurlijk gaat er voor jou ook het een en ander veranderen. Je kunt hier niet in je eentje blijven.' Ze greep naar de hooivork die aan een haak in de muur hing en begon het vieze hooi naar buiten te werpen. Ze stond met haar gezicht naar de achterkant van het gebouwtje, maar ze voelde dat Tiny achter haar stond. Ze zag hem niet, maar was zich bewust van zijn aanwezigheid. Ze hoorde zijn ademhaling.

Zijn ademhaling of... die van Sholto?

Ze draaide zich om met wild kloppend hart.

Tiny staarde haar aan terwijl hij met zijn kop over het hek de voerbak probeerde te bereiken, wat niet lukte.

Ze lachte opgelucht toen hij snoof en weer wegliep. 'Moet je mij nou zien, zo schrikachtig,' zei ze hardop. 'De storm werkt mij kennelijk ook op de zenuwen.'

Ze schudde haar hoofd, ververste het hooi en hing de hooivork weer aan zijn haak. Ze kon nog maar een paar minuten blijven. Ze moest snel teruggaan, want ze kon haar vader niet nog meer onrust bezorgen. Maar waar was Sholto? Was hij hier geweest en alweer weg? Had hij op haar gewacht en gedacht dat ze niet zou komen? Lorna had hun het nieuws twee uur geleden meegedeeld. Misschien werd hij geacht bij de predikant te dineren voor zijn vertrek? Of moest hij zijn spullen inpakken?

Ze keek naar buiten. Tiny stond weer achter in het veldje en ze schoof het hek snel terug en klom op de muur. In reactie op het geluid keerde hij zich om en rende over het veldje, wetend dat hij nu bij zijn avondeten kon. Effie wachtte tot hij binnendraafde voordat ze het hek terugschoof en hem veilig binnen opsloot.

Ze sloeg haar armen over elkaar en trommelde met haar vingers op haar huid terwijl ze om de stierenstal heen liep. Zou Sholto haar vanuit het huis van de rentmeester hiernaartoe hebben zien lopen? Misschien had hij vanaf een verborgen plek toegekeken? Maar ze was wel een kwartier aan het werk geweest in de stal, had alles langzaam gedaan, tijd gerekt...

Ze draaide zich om en begon terug te lopen, om de cleit heen, toen ze iets kleins en wits uit het stenen muurtje zag steken. Ze haastte zich ernaartoe en trok een opgevouwen velletje papier tevoorschijn: *Kom naar de stormcleit van vanochtend. Daar wacht ik op je.*

Ze slaakte een gilletje. De stormcleit lag vlak bij Am Blaid, zo'n vijfentwintig minuten hardlopen hiervandaan – tegen de helling op! Waarom daar? Waarom had hij niet hier op haar gewacht? Maar ze wist dat het de enige schuilplaats was die hij kende, een plek die hij precies kon aanduiden. Het getij zou over drie kwartier keren. Als zij bij de cleit was aangekomen, zou hij al zo ongeveer weer terug moeten keren. Of misschien was hij dan alweer vertrokken! Het was mogelijk dat hij dacht dat ze niet zou komen. Kon ze hem nog onderscheppen?

Er was geen tijd om te dralen. Ze begon te rennen. Ze holde langs de cleits van Lag Aitimir en sprong over het beekje. Ze rende langs de bovenkant van de groeve en beklom de rotsen van Creagan Breac. Ze bewoog zich zo vanzelfsprekend en behendig als een berggeit, want zij maakte deel uit van dit landschap en andersom maakte het deel uit van haar. Het was een steile klim, maar hier achter in de vallei liep ze over gras en bewogen haar blote voeten stil over de aarde, hoewel haar lichaam toch snel vermoeid raakte door de extreme inspanning. Ze dwong zichzelf door te gaan. Ze zouden slechts minuten tot hun beschikking hebben. Misschien tien, maximaal vijftien?

Ze zag de richel nu, met het plateau erachter. Hij was daarboven. Ze bad en hoopte dat hij er nog op haar wachtte. Ze rende verder, bijna op handen en voeten, op weg naar de vlakte, voorwaarts stuivend naar de stormcleit. Er waren zo'n veertienhonderd cleits, maar er waren maar weinig waarin geen gevogelte of veren of melkbussen of stukken turf waren opgeslagen.

'Sholto!' riep ze, in de hoop dat haar stem hem zou bereiken voordat haar benen dat deden. In de hoop dat hij haar vanaf hier tegemoet zou komen, hoog boven het dorp, in het afnemende licht... Ze konden elkaar zien, samen zijn, niemand zou hen hier zien of horen. 'Sholto!'

De wind werkte haar tegen en wierp haar stemgeluid terug met slechts een fluitende stilte als antwoord. Was ze te laat? Was dit allemaal vergeefs geweest? Was hij al vertrokken?

Ze naderde de stormcleit en strompelde naar voren, op zoek naar hem, haar haren warrelend als linten in de wind. Er scheen licht vanuit de cottages beneden, en het licht op de jachtmasten deinde met een sudderende dreiging heen en weer op de zee.

'Sholto!' Ze rende naar de cleit en bukte om naar binnen te kijken, precies op het moment dat hij naar buiten kwam.

Effies hart sloeg een paar slagen over. Ze voelde haar bloeddruk dalen en wankelde achterwaarts.

Wat...

'De lord is hier niet,' zei Mathieson, die de avond in stapte.

'Ik...' fluisterde ze. Haar stem liet het bijna afweten. Ze kreeg geen adem meer en kon haar hartslag niet onder controle krijgen. Haar lichaam verkeerde in een staat van uitputting en ontsteltenis. Waar was Sholto?

Ze keek om zich heen, verbijsterd door wat haar overkwam. Het briefje... De stierenstal...

'Het spijt me, sir. Ik...' hijgde ze terwijl ze zich weer omdraaide en probeerde bij zinnen te komen.

'Ah. Het is weer "sir", hoor ik? Nu je niet langer de bescherming geniet van een machtig man aan je zijde?'

Wat? Ze voelde haar verbijstering geleidelijk overgaan in iets anders. 'Wat wilt u precies?'

Hij gaf niet meteen antwoord. Hij bekeek haar door donkere, samengeknepen ogen en merkte de veranderingen in haar op alsof het gekleurde lampjes waren, herkende haar angst. 'Ik wil wat ik altijd heb gewild, Miss Gillies. Waar ik heel geduldig op heb gewacht, de afgelopen zes jaar.'

Zes jaar? De tijdspanne had voor haar geen duidelijke betekenis, behalve dan dat het zes jaar geleden was dat hij MacLeods rentmeester werd en hij voor het eerst naar dit eiland kwam.

'Ik begrijp het niet. Wát wilt u dan al zes jaar?'

Hij lachte abrupt, maar het was een akelig geluid. Vreugdeloos. 'Jou, Miss Gillies! Ik wil jou!'

Ze keek hem met stijgend afgrijzen aan. De geschenken hadden dus niets met scholing en socialistische bedoelingen te maken gehad? Zijn ergernis als ze met Sholto samen was had niets te maken met zijn hielenlikkerij tegenover de laird? Hij wilde hen alleen maar uit elkaar drijven omdat hij haar voor zichzélf wilde hebben?

Hij zag dat ze het begon te begrijpen en greep plotseling haar arm vast.

'Wie de vruchten wil plukken, moet omzien naar de bloesems. Ik heb lang genoeg geduld gehad. Je dacht toch zeker niet dat ik hem gewoon zou laten afpakken wat van mij is?' siste hij. Zijn mond was vertrokken tot een groteske grijns.

Vol ongeloof schudde ze haar hoofd. Dit gebeurde niet echt. Hij kon dit niet menen. 'Maar... Ik ben slecht in uw ogen. Ik ben te driest, zegt u altijd. U haat me,' fluisterde ze.

'Liefde. Haat. Ze liggen dicht bij elkaar. Maar jij zit vol vuur, Effie Gillies, en daar hou ik van. Daar kan ik wel wat mee.'

Ze werd misselijk. Ze beefde. Zijn ogen zagen zwart van waanzin, bezeten door de drank, want ze rook de whisky in zijn adem. Hoelang was hij al aan het drinken? Sinds het nieuws over de evacuatie, toen hij erachter kwam dat hij zijn functie vaarwel kon zeggen?

Toen hij zich realiseerde dat zijn macht over haar snel verleden tijd zou zijn? Hij was in één middag alles kwijtgeraakt. Hij had niets te verliezen.

'Alstublieft. Laat me gaan,' jammerde ze zacht. 'Ik ben niet goed genoeg voor u. U verdient beter.'

'Dat weet ik,' beaamde hij, bijna kalm. 'Maar om redenen die mijn betere ik niet begrijpt verlangen mijn hart en lichaam naar jou. Alleen naar jou.' De verwrongen glimlach kwam terug. 'Als ik met andere vrouwen ben, beeld ik me altijd in dat jij degene bent die onder me...'

Een gil, een kreet van afschuw, ontsnapte haar. Ze probeerde haar arm los te rukken, vol angst en walging, maar hij hield haar alleen nog maar steviger vast. Voor ze het wist, stroomden er stille tranen over haar wangen.

'Laat me alstublieft gaan. Sholto komt zo. Hij kan hier elk moment zijn.'

De grijns werd een grimas. 'Nee, er komt niemand. Maar het is goed dat je mijn ergste vermoedens bevestigt. Nu weet ik tenminste dat ik niet gek word.'

Dat hij niet gek werd? Hij was al gek! Hij draaide de huid van haar arm zodat die hevig prikte. Ze hapte naar adem, maar hij stopte niet. 'Wist je dat ik de hele winter wacht tot de sneeuw, de regen en de wind voorbij zijn, totdat de lente me hier weer brengt? En in die lange maanden vraag ik me af wat jou gelukkig zou maken. Wat ik voor je mee zou kunnen brengen om je een glimlach te ontlokken. Maar je glimlacht nooit. Je kijkt me aan met die blik van je... Alsof je je boven mij verheven voelt, alsof je me veracht.' Een geluid, bijna smartelijk, ontsnapte hem. 'Waarom doe je dat?'

'Ik... Ik...'

'Ik zei tegen mezelf dat het kwam doordat je onervaren was, groen als gras. Dat je nog niet wist hoe je een man moest liefhebben. Dat je je vrouwelijkheid zelf amper kende. Je kleedt je niet als een vrouw, je gedraagt je niet als een vrouw. Je lijkt je vrouwelijkheid te willen ontkennen.'

'Ik probeer alleen maar mijn vader te steunen,' fluisterde ze wanhopig.

'Waarom? Hij schaamt zich voor jouw gedrag,' spotte hij. 'Zie je dat dan niet? Hij wil een zoon zoals Archie MacQueen, zoals Ian McKinnon.'

'Dat is niet waar.'

'O, jawel hoor. Ik zie het aan zijn gezicht als hij naar jou kijkt wanneer je de kleren van je dode broer aanhebt...' Ze kromp ineen toen hij John ter sprake bracht, want ze wist dat hij gelijk had. 'En daarom wist ik dat ik als ik hem deze keer om jouw hand zou vragen...'

Haar ogen werden groot van afgrijzen.

'Dat hij ja zou zeggen. Omdat ik vastbesloten was om de juiste weg te bewandelen, wist ik dat hij trots zou zijn omdat je een goede partij zou trouwen. Beter dan hij voor jou had durven dromen.'

'Nee...'

Hij vertrok zijn lippen tot een streep. 'Maar toen... begon je iets met hém. Vlak voor mijn neus, alsof je me wilde tergen.'

'Nee, dat was niet zo, echt niet...'

'En toen zag ik dat je wél wist hoe je een man moest liefhebben. Dat je je wél bewust was van je vrouwelijkheid. Ik zag hoe je naar zijn gunsten dong, hoe je je voor mijn ogen, en die van je vader en het hele dorp, als een hoer gedroeg.'

'Nee...'

Hij gaf haar een klap, zo hard dat ze zou zijn gevallen als hij haar niet overeind had gehouden.

'Jawel. Je bent een hoer, Effie Gillies, en iedereen weet het. Je hebt je vader te schande gemaakt. De goede naam van je familie te grabbel gegooid.' Hij lachte weer een vreugdeloos lachje. 'En toch ben ik nog bereid het je te vergeven. Je de kans te geven een respectabel, goed leven te leiden. Ben ik daarom gek? Nou?'

Hij leek het haar oprecht te vragen. Hij had een krankzinnige blik in zijn ogen en het wit was doortrokken van rode adertjes.

'Alstublieft...'

‘Waarom heb je nooit zo naar mij gekeken? Niet één keer? Waarom gedroeg je je altijd alsof er een vieze geur om me heen hing, zelfs na alles wat ik je had gegeven? Geschenken. Als blijk van liefde... En je nam ze van me aan.’

‘Ik wist niet...’

‘Jawel. Je wist het, Effie. Je wist dat niemand anders speciale privileges genoot... Voor wat hoort wat. Dacht je echt dat er niets tegenover hoefde te staan?’

Hij keek haar diep in de ogen, maar ze kon geen antwoord geven. Haar brein verstarde.

‘Nee, misschien niet. Je bent een simpele ziel. Misschien dacht je echt dat er een gelukkige afloop kon zijn met hém...’ Hij liet een langgerekte lach horen. ‘Alsof dat ooit zou kunnen. Je hebt geen idee van de kringen waartoe hij behoort... Ik heb medelijden met je, Effie. Hij heeft met je gevoelens gespeeld... en je beseft het niet eens.’

‘Het is niet waar,’ zei ze snikkend.

‘Aye, toch wel. Elk woord is waar... Je mag van geluk spreken dat ik een man van eer ben.’

Eer? Het woord bracht een sprankje hoop in haar teweeg.

‘Wat...’ bracht ze hikkend uit. ‘Wat gaat u nu doen?’

De grimas keerde terug, langzaam en dreigend, terwijl hij wees naar iets wat vlakbij op de grond lag. De bezem was slechts een donkere vorm die ze nog niet had opgemerkt. Ze keek hem weer aan toen ze zich realiseerde wat hij van plan was.

‘Nee!’ riep ze uit. ‘Nee! Nee!’ Ze worstelde uit alle macht, verzette zich hevig. ‘U kunt me niet dwingen!’ Ze begon te gillen, maar hij sloeg haar opnieuw, twee keer, zo hard dat het haar duizelde. Hij verstevigde zijn greep om haar arm, zodat zijn vingertoppen elkaar raakten.

Ze staarde hem verbluft aan, bleef haar hoofd vertwijfeld schudden, maar ze voelde al dat ze het niet kon tegenhouden nu hij haar meetrok. ‘Nee!’ Ze deinsde terug, gooide haar gewicht in de strijd, probeerde haar hakken in de aarde te begraven, maar hier groeide niets waar ze grip op kreeg.

'Ja! Nu, Effie... Springen!'

Haar voeten verlieten de aarde en heel even vloog ze door de lucht. Nog geen seconde later kwamen ze samen neer, maar in dat ene ogenblik was haar hele leven veranderd. Ze was niet langer Effie Gillies. Er bleef een stilte tussen hen hangen die alle afschuw, alle angst die ze voelde bevatte, terwijl Mathieson in het donker naar haar grijnsde. 'Je bent nu van mij.'

Ze schudde haar hoofd en de huilende wind doorwoelde haar haren, die wapperden en fladderden als boze vogels. 'Nee.' Haar stem was slechts een fluistering, klonk zelfs haarzelf niet overtuigend in de oren, en ze voelde zijn hand hard om haar arm heen nu hij een stap dichterbij kwam en hij zijn mond plotseling op de hare perste, waarbij zijn tanden tegen de hare botsten. Ze probeerde hem weg te duwen, maar hij was twee keer zo breed als zij en hij drukte haar met zijn andere hand tegen zich aan, alsof hij hun lichamen samendrukte.

Ze proefde zijn speeksel op haar lippen, voelde zijn adem in haar mond terwijl hij zich tegen haar aan perste en haar achteroverduwde zodat haar knieën begonnen te buigen. Wanhopig probeerde ze zich vrij te wurmen, maar het was onmogelijk. Het leek alsof de grond omhoogkwam...

Ze lag op haar rug en een harde schreeuw doorboorde de lucht – maar het duurde enkele momenten voordat ze besefte dat die niet van haar afkomstig was geweest. Effie keek op vanuit het gras en zag dat Poppit zich in de kuit van de rentmeester had vastgebeten. Haar tanden stonden diep in zijn vlees en hij brulde van pijn terwijl de hond hem naar de grond dwong.

'Poppit!' riep Effie, en ze krabbelde achteruit, probeerde te gaan staan op haar trillende benen. 'Poppit!'

'Hé!' riep iemand hijgend uit. 'Wat gebeurt daar?'

Effie draaide zich om en zag Mhairi om de hoek van de cleit tevoorschijn komen, met haar vlammende haar als een brandende stralenkrans om haar hoofd. Effie was stomverbaasd toen ze haar lieve vriendin – die ze al twee weken niet had gezien – zag verschijnen, maar dat was nog niets vergeleken met de schok die het tafereel bij Mhairi teweegbracht.

'Wat...' Mhairi zag Effies bleke, onthutste gezicht, de rentmeester die op de grond lag en naar zijn been greep, Poppit die agressief naar hem gromde, met bebloede kaken en haar haren rechtovereind. Mhairi keek weer naar de rentmeester alsof ze het in een oogopslag begreep.

'Wat heeft hij gedaan?' riep ze, en ze holde naar Effie toe en hield haar vast, op zoek naar verwondingen of pijn die niet meteen zichtbaar was.

'Het gaat wel, ik ben in orde,' zei Effie beverig. Het was erg, maar dat wilde niet zeggen dat het niet van kwaad tot erger kon gaan. 'Echt.'

Mhairi keek paniekerig van de een naar de ander. Ze geloofde haar overduidelijk niet. 'Effie? Wat is er aan de hand?'

Effie deed haar mond open, maar er kwamen geen woorden over haar lippen, want over Mhairi's schouder heen zag ze de rentmeester dreigend naar haar kijken. En zolang haar vader en zij schulden bij hem hadden, kon hij nog macht over hen uitoefenen. Ze begreep dat het hier niet stopte, dat het uitstel van executie was, en dat ze een weg terug moest zien te vinden: ze moest hem kalmeren en niet tot verdere razernij brengen. Als dit allemaal was gebeurd omdat hij geloofde dat Sholto haar van hem 'afpakte', moest ze hem op andere gedachten brengen. Ze moest hem ervan overtuigen dat hij zich vergiste. 'Het was een misverstand, meer niet. Ik wilde net teruggaan.' Haar stem klonk zacht maar beslist en ze zorgde ervoor dat ze beheerst overkwam.

Mhairi keek haar met vernauwde ogen aan en zag hoe ze beefde. 'Maar waarom ben je hier helemaal boven?'

'Waarom ben jíj hier? Ik dacht dat je aan de andere kant van het eiland zat?' Effie hoorde de vraag uit haar mond schieten alsof dit een normaal gesprek tussen twee vriendinnen was. Maar haar stem trilde en ze huiverde hevig.

Mhairi hield haar hoofd schuin in een poging te duiden wat ze hier had aangetroffen en te begrijpen waarom Poppit de rentmeester had aangevallen. 'Aye, dat klopt,' zei ze behoedzaam. 'Maar David MacQueen kwam ons het grote nieuws vertellen en ik wilde weten hoe dat bij mijn vader en moeder is gevallen. Toen scheurde Poppit me voorbij op Am Blaid en vloog als een raket hierheen. Dat maakte me ongerust. Ze wijkt nooit van jouw zijde, maar het leek alsof ze zo de kliffen af zou stormen.'

Effie keek naar beneden, wanhopig door hoe het was gelopen. Als Poppit maar een minuut eerder was geweest – of dertig seconden! – zou ze nog vrij zijn. Nog steeds Effie Gillies. Ze liet haar hoofd in haar handen vallen, hevig trillend, en ze voelde tranen in haar ogen opwellen. Het werd haar te veel...

'Effie, vertel me nou wat er is gebeurd.' Mhairi legde haar handen op haar schouders. 'Laat me je helpen.'

Effie keek op, maar er was geen tijd om te gillen. Alles gebeurde tegelijk. In die paar korte momenten dat ze waren afgeleid, was het de rentmeester gelukt om te gaan staan. Hij schoot naar voren – met een van pijn en woede verwrongen gezicht – en greep Mhairi bij haar haren. Hij rukte haar hoofd naar achteren en gooide haar tegen de grond alsof ze een vuil laken was.

'Nee!' riep Effie – te laat – toen Poppit, haar lippen dreigend achterwaarts getrokken voor een tweede ronde, hem weer besprong.

De wereld stopte met draaien. De tijd rekte zich uit. Effie zag haar trouwe viervoeter, haar geliefde hond, bijna in de lucht hangen, haar zijdeachtige vacht beroerd door de wind, haar lippen naar achteren getrokken zodat haar glinsterend witte tanden zichtbaar werden. Het been van de rentmeester – het bebloede – kwam in een boog naar achteren en omhoog, waarop zijn schoen met uiterste precisie tegen haar lichaam beukte. Poppit sloeg over de kop en veranderde van richting, bewoog niet meer naar voren maar naar opzij, en kwam neer op de stenen die ooit een cleit hadden gevormd. Ze sloeg met een verpletterende kracht tegen een kei, viel op de grond en bleef slap liggen, waar ze seconden eerder nog had gebruist van leven.

'Póppit!'

Effies schreeuw alleen al scheurde haar bijna doormidden, maar het volgende moment stortte de rentmeester zich op haar. Zijn handen hielden haar armen in bedwang en hij schudde haar hard door elkaar. Hij kon haar vermoorden, daar twijfelde ze niet aan. 'Eén woord hierover en ik zorg ervoor dat je vader de zon niet zal zien opkomen. Begrepen?' siste hij.

Ze knikte vertwijfeld terwijl de tranen over haar wangen stroomden. Ze was buiten zinnen van angst.

Hij grijnsde minachtend. 'Je zou me dankbaar moeten zijn. Ik heb je een reddingsboei toegeworpen. Je redt het nooit op het vasteland. Je begint al met een schuld en je hebt geen vaardigheden die daar van waarde zijn. Als je een toekomst voor jou en je vader wilt, accepteer je de situatie zoals die nu is en werk je me niet tegen, hoor je me?'

Ze knikte weer verwoed. Alles om hem tevreden te stellen.

'Ik kom snel terug. Nu ik een evacuatie moet organiseren, zal ik hier deze zomer een aantal keren naartoe moeten komen.' Zijn grijns werd breder. 'Je kunt maar beter voor me klaarstaan. We zijn over de bezem gesprongen, dus nu ben je mijn vrouw...'

Ze bleef knikken, maar haar hart dreigde uit haar borst te barsten.

'Ik kom terug om op te eisen wat mij toebehoort! Wat mij wettig toebehoort, hoor je me?' schreeuwde hij spugend met zijn gezicht tegen het hare gedrukt zodat hun wimpers elkaar raakten. 'Ik zal krijgen wat mij toekomt – koste wat kost!'

Ze kreeg kokhalsneigingen van zijn adem, maar ze werd gered doordat hij haar een harde klap gaf en tegen de grond wierp, waar ze over het gras rolde. Heel even lag ze stil, met haar haren voor haar gezicht, zodat ze hem zag weghobbelen door een sluier van sliertige lokken.

Met moeite tilde ze haar hoofd op. Mhairi kreunde en zat ineengedoken op de grond met een hand tegen haar achterhoofd te knipperen met haar ogen. Ze had geen idee wat er zojuist met haar was gebeurd. De rentmeester was haar van achteren genaderd en ze had hem niet zien aankomen. Het ene moment stond ze nog en het volgende moment lag ze languit in het gras.

'Eff...' bracht ze kreunend uit.

'Het is in orde. Ik ben hier. Hij is weg,' fluisterde ze met een blik op haar bewegingloze hond. Ze strekte een arm uit naar haar warme lijf en betastte hoopvol haar zijdezachte vacht. 'Poppit?' zei ze zacht.

Niets.

'Pops?' Haar keel werd dichtgeschroefd door opwellende tranen.

Het hazelnootkleurige dier verroerde zich niet – op een piepklein beweginkje van een ooglid na. Een zacht gejank ontlokte Effie een snik. 'O, godzijdank!' Effie kroop op haar handen en voeten dichter naar haar hond toe, begroef haar gezicht in Poppits vacht en huilde vol overgave. Ze leefde nog! Ze leefden beiden nog... Maar wat voor leven was het, nu ze haar vrijheid en haar naam kwijt was? Hoe kon ze lachen of verpozen of een moment rust kennen in de wetenschap dat hij zou terugkomen om haar op te eisen? Dit was niet voorbij. Verre van. Het ergste moest nog komen.

LATER

13

Drie maanden later – 29 augustus 1930

Ze verdronken de honden.

Terwijl de boot op en neer deinde en de eilanders naar de steiger kwamen, werden de koppen van de honden die hun schapen hadden samengedreven, die bij het vangen van papegaaiduikers hadden geholpen en elke avond naast hun stoel hadden gelegen, onder een kalm wateroppervlak geduwd, waar bubbels van stil protest omhoogrezen.

Het was een wrede handeling – gelukkig ging het wel snel, maar dat bood Effie geen troost. Ze had vol afschuw toegekeken hoe de mannen de honden bij hun nekvel naar zee sleurden, en ze was naar de heuvels gelopen, met Poppit hinkend naast zich. Inmiddels zat ze trillend en verstijfd tegen een zwarte rots terwijl de opkomende zon er als een witte roos boven opbloeide.

Dit was dus het afscheid? Dood en geweld onder een blauwe hemel? Ze wist dat haar buren allemaal hard waren geworden door het leven op deze uitgestrekte rots in de Atlantische Oceaan, dat ze simpelweg deden wat onvermijdelijk was. Dit was de economische realiteit. Het leven op het vasteland had een prijs, en de eilanders konden de belasting die ze zouden moeten betalen voor het hebben van een hond niet opbrengen. Geld had misschien niet veel betekenis op deze afgelegen plek, waar ze aten wat ze vingen en oogstten wat ze zaaiden, maar hun nieuwe leven zou afhangen van wat ze verdienden, niet van wat ze vingen. Het zou ieder voor zich worden. Maar om al geld nodig te hebben terwijl ze St Kilda nog niet eens hadden verlaten… Dat dit de laatste herinneringen aan haar thuis zouden zijn…

Om de paar minuten bereikte haar naam haar via de wind, om haar hoofd zwevend als de mooie drieteenmeeuwen.

'Effie Gillies!' De stem van haar vader weerklonk door de caldeira. Zijn benen hadden misschien niet veel kracht meer, maar het leed geen twijfel dat zijn longen nog steeds sterk waren. Ze was opgegroeid met zijn aanwijzingen die door de heuvels schalden, waar ze concurreerden met het geluid van de wind en de vogels. Hij had haar niet halverwege Ruival zien zitten, met een arm om Poppit heen en een touw om hen beiden. De granieten rots waarop ze zat lag boven een afgrond. Een val vanaf deze plek zou niet dodelijk zijn, maar ze zouden er ook niet heelhuids van afkomen. Poppit was trouwens al niet de oude meer. Haar poot was gebroken geweest en ze liep nu mank en dwaalde nooit meer ver van de cottage af.

Maar Effie verroerde zich niet.

De collie leunde tegen haar aan, warm en trillend, alsof ze de dreiging voelde, en Effie legde haar arm strakker om haar heen terwijl ze keken naar wat er in de baai gebeurde. Het waren de laatste stuiptrekkingen van hun leven hier.

De voorbereiding op de evacuatie was al dagen aan de gang. Sinds het stoomschip de Dunara Castle om de landtong heen was gevaren, waren de dorpsbewoners verwoed bezig geweest met inpakken, zenuwachtig bij het vooruitzicht van het vertrek. Ze had haar buren zien sjouwen met tafels, stoelen, bedden, spinnewielen op hun rug, had de aardappelen een paar weken te vroeg zien opgraven (toch beter om ze mee te nemen dan ze achter te laten). Ze had zelfs gelachen toen de koeien achter de roeiboten door het water werden getrokken, met een touw om hun hoorns, luid protesterend terwijl ze naar het schip werden gesleept.

De driehonderd schapen waren op het laatst teruggebracht vanuit Glen Bay. Mhairi en Flora hadden ze geleidelijk van hun gespreide plekken naar de omsloten weiden aan de ene kant van de vallei geloodst, en samen met Lorna had Effie ze kudde voor kudde over de heuvelrug naar de fanks op An Lag geleid. Daar waren de ommuurde stukken behoorlijk groot, en ze lagen niet ver van de steiger, vanwaar ze in groepen met de roeiboot naar het schip konden worden gebracht. Maar zelfs die zorgvuldige methode was niet onfeilbaar gebleken: de roeiboot was een paar keer bijna gekapseisd toen de schapen in paniek raakten, en oom Hamish had nu een blauw oog omdat hij een paar keer een kopstoot had gekregen. Zo was het de hele week doorgegaan, en als de eilanders niet aan het inpakken waren, hadden ze in de kerk gezeten, waar de predikant bad om de bescherming van hun zielen alsof ze zouden vertrekken naar de zeven lagen van de hel in plaats van het Schotse vasteland. De slaap was de afgelopen weken zo vluchtig geweest als regenbogen, tot er nu niets meer te doen viel behalve... vertrekken.

De Dunara Castle was gisteravond eindelijk weggevaren met al het vee en hun bezittingen. Nu stonden de ouderen op de ommuurde begraafplaats om afscheid te nemen van hun verwanten – gestorven grootouders die alleen het leven op dit eiland hadden gekend, acht dagen oude baby's die niets hadden gezien dan de borst van hun moeder. Flora's oudste broer David gooide een emmer vuil water weg na het schoonmaken van een vloer waar niet meer over gelopen zou worden. Ian McKinnon stond voorovergebogen om de laatste postzak dicht te maken. Het poststempel van St Kilda was de laatste weken zo gewild geworden dat hij een groot deel van de nacht op was geweest om meer dan achthonderd ansichtkaarten te stempelen. Als een roodharige rattenvanger loodste Mhairi langzaam haar huilende moeder en zes jongere broers en zusjes voor de laatste keer mee door The Street. Haar handpalmen bleven naar de muren reiken en haar gezicht was naar beneden gericht.

Jayne Ferguson stond in haar eentje op de steiger en staarde aandachtig naar Mullach Mor en het dorp, waar de cottages al leeg waren. Ze sloeg geen acht op de mariniers in hun witte uniform die op haar wachtten om haar in de roeiboot te helpen en haar naar de HMS Harebell te brengen, het schip dat de Britse regering had gestuurd. Na jaren van verwaarlozing, zonder parlementariër om hen te vertegenwoordigen, zonder mogelijkheid om te stemmen, zonder postdienst, kregen ze nu drie officieren met tressen op hun uniform, die hen aan boord welkom heetten op de eerste stap naar hun nieuwe leven. Effie keek met grote ogen naar de afscheidstaferelen en haar blik bleef rusten op de mannen die in het ondiepe stuk water stonden en stenen om de halzen van de dode honden bonden om ze te laten zinken.

'Effie Gillies!' Haar vaders stem weerklonk opnieuw. Ze zag hem op The Street staan, gebogen alsof hij was afgesleten en opnieuw gevormd door generaties gierende winden, maar het was vooral de artritis in zijn botten die hem naar de aarde trok. Ze zag hoe hij de heuvels afspeurde: Connachair, Mullach Mor. Ruival...

Eindelijk zag hij haar. Een heldere vlek tegen de donkere rots. Zijn ogen waren zo scherp als die van een adelaar. 'Kom naar beneden!'

'Nee!' De wind, die zijn woorden naar haar toe bracht, liet haar antwoord achter haar verwaaien, maar hij kon aan de stand van haar schouders zien wat ze had gezegd. Ze spreidde haar opstandigheid tentoon zoals Flora haar scharlakenrode sjaal droeg.

Hij schoof een paar waarschuwende passen vooruit, zwaar leunend op zijn stok, maar hij kon niets uitrichten. Ze had van dichtbij ervaren wat echte dreiging was, ze kende de metalige scherpte ervan, hoe het gevaar in de lucht kon hangen, stil en stinkend.

Effie keek weer naar het strand. De verdrinkingen waren achter de rug, de mannen waadden terug naar de kant, de schaduwvormen als een bos van zeewier achter zich latend.

'Verrekte meid! Dit is niet het moment voor jouw nukken en grillen! Kom naar beneden!'

Het leek of de tijd versnelde. Achter hem was de begraafplaats nu leeg en levenloos. Mad Annie, Old Fin en Ma Peg schuifelden met gebogen hoofd naar beneden in de richting van de steiger, Mhairi zat nu met haar moeder, haar broertjes en zusjes en Jayne in de roeiboot. De drie jongste MacQueen-kinderen en Effies eigen neefjes en nichtjes zaten al met haar tante Mary, die treurig weeklaagde, op de boeg van de Harebell achter de reling. Naar verwachting zouden de laatste mannen de komende minuten met hen naar het schip roeien, en dan zou het op St Kilda na tweeduizend jaren bewoning stil worden.

Maar nu begonnen de mensen de commotie op het land op te merken. De knappe mariniers stonden vanaf de steiger toe te kijken hoe haar vader met zijn stok stond te zwaaien. Gestalten op de boot – rood haar, zwart haar – en gezichten op het strand draaiden zich zoekend om en vonden haar lichte silhouet op de rotsen, met de bruine hond in haar armen. Haar naam werd op de wind meegedragen als de kreten van de vogels, kriskras over elkaar heen. Ze hoorde de ergernis die er altijd als een jas omheen was gewikkeld.

'Effie!'

Ze keek omlaag. Lorna rende naar haar toe over het gras, haar donkere rok opbollend als een zeil. Ze bevond zich zo'n vijftig meter onder de richel waar Effie was neergestreken, maar de wind droeg haar stem als een bloemblaadje dat opgevangen moest worden.

'Waar ben je mee bezig?' riep Lorna hijgend naar boven.

'Ik ga niet!'

Lorna keek haar verbijsterd aan. Er was eerder al de nodige consternatie geweest toen Mr Bonner, de verslaggever van de krant *The Times* uit Londen, zich bleek te hebben verstopt in een van de cleits. Hij had het idee opgevat om na de evacuatie achter te blijven – niemand begreep waarom. Het was één ding geweest om boven water te krijgen wat zijn beweegredenen waren. Maar wat waren die van haar? Na de nacht die ze allemaal hadden doorstaan?

'Dat is onmogelijk, dat weet je. We moeten gaan.' Lorna's stem klonk mild maar beslist en Effie wist wat ze eigenlijk bedoelde: ze wílde misschien niet gaan, maar ze kon ook zeker niet blijven.

De vrouw die hiernaartoe was gekomen om er te blijven wonen, die het leven op het eiland had omarmd met een geestdrift die zelfs de oorspronkelijke bewoners niet kenden, drong er nu bij haar op aan om het op te geven en te vertrekken zonder om te kijken. En dat zou Effie hebben gedaan. Na die bewogen, schokkende nacht zou ze als eerste op die boot zijn gestapt om hier weg te komen. Maar de verdrinkingen hadden haar hiernaartoe gedreven, het instinct om te beschermen was sterker dan zelfbehoud.

'Ik laat ze Poppit niet doodmaken!' Ze keek naar de mariniers in wit uniform die nu naast haar vader stonden te luisteren terwijl hij boos met zijn stok in haar richting zwaaide.

Een paar mannen – oom Hamish en Angus McKinnon – staken vanaf het strand het gras over. Om haar te komen halen. Ze liepen met lange, soepele stappen. Hun blote voeten waren gehard tegen de ongelijkmatige ondergrond en talloze scherpe, door vorst verbrijzelde steentjes die her en der in het gras lagen. Ze wist dat deze rotswand voor hen een peulenschil was. Ze waren behendige klimmers en konden haar probleemloos zonder touwen bereiken.

Effie trok haar benen in en stond op, Poppit kronkelend in haar tuigje van touw nu ze weer werd opgetild. Ze schoof de hond op haar rug, waarna die met haar poten naar de lucht begon te klauwen, alsof ze er aanstoot aan nam als een schaap te worden gedragen. Maar ze moesten verder. De mannen waren Lorna al voorbij en bekeken de klif om de snelste weg naar boven te bepalen. Effie drukte zich tegen het ruwe, koude graniet, haar wang ertegenaan geperst tot de hond weer was gekalmeerd.

'Effie!' riep Lorna.

'Nee!' schreeuwde Effie terug, al reikend naar houvast. 'Ze mogen haar geen kwaad doen!'

Maar Effie wist dat Lorna – ondanks haar opleiding en op het vasteland opgedane vaardigheden – hierop niet meer invloed had dan zijzelf. Het enige wat haar hond zou kunnen redden was geld. Alles wat kosten met zich meebracht, was de eilanders een blok aan het been, en een manke hond had geen waarde.

Ze begon te klimmen met haar knieën naar buiten gericht, zodat ze haar lichaam plat tegen de rotswand kon drukken en het extra gewicht op haar rug in balans hield. Ze bewoog zelfverzekerd, haar handen en blote voeten grijpend naar kleine uitsteeksels, haar vingers zoekend naar smalle spleten. Ze was sterk maar licht en klom vlot naar boven, ondanks het toegevoegde gewicht van de hond.

'Effie, waar ga je heen? Je weet dat je geen plek hebt om naartoe te gaan!' riep Lorna naar boven. Haar stem klonk nu nog verder weg.

Effie wierp een blik omlaag. De mannen waren nu onderweg over de rotsen en de afstand werd kleiner, aangezien zij geen hond mee hoefden te dragen.

Ze hees zichzelf op met een kracht waarvan ze zelf niet wist dat ze die bezat. Ze had Angus McKinnon al eens verslagen, maar het was nog nooit zo belangrijk geweest als vandaag. Hard hijgend klom ze verder, één hand, één been tegelijk.

Ze kwamen dichterbij, maar toen ze opkeek, zag ze dat de bovenrand van de klif nog maar vijftien meter boven haar lag. Ze klom vandaag misschien niet sneller dan de mannen, maar ze kon wel harder rennen. Als zij met genoeg voorsprong boven zou zijn, kon ze hen dwingen een overeenkomst met haar te sluiten. Ze zouden niet luisteren naar sentiment of loze beloften, maar ze had één ding achter de hand.

Met alle kracht die ze in zich had beklom ze het laatste stuk en hees ze zich met een kreet van inspanning op de grazige helling van Ruival. Poppit jankte en kronkelde toen Effie op haar zij rolde, blij dat ze van de last op haar rug af was. Vervolgens wrong Poppit zich in allerlei bochten om vrij te komen. Effie voelde haar snuit tegen haar achterhoofd drukken terwijl haar handen worstelden om het touw dat om hen beiden gewikkeld was los te maken. Haar ribben voelden gekneusd aan, haar armen uitgeput. De collie bevrijdde zich het volgende ogenblik en zette het enthousiast op een onhandig hollen terwijl Effie het geïmproviseerde tuig van zich af schudde.

Op haar handen en knieën kroop ze terug en keek over de rand van de klif. De mannen bevonden zich vijftien meter onder haar en bewogen snel omhoog.

'Stop! Laten we een akkoord sluiten!'

Beide mannen stopten, eerder uit verbazing dan uit gehoorzaamheid, en keken met gebruind gezicht naar haar op.

'Als ik Poppit mee mag nemen, geven we jullie beiden – als we de hondenbelasting hebben betaald – wat er nog over is van het bedrag dat we voor de koe krijgen op de veiling.'

'Nee, lass!' riep oom Hamish terug. 'Dat kan ik niet toestaan. Je vader gaat daar nooit in mee. Jullie kunnen daarginds elke cent gebruiken. Ik laat jou en je vader geen honger lijden vanwege een hond.'

'Dan zullen jullie zonder ons moeten gaan! Tegen de tijd dat jullie boven zijn, ben ik al weggerend en heb ik me ergens verborgen waar jullie ons niet kunnen vinden.'

'Er is op dit eiland geen plek om je schuil te houden. Wij kennen alle verstopplekken,' zei Angus, grootsprakig als altijd.

'Aye, maar vinden jullie ons op tijd? Of zullen jullie zonder ons moeten gaan? Het tij wacht niet. De schipper ijsbeert nu al over het dek. Ik zie hem lopen!' De rentmeester had iedereen de hele week op het hart gedrukt dat er een strikt tijdschema was voor de overtocht.

De ogen van de mannen vernauwden zich nu haar plan tot hen doordrong.

'Jij valse…' begon Angus.

'Nee,' onderbrak oom Hamish hem. 'Ze heeft gelijk. We zullen haar niet op tijd vinden als ze zich nu verstopt – en een rothond is de vertraging van het vertrek niet waard.'

'Dan laten we haar hier achter. Dat wil ze immers!' snauwde Angus. 'Geef haar gewoon wat ze wil.'

'Dat is geen optie, dat weet je best.' Oom Hamish richtte zijn blik weer omhoog en keek haar aan met zijn nog blauwe oog. Hij was kwaad, maar hij was ook een rationeel man. Langzaam knikte hij. 'Kom, lass. We gaan akkoord. Neem de hond maar mee, dan treffen we wel een regeling voor de belasting tot jij in de gelegenheid bent om te betalen.'

'Alleen op jullie woord van eer,' zei ze fel. Haar haren vielen als een lijst om haar gezicht terwijl ze omlaagkeek. Het woord van een St Kildanaar stond gelijk aan zijn handdruk: er werd veel waarde aan gehecht.

'Aye, je hebt ons woord. Kom nu naar beneden. Afgelopen met die nonsens, je hebt je vader nu wel genoeg te schande gemaakt.'

Er flitste woede door Effies blik, maar ze had haar overeenkomst.

Haar oom was misschien bruusk, maar hij was ook een man van eer, iedereen wist dat hij altijd woord hield. Ze krabbelde overeind. 'Kom, schat,' zei ze met een blik achterom.

Ze keek om zich heen.

'Poppit?'

Ze draaide rond en zag aan alle kanten slechts gras, zee en lucht. Maar geen hond.

'Poppit?' Haar stem kreeg een verwrongen klank en haar ogen richtten zich op details, zoals ze deden als ze vogels zocht.

Ze draaide haar hoofd met een ruk om toen ze kort geblaf hoorde, dat overging in een gil.

'Póppit?'

Er kwam een stilte terug terwijl ze in de richting keek waar het geluid vandaan was gekomen. Daar was een kleine laagvlakte, dicht bij de stormcleit. Erachter lag de smalle inham waar het land uiteenscheurde tot een steile spleet.

Met een geschokte hap naar adem begon ze te sprinten. Haar voeten vlogen over de harde grond en haar armen pompten door de lucht, maar ze had niets aan haar ledematen. De roffel van haar voeten maakte geen verschil, ze had net zo goed kunnen dansen. Ze had de vleugels van een visarend nodig, om te zoeven in plaats van te struikelen, ze had snelheid nodig. Ze had...

Er verscheen een donker gezicht. Een breed voorhoofd en zware wenkbrauwen boven harde ogen en een dikke baard.

'Waar is mijn hond? Waar is mijn hond?' schreeuwde ze terwijl Norman Ferguson, de echtgenoot van Jayne, naar haar toe beende. 'Hamish heeft het beloofd! Ze mag met ons mee! Dat is afgesproken! Waar is ze?'

Haar stem verwaaide als veertjes door de lucht. Ze zag zijn blik – gevoelloos, onbewogen – en wist dat het al gebeurd was. Haar ziel ontplofte in een confettidouche van pijn en paniek, waardoor haar benen bezweken en de grond omhoogrees. Nee! Ze voelde het gewicht van haar trouwe hond nog op haar rug, rook de geur van haar vacht nog op haar handen. De schok en het ongeloof troffen haar als een marteling. Hoelang had ze zich van Poppit afgewend? Een minuut? Twee minuten?

Ze gilde het uit. Alles, alle moeite die ze had gedaan, was ongedaan gemaakt in die paar momenten, en nu was ze alleen. Helemaal alleen. Ze kon zich niet bewegen. Ze wilde niet bewegen. Ze lag op de grond en snikte, met haar vuisten gedachteloos om het gras en de heide geklemd.

Normans blote voeten stopten vlak voor haar gezicht. Ze staarde nietsziend naar het vuil dat onder de nagels vastzat, de vuile huid die al moddervlekken vertoonde sinds zijn eerste stapjes. Ze voelde dat hij haar bovenarm vastgreep, dat zijn vingers pijnlijk in haar oksel drukten terwijl ze overeind werd gehesen, op benen waar ze geen vat op kreeg. Hij liet haar schuin hangen tot hij voelde dat haar voeten het gewicht weer droegen.

'Hoe kun je zo wreed zijn?' riep ze huilend en met verscheurde stem nu het verdriet haar weer overspoelde. Waar was zijn compassie? Zijn hart?

'Er is geen geld voor haar,' zei hij simpelweg. Geen slechte man. Maar ook geen sentimentele.

14

'Effie.'

Flora opende haar armen terwijl Effie aan boord klom, geflankeerd door Norman Ferguson, oom Hamish en Angus McKinnon. De overige eilanders keken zwijgend toe. Al hadden ze medelijden met haar, hun gezichtsuitdrukking vertelde haar ook dat het onvermijdelijk was geweest. Er werden dagelijks harde keuzes gemaakt. Haar strijd, haar laatste verweer, was vergeefs geweest.

'Effie, het spijt me zo,' zei Jayne snel, en ze stak een troostende hand uit toen ze langsliep. Effie keek haar aan. Ze zag de smart in haar ogen, maar speet het haar omdat ze deze verschrikking had voorzien? Of verontschuldigde ze zich voor haar brute echtgenoot?

Ma Peg zat op een bankje lichtjes wiegend een oud klaaglied te zingen, Mad Annie zat voor de verandering in dramatische stilte naast haar en gaf haar een klopje op haar hand. Old Fin zat naast haar vader, die door de mariniers aan boord was gebracht toen Norman Ferguson haar de Ruival af begeleidde. Haar vader maakte alleen maar een afkeurend geluid toen ze hem passeerde, waarmee hij al zijn teleurstelling en schaamte om de stampei en vertraging die ze had veroorzaakt samenvatte. En waarvoor? Een hond die toch nog was gedood.

Met haar schoenen in de hand wankelde Effie naar haar vriendin toe, slap van vertwijfeling. Ze zeeg naast Flora neer en liet haar hoofd op haar schouder vallen, haar gezicht verbergend.

'Wat verschrikkelijk voor je,' fluisterde Flora terwijl ze huilde. 'Ik weet hoeveel je van haar hield.'

'Ze had niet dood gehoeven,' bracht Effie gekweld hikkend uit. 'We hadden een akkoord gesloten. Ik had haar net gered.'

'Ik vind het heel erg.' Flora's vingers grepen haar schouder steviger vast terwijl de tranen nog sneller over haar wangen begonnen te stromen. Haar ontreddering was compleet. Ze had niets meer te verliezen: Johns ongeluk, Poppits wrede dood, Sholto's vertrek, de terugkeer van de rentmeester... Alle vreugde en hoop waren haar ontnomen. Ze voelde zich hol van verdriet.

Flora had in haar eentje tegen een schot bij een van de reddingsboten gezeten, met haar knieën opgetrokken, en geleidelijk werd Effie zich ervan bewust dat ook zíj trilde. Ze tilde haar hoofd op en zag dat Flora naar het dorp staarde. Haar wangen – gewoonlijk blozend – waren bleek. 'Gaat het wel goed met jóú?'

Flora knikte en slikte zwaar. 'Ik kan alleen gewoon niet geloven dat dit echt gebeurt. Dat we dit echt doen.'

'Aye, ik weet het.' Effie, nog snuffend, keek ook naar het eiland. Geen van beiden had hun thuis eerder vanaf dit punt bekeken. De vrouwen en kinderen werden zelden in de boten toegelaten, en dan nooit zo ver de baai in. Ze zag nu wat de vissers bedoelden als ze zeiden dat Village Bay een fijne aanblik bood. De stenen cottages lagen veilig in een halve cirkel ingebed in de vallei, waar ze de elementen trotseerden en robuuste beschutting verschaften op een ruige plek. Gingen ze ze echt verlaten? Zouden er nooit meer kinderen op het gras spelen, zou er nooit meer rook uit de schoorstenen kringelen? Zou dit allemaal aan de vogels worden teruggegeven, en aan de resterende schapen van de landheer?

'Waar is Mhairi?' vroeg Effie, die zich realiseerde dat hun vriendin ontbrak. Ze had haar voor het laatst in de roeiboot zien zitten met haar moeder en broertjes en zusjes, een aangeslagen uitdrukking op haar gezicht.

'Benedendeks. Ze kan het niet aan.'

Effie voelde de tranen in haar keel. 'Nee.' Het verlies van Poppit was een zware klap. Maar Mhairi had het nog veel erger te verduren. Dit was de dag waar ze als een berg tegen had opgezien.

Effie keek opzij naar haar mooie vriendin. Alleen Flora zag een gelukkige afloop tegemoet, een vreugdevol nieuw begin, maar ze keek niet blij. Ze had een verstarde blik in haar ogen, hield emoties binnen die ze niet wilde tonen. Ze had altijd gezegd dat ze zou vertrekken zodra de mogelijkheid zich voordeed, dat ze een groter, grootser leven ging leiden dan dit, maar nu ze zou krijgen wat ze had gewenst...

De kapitein liet de scheepshoorn drie keer klinken en de ketting van het anker werd ratelend omhooggetrokken. Flora's hand greep de hare steviger vast nu ze zich van deze plek los begonnen te maken. Hun thuis.

Langzaam begon de boot te keren, werden de motoren gestart en begonnen de schroeven door het water te draaien. Effie voelde haar emoties hoog opwellen. Opnieuw brandden er tranen in haar ogen en werd haar keel dichtgeschroefd nu ze naar hun eiland staarde, voor het laatst de glooiende maar onvruchtbare hellingen in zich opnam die hun best hadden gedaan om hen te onderhouden, de eeuwenoude pracht van Connachair en Mullach Mor waar ze met een brutaal plezier op de rotswanden had gespeeld. Haar ogen volgden de lijn van de wal die hun scheiding tussen beschaving en wildernis had gevormd, ze zag de lege fanks en de verlaten stierenstal, de schrille eenzaamheid van de begraafplaats, waar haar moeder en broer lagen, de kabbelende beekjes die bleven ruisen, ongeacht of er iemand in stond, de verenopslag, het witgeschilderde huis van de rentmeester...

Ze staarde naar het kiezelstrand terwijl ze wegvoeren.

Ze zag hém, zijn goudblonde haar en zijn glimlach, hoe hij in de zee plonsde, zijn lach weerklinkend door de vallei en zich een weg banend naar haar diepste wezen. Hij kwam hier niet vandaan, maar hij was een deel van haar geworden en ze kon niet naar het strand kijken zonder ook hem te zien.

Er biggelden stille tranen over haar wangen – en die van Flora. Allebei huiverden ze terwijl ze elkaars hand vasthielden. Ma Pegs klaaglied werd luider, een gezang voor de eilanders, nu het schip langzaam maar zeker Village Bay verliet, zich losmaakte uit de beschermende omarming van Dun, tot ze de ontvolkte nederzetting uit het oog verloren.

Meteen begon de zee intenser te wiegen en te ademen terwijl hun horizon zich verbreedde en ze nog een laatste blik konden werpen op Boreray, waar Donald McKinnon in de lente bijna was gestorven, en op de eeuwenoude stacks – Stac Lee en Stac an Armin – witgevlekt van de vogels, waar de mannen joegen op jan-van-genten. Ze zag nog net de ijzeren haak onderaan Stac Lee, waar ze het touw omheen wierpen om van boord te gaan, een van de vele alledaagse blijken van moed en vaardigheid, de simpele heroïsche daden die nodig waren om hun gezinnen te voeden.

Het schip begon heviger te deinen, hoewel ze onder een wolkeloze blauwe hemel voeren. Het was nog maar net acht uur in de ochtend en ze hadden nog tien uur te gaan. Effie zag de vogels door de lucht wervelen, als dansende confetti op de thermiek. Ze nam nog één keer het vogelrijk op de kliffen in zich op, waarvan zij ook deel had uitgemaakt, besefte ze: de jan-van-genten die op de hoogste plekken neerstreken, en de stormvogels daaronder; de zeekoeten en alken op de richels beneden en de drieteenmeeuwen die de grotten in en uit schoten…

Terwijl de boot het ruime sop koos, veranderde het eiland geleidelijk van kleur, vervaagde het van groen naar grijs, details gingen verloren en er bleven alleen vormen over. De vrouwen wuifden ernaar met hun zakdoeken, alsof de rotsige archipel hen zag vertrekken, smalend en uit de hoogte nu ze vertrokken. Ze zag haar thuis kleiner en kleiner worden, en Effie vond dat het leek alsof de berg langzaam de zee in zonk.

Ze voelde een intens verlangen om haar voeten nog eens op de grillige rotsen te zetten. Ze zou willen dat ze nog even de tijd had genomen om haar touw te pakken en zich een laatste keer langs de rotswand te laten zakken, maar dat was een risico dat ze niet had kunnen nemen. De afgelopen week had ze ervoor gezorgd dat ze geen moment overrompeld kon worden door steeds dicht bij haar vriendinnen en buren te blijven: ze haalde water met Jayne, droeg meubels met Fin McKinnon, bracht de schapen over met Lorna. Ze had de hele week met angst en beven gewacht tot de rentmeester de cottage in zou lopen om haar vader te vertellen wat ze hadden gedaan, maar dat was niet gebeurd. Poppit had haar beschermd, had haar tanden ontbloot en met haar haren overeind staan grommen zodra ze hem zag, of hij nu dichtbij of ver weg was. Hij had de afstand die ze nam met onderdrukte woede verdragen en slechts zijn schouders opgehaald als de eilanders vroegen wat hij had gedaan om zich de toorn van de anders zo vriendelijke hond op de hals te halen... Haar hond had haar veiligheid geboden.

Tot gisteravond, toen hij haar voor de kerk had ingehaald. De honden waren in de stal en ze was heel even alleen, omdat Jayne met de predikant had staan praten. Hij had een hand op haar arm gelegd en in haar oor gesist, waarmee hij in één ogenblik alle verschrikkingen van die stormachtige avond in mei terugbracht. Maar deze keer had ze zich voorbereid. Ze had haar val gezet en haar plan had gewerkt. Het had echt gewerkt.

Ze keek achterom naar het ruige eiland dat uit het zicht verdween, haar hart nog heftig kloppend als dat van een bange vogel. Maar de vogel was gevlogen.

Ze was vrij.

Er wuifden handen door de middaglucht. Dat was wat Effie het eerst opviel toen het schip langzaam vertraagde tot een statig glijden door de zijdeachtige beschutte wateren. De kapitein liet de scheepshoorn weer klinken nu ze de haven naderden, waarop de menigte nog harder begon te wuiven.

De overtocht was lang en zwaar geweest – tien uur – met een hevige Atlantische deining die zelfs het brede marineschip niet kon gladstrijken. Sommige eilanders waren zeeziek geworden. Een paar van de mannen hadden met de mariniers gepraat, maar de meesten van hen waren tot een peinzend stilzwijgen vervallen. Af en toe was het gehuil van een pasgeboren baby te horen: Mary McKinnon had haar kind, dat gisteravond was geboren, één dag lang een St Kildanaar, eindelijk in haar armen.

Maar nu de mariniers dikke touwen naar de havenmeester gooiden, werd de stilte geladener en stonden de St Kildanaren waakzaam op het dek. Voor de verandering waren de handen van de vrouwen, gewoonlijk druk aan het breien, roerloos; de mannen, die altijd zo hard werkten, stonden niets te doen; de kinderen, die zo graag rondholden, hielden zich vast aan hun moeders rokken. Het ongeloof op hun gezichten was bijna tastbaar – niet alleen om het feit dat ze het hadden gewaagd te vertrekken, maar ook omdat ze nu waren aangekomen.

Het gemak van hun nieuwe leven kondigde zich meteen al aan. In Village Bay was van boord gaan een verraderlijke onderneming geweest in bijna alle omstandigheden, tenzij de zee heel kalm was, maar hier werd het schip met een bijna zorgeloze nonchalance aangemeerd. Van een boot verlaten tot het eten van een maaltijd, hun bestaan werd niet langer bepaald door het seizoen of het weer, maar door de eigen wil. Dat was een buitengewone gedachte.

Effies door tranen gezwollen ogen bewogen zich lusteloos over de wuivende menigte. Ze zag dat de vastelanders met opdringerige interesse keken naar hun verweerde gezichten en hun kleding. De oudere vrouwen hier leken niet de rode hoofddoek te dragen die op het eiland gebruikelijk was, en ze had het gevoel dat de ene stam de andere ontmoette. Ma Peg en Mad Annie, die op de voorsteven van het schip stonden, reikten omlaag en gooiden de door een van de mannen gemaakte plumeau van veren, vastgebonden aan een ladder, in het water. Deze traditie, die geluk moest brengen, leek opschudding te veroorzaken onder de lokale bevolking, en er volgde een aantal felle flitsen snel achter elkaar.

'Dat zijn de camera's van de verslaggevers,' legde een van de mariniers uit toen de St Kildanaren geschrokken een stap achteruit zetten. 'Er is veel belangstelling voor jullie verhuizing. Er wordt zelfs verslag van gedaan in Australië en Amerika en Canada.'

Effie fronste, zich afvragend waarom. Ze waren allemaal gewend geraakt aan de kleine fototoestellen van de toeristen die op stoomboten naar het eiland kwamen en hun wat duiten hadden betaald om stil te staan, zodat hun beeld op de een of andere manier zou verstarren om te kunnen laten zien aan mensen thuis, maar deze grote schotels waren veel groter en heftiger, en ze keek boos naar de mannen met vilthoed die erachter stonden, hun eigen gezicht verscholen.

De loopplank werd kletterend neergelaten en de kapitein ging bovenaan staan, klaar om de handen te schudden van de families die van boord zouden gaan. Van de zesendertig eilanders zou iedereen, op negen na, hier in Lochaline van de boot stappen. De anderen – oom Hamish en zijn gezin, en Mary en Donald McKinnon met hun pasgeboren baby – zouden doorvaren naar Oban, verderop aan de kust, waar ze morgenochtend zouden aankomen. Het was toch niet mogelijk geweest om hun hechte gemeenschap bij elkaar te houden. Er waren niet genoeg huizen of banen op slechts één plek.

Op papier had het niet slecht geleken. Ze zou het strikte gezag dat haar oom ongevraagd op hen uitoefende niet erg missen, en hoewel ze Donald aardig vond, was Mary altijd een kregelige, zure vrouw geweest.

Maar nu het moment was gekomen dat de eilanders hun oude buren zouden achterlaten, ging er een golf van smart van hen uit. Waren het de ménsen of was het hun thuishaven die ze zouden missen? Effie keek als verdoofd toe hoe ruzies, vetes en oude schulden werden vergeten terwijl ze op haar wangen werd gekust en de mannen elkaar de hand schudden met een kenmerkende ernst: ze hechtten veel waarde aan de handdruk van een man – voor een eiland van klimmers was een solide greep een goede karaktertest. Ze zouden elkaar weerzien, verzekerden ze elkaar. Er zouden brieven worden geschreven. Er werden beloftes gedaan.

En toen was het moment daar. Het moment dat ze hun oude leven daadwerkelijk achter zich lieten. Dat had niet plaatsgevonden toen ze Hirta hadden verlaten. Het vond nu plaats, terwijl ze op het punt stonden om in Lochaline aan land te gaan. Zolang ze nog op het schip waren, vormden ze één geheel, maar de diepe onderlinge verwevenheid van hun eilandgemeenschap werd nu eindelijk ontbonden en ze zouden zich als paardenbloempluizen op de wind verspreiden.

Wie zou de eerste stap zetten? Iedereen stond bij zijn eigen gezin. Flora had haar nog een laatste keer stevig vastgepakt, haar lichaam verstijfd, voordat ze bij haar ouders was gaan staan.

Er viel een nieuwe stilte, geladen met verwachting. De eilanders, die zich bewust waren van hun publiek, werden weer terughoudend. De mariniers – wier missie nu was volbracht – stonden in de houding naast de kapitein; de menigte op het land verroerde zich niet, de wuivende handen waren nu ook weer gezakt. Effie zag een rij functionarissen op hen wachten op de pier. Ze onderscheidden zich van de lokale mannen, die allemaal tweed en een pet droegen, door hun donkere pak en bolhoed.

Lorna nam het voortouw en gaf Ma Peg een arm om haar over de loopplank te helpen. Een storm van cameraflitsen begeleidde elke stap die ze zetten, waarna de betovering werd verbroken toen ze op de kade stapten. Mad Annie en Old Fin volgden gearmd en de hele tijd zachtjes met elkaar pratend. Het was niet duidelijk wie van hen de ander ondersteunde terwijl ze afdaalden naar de massa onbekenden.

Naast haar stond Effies vader te beven, leunend op zijn stok, klaar om als volgende van boord te gaan. Ze wilde hem een arm geven, maar hij was nog steeds boos op haar en keek nadrukkelijk naar de mariniers in hun witte uniform, van wie er een naar voren stapte en hem met een stijve vormelijkheid begeleidde. Effie liep op drie passen afstand achter hen aan en bedacht dat haar vader eruitzag als een gevangene, wat ironisch was voor iemand die een vrijer, probleemlozer bestaan tegemoetliep.

'Uw naam, alstublieft?' vroeg een van de mannen met bolhoed, die een stap vooruit zette terwijl ook de menigte dichterbij kwam.

'Mijn vader spreekt geen Eng...'

'Robert Gillies. Euphemia Gillies,' zei haar vader trots, want hij had wel door welke informatie er werd gevraagd. Hij hield zijn hoofd fier rechtop om waardigheid uit te stralen te midden van het vreemde onbekende.

'Welkom in Schotland, Mr Gillies, Miss Gillies,' zei de man met een kort glimlachje.

Effie glimlachte niet terug. Ergens wilde ze hem erop wijzen dat ze altijd al in Schotland waren geweest, dat zij net zo Schots waren als hij.

'Mijn naam is Mr Croucher. Ik zal u vandaag naar uw nieuwe huis begeleiden.'

Maar Effie luisterde niet. Haar aandacht werd afgeleid door de nabijheid van de toeschouwers, die nu erg dichtbij waren en haar met onverholen interesse aanstaarden. Ze was lang, langer dan de meeste vrouwen, maar slechts half zo breed. Ze kon bijna voelen dat ze in de verleiding kwamen om hun hand uit te steken en haar zilte huid, haar ruwe rok en door de wind verwaaide haar aan te raken. Maar haar eigen nieuwsgierigheid werd ook geprikkeld terwijl ze terugkeek: wat hadden ze voor poeder op hun gezicht? Hoe kon het dat hun haar in zulke gladde, regelmatige golven bleef zitten? Waarom waren hun enkels gerimpeld? Hadden ook zij hun zondagse kleren aan of droegen ze altijd schoenen…

'Nee!'

Een luid gejammer vanaf het dek zorgde ervoor dat iedereen geschrokken omkeek. Mhairi had zich op de grond gestort en snikte erbarmelijk. Ze had haar handen om de reling geklemd en schudde met haar mooie rode lokken, waardoor ze op dansende vlammen leken. 'Ik kan het niet, ik kan het niet!' riep ze, over haar toeren terwijl ze opkeek naar haar buren en haar hand uitstak om om hulp te vragen. 'Dwing me niet! Alstublieft, nee…'

Effie fronste toen er geroezemoes door de opgewonden menigte golfde. Waren deze mensen soms gekomen voor een hysterische scène? Hadden ze erop gehoopt? Ze voelde het gewicht van hun blikken, besefte dat ze hun oordeel aan het vormen waren.

Mhairi's moeder, die nog zes andere kinderen onder haar hoede had, inclusief een achttien maanden oude dreumes, wierp haar echtgenoot een blik toe.

'Vader! Laat me toch!' riep de huilende Mhairi uit toen Ian McKinnon haar zwijgend overeind hees en over de loopplank meetrok, zijn lippen in een streep om fatsoen uit te stralen. Effie zag hoe wit zijn vingertoppen oogden op Mhairi's arm, de enige zichtbare blijk van zijn boosheid terwijl zijn dochter door haar benen bleef zakken, tegenstribbelend, met gebogen hoofd en smartelijk snikkend.

'Nee! Nee! Nee!' riep ze huilend.

Een kort ogenblik keek het ontroostbare meisje op, alsof ze voor het eerst de vele onbekende op haar gerichte gezichten opmerkte, alsof zij de enige op het schip was geweest die niet naar de kade had gekeken. Haar rode ogen hadden een matte blik.

Effie zou het liefst naar haar vriendin toe rennen – Mhairi was nooit wilskrachtig geweest, zoals zijzelf en Flora – maar het gezin werd bijeengedreven door een andere regeringsfunctionaris, die naar voren stapte en zo attent was om ze bij de toeschouwers en gretige verslaggevers vandaan te loodsen. Mhairi's kleine broertjes, die zich niet bezighielden met de droefenis van hun grote zus, slaakten kreten van verrukking terwijl ze hun moeders hand loslieten en naar de glimmende zwarte auto's stormden die in een rij bij de pier geparkeerd stonden. Ze hadden allemaal natuurlijk wel van auto's gehoord, maar om ze eindelijk in het echt te zien…

'Alasdair! Murran!' hoorde Effie hun moeder roepen terwijl ze achter hen aan holde. De menigte leek blij te zijn met de commotie en bewoog collectief met het gebeuren mee, zodat Effie het gezin binnen enkele tellen niet meer zag. Haar vriendinnen niet meer zag. Haar buren niet meer zag. Ineens waren ze weg.

Er trok een huivering van angst door haar hart, zoals dat weleens was gebeurd als ze met haar teen een richeltje in een rotswand miste, of als ze schrok van een neergestreken vogel. Ze wist dat de

McKinnons dicht bij haar en haar vader zouden wonen, dat ze buren zouden blijven – maar wat betekende 'dichtbij' hier? Twee cottages of twee kilometer verderop?

Ze keek achterom naar het schip en ontmoette Flora's ogen. Ze wisselden een bezorgde blik, maar de cameraschotels begonnen weer te flitsen nu de verslaggevers haar ook in beeld kregen. Haar ouders kwamen nu over de loopplank naar beneden, gevolgd door Flora, die de hand van haar jongste broertje en kleine zusje vasthield. Meteen verdween Mhairi naar de achtergrond, haar dramatische uiting van smart overschaduwd door Flora's opmerkelijke schoonheid. Haar lange zwarte haar golfde in de wind, haar taille werd geaccentueerd door de rode sjaal – haar persoonlijke blijk van opstandigheid. Maar al was ze zoals altijd beeldschoon, voor de verandering was ze zich daar niet van bewust. Haar lippen waren samengeperst om maar niet te huilen en ze zag bleek, ook al was het een heldere dag.

'Effie, kom,' zei haar vader, die zich half naar haar omdraaide. 'We gaan.'

Effie keek paniekerig achterom naar het schip. Ze was er nog steeds niet klaar voor om de enige mensen die ze ooit had gekend achter te laten. Norman en Jayne Ferguson gingen inmiddels van boord. Ze keek met een spottende blik naar Norman, die liep met de veerkrachtige tred van een pelgrim die eindelijk aankomt in het Beloofde Land. Hij had bloed aan zijn handen, maar zijn schouders waren breed, zijn benen lang en zijn ogen helder toen hij de hun toegewezen functionaris groette. Net als Flora had hij lang gewacht op zijn entree in dit andere leven. Hij was een van Lorna's belangrijkste medestanders geweest in het idee de regering te verzoeken om evacuatie, met als argument dat ze niet nóg een winter zouden overleven.

'Effie!' blafte haar vader.

'Ik kom eraan.' Ze wankelde achter zijn kromgebogen gestalte en de heer met de bolhoed in de richting van een van de glimmende auto's. Het kwam haar vreemd voor dat haar vader op deze nieuwe plek zo tredvast leek te zijn terwijl zij – jong en sterk – hem struikelend volgde, niet in staat haar blik af te wenden van de passagiers die aan boord bleven. Ze zou ze misschien nooit meer zien, oom Hamish en tante Mary, haar neefjes en nichtjes, Mary en Donald McKinnon...

'Uw auto, Mr Gillies, Miss Gillies.'

Effie en haar vader staarden naar het voertuig. Het was groter dan ze had verwacht, en ook glimmender, met de laagstaande zon die erdoor werd weerkaatst. Wat ze er het mooist aan vond waren de volmaakt ronde wielen. De enige ronde dingen op Hirta waren de stenen *querns* die werden gebruikt voor het malen van de gerst, en vergeleken hiermee konden die alleen worden beschreven als 'rondachtig'.

Aan de achterkant van de auto ging een deur open en heel even keken Effie en haar vader naar binnen. De bank waar zij zouden plaatsnemen was niet van hout, zoals ze hadden verondersteld, maar bedekt met glad donkerrood leer. Het had een rijke geur zoals ze nog nooit had geroken.

'Ahoi!'

Bij het horen van die kreet draaiden ze zich beiden om. Haar oom Hamish stond te zwaaien op het dek, net zozeer de leider op het schip als hij thuis was geweest.

'Waar is Mathieson?' riep hij naar iemand op de pier – een van de mannen met pet die de lading ordenden nu alle passagiers voor Lochaline van boord waren gegaan. 'De rentmeester van MacLeod?'

'Hier niet,' was het antwoord.

Hamish wierp een onderzoekende blik naar de andere mannen, die naast hem aan het werk waren, maar zij mompelden hetzelfde. 'Hier niet.'

'Hij heeft mijn geld!'

'Hier niet.'

'De smak is gisteren na de Dunara Castle vertrokken!' riep Flora hem toe.

Gisteren? Hamish fronste, boog zich over de reling en zocht met een vragende blik de menigte af, op zoek naar haar vader, die alleen maar zijn schouders ophaalde.

'Oban, dus!' riep iemand.

'Aye.' Hamish knikte met tegenzin en ging weer rechtop staan, maar zijn frons maakte duidelijk dat hij niet blij was met de situatie.

'Waarom heeft hij in hemelsnaam geld aan die man toevertrouwd?' mompelde haar vader, die de auto in schoof.

Effie ging zwijgend en met een snel kloppend hart naast hem zitten, met haar handen plat op de gladde donkerrode zitting.

15

De rit was gelukkig kort. Alleen al bij het geluid van het starten van de auto had haar vaders hart het bijna begeven, en geen van beiden vonden ze het gevoel over de hobbelige wegen te rollen prettig. Voor twee mensen die zich hun hele leven alleen maar op hun voeten hadden voortbewogen – er waren zelfs geen paarden op het eiland – was het al met al een verontrustende ervaring. Op alle dagen behalve de zondag liep ze blootsvoets over de aarde, verbonden met het land op een manier die hier al volledig vreemd voelde.

Effie bewoog weer rusteloos met haar tenen in haar schoenen, die ze van Lorna had moeten aantrekken toen zij het dek rond was gegaan voor een 'controle' zodra het vasteland in zicht kwam. Nu voelde ze zich er nog ongemakkelijker door, nog beperkter in haar bewegingsvrijheid. Het was al moeilijk genoeg om van leven te veranderen, laat staan met zware schoenen aan. Aan de andere kant voelde haar hele lichaam aan alsof het iemand anders toebehoorde. Haar handen – nu ledig en koud – waren gewend aan de vertrouwdheid van Poppits vacht, haar zijdeachtige oren die door haar vingers gleden, een klopje op haar bovenbeen dat haar trouwe hond meteen aan haar zijde bracht. Haar oren waren erop getraind om het kluwen van vogelkreten te ontwarren die altijd in een luide kakofonie door de lucht zigzagden, maar hier rezen slechts enkele tonen op in de schemering, van zangvogels die buiten beeld kwetterden, verborgen in dat voor de St Kildanaren bijzondere fenomeen: de bomen.

Mr Croucher stopte bij een laag stenen muurtje en zette de motor uit. 'Home, sweet home,' zei hij, zo te horen zonder een spoortje ironie.

Effie en haar vader tuurden door het raam naar een lage cottage. Behalve dat die wit was en het dak hier niet met ijzeren banden vastzat, verschilde het niet heel veel van hun oude huis: een gebouwtje met een raam aan weerszijden van een deur in het midden.

Effie stapte uit de auto en liep eromheen om haar vader eruit te helpen. De achterbank was zo laag dat hij niet zelf kon uitstappen en ze moesten hun armen in elkaar haken om hem overeind te krijgen. Hij hervond zijn evenwicht met zijn stok terwijl Effie langzaam ronddraaide en zich probeerde te oriënteren. De weg had bij de pier vandaan geleid en was daarna naar links afgebogen. Ze waren over een lage glooiing gekomen en in de verte zag ze paarse heuvels. Aan de zilte lucht die haar haren naar voren blies, voelde ze dat de zee achter hen lag. Het land rees en daalde lichtjes, met een heidelandschap dat zich tot de stenen muren van de cottage uitstrekte en een groep bomen net achter een rotsig wat hoger gelegen gedeelte. Er was niets om te beklimmen – geen berg, geen rotswand, zelfs geen hoge keien – en ze voelde diep in haar lichaam weer de neiging om zich uit te strekken en ergens naar te reiken.

In totaal, schatte ze in, hadden ze ongeveer de lengte van Hirta gereden. Met de auto had dat minuten geduurd, maar te voet zou het – tenzij er een andere route was – waarschijnlijk een half uur duren om terug naar het dorp te lopen, want er waren geen hellingen om te beklimmen. Voor haar zou het niets voorstellen, maar voor een kreupele man met een stok...

Haar ogen vernauwden zich toen ze door het laantje keek. Ze zag nog een witte cottage, zo'n honderd meter verderop, en nog eens honderd meter verderop nóg een. Misschien werd dit door vastelanders als dichtbij beschouwd, maar voor iemand die uit een dorpje kwam waar de hele straat honderd meter lang was geweest, waar de cottages vlak naast elkaar stonden, als verweerde schildwachten, waar de bewoners elkaars huizen in en uit liepen als jan-van-genten die naar vis doken... Hun dorp was eigenlijk slechts een lint van verschillende aaneengeregen kamers geweest. Maar hier was ruimte en waren er openingen, wegen en bomen.

Er stond nog een glimmende zwarte auto voor de dichtstbijzijnde cottage, en ze vroeg zich af wie daar waren ondergebracht. Ze hoopte de McKinnons en de MacQueens, hoewel dat grote gezinnen waren en deze cottages er – althans van buitenaf – klein uitzagen.

'U zit in nummer drie,' zei Mr Croucher, die het hek opendeed en hun voorging over het korte pad. 'Uw bezittingen zijn gisteravond van de Dunara Castle gehaald. Alles zou er moeten zijn, maar als zich problemen voordoen, kunt u dat melden aan Mr McDougall bij de haven.'

'Hebben ze mijn krukje meegebracht? Dat heb ik nodig voor mijn been,' zei haar vader.

De man keek met een niet-begrijpende blik achterom en Effie vertaalde het snel, want hij verstond kennelijk geen woord Gaelic.

'Ze zullen alles wat er van uw eigendommen te brengen viel hiernaartoe hebben gebracht, Mr Gillies,' zei Mr Croucher, die een sleutel in het slot stak en hem omdraaide terwijl Effie zijn antwoord vertaalde. Hij zette een stap achteruit om hen erlangs te laten.

Effie wilde dolgraag naar binnen stormen om eindelijk met eigen ogen te zien wat dat veelbesproken leven op het vasteland dan wel behelsde, maar haar vader had al een hand tegen de deurpost gelegd terwijl hij over de drempel schuifelde, dus was ze gedwongen haar beurt af te wachten. Haar vingers spanden zich van frustratie.

'Wees voorzichtig,' waarschuwde Mr Croucher. 'Het licht neemt snel af en ik vrees dat hier nog geen elektriciteit is aangelegd.'

Ze zouden niet missen wat ze nooit hadden gekend, veronderstelde Effie.

Ze kwamen in een klein halletje met aan beide kanten een kamer, en zwijgend liepen ze instinctief de kamer aan hun rechterhand in. Die ademde een sombere sfeer en was bedompt en vochtig. Zelfs op zo'n prachtige zomeravond voelde het binnen kil aan. De donkerte straalde van de ruwe muren af en het kleine raam liet zo weinig licht door dat Effie half verwachtte dat het buiten een donkere schaduw op de grond zou werpen.

Ze huiverde en de moed zonk haar in de ongemakkelijke schoenen. De scherpte van haar teleurstelling vertelde haar dat ze ergens, ondanks haar tegenzin het eiland te verlaten, toch had gehoopt dat ze hier verleid zou worden.

Mr Croucher stak wat kaarsen aan die in een kaarsenhouder op de diepe vensterbank stonden, zodat de voorste helft van de kamer werd verlicht door een schijnsel van amberkleurig licht. Het spinnewiel van haar grootmoeder leek zich naar haar uit te strekken en ze zag de houten stoel van haar vader in de hoek op zijn kop tegen de muur staan.

Mr Croucher liep naar de kleine schoorsteenmantel tegen de linkermuur en stak nog een kaars aan. De kamer liet zich nu helemaal zien – maar dat was niet nodig geweest. Hun schamele bezittingen oogden in dit huis net zo pover als op het eiland.

'Achterin is een vadem hout voor jullie achtergelaten,' zei Mr Croucher. 'Voor in de kachel.'

Effie vertaalde het voor haar vader terwijl hij naar de gietijzeren kachel stond te kijken. Die zag er grotendeels hetzelfde uit als het exemplaar dat ze thuis hadden gehad. 'Wat is er mis met turf?' vroeg haar vader fronsend.

Effie bracht het over aan Mr Croucher.

'Helemaal niets, Mr Gillies. Maar hier gebruiken we nu eenmaal hout. U hebt de bomen tijdens de rit hiernaartoe wel gezien, denk ik? Daar hebben we er meer dan genoeg van.' Mr Croucher liep naar de deur in de achtermuur. 'Achter is een beek voor het water en opzij bevindt zich het buitentoilet...'

Effie liep naar de kamer aan de andere kant van de cottage. Die was identiek aan de keuken qua indeling en grootte, maar er hing een lichtblauw laken in het midden. Ze tuurde erlangs en zag het smalle bed van haar ouders tegen de muur geschoven staan. Aan deze zijde van het laken stond het eenpersoonsbed waar haar broer zijn hele leven in had geslapen. Er was een ster in het hoofdeinde gekerfd en het stond scheef, midden in de ruimte, alsof het er was neergegooid.

Ze keek om zich heen. De haard bevond zich rechts van haar, maar het hangende laken betekende dat haar vader, links daarvan, niet van het vuur zou profiteren als het kouder werd. Ze trok voorzichtig aan het laken. Het zou omlaag moeten worden gehaald. Het zou een verlies van privacy voor beiden inhouden, maar daar was niets aan te doen. Op Hirta had ze voor Johns ongeluk de stal in het naastgelegen blackhouse gedeeld met hun koe en Poppit, wat ze prima had gevonden, maar die luxe hadden ze hier niet.

Mr Croucher en haar vader volgden haar de kamer in terwijl ze aanstalten maakte het laken neer te halen.

'Laat het hangen,' beval haar vader.

'Maar vader, dan krijgt u het koud.'

'Het is prima zo,' zei hij. Effie zag dat hij zwaar op zijn stok leunde. Zijn gewrichten hadden het moeilijk vandaag.

Mr Croucher liep naar het raam en stak de lont van een olielamp aan, waarna hij hetzelfde deed bij de schoorsteenmantel. Er vonkte een zwak licht dat vervolgens opvlamde en schaduwen door de stenen kamer wierp. De vloer zag er koel en geruststellend oud uit, en het verlangen om de stenen vloer onder haar blote voetzolen te voelen raasde door Effie heen. Ze negeerde al de hele dag haar fysieke instincten en ze dacht dat ze het niet veel langer uit zou kunnen houden. Ze staarde Mr Croucher gepijnigd aan in de hoop dat hij zou weggaan.

Mr Croucher glimlachte, alsof hij dacht dat ze blij was met hun nieuwe omstandigheden. 'Er is een globale landkaart van het gebied voor u getekend,' zei hij over zijn schouder terwijl hij de keuken in verdween om een moment later met een vel papier weer tevoorschijn te komen. 'Maar u zult hier zelf snel genoeg bekend raken, vermoed ik.' Hij hield de kaart bij het licht. 'U bent hier,' zei hij, wijzend naar een klein zwart kruisje op een verder blanco gedeelte van het vel. Blauwe golfjes, die door een kinderhand getekend leken te zijn, kabbelden westwaarts. 'De houtvesterij van de Forestry Commission, het bosbeheer, is hier, daar zullen de mannen zich morgen melden voor werk.' Zijn vinger bewoog naar een oostelijker gebied, dat was afgebakend met groene lussen. 'Het dorp ligt tweeënhalve kilometer verderop. Naast de haven en de vismarkt vindt u daar een herberg, een winkel en een postkantoor,' zei hij, met zijn vinger wat zuidelijker tikkend. 'Er gaat een bus naar de Corran Ferry en naar Fort William, twee keer per week. Op maandag en donderdag, meen ik, maar Mrs Lamont van de winkel weet er alles van. Er gebeurt hier niet veel zonder dat zij het in de smiezen heeft, heb ik begrepen.'

Hij keek op en zag dat de jonge vrouw en haar kromgebogen vader hem aanstaarden met een ernstige uitdrukking op hun gezicht. 'Goed, u zult wel moe zijn. Als u geen vragen meer hebt, rest mij nog u de sleutels van uw nieuwe huis te overhandigen en te vertrekken. Ik heb nog een rit naar Glasgow voor de boeg om de nachttrein naar Londen te halen.'

Effie trok een wenkbrauw op. Functionarissen uit Londen. Mariniers met tressen. Verslaggevers. Een wuivend publiek. Allemaal omdat zesendertig bewoners van een rotsig eiland in de Atlantische Oceaan, zo'n honderd kilometer verderop, hiernaartoe waren gehaald. Waarom werd er zo'n drukte om gemaakt?

Hij was nog niet bij de auto of Effie had de veters van haar schoenen al losgetrokken om een paar tellen later met haar blote voeten op de stenen vloer te staan. Meteen voelde ze dat haar hartslag rustiger werd. 'Ik dacht dat hij nooit zou weggaan,' zei ze tegen haar vaders rug terwijl hij terug naar de keuken schuifelde.

'Aye,' zei hij vlak.

Ze keek op. Door dat ene woordje wist ze wat ook híj van deze plek vond. Deze verhuizing was een vergissing geweest.

Haar hart begon een beetje sneller te kloppen en ze liep achter hem aan. Snel draaide ze zijn stoel om en zette hem bij de kachel neer. Zijn krukje met drie poten plaatste ze zoals hij dat altijd graag had, vóór hem, een stukje naar links. Haar vader liet zich zwijgend neerzakken, maar de kleine huivering die gepaard ging met de verlichting van zijn botten vertelde haar dat hij had geleden. Hij stak zijn hand in de zak van zijn jasje en trok zijn zwarte tabak en pijp van klei tevoorschijn.

Effie bleef hun weinige meubelstukken rechtzetten terwijl ze hoorde hoe hij de tabak aanstampte. Ze bracht hem de kaars, opdat hij de pijpenkop naar de vlam kon brengen, en hij zoog drie keer.

Hij blies de rook langzaam uit en plotseling hing de geur van St Kilda om hen heen. Ze sloot haar ogen en hoorde de vogels weer, zag de baai in al haar stemmingen, voelde het gras onder haar voeten, luisterde naar de gesprekken – het 'avondnieuws' – op The Street, waar iedereen na het eten naartoe liep. Ze voelde nog steeds de omarming van haar buren zoals ze daar woonden in die kleine vallei, de vreugde van spelletjes in haar kindertijd en de kus van een man met heldere ogen terwijl ze zich vasthield aan een touw. Maar er was ook hartzeer: een collie die vanaf een klif door de lucht vloog, een schuilplaats tegen de storm die allesbehalve bescherming had geboden, een half touw dat van een klif bungelde... Alle herinneringen zaten in haar gebeiteld als in marmer, en als ze er een in haar geheugen omhooghaalde, kwamen de andere er als vanzelf achteraan. Ze leefden in haar voort, al die momenten die voorbij waren, maar niet vergeten.

Ze deed haar ogen weer open en keek rond in het sombere vertrek. Misschien werkte het wel in haar voordeel dat het hier zo vreselijk vochtig en donker was. Ze konden zich hier niet vestigen, dat zou haar vader nu ook wel inzien.

Hoe sneller ze zouden vertrekken, hoe beter.

Een uur later lag het heidelandschap in de schaduw, op een dun laagje roze licht na dat over de boomtoppen streek. Ze gooide het tuinhek open en begon met zwaaiende armen over het laantje naar hun buren op nummer 4 te lopen. Ze had de hutkoffers met hun beddengoed uitgepakt, de bedden opgemaakt en hun kleren gelucht, die ziltig roken van de overtocht. De potten en pannen hingen nu aan haken aan de muren van de schoorsteen. De meubels stonden allemaal op de juiste plek en met genoeg ruimte ertussen, zodat haar vader niet zou struikelen. Het laken hing nog steeds halverwege tussen hun bedden.

Haar ogen schoten als libellen heen en weer terwijl ze voortbeende en haar nieuwe omgeving in zich opnam. Ongelooflijk genoeg was het in veel opzichten schraler dan de plek waar ze vandaan kwam – minder zeevogels, geen kliffen – maar ze kon niet ontkennen dat de bomen een wonder der natuur vormden, met hun kruinen die als handen met vele vingers omhoogstaken vanuit een land vol groene reuzen dat hele koninkrijken herbergde: schepsels die ze alleen maar in boeken had gezien – rode eekhoorns, boommarters – sprongen en draafden over de houtige takken, waarna ze in hun geheime holletjes verdwenen voor ze ze kon naderen. Op Hirta had je zulke mysteries niet: het was precies wat het leek – een eiland van granieten rotsen en eeuwenoude onwrikbaarheid. Het kon verduren, weerstaan, verdragen, het wankelde niet, maar bood ook geen bescherming. De bewoners hadden hun eigen schaduw moeten creëren achter stenen muren, hadden moeten leren de steile kliffen te beklimmen, waar hun voedsel wachtte als ze maar moedig genoeg waren om het erop te wagen.

De auto voor nummer 4 was allang vertrokken en Effie was zowel blij als terneergeslagen toen ze de gestalte van Jayne Ferguson op een krukje voor de deur zag zitten, waar ze een sok zat te breien alsof ze er altijd al had gezeten. Want waar Jayne was, was Norman ook, en Effie wilde hem niet meer zien, nooit meer. Ze zou hem zijn wrede daad niet vergeven.

'Ah, jij bent het,' zei Jayne met een glimlach toen Effie naderde. 'Daar ben ik blij om.'

'Echt?'

'Natuurlijk. Ik zal beter slapen in de wetenschap dat we jou hebben om ons te beschermen. Je weet wel, voor het geval de doedelzakspeler zonder hoofd komt.' Ook haar voeten waren bloot in het gras en haar schoenen stonden netjes bij de voordeur.

'Vertel dat maar niet aan Mhairi.' Effie rolde met haar lichte ogen. 'Bovendien heb je Norman.'

'Aye, maar niemand is zo onverschrokken als jij, Effie Gillies, dat weet iedereen.'

Effie bleef bij het hek staan. 'Is hij hier?'

Jayne hoorde de minachting in haar stem. Ze wist precies hoe Effie over haar echtgenoot dacht. 'Nee, hij is op weg naar het dorp om een idee te krijgen van de afstanden. Hij moet morgenochtend vroeg beginnen en wil een goede indruk maken.'

Daarop liet Effie het hek dichtvallen en liep ze het pad op. 'Mag ik?' vroeg ze, met haar duim naar de voordeur wijzend.

'Natuurlijk.' Jayne glimlachte en breide ondertussen door. Tiktik, tiktik. Dit was ook het geluid van thuis, net zozeer als haar vaders pijp de geur van thuis was.

Effie liep snel door de cottage, voor het geval Norman eerder dan verwacht terug zou zijn. De indeling was identiek, maar er was geen laken nodig om de slaapkamer op te delen. Er stond al een fraaie kan met heide op de keukentafel en Jayne had gordijnen voor de ramen gehangen, die kleur en huiselijkheid in de kamer brachten. De kleine verschillen tussen hun twee huizen vielen hier veel meer op dan ze op Hirta hadden gedaan, en Effie had het gevoel dat ze tekortschoot omdat ze hun eigen huis geen vleugje vrouwelijkheid had kunnen geven. Zouden zulke dingen er hier toe doen? Ze had nooit eerder gedacht dat haar plichten als goede dochter zich zouden moeten uitstrekken tot opsmuk en decoratie. Het beetje trots dat haar vader wellicht voelde, lag in haar vermogen om sneller langs een touw te klimmen dan ieder ander op het eiland. Maar ze had nu al het idee dat ze nieuwe manieren nodig zou hebben om hem hier tevreden te stellen. Ze besloot straks op de terugweg wat heide te plukken. Die kon in de melkemmer staan tot ze hun koe zouden terugkrijgen.

Ze liep weer de schemering in en ging in kleermakerszit naast Jayne op het gras zitten. Ze plukte een grasspriet en speelde ermee terwijl ze rondkeek. Het roze licht was nu van de boomtoppen gegleden en de bescheiden maan, delicaat als een vingernagel, begon aan de hemel te verschijnen.

'Dus we hebben het echt gedaan...' zei Jayne met een zucht. Haar handen waren nog ijverig bezig, ook al hoefde ze niet langer te breien om de pacht te voldoen. De gewoonte was evenzeer troost als ambacht. 'Hoe voel je je?'

Effie aarzelde. Er schoten talloze woorden door haar hoofd die zich als ongeduldige kinderen wilden laten horen. Maar ze kon ze geen van alle uitspreken. 'Razend,' zei ze ten slotte.

'Razend?'

'Natuurlijk. Jij niet dan?' Maar het was een zinloze vraag. Waarschijnlijk had Jayne haar leven lang nooit razernij gekend. 'Is dít het dan? Is dit waar we huis en haard voor hebben verlaten?'

'Wat is er mis mee?'

'Er is niets goed aan, dát is er mis mee! Het is allemaal zo... gezapig.'

'Geen waaghalzerij om met gevaar voor eigen leven aan voedsel te komen, bedoel je?' vroeg Jayne glimlachend, haar zijdelings aankijkend.

'Op Hirta voelden we tenminste dat we lééfden,' zei Effie snuivend, die wist dat Jayne vriendelijk de spot met haar dreef.

'Zeker. Dat is waar.'

Effie plukte een boterbloem en keek haar aan. 'En jij? Ben jij blij dat we hiernaartoe zijn gekomen?'

Deze keer was het Jaynes beurt om te aarzelen. 'Ik geloof dat ik er wel blij mee zal zijn. Op den duur.' Ze glimlachte op haar kenmerkende raadselachtige manier.

'En Norman? Is die blij?' Het lukte haar niet de bitterheid uit haar stem te houden.

'Als een kind.' Jayne glimlachte weer. 'Hij is net Columbus die Amerika ontdekt. In zijn ogen is dit de nieuwe wereld.'

'Hij gaat zijn fortuin maken?'

'Aye, wat dat ook moge betekenen.' Jayne haalde haar schouders op. 'Hoe gaat het met je vader?'

'Hij is nogal stil.'

'Dat viel te verwachten. Voor de ouderen is het moeilijker.'

'Aye, misschien wel,' mompelde Effie, plukkend aan het gras. Ze bedacht dat het in Mhairi's geval niet opging, zij had het er moeilijker mee gehad dan wie ook. 'Ik ben in elk geval blij dat ik eraan heb gedacht om voor vertrek wat extra havercrackers te maken. Nu hoeven we vanavond tenminste niet uit te zoeken hoe de kachel werkt.'

'Ik zou willen dat ik dat ook had gedaan. Je weet hoe driftig Norman kan worden met een lege maag.'

Dat wist het hele dorp. 'En hebben jullie al gegeten?'

'Nee. Norman wilde toch naar het dorp, zoals ik al zei, dus hij gaat in de herberg eten en kennismaken met de inwoners.'

Effie fronste. 'En jij dan?'

'O, het gaat best. Ik heb geen trek.'

Er viel een stilte. Hoe onomwonden ze zich gewoonlijk ook uitsprak, Effie wist wel wanneer ze haar mond moest houden. Zoals haar moeder altijd zei, wat er in een huwelijk gebeurt is privé.

'En wie zijn onze andere buren?' vroeg ze met een kingebaar in de richting van de laatste witte cottage.

'Old Fin.'

Effie was geschokt. 'In zijn eentje?'

'Aye.'

Ze voelde het bloed naar haar hoofd stijgen, het bekende gevoel van opborrelende verontwaardiging. 'Hoe halen ze het in hun hoofd om een oude man alleen in een huis te plaatsen, hier helemaal achteraan?' Haar stem zat vol emotie.

'Maak je geen zorgen. Ik ben net bij hem geweest en het lijkt best goed met hem te gaan,' zei Jayne, die haar hoogrode wangen zag. 'Hij is moe van de reis en ligt al in bed. Ik ga morgenochtend weer even naar hem toe.'

'Misschien heeft hij je vanavond of morgen nog niet nodig, Jayne. Maar als de nieuwigheid er eenmaal af is...'

'Ik zal elke dag kijken hoe het met hem gaat.'

'Maar af en toe langsgaan is niet genoeg! Wat als hij valt? Hij zit daar heel geïsoleerd. Wie heeft hij om mee te praten? Waar kan hij naar kijken? Thuis zat hij op The Street van zonsopkomst tot zonsondergang. Niemand passeerde hem en Mad Annie en Ma Peg zonder een reactie te krijgen op de grootte van een stel lammeren, of een zonverbrand gezicht, of een gat in een bloes. En hoe komt hij aan zijn eten? En zeg nou niet "in de winkel". Daar kan hij net zomin naartoe als dat hij zich langs de touwen kon laten zakken om vogels te vangen.'

'Je hebt natuurlijk gelijk. Ze hadden er beter over moeten nadenken,' zei Jayne sussend met een glimlach. 'Maar hij heeft ons. We laten hem niet in de steek.'

Effie bedaarde. Het schuldgevoel dat haar kwelde omdat zij hem wél in de steek zou laten – hen allemaal zelfs – maakte dat ze meteen een toontje lager zong. Ze staarde naar haar handen en wilde dat ze iets kon vertellen over wat ze had doorgemaakt. Ze wilde dat ze het kon uitleggen. 'En de anderen? Waar zijn zij?'

'We zullen meer weten als Norman terugkomt. Ik hoop dat ze Ma Peg en Mad Annie ergens samen hebben ondergebracht.'

'Ik betwijfel het, als ik zie dat Old Fin op zo'n afgelegen plek is terechtgekomen. Ze vinden zeker dat we blij mogen zijn dat we onderdak hebben.'

'Nou, ik ga er liever van uit dat ze bij het toewijzen van de huizen op de landkaart hebben gekeken en dat ze jouw vader en Old Fin als naaste buren hebben ingedeeld, met ons in het midden voor hulp en steun. Hoewel de afstand tussen de cottages groter is dan wij gewend zijn.'

Dat ze haar vader zou weghalen bij Old Fin... Er trok weer een schuldbewuste trilling door haar hart. Hoe kon ze hen van elkaar scheiden? Ze spraken geen van beiden Engels. Hun kameraadschap was voor beiden essentieel. Maar na de afgelopen nacht was het klip-en-klaar dat ze niet konden blijven. Het was geen keuze. Het draaide om overleven, en of hij het nu geloofde of niet, dit was de enige manier waarop ze haar vader echt kon beschermen.

Er streek een klein vogeltje op de tuinmuur neer, waar het over de stenen hipte. Het was uitzonderlijk mooi, op een subtiele manier, met een bruingroen verenkleed met gele strepen, een roomkleurige buik en een streep boven de ogen. Effie tuurde ernaar en vergat eventjes haar ellende terwijl het een paar noten van een wijsje zong voordat het weer wegfladderde. Als het grijze pootjes had gehad, zou ze hebben verondersteld dat het een tjiftjaf was, maar de lichte pootjes vertelden haar dat het om een *Phylloscopus trochilus* ging, een fitis.

Ze leunde weer achterover met een verrukte blik op haar gezicht. Ze had er nog nooit een in het echt gezien, maar ze had er wel over gelezen. Ze wist dat het een trekvogeltje was en dat het binnenkort naar zuidelijk Afrika zou vertrekken. Ze wist dat het graag insecten at, maar ook bessen. En als ze het zich goed herinnerde, was het twee keer per jaar in de rui, wat zeer ongebruikelijk was voor een…

'Misschien is het niet alléén maar vervelend?' Ze keek opzij en zag dat Jayne naar haar glimlachte, haar lichaam roerloos hoewel haar handen nog steeds in beweging waren. Tiktik, deden de naalden, terwijl hun knoppen op en neer bewogen. Effie vermoedde dat alle vrouwen van het eiland – van Mad Annie tot Ma Peg tot Mary McKinnon, die op de boot verder naar Oban was gevaren – op dit moment bezig waren met vergelijkbare werkzaamheden. Oude gewoonten zouden hardnekkig blijken. 'Laten we het hier een kans geven voordat we het voor altijd vervloeken. Er zijn misschien geen kliffen en zeevogels, maar er zijn wel mooie bomen en zangvogels.'

'Misschien…' zei Effie vaag. Ze had geen behoefte aan schoonheid, maar aan perspectief. Een toevluchtsoord. Een veilige plek om naartoe te vertrekken. Haar vader en zij moesten hier weg – liever vroeg dan laat. Als de rentmeester eenmaal gevonden was… 'Ik moet maar eens teruggaan.' Ze stond op en klopte de grasprietjes van haar schoot. Het zou snel donker zijn en ze kende het hier niet goed genoeg voor een blootsvoetse terugkeer in de duisternis. 'Ik moet morgen vroeg beginnen.'

'In de fabriek? Aye, ik zie je daar.'

'Nee, Jayne, bij bosbeheer,' berispte Effie haar. 'Jij hebt een man die je onderhoudt, maar bij ons thuis ben ík de man, en ik heb het loon van een man nodig. We zullen niet genoeg te eten hebben als ik niet genoeg verdien.'

Jayne schonk haar weer een geduldige glimlach. 'Ah, ja. Natuurlijk.'

'Maar we zien elkaar morgen wel.'

'Aye, tot morgen,' mompelde Jayne, die toekeek hoe ze met haar armen zwaaiend wegliep, haar blote voeten al bedekt met het vuil van hun nieuwe thuis.

16

De mannen liepen voor haar uit. Ze zag hun donkere hoofden op en neer bewegen, in een verspreide rij langs de weg. Ieder voor zich maar toch samen. Het was niet bij Norman Ferguson opgekomen om in het voorbijgaan bij haar aan te kloppen, en daar was ze zowel woedend als opgelucht over.

Ze wandelde kordaat over de heide – de weg was niets voor haar – en had nu al een hekel aan haar schoenen, die tegen haar hakken wreven. Het was een ochtend van valse starts geweest, na een nacht van onderbroken slaap en rusteloze dromen. De vloer onder haar ledikant was oneffen en het bed wiebelde bij elke beweging, en net toen haar vermoeide lichaam zich daar uiteindelijk aan had overgegeven, had de vroege ochtendzon haar met een stralende vinger wakker gepord. Een strook licht die over haar wangen viel door hetzelfde kleine raam dat daar bij hun aankomst gisteren juist allesbehalve kwistig mee was geweest. Als ontbijt hadden ze de laatste havercrackers gegeten, met slappe thee van water uit het beekje.

Haar vader had een vuur gestookt met het hout, maar hij bleef mopperen dat het zonde was om het te verbranden. Hout was een schaars goed op Hirta – het kwam alleen als drijfhout aanspoelen of was afkomstig van scheepswrakken – waardoor het een grotere waarde had en voor veel betere doeleinden gebruikt kon worden, zoals het vervangen van een tafelpoot of een latei boven een venster.

Het zou geen koude dag worden – de blauwe kiekendieven die op de thermiek zweefden duidden op alweer een dag met een warme bries – maar de vlammen zouden de muffe lucht uit de cottage verjagen, en toen ze was vertrokken, zat haar vader op zijn stoel bij de deur, waar hij met zijn zakmes een wandelstok sneed. Het weefgetouw, dat ze niet langer nodig hadden en waarvoor ze geen draad hadden om te weven, stond werkeloos in de hoek naast het spinnewiel, waar het nodeloos ruimte innam. Wat zou hij vandaag doen terwijl zij werkte?

Aan de hand van de kaart die Mr Croucher hun had gegeven en haar herinnering aan de weg die ze gereden hadden vanuit het dorp naar de cottage, had ze haar route naar het werk vanochtend bepaald. Het was geen waterdicht plan. Het had haar niet gewaarschuwd dat er voorbij de brug een moeras lag, en ze was er al bijna tot haar knie in weggezakt voor ze erachter kwam. Het had haar ook niet gewaarschuwd dat ze een kolonie van op de grond broedende grote jagers zou tegenkomen, die haar met duikvluchten uit hun territorium verjoegen. Een ervan had in haar haar geklauwd en hoe vaak ze het ook probeerde weer glad te strijken, het bleef omhoog staan.

Ze liep nog steeds een kleine halve kilometer achter de mannen. Het land rolde in golven heidegrond om hen heen en als een van hen achterom had gekeken zou hij haar eenzame gestalte hebben gezien, maar ze waren nu uit haar zicht verdwenen en ze versnelde haar pas. De verre paarse heuvels kwamen langzaam dichterbij. Ze beklom een kleine heuvel en keek omlaag naar het ondiepe dal waar de houtvesterij van het bosbeheer lag. Op een terrein met enkele grote opslagplaatsen – groter dan ze ooit had gezien – lagen enorme stapels boomstammen. Ontdaan van hun bossige kronen en vragende armen lagen ze daar kaal en krachteloos, en onwillekeurig dacht ze aan het leven dat daar in en op had gefloreerd, dat eruit was gegooid om een ander onderkomen te vinden. Aan één kant stonden verschillende vrachtwagens geparkeerd bij een rij lange, lage gebouwen met tinnen daken. Ze zag een aantal van de mannen met wie ze was opgegroeid in de deuropening van het middelste gebouw staan, hun aandacht gericht op iets daarbinnen.

De laatste paar honderd meter legde ze sprintend af, want ze wilde niets missen.

'Hé,' bracht ze hijgend uit, zich opstellend naast Finlay en Angus McKinnon, die achteraan stonden. 'Heb ik iets gemist?'

Angus keek haar zijdelings aan met een openlijk geringschattende blik. Dat bracht haar van haar stuk. Ze wist dat hun rivaliteit op hun eiland soms onbegrensd was geweest, maar ze had gehoopt dat een vertrouwd gezicht hier, waar ze allemaal nog onbekend waren, zou worden beschouwd als een bevriend gezicht. 'Wat doe jij hier?' vroeg hij spottend.

'Hetzelfde als jij. Ik kom om te werken,' kaatste ze terug terwijl ze op haar tenen ging staan en naar voren keek om te zien wie de leiding had.

Hij liet een lach vol ongeloof horen.

'Dit is niet het werkoverleg op het eiland, Effie,' siste zijn broer Fin terwijl ze een hand op zijn schouder legde om in evenwicht te blijven. 'Wegwezen. Hier gaat het allemaal anders. Je kunt hier niet blijven. De vrouwen zijn in het dorp.'

'Dat is niets voor mij,' fluisterde ze terug.

Fin schudde met zijn schouder in een poging zich van haar los te maken. 'Effie, hou op met die spelletjes van je. Dit is een ernstige zaak. We moeten ons allemaal aanpassen, en dat geldt ook voor jou.'

Degene die de groep toesprak, stopte met praten.

'Jij daar. Achterin. Is er iets mis?' vroeg een man aan de andere kant van het vertrek. Effie was niet lang genoeg om te kunnen zien aan wie de stem toebehoorde.

'Eigenlijk wel, sir,' antwoordde Angus, die zijn kin omhoogbracht zodat iedereen kon zien dat hij het was die praatte. 'Er is hier iemand die zegt dat ze zich meldt om te komen werken.'

'Sst, wegwezen,' siste Finlay weer toen iedereen zich omdraaide. Hij was drie jaar jonger dan zijn oudste broer, en twee jaar ouder dan zij. 'We moeten allemaal een goede indruk maken. Maak het ons niet lastig, Effie, voor de verandering.'

'Ik heb het volste recht om hier te zijn,' siste ze terug, tegenstribbelend nu hij haar met zijn elleboog weer naar buiten probeerde te duwen. Ze waren in hun kindertijd vaak genoeg met elkaar op de vuist gegaan, en zij had de nodige keren gewonnen tot hij twee keer zo zwaar was geworden als zij. Ze zette haar voet tegen de deuropening, trok haar knie op en duwde haar been naar voren. Ze was vastbesloten zich niet naar buiten te laten dringen, maar Finlay ging simpelweg voor haar staan, zodat ze niet meer te zien was.

Hun worsteling bracht gefluister en gemompel teweeg.

'Wat gebeurt er daar achteraan? Jij daar, hoe heet je?'

'McKinnon, sir. Finlay McKinnon.'

'En wat is er aan de hand?'

'Fin is niet degene die drukte maakt, sir,' zei Angus, die zijn broer met een elleboog opzijduwde. Effie keek terug naar de mannen in de loods, die ze allemaal kende. Op één na.

De voorman leek van zijn stuk gebracht te zijn door haar aanblik, maar ze wist niet of dat kwam doordat ze een meisje in mannenkleren was of vanwege haar met modder besmeurde benen en warrige haar.

Er viel een stilte terwijl ze elkaar aankeken. Hij had een snor en een pafferige huid met pokdalige wangen. De mouwen van zijn overhemd waren opgerold, en ze zag een scherp afgetekend litteken, dat zich als de beet van een krokodil over de lengte van zijn onderarm uitstrekte.

'En jij bent?'

'Euphemia Gillies. Effie Gillies. Ik wil hier komen werken.'

Er danste een flits van geamuseerdheid door zijn ogen. 'Nou, Miss Gillies, het spijt me je te moeten meedelen dat we bij bosbeheer alleen mannen aannemen.'

Ze hield haar hoofd schuin, maar knipperde niet met haar ogen. 'Waarom?'

De vraag leek hem te verrassen. 'Omdat het om lichamelijke arbeid gaat waar mannelijke kracht voor nodig is.'

'Dat zeiden ze thuis ook over het afdalen van de kliffen, maar ik heb ze laten zien wat ik kon, en dat kan ik u ook laten zien. Ik ben net zo'n goede werker als iedere man hier,' zei ze ferm en zonder weg te kijken, ook al hoorde ze Angus naast zich gniffelen.

De ogen van de voorman schoten even heen en weer tussen de twee voormalige eilandbewoners. 'Miss Gillies, ik twijfel niet aan je... fitheid, maar voor de vrouwen is werk geregeld in het dorp, waar ze helpen met...'

'Ik ben niet op zoek naar vrouwenwerk, sir. Ik heb het loon van een man nodig. Ik ben alleen met mijn vader, snapt u. Hij is niet goed ter been, dus moet ik voor brood op de plank zorgen. Dat kan niet met het loon dat ik voor vrouwenwerk zou krijgen. U zult zien dat ik minstens zo hard werk en net zo sterk ben als iedere man hier. Sterker nog, ik was de snelste klimmer op Hirta...'

Angus snoof geringschattend.

'En met mijn postuur kan ik in openingen komen waar zij niet in passen. Ik zal me nuttig maken, heus. Jullie staan voor me in, toch, vrienden?' Ze keek naar de gezichten die ze al kende zolang ze leefde: Archie MacQueen, Flora's vader; Callum McKinnon, de middelste en redelijkste van Mhairi's broers; zelfs Norman Ferguson. Ze hadden naast haar zitten bidden in de kerk of in de klas naast haar gezeten, ze hadden samen geklommen en gejaagd en vogelnekjes omgedraaid, maar de haar zo bekende verweerde, zonverbrande gezichten keerden zich nu naar de grond. Het waren eerzame mannen, moedig en onverstoorbaar, maar tot haar verbazing zag ze dat ze nu angst uitstraalden – en schaamte om hun angst. Ze konden haar niet verdedigen, aangezien ze hier geen macht hadden. Ze waren niet langer meester over hun eigen lot, zoals ze thuis waren geweest. Werken voor loon, en de gemakkelijke manier van overleven die dat met zich meebracht, ging ten koste van waardigheid.

Er ontstond een stilte waarin niemand naar voren stapte, niemand zich uitsprak, en ze voelde haar maag omdraaien terwijl hun zwijgen – hun verraad – vaste vorm kreeg. Ontkenning.

'Hier is alles anders, lass,' zei de voorman terwijl haar wangen rood kleurden. 'Wat op die eilanden acceptabel was – nodig zelfs – kán hier gewoon niet.'

'Waarom niet?' Was zij de enige die dit in twijfel trok?

'Laten we zeggen dat het... etiquette is. Dat het hier anders gaat.'

Effie staarde hem niet-begrijpend aan. Ze had het woord 'etiquette' nog nooit gehoord. Het had geen betekenis. 'Als u me gewoon de kans geeft om me te bewijzen...'

'Zelfs al zou je dat kunnen, dan maakte het nog geen verschil. Ik kan zo'n sprietig ding als jij hier niet gebruiken. We zouden ons belachelijk maken. Dit is mannenwerk.'

Effie voelde haar ademhaling oppervlakkiger worden nu de hopeloosheid van wat hij zei tot haar doordrong. Ze werd dus afgekeurd, enkel en alleen omdat ze een vrouw was?

'Een potje armpjedrukken, is dat een idee?' opperde Angus McKinnon op wreed spottende toon.

'Dat is niet nodig,' zei de voorman koeltjes. 'Miss Gillies begrijpt hoe het zit, nietwaar, lass?'

Een ogenblik lang zweeg ze en wierp ze een blik door de ruimte. De mannen – de meesten van hen – hadden het fatsoen om weg te kijken, beschaamd omdat ze haar de kans hadden ontnomen zich te bewijzen terwijl ze heel goed wisten wat ze allemaal kon.

'Aye, sir,' zei ze bitter.

'Mrs Buchanan wacht vast al op je. Je kunt je maar beter haasten om nog op tijd te komen, want ze houdt van stiptheid.' Hij keek weer naar haar kleren. Naar haar natte schoenen en haar met modder besmeurde broekspijpen. 'Ik ga ervan uit dat ze wel andere kleren voor je te leen heeft.'

'Dat is niet nodig.'

'Integendeel, ik denk dat ze erop zal staan.'

'Ik ga geen kleren van iemand anders dragen.'

'Eh... dat doe je al,' fluisterde Angus luid.

'Luister,' zei de voorman. 'Je hebt zelf gezegd dat je brood op de plank moet zien te krijgen. En hoe kun je dat doen als je niet tegemoetkomt aan Mrs Buchanans eisen?'

'Nou, niet op de gewone manier, in elk geval. Niemand gaat in háár levensonderhoud voorzien,' zei Angus lijzig, gesterkt door de aanhoudende stilte onder de mannen.

Hij dacht misschien dat hij een rake opmerking maakte, maar Effie bewees dat ze nog rakere klappen kon uitdelen. Ze gaf hem een stoot in zijn nieren– zoals John het haar had geleerd – voordat hij klaar was met lachen om zijn eigen grapje. Hij wankelde opzij voordat hij zich herstelde.

'Vechten met een meisje?' riep ze door het rode waas voor haar ogen terwijl hij met geheven hand op haar afliep.

De voorman ging tussen de ruziënde St Kildanaren in staan.

'Zo is het wel genoeg,' zei hij bars terwijl hij de jongeman recht in zijn ogen keek. Angus liet zijn hand zakken.

Effie staarde hijgend naar Angus over de schouder van de voorman. Ze was woest. Ze wilde verder vechten, hem laten zien – hun allemaal laten zien – dat ze niet was wat zij suggereerden: zwak, frêle, teer. Ze zou zichzelf koste wat kost verdedigen. Hij had geen idee waar ze toe in staat was, de dingen die ze had gedaan… Haar bloeddorst was er nog. Die was er al sinds de nacht voor de evacuatie, bij de kerk, en sindsdien was ze nog niet tot rust gekomen. Haar hart was woelig, haar zenuwen stonden op scherp.

Maar de strijd was al verloren. Hoe sterk of dapper of hardwerkend ze ook mocht zijn, welke voordelen ze ook kon bieden, dit was simpelweg een kwestie van hoe het zou overkomen, en daar kon ze niet tegen vechten. Haar aanwezigheid hier zou als een afgang worden ervaren. Zo was dat hier nu eenmaal.

Zonder nog een woord te zeggen draaide ze zich om en verliet de loods.

'Jij bent gek, weet je dat? Helemaal de weg kwijt!' schreeuwde Angus haar na. 'Je denkt misschien dat je bijzonder bent, maar dat ben je niet. Jij bent niets, Effie Gillies! Hoor je me? Niets!'

Ze hoorde het lage gezoem van de spinnewielen en het geklak van de weefgetouwen al voordat ze binnenkwam. Er klonk geroezemoes van pratende stemmen boven de werktuigen uit, in een rijzend en dalend ritme als de vlucht van een specht.

Effie sloeg het tafereel met boze ogen gade. Vrouwenwerk. Vrouwen aan het werk. De hoofden gebogen, de handen ijverig in een synchrone beweging. Het licht viel vanuit hoge ramen naar binnen en scheen op hun strak naar achteren getrokken knotten. Het gebouw was een grote, verbouwde stal en Effie kon nog zien waar de modderspatten onderaan de muur hadden gezeten toen hier nog dieren werden gehouden. Er werden rollen tweed voorzichtig op schragentafels gestapeld, een zachte, vrouwelijke versie van de boomstammen die op de houtvesterij waren opgestapeld.

Aan de andere kant van de ruimte stond een groep vrouwen om een bureau heen. Ze waren te onderscheiden van de vrouwen die aan de weefgetouwen zaten door de rode omslagdoeken om hun schouders. Effie kneep haar ogen samen. Gisteren zaten diezelfde sjaals nog om hun hoofd, maar nu waren ze afgezakt tot hun schouders? Natuurlijk waaide de wind hier niet zo hard door hun haren, maar ze hadden nog maar twaalf uur in deze contreien doorgebracht en de oude gewoonten waren al, letterlijk zelfs, aan het wegzakken... Haar hart was geschokt te zien hoe snel haar stam, haar volk, verdween in de massa op het vasteland, ontmanteld en anoniem. Zelfs Flóra? Haar hoofd was gebogen, haar opvallende zwarte haar naar achteren gebonden. Voor de verandering ging ze op in de menigte.

Effie zag hoe gehoorzaam de vrouwen stonden te wachten op instructies. Was zij de enige die het gevoel had weggerukt te zijn uit haar eigen leven? Die de behoefte voelde om haar eigen zelf te bewaren? Waarom vocht niemand anders hiertegen?

'Jij.'

De stem haalde haar uit haar gedachten en ze richtte haar blik op een kleine vrouw die naar haar keek. Haar kruin kwam niet veel hoger dan Effies schouder, maar ze had het hier duidelijk voor het zeggen. 'Je bent te laat.'

'Aye,' antwoordde Effie gelaten. 'Ik ben naar de verkeerde plek gegaan.'

Er viel een stilte. Die was vol verwachting, alsof er een baby in een draagdoek werd gewiegd.

'Dan zou je je misschien kunnen verontschuldigen om het ongemak dat je hebt veroorzaakt,' zei de kleine vrouw ten slotte, zo te zien geïrriteerd omdat ze het moest voorkauwen.

'Nou, wat dacht u van dit ongemak?' kaatste Effie terug, met een gebaar naar haar modderige broek en warrige haar. Ze was moe en ziedend. De onderbroken slaap van vannacht begon nu al zijn scherpe vingers in haar te zetten. De ruimte voelde bedompt aan.

Haar woorden werden gevolgd door nog een stilte, want ze waren zo brutaal dat de vrouwen aan de getouwen spontaan stopten met weven. De kleine vrouw liep langzaam naar haar toe, met haar handen ineengevouwen voor haar fris witte schort alsof ze deelnam aan een begrafenisstoet. Ze bleef vlak voor Effie staan en keek naar haar op. Het lengteverschil tussen hen beiden was bijna komisch, maar het was duidelijk wie de macht had.

Om de mond en tussen de wenkbrauwen van de oudere vrouw lagen diepe plooien. Haar mondhoeken wezen naar beneden, haar ogen waren donkerblauw, maar het wit eromheen was een beetje gelig. Effie zag dat ze nooit een mooie vrouw was geweest, maar dat haar alledaagse voorkomen met de leeftijd zuurder was geworden. Ze genoot van haar bitterheid. Die gaf haar het karakter dat haar gezicht ontbeerde.

'Jij bent dus Euphemia Gillies.'

'Ja.'

'Ik heb zojuist al een en ander over je gehoord.'

Effie gaf geen antwoord, maar haar blik schoot even naar haar oude eilandgenoten, die in een groepje stonden toe te kijken. Net als bij de mannen lag er medelijden in hun ogen, maar geen van hen stapte naar voren om haar te verdedigen. Ze stonden gedwee bij elkaar als de schapen die ze ooit hadden gehoed en geplukt, en ze besefte waarom ze niet streden. Ze waren doodsbang dat dit nieuwe leven – hoe ellendig en sober ook – op elk moment uit hun armen kon worden gerukt en dat ze dan helemaal niets meer zouden hebben.

'Nee. Zij hebben niets gezegd,' zei de vrouw, die haar blik naar haar oude buren volgde. 'Mr Lennox heeft gebeld en me verteld dat je problemen hebt veroorzaakt op de houtvesterij.'

'Ik heb helemaal niets veroorzaakt! Ik ging erheen om te werken...'

De plotse klap striemde haar wang. Heel even dacht ze dat ze met een roeispaan was geslagen.

'Jij hebt een grote mond, dat hoor ik wel. En er ligt vuur in je blik.' De vrouw bekeek haar door tot spleetjes geknepen ogen. 'Jij bent een lastpost, Effie Gillies. Ik ken jouw soort. Denk maar niet dat je speciaal bent.' Haar stem klonk gedempt en dreigend. 'Je kunt maar beter inzien dat mensen zich voor jullie hebben ingespannen. Huizen voor jullie hebben gevonden. En banen.' Ze maakte een snel hoofdgebaar naar de weefgetouwen achter haar. 'Gunsten worden niet verleend. Geen brutale mond, niet er de kantjes af lopen, niet te laat komen. Het wordt hard werken, en volgens mijn regels, of er is géén werk. Begrepen?'

Effies ogen traanden. Haar bloed kookte. Alles in haar wilde het uitschreeuwen. Ze was deze vrouw niets verschuldigd. Ze kon gaan werken waar ze wilde. Dit werk was dan wel voor haar bedacht door een of andere bureaucraat met bolhoed uit Londen, maar waarom zou ze het aanvaarden? Ze zou ervoor bedanken en ergens anders gaan werken. Haar leven was van háár.

Althans, dat zou het worden... maar nog niet. Ze kon niet zomaar vertrekken. Ze was gebonden aan de economische realiteit die hier heerste, het feit dat je een loon moest verdienen. Er was meer vrijheid, meer gelijkheid geweest op het eiland, waar ze hun eigen maaltijden vingen en in het huis van hun voorouders woonden. Maar hun nieuwe thuis was hun geschonken, net als dit werk. Tot ze iets anders kon regelen zou ze zich moeten schikken, net als de rest.

'Be-gre-pen?' De woorden werden langzaam gearticuleerd en er lag een zekere dreiging in, als een schaduw op de achtergrond.

Effie wist dat ze moest knikken. Als ze vanavond een maaltijd op haar vaders tafel wilde zetten, moest ze knikken. Maar ze zag in de ogen van deze vrouw dat die meer wilde dan een 'ja'. Ze wilde totale overgave. Vernedering. Er was een streep in het zand getrokken en Effie besefte – vol verachting – dat deze vrouw haar nu niet meer met rust zou laten.

Er viel weer een verwachtingsvolle stilte, hoewel er maar één uitkomst mogelijk was.

Ten slotte knikte ze.

'Goed dan.' De vrouw snoof vluchtig en triomfantelijk, alsof er een wissewasje was opgelost. 'Mijn naam is Mrs Buchanan, ik heb hier de leiding. Je buren hebben al instructies gekregen over de werking van de weefgetouwen, dus je zult wat moeten inhalen.' Langzaam liet ze haar blik van top tot teen over Effie in haar mannenkleding glijden. 'En ik weet niet wat voor beschaafd doorgaat waar jullie vandaan komen, maar hier delen mannen en vrouwen hun kleren niet met elkaar.'

Achter een van de getouwen klonk gegiechel. Effie keek vliegensvlug om, maar alle ogen waren neerwaarts gericht.

'Je mag van geluk spreken dat we vandaag geen bezoekers krijgen, aangezien Mr McCaughrean, onze koper uit Glasgow, net heeft afgezegd. Ik ga niet meer tijd verspillen aan jouw fratsen. Je blijft vandaag zoals je bent en morgen kom je passend gekleed – als je tenminste betaald wilt worden.' Ze maakte aanstalten zich af te wenden, maar keek terug met een vleugje geamuseerdheid in haar waterige ogen. 'Ze zeggen dat op het eiland alleen de mannen weefden, terwijl de vrouwen kaardden en sponnen?'

Effie knipperde vaag met haar ogen ter bevestiging.

'Nou, dan doe je hier dus mannenwerk. Dat moet je toch tot tevredenheid stemmen.' Het sarcasme droop van haar woorden. 'Aan het werk, allemaal!'

Effie keek haar na, en het geklak van de weefgetouwen begon weer.

Flora kwam naar haar toe – ze leek te trekken met haar been – en greep Effies hand vast terwijl ze over haar nog vuurrode wang streek. 'Eff, gaat het wel?' fluisterde ze. Haar lange zwarte haar, dat gisteren op het schip nog vrij als een piratenvlag in de wind had gezwierd, was naar achteren getrokken in een vlecht, die was opgestoken. Effie vatte het op als een teken van de onderwerping van haar vurige, prachtige vriendin. Een volgzame – en verbijsterende – overgave.

'Nee!' siste Effie. Haar ogen schoten opzij naar de nieuwsgierige blikken van de vrouwen achter de weefgetouwen. In hun ogen was zij primitief, barbaars zelfs. Ze voelde nog steeds de hitte die van haar wang afstraalde door de klap die ze en plein public had gekregen. Mrs Buchanan had voor elkaar gekregen waar Angus McKinnon in had gefaald, en Effie twijfelde er niet aan dat hij er snel genoeg van zou horen. 'Ik haat het hier, Flora! Ik vind het hier vreselijk!'

'Sst, probeer je te beheersen,' zei haar vriendin, die haar meeloodste naar een hoek. 'Het hoeft niet voor altijd te zijn. Laat de dingen een poosje betijen, zie het nog een poosje aan. Ik weet dat het moeilijk is.'

'Móéilijk? Ik heb huis en haard verlaten en mijn hond vermoord zien worden, alleen maar om in een huis te kunnen wonen dat slechter is dan het huis waar we vandaan komen? Aan een laantje waar de enige hulp van Norman Ferguson moet komen? Waar ik werk moet doen dat binnen een maand mijn dood zal worden?'

'Waarom zou het je dood worden?' Flora fronste. 'Het was heel wat gevaarlijker om de kliffen af te dalen.'

'De verveling, Flora! Ik zal doodgaan van het binnen zitten! Van het urenlang dragen van deze verdomde schoenen!'

Een paar vrouwen draaiden hun hoofd om bij het horen van haar vloekwoord en keken toe hoe ze tegen de grond schopte.

'Stil nou!' fluisterde Flora, die zo bang was dat Effie weer de toorn van Mrs Buchanan op zich zou laden dat haar ogen ervan glinsterden. 'Dit is niet het moment om een revolutie te beginnen.'

Effie keek haar vriendin boos aan. 'Sinds wanneer ben jij zo meegaand?'

'Je weet dat ik dat niet ben.'

Maar de stem van haar vriendin was vlak en toonloos, en ze was nog bleekjes van de reis. Zij had het ook zwaar. Ze waren allemaal als vissen op het droge, happend naar lucht.

'Flora, waarom ben jij hier nog? Ik dacht dat je meteen naar de stad zou gaan?'

Flora knikte. 'Ik ga ook. Maar ik kan mijn familie niet zomaar achterlaten zonder om te kijken. Ik wil dat ze op streek zijn voor ik vertrek.'

Effie zag de schietspoelen heen en weer gaan over de weefgetouwen en hield haar woedende tranen in. 'Jij hebt makkelijk praten. Jij kunt je hierin schikken in de wetenschap dat James iets beters voor je in petto heeft. Maar...' Ze keek haar vriendin aan. 'Ik kan hier niet blijven. Ik moet hier weg. Ik moet ergens anders...'

'Gillies.' Een bijna blaffende berisping.

Ze draaide zich om en zag Mrs Buchanan in de deuropening staan, haar kleine gestalte een silhouet tegen de zonneschijn op de binnenplaats achter haar.

'Sst. Stil. Maak het niet erger,' mompelde Flora voordat ze haar ogen liet oplichten en stralend glimlachte. 'Ik was Effie net aan het uitleggen hoe de weefgetouwen werken, Mrs Buchanan, zoals u hebt gevraagd.'

Maar Mrs Buchanan was niet in de stemming te worden gesust door de charme van een mooi meisje. 'De latrine zit verstopt,' riep de oudere vrouw, zo luid dat iedereen haar kon horen. 'Maak het in orde, Gillies. Jij hebt vanochtend tenslotte al in de bagger gespeeld.'

Effies lichaam verstrakte en Flora's hand op haar arm kneep harder om haar te waarschuwen. Er was een tijd om te vechten, maar ook een tijd om dat níét te doen. Ze zou het juiste moment moeten kiezen. Ze konden niets beginnen met een lege maag en ze moest vanavond een maaltijd op tafel kunnen zetten. Al het andere – ook haar trots – zou moeten wachten.

17

'Je bent er weer,' zei haar vader toen ze het hek opendeed. Hij zat bij de deur zijn pijp te roken. Er begon een figuur, ruwweg gesneden, te verschijnen aan de stok op zijn schoot. Ze vroeg zich af hoelang hij er vandaag aan had gewerkt.

Ze dwong zichzelf flauwtjes te glimlachen. 'Aye. En ik heb eten bij me.' Ze hield de zak met schaapskoteletten omhoog die de slager haar had gegeven 'op de pof', tot ze haar eerste loon zou krijgen. Na het werk had ze in een ruimte met witte glimmende muren in de rij gestaan, samen met Flora, Jayne, Lorna en Mhairi's moeder, Rachel. Mhairi was nog steeds nergens te bekennen. 'Haar zenuwen,' had Rachel hoofdschuddend gezegd terwijl ze gehoorzaam stonden te wachten op de goedgunstigheid van de slager. 'De overtocht is haar te veel geworden.' Op dat moment was een van de mannen van achter uit de winkel gekomen en had ze een glimp opgevangen van halve gevilde dieren die aan haken hingen en waarvan het bloed als een rivier naar de afvoer stroomde. Het had haar een grotesk symbool geleken voor dit land van overvloed waar eten, en dus overleven, vanzelfsprekend leek.

'Het is een traktatie en geen vergissing,' zei ze, en ze liep door naar de keuken, waar ze de bruine papieren zak op de tafel zette. Die wiebelde zachtjes omdat de vier poten – net als die onder haar bed – niet allemaal tegelijk de ongelijkmatige vloer raakten. 'We hebben schaapskoteletten, maar er is een slager in het dorp met meer keuze dan u ooit gezien hebt. We hadden ook niertjes kunnen eten, of lamsvlees...' De slager had gelachen om de vrouwen van St Kilda toen ze stomverbaasd naar de verschillende stukken vlees hadden gekeken – ál die keuze... zomaar voor het grijpen. 'Nou ja, vandaag niet. Hij deelde het uit, we konden niet kiezen, maar als ik eenmaal mijn loon heb gekregen, kunnen we nemen wat we willen.' Ze haalde de aardappelen en prei tevoorschijn en legde ze op de tafel. 'Kunt u zich dat voorstellen? Waar hebt u trek in als we kunnen kiezen?'

Haar vader schuifelde naar binnen, de pijp nog bungelend aan zijn lippen, terwijl hij zwaar leunde op zijn stok. 'Als je het maar niet zo lang kookt dat het naar leer smaakt.'

'Ha!' zei ze vlak. 'Rachel McKinnon kreeg een schouderstuk en Jayne heeft niertjes. Die glansden! Als... lippen!' Ze trok een bedenkelijk gezicht. 'Ik weet niet wat ik daarvan moet denken. Ze gaat me vertellen hoe ze smaken.'

Ze boog zich voorover om haar veters los te maken, trok haar schoenen en sokken uit en zette haar voeten op de kale stenen. Ze voelde de spanning van de dag van zich af glijden en kwam weer wat tot zichzelf.

'Je stinkt,' mopperde haar vader snuivend.

Effie gaf niet meteen antwoord. Het was het excuus van de lokale vrouwen geweest om haar de hele dag te mijden, met hun neus in de lucht als ze langsliepen, alsof zij op de een of andere manier minder waard was dan zij. 'Aye. Het is zwaar om de hele dag aan een weefgetouw te werken, dat kan ik je wel vertellen.' Ze was twee uur bezig geweest met het ontstoppen van de latrine en daarna had ze die nog schoongemaakt.

'Weefgetouw? Ik dacht dat je op de houtvesterij ging werken?'

'Dat dacht ik ook.'

Er viel een stilte en hun ogen ontmoetten elkaar kort, maar ze keek gauw weer weg omdat ze zijn teleurstelling niet wilde zien. Ze wisten allebei dat haar vrouwenwerk in de fabriek minder geld opleverde.

'Ga je in elk geval wassen voor we gaan eten. Ik kan niet eten met die stank. Wegwezen. Ik breng de pan water wel als die kookt.'

Met een ongeduldige snuif wendde hij zich af. Ze glipte door de achterdeur, duwde de hendel van de pomp omlaag en keek hoe het water in de kuip stroomde. De eerste minuut was het nog roestkleurig, maar daarna werd het helder. Het koper had groene strepen en onder in de kuip lagen wat dode kevers en een trilspin, en tegen de zijkanten zaten wat oude varenbladeren geplakt. Een grote rododendron diende als een soort scherm. Niet dat er iemand in de buurt was die haar naakt zou kunnen – of willen – zien.

Ze zag hoe de kuip langzaam werd gevuld en dacht aan de keren dat ze in zee had gebaad gedurende haar korte tijd met Sholto op het eiland: hoe ze de eerste dag van de klif naar de boot was gesprongen en half in het water was beland, hoe ze de volgende dag een watergevecht in de baai hadden gehad, en hoe hij haar twee dagen daarna weer een zwemles had gegeven als smoes om haar aan te raken, met haar samen te zijn. Elke keer had ze naderhand gehuiverd. Had ze meer gewild.

'Daar ben ik al,' zei haar vader, die om de rododendron liep en het hete water in de kuip gooide. De stoom vervloog meteen. 'En een handdoek,' zei hij terwijl hij de rafelige doek over de struik drapeerde. Hij hinkte weer weg en ze trok snel haar kleren uit en stapte in het water. Het was nog steeds adembenemend koud. De pan heet water was net genoeg geweest om de temperatuur bijna lauw te maken. Het oppervlak kwam amper tot de bovenkant van haar heupen toen ze ging zitten, maar ze draalde niet en begon het water over haar armen en gezicht te spatten, haar tanden op elkaar geklemd. Er stond een oude melkemmer op het gras en die pakte ze om het water op te scheppen en over haar hoofd te gieten terwijl ze naar adem hapte door de bijtende kou die over haar schouders en rug liep. Ze hijgde met elke plons en voelde het kippenvel over zich heen trekken terwijl ze zo snel mogelijk de stank van de dag verwijderde. De modder van het moeras was door haar broek gesijpeld en had haar been tot aan de knie bruin gekleurd, als een wollen kous, en ze boende zo goed als ze kon. Mrs Buchanan had duidelijk gemaakt dat ze morgenochtend in vrouwenkleren op het werk zou moeten verschijnen, met haar haar geborsteld en keurig naar achteren gebonden.

Effie haalde diep adem, leunde achterover, boog haar knieën en gleed door de kuip omlaag tot ze op haar rug en met haar hoofd en oren onder water lag. Het was net zo koud als zwemmen in zee, maar ze dwong zichzelf om onder te blijven terwijl ze met haar vingertoppen over haar schedel wreef. Haar lange haar dreef als zeewier om haar gezicht.

Een minuut later kwam ze boven, weer naar adem happend. IJskoud, maar schoon. Ze stapte uit het bad en wikkelde de dunne handdoek om zich heen, huiverend terwijl de waterdruppels omlaaggleden. Ze trok met tegenzin de handdoek van haar schouders en begon zich af te drogen.

Terwijl ze daar stond, verstijfd van de kou, hoorde ze iets. Stemmen? Er zat geen raam in de achtergevel en de woorden waren door de dikke stenen muren niet te onderscheiden, maar ze hoorde wel dat er een mannenstem klonk. Ze kon ook wel raden wie het was: Norman Ferguson, die haar vader kwam vertellen wat zij vanochtend voor schandelijk gedrag had vertoond toen ze op de vuist was gegaan met Angus McKinnon. Als hij ook nog zou horen hoe het met Mrs Buchanan was gegaan…

Ze droogde zich snel af, vastbesloten om haar kant van het verhaal te vertellen, zodat niet zíjn relaas als het officiële verslag van de gebeurtenissen zou dienen. Ze liep door de achterdeur de slaapkamer in en trok schone kleren uit de hutkoffer. Ze hoorde de stemmen in de naastgelegen kamer, hoewel ze door de gesloten tussendeur maar vaag te horen waren. Ze trok een versteld overhemd aan, en Johns zachte mosgroene broek, die haar nu iets te kort was.

Ze opende de slaapkamerdeur en maakte aanstalten naar de keuken te lopen, maar terwijl ze door de gang liep, zag ze vanuit haar ooghoeken iets groots en glimmends in een bordeauxrode tint. Ze keek slechts vluchtig en voor haar hersenen haar hadden verteld dat het een auto was, stond ze in het vertrek en drong tot haar door dat de man die met haar vader praatte niet Norman Ferguson was.

Hij begroette haar met een opgeluchte uitdrukking op zijn gezicht, en ze herinnerde zich dat hij geen woord Gaelic sprak.

'Lord Dumfries!' riep ze uit.

'Miss Gillies, kijk eens aan. Ik vroeg net naar u.' De graaf droeg een duur pak en een vilthoed met opstaande rand. 'Wat een genoegen u weer te zien.'

'Het genoegen is wederzijds, sir,' zei ze aarzelend. Ze durfde haar ogen niet af te laten dwalen om openlijk de kamer rond te kijken. Was zijn zoon hier? Of buiten? Het was honderdzes dagen geleden dat de verlichte masten van het jacht om Dun heen waren verdwenen – met het getij mee, voor de storm uit – en dat Sholto Crichton-Stuart in de donkerte was verdwenen. Sindsdien had ze niets meer van hem gehoord. Lorna was eraan gewend geraakt dat ze bij het huisje van de postmeester rondhing als er een schip langskwam en de post werd afgeleverd, in de hoop dat er misschien iets voor haar bij zou zijn, maar er had nooit een luidere stilte door The Minch geklonken. Het was glashelder: hij was naar zijn eigen wereld teruggekeerd en had haar alleen gelaten in háár eigen wereld.

'Zoals ik uw vader al vertelde...' begon hij, en Effie kon zich slechts voorstellen hoe ongemakkelijk de mannen zich gevoeld moesten hebben terwijl ze op haar hadden gewacht, niet in staat elkaar te begrijpen. Geen wonder dat de graaf blij leek haar te zien. 'Ik ben op de terugweg van een jachtpartij van een paar dagen op het landgoed van MacLeod en ik dacht: laat ik eens langsgaan om te kijken hoe het u hier bevalt.'

Ik, enkelvoud. Hij was hier dus niet. De adrenaline die als een kogel door haar lichaam was geschoten zwakte af. Ze voelde haar lichaam inzakken van teleurstelling. 'U hebt aan ons gedacht, sir?'

'Natuurlijk. Sir John heeft het momenteel nergens anders over. Hij en ik hebben gesproken over... bepaalde zaken omtrent de archipel.' Hij glimlachte vaagjes. 'Hoe dan ook dacht ik daarom aan u en nam ik me voor om u te bezoeken, aangezien ik toch in de buurt was. Ik hoop dat u het niet erg vindt. Ik weet dat ik het eigenlijk van tevoren had moeten laten weten.'

'Zeker niet, sir. U bent hier altijd welkom.' Ze probeerde haar gedachten te ordenen, zich de manieren te herinneren waar haar moeder altijd op had gehamerd. 'Wilt u bij ons blijven eten, sir? We hebben meer dan voldoende.' Haar maag rammelde, als een protest tegen de leugen.

'Dat is heel vriendelijk, maar ik vrees dat ik snel weer verder moet voor een afspraak in Glasgow die al lange tijd gepland staat. Het is spijtig, maar er valt niets aan te doen.'

'Natuurlijk, sir.' Onwillekeurig was ze opgelucht dat ze haar koteletten niet hoefde te delen – haar eerste 'gemakkelijk verkregen' avondmaaltijd in het land van overvloed, een maaltijd waarop ze niet had hoeven jagen, die ze niet had hoeven vangen, doden en plukken, hoewel ze hetgeen ze te verduren had gehad om eraan te komen helemaal niet zo gemakkelijk vond.

Lord Dumfries liet zijn blik door het kleine vertrek gaan. 'Nou, ik moet zeggen, alles in aanmerking genomen, dat ze... zich goed van hun taak gekweten hebben. Zoals ze voor iedereen een huis hebben gevonden.'

Effie beet op haar lip. Zij dacht er heel anders over. 'Aye, sir.'

'Het is een lastige logistieke onderneming om mensen en dieren over zee te verhuizen, en ze van huizen en werk te voorzien. Dat is niet niks. Helemaal niet niks.' Hij keek haar over zijn schouder aan met een opgewekte glinstering in zijn ogen die haar aan zijn zoon deed denken. 'Hoewel, om eerlijk te zijn... denk ik dat ík jullie misschien iets beters zou kunnen bieden. Het licht is hier nogal... karig.'

Er bloeide een stilte op terwijl zij en haar vader, die er geen woord van verstond, hem verwonderd aankeken.

'Ik heb namelijk een voorstel voor u, Miss Gillies...'

Haar hart maakte een sprongetje bij het horen van zijn woorden.

'Ik wil graag dat u voor mij komt werken. Dat u naar mijn landgoed in Dumfries komt om daar te doen waar u zo goed in bent.'

'Vogels vangen?'

Hij lachte geamuseerd. 'Ha, nee, helaas niet! Er zijn daar lang niet zoveel vogels als op St Kilda.'

'O. Dus het gaat om klimmen?'

Hij aarzelde. 'Nee, ook niet. Ik ben bang dat onze heuvels u erg zullen teleurstellen. Ze vormen een slap aftreksel van wat u gewend bent.'

Ze wachtte tot hij haar zou vertellen wat hij dan wilde dat ze zou doen. Zijn dieren voederen? Zijn tweed weven?

'Miss Gillies, ik wil graag dat u naar Dumfries House komt om mijn ornithologische collectie te beheren.'

'Wat?'

Lord Dumfries glimlachte. 'U weet dat mijn passie voor vogels mij het afgelopen voorjaar naar uw eiland heeft gebracht. Ik dacht dat ik behoorlijk deskundig was, maar ik moet toegeven dat ik in minder dan een week meer van u heb geleerd dan ik ooit uit een boek, van een professor of ornitholoog had kunnen leren – en dat geldt voor ons allebei,' zei hij, verwijzend naar zijn afwezige zoon.

Effie knipperde met haar ogen.

'Eerlijk gezegd heeft een museum in Londen contact met me opgenomen. Daar denken ze dat mijn persoonlijke verzameling eieren, veren en wat dies meer zij een tentoonstelling rechtvaardigt, en hoewel ik nog steeds twijfel, heeft het me aan het denken gezet over het ordenen van de collectie met de zorg die ze verdient. Ik heb heel veel voorwerpen, maar ik wil best erkennen dat mijn belangstelling vooral uitgaat naar de jacht en verwerving ervan. Het catalogiseren kost me te veel tijd en zo langzamerhand is het allemaal wel een warboel geworden.' Hij keek haar aandachtig aan. 'Wat vindt u ervan?'

Ze had het gevoel dat haar wereld verschoof, dat de muren trilden, hoewel ze niet goed wist of ze naar binnen of naar buiten zouden vallen.

'Je wordt ondergebracht in een onderkomen op het landgoed in Ayrshire, een paar uur ten zuiden van hier. En je krijgt natuurlijk een fatsoenlijk loon.' Hij noemde een bedrag waar Effies mond van openviel. Het was meer dan wat de mannen op de houtvesterij kregen. Jayne had haar verteld wat Norman verdiende toen ze bij de slager in de rij stonden.

Ze voelde haar bloed in haar oren ruisen. Dit aanbod was meer dan ze had durven dromen. Ze zou niet alleen het loon van een man krijgen voor werk dat ze geweldig vond, in dienst treden bij de graaf was precies de ontsnapping die ze nodig had. Ze was daar misschien niet uit het zicht – er zou over gepraat worden – maar wel buiten bereik. De graaf was onaantastbaar. Ze zou daar veilig zijn.

Ze wierp een blik op haar vader. Hij stond zwijgend te kijken en ze wist dat hij zich vernederd voelde omdat zij degene was die het gesprek met de graaf voerde, en niet hij. Het was thuis al erg genoeg geweest dat hij niet veel in te brengen had in hun levensonderhoud, maar dat hij hier nu zelfs niet kon communiceren… Zijn stem was nog zijn enige kracht.

Ze zag aan de blik in zijn ogen hoe pijnlijk hij het vond dat hij op geen enkele manier een bijdrage kon leveren. Hoe gespannen hun verhouding ook was, ze kon hem in geen geval achterlaten.

'Het is heel genereus van u, sir, en ook aardig, dat u aan mij denkt terwijl er vele anderen zullen zijn die beter gekwalificeerd zijn dan ik.'

'Nonsens. U hebt kennis opgedaan in de natuur. En u hebt gevoel voor het onderwerp.' Hij sloeg haar gade en zag dat ze haar ogen had neergeslagen. 'Miss Gillies, ik hoop dat dit niet een inleiding is tot een "maar".'

Ze schudde langzaam haar hoofd. 'Het spijt me, sir, maar ik kan mijn vader niet verlaten.'

'Natuurlijk niet! In geen geval! Het was niet mijn bedoeling om u van uw vader te scheiden. Waar u gaat, gaat hij ook. Er is uiteraard plek voor u beiden. We hebben zonder twijfel een cottage op het landgoed die gereed kan worden gemaakt.'

Ze knipperde weer met haar ogen, zich verwonderend over hoe gemakkelijk alles in zijn wereld ging. 'Echt?' Ze durfde nauwelijks te hopen dat het echt waar was. Ze konden dit bedompte, sombere huisje verlaten – zomaar? Ze zou die feeks van een Mrs Buchanan nooit meer te hoeven zien, niet meer voor haar te hoeven werken?

Ze konden dit nieuwe leven dat hun was toebedeeld de rug toekeren en een ander leven kiezen?

Maar… 'Weet Lord Sholto dat u mij dit vraagt?'

'Sholto?' Hij leek verrast te zijn door de vraag. 'Nee, nog niet. Hij heeft de zomer in Frankrijk doorgebracht. Hij is nu terug en zet de bloemetjes buiten in Londen. We hebben hem nog niet gezien. De gravin probeert hem steeds over te halen naar huis te komen; hij zal langzamerhand wel gesloopt zijn door al die onzinnige feesten. Maar ze is bijna jarig, daar zal hij voor terugkomen, en dan vertel ik het hem. Maar ik weet zeker dat hij het fantastisch zal vinden. Hij is zeer op u gesteld. Op de tocht naar huis vertelde hij me dat jullie goede maatjes waren geworden.'

Maatjes? Dat klonk niet alsof hij hetzelfde had ervaren als zij. Ze herinnerde zich hoe het voelde om op te staan op die ochtend tijdens die week in mei, wetende dat hij verderop in The Street was, dat ze de dag met hem zou doorbrengen. De dagen waren stralend geweest en voor het eerst in haar leven had ze begrepen wat het betekende om rijk te zijn, om meer te hebben dan anderen. Maar toen was hij vertrokken – naar Frankrijk, en nu was hij in Londen. Terwijl zij op Hirta huilde en naar hem smachtte, had hij gefeest, gelachen en gedanst?

De graaf zette zijn hoed weer op en keek haar aan. 'Dus accepteert u mijn voorstel, zegt u ja?'

Haar lippen gingen een stukje van elkaar. Ze voelde zich opgejaagd. Het was heel veel om te verwerken: plotseling had ze een oplossing voor haar overweldigende probleem, maar daarmee ontstond weer een ander probleem. Sholto's aanhoudende stilte had haar misschien verteld wat ze niet had willen horen, maar de situatie was in elk geval duidelijk geweest. Maar om op zijn landgoed te komen wonen zonder dat hij daarvan wist of er iets over te zeggen had gehad… Ze zou net zo welkom zijn als de gekookte stormvogel op zijn bord. Maar ze had toch geen keus? Ze konden hier niet blijven en ze verdiende niet genoeg voor hen beiden met het vrouwenloon dat ze kreeg.

'Als mijn vader het ermee eens is, sir. Ik moet het eerst met hem bespreken. Dat lijkt me alleen maar terecht.'

'Natuurlijk, natuurlijk, hoewel ik er zeker van ben dat hij zal inzien dat het een verstandige stap zal zijn.' Zijn ogen schoten weer door het vochtige vertrek. 'Ik zal uw antwoord afwachten, maar beslis alstublieft snel. Er moeten voorbereidingen getroffen worden voor uw komst en uw nieuwe werkgever zal het waarschijnlijk op prijs stellen zo snel mogelijk op de hoogte gesteld te worden. Al hebben ze u nog maar een dag in dienst, dus ze zullen het me niet al te zeer kwalijk nemen dat ik u van ze afpak.'

'Ze hebben al schoon genoeg van me,' zei ze.

Hij lachte alsof ze een grapje had gemaakt. 'Ik vrees dat ik weg moet, maar ik ben blij dat ik de moeite heb genomen om u hier op te zoeken. Er zal op enig moment de komende dagen iemand contact met u opnemen om te horen wat uw antwoord is.' Hij tikte tegen zijn hoed. 'Mr Gillies. Miss Gillies.'

'Goedenavond, sir.' Effie knikte en haar vader deed zwijgend hetzelfde.

Met z'n tweeën liepen ze naar de deur, waar ze de graaf nakeken terwijl hij door het tuinhek liep en in zijn glimmende auto stapte, waarvan het portier werd opengehouden door een man in een uniform met zilveren knopen. Effie was gefascineerd. De auto en de chauffeur waren de eerste glimpen die ze opving van zijn echte leven, het leven dat op St Kilda voor haar verborgen was gebleven. Wat zou er nog meer anders zijn, vroeg ze zich af, als ze daar zouden aankomen? Minder zeevogels, teleurstellende heuvels, meer wist ze nog niet.

De auto reed ronkend weg en Effie zwaaide weifelend.

'En? Ga je me nog vertellen waar dat over ging?' wilde haar vader weten. Hij trok zijn pijp uit zijn jaszak en plaatste die op zijn onderlip.

'Hij heeft me een baan aangeboden,' zei ze zacht. 'Ik mag orde scheppen in zijn collectie vogeleieren.'

Haar vader leek niet onder de indruk te zijn. De grillen van de rijken kwamen hem belachelijk voor, zo wist ze. 'Wat een kolder,' mompelde hij.

'Een museum in Londen wil ze tentoonstellen. Het klinkt belangrijk. Hij is bereid me een mannenloon te betalen, maar we moeten wel verhuizen naar een cottage op zijn landgoed in Dumfries, we zouden deze plek dus moeten verlaten. Ik heb gezegd dat ik het u eerst zou vragen. Het is uw besluit, vader.' Haar hart bonsde nu ze de controle over de situatie uit handen gaf, en ze wist niet waar ze het bangst voor was – dat hij ja zou zeggen of dat hij nee zou zeggen.

Hij zweeg even en stak zijn pijp op. 'Een mannenloon, zei je?'

'Aye.'

'En we zouden een eigen cottage krijgen?'

'Dat heeft hij gezegd. Maar in Ayrshire, meer dan honderdvijftig kilometer hiervandaan.'

Haar vader liet zijn ogen over de klamme stenen muren, de ruwe vloer en het schrale landschap buiten glijden. 'Zeg dan maar ja.'

Ze voelde haar hart – dat even leek te zijn opgehouden met slaan – in galop gaan. 'Weet u het zeker?'

'Als het neerkomt op hier honger hebben of daar genoeg te eten krijgen, weet ik het zeker. We hebben het geld nodig.'

Ze slikte. 'En Old Fin en de anderen dan?'

Zijn mondhoeken bogen omlaag. 'Hoezo? Als ze honderd meter verderop zijn en ik maar twintig meter kan lopen, kunnen ze net zo goed honderdvijftig kilometer bij ons vandaan zijn.' Zijn stem klonk vlak, in zijn halfdichte ogen las ze vertwijfeling. 'Vroeger is voorbij, lass, en het heeft geen zin om in het verleden te blijven hangen. We hebben hierom gevraagd en we zullen ermee moeten leren leven. Lochaline of Dumfries, als het Hirta niet is, is het mij om het even.'

18

De deur, die krakend openging, leidde naar een lange, smalle kamer die achteraan taps toeliep. Een dubbel schuifraam dat de achterste wand besloeg liet het zachte middaglicht binnen. Het was buiten grijs en het werd snel donker, maar hierbinnen was het niet somber. De huismeesteres tastte naar een schakelaar op de muur, waardoor op magische wijze lampen aangingen.

De muren waren lichtgroen en er lag een kleurig kleed op de tegelvloer naast het houten ledikant. Effie had nog nooit zo veel samengeweven kleuren in zo'n gecompliceerd patroon gezien – heel anders dan de gedempte, met planten gekleurde tweedstoffen die ze kende – en ze liep ernaartoe met een verwonderde blik. Het kleed was decoratief, fraai en buitengewoon merkwaardig. In haar wereld waren dingen altijd alleen maar functioneel geweest.

Het bed, dat langs de linkermuur stond, was opgemaakt met witte lakens en een crèmekleurige deken waarin de steenrode letters DH geweven waren. Aan de andere kant stonden een tafel en een stoel. Er lang een dun stapeltje papier op en aan de rand was een vreemde ongedraaide stok bevestigd.

Effie stak er een hand naar uit en keek de huismeesteres aan met een vragende uitdrukking op haar gezicht.

'Een hoedenkapstok,' zei Mrs McKenzie na een ogenblik, toen ze begreep dat Effie geen idee had waar ze naar keek. Haar blik verplaatste zich veelzeggend naar Effies hoofd, waarop haar lange lichte haar losjes achterover werd gehouden met een gebroken veter.

Effie wendde zich af en bleef de mooie kamer in zich opnemen. Ze had nog nooit een eigen kamer gehad, niet echt – alleen maar de stal en de kastruimte zonder ramen, en daarna een week lang de kamer die ze met haar vader deelde, met het laken dat in het midden hing.

In de hoek bij het raam zag ze een wastafel met daarop een kan in een blauw met geel bloemenmotief, en een paar stangen waar handdoeken overheen waren gedrapeerd. En nog iets... Ze kneep haar ogen verwonderd samen en liep ernaartoe. Het ding was ovaal en hing tegen de muur, er zat een smal plankje onder, maar daarboven...

O!

Verrast zette ze een stap achteruit toen er plotseling een gezicht aan de andere kant verscheen. Het meisje keek eveneens verrast en zette ook een stap achteruit. Er viel een korte stilte terwijl ze elkaar aanstaarden en Effie dacht bij zichzelf dat dit een rare plek was voor een raam.

Er gingen een paar seconden voorbij voordat ze zich realiseerde dat het meisje haar leek na te doen...

'Dat is een spiegel, Miss Gillies,' zei Mrs McKenzie in de stilte terwijl Effie haar hoofd bewoog, eerst de ene en toen de andere kant op. 'U hebt... uzelf toch weleens gezien?'

Een spiegel? Ze had er natuurlijk over gelezen in boeken, maar op het eiland was het niet nodig geweest om jezelf te bekijken. IJdelheid was een zonde, had de predikant tijdens de zondagsdienst altijd gezegd.

Effie keek nog eens goed, bracht een hand omhoog en raakte het spiegelglas voorzichtig aan. Ze tikte erop met een nagel. Thuis had ze in de zomer weleens een glimp van zichzelf opgevangen in het water van de baai, als de wind aan het eind van de middag ging liggen, maar nu verstoorde de aanraking haar weerspiegeling niet. Het meisje knipperde met haar ogen terug naar haar. Ze had grote ronde aquamarijnblauwe ogen en gerstkleurig haar. Ze duwde haar vingers tegen de huid van haar wangen, maar de sproetjes verdwenen niet en ze zag hoeveel bruiner haar huid was vergeleken met die van de huismeesteres en de inwoners van Lochaline. Dat kwam door de wind die warmte en zout naar hun eiland had geblazen. Al haar buren daar hadden dezelfde koperkleurige teint gehad. Ze ontblootte haar tanden – die waren parelachtig licht, net als het wit van haar ogen – en eindigde met haar handen op haar wangen terwijl ze allerlei gezichten trok, zodat ze zichzelf voor het eerst in verschillende gemoedstoestanden zag.

De huismeesteres schraapte haar keel. Effie besefte dat ze haar helemaal was vergeten en ze liet blozend haar handen zakken.

'De was en het beddengoed worden wekelijks op donderdag gewassen. Zorg ervoor dat ze op woensdagavond in de mand zitten.'

'O, ik kan mijn eigen was wel doen.' Ze had nog nooit iemand anders haar kleren laten wassen en het was een vreemd idee.

'Dat zou het systeem alleen maar verstoren,' zei Mrs McKenzie afkeurend.

'O.' Effie knikte gelaten. Het woord 'verstoren' klonk nogal onheilspellend uit de mond van de huismeesteres.

'Het ontbijt is om zeven uur. Het middageten om twaalf uur. De avondmaaltijd om zes uur, geen minuut later, dan krijgt u niets. Mrs McLennan staat op stiptheid, en terecht. Haar dagen zijn al druk genoeg zonder dat ze op anderen moet wachten.'

'Natuurlijk.' Ze draaide zich om naar de huismeesteres. 'Wanneer is onze cottage klaar, weet u dat? Ik moet de reis voor mijn vader nog regelen.'

Hij zou in Lochaline blijven tot de bothy waar zij zouden gaan wonen hersteld was. Kennelijk had het dak het bij nadere inspectie deels begeven, was de deur verrot en moest de schoorsteen opnieuw gevoegd worden.

Tot de cottage klaar was en haar vader zich bij haar kon voegen, verbleef Effie in een van de kamers op de zolder waar de bedienden sliepen, zodat ze aan haar nieuwe baan kon beginnen. Jayne had beloofd dat ze elke dag naar hem toe zou gaan, een poosje bij hem zou blijven en hem maaltijden zou brengen, maar Effie was toch bezorgd. Omdat ze hier kost en inwoning kreeg, zou ze haar loon naar hem sturen tot hij op de trein kon worden gezet en hiernaartoe kon reizen. Lord Dumfries had zelfs beloofd dat zijn chauffeur hem in Glasgow zou ophalen. Het was een luxe die haar niet ten deel was gevallen – zij had een uur gelopen van het station van Auchinleck naar hier. Door de blaren op haar hielen had ze mank gelopen toen ze op het landgoed aankwam. Ze was blij geweest dat haar tas vrij licht was geweest toen ze de onverharde weg volgde. Haar bezittingen bestonden uit de kleren die ze droeg, haar klimbroek, haar zondagse kleding, haar penselen, verf en boeken. Meer had ze gelukkig niet.

'Ik weet het niet, Miss Gillies. Dat is het terrein van Mr McLaren, de landgoedbeheerder. Ik hou me alleen bezig met het reilen en zeilen in het grote huis.'

Het grote huis. Groot was het zeker. Effies tas was pardoes uit haar handen gevallen toen ze vanaf de brug een eerste glimp ervan had opgevangen. Het was een enorm, breed gebouw dat opging in de tuinen die eromheen lagen, met schoorstenen op het dak en hoge ramen die van het plafond tot de vloer leken te reiken. De perfecte symmetrie, heroïsche ambitie en de omvang ervan hadden haar verbijsterd, zelfs in boeken had ze zoiets nog nooit gezien. Het was een paleis, een huis voor een koning! Zelfs de tuinen, van een weelderig groen dat ze thuis niet had gekend, waren gemodelleerd in vormen die vanuit de grond omhoogrezen met felgekleurde bloemen die in diepe borders meedeinden op de wind. Een aantal lange, stille momenten had het gevoeld alsof haar ogen haar bedrogen. Ze had de natuur alleen maar wild en ontembaar gekend, een kracht waartegen ze voortdurend vochten om te overleven, maar hier lag natuur die zich had overgegeven aan de grillen van de mens, als speelgoed dat naar wens kon worden aangepast.

Ze had met geschokte verwondering staan kijken, voor het eerst beseffend hoe groot de kloof was tussen haar wereld en die van Sholto, en ze had zich afgevraagd wat hij moest hebben gedacht toen hij háár domein binnenkwam. Had hij gevonden dat dat minder was dan dit – of juist meer? Want was haar wereld niet majestueus? Was de woestheid ervan niet prikkelend?

'Ik geef u de gelegenheid u te installeren, Miss Gillies. Mijn kantoor is beneden, de tweede deur links zodra u de trap af bent.'

De trap. Zelfs die was nieuw voor haar.

De deur sloot met een zachte klik en Effie liet zich met lichtjes knikkende knieën op het bed zakken. Wat was haar wereld de afgelopen week veranderd. Ze had niet één maar twee huizen verlaten, ze had in een auto gezeten, per bus en per trein gereisd. Ze had een trap beklommen, in een spiegel gekeken, haar gezicht voor het eerst in haar leven echt gezien. Na achttien jaar in hetzelfde ritme als haar buren en familie te hebben geleefd, was haar leven met al zijn afwisselende ervaringen plotseling in een stroomversnelling gekomen.

Ze trok haar schoenen uit, die rotdingen, en bestudeerde de laatste oogst aan blaren voordat ze haar voeten op het kleurige kleed zette. Dat zou het laatste zijn wat ze voelde voor ze 's avonds in bed stapte en het eerste wanneer ze 's ochtends opstond. Hoe had ze ooit kunnen voorzien – iets meer dan een week geleden, toen ze op een kliftop achter haar dierbare hond aan was gerend – dat ze hier nu zou zitten, in zo'n mooie kamer in een schitterend landhuis? Er zou buiten een felle storm gaande kunnen zijn en ze zou er niets van merken. Het dak lekte niet. De lichten gingen zomaar aan, zonder olielamp. De warmte werd door buizen geleid. En ze kon zich binnen wassen aan de wastafel...

Ze voelde haar spieren en pezen ontspannen en merkte dat haar lichaam nu al in dit 'zachtere' leven begon te landen, het leven op het vasteland waarover ze hadden gehoord, waar het niet alleen om overleven draaide, maar ook om schoonheid en cultuur: muziek, mode, kunst. Dingen die er mooi uitzagen, fijn aanvoelden... Een aangenaam leven, niet zwaar en hard.

Ze ging voorzichtig achterover op het bed liggen. Het kraakte. Er hing een spinnenweb in de hoek, maar zijn maker was nergens te zien. Ze bekeek de lijst die rond het plafond liep. Ze hoorde stemmen in de verte, en ergens beneden het geluid van rinkelende glazen flessen, voetstappen die over het grind knerpten, de geluiden van een huishouden.

Zíjn huishouden. Zíjn thuis. Kon zij er echt deel van uitmaken? Ze werd hem hier niet gewaar.

Buiten werd de hemel donkerder, met grijze wolken die gehaast langsscheerden. Was er storm op komst? Dat was hier lastiger te voorspellen, zonder de wind en de vogels en de schapen…

Er flitste weer een beeld van de stormcleit door haar hoofd, het beeld waar ze bijna elke nacht wakker van werd, en ze kwam overeind alsof ze door onzichtbare pinnen werd geprikt. Ze liep naar de spiegel en bekeek haar spiegelbeeld nog eens goed. Onwillekeurig was ze teleurgesteld door wat ze zag. Ze had verwacht dat ze er feller, wilder uitzag. Had ze er vorige week anders uitgezien, vóór het gebeurde? Ze voelde dat de herinneringen aan die laatste nacht zich roerden als nachtelijke schepsels die met de maan verschenen. Ze waren er nu altijd, verdwenen nooit helemaal, hoewel ze weigerde ze de ruimte te geven. Het had drie dagen geduurd voordat haar lichaam uit de vecht-of-vluchttoestand was gekomen – voordat het trillen stopte, haar ademhaling tot rust kwam en ze weer kon slapen. Het aanbod van de graaf, de veilige haven die ermee gepaard ging, had haar getraumatiseerde geest gekalmeerd.

Ze staarde naar haar eigen ogen, probeerde haar ziel erin te ontwaren. Dat had ze nu allemaal achter zich gelaten, zei ze tegen zichzelf. Ze was vrij. Ze had gedaan wat ze moest doen en zichzelf bevrijd. Hij zou haar niet meer kwaad doen. Niemand zou haar meer kwaad doen. Ze bedacht hoe ze Mrs Buchanan vijf dagen geleden vaarwel had gezegd. Ze was de volgende ochtend expres te laat de verbouwde stal in gelopen, gekleed in de tweed broek van haar broer, en zonder schoenen. Ze had de schijnheilige vrouw weer tegen zich laten uitvaren, maar toen haar hand opnieuw naar Effies wang vloog, had ze die stevig vastgegrepen – in dezelfde greep waarmee ze een zeekoet de nek omdraaide – en kalmpjes gevraagd om het loon voor één dag. Zonder nadere uitleg was ze vervolgens de binnenplaats overgestoken, had ze de slager betaald en zo haar kleine schuld voldaan. Ze bezat bijna niets, maar ze had haar eergevoel, en ze was vertrokken zoals ze was gekomen: onder het gewicht van nieuwsgierige blikken. Ze was anders dan zij, maar het was een vergissing van hun kant als ze dachten dat ze hetzelfde zou willen zijn.

Ze liep naar het raam, drukte haar gezicht tegen de ruit en liet haar wangen beurtelings het koude glas raken in een poging haar huid te koelen. Haar blik viel op de binnenplaats met het keurige grind. Afgezien van wat vaten die tegen een hoge stenen muur stonden, met een poort in het midden, was het er opgeruimd en aangeharkt. Vanaf de plek waar ze stond zag ze niet veel van de schitterende tuinen erachter, slechts enkele boomtoppen met verre vogels die erin neerstreken, maar toen het hek openging en er een tuinier doorheen liep, ving ze nog een glimp op – als een waaier die zich ontsloot – van een warme overvloed van kleur: oranje, rode en gele bloemen, sommige als een toverstaf de hemel in wijzend, andere de lucht aanstippend als het penseel van een kunstenaar. Het was een tuin als de Hof van Eden, waarover de predikant hun had verteld vanachter zijn katheder terwijl hij waarschuwde tegen verleiding. Tegen de zonde.

Te laat. Ze was al een zondares. Er kon in die tuin niets bestaan wat de val nog dieper zou maken. Ze kon erdoorheen lopen en alle appels opeten. Het kwam haar als ironisch voor dat het Sholto was die haar voor het eerst een appel had gegeven, die haar voor het eerst in verleiding had gebracht. En nu was ze hier, aan de verkeerde kant van zijn tuin. Verbannen.

Maar ze had altijd al aan de verkeerde kant van het leven vertoefd: geboren als dochter in plaats van als een zoon, een meisje van het platteland en geen erfgename. Ze staarde naar haar weerspiegeling in het glas terwijl de lucht donkerder werd en er regen op het raam begon te tikken. De druppels kropen als zilveren wormen over de ruit naar beneden.

Ze bleef ernaar staan kijken vanuit haar warme, verlichte, mooie kamer, in de wetenschap dat op een eenzame donkere berg, ergens in de zee, schapen in een rij naar de cleits zouden lopen. Op zoek naar beschutting, net zoals zij die laatste nacht.

19

'... wil het Bowes-zilver volledig gepoetst hebben. De lord verwacht een...'

Iedereen zat al aan een grote tafel toen zij de eetzaal voor het personeel binnenliep. Twaalf gezichten draaiden zich om, alsof ze geduwd werden door de wind, en alle ogen namen het nieuwste personeelslid van top tot teen in zich op.

'Wie is dat?' vroeg een jongen met een ondeugende blik.

De mannen gingen gekleed in zwart kostuum met gilet en fris wit overhemd, de vrouwen droegen een zwarte jurk met wit schort. Iedereen had een lichte huid, veel lichter dan die van Effie, en haar bruine broek zag er ruw en lomp uit vergeleken met hun gesteven uniformen.

'Dit is Miss Gillies,' zei de huismeesteres met een zuinig mondje. 'U bent net op tijd, Miss Gillies. U kunt daar aan het eind zitten, tussen Mr Graves en William.'

Effie zag een lege stoel tussen een lakei met zandkleurig haar die met nauwelijks verholen verbijstering naar haar keek, en een man aan het hoofd van de tafel, met grijs haar, een lang gezicht, een haakneus en een bril. Hij had iets weg van een adelaar.

'Beste allemaal, dit is Miss Euphemia Gillies, die van het eiland St Kilda hierheen is gekomen. Ze zal bij ons verblijven tot de bothy voor haar en haar vader is opgeknapt. Miss Gillies zal met de lord aan zijn ornithologische collectie werken.'

Een vragende stilte omhulde haar terwijl ze met een behoedzame glimlach ging zitten. Was ze echt zo schrikwekkend?

'Hallo,' zei ze rondkijkend, waarbij haar blik bleef hangen op een dienstmeisje dat ongeveer zo oud was als zij en tegenover haar zat. Ze had veel sproetjes en lichtbruin haar dat in vlechten naar achteren was getrokken. Ze had een open, rond gezicht en onderzoekende hazelnootkleurige ogen. Effie kon zich goed voorstellen hoe ze eruit zou zien als ze lachte, maar het meisje keek meteen weer weg, alsof ze vreesde dat er iets aan haar af te lezen viel. Effie vroeg zich af wat er specifiek aan haar te zien was dat zulke sterke reacties opriep. Was ze te ruig, te bruin, te ruw, niet vrouwelijk genoeg? Te wild? Voelden ze het gevaar dat in haar schuilde?

Er werd een vol bord voor haar neergezet door een keukenmeid, waarop Mr Graves zijn hoofd boog en bad. Iedereen volgde zijn voorbeeld en begon vervolgens te eten, en een aantal ogenblikken klonk in het vertrek slechts het getik van bestek op porselein. Effie keek naar haar bord zonder precies te weten wát ze zou eten. Het was een soort vleespastei, dat begreep ze nog wel, maar er zaten gekleurde dingetjes in die ze nog nooit gezien had – groen en oranje. Ze scheidde ze van het vlees en duwde er vragend met haar vork tegenaan.

'Kunnen de worteltjes en asperges uw goedkeuring wegdragen, Miss Gillies?' vroeg Mr Graves op afkeurende toon.

Aha! Worteltjes en asperges. Ze keek hem aan en knikte glimlachend. De enige groenten die zij ooit had gegeten waren aardappelen en rapen, en het enige groen dat ze had gegeten was wier uit de zee. Aarzelend sneed ze er een stukje af en nam een hapje. De smaak explodeerde op haar tong en ze duwde een hand tegen haar mond alsof ze de zoete groente probeerde binnen te houden. Ze had nooit geweten dat voedsel zo kon smaken.

'Zoals ik al zei,' stamelde Mr Graves na een moment terwijl hij van haar naar de huismeesteres keek, 'wil de gravin het Bowes-zilver morgen gebruiken, met het kroningsservies.'

'Zorg ervoor dat de vismessen ook worden meegenomen. Ze eten zalm. Mr Dalwhinnie heeft zichzelf overtroffen. Hij heeft een grote vis binnengehaald, groter dan ik ooit heb gezien. We hadden amper genoeg ijs in het ijshuis,' zei een zeer ronde vrouw in een grijze jurk, met een schort voor en opgestroopte mouwen. Het was duidelijk dat zij de kokkin was voor wie Mrs McKenzie Effie had gewaarschuwd, Mrs McLennan. Haar gezicht was lichtjes met meel bestoven en haar wangen waren rood van het werken in de dampende keuken. 'Zijn ze nog steeds met z'n negenen?'

'Momenteel wel, maar reken maar op één meer, voor het geval dat. Je weet hoe... flexibel de dinerplanning tegenwoordig verloopt,' mompelde Mr Graves.

'De moderne tijd,' verzuchtte Mrs McKenzie.

Effie hield haar ogen op haar bord gericht, te zeer door haar maaltijd in beslag genomen om het gesprek tot zich te laten doordringen. Haar lichaam tintelde bijna van de rijke, romige smaken. Het was altijd een traktatie geweest als ze geroosterde papegaaiduikers konden eten wanneer ze in de lente weer kwamen nestelen, maar dit eten was meer dan alleen voedsel: ze voelde iets in haar lichaam ontwaken, alsof een deel van haarzelf in kleur opbloeide.

'Zal *Her Royal Brightness* ook haar opwachting maken?' vroeg iemand verderop aan de tafel. Effie zag niet wie het was, maar ze pikte wel meteen de sarcastische toon op die in de vraag lag.

Iemand anders giechelde.

'Dank je wel, Billy,' zei Mrs McKenzie scherp. 'Zo is het wel genoeg.'

'Ik vraag het alleen maar omdat haar kat de vorige keer de zijden chaise longue in de gele kamer kapot heeft gekrabd en ik gekort werd op mijn loon omdat ik haar niet had ontklauwd. Maar hebben jullie de tanden van dat monster gezien? Hoe had ik bij haar póten moeten komen?'

'Billy, genoeg, zei ik,' snauwde de huismeesteres terwijl er weer onderdrukt werd gegiecheld.

Effie stond zichzelf toe te grijnzen. De stijve beleefdheid in het vertrek begon op te lossen nu iedereen zich langzamerhand meer bezighield met het vullen van de eigen maag dan met haar persoontje.

Ze keek langs de tafel, op zoek naar de kwajongensachtige Billy, en maakte kort oogcontact met de heldere ogen in het ondeugende gezicht dat ze bij binnenkomst al had gezien. Hij zag er een jaar of twee jonger uit dan zij, dacht ze. Hij zag er ook uit alsof hij zich geregeld in de nesten zou kunnen werken.

'Dus, Miss Gillies, u komt van St Kilda,' zei Mr Graves, alsof dit feit een aantal zaken verklaarde.

'Ja.'

'Dan bent u bijna een beroemdheid,' zei een dienstmeisje dat schuin tegenover haar zat. 'Jullie staan al weken in de krant.' Ze schonk haar een plotselinge glimlach. 'Ik ben Jenny.'

'Hallo, Jenny. Ik ben Effie. En zeg allemaal gerust "je".'

'En vind je het... anders, hier in de beschaafde wereld?' vroeg Mr Graves. Effie keek toe hoe hij een stukje van zijn pastei sneed en het zorgvuldig naar zijn mond bracht.

'Nee,' antwoordde ze snel terwijl haar bloed begon te koken. 'Want op het eiland waren wij ook heel beschaafd. We gingen naar school en naar de kerk, net als u. We waren alleen genoodzaakt om op een andere manier aan ons voedsel te komen.'

Er viel een kleine stilte waarin de verontwaardiging van haar woorden landde. Rond de tafel werden diverse zijdelingse grimassen uitgewisseld.

'Natuurlijk. Hoewel ik heb begrepen dat je voor vanmiddag nog nooit je eigen spiegelbeeld had gezien?' reageerde Mr Graves.

Effie wierp de huismeesteres een blik toe, die in elk geval nog het fatsoen had om haar ogen af te wenden. Er werd weer gegiecheld, maar deze keer kreeg niemand een berisping.

'De spiegel was een nieuwigheid voor me, dat moet ik toegeven,' zei Effie rustig, zo waardig als ze kon. 'Evenals de trap. En elektriciteit. Ik kom nu dingen tegen waarover ik alleen in boeken heb gelezen.'

'Dus je kunt lezen?' vroeg Jenny, die oprecht verrast klonk.

'Is het waar dat er daar geen bomen zijn?' vroeg William, die rechts van haar zat.

'Dat is zeker waar.'

'Dus je hebt nog nooit een appel of peer gegeten?'

'Een appel wel, maar geen peer... Nog niet.'

Het timide dienstmeisje tegenover haar kreeg een nieuwsgierige, meelevende blik in haar ogen. 'Hoe kwamen jullie aan schaduw?'

'Schaduw?'

'Op een warme dag. Hier gaan we onder een boom zitten als het buiten te warm is.'

Effie dacht even na. Ze had nooit eerder stilgestaan bij het gebrek aan schaduw. 'De stenen muren boden ons schaduw, of we zaten in de cleits. Als het echt te warm werd, gingen we naar het water.'

'Ik heb iets merkwaardigs gehoord,' zei een andere man. Iedereen werd wat directer nu de nieuwsgierigheid het won van de terughoudendheid. 'Namelijk dat jullie dan wel een eilandgemeenschap vormden, maar geen van allen kunnen zwemmen.'

'Aye, dat klopt grotendeels,' zei ze knikkend terwijl ze de spot in zijn ogen waarnam. 'Meestal is het water daar te woest om te vissen of te zwemmen. Hoewel ik nu wél kan zwemmen en was begonnen het de kinderen te leren, in de periode voor de evacuatie. Als we waren gebleven, zouden we het allemaal hebben geleerd. Daar zou ik persoonlijk voor hebben gezorgd.'

'Hoe heb je dan ineens leren zwemmen?' vroeg Mr Graves sceptisch, een houding die kenmerkend voor hem leek te zijn.

'Dat heeft Sholto me geleerd,' zei ze schouderophalend.

Al haar tafelgenoten sperden hun ogen open.

'Wat is er?' vroeg ze toen ze zich bewust werd van hun ongeloof.

Niemand gaf antwoord, maar ze zag de blikken die als schaatsers vliegensvlug de ronde deden, en ze begreep dat ze hen op de een of andere manier allemaal versteld had doen staan.

'De lord heeft je leren zwemmen?' vroeg Mr Graves ter verduidelijking.

Had ze dat niet zojuist gezegd? 'Ja. Omdat ik hem en zijn vader had leren afdalen, klimmen en vogels strikken.'

'Dus je bent... deskundig op dat gebied?' Mr Graves had niet met meer ongeloof kunnen reageren als ze had gezegd dat zij de premier van het land was.

'Dat zou ik zelf niet zo zeggen, maar de graaf leek mijn inzichten te waarderen.'

'En verklaart dat dan… de kleding?'

Mr Graves keek haar aan met een uitdrukking die een andere boodschap leek over te brengen: afkeuring. Ze trok aan de grove wollen stof die ooit van haar geliefde broer was geweest. 'Zeker. Klimmen in een rok gaat niet. Het zou ook niet erg netjes zijn.' Ze had het gevoel dat dit woord hier gewicht in de schaal legde.

Er viel opnieuw een stilte en de ogen werden weer op de borden gericht.

'Ik had begrepen dat alleen de mannen op jullie eiland klommen.'

'Over het algemeen wel. Maar ik was een uitzondering.'

Nu ontstond er een verwachtingsvolle stilte, maar ze liet haar verdere uitleg achterwege. Ze had geen behoefte haar familiegeschiedenis in dit vertrek vol onbekenden uit de doeken te doen.

'Dus mogen we aannemen, gezien je uitmonstering, dat je hier ook veel zult klimmen?'

'Dat weet ik nog niet…'

'Nou, ik zou benieuwd zijn waar dan precies. Voor zover ik de laatste tijd heb kunnen nagaan, glooit het land hier slechts.' Er werd weer gegiecheld en Mr Graves stond zichzelf toe tevreden te glimlachen. Het was zijn manier om haar te vertellen dat ze zich anders moest kleden.

'Als de graaf geen bezwaar heeft tegen mijn manier van kleden, zie ik niet in waarom het u iets aangaat,' zei ze botweg.

Uit de stilte die volgde, maakte ze op dat ze de butler, de voornaamste man in het vertrek, had beledigd, maar ze weigerde hem te erkennen als haar meerdere, want zij was geen bediende. De graaf had haar in dienst genomen, zeker, maar in een functie die heel anders was dan die van hen. Ze vroeg zich af wat ze zouden zeggen als ze erachter kwamen dat de zoon van de graaf haar het hof had gemaakt, haar had gekust, naar haar had verlangd… al was het maar voor korte tijd geweest.

'Wanneer komt Sholto terug uit Londen?' Ze kon de vraag niet langer uitstellen. Het kon haar niet schelen wat ze van haar dachten. Ze mochten vinden dat ze ruig, primitief, onbeschaafd, vreemd was... Dit was het enige wat ze wilde weten. Ze was hier nu. Hoelang moest ze wachten?

'Lórd Sholto wordt morgen terugverwacht, Miss Gillies,' zei de butler met nadruk. 'Hoewel hij misschien later komt, wat overigens deels aan jou te wijten is.'

'Aan mij?'

'Ja.' De butler zuchtte vermoeid. 'Kennelijk is de rentmeester van jullie landheer vermist. Niemand heeft hem meer gezien sinds de dag voor de evacuatie. Lord MacLeod is helemaal van slag en wil per se weten wat er met de goede man is gebeurd. Er schijnt nogal wat heisa om gemaakt te worden.'

Effie voelde het bloed uit haar gezicht wegtrekken en haar maag omdraaien.

'Er is een verslaggever mee bezig, meen ik,' ging Mr Graves verder. 'Ene Mr Bonner. Ken je hem, Miss Gillies? Hij schijnt verslag van de evacuatie te hebben gedaan voor *The Times* uit Londen en is de afgelopen week op het eiland geweest.'

En hij onderzocht de verdwijning van Frank Mathieson? Mathieson werd nog steeds vermist? Effies gedachten schoten alle kanten op en haar hart ging tekeer. 'Maar waarom zou dat iets met m-mij te maken hebben?'

Op Mr Graves' gezicht verscheen een glimlach die zijn ogen niet bereikte. 'Bij wijze van spreken. Ik had het over alle St Kildanaren. Ik bedoelde niet jou persoonlijk, Miss Gillies.'

'O.' Ze staarde naar haar bord. De pastei was nog maar voor de helft opgegeten, maar plotseling werd ze misselijk door de rijke smaken. Ze voelde zich overweldigd. Het vertrek voelde benauwd aan, onvriendelijk. Ze trok aan haar kraag en strekte haar hals. Wat was het hier warm. Was het hier niet warm? Ze zette haar voeten tegen de vloer, wilde de grond voelen, zich ingraven nu de beelden weer door haar hoofd begonnen te flitsen, maar de leren zolen van haar schoenen waren te dik om meer te bieden dan een doffe weerstand. De muren van het vertrek leken op haar af te komen, de vloer begon te draaien. Ze sloot haar ogen, maar dat maakte de beelden alleen maar levendiger. Ze had het zo warm. Zo... Plotseling kokhalsde ze, waarop het gezelschap om haar heen als een school vissen ineenkromp.

'Miss Gillies!' riep Mrs McKenzie uit alsof ze een of ander spel speelde.

Effie kon geen antwoord geven. Met haar hand tegen haar mond gedrukt schoof ze haar stoel naar achteren en rende naar de grote keuken. Ze leegde haar maag boven de koperen gootsteen terwijl Mrs McKenzie en Mrs McLennan foeterend achter haar aan kwamen. Maar haar lichaam was in opstand gekomen. Ze kokhalsde en gaf over tot er alleen nog maar gal omhoogkwam. Haar hand greep blindelings naar de kraan terwijl de ontzetting door haar heen golfde.

'Miss Gillies, wat is er in vredesnaam met je aan de hand?' wilde Mrs McKenzie weten. 'Beheers je alsjeblieft!'

Effie keek met gebogen hoofd toe hoe de gekleurde stukjes wortel en asperge voor haar tranende ogen rond het afvoerputje begonnen te kolken. Ze haalde snel en oppervlakkig adem. Frank Mathieson was nog vermist? Dat kon niet waar zijn.

'In godesnaam, kind!' De kokkin legde haar stevige handen om Effies dunne armen en schoof haar een paar stappen opzij. 'Zo raakt de afvoer nog verstopt en dan is de ellende niet te overzien.'

De kraan werd uitgedraaid te midden van een hoop afkeurende geluiden en geschud van hoofden. Effie beefde, haar lichaam onder invloed van de zweepslagen in haar hoofd. Het kon niet waar zijn...

'Nou? Wat is er in je gevaren?' zei Mrs McKenzie met haar armen over haar fluweelzachte boezem geslagen. 'Dat je je zo laat gaan?'

Effie probeerde haar gedachten wanhopig te ordenen, maar ze waren versplinterd als gebroken glas. 'Het eten was te overvloedig voor mij,' fluisterde ze, amper in staat om de woorden uit te spreken.

'Excuseert u me alstublieft.' Vervolgens stommelde ze het vertrek uit, waar ze het dienstpersoneel stomverbaasd achterliet.

Ze stormde naar buiten. Het regende hard en daar was ze blij om. Ze rende over de binnenplaats onder haar eigen raam en opende de poort naar de tuin. De felle kleuren leken nat nog levendiger nu ze over de grindpaden langs plantenborders en hoge stenen muren rende. De tranen stroomden haar over de wangen. Als ze niet buiten adem was, zou ze hebben gegild, maar haar lichaam vulde zich alleen maar met een stille, holle ontsteltenis.

Ze rende over de breedte van de achterzijde van het grote landhuis. Hoge, lege ramen staarden spookachtig vermanend op haar neer, en op zeker moment stopten de gazons bij een stenen afscheiding met een diepe greppel, waarachter schapen graasden en het landschap verder golfde tot een waas in de verte. Een stemmetje in haar hoofd vertelde haar dat ze moest blijven rennen, gewoon verder moest gaan, het onbekende tegemoet, om zich te verliezen in een vreemd land. Ze kon nog steeds vluchten. Ze had nog de kans om iemand anders te worden. Het verleden achter zich te laten, samen met de verschrikkingen die het bevatte.

Haar benen wisten van geen ophouden en droegen haar via de tuinen naar een dicht bos vol oude bemoste bomen. Het leek haar iets waarin ze kon verdwijnen en ze holde zonder te stoppen de schaduwen in. Ze stak haar handen opzij om in het voorbijgaan de stammen aan te raken, een instinctieve reflex die ze eerst niet eens opmerkte, terwijl haar in de zware schoenen gestoken voeten telkens bleven haken achter boven de grond uitstekende wortels, zodat ze zich struikelend voortbewoog. Ze had het gevoel dat ze door iets werd opgejaagd, iets wat haar achtervolgde als een schaduw waar ze zich niet van los kon maken. Want toen het anker van het schip was gehesen en de eilanders met zakdoeken hadden gezwaaid naar een thuis dat ze verlieten, had zíj geweten dat het niet compleet verlaten was.

Toen niet en nog steeds niet.

Uiteindelijk stopte ze met rennen. Haar benen bezweken onder het besef wat dit betekende, en haar handen kwamen in de modder terecht terwijl ze op adem probeerde te komen. Ze ging op haar hurken zitten, stak haar gezicht schuin naar de lucht omhoog en voelde de regendruppels die door de bebladerde boomkruinen vielen.

De toeristenboot ss Dunara zou een geplande oversteek – de laatste van het seizoen – maken, drie dagen na het vertrek van de eilanders. Ze wist dat de hoge winden over de open zee het tijdschema onderuit konden halen, maar de schipper zou altijd op zoek zijn naar een gunstig weermoment, zodat de toeristen hun hart konden ophalen aan wat nu een spookeiland was. De vertraging duurde gewoonlijk maar een dag of twee. Maar als er géén gunstig weermoment was geweest… Het kon zo zijn dat de herfst nu al over de Atlantische Oceaan kwam aanrollen. De seizoenswisseling vond meestal abrupt plaats, en in dat geval bestond de kans dat de zee nu tot het komend voorjaar te hoog was. En wat dan?

Ze wist het.

Ze wist het heel goed. Nu het vee en de gevogelteoogst waren weggehaald was het voedsel dat het eiland te bieden had nog schaarser. De strijd om te overleven, die daar toch al zeer zwaar was, zou kantelen in de verkeerde richting.

De evacuatie had inmiddels acht dagen geleden plaatsgevonden, en zij had gerekend op een redding binnen vier dagen.

Ze drukte haar voorhoofd tegen de natte grond en snikte. O god. Wat had ze gedaan?

20

'Je bent te laat, Miss Gillies,' zei Mrs McLennan over haar schouder. Ze liep al met de lege ontbijtborden naar de keuken toen Effie in de deuropening verscheen.

'O... nee, ik...' reageerde Effie met schorre stem. Ze had het ontbijt met opzet overgeslagen, had haar oor tegen de deur gelegd en geluisterd naar de voetstappen van de dienstmeisjes die door de gang liepen om aan hun dag te beginnen. Het laatste wat ze had gewild was nog een maaltijd delen met deze onbekenden, na de vernederende ervaring van gisteravond. 'Ik had geen honger.'

De kokkin bleef stilstaan alsof ze had gevloekt en keek haar achterdochtig aan. 'Je moet toch wat eten.'

'Ik heb geen trek. Echt niet.'

De ogen van de kokkin vernauwden zich. 'Dit is vanwege gisteravond. Het eten was te machtig en nu heb je er angst voor.'

'Nee, dat is het niet...'

'Ga zitten,' zei de kokkin streng, en ze liep hoofdschuddend weg. 'Ik dacht al dat dit zou gebeuren.'

'Excuseer!' zei een ongeduldig dienstmeisje dat zich met een grote vaas hangende bloemen langs haar probeerde te wurmen.

Effie sprong opzij en kwam bijna in botsing met een lakei in overjas die uit tegenovergestelde richting kwam. 'Sorry. Sorry,' mompelde ze. Haastig ging ze aan de lange tafel zitten om niet in de weg te lopen.

De bedienden liepen langs met een koele blik in hun ogen. De dienstvertrekken waren een en al activiteit, met voetstappen en stemmen die weerklonken, het personeel al druk in de weer met hun taken: lakeien die blokken hout naar binnen droegen en leren laarzen poetsten, dienstmeisjes die bloemen schikten en wasgoed vouwden, koks die sneden, hakten en roerden, een keukenhulp die koperen pannen afdroogde.

Het verbaasde haar dat ze dit allemaal voor Sholto deden. Nou ja, voor zijn familie, maar het was een raar idee dat er zo veel mensen voor nodig waren om voor hem – voor hen – te zorgen terwijl hij en zijn vader die korte week in mei gewoon hadden overleefd in het huis van de rentmeester. Daar hadden ze geen personeel gehad, geen koks, behalve de vrouw van de predikant die voor hen had gekookt. Ze hadden gekookte stormvogel gegeten, net als de eilanders, hadden gebaad in de beek…

'Hier.'

Ze keek op en zag dat de kokkin haar een bordje toestak, dat in het midden met de steenrode letters DH was versierd. Er lagen twee havercrackers op. In haar andere hand had ze een glas melk.

'Eenvoudig genoeg zo?'

Effie nam het bordje en het glas lusteloos aan. Haar maag was helemaal leeg. 'Dank u.'

'Hmf,' antwoordde Mrs McLennan terwijl ze haastig weer wegliep. 'Je bent toch al zo'n iel ding.'

Effie at met een zeldzame bedeesdheid en voelde zich klein. Ze wilde zich het liefst onzichtbaar maken, zich verschuilen voor de wereld en voor wat ze had gedaan. Ze had het grootste deel van de nacht – totdat de uitputting de strijd had gewonnen – liggen bidden dat de wind zou gaan liggen, dat het schip kon uitvaren, dat een man gered kon worden, maar waarom zouden haar gebeden nu worden verhoord terwijl dat nooit eerder was gebeurd? Ze was haar moeder en haar broer kwijtgeraakt, en haar dierbare hond, en wat hád ze van hen gehouden.

Toen ze de crackers en melk ophad, liep ze naar de keuken, waar een van de keukenmeiden haar het bordje en het glas uit handen nam voordat ze haar mond zelfs maar kon opendoen. Alle personeelsleden waren druk bezig, met hun mond vertrokken tot een vastberaden streep.

Effie herinnerde zich wat Mr Graves de vorige avond had gezegd over Sholto en zijn vader die vandaag zouden terugkeren.

'Hoe laat komt Sholto terug?' vroeg ze aan de keukenmeid.

Het meisje fronste. 'Wat heb jij daarmee te maken?' snauwde ze, en ze draaide zich om en liep weg.

Effie kromp ineen. Ze had het gevoel van glas gemaakt te zijn en dat ze in slechts één klap in duizend stukjes zou breken.

'Kijk nou, zeg, ik herkende je bijna niet, als meisje gekleed.' Ze draaide zich om en keek in de dansende bruine ogen van Billy, de jonge bediende, die haar twinkelend aankeek. Zijn blik daalde af naar haar voeten. 'Nou ja, bijna dan. Deels als meisje. Deels als… mijnwerker.'

Ze droeg haar zondagse kleren, hoewel ze niet naar de kerk ging. Het voelde… verstandig om zo weinig mogelijk op te vallen en geen problemen te veroorzaken. Hij lachte ongedwongen, maar ze was niet in de stemming voor grapjes en zijn glimlach stierf weg. 'Mrs McKenzie heeft me opgedragen je rond te leiden en je je werkplek te laten zien.'

'O. Ja.' Ze haalde diep adem en voelde dat haar lichaam een beetje ontspande. Het zou prettig zijn om iets te doen te hebben. Ze was er niet aan gewend om niets te doen en in de weg te lopen. Ze moest zich nuttig maken om haar plek hier te rechtvaardigen. 'Uitstekend. Wijs me de weg.'

Billy lachte weer en floot terwijl ze naar hem toe liep. 'Wijs me de weg? Vertel eens, wat ben je precies van de graaf en Lord Sholto, een bediende of een gast?'

'Geen van beide. Ik ben met hen bevriend.'

Daarop gooide Billy zijn hoofd achterover en lachte. 'Goeie grutjes.'

'Waarom is dat zo grappig?' vroeg ze terwijl hij haar voorging, de keuken uit.

Hij stopte in de kleine doorgang aan de voet van een trap en dempte zijn stem. 'Luister, laat me je goede raad geven. Je slaapt en eet in de dienstvertrekken, maar blijft de lord bij zijn voornaam noemen. Je zegt dat je met hem bevriend bent. Dat veroorzaakt ergernis. Je bent het een of het ander. Mensen vinden het niet fijn als ze niet weten waar de grenzen liggen. Zolang je hier bij ons bent, gebruik dan liever zijn aanspreektitel.'

Ze knipperde met haar ogen en haar wangen werden warm. Het deed pijn om te worden gereduceerd tot een personeelslid terwijl Sholto en zij elkaar weliswaar niet als gelijken, maar wel als twee vrije mensen op Hirta hadden ontmoet, twee mensen die zich meteen tot elkaar aangetrokken hadden gevoeld. Om nu als een soort bediende te worden gezien... Maar ze keek Billy aan en knikte alleen maar. Het was niet Sholto die haar hierheen had gehaald, maar zijn vader. Ze zou pas weten 'wat' ze van hem was als ze zijn zoon weer zag.

'Goed zo. Daarmee wordt het een stuk gemakkelijker voor je.' Billy stapte een lange, brede gang in. 'Dit is de doorgang van het personeel. Deze gang loopt over de volle breedte van het huis en verbindt de oost- en westvleugel met elkaar – of de paviljoens, zoals de familie ze noemt. De familie komt hier nooit beneden en wij kunnen zo snel rondlopen zonder dat ze ons hoeven te zien.'

Hij sloeg af naar rechts. 'Dat is de dienkeuken, die naar de zilverkamer leidt,' zei hij, met een gebaar naar een deur aan zijn linkerhand. 'Daarnaast bevindt zich de lampenkamer, met toegang tot de bierkelder. Aan deze kant...' Hij draaide zijn hoofd naar een smalle gang aan zijn rechterhand. 'Hier is de wijnkelder en die kamer daarachter is van de grote baas, de hofmeester – zijn naam is Mr Weir. Hij heet dus Weir en wij zeggen altijd dat hij *weird* is – vreemd dus.' Zijn ogen twinkelden weer. 'Geen zorgen, hij is er momenteel niet. Hij is naar Londen gegaan om Lord Sholto te spreken. Dat is de provisiekamer,' voegde hij eraan toe met een vaag handgebaar naar links, maar al die kamers interesseerden haar niet, ze zou er waarschijnlijk nooit hoeven zijn.

'Billy,' zei ze, hem volgend terwijl hij de gang uit liep naar een ronde hal die de entree naar het westelijke paviljoen markeerde en naar weer een reeks smalle gangen leidde. 'Is Mr Weir in Londen bij Sh...' Ze stopte net op tijd. 'Lord Sholto vanwege Mr Mathiesons verdwijning?'

'Aye, dat heb ik wel begrepen.' Hij gebaarde naar een gesloten deur. 'De poetskamer.'

'Maar waarom zijn ze dan in Londen, terwijl Mr Mathieson in Schotland is verdwenen?'

'Lord MacLeod is daar bij Scotland Yard. Hij probeert de beste rechercheurs op de zaak te krijgen.'

Beste rechercheurs? De woorden voelden als ijswater dat over haar hoofd werd uitgestort. 'Waarom wordt Mr Weir erbij betrokken? Mathieson was de rentmeester van Lord MacLeod, niet van de graaf.'

'Aye, maar Mr Weir en hij zijn vrienden.'

'O ja?'

'Zeker. De lairds zijn met elkaar bevriend en hun taken overlappen elkaar. Ze vinden zichzelf allebei heel wat, als je begrijpt wat ik bedoel. Hoe dan ook, het schijnt dat Mr Weir iets denkt te weten wat hij meent te moeten meedelen aan de smerissen...'

Smerissen?

'Dus hij gaat een verklaring afgeven. Daar is de kolenkelder, de wapenkamer is door die gang daar, en de kluiska...'

'Billy!' zei ze op scherpe toon. 'Alsjeblieft! Al die kamers interesseren me niet!'

De jonge bediende leek zich beledigd te voelen.

'Het spijt me, maar ik ben niet als dienstmeid ingehuurd. Ik hoef niet te weten waar de kolen worden bewaard. Maar je begrijpt toch wel dat ik als voormalig bewoonster van St Kilda graag wil weten wat er gaande is rond Mr Mathieson? Hij was...' Ze dacht dat ze in het woord zou stikken. 'Hij ís onze vriend.'

Hij gaf geen antwoord, maar perste zijn lippen opeen. 'Wat wil je weten?' vroeg hij ten slotte.

Ze verzamelde moed, dwong zichzelf te spreken, wilde dat het goed zou komen. 'Als de rentmeester voor het laatst op Hirta is gezien en niemand hem op een van de teruggekeerde boten heeft gezien, dan is het toch logisch om hem op het eiland te gaan zoeken? Misschien is hij op de een of andere manier wel achtergebleven…'

'Hoe kan er iemand zijn achtergebleven? Zelfs in Tasmanië wist men wanneer het schip zou vertrekken!'

Ze slikte. 'Nou, hij kan toch een ongeluk hebben gehad zonder dat iemand dat merkte? Kunnen ze geen boot die kant op sturen?'

Hij zuchtte. 'Dat proberen ze wel, maar de wind daarginds is te hevig geweest.'

'O.' Zoals ze al vreesde.

'Maar de voorspelling voor de komende dagen is beter.'

'O ja? Voor wanneer?'

Hij haalde zijn schouders op. 'Ik ben maar een bediende. Wat weet ik daar nou van?'

Ze kromp ineen met een hevig bonzend hart. Er was toch wel iemand die het wist?

Hij begon weer te lopen en ze volgde hem een trap op die leidde naar een gang op de eerste verdieping. Meteen openbaarden zich de grootse proporties van het gedeelte van het huis waar de familie woonde. Het daglicht viel door dakramen in hemelse zonnestralen op de grond. Er hingen levensgrote portretten van de familie aan kettingen aan de muren. Ze herkende de graaf, en aan haar blauwe ogen, geërfd door haar zoon, dacht ze te zien wie de gravin was. Effie viel stil, staarde naar Sholto's portret en voelde dat haar maag een duikeling maakte. De gelijkenis was goed en het was een recente afbeelding. Het was de eerste keer dat ze hem weer zag sinds haar vader en zij op die middag in mei door The Street bij hem vandaan waren gelopen. Als ze had geweten dat het de laatste keer zou zijn dat ze hem zou zien, het laatste moment van geluk voordat haar hele leven zou afbrokkelen…

'Hij is een knappe kerel.' Effie draaide zich om en zag dat Billy haar grijnzend aankeek. 'Maar haal je maar niets in je hoofd.'

Hij lachte terwijl haar ogen glansden. Ze volgde hem door een lange gang waar nog meer – oudere – portretten in vergulde lijsten hingen, en ze had het gevoel te verschrompelen onder de strenge blikken van de al lang geleden overleden mensen die vanaf de muren omlaagkeken. Het leek alsof ze haar gadesloegen met een bovenaardse alwetendheid, alsof ze haar geheim kenden. Ze passeerden gigantische, kleurrijke potten met bloemen, en houten kasten die glansden van de boenwas. Zelfs de muren zelf waren fraai afgewerkt met bloemrijk pleisterwerk. Het was alsof ze door de droom van een koning liep, dacht ze.

Dus híér woonde Sholto? Hier hoorde hij thuis? Gisteren had ze de afmeting van het huis waargenomen, maar vandaag zag ze pas echt de grandeur. Hij was volkomen onbereikbaar voor haar, dat wist ze intuïtief. Ze begreep nu – eindelijk – waarom hij nooit van haar had kunnen zijn – of zij van hem. Nooit. Maar zij was de enige geweest die dat voorheen niet wist en ze voelde een steek van woede omdat hij haar had toegestaan te geloven, al was het maar heel even, dat hun gestolen kussen iets hadden kunnen betekenen.

Billy stopte bij een dubbele deur. Hij klopte twee keer aan en wachtte een paar ogenblikken voordat hij de deuren opende, maar de zelfverzekerdheid waarmee hij dat deed suggereerde dat hij al wist dat er niemand binnen was. 'Uw koninkrijk, Miss Gillies.'

Het had ironisch kunnen zijn als het niet waar was. Ze stapte een zaal binnen die groter was dan alle cottages op Hirta samen. Het plafond leek haar nog hoger dan een kerktoren, en elke muur werd van onder tot boven in beslag genomen door kasten, sommige met laden, andere met glazen deurtjes. De bovenste gedeelten waren alleen met een ladder te bereiken. Achter het glas zag ze opgezette dieren in bevroren poses. Effie bleef er even geschrokken naar staren. Zoiets had ze nog nooit gezien en het was lastig om te bevatten.

'Wat is dit voor plek?' mompelde ze. Haar zware schoenen weerklonken op de vloer terwijl ze langzaam naar binnen liep.

'Dit is de collectiezaal, die de graaf heeft laten inrichten om zijn... collectie te herbergen,' zei Billy schouderophalend.

Midden in de kamer stond een lange tafel waaraan wel vijf personen op een rij zouden kunnen zitten met een plank eronder. De tafel was volgeladen met boeken en er stond een hoge stapel dozen op, zo te zien lukraak neergezet. Ze liep ernaartoe en trok het deksel van de bovenste doos. Daarin lagen, op plukjes hooi, drie piepkleine eitjes in een oudroze tint, bedekt met kleine donkere stipjes. 'Sprinkhaanrietzanger,' mummelde ze. Haar mondhoeken gingen omhoog in een glimlachje door het besef dat ze de eieren zo gemakkelijk herkende, al had ze de vogel zelf nog nooit gezien.

Ze legde het deksel terug en liep naar een van de kasten. Ze trok de dichtstbijzijnde la open en werd uit haar milde overpeinzing gerukt door de aanblik van tientallen andere eieren die in doosjes waren gerangschikt. Ze trok nog een la open. Dezelfde aanblik. Ze keek de kamer rond om het aantal laden in te schatten – het waren er zeker zes per kast. Ze telde snel: tweeëntwintig kasten.

'Hoeveel eieren heeft hij?' vroeg ze met grote ogen.

'Ik ga ervan uit dat jij ons dat gaat vertellen.' Billy haalde zijn schouders op, tikte met twee vingers tegen zijn hoofd bij wijze van groet en verliet de zaal. 'Veel plezier.'

'Plezier,' mompelde ze. Wat was dat tegenwoordig?

De deur ging achter hem dicht en ze was alleen. Even bleef ze staan zonder enig idee te hebben waar ze moest beginnen. Wat verwachtte de graaf precies van haar?

Ze drentelde naar een volgende la en trok hem open. Ze haalde een open doosje tevoorschijn met twee kleine eitjes erin – ze waren lichtgrijs en bedekt met donkerbruine streepjes, alsof er een spin door inkt was gelopen. Op het etiket stond RIETGORS, maar ze fronste, pakte er een op en bestudeerde het. Eieren van de rietgors zouden kleiner zijn, dit waren eieren van de zwavelgors, daar was ze zeker van.

Ze legde het eitje terug en bekeek de eieren in het volgende doosje. Hetzelfde: eieren van de kneu die waren verward met die van de goudvink.

Ze checkte elk doosje in de la, en in de volgende. Er waren veel vergissingen in de aanduidingen, niet op elk doosje, maar wel op veel ervan.

'O,' verzuchtte ze. Ze keek rond in de wetenschap dat ze nu wist waar ze moest beginnen.

Ze zat in kleermakerszit op de grond, nadat ze haar schoenen en sokken had uitgetrokken en onder de tafel gezet, toen de deur plotseling openging. Ze was een paar uur bezig geweest met het herschikken van de eerste laden en het op orde krijgen van de naamgeving. Haar ledematen waren stijf door het gebrek aan beweging. Ze had nog nooit zo lang stilgezeten.

De lichte hazelnootkleurige ogen van het dienstmeisje tegenover wie ze de vorige avond aan tafel had gezeten werden groot toen ze haar zagen op het moment dat Effie opkeek van het ei van een sperwer. Het was niet goed uitgeblazen en er zat een licht barstje in de onderzijde. Het lag als een luchtbel in haar handpalm.

'Ik wist niet dat hier iemand binnen was!' riep het meisje uit.

Effies mond ging een stukje open, maar het duurde een ogenblik voor ze sprak. 'Ik ben hier.'

'Ja, dat zie ik.' Er viel een korte stilte. 'Ik kwam om te stoffen.'

'Nou, ik zal je niet tegenhouden,' zei Effie behoedzaam. Ze herinnerde zich hoe het meisje gisteravond de andere kant op had gekeken toen zij op zoek was naar een vriendelijk gezicht.

Het dienstmeisje aarzelde en stapte toen met een vastberaden knikje naar binnen, alsof ze iets besloten had. Ze sloot de deur achter zich en begon de oppervlakken met haar plumeau af te stoffen.

'Waarom heb je je schoenen uitgedaan?' vroeg ze even later terwijl ze naar een spinnenweb in een hoek reikte.

'Ik draag ze niet graag,' mompelde Effie.

Een aantal lange minuten verkeerden ze zwijgend in elkaars gezelschap. Effie boog haar hoofd om het ei verder te bestuderen, maar ze was zich bewust van de ietwat houterige bewegingen van het meisje, en ze hoorde bijna hoe de lucht verplaatst werd terwijl ze steeds haar kant op keek, geïntrigeerd door Effies stille bezigheid.

'Hoe kun je ze uit elkaar houden?' vroeg het meisje ten slotte, toen ze haar nieuwsgierigheid niet langer kon bedwingen.

Effie hield haar hoofd gebogen. 'Oefening. Ervaring,' mompelde ze.

'Maar hoe kan het dat je ze allemaal kent?' drong het meisje aan. 'Deze vogels kwamen toch niet allemaal op jullie eiland voor?'

'Nee, maar ik heb ook heel veel boeken gelezen.'

'Hadden jullie daar dan boekwinkels?'

'Nee.' Ze huiverde onwillekeurig bij de herinneringen die nu met de gedachte aan de boeken gepaard gingen. Het meisje merkte het op.

'Frisjes,' mompelde ze, en ze keek weer weg.

Het meisje deed niet langer alsof ze stofte en liep naar Effie toe om het ei te bekijken dat nu in Effies hand lag. 'Wat is dit er dan voor een?'

Effie keek ongeduldig op. 'Het is het ei van een sperwer.'

'En dat?' Ze hurkte met haar armen om haar knieën heen en wees naar het ei in het doosje ernaast.

'Van een visdiefje.'

'Dat ook?' Haar vinger duwde zachtjes tegen het ei ernaast.

'Nee, dat is van een waterhoen.'

Het meisje fronste. 'Maar het ziet er precies hetzelfde uit.'

'Op het eerste gezicht misschien. Maar dat van de waterhoen heeft fijnere stipjes en ze zijn gelijkmatiger over het ei verspreid. Dat van het visdiefje heeft een effener basiskleur met markeringen die er eerder uitzien als puntjes die met een penseel gemaakt zijn. Kijk maar.' Ze wees naar de verschillen.

'Hiervoor heb je een goed oog voor detail nodig.'

'Ja, eigenlijk wel,' mompelde Effie.

Het meisje keek haar nu openlijk aan, de terughoudendheid van de vorige avond was kennelijk verdwenen. Ze glimlachte stralend, onverwacht. 'Ik ben Fanny, trouwens.'

Effie was verrast door de toenadering. 'Ik ben Effie.'

'Dat weet ik. Dat heb ik gehoord. Je hebt behoorlijk veel indruk gemaakt, mag ik wel zeggen.'

Effie keek snel weer de andere kant op. Ze had kunnen weten dat dit geen vriendelijkheid was, maar slechts nieuwsgierigheid.

'Hé, het is geen probleem, hoor. Er is daarbeneden altijd wel een drama gaande.'

'Was je daarom zo stil?' vroeg Effie bot.

'Ja! Ik hou me erbuiten! Gisteravond draaide de opwinding helemaal om jou, maar vanavond is het weer iemand anders... Waarschijnlijk Billy. Of iemand van boven, aangezien ze allemaal worden terugverwacht.'

Effie reageerde niet, maar ze voelde haar hartslag versnellen. Was Sholto op de terugreis hiernaartoe? Ze legde het sperwerei weer in het doosje en deed het deksel erop.

'Ben je echt bevriend met Lord Sholto?' vroeg Fanny alsof ze haar gedachten kon lezen.

'Anders had ik dat niet gezegd.'

'Nou, omdat... mensen als hij gewoonlijk niet bevriend zijn met mensen als wij.'

'Als wij?'

'Aye, het gewone volk. Ik weet dat de lord een moderne man is, maar zelfs hij kent zijn grenzen.'

'Ik ben daar niet zo van op de hoogte,' zei Effie na een ogenblik. 'Waar ik vandaan kom, neem je mensen zoals ze zijn. Iedereen is gelijkwaardig, min of meer, hoewel sommigen wat meer schapen bezitten.' Ze haalde haar schouders op.

Fanny, die haar nauwlettend had gadegeslagen, lachte plotseling. 'Dat is dan vermoedelijk precies waarom hij je leuk vindt. Als je hem niet overdreven vriendelijk tegemoet treedt, niet onderdanig bent, is dat nieuw voor hem. Hier struikelt hij over de bedienden.'

'Aye, dat had ik al opgemerkt.'

Fanny legde haar kin in haar hand en keek haar belangstellend aan. 'Zeg je nou dat je écht geen idee had dat hij en zijn familie zo belangrijk zijn?'

'Aye. Ik wist alleen dat ze vrienden waren van de laird, onze landheer. Maar ze gedroegen zich niet... uit de hoogte of zo.'

Fanny's dunne wenkbrauwen schoten bijna boven haar hoofd uit. 'Dan keek je vast op van dit voorname landhuis.'

'Dat kun je wel zeggen.' Er was zeker veel te verwerken geweest in de afgelopen vierentwintig uur. 'Hoelang werk jij hier al?'

'Ik? Vier jaar,' zei Fanny trots. 'Ik ben hier op mijn vijftiende in dienst gekomen. Mijn familie woont in het dichtstbijzijnde dorp. Ik heb me al opgewerkt van keukenhulp tot dienstmeisje en als ik me goed gedraag, ben ik over twintig jaar kamenierster.'

'Twintig jaar,' herhaalde Effie. Het klonk als een gevangenisstraf.

'We hebben geluk met dit werk. De graaf en zijn zoon zijn goede mensen, ze behandelen hun personeel goed. Dat is niet overal zo, hoor.'

'Dat zal wel niet.' Maar Effie wilde niet als een bediende worden beschouwd. Ze pakte het volgende doosje, opende het en zag het ei van een tjiftjaf liggen. Het was het eerste dat ze in het echt zag en het was slechts een vijfde van de grootte van het ei van de sperwer. De afmeting en de delicaatheid ervan verwonderden haar. Ze bedacht dat boeken niet álles konden overbrengen.

Er viel weer een stilte en Effie voelde Fanny's blik op zich rusten. Ze keek op. 'Wat is er?'

'Heb je het fantoom al gevonden?' Fanny kreeg een ondeugende blik in haar ogen.

'Het fantoom?'

'Aye.' Fanny stond op en liep naar een kast aan de tegenoverliggende muur die laden had tot aan het plafond. 'Kijk.' Ze trok aan een knop, waarop er geen la openging, maar een heel paneel naar voren zwaaide. 'Een onzichtbare deur.'

Fanny keek uitermate tevreden toen Effie verrast naar adem hapte.

'Wat... wat bevindt zich daarachter?' zei ze fluisterend. Ze durfde nauwelijks op te staan.

'Kom zelf maar kijken,' zei Fanny, die doorliep.

Effie tuurde door de deuropening. Het vertrek was maar half zo groot als de zaal, maar alle kasten waren er voorzien van glas. Er stonden vogels in alle soorten en maten op standaards, prachtig tot in de dood: een zeearend, een putter, een gele kwikstaart, een nachtzwaluw, een sneeuwuil, een ijsvogel, een roerdomp, een roodpootvalk... Maar er was één exemplaar bij dat noch een mooie zangvogel, noch een roofvogel was. Het was bijna een meter hoog en op het eerste gezicht leek het een enorme pinguïn met hoekige zwemvliezen en de snavel van een ara.

Ze fronste. Dit kon toch zeker geen... 'Een reuzenalk?'

'Is dat wat het is?' Fanny haalde onaangedaan haar schouders op. 'Nou, dat zal dan wel. Iedereen hier krijgt er de kriebels van. Het fantoom, zo noemt Mrs McLennan het.'

'Maar deze vogel is al... bijna honderd jaar geleden uitgestorven!'

'Is dat zo?' Daar leek Fanny van onder de indruk te zijn. 'Dan is hij vast heel kostbaar.'

'Ik denk dat er op de hele wereld nog maar een dozijn van zijn, en die bevinden zich allemaal in musea.'

'Aye, nou, de graaf heeft een lange arm.'

Effie reageerde niet. Ze kon haar ogen niet van de vogel afhouden. Ze was op haar hurken gaan zitten en staarde ernaar door het glas, bekeek het verenkleed, de lijntjes op de snavel, de kenmerkende vorm van de vleugels waarmee hij niet kon vliegen. Was hier dan niets onmogelijk, in dit grote huis vol schoonheid en grandeur, waar een man als koning kon leven, waar Moeder Natuur een kniebuiging maakte en de doden doorleefden?

'Wat gebeurt hier?'

Ze schrokken allebei van de onverwachte en bovendien scherpe stem. Fanny sprong op en Effie verloor haar evenwicht en viel achterover terwijl ze zich allebei omdraaiden en de huismeesteres in de deuropening zagen staan, waar ze het licht blokkeerde.

'M-Mrs McKenzie,' hakkelde Fanny, en ze trok haar plumeau recht langs haar lichaam als een soldaat die in de houding ging staan. 'Ik was aan het stoffen.'

Maar de huismeesteres was niet gek. Ze wist precies wat er gaande was. 'Als mijnheer de graaf dat... dát... in het zicht wilde hebben, zou het wel zijn tentoongesteld, nietwaar?'

'Ja, Mrs McKenzie,' mompelde Fanny. Ze begon de kasten weer af te stoffen, maar de huismeesteres richtte haar strenge blik op Effie.

'Het is gedaan met de pret. Eruit en terug aan het werk, allebei. Fanny, jij wordt verwacht in de witte salon.'

'Ja, Mrs McKenzie.'

Fanny volgde de huismeesteres, die met resolute stappen wegliep, maar toen ze omkeek, waren haar wangen roze en schitterden haar ogen avontuurlijk. Effie ervoer het niet als een avontuur, ze ervoer het als betrapt worden terwijl ze niet aan het werk was. Ze waren misschien van dezelfde leeftijd, maar meisjesachtige spelletjes waren aan haar niet besteed. Het leven had haar al laten zien wat er kon gebeuren als er dingen misgingen.

Ze keek toe terwijl de deur met een luide klik achter de twee vrouwen dichtging, waarna ze weer alleen was met de verzameling opgezette vogels en uitgeblazen eieren – en met haar herinneringen aan de afgelopen zomer.

21

Ze was verdwaald. De weg vinden op een berg was één ding, de weg vinden in een huis als dit heel iets anders. Alles was zo geometrisch en het herhaalde zich steeds: de ene gang leek in haar ogen veel op de andere en ze had geen idee welke kant ze op moest. Ze was op de heenweg afgeleid geweest door wat Billy over Mr Weir en Mr Mathieson vertelde. Haar hoofd had geen aandacht meer besteed aan haar voeten.

Een deur aan haar linkerhand stond op een kier. Als ze zou zien wat erachter lag, kon ze zich misschien weer oriënteren... Ze tuurde naar binnen en liet haar ogen door het vertrek gaan, maar er was maar één blik voor nodig om te weten wat voor vertrek het was – en te weten dat ze hier nog niet eerder was geweest. Ze liep de grote kamer binnen en zette automatisch haar schoenen met haar sokken erin bij de deur terwijl ze de van vloer tot plafond met boeken bedekte muren bekeek.

Het licht was gedempt, de avond begon al te vallen en de hoge ramen boden uitzicht op de schaduwrijke tuin. Er lag een versleten tapijt op de vloer en er stonden verschillende groepjes leren stoelen met hoge rug, alsof iemand er verstoppertje mee had gespeeld. In het midden van de kamer stond een bureau met bewerkt leer, met daarop een atlas die was geopend bij...

Ze keek...

De Buiten-Hebriden. Toeval? Wie had er naar haar thuis gekeken, vroeg ze zich af. Vader of zoon? Haar vinger duwde automatisch op het kleine groene stipje te midden van het blauw dat haar leven was geweest. Wat zag het er zo klein uit. Onbeduidend. Waarom zou de wijdere wereld zich over hun lot hebben bekommerd? Ze vond het een wonder dat men überhaupt ooit over haar archipel had gehoord.

Ze keek weer om zich heen naar de boekenkasten. Er stonden meer boeken dan één persoon gedurende zijn leven kon lezen, allemaal in leer gebonden en verguld op snee. Ze liep naar de dichtstbijzijnde en liet haar vinger over de boekruggen glijden, waarbij ze de met de hand gestempelde titels kon voelen. Ze pakte een boek – *L'Albatros* van Baudelaire – en sloeg het open. Ze begreep er geen woord van, maar de gevlekte pagina's gaven een kenmerkende en toch ongrijpbare geur af. Instinctief bracht ze het boek naar haar gezicht en snoof genietend. Verschillende andere boeken die ze probeerde roken ook allemaal zo prettig muf. Ze liep verder rond met haar hand strijkend over de ruggen en haar hoofd schuin terwijl ze de titels las, op zoek naar interessante woorden.

Haar aandacht werd naar een groot boek getrokken dat in een nis stond, uitgestald op een houten lessenaar die wel wat leek op de katheder die de predikant voor zijn preken in de kerk had gebruikt. Het boek was geopend bij een illustratie van een grote vogel die als een feniks zijn immense vleugels had gespreid. Het was een fraaie, levendig ingekleurde tekening, en de gekalligrafeerde tekst was onleesbaar van deze afstand. Maar ze kende de inhoud, in feite kende ze die uit haar hoofd, want zij had hetzelfde boek, precies dezelfde editie. Dat was zorgvuldig weggestopt in de tas onder haar bed, in een oude wollen sjaal gewikkeld die van haar moeder was geweest.

Ze voelde een zweem van ongemak in haar buik.

Ze had intuïtief geweten dat het laatste geschenk van Mathieson te goed was voor iemand als zij, maar ze had het toch gehouden. Ze had het niet over haar hart kunnen verkrijgen het terug te geven, hoezeer haar trots dat ook van haar vroeg. En ze had er een hoge prijs voor betaald. Ze had hem nooit gevraagd waar hij haar boeken kocht, deels omdat het haar toen niet uitmaakte. Ze kende immers geen boekwinkels, ze had er geen zicht op. Maar nu ze hier was en bleek dat ze iets bezat wat ook te vinden was in een huis als dit... Ze wist gewoon dat hij zich het boek niet had kunnen veroorloven, dus hoe kwam hij eraan? Had hij het zelf cadeau gekregen?

Voorzichtig pakte ze het boek van de lessenaar, en ze voelde het bekende gewicht in haar handen. Het was te groot om zonder ondersteuning vast te houden, maar ze wilde er meer van zien, om zeker te weten dat de boeken precies gelijk waren. Ze liep naar de dichtstbijzijnde leunstoel, waar ze het boek op haar schoot kon leggen...

De gil ontsnapte haar eerst, een moment later gevolgd door het boek, dat met de binnenkant omlaag op de grond terechtkwam.

'Wat... Hè?' stamelde ze, achterwaarts stommelend en tegen een andere stoel botsend terwijl de cheeta haar aanstaarde. Toen Effie even daarvoor was genaderd, was het dier uit een liggende houding omhooggekomen en nu stond het met een licht geopende bek te hijgen. Het had een saffierblauwe, met edelstenen bezette leren halsband om, en de riem die eraan vastzat hing slap in de hand van een jonge, slapende vrouw, die ze niet had gezien omdat de rug van haar stoel half naar haar toe was gekeerd.

'Hm?' mompelde ze. Vervolgens haalde ze een paar keer diep adem, knipperde met haar ogen en staarde Effie aan met dromerige reebruine ogen. 'O, hemeltje, ben ik alweer in slaap gevallen?'

Effie richtte haar blik meteen weer op de grote kat. Die zat nog geen twee meter bij haar vandaan, binnen klauwafstand. 'Dat is een cheeta,' fluisterde ze angstig.

De vrouw leek weer bij haar positieven te komen. 'Eh, ja,' zei ze met een lome glimlach. 'Ja, dat klopt. Ze heet Margaux. Is ze geen schatje?'

Toen Effie geen antwoord gaf, keek de vrouw haar aan.

'Hemeltje, wat zie je bleek. Moet je niet even gaan zitten? Straks val je nog flauw. Heb je zin in thee? Of iets sterkers? Ik vind een gin-tonic rond deze tijd altijd buitengewoon verfrissend.'

'Ik... Ik...' Effies handen reikten naar achteren, tastend naar de route om de andere stoel heen, maar ze liet haar ogen geen moment van de cheeta afdwalen. Haar blote voeten zochten over de vloer naar obstakels terwijl ze langzaam achteruitschuifelde tot de stoel tussen hen in stond.

Nu ze zich veiliger voelde, in de wetenschap dat ze in elk geval zou kunnen wegduiken, liet ze haar ogen naar de jonge vrouw glijden. Die zat nu rechtop, wakker, op het puntje van haar stoel met haar knieën tegen elkaar terwijl ze Effie met een verblufte gezichtsuitdrukking gadesloeg. Ze leek echter totaal niet verontrust te zijn door de grote kat die naast haar zat te hijgen. Haar donkere haar schulpte in golvende lokken rond haar beeldschone gezicht en ze droeg een okergeel gebreid jasje en een rok, met een gestreept kamizooltje eronder. Er hingen snoeren glanzend witte parels om haar hals. Effie had nog nooit eerder iemand gezien die eruitzag zoals zij. Ze had een zorgeloos elegante uitstraling.

'Mijn naam is Sibyl, Sibyl Wainwright, maar al mijn vrienden en vriendinnen noemen me Sid.'

'Sid?'

'Het is idioot, ik weet het, maar mijn vader wilde heel graag een zoon. Dat was geen geheim. Die arme papa... Op deze manier krijgt hij dan toch nog een klein beetje zijn zin.'

'O.' Daar kon Effie wel over meepraten.

De vrouw glimlachte verwachtingsvol en Effie besefte dat zij nu ook werd geacht zich voor te stellen. 'Ik ben Euphemia Gillies, maar iedereen noemt me Effie.'

'Aangenaam kennis te maken. En ben je net terug uit Frankrijk?'

'Frankrijk?' Effie had moeite de vrouw te volgen, want de draad van het verhaal werd steeds weer vanuit een merkwaardige nieuwe invalshoek opgepakt.

'Ik ben zelf net terug. We hebben een korte tocht gemaakt op Dickie Graingers nieuwe jacht. Hij is er buitensporig blij mee en dat kan ik hem zeker niet kwalijk nemen. Het is prachtig en ik heb gemerkt dat ik op het water veel gemakkelijker een kleurtje opdoe...'

Het lukte Effie bijna om de cheeta te vergeten terwijl de vrouw gemoedelijk door bleef kletsen.

'Jij bent echt schitterend gebruind. Het is allemaal heel leuk en aardig dat we ons korset uit kunnen doen en kleding van Madame

Chanel kunnen kopen,' zei ze, luchtig haar rok tussen haar vingers opnemend, 'maar ik vind vooral het bruine kleurtje énig. Waar ga jij altijd heen?'

'Waarheen?'

'In Frankrijk? Persoonlijk ben ik niet zo weg van de Atlantische kust. Deauville is een beetje te winderig en het Île de Ré is verdraaid lastig te bereiken zonder eigen jacht. Delen van de Provence zijn wel schitterend. Vind je de geur van lavendel niet ronduit góddelijk?'

'Goddelijk?'

Er klonk een stem aan de andere kant van de deur en het volgende ogenblik ging hij open. 'Goeie god, Sid, wat doe jij in vredesnaam h...'

Sholto liep binnen, maar zijn woorden verstomden als uit de lucht geschoten vogels toen hij Effie zag staan, half verborgen achter een stoel.

Effie kon niet met haar ogen knipperen. Noch ademhalen. Noch zich verroeren. En spreken ging al helemaal niet. Ze had zijn portret al levendig gevonden, maar ze realiseerde zich dat het toch een flauw aftreksel was geweest van de man die hier nu voor haar stond. Zijn huid was glanzend gebruind, heel anders dan haar eigen roodachtige, door de wind gekleurde teint, en zijn blonde haar straalde als gesponnen goud. Hij leek van binnenuit verlicht te worden.

'Effie.' Haar naam kwam er schor uit.

'Hallo, sir,' stamelde ze.

'Sir?' Sibyl – Sid? – keek verrast op bij die uiting van respect. Haar ogen vernauwden zich alsof ze zich beetgenomen voelde. 'Goh, aan de manier waarop je hier kwam binnenwandelen maakte ik op dat je een vriendin van de familie was!'

Het was een gelegenheid voor Sholto om dat te beamen, maar het moment was alweer vervlogen voordat hij zich überhaupt verroerde. 'Ik... Ik, eh... verwachtte je hier niet.' Zijn gebruinde huid was zomaar bleek geworden.

'Heeft uw vader niet verteld dat ik zou komen?'

'Ik, eh... heb hem nog niet gezien... Wat doe jij...'

Ze keken geen van beiden de andere kant op. De dikke, eeuwenoude muren leken te zijn vervluchtigd en de exotische kat zat niet langer op een Perzisch tapijt in een Schots landhuis. De keuvelende vrouw zonk weg in stilte... Zij waren weer met z'n tweeën als tijdens hun laatste momenten samen op het eiland. *Kunnen we niet praten... een plan maken...*

'Gaat het, Sholto?' vroeg Sibyl, die achterover ging zitten in haar stoel, haar ene been over het andere kruiste en met haar voet heen en weer zwaaide. 'Je kon wel een spook gezien hebben.'

De woorden van de vrouw leken hem uit zijn schoktoestand te halen. Hij schraapte zijn keel, wierp haar een blik toe en streek met een hand door zijn haar. Effie durfde niet te bewegen. Ze kon niet inschatten of hij blij was om haar te zien of niet. Hij was duidelijk overdonderd, maar...

'Geen spook, nee,' mompelde hij. 'Ik ben alleen een beetje verrast. Ik verwachtte jou hier niet aan te treffen, laat staan...' Zijn stem stierf weer weg en hij staarde even naar de vloer.

Hij haalde diep adem alsof hij zichzelf wakker schudde. 'Hoe dan ook, het is fijn je weer te zien, Miss Gillies. Heb je ons goed kunnen vinden?' vroeg hij op dezelfde formele toon die ze hem een paar keer tegenover Mr Mathieson had horen gebruiken. Hij bleef voor haar staan en schonk haar een kort knikje. Op de een of andere manier leek hij langer. Hij droeg een zwart pak met een wit overhemd en had een merkwaardige stropdas om in de vorm van een strik. Waarom was hij zo gekleed?

Ze knikte terug en keek in de blauwe ogen waarvan ze had gedacht dat ze ze nooit meer zou zien. Haar stem leek haar in de steek te laten. Ze had het gevoel dat hij een rollenspel speelde en dat zij geacht werd bepaalde dingen terug te zeggen, maar zij kende het script niet. Ze wist niet wat ze moest doen, had geen idee wie ze was in deze voorname kamer in dit enorme huis. Bestond het meisje dat hij had ontmoet nog wel nu ze niet langer de dingen kon doen waar hij haar om had bewonderd?

Achter hem stak Sibyl een hand in haar tas om er een pakje sigaretten uit te halen. Effie herkende ze omdat Flora's verloofde ze had gerookt en haar had verteld dat alle Hollywoodsterren rookten. '*Darling*, zou je zo vriendelijk willen zijn?'

Sholto knipperde met zijn ogen en doorbrak zo de betovering tussen hen. Hij wendde zich abrupt af en maakte aanstalten naar Sibyl toe te lopen, maar schrok bij de aanblik van Margaux, die weer op het kleed was gaan liggen. 'O, in godsnaam, Sid, je hebt beloofd dat ze in de stallen zou blijven.'

'De stalknecht was er niet verguld mee.'

'Nou, dat zal mijn moeder ook niet zijn als ze haar hierbinnen ziet. Je weet wat er de vorige keer is gebeurd.'

'Maar ik heb haar laten ontklauwen, dat heb ik je verteld. Kijk zelf maar als je me niet gelooft.'

'Nee, bedankt.' Sholto liep met een boog om de kat heen naar haar toe, trok een doosje uit zijn zak, streek een lucifer af en hield hem vlak voor haar. Sibyl leunde naar voren en keek hem aan terwijl hij het vlammetje bij de punt van haar sigaret hield. Effie zag haar naar hem knipogen. Kleine intimiteiten, hun gemakkelijke omgang... Was zij...

Sholto rechtte zijn rug. 'Waarom heb je je nog niet omgekleed? Je weet dat het diner om acht uur begint.'

'Jazeker, maar ik wilde nog even een boek halen dat ik vanavond in bed zou kunnen lezen. Ik bladerde wat, viel even in slaap en het volgende moment werd ik wakker van een gil.'

Hij keek bezorgd. 'Gilde je?'

'Nee, sufferd. Miss Gillies.'

'Effie?' Hij draaide zich om en keek haar weer aan. 'Wat was er dan?'

Effie fronste. Lag dat niet voor de hand? 'Ik schrok van de cheeta.'

'O. Ja, natuurlijk. Nou, maak je maar geen zorgen om haar. Ze doet meestal niks.'

Meestal?

Hij stak een hand in zijn broekzak en liep naar de dranktafel. 'Willen jullie wat drinken? Ik kan wel een flinke...' Hij stopte weer abrupt. Hij stond vlak voor de nis en de lege lessenaar stil. 'Sid?' zei hij vragend, maar er zat een scherpte in zijn stem waar zelfs Sibyl van opkeek.

De vrouw volgde zijn blik en haar adem stokte toen ze omlaagkeek naar het vergeten boek dat geopend op de vloer lag. Het lag half verborgen onder een van de stoelen.

'O, lieve help!' riep ze uit, en ze keek met een blik van schrik en medelijden naar Effie. Sholto deed hetzelfde. 'Miss Gillies, wat heb je gedaan?'

'Ik heb alleen maar naar de afbeeldingen gekeken,' stotterde Effie, die niet goed wist waarom het gevallen boek meer opschudding teweegbracht dan de carnivoor twee meter verderop.

Er viel een onthutste stilte, waarna Sholto op zijn knieën ging zitten en enkele losse pagina's begon op te rapen. Verschillende waren gekreukt bij de val en hadden nu een vouw over de gehele lengte. Effie haastte zich naar hem toe, waarbij ze wijselijk buiten bereik van de kat trachtte te blijven, in een poging te helpen.

'Het spijt me. Wat... Wat heb ik verkeerd gedaan?' vroeg ze vertwijfeld.

Sholto keek haar van opzij met een woedend gezicht aan. Zijn ogen spuwden vuur en zijn kaken zaten opeengeklemd, maar hij schudde zijn hoofd en antwoordde gemaakt onaangedaan. 'Niets. Je kon het niet weten.'

'Wat kon ik niet weten?'

Sholto keek naar beneden en ze voelde haar onwetendheid zwaar op zich drukken, want ze miste kennelijk – alweer! – iets.

'Dat is niet een boek dat men gewoonlijk léést,' doorbrak Sibyl de stilte op milde toon.

Effie keek weer naar Sholto, hopend dat hij zou bevestigen dat die opmerking kant noch wal raakte. 'Maar zijn boeken dan niet om te lezen?'

'Op zich wel,' zei Sibyl schouderophalend. 'Maar dat is een nogal kostbaar exemplaar. Van het type "alleen naar kijken, niet aankomen". Er zijn maar acht exemplaren van, gemaakt voor de clanhoofden. Vorig jaar is er een op een veiling verkocht voor een recordbedrag. Iedereen was er uiterst enthousiast over. Ik meen me te herinneren dat het in de jaren 1760 is uitgegeven en dat het tien jaar heeft geduurd om het te voltooien. Alles is met de hand getekend. Zo ongeveer.' Sibyl nam een lange trek van haar sigaret en liet een lint van rook tussen haar roodgestifte lippen door ontsnappen.

Effie keek verbijsterd naar Sholto. En zij hád er een? En ze had een ander exemplaar beschadigd? Haar hart klopte snel. Ze wist dat het heel verkeerd was dat zij een van deze boeken bezat. Sholto zag hoezeer ze van streek was en bedaarde. 'Effie, het is niet erg. Maak je geen zorgen, ik handel het wel af.'

'Maar je vader...'

'Het is maar een boek. Ik zeg wel dat ik het heb laten vallen.'

'Dat kun je niet doen.'

'Waarom niet?'

'Omdat het niet waar is. Omdat ík het heb laten vallen.'

'Ik denk niet dat ik naar de hel zal gaan vanwege een leugentje om bestwil.'

'Hou het dan in op mijn loon,' zei ze op dringende toon toen hij weer ging staan en ook zij overeind sprong.

Hij leek op het punt te staan iets te zeggen, maar plotseling klonk Sibyls schaterlach door het vertrek. Sholto's gezichtsuitdrukking verhardde terwijl hij haar een vernietigende blik toewierp. Had ze iets grappigs gezegd?

Hij keek weer naar Effie. 'Miss Gillies, het is prima zo,' zei hij stijfjes. 'Een ongeluk zit in een klein hoekje. Mijn vader zal zich er niet al te druk om maken.'

Effie kon alleen maar knikken, maar toen ze in zijn ogen keek, zag ze dat de woede er nog was, dat onder zijn goede manieren een donkerder stemming sluimerde, en ze wist dat hij niet alleen boos was om het boek, maar ook om het feit dat zij hier was.

Het geluid van een stokkende adem was haar redding.

'Maar schat, waar zijn je schóénen?' vroeg Sibyl met een blik op Effies blote benen en voeten. De gechoqueerde klank in haar stem gaf Effie het gevoel dat ze spiernaakt in het vertrek stond.

'Ik... heb blaren,' stamelde Effie, die haar wangen voelde opvlammen nu haar volgende zonde werd onthuld. Waarom had ze ze niet weer aangetrokken voordat ze de collectiezaal verliet? Waarom had ze gedacht dat ze haar kamer zonder problemen zou terugvinden? Ze haastte zich – weer met een boog om Margaux heen – naar de deur, pakte haar schoenen en klemde ze tegen haar borst. 'Ik moet gaan.'

Ze wilde dat hij haar zou smeken te blijven, maar Sholto verroerde zich niet en zijn gezichtsuitdrukking bleef strak en gesloten. Zonder nog een woord te zeggen wendde hij zich af en begon het boek zo goed en zo kwaad als het ging weer op de lessenaar uit te stallen. Effie sloeg hem een ogenblik gade. Het was duidelijk dat het kostbare boek aan voortreffelijkheid had ingeboet, maar wat kon ze eraan doen?

Ze ontmoette Sibyls geamuseerde blik, knikte beleefd en glipte de kamer uit. Maar door de gesloten deur heen hoorde ze wat de vrouw achter haar rug om over haar zei. 'Sholto, darling, waar heb je haar vandáán? Ze is kostelijk!'

Effie liep met een asgrauw gezicht de eetzaal binnen. Ze was op een trap ergens in de dienstvertrekken gestopt om haar schoenen aan te trekken om te voorkomen dat ze zich nog erger te schande zou maken. De meeste bedienden zaten al op hun plek aan de tafel en de maaltijd werd door de keukenhulpen gebracht. Iedereen was druk met elkaar in gesprek. Billy's heldere ogen volgden haar terwijl ze weer naar de lege plek naast William liep.

'Een goeie dag gehad, Miss Gillies?' vroeg hij toen ze aanschoof. 'Je hebt vast wel gehoord dat de lord terug is?'

'En niet alleen hij, helaas,' mompelde een van de anderen voor ze kon reageren.

Niet dat ze in de stemming was om te praten. Ze was nog ontdaan van het weerzien met Sholto. Hij had niet één keer naar haar geglimlacht, had zelfs eerder overrompeld geleken, en boos en gegeneerd. Zij was geen haar beter dan de rentmeester met haar pogingen om bij hem in de gunst te komen.

Mr Graves schreed binnen en onderbrak haar gedachten. Iedereen stond op, het geroezemoes verstomde en alle hoofden werden gebogen om te bidden.

'Je hebt de hoofdmaaltijd gemist, Miss Gillies,' zei hij even later, toen iedereen was gaan zitten, het bestek ter hand werd genomen en de eerste happen zwijgend naar binnen werden gewerkt.

'De hoofdmaaltijd?' Haar stem klonk verstrooid en vlak.

'Op het middaguur. Dan eten we altijd.'

'O.' Het idee dat voedsel beschikbaar was op elk gewenst moment, dat er niet eerst gejaagd hoefde te worden voordat er een maaltijd kon worden bereid, was even wennen. 'Het spijt me. Ik heb doorgewerkt en heb het me niet gerealiseerd.'

'Drie maaltijden per dag, Miss Gillies. We hebben werk dat veel van ons vraagt. We moeten allemaal gezond en sterk blijven.'

Effie knikte simpelweg zonder de bestraffende woorden echt in zich op te nemen. Ze at kleine hapjes, vastbesloten om zich vanavond niet weer zo te laten kennen. Haar plannen waren bescheiden: eten en terug naar haar kamer vluchten, met zo weinig mogelijk interactie. Huilen in haar kussen, zodat niemand het zou horen.

'Dus de kat is terug,' zei lakei Henry tegen niemand in het bijzonder.

'Ik dacht dat ze het beest aan de Regent's Park Zoo zou geven,' merkte Jenny op.

'Het uitzicht vanuit het dierenverblijf schijnt niet mooi genoeg te zijn geweest.'

'Aha.'

'Ze is nu wel ontklauwd. Kennelijk.'

'Dan zijn er altijd die tanden nog,' mompelde Billy.

Er viel weer een stilte terwijl iedereen verder at. Effie zag dat verschillende personeelsleden op Mr Graves letten, alsof zij zich moesten aanpassen aan de snelheid waarmee hij at.

'Fanny, heb je de bloemen in Lord Sholto's kamer gezet, zoals ik heb gevraagd?'

'Ja, Mrs McKenzie. Op de tafel bij het raam.'

'Goed zo.' Ze maakte aanstalten nog een hap te nemen. 'Maar heb je de lelies verwijderd? Hij is allergisch voor lelies.'

'Ja, Mrs McKenzie. Die zijn toegevoegd aan het bloemstuk voor de kamer van de mevrouw.'

'Heel goed.' Het hoofd van de huismeesteres kwam met een ruk omhoog. 'Wacht eens, je bedoelt toch de gravin?'

'Nee, *ma'am*. Het bloemstuk in Lady Sibyls kamer.'

Mrs McKenzie leek even van slag te zijn en alle ogen bewogen haar kant op. Haar hoofd was lichtjes gebogen en ze zat heel stil.

'Heb ik iets verkeerd gedaan, ma'am?' vroeg Fanny ongerust. 'Moet ik ze weghalen?' Ze wilde al opstaan, maar Mrs McKenzie herwon haar zelfbeheersing.

'Helemaal niet. Eet maar door, Fanny. De lady ligt waarschijnlijk te rusten voor het diner en we mogen haar niet storen.'

Effie fronste toen ze Fanny zag aarzelen, waarna ze weer ging zitten en weer begon te eten. Ze leek echter niet op haar gemak met de situatie, alsof ze zich ervan bewust was dat ze iets verkeerd had gedaan. Verward keek Effie langs de tafel om na te gaan of de anderen snapten wat er zojuist was gebeurd. Ze had het gevoel dat er onder water iets ontploft was: er klonk lawaai en chaos in de diepte, maar er rezen slechts een paar luchtbelletjes naar het oppervlak. Ze ontmoette Billy's ogen, die stilletjes dansten terwijl hij gulzig zijn maaltijd verslond. Hij leek precies te weten wat er gaande was, maar zou hij het haar vertellen als ze het hem vroeg?

'Trouwens… heeft iemand gelezen over het laatste schandaal rond de BYP?' vroeg Jenny.

'Op Downing Street 10? Hoe hadden we dat kunnen missen?' antwoordde Henry.

'Het is een schande,' mopperde Mrs McKenzie, die een slokje uit haar glas nam. 'De bril van de premier stelen.'

'Ik denk niet dat ze het als stelen beschouwden, Mrs McKenzie. Het hoorde bij een spel, een soort schatgraverij,' zei Jenny met schitterende ogen. 'Bovendien heeft de premier vast nog wel een andere bril.'

'Daar gaat het niet om. Het najagen van plezier rechtvaardigt simpelweg niet alles.' Mrs McKenzies mond vormde een streep. 'Het is onbetamelijk dat zich zulke taferelen afspelen in het huis waar de politieke macht van het land is gehuisvest.'

Even zweeg iedereen, maar er werden geamuseerde blikken uitgewisseld.

'De kans is groot dat de bril zich nu ergens in dit huis bevindt,' mompelde Henry.

'Er is geen spráke van dat Lady Sibyl erbij betrokken was,' snauwde de huismeesteres, die Sibyl verdedigde hoewel ze niet eens expliciet genoemd was.

'Maar er zijn heel veel foto's van haar met de dochter van de premier in de bladen verschenen. Iedereen weet dat ze vriendinnen zijn,' zei de lakei schouderophalend. 'Heb jij toevallig iets gezien bij het uitpakken van haar bagage, Barra?'

'Denk je dat ik dat zou vertellen als het zo was?' reageerde de kamenierster koeltjes terwijl Effie haar van onder neergeslagen wimpers bekeek. Donker haar en een pezige lichaamsbouw, rustig en zich bewust van hoe ze zich gedroeg. Duidelijk geen doetje. 'Het zou als een lopend vuurtje door Knockroon gaan.'

'O, lieve deugd!' De helft van de bedienden schaterde. Effie begreep dat ze om Lady Sibyl Wainwright lachten, want die had inderdaad een flamboyante manier van spreken die zijzelf moeilijk had kunnen volgen.

'Of hemeltjelief!' antwoordde Barra met een scheef glimlachje.

'Zo is het wel genoeg geweest, allemaal,' zei Mrs McKenzie streng. 'Lady Sibyl mag spreken zoals ze zelf wenst. En verder wil ik geen woord meer horen over de zaak van de gestolen bril. Het is niet acceptabel om wetteloos of ongepast gedrag aan gasten in dit huis toe te schrijven.'

'Daar sluit ik me bij aan. Het getuigt van slechte smaak,' zei een man die aan het andere uiteinde van de tafel stond. 'De graaf zou met ontzetting reageren als hij hoorde dat er op een dergelijke smakeloze manier over zijn gasten werd gepraat. Hen belasteren staat gelijk aan hem beledigen.'

De stoelen schraapten over de vloer terwijl iedereen ging staan. Effie was een volle tel later en zag toen dat de man die had gesproken niet met hen dineerde, maar in de deuropening stond met een jas en een hoed in zijn hand.

Uit de stilte die over het personeel viel na de berisping – zelfs Mr Graves' hoofd was gebogen – maakte Effie op wie hij was. En kennelijk wist hij ook wie zíj was, want hun ogen ontmoetten elkaar in zwijgende herkenning. Heel even werd er geen woord gezegd en namen ze elkaar alleen maar op. Ze zag een vlezig gezicht met diepe lijnen om de mond, een ronde bril die zijn lichtgrijze ogen en blonde wimpers vergrootten, en kortgeknipt roodblond haar. Ze zag een man die kalm was, ongehaast, rationeel, onaangedaan.

Ze vroeg zich af wat hij in haar zag. In elk geval geen van die dingen.

'Miss Gillies, welkom in Dumfries House,' zei hij op dezelfde toon als die waarop hij de berisping had uitgesproken. 'De graaf heeft me verteld dat u zou komen. Misschien wilt u zo vriendelijk zijn om na het eten naar mijn kamer te komen? We hebben wat dingen te bespreken.'

'Aye, Mr Weir, natuurlijk,' mummelde ze.

Hij draaide zich om en het geluid van zijn schoenen stierf weg terwijl hij door de gang en langs de wijnkelder liep. De rest van de maaltijd verliep in stilte.

Hij zat te schrijven aan zijn bureau toen ze aanklopte.

'Kom binnen,' zei hij zonder op te kijken. 'En doe de deur achter u dicht.'

Effie deed wat haar werd verzocht – en wachtte.

'Ga zitten,' mompelde hij terwijl hij nog wat aantekeningen in een logboek maakte, voordat hij eindelijk opkeek. 'Miss Gillies. Miss Gillies,' herhaalde hij langzaam terwijl hij oogcontact maakte. 'Eindelijk ontmoeten we elkaar.'

Eindelijk? Zo klonk het alsof hij haar al langer had willen ontmoeten, maar zij had voor vanochtend nog nooit eerder van deze man gehoord. Hij kneep zijn ogen tot spleetjes terwijl hij haar gadesloeg en ze had het gevoel dat hij probeerde haar aanblik te verenigen met iets anders. Een beeld dat hij van haar had? 'Hoe waren uw eerste paar dagen hier?'

'Ik ben gisteren pas aangekomen, maar heel goed, sir. Niks geen probleem.'

Hij trok een spottend gezicht bij het horen van haar volkse taalgebruik. 'Niks geen...' zei hij haar na. 'Werkelijk.' Hij zuchtte, keek even weg en keek haar weer aan, zijn vingers ineengevlochten. 'Ik ben moe van de reis, dus vergeef me dat ik meteen ter zake kom. Ik neem aan dat u het nieuws over Frank Mathieson hebt gehoord?'

'Dat hij vermist is? Aye, sir.' Ze bleef heel stil staan, daar was ze bedreven in. De jaren van vogels vangen en daarbij de prooi niet aan het schrikken maken, bleken nu toch nog ergens goed voor te zijn.

'Weet u iets over zijn verdwijning?'

Ze aarzelde. 'Nee. Waarom zou ik?'

'Ik dacht dat jullie een hechte band hadden. Bevriend waren.'

Ze voelde haar lichaam koud worden. 'Mr Mathieson was onze rentmeester en ik respecteerde hem, sir, maar ik zou niet zeggen dat we bevriend waren.'

'Nee?'

'Nee.' Ze legde haar ene hand over de andere om geen nerveuze bewegingen te maken. Ze voelde de neiging om te frutselen en te frunniken.

'Hm. Dat is merkwaardig. Hij suggereerde van wel.'

Ze schudde haar hoofd.

'Ik heb hem zelfs horen zeggen dat hij u graag verwende met speciale geschenken.'

Effie staarde hem aan. De neiging tot bewegen maakte nu plaats voor de neiging weg te vluchten. Haar hart begon te bonzen. 'Nee, sir.'

'Dus hij heeft nooit iets voor u meegebracht?'

Aan de manier waarop hij het vroeg maakte ze op dat hij ervan wist. 'Nou, af en toe nam hij boeken mee om onze kennis te ontwikkelen. Onze bronnen waren nogal beperkt, snapt u. In die zin was hij zeer aardig. Maar ze waren niet alleen voor mij, ze waren voor alle kinderen op het eiland. Misschien doelde hij daarop?'

'Boeken.'

'Aye.'

'Meer niet?'

Wat wist hij precies? Genoeg om haar te verdenken van betrokkenheid bij Mathiesons vermissing. Ze voelde dat ze zo dicht mogelijk bij de waarheid moest blijven. 'Eh... Nou, op een keer nam hij ook verf en penselen voor ons mee. Dat is al een tijdje geleden. Maar dat was het. We waren afhankelijk van de goedheid van vrienden om ons te kunnen ontplooien.' Ze had het idee dat die laatste zin hem tevreden zou stellen.

'Hij heeft me eens verteld dat hij een speciaal iemand op St Kilda het hof maakte.'

Het bloed in haar aderen stolde. Het hóf maakte? 'Dat was ik niet, sir. Dat moet iemand anders zijn geweest. Ik was al die jaren nog een kind, dus het zou verkeerd zijn geweest, nietwaar? Het zou verkeerd zijn geweest om het zelfs maar te opperen.'

Zijn ogen vernauwden zich bij de toespeling. 'Zeker. Mr Mathieson mag dan een harde zakenman zijn, maar hij is ook een eerzaam man met een uitstekende reputatie.'

'Aye, sir. Dat dacht ik ook.'

Ze voelde dat Mr Weir haar nog eens goed bekeek. 'Desalniettemin hébt u iets, Miss Gillies.'

'Nee, sir, ik ben niet bijzonder,' zei ze vlug.

'O nee? Laat ik eerlijk zijn, zelf zie ik het niet zo, maar u schijnt iets buitengewoon betoverends te hebben, Miss Gillies. De graaf en de lord waren beiden ook zeer over u te spreken bij hun terugkeer van St Kilda. Eerstgenoemde heeft zelfs de moeite genomen u hier een functie aan te bieden. Dat is ongebruikelijk.'

'Hij denkt dat ik hem met een speciaal project kan helpen.'

'En is dat zo?'

'Ik zal zeker mijn best doen.'

'Natuurlijk, natuurlijk.' Hij tikte nadenkend met zijn wijsvingers tegen elkaar. 'Zeg eens, Miss Gillies, wanneer hebt ú Mr Mathieson voor het laatst gezien?'

'Rond de tijd van de evacuatie,' zei ze schouderophalend. 'Hij hielp ons inpakken en vertrekken. We hadden het allemaal heel druk, zoals u zich wel kunt voorstellen.'

'Maar even wat specifieker, Miss Gillies, wilt u zich eens voor de geest proberen te halen wanneer u hem voor de laatste keer hebt gezien? Op welke dag en waar precies?'

Ze voelde dat ze begon te trillen. Ze wílde het zich niet herinneren. Niets ervan. 'Zit ik in de problemen, sir?'

'Zou dat zo moeten zijn?'

'Nee, sir. Ik heb niets verkeerds gedaan.'

'Dan is het slechts een simpele vraag.'

Ze keek hem aan. Het was inmiddels negen dagen geleden dat ze waren vertrokken, maar de kans bestond dat hij het nog volhield. Hij was sterk genoeg, jong genoeg om zich een poosje staande te houden. Als ze nu zou toegeven wat ze had gedaan zou er een schip kunnen worden gestuurd. De toeristenboten gingen niet, maar dat wilde niet zeggen dat er geen trawlers zouden kunnen gaan. Of de marine. Als een schip de boodschap door zou krijgen om erheen te varen en er voor anker te gaan, kon de bemanning laten weten waar ze moesten zoeken. En dan zou hij worden gered.

Maar als ze dat deed, zou ze zichzelf verdacht maken. Ze zou moeten opbiechten waarom ze wist dat hij daar nog was, ze zou niet alleen moeten onthullen wát ze had gedaan, maar ook waarom ze het had gedaan.

En stel dat hij al dood was? Dan zou ze zichzelf voor niets opofferen. Ze zou worden gearresteerd, ze zou zelfs misschien wel opgehangen worden – en wie zou er dan voor haar vader zorgen?

'Ik... Ik kan me niet precies herinneren wanneer de laatste keer was, sorry. Ik zou er heel diep over moeten nadenken. Het waren drukke dagen.'

'Nou, zal ik u vertellen wat ík heb gehoord?' Hij wachtte even en keek haar indringend aan terwijl ze zijn woorden in zich opnam.

Langzaam knikte ze.

'Ik heb gehoord dat u de minuten voor vertrek voor nogal wat afleiding hebt gezorgd.'

'Afleiding?'

'U bracht iedereen in verwarring, liep jammerend weg, veroorzaakte opschudding. Vertel eens, waarom zou u dat doen? U komt niet over als een hysterisch type.'

'Het was geen afleiding, sir.' Haar stem beefde lichtjes. 'Ik probeerde mijn hond te redden.'

'Die toch is gedood, heb ik begrepen? Net als alle andere honden.'

Ze slikte en knikte vervolgens.

'Dus die hele zinloze vertoning...'

'Die was voor mij niet zinloos, sir.' Haar stem klonk schor.

'En toch wilt u dat ik geloof dat het slechts toeval is dat niemand, niet één persoon aan wie we het tot nu toe hebben gevraagd, zich kan herinneren de rentmeester op de boot te hebben zien stappen – of niet – omdat iedereen zo met úw fratsen bezig was? En dat terwijl er niet eens een ander lot voor uw hond mogelijk zou zijn geweest?'

Hij keek haar een paar lange ogenblikken aan, maar ze kon niets uitbrengen. De woorden raakten haar als loden gewichten. 'Hebt u niets meer te zeggen?'

Ze schudde haar hoofd. Ze had hém niets meer te zeggen.

Hij zuchtte, zo te zien berustend in haar ontkenningen. 'Goed dan, maar u moet weten dat Scotland Yard ermee bezig is en dat Frank

Mathieson officieel als vermiste persoon geregistreerd staat. De politie zal u komen ondervragen over wat u weet.'

'Mij, sir?'

'Ja, Miss Gillies. Ik heb uw naam doorgegeven toen me werd gevraagd personen te noemen die van belang konden zijn voor het onderzoek.'

Van belang voor... 'Maar waarom? Ik weet nergens van!' riep ze uit.

'Dan hebt u niets te vrezen.'

'Maar waarom zou u mijn naam doorgeven terwijl u me nu pas voor het eerst ontmoet?'

'Het is niets persoonlijks, Miss Gillies, maar zoals ik al zei, is Mr Mathieson een collega van me, en uit puur professioneel oogpunt moet ik doen wat ik kan om hem te helpen. Hij en ik hebben in de loop der jaren gesprekken gevoerd – in deze kamer, zelfs – en hij heeft mij in vertrouwen wat dingen verteld die mij voor het onderzoek relevant leken. Ik heb de politie verteld wat ík weet, en u zult hetzelfde moeten doen. Als er iemand wordt vermist en diegene mogelijk in groot gevaar verkeert, moeten we ons best doen om hem te helpen. Daar bent u het toch wel mee eens?'

Ze gaf geen antwoord, maar was al opgestaan. Haar voeten droegen haar achterwaarts naar de deur. Ze ademde snel en begon zich licht in het hoofd te voelen. Ze had frisse lucht nodig. Ze moest hier weg.

'Ik zal u laten weten wanneer de rechercheur u wil spreken, Miss Gillies,' zei Mr Weir, die haar door vernauwde ogen de kamer zag verlaten.

Ze sloot de deur achter zich en rende door de gang, waarbij ze – in haar paniek – de trap miste die naar haar slaapkamer leidde. Ze holde door de gangen tot ze niet verder kon en ze zich in de provisiekamer met gevogelte bevond, waar ze werd omringd door hangende fazanten, eenden, patrijzen en kwartels, maar ze zag ze niet.

Ze hoorde alleen zijn woorden in haar hoofd weerklinken. *Ik heb de politie verteld wat ik weet.*

Wát wist hij? Hoeveel had Mathieson hem verteld?

Want als hij wist wat zij door zijn toedoen had doorgemaakt, zou hij weten dat er vrouwen bestonden die om veel minder hadden gedood.

22

Effie stond aan het raam, net zo roerloos als het marmeren beeld vlak achter haar. Ze bevond zich in de hal en was zelf eenvoudiger dan alles om haar heen: elegante stoelen, de dreigende levensgrote portretten, glanzende tafels, een gladde natuurstenen vloer, sierlijk pleisterwerk aan het hoge gewelfde plafond en rijk verguld maaswerk in de hoeken. Het was een imponerende entree tot een toch al indrukwekkend huis, maar voor het meisje dat tot twee dagen geleden amper had geweten dat dergelijke grandeur bestond, was het allemaal betekenisloos. Ze kon haar blik niet van de tuin afhouden, waar Sholto en Sibyl arm in arm liepen. Sibyl had een bloem in haar hand en praatte geanimeerd, met veel gebaren. Sholto daarentegen had zijn vrije hand in de zak van zijn jasje gestoken en zijn ogen op de grond gericht. Hij liep half zo langzaam als gewoonlijk en zijn schoenen sloften over het grind. Effies hart deed pijn bij alleen al zijn aanblik. Zelfs van een afstand straalde hij. Zelfs als hij verstrooid oogde, was hij fascinerend.

'Goed dan, ben je klaar?'

Ze draaide zich om en zag dat Billy op haar wachtte.

'O nee, niet weer, hè?'

'Wat?' Maar ze wist dat hij het over haar kleding had: een bruine broek en een ivoorkleurige bloes. Schoon. Gestreken. En ze pasten. Gisteren had ze geprobeerd niet op te vallen door haar zondagse kledij te dragen, maar dat had bepaald geen goede uitwerking gehad.

Billy zelf zag er knap uit in zijn overhemd en grijsbruine vest, met een lang, schoon schort dat tot zijn scheenbenen viel en daaronder glimmende schoenen. 'Het lijkt wel of je jezelf graag in de nesten wilt werken.'

'Ik heb je al gezegd dat ik geen bediende ben, Billy,' zei ze vermoeid. 'Ik hoef geen uniform te dragen.'

'Vrouwenkleren, meer wordt er niet van je gevraagd! Weir krijgt een toeval als hij je zo ziet.'

'Dan mag hij het met de graaf bespreken, die me nooit in iets anders heeft gezien,' antwoordde ze koppig. Het waren niet haar kleren waar de hofmeester zich druk over maakte.

'Zelf weten,' verzuchtte hij met een blik op haar stevige schoenen. 'Die zijn in elk geval wél geschikt. Het pad kan modderig zijn. Kom mee, deze kant op.'

Met tegenzin, nadat ze zichzelf nog een laatste blik uit het raam had gegund, liep ze bij de enorme deur vandaan en volgde ze Billy terug naar de trap die omlaagleidde naar de dienstvertrekken. Het zou veel sneller zijn om de deur te gebruiken en rechtstreeks de brede trap naar de tuin af te dalen, maar dan zouden ze Lord Sholto en Lady Sibyl tegenkomen en ze begon te vermoeden dat ze zo veel mogelijk uit het zicht moest blijven.

'Het is heel aardig van je dat je me ernaartoe brengt,' zei ze terwijl Billy de tuin in stapte en de deur voor haar openhield.

'Niks geen moeite. Nu hoef ik de kolenkitten nog niet te vullen en kan ik even buiten zijn.'

'Werk je hier al lang?' vroeg ze verstrooid terwijl ze liepen. Effie keek rond, op zoek naar Sholto en Sibyl, maar ze waren nergens meer te bekennen.

'Zeven maanden. Mijn langste dienstverband tot nu toe. Meestal vlieg ik er na vijf maanden alweer uit.'

'Waarom?'

Hij haalde zijn schouders op. 'Op de een of andere manier kom ik altijd snel in de problemen.' Hij trok een wenkbrauw op. 'Een beetje zoals jij, denk ik.'

Ze had precies hetzelfde over hem gedacht, maar ze was niet van plan hem dat te laten weten. 'Pardon?'

Hij wierp haar een gewiekste zijwaartse blik toe. 'Vanochtend hoorde ik Lord Sholto Mrs McKenzie overhalen de deuren van de bibliotheek op slot te doen om zijn vader buiten te houden. Minuten later verliet Mr Weir haastig het huis met een pakket onder zijn arm dat was geadresseerd aan een boekenantiquair in Glasgow.' Hij keek haar aan. 'Weet jij daar misschien iets van?'

Ze slikte. 'Waarom denk je dat?'

'Omdat de lord erop stond dat Mrs McKenzie jou er niets over zou vertellen.'

Ze keek hem aan. 'Maar jij mag dat dus wel?'

Hij haalde lachend zijn schouders op. 'Je ontwijkt de vraag. Waarom zou jij het niet mogen weten?'

'Loop jij vaker in de gangen te luistervinken, Billy?'

'Je ontwijkt de vraag nog steeds.'

Ze haalde nonchalant haar schouders op, maar ze wist precies wat Sholto deed: hij ruimde de puinhoop op die zij had gecreëerd. Hij zorgde ervoor dat het goed zou komen.

Ze vroeg zich af of het boek te repareren was. En zelfs als de pagina's er weer in konden worden genaaid, zou het boek dan zijn waarde wel behouden? Of was het nu beschadigd en daardoor waardeloos? De afgelopen nacht had ze liggen overpeinzen of ze Sholto haar exemplaar zou aanbieden. Een rechtstreekse ruil, zodat zijn vader er nooit achter hoefde te komen. Maar ze kon geen manier bedenken om dat te doen zonder te moeten uitleggen hoe ze in het bezit was gekomen van zo'n zeldzaam geschenk, en ze kon het idee dat ze Frank Mathiesons naam zou moeten noemen niet verdragen. De schaamte had haar in een wurggreep waar ze niet aan kon ontsnappen.

Ze besefte dat ze in gedachten verzonken was. 'Vertel eens, Billy, werk je hier al lang?'

Hij lachte verrast. 'Dat heb je me al gevraagd!'

Ze bloosde. 'Sorry. Wat ik bedoelde...' Ze probeerde haar hoofd er weer bij te houden. 'Kom je hier vandaan?'

'Dus je wilt dat ik antwoord geef op jouw vragen, maar je wilt die van mij niet beantwoorden?' Hij schonk haar een peinzende glimlach en zuchtte. 'Goed dan. Ik kom uit Tarbet, Lomondside. Dat is niet heel ver weg. Niet zo ver als waar jij vandaan komt.'

'Ik denk dat niemand zo ver van huis is als ik.'

'Mis je het?'

'Aye.'

'Hoelang geleden ben je er ook alweer weggegaan?'

'Tien dagen en drie uur. Maar ik hou het niet zo exact bij, hoor.'

Hij grijnsde, en terwijl ze verder liepen wist ze dat hij haar al had vergeven voor haar ontwijkende gedrag. Ze voelde zich bij hem op haar gemak, alsof hij een jonger broertje was. 'Zou je teruggaan als het kon?'

Ze aarzelde niet. 'Aye.'

'Maar waarom? Het leven is daar veel zwaarder! Jij kunt je drie keer per dag eten al niet eens voorstellen.'

'O, maak je geen zorgen, Mrs McLennan laat me geen maaltijden overslaan.' Toen Effie die ochtend had geprobeerd weer ongezien langs de keuken te sluipen had de slimme kokkin – alsof ze haar had opgewacht – haar meegeloodst naar de tafel, waar ze het bevel had gekregen om wat havermoutpap te eten en een glas melk te drinken voordat ze aan haar dag begon. Het maakte niet uit dat ze geen trek had, dat zelfs Mrs McLennans heerlijke maaltijden naar as smaakten, ze was gedwongen te eten. De vrouw leek vastbesloten om voor haar te zorgen.

'En waarom zou je dan terug willen naar een leven van ontberingen en tekorten en moeite?'

'Omdat ik hier niet thuishoor.' Ze stak haar handen in de lucht en maakte een vaag gebaar naar het extravagante landgoed. 'Mijn brein kan dit allemaal niet verwerken.'

Billy grijnsde. 'O, geloof me maar, je raakt er wel aan gewend. Ik dacht hetzelfde toen ik voor het eerst bij een voornaam huis in dienst trad. Ik ben begonnen bij de hertog van Argyll en ik had het gevoel dat ik voor de koning werkte.'

'Precies!'

'Maar het wordt al snel gewoon.'

'Billy, ik kom van een plek waar spijkers al een luxe waren! Waar we het vierden als er een stuk drijfhout op het strand aanspoelde! Ik zal nooit gewend raken aan vergulde plafonds en… cheeta's aan een riem!'

Hij gooide zijn hoofd achterover en lachte. 'Jij zult er langer over doen om je aan te passen, dat geef ik toe, maar het is niet altíjd zo extreem. Alleen als zíj er is, Lady Sibyl Wainwright is niet zomaar een socialite.'

'Socia-wat?'

'Socialite. Een rijke, begeerlijke jonge vrouw die zich aan het wereldje presenteert,' zei hij grinnikend. 'Ze behoort tot de BYP.'

'Ik heb geen idee waar je het over hebt,' verzuchtte ze hoofdschuddend.

'De *Bright Young People*! De beau monde. Ze hoort bij de jonge rijke mensen die er graag op los leven – en, zo lijkt het, jong willen sterven. Nog niet zo lang geleden is er een dame uit een kroonluchter gevallen. De kranten zijn geobsedeerd door die lieden.'

'En zij is een van hen?' Effie voelde een beginnend vleugje afkeer tegen de mooie vrouw met de grote kat, die de bril van de premier stal en erom lachte.

'Tot afschuw van de gravin. Zij vindt het allemaal verschríkkelijk…' Hij zette een gekke stem op. '… maar ze is bevriend met Lady Sibyls moeder en ze wil er vooral geen heisa om maken. Niets is erger dan dat! Ik denk dat ze hoopt dat ze rustiger zal worden als ze eenmaal getrouwd zijn.'

Effie stond stil en haar gezicht werd bleek. 'Bedoel je… dat Sholto en zij verloofd zijn?'

'Lórd Sholto! Effie, wat heb ik je daar nou over gezegd?' Hij sloeg zijn ogen ten hemel. 'En nee, nog niet. Maar het is slechts een kwestie van tijd.'

Het werd haar plotseling benauwd om het hart. 'Zijn ze… al lang samen?'

'Dat hangt ervan af wat je met "samenzijn" bedoelt. Ze schijnen elkaar al te kennen sinds hun kindertijd. Je weet hoe dat gaat met de rijke klasse – ze hebben een kleine vriendenkring. Wat ik heb gehoord, is dat ze een paar jaar los-vast met elkaar omgingen, wat rondfladderden en flirtten met alles wat een hartslag had. Maar de lord is nu drieëntwintig, hij weet wat hem te wachten staat als de graaf heengaat.'

'Heengaat... O.'

'Kom, we moeten opschieten. Ik moet Graves' schoenen poetsen voordat hij naar het dorp gaat.' Hij begon sneller te lopen en ze haastte zich achter hem aan, blind voor de wilde bloemen die volop groeiden langs het pad, een rode eekhoorn die tegen een boom naar boven draafde, merels die op hoge takken wijsjes zongen. Haar hoofd – haar hart – had zich vastgebeten in het concept van Sholto's ophanden zijnde verloving met Lady Sibyl Wainwright en liet het niet meer los. 'Hier is het.'

'Billy,' zei ze voorzichtig toen hij bij een stenen cottage stilstond. Het had een bovenverdieping en vier ramen, zag ze. En een steenrode voordeur.

'Aye?'

'Gisteravond tijdens het eten... toen Fanny vertelde dat ze de lelies had verwijderd en aan het boeket in Lady Sibyls kamer had toegevoegd... Wat was daar zo erg aan?'

Billy keek haar aan met een grijns van ongeloof om zijn lippen. 'Ben jij echt zo onschuldig dat je dat niet kunt raden?'

Ze knipperde met haar ogen. Vermoedelijk wel.

'Met het oog op nachtelijke bezoekjes.' Zijn ogen twinkelden ondeugend. 'Als hij naar haar slaapkamer gaat...'

'Maar...' Haar stem klonk verstikt. 'Ze zijn niet getrouwd.' De woorden van de predikant galmden nog na in haar oren, en een leven lang van waarschuwingen tegen de zonde wiste je niet zomaar uit.

'Maar ze gaan wel trouwen, dat heb ik je net verteld. Bovendien is het 1930. De wereld verandert. Bekijk de kranten maar, mannen kleden zich als vrouwen... En klaarblijkelijk kleden vrouwen zich als mannen!' Hij gebaarde naar haar eigen kleren. 'Zolang ze discreet zijn, blijft wat er achter gesloten deuren gebeurt privé.' Hij legde een vinger tegen zijn lippen en knipoogde.

Het duurde een moment voor Effie zich realiseerde dat er een man naar de deur van de cottage was gekomen en dat hij naar hen stond te kijken.

'O, hallo, Mr Felton,' zei Billy, die zijn rug rechtte toen hij hem ook opmerkte. 'Ik dacht al dat we u hier zouden treffen. Dit is Miss Gillies. Zij wordt de nieuwe huurster van de cottage.'

'Samen met mijn vader,' zei ze, zich herpakkend. 'Dag, Mr Felton.'

De man knikte. Hij leek zo'n tien jaar ouder te zijn dan zij. Hij had dik, bijna zwart haar, lichte, intense ogen, vereelte handen en een huid die zo leek op die van haarzelf – nootachtig gebruind van het buiten werken – dat hij wel een St Kildanaar zou kunnen zijn. Ze kon hem zo voor zich zien op blote voeten met een paar dode stormvogels over zijn schouders.

'Miss Gillies gaat de eiercollectie van de graaf beheren. Ze schijnt heel deskundig te zijn op het gebied van vogels.'

'O, aye?' De man trok een wenkbrauw op.

'Mr Felton is de jachtopziener,' legde Billy uit. 'Het fazantenverblijf ligt daarginds achter de bomen, ongeveer honderd meter verderop. Hij knapt de bothy op in opdracht van de graaf.'

'Ik had er de tijd voor, aangezien de fazanten nu in de kooi zitten waar ze binnenkort uit zullen worden vrijgelaten,' verklaarde Mr Felton.

'O. Ik kan me niet indenken dat vogels worden vrijgelaten,' zei ze. 'Mijn leven hing altijd af van de vangst van vogels.'

'Het gaat de graaf hier om de spanning van de jacht. Hij vindt het schieten net zo heerlijk als de beloning naderhand.'

Ze herinnerde zich hoe ze de vorige avond in de provisiekamer met gevogelte had gestaan, omringd door de buit, met Mr Weirs dreigende woorden nog naklinkend in haar oren.

'Nou, Miss Gillies, ik had u niet verwacht, anders had ik het gruis wel opgeruimd,' zei Mr Felton met een blik achterom. 'U wilt waarschijnlijk even binnen kijken?'

'Als het niet te veel moeite is.'

'Nee. Kom binnen.'

Hij zette een stap opzij en ze liep langs hem. Het huis had een portaaltje aan de voorkant, als een neus – een plek om een jas, hoed en hun touwen op te hangen (niet dat ze hier touwen nodig hadden, maar ze kon zich niet voorstellen ze níét te hebben). Het bood toegang tot een smalle gang die tot de achterzijde doorliep. Door een geopende deur zag ze een achtertuin met wat fruitbomen. In de cottage zelf lag de keuken net als in de bothy in Lochaline aan de rechterkant, maar in plaats van een slaapkamer links was daar een woonkamer. Elke kamer had een haard en de vloeren waren van hout, niet van steen, en door de veel grotere ramen viel veel daglicht naar binnen. Ze bleef onderaan de trap staan en keek omhoog.

Een trap. Tot dusver een ondenkbare luxe, maar…

'De trap zal te smal en te steil zijn voor mijn vader,' zei ze met spijt. 'Hij zal hem niet kunnen beklimmen.'

'Ik kan wel helpen met het plaatsen van de meubels als ze komen,' zei Mr Felton, die naast haar kwam staan. 'Zou hij het misschien prettig vinden als dit zijn slaapkamer werd?'

Ze keek achterom naar de grote, lichte woonkamer. 'Daar zou hij heel blij mee zijn. Hij heeft zijn hele leven beneden geslapen. Waarom zou dat nog moeten veranderen?'

'Verandering wordt zwaar overschat, als je het mij vraagt.'

'Maar niemand hééft het u gevraagd,' riep Billy met zijn brutale glimlach. 'Goed, ik moet terug naar het grote huis. Ik ben al te lang aan het lanterfanten en Mr Graves zal me een uitbrander geven als ik zijn schoenen niet op tijd heb gepoetst. Kun je zelf de weg terugvinden, Miss Gillies?' vroeg hij haar.

'Natuurlijk. Ik volg het pad gewoon.' Het pad liep langs de uitgestrekte weiden achter het muurtje met de greppel, het oude bos lag erachter. Het zou moeilijk worden om te verdwalen, al zou ze het willen.

'Of ik loop met u mee,' zei Mr Felton. 'Ik moet toch nog wat dingen ophalen bij het grote huis.'

'Uitstekend,' zei ze schouderophalend.

Billy ging er snel vandoor. Effie liep als eerste de trap op, verwonderd toen ze zag dat de cottage dezelfde geneugten des levens te bieden had als haar kamer in het landhuis: een wastafel, radiatoren en een binnentoilet. En de kamers waren veel groter dan ze gewend was. Ze liep naar een raam en zette het open. Ze bekeek het uitzicht over de velden en een bos in de verte, zag de schapen die tevreden stonden te grazen.

Mr Felton ging aan het andere raam staan en beiden zwegen ze een ogenblik. Het landschap was totaal anders dan ze gewend was. Het had niet de ruige, imponerende pracht van thuis, maar de milde glooiingen hadden iets geruststellends. Als ze naar links keek, zag ze het oostelijke paviljoen en twee derde van het grote huis. Zelfs van hieraf, op een kleine kilometer afstand, zag het er kolossaal uit.

'Dus… u weet het een en ander van vogels?' vroeg hij vooroverleunend, zodat ze langs de buitenkant met elkaar praatten.

Ze tuurde om de raamlijst heen en nam plaats op de vensterbank. 'Het een en ander.'

Hij zweeg even. 'Nou, dan heb ik iets wat u misschien een keer zult willen zien.'

'Waar?'

'In het bos.' Hij zag haar bedenkelijke blik en lachte. 'Niets onbetamelijks, Miss Gillies. Iets wat louter met vogels te maken heeft.'

'Wat dan?'

Hij schudde zijn hoofd. 'Dat kan ik niet zeggen. Dat is geheim.'

Ze keek de andere kant op. 'Ik vrees dat ik niet van geheimen hou, Mr Felton.'

'Zullen we het dan een verrassing noemen?'

'Verrassingen kunnen akelig zijn,' zei ze vlug, zonder hem aan te kijken. Ze wist dat haar antwoorden lomp waren, dat hij alleen maar vriendelijk was.

Hij sloeg haar een paar momenten gade voordat hij de kamer weer in liep. 'Nou, dit huisje is bijna klaar voor u en uw vader. De schoorsteen is gevoegd en er is een nieuwe deur geplaatst. Er moeten alleen nog wat dakleien worden vervangen en dan is deze cottage klaar voor wat de winter zal brengen.'

Effie keek nog eens uit het raam en vroeg zich af hoe de winter er hier uit zou zien – zou er een sneeuwtapijt liggen en zou er een haardvuur knisperen? Of zou de winter ook hier het geduchte monster zijn dat zij kende, met gierende stormen, woeste golven en ijs op het strand?

'Wanneer trekt u er in?'

Ze haalde haar schouders op. 'Mijn vader is nog in Lochaline, waar hij heeft gewacht op de verkoop van ons vee in Oban, maar dat is nu achter de rug. Als deze cottage bijna klaar is, dan waarschijnlijk volgende week.'

'Het is nogal wat, dat jullie allemaal van het eiland zijn overgekomen.'

Dus hij wist dat ze van St Kilda kwam? Het ging kennelijk van mond tot mond. 'Aye, inderdaad. Maar het is beter zo,' zei ze snel, want ze wist dat hij anders zou doorvragen. Het leed geen twijfel dat hier wonen, in deze solide, mooie cottage, een flinke stap voorwaarts was vergeleken met waar ze hiervoor leefden. De graaf had woord gehouden: hij had hun iets beters geboden.

Ze hoorde een geluid, een ritmisch geroffel dat ze niet kon plaatsen. 'Wat is dat?' vroeg ze terwijl ze achteromkeek en een donkere, compacte massa langs het veld zag schieten.

Mr Felton gaf niet meteen antwoord. 'Iemand die uit rijden is,' zei hij, en hij rechtte zijn rug.

Hij had echter geen tijd om naar beneden te lopen. In slechts een paar seconden had de ruiter het paard halt laten houden en nu draafde het op het gras beneden in kleine cirkels rond. Zijn vacht was glanzend zwartachtig bruin, met kastanjekleurige neusgaten en sokken. Het was ook enorm groot. Effie dacht niet dat ze over de rug zou kunnen kijken, laat staan dat ze het zou kunnen bestijgen. Ze had nog nooit van zo dichtbij een paard gezien en er ook nog nooit een zien galopperen. Er waren geen paarden op het eiland geweest gedurende haar leven, maar Ma Peg had haar verteld dat er in haar kindertijd een trekpaard was dat hielp bij het ploegen.

Sholto keek naar hen omhoog, snel ademend en met een blozend gezicht. Hij droeg een geruit jasje en een bruine rijbroek met lange zwarte laarzen die tot zijn knieën reikten. Hij leek zich niet bewust te zijn van zijn eigen imponerende gestalte. Hij fronste toen hij hen beiden boven op de vensterbank zag zitten.

'Miss Gillies. Felton,' zei hij op ferme toon. 'Mrs McKenzie zei dat ik u hier kon vinden.'

'U wilt me spreken, sir?' vroeg de jachtopziener.

'Wat? Nee, nee,' zei Sholto, geïrriteerd zijn hoofd schuddend. 'Miss Gillies.' Hij fronste zijn wenkbrauwen naar hen beiden. 'Wat doen jullie daarboven?'

'Ik wilde het huisje graag zien voor we er intrekken,' zei ze vlug. 'Mijn vader komt volgende week en ik wilde kijken of het al klaar was.'

Het paard tilde zijn hoeven op en zette twee passen achteruit. 'En kan het uw goedkeuring wegdragen?' vroeg hij, met de teugels losjes in zijn handen.

'Het is prachti...'

'Felton, hoeveel moet er nog aan gebeuren?'

'Nog één dag werk, sir, meer niet.'

'Juist. Goed. Nou, dat is mooi.' Sholto was kortaf en gereserveerd. Ze had al het gevoel gehad dat hun weerzien in de bibliotheek koeltjes was verlopen, maar dit gesprek voelde ijs- en ijskoud. Voor het eerst zag Effie hem als een lord, een landheer, een werkgever, haar meerdere. Hij verschilde niet alleen erg van de enthousiaste, gemoedelijke eilandbezoeker die ze in mei had ontmoet, hij leek een heel andere man. Waarom gedroeg hij zich tegenover haar zo ijzig? Het kon bijna niet waar zijn dat wat er tussen hen was gebeurd inderdaad kon zijn gebeurd. Had ze het gedroomd? Had hij haar wel gekust aan dat touw, hadden ze elkaar echt vastgehouden in de zee, met gulzige ogen en roze lippen…

Ze besefte dat ze naar hem staarde. 'U wilde mij spreken… sir?' vroeg ze, haar stem in bedwang houdend. Sibyl was nergens te bekennen. Had hij haar alleen willen zien? Wilde hij met haar praten zonder dat Lady Sibyl hen zou horen?

'Ja.' Het paard was nog dartel van de galop en hij liet het rondstappen, bij hen vandaan. Hij trok aan de teugels en leidde het paard rond in een nieuwe cirkel tot hij weer recht voor hen stond. 'Ik vrees dat mijn moeder graag wil dat u vanavond met ons dineert.'

Effie schrok. 'Ik?'

'Ja, het spijt me. Ik weet dat het saai voor u zal zijn, maar ze wil graag alles over St Kilda weten. Mijn vader heeft haar er de afgelopen maanden tot vervelens toe over verteld en zij zou er graag meer over horen vanuit het perspectief van een inheemse…'

Inheemse? Er viel een korte stilte en ze vroeg zich af of hij wel doorhad hoeveel afstand hij met dat woord tussen hen creëerde, hoe 'anders' ze zich erdoor voelde.

Hij klopte het paard op zijn hals. 'Hij denkt er namelijk over de archipel van Sir John over te kopen.'

'Wat?' Het woord ontsnapte haar als een blaf, wat de jachtopziener aan het schrikken maakte. Ze was zich vaag bewust van het gebrek aan eerbied van haar kant, maar om te horen dat St Kilda misschien wel verkocht zou worden…

'Nou, Sir John heeft er nu niet zo veel meer aan, zonder de pacht die binnenkomt, en vader heeft het idee opgevat om er een soort beschermd natuurgebied voor vogels van te maken. Ik ken niet alle details, maar ik verwacht dat hij tijdens het diner alles uit de doeken zal doen.' Zijn paard liep nog een rondje. Hij keek over zijn schouder achterom. 'Kan ik haar vertellen dat u komt?'

Effie staarde hem aan. Ze had toch zeker geen keuze? Ze knikte mat.

'Goed. Mooi zo,' mompelde hij, maar hij keek haar aan met een gezichtsuitdrukking die alleen als vijandig kon worden getypeerd. 'Mijn moeder zal er verheugd over zijn.' Maar hij niet. Dat was duidelijk de boodschap.

Hij knikte, alsof hij aanstalten maakte te vertrekken, maar hij hield weer in.

'Eh... Ik moet eraan toevoegen... dat de gravin nogal bezorgd van aard is.' Hij aarzelde. 'Het is misschien beter niets te zeggen over hoe haar enige zoon aan een touw boven de Atlantische Oceaan heeft gebungeld...'

'Uitstekend.'

'Heb het maar gewoon helemaal niet over het klimmen, het hangen aan de touwen. Dat doet er allemaal niet toe.'

Ze keek hem aan en wist wat hij haar eigenlijk wilde meedelen. Hij deelde haar mee dat alles wat er tussen hen was gebeurd er niet toe deed. Dat hij er spijt van had.

'Uitstekend,' zei ze weer, met gesmoorde stem. 'Ik zal niets zeggen over de touwen.'

Zijn ogen vernauwden zich, alsof hij zich afvroeg of hij haar kon vertrouwen. 'Goed dan. Acht uur. In de salon.' Hij wierp een blik op de jachtopziener. 'Felton. Miss Gillies.' Hij gaf zijn paard de sporen en het galoppeerde terug in de richting vanwaar hij gekomen was, waarbij de schapen zich verspreidden en hij uiteindelijk in een stofwolk verdween.

23

Alle hoofden draaiden zich om toen ze de eetzaal binnenliep, zodat Effie abrupt stilstond. Was ze te laat? Mr Graves had toch gezegd dat de hoofdmaaltijd op het middaguur plaatsvond? Het was drie minuten voor twaalf.

'Miss Gillies.' Mrs McKenzie trok haar schouders naar achteren. 'Je eet dus met ons.'

Ze aarzelde. 'Is dat niet de bedoeling?'

'Jawel hoor, je bent zeer welkom.'

Effie aarzelde opnieuw. Dat leek haar een vreemde opmerking van de huismeesteres. Ze keek naar de verzamelde personeelsleden en was blij te zien dat Mr Weir er niet was. Gadegeslagen door twaalf paar ogen ging ze op haar gebruikelijke plaats naast William zitten. Hij bekeek haar weer met dezelfde blik als de eerste avond dat ze hier was. Zou het om haar broek gaan? Die leek nogal sterke reacties op te wekken.

'Schapenvlees,' kreeg ze te horen van dezelfde keukenmeid die de vorige ochtend tegen haar had gesnauwd. Heette ze May?

'Bedankt.'

Er werd gebeden en iedereen begon te eten, maar er hing een bijzondere sfeer. Ze voelde dat er iets in de lucht hing, als kruitdamp na een schot – alleen leek zij het schot niet te hebben gehoord. Billy zat te eten en ving haar blik met zijn gebruikelijke glimlach. Henry wierp haar steeds steelse blikken toe en Jenny leek op de een of andere manier door haar van slag te zijn. Fanny bleef maar naar haar kijken alsof ze haar had betrapt op een dansje met de reuzenalk.

'En heb je een plezierige ochtend gehad, Miss Gillies?' vroeg Mr Graves door de stilte heen.

'Ja, dank u. Ik heb de cottage bekeken waar mijn vader en ik gaan wonen. Daarna ben ik verdergegaan met het catalogiseren van de collectie.'

'Natuurlijk. En kon je de cottage gemakkelijk vinden?'

'Billy heeft me ernaartoe gebracht.'

'En vorderen de werkzaamheden?'

'Zeker. Mijn vader en ik kunnen er na morgen al intrekken. Mr Felton is bijna klaar.'

'Ah, ja, Mr Felton. Een harde werker, weer of geen weer. Hij is een voorbeeld voor ons allen. Sommige lakeien vinden het al erg als hun haar nat wordt.'

De opmerking klonk nadrukkelijk en Effie merkte dat William naast haar op zijn stoel verschoof.

'Mrs McKenzie,' zei Jenny. 'Ik wilde zojuist het haardvuur in de bibliotheek aansteken, maar de deur was op slot.'

De huismeesteres ging rechtop zitten. 'Ja, dat klopt. Er is een vogel door de schoorsteen gekomen. We hebben geprobeerd hem te pakken te krijgen, maar hij was nogal agressief. We laten hem even tot rust komen voordat we weer een poging gaan doen hem te vangen.'

'Dat zal wat troep opleveren,' merkte Barra hoofdschuddend op.

'Felton is er de juiste man voor,' zei Mr Graves. 'Ik zal hem vragen...'

'Nee, dat is niet nodig, Mr Graves,' zei Mrs McKenzie snel. 'Ik heb hem al gesproken. Het is allemaal geregeld.'

De butler knikte, maar met een lichte frons. 'Zoals u wilt.'

De blik van de huismeesteres schoot snel naar Effie en meteen weer de andere kant op. Billy grijnsde naar haar. Hij had amper nog indiscreter kunnen zijn: die grijns suggereerde onmiskenbaar dat zij iets met deze situatie te maken had.

'En heb ik goed begrepen, Miss Gillies, dat je bent uitgenodigd voor het diner vanavond?' Mrs McKenzie deed haar best om ontspannen te kijken, maar het leek net alsof de huid en spieren rondom haar mond naar achteren werden getrokken. 'Bij de familie.'

Dus dát was het. Alle ogen waren op haar gericht. Ze slikte nerveus. 'Ja. Lord Sholto zegt dat de gravin meer wil weten over waar ik vandaan kom.'

'Is dat zo?' vroeg Mr Graves.

'De gravin heeft me al geïnformeerd,' zei de huismeesteres. 'Hoewel ik moet zeggen dat ik het had gewaardeerd als ik het eerst van jou had gehoord.'

'Ik wist het zelf nog niet totdat...' Haar stem stierf weg toen ze dacht aan Sholto's hoogmoedige gedrag bij de cottage. Hij had het niet prettig gevonden het haar te moeten vragen. Ze wist dat hij eigenlijk niet wilde dat ze zou komen – maar waarom niet? Nam hij het zichzelf kwalijk dat hij haar had gekust? Nam hij het haar kwalijk dat ze zijn kus had beantwoord? Of was het simpelweg dat haar aanwezigheid hier, in het huis waar ook Lady Sibyl verbleef, hem continu herinnerde aan zijn ontrouw? 'Ik heb de gravin nog niet ontmoet.'

'Nou, dat gaat vanavond dus gebeuren.'

'Ja.' Effie staarde naar haar bord en vergat te eten. Ze zou Sholto's moeder ontmoeten. Het maakte niet uit dat ze zijn vader al kende en dat die aardig tegen haar was, want hém had ze ontmoet toen ze nog niet had begrepen hoe voornaam zijn familie was. Maar nu ze hier zo zat, met hun kleine leger aan bedienden, was er geen ontsnappen aan hun betekenis.

Een paar ogenblikken zei niemand iets. Er leek een algehele sfeer van ongeloof – misschien zelfs boosheid – te heersen omdat iemand die aan deze tafel in de dienstvertrekken zat, beneden, vanavond bij de familie aan tafel zou zitten.

'Ik weet dat je er je eigen ideeën op na houdt, Miss Gillies, maar zou ik je een vriendelijk advies mogen geven? Ik zou geen broek aantrekken als ik jou was,' zei Mrs McKenzie luchtig. 'De gravin is nogal... traditioneel ingesteld.'

'Natuurlijk,' mompelde Effie. Zelfs zij zag wel in dat haar kleding niet voldeed, maar ze dacht aan het merkwaardige pak dat Sholto gisteren droeg. 'Wat moet ik wél aantrekken?'

'Je beste jurk zal wel goed zijn.'

'Ik heb geen jurken.'

'Wat? Helemaal geen?' vroeg Jenny.

Effie schudde haar hoofd.

'En je zondagse kleren dan?' vroeg Fanny.

'Ja. Die droeg ik gisteren,' zei Effie gerustgesteld. 'Die trek ik aan.'

Fanny's gezichtsuitdrukking veranderde. 'Wacht... Dus die wollen rok die zo wijd om het middel zat dat er een gebogen spijker voor nodig was om hem omhoog te houden?'

'Een spíjker?' De huismeesteres trok een verbijsterd gezicht. Ze keek naar Barra, die rechtop ging zitten en een wenkbrauw optrok. De vrouwen wisselden een blik van stille ontzetting. 'Dan kun je die rok niet aantrekken, Miss Gillies! Wat als die spijker blijft haken aan de stoel?'

'Een spijker?' herhaalde William verbluft.

Even was het stil.

'Ik heb misschien wel iets wat je past,' zei Barra ten slotte, rollend met haar ogen. 'Mijn vorige werkgeefster heeft me een jurk gegeven toen ik bij haar uit dienst ging; ze wist hoe mooi ik die vond. Ik heb zelf nog geen gelegenheid gehad om hem te dragen, maar aangezien dit een noodgeval is...'

'Ik wil niemand tot last zijn,' zei Effie vlug.

'Dat ben je ook niet. Dat is heel aardig van je, Barra,' zei Mrs McKenzie.

'Ja, het is heel vriendelijk,' herhaalde Effie dankbaar.

'Goed dan, schoenen.' Er viel weer een stilte.

'Ik heb alleen mijn bergschoenen' zei ze weifelend. Naast haar leunde William achterover om naar haar voeten te kijken. Hij ging met een geschrokken blik weer rechtop zitten.

'Wat voor maat heb je?' vroeg Mrs McKenzie.

'Maat?' Effie keek haar niet-begrijpend aan.

Er werden weer blikken gewisseld.

'We zijn ongeveer even lang,' zei Barra. 'Ik heb vast wel iets wat je past.'

'Zo niet, dan kunnen we altijd samen kijken welke andere keuzes we hebben als Miss Gillies zich heeft aangekleed?' voegde de huismeesteres eraan toe.

Iedereen knikte. Het was geen ideale oplossing, maar toch… een oplossing.

'Over aankleden gesproken, je zult ook hulp nodig hebben je toilet te maken,' zei Mrs McKenzie.

Effie voelde instinctief aan dat ze niet moest vragen wat haar 'toilet' was.

'Barra zal de gravin natuurlijk bijstaan, en Jenny helpt Lady Sibyl zolang ze hier is. Maar Fanny, misschien kun jij Miss Gillies vanavond helpen?'

'Natuurlijk, Mrs McKenzie.' Fanny keek haar aan met die opgewonden blik, verlangend naar avontuur, maar dit was opnieuw niet iets wat Effie als een avontuur beschouwde. 'Dat lange haar kunnen we vast en zeker prachtig in model brengen.'

Effie knikte zwijgend. Niemand had ooit haar haar 'in model' gebracht. Ze vond het al heel wat als ze het had geborsteld.

'Heb je dan in elk geval wat sieraden?' vroeg Fanny hoopvol.

'Nee.' De getrouwde vrouwen op St Kilda hadden broches gehad voor hun hoofddoek, maar dat was het dan ook.

Fanny's blik gleed weer naar de huismeesteres, die zuchtte. 'Ik heb wel een ketting te leen.'

'Bedankt, Mrs McKenzie.'

'Ja, veel dank,' zei Effie rondkijkend. 'Jullie zijn allemaal zo aardig. Ik had niet geweten wat…'

'En nu maar eten,' zei Mrs McKenzie simpelweg, die niet zat te wachten op sentimenteel gedoe, waarop de andere vrouwen zich weer op hun maaltijd concentreerden.

Mrs McLennan kwam binnen met een extra kan jus. Ze wierp een blik op Effies half leeggegeten bord. 'Eten!' zei ze streng.

'Klop, klop.' Fanny tuurde om de deur heen voordat Effie haar hoofd van het kussen had getild. Ze had al een uur lang naar het plafond liggen staren en had nog steeds geen antwoord op de prangende vraag wat ze vanavond tijdens het diner zou moeten zeggen. Met de mannen wist ze nog wel om te gaan, maar als Sholto's moeder net zo was als Lady Sibyl... 'Heb je je al gewassen?'

'Aye.' Effie ging zitten terwijl Fanny de kamer in kwam met een jurk in haar armen. Die was met vloeipapier bedekt, maar haar blik viel op een stukje stof dat eronderuit fladderde.

'Wat is dat?' vroeg Effie, die haar handen naar de zachtgele stof uitstak. Ze had nog nooit zoiets lichts gezien. Zo delicaat als vlindervleugels.

'Chiffonzijde. Barra heeft voor Miss Mitford gewerkt. Nancy.'

Voor wie? Effie had nog nooit van haar gehoord, maar het was niet moeilijk om hieruit op te maken dat Miss Mitford rijk was. En slank. 'Daar pas ik niet in!' riep ze toen Fanny het vloeipapier verwijderde en een lange, smalle jurk onthulde met ruches onder de buste en boven de heupen.

'Nou, als jij er niet in past, dan past niemand erin,' reageerde het dienstmeisje kalm. 'Ik heb mussen gezien met meer vlees op de botten dan jij.'

'Maar...'

'Rustig nou maar. Ik weet dat deze jurk er nauw uitziet, maar volgens Barra geeft de stof mee als je hem aanhebt. Vraag me niet hoe dat kan. Iets met de "snit". Ze zegt dat hij uit Parijs komt.'

'O.' Beiden staarden ze naar de japon, die er te teer uitzag om te dragen.

'Toe nou maar. Trek hem aan,' zei Fanny terwijl ze wat borstels en spelden op de kaptafel legde. 'Barra zegt dat je hem gewoon over je hoofd moet trekken.'

Effie had zo haar twijfels terwijl ze haar kamerjas uittrok. Aan het hangertje hing de jurk erbij als een sok, slap en dun. Ze kon zich niet voorstellen dat hij langs haar schouders zou komen, maar ze trok hem omlaag en voelde de zijdezachte stof met gemak over haar huid glijden.

'O!' riep Fanny toen ze omkeek en Effie voor haar zag staan met de jurk tot aan haar enkels. 'Nou, je hebt er precies het figuur voor.'

'Wat?'

'En de kleur past goed bij je gebruinde huid. Draai eens rond,' zei Fanny bazig, en ze gaf haar een duwtje.

Effie deed wat haar werd opgedragen.

Fanny zei niets, maar de blik in haar ogen leek te suggereren dat ze op de een of andere manier onder de indruk was. Effies vingers gleden verwonderd over de stof. De japon was briljant ontworpen en volgde haar lijf perfect. Ze had nooit eerder kleren gedragen die haar werkelijk pasten. Ze waren altijd te groot of te kort geweest, opgelapt of van jeukstof gemaakt... Hoe kon ze zoiets dragen? Deze jurk was veel te verfijnd voor haar. Hij hoorde bij een meisje met een huis vol muziek en mooie boeken, niet...

Er kwam een herinnering in haar naar boven, aan de nacht dat ze naar de verenopslag was geslopen – toen Sholto in het maanlicht zwom en zij het kostbare boek op schoot had liggen. Ze kon haar eigen bleke gezicht achter het raam bijna zien, zich nog geheel onbewust van het feit dat ze al werd meegezogen in de richting van twee conflicterende toekomstscenario's die slechts een paar nachten later met elkaar in botsing zouden komen... Wat was er sindsdien veel veranderd. Wat was er veel gebeurd.

Ze kreeg een ander beeld voor ogen – heftig, dringend – en ze huiverde zo erg dat Fanny ervan opkeek.

'Hij staat je goed. Kijk niet zo bezorgd.' Fanny loodste haar mee naar de schrijftafel en liet haar daar plaatsnemen op de stoel.

Effie probeerde de jonge vrouw tegenover zich in de ogen te kijken – een jonge vrouw in een Parijse jurk die een man had achtergelaten op een plek waar hij misschien wel de dood had gevonden. Het was achtenveertig uur geleden dat ze had gehoord dat hij nog werd vermist – en ze had niets gedaan. Hij was daar nu al tien dagen, alleen, en hoewel ze zich ontredderd had gevoeld toen ze hoorde dat de boten niet waren afgevaren, had ze de keuze gemaakt zich stil te houden: ze had haar eigen leven boven dat van hem gesteld. En toch toonde de spiegel haar een dame, geen monster. Kon het echt zo zijn dat er geen spoortje zichtbaar was van de duisternis van haar ziel?

'We moeten bedenken wat we met je haar gaan doen. Vingergolven zijn modieus, maar jouw haar is zo lang dat we daar de hele avond voor nodig hebben,' mompelde Fanny, die met haar handen door Effies haar streek en het gewicht en de textuur bekeek. 'Ik ben hier niet zo goed in als Miss Barra, maar ik vertik het om Her Royal Brightness de show te laten stelen. Dat moet jij doen.'

Effie kon zich niet voorstellen dat zij de show zou kunnen stelen van Sibyl Wainwright – of haar geliefde... 'Noemen jullie haar zo omdat ze bij die groep jonge mensen hoort?' vroeg ze.

'Natuurlijk. Ze zijn berucht.' Fanny trok haar haar naar achteren. 'Zelfs jij zult wel van ze gehoord hebben?'

'Vanochtend voor het eerst.'

Fanny trok een gezicht. 'Woonden jullie op een eiland of onder een steen?' zei ze grijnzend. 'Wie heeft je over hen verteld?'

'Billy.'

'Och, laat je niets door Billy vertellen! Het is bijna beangstigend om te bedenken waar dat toe kan leiden!' Fanny pakte de haarborstel en begon haar haar te borstelen en voorzichtig de klitten eruit te halen – en dat waren er veel. 'Kijk niet zo nerveus. Je ziet zo wit als een laken.'

Effie keek weer naar haar eigen spiegelbeeld, gevangen tussen werelden. 'Ik weet niet wat ik tegen ze moet zeggen.'

'Het is aan hen om het initiatief te nemen, je hoeft alleen maar antwoord te geven. Geloof me maar, ze zijn er goed in een gesprek gaande te houden. Dat hoort bij hun positie.'

'Maar stel dat ik iets verkeerd doe?'

'Zoals?'

'Ik weet het niet. Zitten als ik moet staan, staan als ik moet zitten?'

'Volg gewoon hun handelingen. Drink als zij dat doen, ga zitten als zij dat doen, lach om hun grapjes. Het is simpel.' Fanny's handen stopten plotseling met bewegen. 'Ben je wel voorgelicht over het bestek?'

'Hoe bedoel je?'

Fanny's ogen vernauwden zich. 'Saladevorkjes, vismessen...'

Effie keek haar wezenloos aan.

'Och...' Fanny zuchtte en begon weer te borstelen. 'Nou, werk gewoon van buiten naar binnen, dan zit je goed.'

'Van buiten naar binnen,' herhaalde Effie, maar ze snapte niet goed waar het over ging. De rentmeester verschuilde zich in haar achterhoofd en besmeurde alles.

'Denk je dat ze me aardig zal vinden?'

'Wie? Her Brightness?'

'De gravin.'

'Ik denk dat ze iedereen die anders is dan Lady Sibyl aardig zal vinden.'

'Mag ze haar niet?'

'Nou, ze is van de juiste stánd, maar niet uit het juiste hout gesneden. De gravin keurt al die schatgraverijen en gekostumeerde bals af. Er gaan allerlei schandalen mee gepaard, en als er iets is wat de gravin afkeurt, zijn het schandalen.'

Effie slikte. Zou Sholto's moeder haar dan beschouwen als een afgewend schandaal?

'En maakt Sholto er ook deel van uit?'

'Niet echt. Zíj zit er middenin, maar de lord veel minder. Soms staat hij in de krant, maar hij vindt het allemaal nogal vervelend. Althans, dat zegt Henry. Hij is Lord Sholto's kamerdienaar.'

Effie slikte en staarde naar haar schoot. 'Misschien komt ze wel tot rust als ze getrouwd zijn.'

'Wie zegt dat ze gaan trouwen?' Fanny legde de borstel neer en pakte een lok haar aan weerszijden van Effies gezicht. Ze trok beide lokken naar achteren, plaatste ze hoog, en toen laag, experimenterend met verschillende manieren om ze vast te spelden.

'Billy. Hij zegt dat iedereen dat verwacht.'

'Billy kennende heeft hij er een weddenschap op afgesloten,' mompelde Fanny.

'Dus jij denkt dat ze niet gaan trouwen?'

Fanny haalde haar schouders op. 'Waarschijnlijk wel. Er is genoeg voor te zeggen.'

'Ik zag ze vanochtend lopen in de tuin,' mummelde Effie. 'Ze lijken bij elkaar te passen.'

'Lijken bij elkaar te passen. Aye, en dat is wat er in hun kringen toe doet.' Fanny begon haar haar in meer lokken te verdelen. 'Een goed huwelijk hoeft niet veel met liefde te maken te hebben. Het gaat om het veiligstellen van fortuin, landgoederen, een goede naam. Ze doen hun plicht voor de komende generaties.'

Effie fronste. 'Maar... denk je dat hij van haar houdt?'

'Ik denk dat hij best van haar houdt, ja,' antwoordde ze schouderophalend. 'Ik ben er alleen niet zeker van dat hij weet wat échte liefde is. In de zin van Rudolph Valentino.'

'Van wie?' Effie keek haar niet-begrijpend aan.

'Je moet nog veel leren,' verzuchtte Fanny.

Daarna bleef Effie geduldig zitten terwijl ze geleidelijk werd getransformeerd.

Uiteindelijk stak Fanny een laatste speldje in haar haar en zette een stap achteruit. Ze knikte tevreden. 'Goed dan, nu het laatste onderdeel. Ik vermoed dat je nog nooit make-up op hebt gehad? Keer je gezicht maar naar me toe.'

Fanny bracht poeder op haar huid aan, en kleur op haar lippen. Het voelde wat stoffig aan, heel anders dan wanneer ze zich vroeger waste in het beekje, maar toen het dienstmeisje haar weer naar de spiegel draaide, was ze stomverbaasd over het verschil. Ze was nog steeds zichzelf, maar op de een of andere manier leek ze scherper afgetekend. Heel even kon ze bewonderen wat ze zag: delicate gelaatstrekken, dikke wimpers, een lange hals die werd geaccentueerd door de manier waarop Fanny haar haar losjes had opgestoken, met wat golvende lokjes aan de voorkant.

'Fanny, wat heb je gedaan?'

'Vind je het niet mooi?'

'Ik… Ik herken mezelf niet.'

'Nou, dat is niet nieuw voor je,' zei Fanny lachend, in een verwijzing naar het tafereel met de spiegel dat Mrs McKenzie een paar dagen geleden had beschreven.

Effie voelde dat zich bubbels in haar buik vormden, een bruisend gevoel vanbinnen. 'Jij verricht wonderen. Je hebt me omgetoverd!' Was zij dat echt? Ze kon het niet geloven.

'Onzin, het ging moeiteloos. Je bent prachtig, Effie. Gewoon… een ongetemde schoonheid.'

Effie glimlachte plotseling. Dat kon ze niet ontkennen. 'En nu?'

Fanny zette met een verheugde blik haar handen op haar heupen. 'Simpel. Je trekt de schoenen aan en je gaat naar het diner.'

'Naar het diner,' herhaalde ze. Fanny's ogen schitterden en haar wangen bloosden, en ze wist dat voor haar hetzelfde gold. De twee vrouwen keken elkaar aan.

Dit was echt een avontuur.

24

Haar hakken klakten op de vloer toen ze naar beneden liep. Er was geen doorgang van de slaapvertrekken van de dienstmeisjes naar de hoofdvertrekken, dus ze moest wel piekfijn uitgedost langs de bijkeuken en keuken lopen. Ze voelde zich niet op haar gemak. Zelfs bewegen ging anders in deze kleding. Voor iemand die de eerste achttien jaar van haar leven alleen elke zevende dag schoenen had gedragen, was het al lastig genoeg om ze dagelijks aan te hebben. Maar hoge hakken… Ze had het gevoel dat ze op pinnen balanceerde.

Fanny liep voor haar uit, alsof ze de weg voor haar vrijmaakte, terwijl Effie haar rok optrok om haar voeten op de trap te kunnen zien. Al voor ze de onderste trede bereikten hoorde ze de gebruikelijke geluiden uit de keuken, waar het diner werd voorbereid.

Mrs McKenzie kwam de eetzaal uit toen ze hen de hoek om zag komen.

'Wel heb je ooit,' zei ze, en ze bleef met een verblufte blik in haar ogen stilstaan. 'Dat is een hele verandering, Fanny.'

'Dank u, Mrs McKenzie.'

De huismeesteres liep langzaam om Effie heen, bekeek de volmaakte zoom van de jurk en het zorgvuldig opgestoken haar. Ze leek vooral blij met het feit dat de ketting die ze Effie had geleend het geheel wat extra sprankeling gaf.

'Jij wordt nog weleens kamenierster.'

Fanny straalde.

Zijn gefluit maakte hen attent op Billy die door de gang kwam aanlopen met wat zilveren dienbladen. Hij stopte ook abrupt, net als de huismeesteres had gedaan. Kennelijk hadden ze in de dienstvertrekken nog niet eerder in Parijs vervaardigde jurken gezien.

'Jeminee. Jij zou vaker meisjeskleding moeten dragen.'

‘Niet zo brutaal, Billy,’ berispte Mrs McKenzie hem. ‘Breng die maar naar Mr Graves, dan kun je Miss Gillies daarna naar boven brengen en de deur voor haar openhouden. De trap beklimmen in een lange jurk is een vaardigheid apart.’

Billy haastte zich langs hen en knipoogde naar Effie.

Barra verscheen aan de voet van de wenteltrap en stopte toen ze het groepje zag staan. ‘Wat is er aan de hand…’ Ze zag Effie, gekleed in haar eigen jurk, en knikte goedkeurend. ‘Hij staat je heel goed.’

‘Bedankt.’

‘De gravin is net naar de salon gegaan.’

‘Dan moet je nu maar naar boven gaan,’ zei Fanny met grote ogen.

Billy keerde terug met Mrs McLennan, gevolgd door de keukenhulpen. De jonge meisjes bewonderden de delicate jurk, maar Mrs McLennan fronste. ‘Je hebt meer warme maaltijden nodig, Miss Gillies! Zorg ervoor dat je alles eet wat je krijgt voorgeschoteld – en maak er geen drama van!’

‘O, in vredesnaam, dit is geen theatervoorstelling,’ zei de huismeesteres op het moment dat ook Jenny op de trap verscheen, met een blouse over haar armen die versteld moest worden. Effie wist dat Sibyl dus ook aangekleed was. Ze zouden daarboven allemaal aanwezig zijn, in de salon, waar ze praatten en wachtten… Ze mocht niet te laat zijn, maar haar voeten wilden niet in beweging komen. Als iedereen hierbeneden haar al bekeek alsof ze een rariteit was, zou boven ongetwijfeld vol ongeloof worden gereageerd. Ze zouden om haar lachen. Ze was een karikatuur van een tafelgast. ‘Haast je, Miss Gillies. Laat ze niet wachten.’

‘Deze kant op,’ zei Billy. ‘We nemen de houten trap, zodat je in de hal uitkomt. Dat lijkt me voor vanavond gepaster. Je kunt zo gekleed niet zomaar vanuit een donkere hoek tevoorschijn komen.’

Effie knikte, zich bewust van het geroezemoes achter hen terwijl Billy haar meeloodste naar de houten wenteltrap opzij van de hoofddoorgang. Hij liep de trap op en terwijl zij achter hem aan kwam, hoorde ze het geluid van zware schoenen op de vloer en zag ze de jachtopziener verderop de hoek om komen. Hij had een jachtgeweer in zijn ene hand en er hing een tas over zijn schouder. Net als iedereen bleef hij plotseling stilstaan, alsof hij de gravin zelf hierbeneden aantrof.

Effie kon alleen maar haar hand opsteken in een stille begroeting voor ze uit het zicht verdween, Billy achterna.

'Nou, ik heb mijn antwoord dus gekregen,' zei hij terwijl hij de deur bovenaan naar de grote hal voor haar openhield.

'Een antwoord waarop?'

'Of je bediende bent of gast. Of je bij ons of bij hen hoort.'

'Ik heb je al gezegd dat ik geen van beide ben.'

'Nou, volgens mij zie je dat verkeerd,' zei hij schouderophalend terwijl ze langs hem liep. 'Je ruikt zelfs net zoals zij.'

Dat was waar. Effie had het ook geroken toen ze de japon aantrok. Er hing nog steeds een vleugje geur van de vorige eigenares in. Ze rook rijk.

De deur naar de naastgelegen ruimte, de eetkamer, ging open en Henry liep naar buiten. Hij keek naar hen met een wantrouwige blik en kneep zijn ogen samen toen hij Effie bekeek.

'Wil jij Miss Gillies naar de salon brengen, Henry?' vroeg Billy, in de wetenschap dat hij rond dit late tijdstip niet verder het huis in zou mogen gaan. Een jonge bediende als hij mocht niet worden gezien en gehoord.

Er viel een korte stilte. 'Zeker.'

Effie slikte. Ze werd steeds zenuwachtiger. Begreep Sholto wat zijn simpele uitnodiging voor het diner voor haar met zich meebracht? Niet alleen de tomeloze inzet van de kameniersters om haar gepast te kleden, maar ook nog de confrontatie met het personeel, waardoor des te duidelijker werd dat ze hier niet thuishoorde.

Henry liep door de hal voor haar uit naar de salon. 'Sterkte,' mompelde hij met een opgetrokken wenkbrauw die suggereerde dat ze echt wel wat sterkte kon gebruiken, en hij legde een hand op de koperen deurknop en draaide hem om.

'Miss Euphemia Gillies,' kondigde hij op formele toon aan, en hij zette een stap achteruit zodat ze hem kon passeren.

'Ah, uitstekend!' Ze hoorde de stem van Lord Dumfries voordat ze hem zag. 'Miss Gillies, Ik vertelde juist...'

Zijn woorden vielen neer als stenen toen ze om de deur heen liep en de kamer binnenkwam. De muren hadden dezelfde roomwitte tint als die in de grote hal, maar elke stoel was bekleed met kanariegele zijde, in dezelfde kleur als de gordijnen, zodat de kamer van binnenuit leek te stralen.

De kaarsen wierpen een amberkleurig licht die de aanwezigen in een groepje rond een niet brandende haard flatteerde. Ze hadden allemaal een drankje in de hand. Sholto, die tegen de schoorsteenmantel geleund stond in hetzelfde pak als de vorige avond – een smoking, had Fanny haar verteld – ging rechtop staan toen ze verder liep. Met kleine passen, had Fanny haar op het hart gedrukt toen ze het lopen op hakken in Effies slaapkamer hadden geoefend, als onderdeel van haar korte introductie tot de basisvaardigheden van een dame, waartoe ook het bestek en het vasthouden van een glas behoorden – plus woorden die je vooral niet mocht gebruiken.

Ze bereikte de groep in stilte en vroeg zich af of ze al iets verkeerd had gedaan. 'Goedenavond,' zei ze met zachte stem terwijl haar ogen onwillekeurig in Sholto's richting dwaalden. Hij staarde haar aan alsof hij haar nog nooit eerder had gezien.

'Mijn hemel, jongedame, ik zou u nooit hebben herkend! Ik moest even knipperen met mijn ogen om zeker te weten dat ze me niet voor de gek hielden,' zei Lord Dumfries, die zich als eerste herstelde en haar met een galante hoofdbuiging begroette. Alsof ze een dame was. 'De laatste keer dat ik u zag, was u net door een heg komen hollen of... had u net gezwommen, denk ik.'

'Goedenavond, mijnheer. En mevrouw,' zei ze, zich wendend tot de oudere vrouw die op het uiteinde van de chaise longue zat. Fanny had haar geïnstrueerd eerst Sholto's ouders te begroeten. Zijn moeder droeg een wijnrode zijden jurk met zilverdraad en haar lichte haar was in traditionele stijl opgestoken. 'Lady Sibyl.'

Effie glimlachte naar Sibyl, in de hoop op een soort verbinding na hun kennismaking gisteren in de bibliotheek. De jonge vrouw zag er oogverblindend uit, zowel geraffineerd als modieus. Haar glanzende donkere haar was in strakke, precieze vingergolven gemodelleerd, waar Jenny's armen vast zeer van deden, en ze droeg een saffierblauwe satijnen japon met dezelfde snit als Effies jurk. Ze had weer de parelsnoeren om haar hals, in verschillende lengtes, en haar lippen waren helderrood. Effie zag er een spookachtige afdruk van op de rand van haar glas.

'Miss Gillies,' zei de gravin op verraste toon. 'Toen mijn echtgenoot en zoon over u spraken na hun reisje in mei, hebben ze nagelaten te melden dat u een echte dame bent.'

Effie voelde haar wangen roze worden door het compliment. 'O nee, ik ben geen dame. Ik kom van St Kilda. Daar zijn we allemaal gelijk.'

Er viel een verblufte stilte en Effie zag dat Sholto achter zijn glas een glimlach verborg.

'Nou, dat valt nog te bezien. U hebt een natuurlijke gratie, jongedame,' reageerde de matriarch, eveneens met een besmuikte glimlach. 'Kom naast me zitten. Ik wil u graag beter leren kennen.'

Effie liep voorzichtig naar de andere kant van de chaise longue. Nu ze zich had kunnen oriënteren en de kans had gekregen te wennen aan de grandeur om haar heen, begon ze de details in zich op te nemen: William stond in een hoek met Margaux aan een riem. De grote kat zat hijgend rechtop, heel rustig, maar de ogen van de lakei bleven om de paar ogenblikken naar het aan hem toevertrouwde dier gaan, alsof hij er niet van overtuigd was dat het goed zou blijven gaan. Als ze minder gespannen zou zijn, had Effie misschien wel gelachen bij de aanblik.

Ook Mr Graves was aanwezig. Hij stond zojuist nog bij de dranktafel en kwam nu naar haar toe met een dienblad waarop een drankje stond te bruisen. 'Wilt u misschien een glas champagne, Miss Gillies?' vroeg hij, haar kort aankijkend. Nog maar een aantal uren eerder had ze naast hem schapenvlees zitten eten.

'Dank u wel,' zei ze glimlachend, en ze pakte het glas, hoewel ze niet de intentie had eruit te drinken. Ook hiervoor had Fanny haar gewaarschuwd. 'Je krijgt watten in je hoofd en de kamer gaat ervan draaien. Jij kunt er niet tegen, want je kunt zelfs geen *steak and kidney pie* binnenhouden. Doe gewoon net of je er slokjes van neemt.'

Sibyl leegde echter in één teug haar glas, met haar hoofd schuin achterover, waarna ze haar arm recht vooruitstak voor nog een glas, waarop de butler weer naar de dranktafel liep.

'Miss Gillies, Euphemia, ik moet toegeven dat ik je niet zou hebben herkend na onze ontmoeting van gisteren. Je bent ineens een heel ander schepsel. Je ziet er echt schitterend uit,' zei Sibyl. 'Wie is je couturier?'

Effie staarde haar blanco aan.

'Alleen zou ik zweren dat ik die japon eerder heb gezien. Een dierbare vriendin van me had er een die er erg op leek. Nancy? Nancy Mitford?'

Effie voelde de schaamte op haar wangen verschijnen. Ze was nog maar een minuut in de kamer. Ze aarzelde en vroeg zich af wat ze moest zeggen. Fanny had haar niet op deze situatie voorbereid. 'Ja,' zei ze ten slotte. 'Ik geloof dat deze jurk inderdaad van haar is geweest.'

Er volgde een stilte die voor een derde onthutst en voor twee derde verrukt leek te zijn. 'Bedoel je... precies déze jurk? Dit exemplaar? Maar hoe kan dat in vredesnaam?'

Ze slikte. Er zat niets anders op dan de waarheid te vertellen, opdat Sibyl niet iets nog ergers zou veronderstellen: dat de jurk gestolen was. 'Ik heb hem voor vanavond van Barra geleend. Miss Mitford heeft haar de jurk gegeven toen ze bij haar uit dienst ging.'

Sibyls mond viel wijd open. 'O! O, wat een giller. Wacht tot ik haar vertel dat ik met haar jurk heb gedineerd! Ze zal niet weten wat ze hoort! Ze sterft ter plekke!'

Effie schrok. Ze hoopte van niet.

'Dat zou ik niet doen,' zei Sholto, die nog steeds bij de haard stond.

'Ze kan er alleen maar door van streek raken als ze te horen krijgt dat Miss Gillies er vele malen beter in uitziet dan zij er ooit in uitzag.'

Sibyls mond klapte dicht. Effie wierp hem een dankbare blik toe, maar hij keek alweer de andere kant op.

'Vertel eens, Miss Gillies, hoe vergaat het u sinds u huis en haard hebt verlaten?' vroeg de gravin haar belangstellend.

Er schoten beelden door haar hoofd: Poppit die door de lucht vloog, Mhairi die op het dek ineenstortte, een laken dat een muffe slaapkamer in tweeën deelde, Mrs Buchanans vlakke hand, de gevilde dieren bij de slager, glimmende auto's, spiegels, trappen, een mooi tapijt...

'Ik heb al veel geleerd,' antwoordde ze. 'En hoe meer ik zie, hoe meer ik besef hoeveel er nog te leren valt. Ik begin me nog maar net te realiseren hoe ontzettend klein ons wereldje was.' Haar ogen gleden weer naar Sholto, maar die keek naar de grond.

'En dat voelde niet zo toen u er nog woonde?'

Ze schudde haar hoofd. 'Nee. Het was alsof wij de hele wereld wáren. We wisten nauwelijks wat we misten omdat we het nooit hadden gehad.'

'Juist. Ik zeg altijd dat reizen heel belangrijk is om je horizon te verbreden. De graaf en ik zijn minstens drie maanden per jaar op reis.'

'Sholto en ik hebben een aantal verrukkelijke weken in de Provence doorgebracht, met Dickie Grainger,' zei Sibyl. 'We verbleven in een schattige *guinguette* die net opnieuw is geopend onder een nieuwe naam, La Colombe d'Or. Ze zijn er dol op kunstschilders, dus we hadden het plan opgevat om voor de lol te doen alsof we kunstenaars waren, maar Mr Picasso was er, waardoor het hele idee in het water viel.'

De gravin had een bevroren glimlach op haar gezicht.

'Daarna zijn we naar Vence gegaan, echt vlákbij, uiteraard, om de laatste eer te bewijzen aan die lieve Lorenzo. Zó verdrietig.'

'Wie is Lorenzo?' vroeg de graaf met een verbaasde blik.

'Nou, David. David Lawrence.'

‘De schrijver, vader,’ mompelde Sholto. ‘D.H. Lawrence.’

‘O...’

‘Die is een paar maanden geleden in Vence gestorven. De tuberculose is hem uiteindelijk fataal geworden. Zijn vrouw heeft hem de dag van tevoren uit het sanatorium gehaald, maar er waren maar tien mensen bij de uitvaart. Tien! Is dat niet treurig?’ Sibyl draaide met een hand rond om medeleven uit te drukken. ‘Hoe dan ook vonden wij dat we onze opwachting moesten maken, nietwaar, darling?’

Effies ogen gleden naar Sholto bij de nonchalante manier waarop Sibyl hem ‘darling’ noemde. Hij leek er niet erg van op te kijken. Deze terloopse intimiteit waar zijn ouders bij waren, was blijkbaar normaal.

‘Ja.’ Hij mummelde het meer dan dat hij het duidelijk uitsprak, alsof dat hem te veel moeite zou kosten.

Er viel weer een stilte. Effie was zich er vaag van bewust dat Sibyl het gesprek van haar weg had geleid.

Dat had de gravin blijkbaar kennelijk ook gemerkt. ‘En wat vindt u het beste aspect aan het vasteland?’ vroeg ze, alsof de omleiding naar Frankrijk niet aan de orde was geweest.

‘Eh.’ Effie dacht even na. ‘Nou, in elk geval de bomen. En warm stromend water.’

Iedereen lachte alsof ze een grapje had gemaakt.

‘En u zult het vast ook niet missen langs een touw te moeten afdalen om uw maaltijd te vangen?’ zei de graaf grinnikend. ‘Graves maakt het leven heel wat eenvoudiger, nietwaar, Graves?’

‘Ik doe mijn best, sir,’ reageerde Graves plechtig.

‘Hemel! Is dat echt wat u vroeger deed? Touwklimmen om aan eten te komen?’ vroeg de gravin ontsteld. ‘Maar daar lijkt u helemaal niet op te zijn gebouwd.’

Effie zette haar stekels op, hoewel ze er zeker van was dat het niet als belediging bedoeld was. Ze wierp Sholto een blik toe en zag dat hij haar nu gadesloeg. Hij keek nerveus. Wist hij dat ze zich gekrenkt voelde door wat zijn moeder zojuist had gezegd? Herinnerde hij zich hoe belangrijk het voor haar was om als de beste te kunnen klimmen? Of was hij bezorgd omdat de touwen nu toch onderwerp van gesprek waren?

'Dat ik licht ben, werkte aan het touw in mijn voordeel, mevrouw.' Ze keek de graaf weer aan. 'En eerlijk gezegd, sir, mis ik het klimmen en het jagen wel... Het is fijn geen honger te hebben, en geen angst om honger te krijgen, maar ik mis de fysieke activiteiten van mijn oude leven: de grond onder mijn voeten, omringd zijn door de elementen... Sinds ze hier was aangekomen en aan haar werk in de collectiezaal was begonnen, had ze meer uren binnen doorgebracht dan ooit eerder in haar leven. 'Alles is hier veel...' Ze keek naar de delicate stof van haar jurk, haar in hooggehakte satijnen schoenen gehulde voeten. '... verder verwijderd van de natuur.'

'Clarice, ik betreur het zeer dat je deze jongedame niet op de zeekliffen in actie hebt kunnen zien,' zei Lord Dumfries tegen zijn vrouw. 'Wat een schouwspel! Toen we er net waren, organiseerden de eilanders een "klimdemonstratie" voor ons...'

Effie liet haar ogen weer naar de haard afdwalen. Sholto's blik was weer naar de vloer gericht en hij klemde zijn kaken op elkaar. Hij leek stijf te staan van de spanning. Misschien was hij wel ontstemd omdat hij werd herinnerd aan het moment dat ze elkaar ontmoetten, het moment dat hij 'voor haar gevallen was', zoals hij zelf had gezegd.

'... zeekliffen zo hoog dat je er duizelig van wordt, en geloof me, niemand kon aan haar tippen. Miss Gillies kon die touwen op- en afklauteren als een aap in een boom. Zoiets hadden we nog nooit gezien, toch, Sholto?'

Sholto schudde automatisch zijn hoofd, maar zijn blik bleef neerwaarts gericht.

'Er ontstond, meen ik, wat onrust onder de mannen toen wij zeiden dat we haar als gids wilden hebben, maar ik stond erop. En ik had gelijk. Wát een week was dat.'

'Niet een hele week, sir, helaas. Door de storm moest u een paar dagen eerder vertrekken. We vonden het erg spijtig dat u ons verliet.'

Deze keer wendde ze haar ogen niet af van de graaf, maar Sholto zou toch wel weten dat ze het tegen hem had? Stoutmoediger durfde ze niet te zijn. Het was een olijftak die ze hem aanbood als brug over de kloof die tussen hen gaapte.

'Dankzij u heb ik het veelgeprezen ei van de bonte stern aan mijn collectie kunnen toevoegen.'

'O ja, sir?' reageerde ze verbaasd. Dat herinnerde ze zich niet.

'Ah, ja. Dat was nadat jullie tweeën van de berg naar beneden holden toen dat noodgeval op Boreray zich voordeed.'

'Hemeltjelief, wat dramatisch! Van een berg af hollen? De enige manier waarop ik een helling afdaal, is op de ski's,' teemde Sibyl.

'Ik was op weg naar beneden toen ik de vogel zag cirkelen,' ging de graaf verder, die de opmerking van zijn logee negeerde. 'U had gezegd dat u een bonte stern had gezien, maar dat u dacht dat ze alleen maar langs kwamen vliegen en niet op Hirta nestelden.'

'Aye, ze verblijven gewoonlijk niet op de Hebriden. Er moet een storm zijn geweest waardoor ze van hun route zijn afgedwaald.'

'Nou, gelukkig voor mij hadden ze er toch genesteld en heb ik het ei te pakken gekregen! Ik hield er wel een verstuikte enkel aan over en het heeft me bijna acht uur gekost om beneden te komen.'

'Wérkelijk,' zei de gravin hoofdschuddend. 'Je leven riskeren voor een ei...

De graaf grijnsde alleen maar naar Effie, alsof zij zijn obsessie begreep. 'Het was het meer dan waard, lieveling, gezien het feit dat ik ervan uitging naar de Faeröer te moeten reizen om er een te bemachtigen. Ik kan dat soort deining niet meer aan.'

'Ik ook niet, sir. Ik ben maar één keer het open water overgestoken, tijdens de evacuatie, maar ik denk niet dat ik er een gewoonte van ga maken.'

'U gaat dus niet meer terug?'

Ze dacht aan wat haar daar te wachten zou staan en schudde snel haar hoofd. 'Helaas niet.'

'Nou, dan is het maar goed dat we hier genoeg hebben om u bezig te houden. Ik heb begrepen dat u al een begin hebt gemaakt met het catalogiseren?'

'Ik hoop dat u dat niet erg vindt, sir? Het leek me een goede manier om de collectie te leren kennen.'

'Een uitmuntend idee. Het is een enorme opgave, dat weet ik. Alleen Charles Rothschilds bibliotheek heeft een grotere collectie, maar als wij alles op de juiste wijze hebben geordend, durf ik gerust te stellen dat het interessant zal zijn voor het publiek.'

'Ja, zeer boeiend, sir.'

De graaf fronste. 'Over bibliotheken gesproken...' Hij draaide zich half om naar de butler. 'Is het al gelukt om die kauw eruit te krijgen, Graves?'

Mr Graves zette een stap naar voren. 'Ik heb begrepen dat het veel moeite kost, sir. De vogel blijkt behoorlijk agressief te zijn.'

'Maar mijn leesbril ligt daar en ik ben zo blind als een mol zonder dat ding.'

'Ik wil hem best voor u gaan halen, sir,' zei Effie vlug met een blik op Sholto, ook al wist die niet dat zíj wist wat hij de huismeesteres had gevraagd.

'Maar beste jongedame, u kunt toch zeker niet worden blootgesteld aan een agressieve vogel,' protesteerde de gravin.

'Maar ik ben eraan gewend om te gaan met agressieve vogels, mevrouw.' Ze herinnerde zich hoe Sholto door de stormvogel was aangevallen, hoe die olie had gespuwd en waar dat toe had geleid... Ze wierp hem een blik toe en deze keer keek hij haar wel aan. Dacht hij misschien hetzelfde?

'Niet in die kleren,' antwoordde zijn moeder, en Effie realiseerde zich dat de prachtige kleding haar... nutteloos maakte. Louter een decorstuk. Als ze hier in haar tweed broek had gezeten, met blote voeten en een touw over haar schouder, zou het gesprek anders verlopen.

'Het komt goed, moeder. Die vogel zal zichzelf nu wel hebben uitgeput. Ik denk dat Graves en ik hem wel te pakken krijgen,' zei Sholto.

Graves boog zijn hoofd, maar hij leek niet erg blij te zijn met het idee.

'Ik heb wel een bril die u kunt gebruiken,' bood Sibyl aan.

'Ik wist niet dat je een bril droeg,' zei Lady Dumfries.

'O nee, hij is niet van mij,' reageerde Sibyl luchtig.

De deur ging open en Effie verstijfde toen Mr Weir binnenkwam. Zijn ogen vonden haar meteen, boven haar stand gekleed en gezeten naast de gravin, maar hij liep rechtstreeks naar de graaf.

'Neem me niet kwalijk dat ik stoor, maar er is een telegram voor u gearriveerd, sir,' zei hij op gedempte toon. 'Het is dringend, vrees ik.'

De graaf pakte het telegram hoofdschuddend van het zilveren dienblaadje. 'Bedankt, Weir.' Hij opende de envelop, vouwde het papier open en hield het van zich af. En nog een beetje verder. 'Zie je wel? Dat bedoel ik nou. Ik ben niets zonder bril.'

'Ik haal hem wel,' bood Sholto aan. Hij zette zijn glas neer en maakte aanstalten de kamer te verlaten.

'Nee, nee, lees het maar gewoon voor.'

Hij gaf zijn zoon het vel papier en het was even stil terwijl Sholto er een blik op wierp. 'O.'

'Wat is er?' vroeg de gravin, die wat rechter ging zitten bij het horen van de klank in zijn stem.

Sholto keek fronsend op. 'Het is een bericht van Sir John. Zijn rentmeester is gevonden.'

'O, eindelijk!' zei zijn moeder opgelucht. 'Godzijdank! Het begon behoorlijk zorgelijk te worden. Waar was hij al die tijd?'

'Hij is dood.'

'Wat?' De graaf keek zijn zoon vol ongeloof aan.

'O, wat verschríkkelijk!' riep Sibyl uit, zichzelf toewaaierend met haar hand.

'Er staat dat zijn lichaam vandaag op St Kilda is gevonden. Er is vanochtend een toeristenboot aangekomen en hij werd een paar uur later op het strand aan de andere zijde gevonden.'

Alle hoofden draaiden zich om naar Effie, inclusief dat van de butler, de bedienden en Margaux. Mr Weir had haar de hele tijd gadegeslagen, alsof hij haar reactie wilde peilen. Had ze een goede show weggegeven?

Het voelde alsof ze losstond van alle aanwezigen, als een bubbel die de lucht in rees. Ze had het gevoel dat er watten in haar hoofd zaten en dat de kamer draaide, terwijl het champagneglas in haar hand nog vol was. De stemmen om haar heen klonken alsof ze onder water waren, ver weg en vormeloos.

Nu stond er iemand voor haar, een bleek gezicht met rode lippen dat haar aankeek, maar haar zicht werd wazig en binnen enkele seconden was de witte salon zwart.

'Hierheen.' Het was een mannenstem die ze niet kende. Ze had het gevoel te bewegen – of bewogen te wórden – maar de inspanning om haar ogen te openen leek te groot. Ze werd op iets zachts neergelegd en voelde dat iemand haar schoenen uittrok. Ze kreunde zachtjes, zoals ze altijd deed als haar voeten werden bevrijd.

'Ik geloof dat ze bijkomt.'

Ze knipperde een paar keer met haar ogen en toen kondigde het wegstervende daglicht zich aan. Een bleek gezicht, geen rode lippen. Sholto?

Ze knipperde nog eens.

'Terug in het land der levenden?'

Effie zag het vertrek in beeld komen terwijl Henry zich achteruitbewoog. Hij stond naar haar te kijken, samen met Mr Weir en Mr Graves. Ze keek om zich heen, op zoek naar Sholto, maar ze zag alleen maar zalmroze muren, een grote kast en een soort dak boven het bed... Dit was niet haar slaapkamer.

'Hoe voel je je, Miss Gillies?' vroeg de butler haar.

'Waar ben ik?'

'Je bent flauwgevallen. De graaf heeft ons opgedragen je naar de dichtstbijzijnde slaapkamer te brengen.'

Ze staarde hem aan. Ze begreep wel dat ze haar moeilijk twee trappen op en af konden tillen en halverwege de lengte van het huis en weer terug, maar…

Ze herinnerde zich weer waarom ze was flauwgevallen, de bevestiging die ze al een tijdje met angst en beven had zien aankomen kwam weer als een harde dreun aan. De volle verschrikking ervan daalde over haar neer en ze kreunde nog eens. Ze maakte aanstalten het bed uit te komen, bijna jammerend van angst. Nee, het kon niet waar zijn…

'Nee,' zei Mr Graves streng, en hij zette een stap vooruit. 'De gravin heeft gezegd dat je moet rusten. Je blijft vannacht hier.'

Effies blik gleed naar Mr Weir, die met openlijke verachting toekeek. Het was al erg genoeg dat ze in de vertrekken van de familie dineerde, en nu zou ze er ook nog slapen. Maar dat was niet de reden waarom hij haar met zo veel minachting gadesloeg. Ze wist nu zeker dat hij haar wantrouwde. Waarom was ze flauwgevallen? Het was alsof ze het woord 'schuldig' op haar voorhoofd had staan. Mathieson had hem blijkbaar iets verteld, net genoeg om haar verdacht te maken inzake zijn eigen dood. Maar wat dan precies?

Er werd op de deur geklopt en Sholto kwam als een zonnestraal in het donker binnen. 'Hoe gaat het met haar?'

'Beter, sir,' antwoordde Graves. 'Ze is bijgekomen.'

'Het is niet nodig dat ik hier blijf,' zei ze tegen Sholto terwijl ze de deken weer van zich af wierp. 'Ik voel me prima.'

'Ik heb het haar gezegd, mijnheer.'

'Als ze terug wil naar haar eigen kamer,' zei Mr Weir, 'is ze kennelijk voldoende hersteld.'

'Nee.' Sholto schudde beslist zijn hoofd. Hij keek haar aan, een van de weinige keren deze avond. 'U hebt een nare schok te verwerken gekregen, Miss Gillies. U moet hier blijven en rust nemen, voor het geval dat.'

Voor het geval dat wat?

'Graves, vraag Mrs McKenzie alsjeblieft of Miss Gillies' benodigdheden voor de nacht hiernaartoe kunnen worden gebracht.'

'Weet u zeker dat dat nodig is, mijnheer?' vroeg Weir, die zich er weer mee bemoeide. 'Miss Gillies is weer wakker, ze heeft weer kleur op haar wangen...'

Sholto draaide zich fronsend om naar de hofmeester. De stilte tussen hen weerklonk als een donderslag. 'Waar is uw menselijkheid? Miss Gillies heeft net gehoord van de tragische dood van een man die bevriend was met alle St Kildanaren. Ze kende hem veel beter dan u en ik. Elk jaar, zes jaar lang, was hij hun directe en vaste verbinding met het vasteland. Waarom veronderstelt u dat ze hier niet onder lijdt? Ze is duidelijk in shock.'

Weir krabbelde terug. 'Natuurlijk, sir. Vergeef me.'

'Ik zal Mrs McKenzie waarschuwen. Henry, je kunt wel meekomen,' zei Graves, waarop beiden de kamer verlieten.

Weir en Sholto bleven achter en keken naar Effie in het bed. Ze had het gevoel dat ze allebei iets wilden zeggen, hoewel het niet gepast zou zijn als een van hen in het vertrek zou blijven.

'Nou, dan laten we u nu met rust, Miss Gillies. U mag bellen als u iets nodig hebt. Ik verzeker u dat er meteen iemand bij u komt.' Sholto richtte zijn blik overduidelijk waarschuwend op de hofmeester.

'Zal ik de gordijnen dan maar dichttrekken, sir?' vroeg de hofmeester terwijl hij naar het raam liep. Ze kon natuurlijk niet gaan slapen als ze open waren.

'Ja. Uitstekend, Weir,' mompelde Sholto, die even aarzelend bij de deur bleef staan voordat hij met tegenzin vertrok.

Effie zag hem gaan en haar stem stokte in haar keel. Het laatste wat ze wilde was alleen achterblijven met de hofmeester, maar wat kon ze zeggen?

Ze slikte en keek weer naar Weir. Hij trok opzettelijk traag aan de gordijnkoorden.

'Dit is beslist een zorgelijke ontwikkeling,' zei hij kalm, trekkend aan een plooi en de stof herschikkend. 'Een vermissing is nu een onderzoek naar een verdacht sterfgeval geworden.'

Ze slikte opnieuw. 'Is het dan verdacht?' vroeg ze zacht. 'Het is natuurlijk verschrikkelijk dat Mr Mathieson op de een of andere manier is achtergebleven, maar het is toch slechts een tragisch voorval? Meer niet. Het is niemands schuld.'

Weir draaide zich om en keek haar aan. Het avondlicht scheen achter de gordijnen en omlijstte zijn silhouet. 'Maar dat is dus de vraag, nietwaar, Miss Gillies? Hoe kan het dat hij is achtergebleven?'

Ze wist dat dit het moment was waarop ze hem moest overtuigen van haar onschuld. Als dat nu niet lukte, zou hij haar blijven verdenken. 'Ik weet het niet. Maar het was heel chaotisch en druk. Er was een hoop gaande en die laatste week hebben we geen van allen veel geslapen. We waren allemaal afgemat en iedereen hield zich bezig met de dingen die we moesten doen voor onze eigen familie. Niemand heeft op de rentmeester gelet.'

Hij liep langzaam over de vloer en staarde naar zijn glimmende schoenen. 'Ik vrees dat ik dat niet geloof. Frank zou nooit zomaar zijn "achtergebleven". Hij zou de tijd in de gaten hebben gehouden.' Hij sneerde met een vertrokken gezicht: 'Hij was bekwaam en goed in zijn vak, georganiseerd, efficiënt – en soms hard en onverbiddelijk. Ik ben me er terdege van bewust dat hij vijanden had.' Hij bleef staan aan het voeteneind van het bed en keek haar aan. 'Hij had al weken de leiding over de logistiek van de verhuizing. Maanden zelfs. Hij is niet per óngeluk aan de verkeerde kant van het eiland achtergebleven. Er was niemand die beter wist hoe het allemaal zou verlopen dan hij.'

'Ik weet niet wat u wilt dat ik zeg,' zei ze zacht. 'Ik vind het gewoon heel erg.'

'O, dat weet ik. U lijkt het inderdaad heel erg te vinden. U kijkt als het kind dat de kat een schop heeft gegeven. U weet dat u iets verkeerds hebt gedaan en nu wacht u tot u door de mand valt...'

Ze schudde haar hoofd. 'Dat is niet waar.' Maar dat was het wel.

Hij liep naar het bed en voor het eerst zag ze dat hij iets in zijn hand had. Hij staarde haar even aan en ze trok de deken strakker om haar hals. Ze vond het vreselijk dat ze in bed lag en ze zag dat hij haar angst waarnam. 'Dit is vanochtend voor u gekomen,' zei hij ten slotte.

Hij stak haar het voorwerp toe waar ze een glimp van had opgevangen. Het was een brief.

Ze pakte de brief aan zonder Weir te bedanken. Had hij de brief gelezen? Ze achtte hem ertoe in staat.

Hij keek haar nog een paar tellen dreigend aan en ze besefte dat hij haar hetzelfde gevoel gaf als de rentmeester altijd had gedaan. Ze voelde zich bedreigd en onzeker. Ook hij misbruikte zijn macht op doortrapte wijze.

'Slaap zacht, Miss Gillies,' zei hij terwijl hij de kamer verliet. 'Nu het nog kan.'

De deur ging achter hem dicht en Effie zakte achterover tegen de kussens. Heel even bleef ze roerloos liggen en liet ze alles wat hij tegen haar had gezegd nog eens de revue passeren: de vragen die hij had gesteld, de insinuaties in zijn stem. Wat had Mathieson hem verteld? Alles? Een gedeelte? Of was dit allemaal bluf?

Ze herinnerde zich de brief in haar handen en voelde een steek van verlangen naar liefdevolle woorden van een oude vriendin: Flora. Mhairi... Langzaam maakte ze hem open.

Lieve Effie,

We hopen dat deze brief je in goede orde bereikt. We missen je hier, het is stil zonder jou.
De veiling is goed gegaan en alles is geregeld. Jullie bezittingen zijn opgestuurd en zullen in de ochtend aankomen, en je vader komt morgen met de trein van vier uur. Kom hem alsjeblieft van het station halen.
Schrijf ons jouw nieuws als je de mogelijkheid hebt. We horen graag eens wat avontuurlijks.

Je liefhebbende vriendin,
Jayne

Morgen? Dat was een paar dagen eerder dan verwacht. Ze zou morgenochtend naar de cottage moeten gaan om schoon te maken voordat hun eigendommen werden gebracht.

Ze wilde het velletje papier weer opvouwen toen haar blik viel op een zinnetje dat onder in de hoek was geschreven en dat door haar duim bedekt was geweest.

Ik heb weer over de rentmeester gedroomd.

Weer? Effie boog haar hoofd. Het was te laat. Wanneer was de eerste droom tot Jayne gekomen? Als Effie nog in Lochaline was geweest en naast Jayne had gewoond, had die haar er misschien over verteld en was ze er een paar dagen eerder op attent gemaakt. Dan had Effie misschien nog moed verzameld om te doen wat ze had moeten doen: dan had ze mensen verteld wat ze had gedaan en erop gestaan dat er een trawler die kant op zou gaan. Of de marine. Om hem te redden.

Maar het eerlijke verhaal was dat Frank Mathieson hoe dan ook nooit zou zijn gered, om één simpele reden: Effie wilde hem dood. Ze was blij dat hij dood was. Ze had alleen nooit geweten dat zíj degene zou kunnen zijn die hem van het leven zou beroven.

De vollemaan liet de kamer baden in een zilverig licht terwijl Effie in een zacht bed lag dat evengoed gevuld zou kunnen zijn met stormvogelveren van St Kilda. Veren die ze zelf misschien wel had geplukt van vogels die ze zelf had gevangen. Veren die in zakken opgeslagen waren geweest, waarin geheime geschenken verborgen hadden gezeten die nooit geschonken hadden mogen worden. Of geaccepteerd.

Alles leek op de een of andere manier verband met elkaar te houden. Ze werd meegetrokken naar haar verleden, naar haar thuis, maar ook hiernaartoe, er juist vandaan. Ze wist niet of ze was verdwaald of op een veilige plek was aangekomen. Kon ze zich hier verschuilen? Of moest ze vluchten? Ze was geen bediende, maar ze was hier wel in dienst. Ze was een vriendin, maar toch ondergeschikt.

Ze leefde in de marge, zoals ze altijd had gedaan. Ondefinieerbaar. Onvoorspelbaar. Niet te vangen. Wild.

Ze lag in een zee van zijdeachtige katoen, over meer ruimte gespreid dan haar slapende lichaam ooit had gekend. Geborduurde zijden draperieën vielen als watervallen langs de kussens en een boeket van roze en gele rozen parfumeerde de nacht. Dit was luxe die slechts twee weken geleden ondenkbaar was geweest, maar ze kon geen rust vinden in het comfort. Haar dromen waren levendig en ze lag te woelen en te kreunen terwijl er beelden als demonen door haar koortsige gedachten dwarrelden: Frank Mathieson die op de grond lag. Poppit met haar poten in de lucht. Gevilde dieren die aan haken bungelden. Een aangelijnde cheeta. Een verguld boek op de vloer. Een bleek gezicht met rode lippen. Een man in haar kamer.

Een man in haar kamer.

Haar ademhaling versnelde terwijl de geluiden zich over de gefragmenteerde beelden begonnen te manifesteren: de gedempte stap van een blote voet.

Het gekraak van een vloerplank.

Het geruis van een laken.

Ademhaling in het donker.

Haar ogen schoten open en ze hapte naar adem. Zilverig licht. Een plafond met sierlijsten. Gordijnen. Waar was ze? Haar hart was net een gekooide nachtegaal met wild uitslaande vleugels. Ze probeerde zich te oriënteren in deze vreemde omgeving. Dit was geen stal, dit was geen kamertje dat ze kende.

De haard. De olieverfschilderijen.

Haar lichaam ontspande toen het haar allemaal weer begon te dagen. Ze was veilig. Het was maar een boze droom geweest. Ze sloot haar ogen weer en liet haar hoofd weer in het kussen zakken.

Alleen maar een boze droom…

Er klikte een deur dicht.

Niet zomaar een deur. De deur. Haar deur.

Ze ging weer hijgend rechtop zitten, nu helemaal wakker. De nachtegaal raakte weer in paniek terwijl haar ogen in het halfduister tuurden, op zoek naar een schaduw. Haar oren spitsten zich om na te gaan of ze iemand hoorde ademen.

Niets. De nacht bleef volkomen stil. Een aantal ogenblikken deed zij hetzelfde, met een stijf en verstrakt lichaam, maar toen gooide ze de dekens van zich af en rende over het tapijt. Ze gooide de deur open en keek om zich heen.

De brede jadegroene gang lag er verlaten bij: voorouders aan de muur, oude stoelen, glanzende tafels. Geen teken van leven. Geen vluchtende gestalte op de stenen trap of het houten exemplaar aan de tegenovergestelde kant. Iedereen sliep, alle deuren waren gesloten. Ze had geen idee wie zich in welke kamer bevond – sliep Sholto naast haar? Of Lady Sibyl? Hoeveel slaapkamers had dit enorme huis? Ze staarde naar de deur aan de overzijde, en toen naar de naastgelegen deur, maar er klonk zelfs geen kraakje dat suggereerde dat er iemand anders wakker was.

Met bonzend hart stapte ze terug in haar kamer en deed de deur dicht, waarna ze de sleutel in het slot omdraaide. Ze kroop terug in het donzige bed en trok de zijdezachte lakens om haar hals. Verbeeldde ze zich dingen? Werd ze gek? Was de hofmeester tot in haar hoofd doorgedrongen? Of was dit de wraak van de doden, de kwelling van slapeloze nachten? Ze had al weken niet goed geslapen. Haar ziel voelde zwaar van het onbehagen.

Ze deed haar ogen dicht, maar zag alleen het tafereel voor zich dat ze had achtergelaten toen ze de rentmeester voor het laatst had gezien: zijn lichaam op de grond, bloed op de rotsen. Haar ogen gingen weer open en haar matte blik viel op de muur. Nee, de slaap zou haar geen rust geven. Ze kon niets anders doen dan wachten tot de zon zou opkomen.

25

'Wat had ik nou gezegd? Maak er geen drama van!' zei de kokkin toen Effie de keuken voorbij probeerde te sluipen. Ze had gehoopt dat ze in alle vroegte haar eigen kamer ongezien kon bereiken. Ze had de onvermijdelijke keus moeten maken tussen door het huis snellen in de zachtgele japon van chiffonzijde of in haar eigen nachthemd. Ze had voor de laatste optie gekozen. De japon was niet bedoeld om met blote voeten en onopgesmukt gezicht te dragen. Het was geen jurk om zomaar aan te schieten. Het was een jurk voor bijzondere gelegenheden.

'Het spijt me, Mrs McLennan. Ik heb mijn best gedaan.'

'Je bent me er eentje, lass,' zei Mrs McLennan hoofdschuddend. Er verscheen een glinstering in haar ogen en ze knipoogde. 'Maar je hebt iets bijzonders. Henry zei dat je het goed deed tot het slechte nieuws kwam.'

'Zei hij dat?'

'Aye. Hij zei ook dat hij kolenemmers heeft getild die nog lichter waren dan jij, dus eet vooral de havercrackers op die ik voor je in je kamer heb gezet. En daarna wil ik je over een half uur hier hebben voor het ontbijt, anders kom ik je hoogstpersoonlijk halen.'

Effie knikte. 'Ja, Mrs McLennan.'

'Nou, wegwezen, voor iemand anders je nog ziet. Hoe haal je het in je hoofd om in alleen dat nachthemd rond te gaan lopen...'

De kokkin had een punt. Als Billy haar zo zou zien, zou hij haar er eindeloos mee plagen. En William zou waarschijnlijk ter plekke sterven. Ze nam de trap met twee treden tegelijk, haastte zich door de gang langs de slaapkamers van de dienstmeisjes en deed net haar deur achter zich dicht op het moment dat die van Fanny open- en weer dichtging. Er klonken voetstappen op de gang. Effie leunde tegen de deur en sloot haar ogen. In elk geval kon ze zich nu aankleden zonder nog een schandaal te veroorzaken.

Ze deed haar ogen open, blij om terug te zijn in haar kleine kamer, die bescheiden was vergeleken met de weelderige slaapkamers van de familie, maar voor haar was dat aangenaam. Ze hield van de knusse eenvoud.

Ze fronste. Ze voelde dat er iets... veranderd was. Er was niets zichtbaar verplaatst of kapot, er hing geen nieuwe geur, maar zoals je een blik die op je rustte kon gewaarworden, had ze het idee dat de lucht op de een of andere manier verstoord was geweest. Een stille beroering in haar afwezigheid.

Haar ogen keken rond. Het bed was opgemaakt, haar jas hing aan de haak en haar handdoek lag opgevouwen over de stang bij het raam. Het mooie kleed lag een beetje scheef, met een smalle plooi erin, alsof iemand er had gestaan en het met een voet verschoven had. Zijzelf waarschijnlijk. In de haast.

Maar haar intuïtie vertelde haar iets anders.

Langzaam liep ze naar het bed. Haar hart bonsde alweer. Ze liet zich op haar knieën zakken en haalde de tas tevoorschijn, maar ze wist het al.

De gedempte stap van een blote voet.

Het gekraak van een vloerplank.

Het geruis van een laken.

Ademhaling in het donker.

Ze had het de afgelopen nacht goed gevoeld. Het was geen boze droom geweest. Er was een man in haar kamer geweest, op zoek naar iets. Maar niet alleen in die kamer...

Ze opende de tas en keek erin. Haar hart plofte als een dode vogel omlaag.

Hij was ook in deze kamer geweest.

Twintig minuten later had ze zich gewassen en aangekleed en kwam ze terug in de eetzaal. Er viel een stilte terwijl ze langzaam binnen kwam lopen, gekleed in haar zondagse donkerblauwe rok en haar bloes.

'Nou, het is niet van hetzelfde niveau als gisteravond,' zei Mrs McKenzie. 'Maar aan welke gelegenheid hebben we te danken dat je een rok draagt? Zelfs al is het de rok die bijeen wordt gehouden door een gebogen spijker?' Ze schudde haar hoofd bij de aanblik. 'In vredesnaam.'

Billy proestte van het lachen. Jenny en Fanny giechelden. Zelfs Barra glimlachte.

'We hadden thuis niets anders, Mrs McKenzie,' zei Effie simpelweg terwijl ze naar haar stoel liep. Ze voelde zich net een geestverschijning. Leeg en hol.

'Dat geloof ik graag, maar u bent niet meer thuis, Miss Gillies. Breng me de rok later maar en dan naai ik er een knoop voor je op. Dat ding vraagt om problemen. Je kunt er wel gewond door raken. Stel dat je tetanus krijgt?'

'Gedood door een rok,' zei Billy grijnzend. 'Dat is wel uniek.'

Het lukte haar niet te glimlachen om zijn grapje en ze ging zwijgend zitten achter het bord dampende havermoutpap dat door een van de keukenmeisjes voor haar werd neergezet. Ze staarde ernaar en wist dat ze met geen mogelijkheid zou kunnen eten.

'En, Miss Gillies?' zei Mr Graves, terugkomend op Mrs McKenzies vraag. 'De gelegenheid?'

Ze keek hem mat aan. Het was moeilijk om helder na te denken. Zag hij dat haar handen trilden? 'O. Mijn vader komt vandaag aan, vanuit Lochaline. Ik moet hem van het station halen.'

'Ah. Nou, dat zal fijn voor je zijn, om met hem herenigd te worden en weer familie in de buurt te hebben.'

Maar voor hoelang? Hoe konden ze hier nu blijven? Wat ze net had ontdekt, had haar ten diepste geschokt. Ze voelde zich verslagen en wist niet wie ze kon vertrouwen.

Ze dwong zichzelf te reageren, de schijn op te houden. 'Aye. Ik ga straks naar de cottage om schoon te maken voordat onze meubels komen.' Haar stem was net zo kleurloos als haar wangen. Waar was hij, haar indringer? Zou hij haar er hier mee confronteren? Haar te schande maken waar iedereen bij was? Hij had al het bewijs dat hij nodig had.

'Betekent dit dat je uit je kamer hier zult vertrekken?' vroeg Mrs McKenzie.

Effie knikte. Het zou haar zo'n drie minuten kosten om haar bezittingen in te pakken. Wat ervan over was.

'Jammer,' mompelde Fanny spijtig. Effie kon haar niet aankijken.

'Nou, dat is goed getimed,' zei Mr Graves. 'Mr Felton kwam gisteravond vertellen dat de cottage klaar was.'

Er viel een stilte en Effie besefte dat ze hem aanstaarde. Staarde zonder te zien. Ze leek haar gedachten niet bijeen te kunnen rapen, ze dwaalden alle kanten op.

'Gaat het wel, Miss Gillies?' vroeg de butler haar. 'Je ziet erg bleek. Ben je nog steeds van streek door het nieuws van gisteravond?'

Ze keek snel de andere kant op, uit angst dat hij haar zou kunnen lezen als een open boek. 'Ja, het gaat prima, dank u. Ik ben alleen… geschokt.' Effie bracht de lepel naar haar mond en dwong zichzelf een hapje te nemen. Ze moest zich zo normaal mogelijk gedragen tot ze had bedacht wat haar volgende stap zou zijn. 'Mr Graves, toen de graaf me vroeg om hier te komen werken, zei hij dat hij zou regelen dat zijn chauffeur mijn vader zou komen ophalen van het station. Hij is kreupel en kan niet ver lopen. Denkt u…'

'Natuurlijk. Ik zal ervoor zorgen dat Fraser klaarstaat. Met welke trein arriveert je vader?'

'Die van vier uur.'

'Goed. Als je een half uur voor die tijd naar de garage komt, zal hij met je naar het station rijden. Ik weet dat de graaf geen plannen heeft om vandaag het landgoed te verlaten.'

'Dank u.' Ze nam nog een hapje van haar pap. De zoete honing vloeide over haar smaakpapillen en als in een reflex sloot ze haar ogen, dankbaar dat de matheid die haar in haar slaapkamer had overvallen hierdoor werd verbroken – een verwarde geest in een verdoofd lichaam.

'Dus...' zei Billy op suggestieve toon. 'Gisteravond.'

'Ongelooflijk dat je daar in een van de slaapkamers hebt geslapen!' zei Jenny, verrukt dat eindelijk dat interessante onderwerp werd aangesneden. 'Hoe was dat? Die bedden zijn zo zacht, het zal wel voelen alsof je op een wolk ligt.'

'Het was... fijn,' stamelde Effie. Het kostte haar moeite om te spreken. 'En het was heel aardig, maar ik was toch liever naar mijn eigen kamer gegaan.' Ze had in haar eigen kamer moeten zijn. Als ze daar had geslapen, zou...

'Je was heel erg bleek,' mompelde Mr Graves, die haar nauwlettend gadesloeg. 'De gravin wilde de dokter bellen. Lord Sholto overtuigde haar ervan dat je alleen maar een schok te verduren had gekregen, maar ik moet zeggen dat je er nog steeds minnetjes uitziet.'

'Ik voel me goed.'

Hij zuchtte en liet het onderwerp verder rusten. 'Heel jammer. Je hebt je uitstekend gered, alles in aanmerking genomen,' zei de butler. 'Je voerde een onderhoudend gesprek met de gravin. Ik had de indruk dat ze zeer over je te spreken was.'

'O ja?' Haar stem klonk dof en toonloos.

'Anders dan Her Royal Brightness,' zei Henry met een snode glimlach. 'Die keek alsof ze je wel kon wurgen.'

'Henry!' riep Mrs McKenzie vermanend uit.

'Echt waar, Mrs McKenzie,' zei hij schouderophalend. 'Ze was stikjaloers omdat Lord Sholto zijn ogen niet van haar kon afhouden.'

Fanny hapte naar adem. Haar wangen kleurden roze van verrukking.

'Alleen omdat hij me zo nog nooit had gezien,' zei Effie vlug. Elke keer dat zij naar hem had gekeken, had hij naar de vloer staan staren.

'Of omdat hij je nog nooit op die manier had gezien – als een vrouw,' kaatste Henry terug. 'Ik was erbij. Ik heb het gezien. En Mr Graves ook, nietwaar?'

‘Geen sprake van,’ sprak de butler hem tegen. ‘Iedereen gedroeg zich gepast. Lord Sholto zou nooit... een grens overgaan.’

Effie zweeg. Roddel, kletspraat, toespelingen... Ze moesten eens weten welk verhaal hierachter zat.

‘Hou op met plagen, Henry,’ zei de huismeesteres. ‘Het is jammer dat de avond zo eindigde, met dat tragische nieuws. Kende je die man goed, Miss Gillies?’

Effie gaf niet meteen antwoord. In leven was hij monsterlijk geweest. Moest ze nu hij dood was doen alsof ze hem aardig vond? ‘Nou, niet héél goed,’ zei ze een tikje gespannen. ‘Ik was nog jong toen hij rentmeester werd en geregeld naar het eiland begon te komen.’

‘O? Hoe jong?’

‘Elf? Of twaalf? Hij bracht de meeste tijd met mijn oom Hamish en Ian McKinnon, de postmeester, door. En de predikant natuurlijk, hoewel hij volgens mij niet erg godsdienstig was.’ Haar woorden leken in elkaar over te lopen, ze klonken zacht en vaag.

‘Maar je zult wel blij zijn geweest hem te zien als hij kwam. Volgens de graaf was de rentmeester jullie voornaamste contact met de buitenwereld.’

Blij hem te zien? Hij was de laatste persoon geweest die ze wilde zien. ‘Hij kwam maar twee keer per jaar, dus zoals ik al zei, kende ik hem niet eens zo heel goed. Maar hij arriveerde gewoonlijk aan het eind van het voorjaar, zodra de zee rustiger werd, en hij bracht ons voorraden, dus daar waren we blij mee. En eind augustus kwam hij dan weer om onze pacht te innen voordat we weer van het vasteland werden afgesneden.’

‘Dus in de wintermaanden hadden jullie helemaal geen contact met de buitenwereld?’ vroeg Barra medelijdend.

‘Soms kwamen er walvisvaarders of trawlers tijdens een storm in de baai schuilen, maar voor kleinere boten was de zee van september tot mei te ruw.’

‘Hoe betaalden jullie dan pacht?’ vroeg William. ‘Waarmee?’

‘Veren, stormvogelolie, tweed, gebreide sokken en schapenwol.’

‘Het klinkt allemaal heel primitief,’ mompelde Billy.

‘Ik vind het romantisch klinken,’ verzuchtte Fanny.

‘Romantisch?’ Billy lachte. ‘Wat is er romantisch aan armoede? Ik zou weleens willen zien hoelang jij het romantisch vindt met een lege maag en in een rok die bijeen wordt gehouden door een spijker.’

Fanny hapte naar adem, geschokt door zijn botheid, maar Effie was niet beledigd. ‘Ik heb me nooit arm gevoeld tot ik hier kwam,’ zei ze simpelweg. ‘Je kunt niet verlangen naar iets wat je niet kent. Soms denk ik dat het beter is om in onwetendheid te leven en gewoon tevreden te zijn met je lot.’

‘Zalig zijn de onwetenden, zeg je dus?’ vroeg Henry.

‘Aye, misschien wel.’

Hij schudde resoluut zijn hoofd. ‘Nee. Zo zitten we niet in elkaar. Ik denk dat het menselijk is om meer te willen dan we hebben.’

‘Voor jou geldt dat zeker,’ zei Barra, die haar ogen ten hemel sloeg.

‘Niet alleen voor mij! Zelfs als een man alles heeft wat zijn hartje kan begeren, wil hij altijd meer – hij zal altijd een hap van de verboden vrucht nemen.’ Hij ontmoette Effies ogen met een geheimzinnige, alwetende blik. ‘Ik durf er wel om te wedden.’

Die middag liep ze naar de garage toen ze de jachtopziener uit het bos zag komen lopen, met een stuk of wat honden die om zijn benen holden en sprongen.

‘Miss Gillies!’ riep hij, en hij stak zijn arm op om haar aandacht te trekken.

Ze bleef staan en wachtte terwijl hij van koers veranderde en naar haar toe kwam. Pas toen hij dichterbij kwam zag ze dat de honden nog jong waren; ze waren nog maar net het puppystadium ontgroeid.

‘O, kijk nou,’ fluisterde ze, en ze hurkte onmiddellijk en stak haar armen naar ze uit terwijl ze haar bijna omversprongen. Ze hadden allemaal een lange, zijdezachte zwarte vacht met kastanjebruine sokken, borst en snuit. Ze lachte – en het voelde alsof er iets in haar openbrak. Eén hond in het bijzonder snuffelde in de holte van haar elleboog, met zijn kop innig tegen haar arm gedrukt. 'Zo, hoe heet jij?' vroeg ze terwijl ze zijn fluwelige kop aaide.

'Dat is Slipper,' zei Mr Felton, die dichterbij kwam.

Ze keek op. 'Slipper?'

'Aye. Omdat ze me altijd voor de voeten loopt – of eronder terechtkomt.'

Effie lachte weer. Deze keer voelde het al natuurlijker. 'Leuk. Die naam past bij haar. Hoe oud zijn ze?'

'Zeven maanden. Ze worden al groot… en ze zijn erg onstuimig.'

'Ah, maar ze zijn prachtig. Hoeveel hebt u er?'

'Negen. Deze hier is de moeder, Storm.' Hij wees naar de hond met een grijzende snuit. 'Ik heb haar als sinds haar geboorte. En daarvóór had ik haar moeder. Ze hebben een goede stamboom.'

'Wat is dit voor ras? Ik heb nog nooit zulke honden gezien.'

'Het zijn gordon setters. Intelligent, mak, zachte bek. Uitstekende jachthonden. Ze weten de vogels goed te vinden. De graaf wil niet anders.'

Hij zou Poppit wel hebben gewild, dacht ze, als hij had geweten hoe slim ze was, hoezeer afgestemd op de dieren en vogels om hen heen, hoe lief en gevoelig en dapper… Het verdriet welde weer in haar op. Hoeveel was ze kwijtgeraakt? En waarvoor precies? Ze had niets gewonnen door hiernaartoe te komen…

Slipper bleef haar besnuffelen terwijl de andere honden hun belangstelling verloren en op andere geuren afgingen. 'Mag ik haar oppakken?'

'Als u wilt.'

Ze tilde de hond op en voelde zich vanbinnen wat lichter toen ze het zachte, warme gewicht van het dier in haar armen voelde. De laatste keer dat ze dit had gevoeld, stortte alles in. Brokkelde de wereld om haar heen af… Ze sloot haar ogen en hield de jonge hond tegen haar wang.

'Dus u houdt van honden.'

'We hadden ze thuis ook,' zei ze zacht, en ze hield haar hoofd schuin terwijl Slipper tegen haar hals wroette en haar kietelde met een koude, natte neus. 'Niet als huisdieren, maar die van ons heb ik zelf grootgebracht nadat haar moeder haar had afgestoten, dus we hadden een speciale band.'

'Aye, dat kan inderdaad gebeuren.' Hij sloeg haar gade terwijl ze de hond knuffelde.

'Waar gaat u met ze naartoe?'

'Uit wandelen. Ze hebben beweging nodig en ik moet wat herstelwerk aan een fazantenverblijf verrichten, dus ze kunnen me mooi gezelschap houden. U kunt meegaan als u wilt.'

'Bedankt, maar ik ben op weg naar het station om mijn vader op te halen. Hij komt hiernaartoe vanuit Lochaline en ik mag niet te laat zijn. Hij spreekt geen Engels.'

'Zo te horen heb ik de bothy dus net op tijd afgekregen…' Ze zag dat de blik van de jachtopziener zich verplaatste naar iets wat zich achter haar bevond. 'Goedendag, sir.'

'Felton.'

Ze draaide zich om en zag Sholto naderen. Hij droeg een pak en had een grimmige uitdrukking op zijn gezicht. 'Miss Gillies.'

Zijn kille houding deed haar huiveren. Gisteravond in de salon had ze een glimp van zijn oude vriendelijkheid opgevangen, maar schijnbaar was die weer verdwenen toen de zon was opgekomen.

'Ze doen het goed, zo te zien,' zei Sholto over de honden, die om hem heen zwermden. Hij zag hoe zij Slipper tegen zich aan hield.

'Aye, sir. Ze groeien snel,' antwoordde Felton. 'Het is een goed nest. Slimme dieren. Ik ben er blij mee.'

Slipper kronkelde in haar armen, begon aan haar haar te snuffelen en Effie giechelde zacht en onverwacht door het gekietel. 'Bengel,' fluisterde ze, waarna ze haar een kus op haar kop gaf.

Beide mannen keken alsof ze iets ongebruikelijks had gedaan.

'Nou…' Sholto's glimlach was stijfjes en rond zijn ogen was de spanning zichtbaar. Het was duidelijk dat hij honden niet als huisdieren beschouwde. 'Ik zal jullie niet ophouden.'

Hij liep weg en Felton floot kort, waarop de honden meteen naar hem toe kwamen.

Zij keken hem allebei na.

'Ik heb begrepen dat u gisteravond met de familie hebt gedineerd,' zei Mr Felton terwijl hij zijn blik weer op haar richtte.

Effie keek nog naar Sholto's rug. Zo recht. Zo correct. Zo vastbesloten om elk persoonlijk gesprek met haar te vermijden. 'Aye. De gravin wilde graag meer weten over waar ik vandaan kom,' zei ze zacht. 'Het schijnt dat ze erover denken… de eilanden te kopen.'

Zijn gezicht was onbewogen, maar ze wist dat zijn inwendige reactie waarschijnlijk die van haar weerspiegelde. Wie kocht er in hemelsnaam eilanden?

'Ik zag u op weg naar boven gisteravond. Ik herkende u eerst niet,' zei hij.

'Ik herkende mezelf ook niet.'

'U zag er zeker gepast gekleed uit.'

'Nou, misschien op dat moment, maar verder niet,' zei ze. 'Ik ben niet zoals zij.'

'Dat zijn er ook maar weinigen, Miss Gillies.' Hij sloeg haar aandachtig gade.

Ze zuchtte, gaf Slipper nog een kus op haar kop en zette haar met tegenzin op de grond. 'Ik moet verder, ik kan de chauffeur niet laten wachten. Maar bedankt voor al het werk aan de cottage. Ik ben er de hele ochtend geweest toen ze de meubels kwamen brengen, en het ziet er allemaal prachtig uit.'

'Ik ben blij dat u tevreden bent, Miss Gillies.' Hij knikte kort. 'Een fijne dag verder.'

Effie liep naar de garage, via de route die ze van Billy had gekregen, maar ze draaide zich een aantal malen om naar de honden, die voor Felton uit holden, en merkte op met hoeveel gemak hij zich bewoog. Zijn wereld leek eenvoudig. Veilig.

De deuren naar de garage waren hoog, met een boog aan de bovenkant. Ze hadden dezelfde steenrode kleur als het monogram op de borden in de keuken, de dekens van de bedienden en de deur van haar nieuwe cottage. De kleur van het landgoed. Ze stapte naar binnen.

'Hallo?' Ze keek opzij en zag Sholto staan, in gesprek met de chauffeur. Ze stonden naast een glanzende auto zonder dak. 'O, excuseer, ik hoop dat ik niet stoor.'

Sholto keek achterom met een blik die suggereerde dat ze hem met opzet op de proef stelde. 'Fraser zegt dat hij is geïnstrueerd om met u naar het station te rijden om uw vader te halen,' zei hij geïrriteerd.

'Aye, sir. Hij komt met de trein van vier uur.' Ze keek naar de chauffeur, die zich niet op zijn gemak leek te voelen. 'Is dat… een probleem?'

'Ik moet zelf ook naar het station, om een pakket op te halen. Dat komt ook aan met de trein van vier uur.'

'Nou, kunnen wij het voor u meenemen?'

'Nee. Nee, ik moet het persoonlijk afhalen,' zei hij vlug.

Ze vroeg zich af of het om het boek ging. Was het hersteld? Vertrouwde hij het haar niet toe?

'Er is ruimte voor ons drieën, al wordt het krap, maar op de terugreis, met uw vader erbij, is er niet genoeg plek.'

'O…' Ze had het gevoel dat ze zich moest terugtrekken, dat hij dat van haar vroeg, maar hoe kon ze haar vader op een vreemde plek laten aankomen, waar hij de taal niet sprak, zonder dat zij hem opving? Sholto sprak geen Gaelic.

Ze zweeg.

'Ik vrees dat er maar één ding op zit. Ik zal zelf moeten rijden.' Sholto keek de chauffeur aan. 'Sorry, Fraser. Ik wil je niet van je plicht afhouden.'

'Niets aan te doen, sir,' zei de chauffeur. 'Ze staat voor u klaar.' Hij overhandigde de sleutels.

Sholto nam ze aan en keek Effie koeltjes aan. Ze kreeg een knoop in haar maag en haar bloed stolde in haar aderen. 'Zullen we dan maar?'

De chauffeur opende het portier voor haar en ze stapte in. De auto was anders dan die waarin ze naar Lochaline was gebracht: er was slechts één bank, geen voor en achter. Ze ging zitten terwijl Sholto aan de bestuurderskant instapte. Hij startte de motor, waarvan het geluid in de garage werd verstrekt als een donderslag in een fles, en ze reden weg, nagestaard door de chauffeur.

Ze zweeg terwijl hij de garage uit stuurde en over de laan van het landgoed reed, met zijn handen om het stuur geklemd en zijn ogen op de weg voor hem gericht. Ze maakten snel vaart en lieten het grote landhuis achter zich, zoefden langs de bomen en haar haar werd uit haar nek getild en waaide naar achteren. Ze zag hem een blik opzijwerpen terwijl ze er vat op probeerde te krijgen.

Ze reden over de fraaie Robert Adam Bridge en ze zag een zwaan over het diepe zwarte water onder hen glijden, en waterhoentjes in het riet. Even, toen de weg een bocht maakte, zag ze tussen de bomen door het huis liggen – in al zijn grootse pracht – voordat ze verder door het bos reden.

Ze staarde naar de weg en zag de grote toegangspoort van het landgoed steeds groter worden. Ze wist dat hij zich moest concentreren, dat rijden in een auto gecompliceerd en moeilijk was – hoewel het hem gemakkelijk af leek te gaan – maar kon hij helemaal niet praten? Zou hij de hele rit blijven zwijgen?

Ze keek opzij en opende haar mond al een stukje om iets te zeggen, maar iets aan de stand van zijn kaak weerhield haar ervan. Ze zweeg en keek naar haar handen, die op haar schoot lagen, terwijl zijn dij slechts een handbreed van die van haar verwijderd was.

Ze reden nu op de openbare weg en ze probeerde zich te concentreren op het landschap waarin ze al een klein poosje woonde maar dat ze nog niet had verkend. In het westen zag ze verre heuvels, met meer stenen cottages met steenrode deuren zoals die van haar, enkele mensen die stonden te praten op een veld, andere auto's die minder glommen dan deze...

Ze kon niet langer zwijgen. 'Bedankt dat je me gisteravond hebt geholpen.'

Hij keek opzij, maar zijn blik was hard. 'Dat stelde niets voor. Het was een schok voor je. Je had rust nodig.'

'Nee, dat bedoel ik niet. Ik heb het over je vriendelijke woorden toen Lady Sibyl me uitlachte om mijn jurk.' Ze legde haar handen op haar hoofd in een poging haar haren in bedwang te houden terwijl ze naar hem keek.

'O. Dat.' Hij tikte met een vinger op het stuur. 'Ja, nou, ze was onaardig. Het was niet eerlijk. Ze kan zich soms... onaangenaam gedragen.'

'Nou, ik was je dankbaar.'

'Dat is niet nodig, Miss Gillies.'

Ze staarde hem aan, gekwetst door zijn kille woorden. En waarom noemde hij haar zelfs Miss Gillies nu ze alleen waren? 'Miss Gillies?' herhaalde ze. 'Kunnen we dus niet eens vrienden zijn?'

Hij klemde het stuur steviger vast en wierp weer een ijzige blik opzij. 'Ik geloof dat jij je geen zorgen hoeft te maken over een gebrek aan vrienden.'

Ze fronste. 'Dat begrijp ik n...'

'Je bent nogal dik met Felton.'

Wat? Ze hapte verbijsterd naar adem. 'Maar... Ik heb hem maar een paar keer gesproken!'

'Nou en?' Een paar keer kon genoeg zijn. Was het dat voor hen beiden niet ook geweest? Eén blik zelfs. Eén glimlach.

Hij wierp haar een blik toe en deze keer was er meer te zien in zijn ogen. Hij was helemaal niet kil, besefte ze. Hij gloeide, brandde. Maar waarom? Was het woede?

Het bord van Auchinleck flitste voorbij. Nu al? De auto ging heel snel. Ze keek weer naar hem. 'Sholto...'

'Begrijp me niet verkeerd, het is goed. Heel goed. Ik zie het wel voor me. Hij is er zeker op gebrand en jullie zouden goed bij elkaar passen.' Hij knikte alsof hij het met zichzelf eens was. 'Gezamenlijke interesses, een vergelijkbare achtergrond.'

Ze geloofde niet wat ze hoorde. 'Je lijkt mijn vader wel. Alsof je me uithuwelijkt.'

Hij trommelde stijf en ritmisch met zijn vingers op het stuur. 'Nou, het heeft geen zin je te verzetten tegen het onvermijdelijke.'

Het onvermijdelijke. Was dat dan haar bestemming? Een huwelijk? Of een huwelijk met een man uit haar eigen klasse? Ze staarde hem aan. 'En stel dat ik niet wil trouwen?'

Hij schudde zijn hoofd alsof ze een ergerlijk kind was. 'Doe niet zo belachelijk. Je moet je toekomst veiligstellen.'

Ze wendde zich van hem af met een golf van emotie waarvan ze niet wist of ze die kon inhouden. Haar leven wankelde op de rand van een afgrond, maar ze had gedacht dat ze het kon verdragen als ze hem als vriend had. Iemand die ze kon vertrouwen. Maar dat hij nu deze dingen zei, haar naar een ander duwde en niets zei over wat er tussen hén was gebeurd… Was hij echt vergeten wat híj als laatste op het eiland tegen haar had gezegd? Hij had een plan willen maken – voor en met haar. En nu wilde hij haar aan zijn eigen jachtopziener koppelen? Wie was deze versie van de man die ze had gedacht te kennen?

Ze zag de borden voor het station opdoemen en ze liet haar handen zakken, zodat haar haar om haar hoofd waaide, blij met de bescherming die het bood tegen zijn onderzoekende blik. Ze zou niet huilen waar hij bij was. Nee. Ze klemde haar handen ineen tot haar knokkels wit waren.

Hij keek weer opzij en zag hoe gespannen ze was. 'O, in godsnaam, Effie, wat wil je dat ik zeg?' snauwde hij. 'Ik heb je niet gevraagd om hierheen te komen!' Hij gebaarde naar rechts en stopte voor het station.

'Nee, maar je vader wel.'

'Dat zou hij niet hebben gedaan als hij het wist.' Hij zette de motor uit en de auto kwam tot stilstand. Eindelijk keek hij haar recht aan. Zijn ogen gloeiden van een eerlijkheid die hij zichzelf niet had toegestaan sinds haar komst.

'Wat wist?' Ze keek hem aan en haar ogen werden groot toen ze begreep wat hij bedoelde. 'Je bedoelt als hij wist dat jij mij hebt gekust?' Was dat echt zo vreselijk? Was zij zo schandelijk?

'Hij zou je hier niet willen hebben als hij wist wat voor risico's eraan vastzitten,' zei hij met gedempte stem.

'Wat voor risico's?' vroeg ze verbluft.

Hij keek weg. De trein naderde het station en er liepen mensen naar het perron. Er klonk een luid gesis en de remmen knarsten.

'Wat voor risico's?' vroeg ze nu luider. Haar emoties dreigden haar te overstelpen. 'Je praat niet eens met me. Je kijkt niet eens naar me!'

Alsof hij zich uitgedaagd voelde, keerde hij zich weer naar haar toe, ontmoette haar ogen en hield haar blik vast. En heel even dacht ze dat het weer kon overspringen, dat vonkje dat op Hirta tussen hen was ontbrand. Maar het gevoel was als een elfje, dartel en ondeugend en onmogelijk te pakken te krijgen.

'Waardoor heb je zo'n hekel aan me gekregen?' fluisterde ze.

'Ik heb geen hekel aan je.'

'Maar je vindt me ook niet meer leuk.' Het was een simpele constatering. Een stille waarheid. 'Zelfs niet als gewone vriendin.'

Hij boog zijn hoofd iets naar achteren en ze zag dat hij slikte. Even zweeg hij. 'Ik denk gewoon dat het niet goed is dat je hier bent, voor geen van ons beiden,' zei hij ten slotte. 'Jíj hebt een frisse start nodig. Je moet een nieuw leven opbouwen, weg van... hier.' Hij slikte nog eens. 'Mijn vader had je nooit moeten vragen hiernaartoe te komen.'

Haar mond viel open en er begon een spoortje van ongerustheid door haar bloed te sijpelen bij zijn woorden, de herhaling van de gedachte dat ze hier niet naartoe had moeten komen. 'Maar wat zeg je nou? Dat we moeten vertrekken?'

Hij keek haar direct aan. 'Ik denk dat dat het beste zou zijn, ja.'

Ze staarde hem aan en voelde de muren van haar leven schudden. Dit kon hij niet menen. 'Maar mijn vader komt straks door die deuren. Hij heeft net ons nieuwe huisje verlaten, al onze dieren verkocht... We hebben alles opgegeven om hier te kunnen komen. Je kunt toch niet zomaar zeggen...' Ze geloofde haar oren niet. 'Sholto? Je gooit ons er toch niet uit? We kunnen nergens heen.' Dat was waar. De hele dag had ze haar hersens gepijnigd om te bedenken waar ze naartoe zouden kunnen gaan, zich zouden kunnen verschuilen. Maar er was geen manier om te ontsnappen aan het bewijs waarmee de hofmeester haar aan Frank Mathieson zou kunnen koppelen, en als de politie haar zou komen zoeken – en dat zou zeker zo zijn – wat zou er dan met haar vader gebeuren? Haar enige hoop was dat de graaf mededogen zou hebben met een oude man die berooid zou worden achtergelaten zonder daar zelf schuld aan te hebben. Ze moesten hier blijven en zij moest wachten tot het lot haar zou inhalen. 'Alsjeblieft. Voor mijn vader. Anders belandt hij in het armenhuis.'

Sholto keek haar niet aan, maar er trilde een spiertje in zijn kaak. Zijn gezicht was vertrokken en er leken onuitgesproken gedachten door zijn hoofd te schieten. 'Ik bedoelde niet... Natuurlijk gooi ik jullie er niet uit.' Hij schudde zijn hoofd en zuchtte. 'Natuurlijk niet. Het is in orde. Jullie kunnen blijven.'

'Echt?' Het woord kwam eruit met een snik van opluchting terwijl ze zijn arm vastgreep. 'Beloof je dat?' Waarom keek hij haar niet aan?

Hij wendde zich af, maakte zich los en opende het portier aan zijn kant. 'Het spijt me. Ik had niets mogen zeggen. Dat was zelfzuchtig van me. Jullie gaan nu toch in de cottage wonen. Het komt goed.' Hij stapte uit en wierp haar een vluchtige blik toe. 'Ik zie je hier weer als jullie klaar zijn.'

En voordat ze nog iets kon zeggen draaide hij zich om en liep het station binnen, zijn rug recht, zijn schouders naar achteren.

Effie keek hem na en probeerde te vatten wat er zojuist was gebeurd. Ga weg. Blijf. Blijf uit mijn buurt... Een paar seconden bleef ze zitten. Haar hart was nog van slag door de schrik. Hoe had hij die dingen tegen haar kunnen zeggen? Wie was deze versie van de man van wie ze dacht te hebben gehouden – zo koud terwijl hij ooit warm was? Afstandelijk in plaats van intiem? Star in plaats van ongedwongen. Humorloos, zonder lach.

De mensen begonnen van het perron naar buiten te komen, kruiers droegen koffers en tassen.

'Vader!' Geschrokken herinnerde ze zich waarom ze hier eigenlijk was. Ze sprong de auto uit en rende naar binnen, met haar rok laag op haar heupen; de gebogen spijker was net niet genoeg gebogen. Er wolkte stoom op als een dronken zeemist terwijl ze over het perron heen en weer keek. Ze zag Sholto niet, maar het werd net helder genoeg om het silhouet van een man te kunnen zien die wankel zijn weg zocht, zwaar leunend op zijn stok. Haar vader liep krom en leek kleiner dan ze zich hem herinnerde. Zelfs zijn pet leek te groot voor zijn hoofd te zijn.

Ze rende met stokkende adem naar de broze gestalte. Tot op dit moment had ze zich niet gerealiseerd hoezeer ze hem had gemist. Hoeveel meer ze te verliezen had. Wat zou hij zonder haar moeten als het recht zijn loop had?

'Vader!' riep ze.

'Effie,' prevelde hij, zo te zien opgelucht dat hij haar zag. Ze sloeg haar armen om zijn nek en snoof zijn geur op: zwarte pijptabak en turfrook, de geur van thuis... Het was allemaal te veel. Ze begon te snikken om wat ze was kwijtgeraakt, om wat ze terughad, om wat ze nooit zou hebben.

Haar vader klopte op haar rug zoals hij altijd had gedaan toen ze klein was. 'Stil maar,' zei hij op milde toon. Hij had haar in geen vier jaar omhelsd, niet sinds de dood van John, maar zijn grote, ruwe handen voelden vertrouwd en troostend. Ze deden haar denken aan gelukkiger tijden, voordat hun gezin door de dood was getroffen. Ze moest er alleen maar harder door huilen. 'We zijn weer samen, lass. Het wordt nu beter.'

Ze waren achttien jaar lang nooit van elkaar gescheiden geweest. Hij moest eens weten hoeveel er de afgelopen elf dagen was gebeurd. 'Ik heb u gemist, vader,' zei ze toen ze zich eindelijk van hem losmaakte en haar tranen droogde.

'En ik jou,' zei hij zacht. 'Het was niet hetzelfde zonder jou in huis. Te stil. Te schoon.'

Ze lachte, maar het was nog een halve snik. Ze zag iets om zijn hals hangen. Het was een bordje aan een touwtje.

DEZE PERSOON SPREEKT GEEN ENGELS. MOET NAAR AUCHINLECK.

'Jaynes idee,' zei hij toen Effie het over zijn hoofd trok.

'Nou, je hebt het nu niet meer nodig,' zei ze op beschermende toon terwijl ze het in een afvalbak gooide. Zij was alles wat hij had en hij was alles wat zij had.

Ze pakte met haar ene hand zijn tas en haakte haar andere arm door de zijne. 'Is het ver?' vroeg hij. 'Wat is het hier plat.'

'Niet ver. Lord Sholto rijdt ons naar huis,' zei ze, en ze probeerde haar toon neutraal te houden. Maar ze was nu boos en werd steeds bozer omdat zij bijna nergens heen hadden gekund, omdat hun bestaan afhankelijk was van de grillen van een wispelturig man.

Hoe had hij die dingen kunnen zeggen? Ze was ervan uitgegaan dat ze hem kon vertrouwen. Ze had gedacht dat ze in elk geval vrienden konden zijn, maar vanaf het moment dat ze hier was aangekomen was hij een vreemdeling voor haar geweest, gereserveerd en koud. En nu had hij zich ook nog wreed gedragen. Hij was teruggekrabbeld toen hij had gezien dat ze in paniek raakte, maar voor hoelang? Hij was nu samen met Lady Sibyl en hij wilde haar niet, een wildebras die hem deed denken aan zijn misstap op St Kilda.

Ze liepen door de stationsdeuren de straat op, waar Sholto een pakket in bruin papier in de kofferbak legde.

'Welkom in Dumfries, Mr Gillies,' zei hij, en hij nam haastig de tas van haar over, zonder haar aan te kijken. Niet dat zij hém aankeek. Ze bewogen als marmeren beelden om elkaar heen.

Ze hielp haar vader de auto in, maar hij was niet meer soepel genoeg om zijwaarts over de bank te schuiven, dus deed ze het portier achter hem dicht.

'Je kunt beter via mijn kant instappen, Miss Gillies,' zei Sholto, die het portier aan de bestuurderskant openhield.

Effie glipte zwijgend langs hem en schoof over de bank naar haar vader. Die zat verbluft rond te kijken. 'Hoort hier geen dak op?' vroeg hij haar.

'Op deze niet, geloof ik,' antwoordde ze. 'Dat is de stijl. Hou uw pet vast.'

'Wat zegt je vader?' wilde Sholto weten terwijl hij de motor weer startte.

'Hij bewondert de auto,' mompelde ze.

Hij wierp een blik opzij alsof iets van haar nieuwe gevoel doorklonk in haar stem, en ze zag dat hij zijn ogen samenkneep toen hij haar rode ogen en natte wimpers zag, die ze niet kon verbergen. Dat hoefde ook niet. Het maakte niet meer uit wat hij dacht. Ze staarde voor zich uit, zich ervan bewust dat hun benen tegen elkaar drukten. Ze voelde zijn dijspieren spannen als zijn voet de pedalen bediende. Ze probeerde haar been zo ver mogelijk de andere kant op te bewegen en het kon haar niet schelen of hij dat merkte.

Ondanks alle frisse lucht in de open auto daalde er een zware sfeer over hen neer.

'Juist. Nou, Mr Gillies,' zei Sholto beleefd. 'Dan gaan we u nu naar huis brengen.'

26

Dat ze een tijdje bij elkaar vandaan waren geweest, had hun relatie goedgedaan. In de loop van een aantal weken begonnen Effie en haar vader samen gewend te raken aan hun nieuwe thuis. Terwijl de schok van hun abrupte verhuizing begon af te nemen en het nieuws van Frank Mathiesons dood op de achtergrond raakte, ontwikkelden zij en haar vader een nieuw ritme dat opmerkelijk normaal leek. Haar vader had nog nooit zo ruim gewoond. Felton had uitstekend herstelwerk verricht, zodat de warmte binnenbleef, en de kou en de regen buiten werden gehouden. Het was er niet vochtig, zodat haar vaders gewrichten minder zeer begonnen te doen, en het zonlicht leek tot in de verste hoeken van de cottage door te dringen. Zijn humeur was beter dan het in jaren geweest was, en hij groef zelfs wat lazybeds in hun tuin wanneer Effie in huis bezig was. Ze had de meubels zo neergezet dat het een huiselijk geheel werd, en om de paar dagen plukte ze wilde bloemen – fluitenkruid, heide, viooltjes – die langs de rand van het bos achter het huis groeiden, en zette ze in een oude melkfles. Eerst had ze het vreemd gevonden. Net als eieren kon je bloemen maar het best met rust laten, vond ze altijd, want ze waren het mooist op de plek waar ze groeiden, maar ze moest toegeven dat ze een zekere fleur in de cottage brachten. Jaynes stille invloed op haar, vermoedde ze.

Jayne, Flora, Mhairi… Ze miste haar oude vriendinnen ontzettend. Effie had Flora en Mhairi geschreven en hun haar adres laten weten, met de vraag of ze terug wilden schrijven met hun nieuws. Flora moest nog antwoorden – geen verrassing – maar Mhairi had een brief teruggestuurd, waarin ze vlakjes over hun nieuwe huis en het werk in de fabriek schreef: Mrs Buchanan was een 'feeks', Norman Ferguson was bevorderd tot tweede voorman bij de houtvesterij,

Mad Annie had een fiets, haar broertjes en zusjes hadden het naar hun zin op het schoolplein... Maar net als Effie had ze het niet over de dingen die er echt toe deden – geheimen die niet op papier konden worden gezet – en Effie had zich na het lezen van de brief verder van haar vriendin verwijderd gevoeld dan ooit tevoren.

Het was onmogelijk om in volle eerlijkheid te schrijven, dat wist Effie. Ze kon zich voorstellen hoe haar eigen antwoord zou overkomen als ze haar pen op het papier zette, want aan de oppervlakte leek het leven haar toe te lachen. Mr Felton kwam vaak langs en als ze 's avonds thuiskwam trof ze hem aan met haar vader en spraken ze Gaelic met elkaar. Ze had het gevoel dat het de jachtopziener zou zijn die haar vader de meeste troost zou bieden als ze zou moeten vertrekken en ze voelde steeds meer genegenheid voor de man die een glimlach op zijn gezicht bracht. Maar niet alleen voor hem. De jachtopziener nam de honden vaak mee, en elke keer nam Effie Slipper met een zwaai in haar armen en bedekte haar kop met kusjes. Ze was dol op het dier, maar ze miste Poppit zo erg dat ze er buikpijn van kreeg. Soms bracht de jachtopziener een pas geschoten fazant mee, en op andere dagen stuurde Mrs McLennan Billy naar de cottage als hij op de fiets naar het dorp ging, om een kleine pastei van restjes langs te brengen. De kersverse vriendschappen strekten troostend tot bevestiging dat ze er goed aan had gedaan om hier toch te blijven, om tegen Sholto's wensen in te gaan en hier de basis voor een nieuw leven te leggen, al was het maar voor haar vader.

Alles was nu voor hem. Ze at niet meer in de eetzaal met de bedienden, en zelfs voor de hoofdmaaltijd – op het middaguur, als ze in het grote huis aan het werk was – liep ze terug naar de cottage om samen met haar vader te eten. Hij sprak geen Engels, dus het zou voor hem niet prettig zijn om aan die lange, drukke tafel te zitten, en ze wilde niet dat hij hele dagen alleen zou doorbrengen.

Ze miste de maaltijden met de bedienden wel – hoewel die niet zonder strubbelingen waren verlopen toen ze nog in het huis verbleef, hadden het geroddel en geklets van een groep mensen die drie keer per dag samen aten haar even het gemeenschapsgevoel gegeven dat ze was kwijtgeraakt na het vertrek van St Kilda. Maar er hing steeds een gevoel van angst over haar heen terwijl ze wachtte op haar lot. Ze probeerde dan ook zo veel mogelijk bij Mr Weir uit de buurt te blijven.

Haar werk in de collectiezaal was eenzaam, elke dag, alle dagen, terwijl ze de eieren in stilte catalogiseerde. De uren sleepten zich voort. Het huis was zo groot dat zij vaak als enige in het hele westelijke paviljoen aanwezig was. Ze had Billy maar twee keer gesproken sinds ze in de cottage was gaan wonen, en Jenny had een keer gezwaaid vanaf de andere kant van een hal. Ze had Barra, Mrs McKenzie en Mr Graves helemaal niet meer gezien. Zij bleven grotendeels in de dienstvertrekken, maar Fanny kwam weleens binnen als ze langsliep met haar plumeau of een vaas bloemen, om het laatste nieuws door te geven: de graaf en gravin zouden binnenkort naar Skye gaan om een bezoek te brengen aan Sir John MacLeod, Sibyl en Sholto gaven een feest, maar konden geen thema bedenken…

Effie zag zelf ook van alles door het raam van de zaal waar ze werkte, de levens van het huishouden die zich aan de andere kant van het glas afspeelden: Henry die Margaux elke ochtend aan haar riem 'uitliet' op de gazons, waar de cheeta hijgend aan de lijn trok bij de aanblik van de grazende schapen. Sholto en Sibyl die na de lunch tussen de bloembedden door liepen of laat in de middag croquet speelden. Tussen hen ging het altijd hetzelfde: Sibyl levendig en vol plezier, haar lach die als vogelzang over de terrassen schalde, Sholto oneindig geduldig glimlachend, rustig voortwandelend door de dagen. Op een keer had hij naar het raam gekeken, alsof hij Effies blik op zich voelde rusten, maar toen was ze snel weggedoken. Een andere keer was ze bijna tegen hem aan gebotst toen ze met twee treden tegelijk de trap op holde en hij boven langsliep in de gang. Hij had haar niet gezien, maar zij had met bonzend hart gewacht in het trappenhuis tot ze zijn voetstappen hoorde wegsterven. Ze hadden elkaar niet gezien of gesproken sinds hun confrontatie bij het station. Ze kon hem niet vergeven wat hij had gezegd. Alles wat ooit tussen hen had geleefd, was nu dood en hij had gelijk gehad toen hij zei dat het beter was om elkaar helemaal niet te zien.

Ze trok haar schoenen weer aan, sloot de deur van de collectiezaal achter zich en ging naar buiten. Er was weer een dag voorbij en de zomer werd langzamerhand verdrongen door de herfst. De lange dagen werden korter, de zon zakte nu al voor zeven uur achter de heuvels van Bute. Ze zouden vanavond fazantenstoofpot eten; die had ze tussen de middag al op het vuur gezet en stond nu te sudderen.

'O! Hallo, Fanny,' zei ze verbaasd toen ze het dienstmeisje buiten op het bordes tegenkwam. Ze stond naar het dak te staren en had haar armen naar de hemel uitgestoken. 'Gaat het wel?'

'O, Effie,' zei Fanny kreunend. 'Ik ben al bijna een uur bezig en ik krijg Miss Petunia maar niet naar beneden. Ze zit vast!'

'Miss P...' Effie keek geschrokken omhoog en zag een langharige witte kat op het dak zitten, of om precies te zijn in de hoek tussen het fraai bewerkte stenen fronton en het leien dak. 'O.'

Het was een totaal ander dier dan de katten thuis. Op St Kilda waren het gestroomlijnde schepsels met tijgerstrepen en heldergele ogen die bedreven waren in muizen vangen. Miss Petunia leek op het eerste gezicht in weinig bedreven te zijn.

'Ze kan daar niet de hele nacht blijven. Ze is een binnenkat. Ik snap niet hoe ze daarboven terecht is gekomen. Ze zal wel door een van de ramen van de slaapkamers zijn geklommen toen ik ze had opengezet om te luchten en daar via de afvoerpijp zijn beland.' De stem van het dienstmeisje beefde. 'O, wat moet ik doen? Ik kan de gravin niet vertellen dat Miss Petunia vastzit op het dak. Ze is haar oogappel. Als ze valt...'

'Katten komen bij een val meestal wel op hun pootjes terecht,' zei Effie. Ondertussen rolde de kat zich verder op, miauwend en zo te zien angstig. 'Maar het is inderdaad behoorlijk hoog.'

Ze zette een stap naar achteren en keek nog eens goed. De dakleien waren te glad en steil om van bovenaf van af te dalen, maar de schoorstenen lagen in een vlak gedeelte in het midden en die zagen er stevig uit. 'Hm... Ik kan haar wel voor je halen.'

Fanny hapte naar adem. 'Echt? Maar hoe?'

'Door naar boven te klimmen en haar te pakken.'

'Effie, nee! Dat wordt je dood!'

Effie grijnsde om haar dramatische uitroep. 'Fanny, geloof me. ik heb veel hogere en lastigere hellingen beklommen dan deze muur.' Ze hield haar hoofd schuin. 'Maar ik heb wel een touw nodig.'

'Een tóúw?' Fanny keek alsof ze om een geweer had gevraagd.

'Ja.'

'Goed dan,' fluisterde Fanny met een ongerust gezicht.

'Het langste dat je kunt vinden. En Billy. Die heb ik ook nodig. Er is vanaf de bovenste verdieping wel toegang tot het dak, toch?'

'Via de zolder.'

'Geef hem dan het touw en vraag hem om er het dak mee op te gaan. Maar hij moet op het vlakke gedeelte blijven. Geen heroïsche toeren, begrepen?'

Fanny knikte. 'Touw. Op het vlakke deel blijven.'

'En laat hem naar beneden roepen als hij daarboven is.'

Fanny rende het huis in, Effie op het bordes achterlatend.

'Nou, jij veroorzaakt een hoop heisa, dat is wel zeker,' zei Effie zachtjes tegen de kat terwijl ze hurkte om haar schoenen en sokken uit te trekken. Miss Petunia miauwde. Ze was daar beslist niet op haar plaats, zo ineengedoken op het palladiaanse dak. Ze was gemaakt om voor een haardvuur op een zijden chaise longue te liggen dutten.

Fanny was kennelijk door het huis heen gevlogen, want na een paar minuten verscheen Billy's ondeugende gezicht over de rand. 'Miss Gillies!' riep hij naar beneden. 'U hebt geroepen?'

Ze grinnikte en keek omhoog met haar handen op haar heupen. 'Dank je, Billy. Heb je het touw?'

'Aye!'

'Zou je dat in een lus om de dichtstbijzijnde schoorsteen willen leggen en beide uiteinden naar me toe willen gooien?'

Het was even stil. 'Is dat alles? Ik hoef niet naar beneden te klauteren? Dat kan ik best!'

'Gooi dat touw nou maar, Billy! Anders moet ik jou ook nog komen redden!'

Ze hoorde zijn spottende lach, maar enkele ogenblikken later bungelden de uiteinden van het touw als slangen langs de muur.

'Effie, weet je dit wel zeker?' vroeg Fanny haar bezorgd terwijl ze de knopen legde die ze thuis zo vaak had gebruikt. Ze voelde een golf van opwinding door zich heen gaan nu ze deed waar ze zo van hield. Ze had het erg gemist.

Effie knipoogde naar haar. 'Dít is pas een avontuur, Fanny.' Ze trok een paar keer hard aan het touw, zette een voet op de vensterbank van het raam naast de deur en begon kalmpjes blootsvoets over de muur omhoog te 'lopen'.

Fanny hapte weer naar adem en legde haar handen over haar mond terwijl Effie schijnbaar moeiteloos de verticale stenen gevel van het huis beklom. Ze passeerde de stijlen van de voordeur en begon naar de slaapkamerramen op de eerste verdieping te klimmen. Haar oog viel kort op een beweging binnen, maar ze sloeg er geen acht op, want ze had al haar concentratie nodig, al was het een eenvoudige klim.

De ramen waren omgeven door stenen lijsten die haar genoeg houvast gaven terwijl ze op dezelfde hoogte kwam als de onderkant van het fronton en haar onderarm langs de rand uitstak. Het was geen ideale positie, het touw was een stukje verwijderd van de plek waar de kat ineengedoken zat.

'Weet u zeker dat u mijn hulp niet nodig hebt, Miss Gillies?'

Ze keek op en zag Billy grijnzend vanaf het dak naar haar kijken, maar ze zag ook een flits van bezorgdheid in zijn ogen. 'Misschien als dit een schaap was geweest in plaats van een kat, maar ik red me wel, Billy.'

'Dat is dan jammer. Ik ben er zeker van dat we hierboven nog nooit gestrande schapen hebben gehad.'

Ze grijnsde. 'Kom maar, poes,' zei ze vleiend, haar vrije arm naar de kat uitstekend. Daardoor had ze het touw nog maar met één hand vast, en ze hoorde Fanny opnieuw naar adem happen toen Effie zich het volgende moment in één soepele beweging afzette en opzijzwenkte. Ze greep de kat met een zwaai beet, hield haar tegen zich aan voor het beestje in paniek kon raken en stopte haar in haar wollen trui. 'Zo,' zei ze sussend terwijl de nagels van de kat in haar bloes klauwden, op zoek naar steun.

Ze keek weer omhoog naar Billy en knipoogde. 'Wacht tot ik roep. Ik geef twee felle rukken als ik los ben, en dan kun je het touw omhoogtrekken.'

'Aye aye, kapitein,' zei hij saluerend.

Effie greep het touw met beide handen vast en begon na een simpele afzet tegen de raamlijst weer af te dalen. De gestalte waar ze een glimp van had opgevangen door het slaapkamerraam had het raam opengezet in de tijd dat zij de kat had bevrijd en beide partijen waren verrast toen Effie plotseling oog in oog kwam te staan met Sibyl.

'O, hallo,' zei ze glimlachend, nonchalant verder afdalend terwijl de mond van de andere vrouw openviel en ze voor de verandering geen woord wist uit te brengen.

Terwijl Effies voeten het timpaan boven de voordeur raakten, keek ze omlaag om de rest van de afstand in te schatten – en zag ze dat zich een kleine menigte had verzameld. De reddingsactie had nog geen vijf minuten geduurd, maar in die tijd leek Fanny gezelschap te hebben gekregen van de helft van de bedienden. Jenny, Mrs McKenzie, Mrs McLennan, William en Henry stonden er allemaal, maar het was niet hún blik die ineens een nerveus gebruis in haar buik veroorzaakte, dat er nog niet was toen ze boven aan het touw had gehangen. Ze werd gadegeslagen door de gravin en haar zoon, die door de rozentuin liepen.

Enkele momenten later maakten Effies blote voeten contact met het bordes en maakte ze het touw los. Ze dacht snel na. Zou Fanny in de problemen komen omdat ze haar dit had laten doen? Het was

Effies idee geweest, maar ze ging ervan uit dat de gravin er niet blij mee zou zijn dat er een touw van haar huis bungelde met een wilde meid eraan. Maar er was nauwelijks tijd om na te denken; de gravin en Sholto beklommen de treden naar het bordes al toen Effie in haar vest reikte en de kat tevoorschijn haalde. 'Miss Petunia zat vast op het dak, mevrouw de gravin,' zei ze vlug.

Maar voor ze was uitgesproken begonnen de mensen al te klappen. Jenny en Fanny sprongen opgewonden op en neer, en de verbijsterde lakeien leken onder de indruk te zijn. Er kwam ook een kreet van boven – Billy, die uit het zicht maar binnen gehoorsafstand was, hoorde het applaus en realiseerde zich dat ze veilig beneden was.

'Lieve jongedame,' riep de gravin met openlijke verwondering uit. 'Nu begrijp ik wat mijn echtgenoot bedoelde. Dat was buitengewoon. U bent buitengewoon.'

'O nee,' zei Effie bescheiden, maar haar ogen schitterden. 'Het stelde niets voor. We wilden haar gewoon zo snel mogelijk naar beneden halen voordat het donker zou worden. Dit leek de eenvoudigste methode.'

Ze hield haar blik op de gravin gericht, maar was zich zeer bewust van Sholto's aandacht.

'Eenvoudig?' zei de gravin lachend. 'Ik weet niet hoe ik u moet bedanken.'

'Dat is niet nodig, mevrouw. Heel graag gedaan.' Daar was geen woord van gelogen. Voor het eerst in weken had ze weer het gevoel zichzelf te zijn. De oude Effie. Effie Gillies van St Kilda.

De gravin pakte haar hand en keek haar indringend aan. 'U bent een bijzondere jonge vrouw,' benadrukte ze weer. 'Anders dan iedereen die ik ooit heb ontmoet. Laat het leven hier uw licht niet doven, goed?'

Effie slikte. 'Ik zal mijn best doen.'

'Mooi. En godzijdank droeg u een broek!' zei de gravin met een glimlach. Ze liet Effies hand los en bracht de kat naar haar gezicht, genietend van haar weelderige vacht. 'Nou, Miss Petunia, laten we je naar een warm plekje brengen.' Ze liep naar de deur en de lakeien haastten zich om die te openen.

'Wat is dat toch met jou en drama, lass?' mompelde Mrs McLennan glimlachend terwijl zij en de huismeesteres zich omdraaiden om ook naar binnen te gaan.

'Dat was fantastisch!' fluisterde Fanny opgetogen terwijl zij en Jenny volgden en Sholto als enige achterbleef.

Effie wendde zich van hem af en rukte twee keer aan het touw, zoals beloofd. 'Je kunt het touw naar boven halen, Billy,' riep ze, in de hoop dat Sholto haar bezigheid met het touw zou opvatten als een aansporing om te vertrekken. Ze keek toe hoe beide uiteinden langs de gevel omhoog werden gehesen, maar toen ze zich omdraaide, stond hij er nog steeds.

Hij had nog geen woord gezegd, maar zijn ogen gloeiden van... Het leek wel trots. 'Nou, aan mijn moeder heb je nu een vriendin voor het leven,' zei hij toen hij eindelijk de stilte doorbrak.

'O?' zei ze koeltjes.

'Ja. Soms denk ik dat ze meer van die kat houdt dan van mij.'

Effie gaf geen antwoord en liet weer een stilte ontstaan. Ze zag de onzekerheid in zijn ogen toenemen bij het zien van haar gereserveerde houding. Ze zou hem niet vergeven dat hij zo licht was omgesprongen met haar werk hier, haar thuis. Ze zou hem niet meer smeken om zijn vriendschap. Ze wilde zijn vriendelijkheid of gezelschap niet. Ze was hier in dienst van zijn vader en had niets met hem te maken. Haar toekomst was al onzeker genoeg zonder zijn grillen en nukken.

Hij verplaatste zijn gewicht van de ene naar de andere voet. 'Nu zal ze in elk geval begrijpen waar mijn vader het over heeft als hij hun vrienden vertelt over jouw klimkunsten.'

'Ik betwijfel of het al die roem waard is. Voor ons was het niets bijzonders.' Haar ogen glinsterden opstandig. 'Het was een gemakkelijke manier om te verdienen aan de toeristen. Die waren al snel onder de indruk.'

Ze zag dat zijn ogen zich vernauwden bij die belediging.

'Miss Gillies!'

Ze keek en zag Felton met doelbewuste tred door de tuin hun kant op lopen. Hij had de honden niet bij zich. 'Was u dat echt, daarboven?' vroeg hij, een tikje buiten adem en met glanzende ogen. Hij klonk anders dan anders... Monter. Hij was niet iemand die snel glimlachte en gemakkelijk complimenten uitdeelde. 'Ik kon mijn ogen niet geloven!' zei hij enthousiast toen hij de brede trap van het bordes naderde. 'O, Lord Sholto, excuseer,' zei hij, verstarrend. 'Ik had u niet gezien.'

Effie besefte dat Sholto achter een rozenstruik in een pot was schuilgegaan.

'Goedenavond, Felton,' zei Sholto met een knikje terwijl hij tevoorschijn stapte.

Er volgde een ongemakkelijke stilte. Niemand leek te weten wie het eerst iets moest zeggen.

'Stoor ik, sir? Zal ik later terugkomen?' vroeg de jachtopziener op formele toon.

'Wilde je mij spreken?'

'Eh... eigenlijk Miss Gillies. Maar het kan wel wachten.'

Effie zag Sholto's kaak verstrakken van ergernis, iets wat op een afstandje niet te zien zou zijn. Hij keek haar aan en ze voelde haar knieën knikken, zoals altijd als hun ogen elkaar ontmoetten. Zelfs als hij kwaad was. Zelfs als zíj kwaad was. Even leek het erop dat hij iets wilde zeggen, maar toen was er iets – een instinct – wat hem deed opkijken.

Effie keek ook.

Sibyl leunde uit het raam en sloeg hen met een frons op haar gezicht gade.

Sholto keek weer naar de jachtopziener. 'Dat is niet nodig, Felton,' zei hij op gebiedende toon. 'Ze is helemaal van jou.'

De woorden voelden als een klap in haar gezicht. Hij liep haar voorbij en ging het huis binnen. Effie voelde haar ogen prikken, maar verroerde zich niet tot ze de deur achter hem hoorde dichtgaan en het raam een moment later werd dichtgetrokken.

'Ik kon mijn ogen niet geloven toen ik u over de gevel zag afdalen,' zei Felton, die de draad weer oppakte en zich er totaal niet van bewust was dat haar hele wereld net was veranderd met dat ene zinnetje. *Ze is helemaal van jou.* 'Mijn hart klopte in mijn keel.'

'Het was geen moeilijke klim,' zei ze mat. Ze pakte haar schoenen, daalde de traptreden af en liep naar het gazon, waar hij stond. 'Gaat u naar huis? Ik ga wel die kant op.'

'Ah, maar voor u gaat...' Hij legde een hand op haar arm om haar tegen te houden. Het was de eerste keer dat hij haar aanraakte. 'Weet u nog dat ik tijdens onze eerste ontmoeting zei dat ik een verrassing had die ik u zou willen laten zien?'

'Aye.' Haar ogen vernauwden zich. 'En ik herinner me ook dat ik toen zei dat ik niet van verrassingen hou.'

'Nou, ik hoop dat u net als ik het gevoel hebt dat we bevriend zijn geraakt.'

Ze haalde haar schouders op. 'Aye.'

'Zou u me dan misschien willen plezieren? Ik wil u niet verontrusten, maar ik weet dat u er verrukt van zult zijn en er is geen tijd meer. Het is nu of nooit.'

'Verrukt? Dat is sterk uitgedrukt, Mr Felton.'

'Ik vertrouw erop dat ik het waar kan maken.' Hij glimlachte, zodat zijn ogen levendiger werden en zijn gezicht een zachtere uitdrukking kreeg. De lichte frons op zijn voorhoofd verdween bijna. 'Het is deze kant op,' zei hij, met zijn vinger naar het bos wijzend. 'Volgt u mij?'

Effie verstrakte. De laatste keer dat ze alleen was geweest met een man die ze dacht te kunnen vertrouwen... 'Het wordt nu snel donker.'

'Daarom moeten we haast maken.' Hij glimlachte weer en ze zag de man die met haar vader zat te kletsen, die hen hielp hun hout te hakken.

'Goed,' zei ze knikkend.

Er verscheen een opgeluchte lach op zijn gezicht. 'Mooi zo. Kom maar mee.'

Effie keek om naar het huis terwijl ze door de tuin begonnen te lopen, maar daar zag ze alleen maar amberkleurig licht uit de lange gewelfde gangen door de ramen schijnen. Ze werden slechts geobserveerd door ogen die niets zagen.

Ze liepen het bos in. Het werd snel donker tussen de bomen. De schaduwen hadden geen randen meer en de eerste gevallen bladeren ritselden onder hun voeten. Hij liep vastberaden voort met zijn ogen naar beneden gericht, zonder een poging te doen met haar te praten. De vogels zongen uitbundig in een laatste symfonische uitbarsting voor de nacht zou vallen, en het viel Effie op dat hun gezang bleef hangen, ingesloten onder de boomkruinen.

Ze zag een boomklever en een groene specht, maar de meeste vogels zaten verborgen tussen de bladeren. Ze was opgegroeid onder de open hemel, waar jan-van-genten, aalscholvers, stormvogels, zeekoeten en papegaaiduikers rondvlogen, duikend en dansend in het blauw. Paarrituelen, luchtgevechten en intimidatiegedrag vonden allemaal in het volle zicht plaats – de ervaring was daar eerder visueel dan auditief geweest. Maar hier klonken overal melodietjes en gekwinkeleer in een onzichtbaar koor, en ze besefte dat haar boeken haar weliswaar hadden onderwezen in verenkleden, migratiepatronen, uiterlijke kenmerken van eieren, enzovoort, maar dat de vogelzang van een ongrijpbare schoonheid was die niet te beschrijven viel. Ze kon het lied van de merel net zomin vastleggen als dat ze een zonnestraal kon meenemen naar huis.

Ze bleven doorlopen tot ze bij een open plek aankwamen. Hier eindigde het bos abrupt bij een smalle kloof met een rivier die zo'n dertig meter lager stroomde. Ze had niet het idee gehad dat ze hadden geklommen, maar toen Felton neerhurkte bij wat grote keien keek ze rond en zag ze dat de horizon lager lag. Ze ging op haar knieën naast hem zitten. 'Waar kijken we naar?' vroeg ze met gedempte stem.

‘Daar,’ zei hij wijzend, zijn ogen gericht op de ruige helling aan de overkant. Er groeide een den in een opmerkelijke hoek uit de rotsen en het duurde even voor ze het grote nest van twijgen zag dat in een holte tussen de stam en een aantal grote takken zat.

Ze kneep haar ogen samen en tuurde. Toen hield ze haar adem in... Het kon niet waar zijn.

De haartjes op haar armen stonden overeind terwijl ze op haar buik op de grond ging liggen, starend met een intensiteit die zelfs de vogels leken op te merken. Ze zag hoe de volwassen vogel met trillende vleugels zijn kop in hun richting bewoog. Zijn poten waren lang, de snavel was gekromd en zijn donkerbruine vleugels flankeerden een witte borst. Een streep op ooghoogte leek een soort masker, en ze was verbaasd over de afmeting. Hij was bijna zo groot als een gans.

Een paar tellen verroerden ze zich niet. Pas toen de oudervogel zich weer naar het nest wendde durfde ze adem te halen.

‘Visarenden?’ fluisterde ze.

Felton knikte alleen maar.

‘Maar die zijn hier sinds 1916 uitgestorven,’ fluisterde ze.

Hij knikte weer. ‘Tot deze zomer.’

Ze keek hoe het jong op een tak ging zitten en uitkeek naar de zee in de verte. Ze zag de witte vlekjes op de rug die het onderscheidde van de volwassen vogel.

‘De moeder is een paar weken geleden vertrokken. Ze zijn klaar om zuidwaarts te trekken. Dat kan nu elke dag gebeuren.’ Hij keek opzij. ‘Vandaar dat we hier nu naartoe moesten.’

Ze knikte. ‘Bedankt. Ik ben u er heel dankbaar voor. Ik had nooit gedacht dat ik er ooit nog een te zien zou krijgen. Hoeveel eieren waren er?’

‘Twee. Eén is helaas niet uitgekomen,’ mompelde hij. Ze voelde de vibratie van zijn stem via de grond.

‘Hebt u het nest aan de graaf laten zien?’ vroeg ze.

Hij schudde zijn hoofd.

'Maar hij is dol op...'

'Nee. Ik keur zijn acties af,' zei hij snel.

'Eieren verzamelen?'

'Ze wegnemen, alleen om ze uit te stallen...'

Ze knikte. Zij had op het eiland dezelfde terughoudendheid gevoeld, een instinct dat ze niet goed had kunnen onderdrukken toen de graaf ei na ei had geraapt. Inhalig, hebberig.

'Het is één ding om te vangen en te doden om te kunnen overleven, of zelfs voor de sport en de winst wanneer er zowel werkgelegenheid als een maaltijd uit voortkomt. Maar om zo'n ei alleen maar in een doosje te doen om te kunnen zeggen dat je het bezit...' Hij keek haar aan. 'Want dat zit in deze familie. Ze willen alles bezitten wat mooi en wild en zeldzaam is. Ze willen het hebben.'

Hij keek haar aandachtig aan en ze had het gevoel dat hij het niet meer over vogels en eieren had. Had hij gehoord wat Henry erover had gezegd?

Ze keek weer naar het nest. 'Dus niemand anders weet ervan?' vroeg ze zacht. 'Alleen wij?'

'Nou...' Hij aarzelde. 'En Lord Sholto.'

Haar hoofd bewoog met een ruk opzij.

Hij schraapte zijn keel. 'Feitelijk was híj degene die me erop attent maakte. Hij heeft me meegenomen naar deze plek en vroeg me om ze in de gaten te houden, om ervoor te zorgen dat ze tegen stropers beschermd waren. Je kunt je wel voorstellen wat voor ophef er zou ontstaan als er ruchtbaarheid aan gegeven zou worden. Zulke eieren zijn een fortuin waard.'

'Maar heeft hij het zijn vader niet verteld? Al nestelt de vogel op hun eigen landgoed?'

De jachtopziener haalde zijn schouders op. 'Hij heeft me gevraagd het onder ons te houden.'

Ze keek hem weer aan. Dus het was niet helemáál waar, wat hij over Sholto's familie had gezegd – over de behoefte dingen louter voor de show te bezitten? De zoon had niet per se een aardje naar zijn vaartje. Sholto begreep dat de zeldzaamheid van de vogels inhield dat ze bescherming nodig hadden en dat je ze niet moest willen bezitten.

'Ik had mijn belofte niet mogen breken door u hier mee naartoe te nemen, maar ik wist gewoon dat u zou begrijpen hoe speciaal ze zijn.'

'Dat begrijp ik. Dat begrijp ik zeker.' Ze keek weer naar de vogels die haar zo veel vertelden over het karakter van de man – de mannen – die ze beschermden.

Hij legde een hand op de hare en ze schrok van zijn aanraking. 'Ik vertrouw erop dat je dit geheim bewaart, Effie.'

Effie? Het was de eerste keer dat hij haar met haar voornaam aansprak, een nieuwe stap naar een intimiteit die ze had zien aankomen. Er was niets specifieks over gezegd, maar ze zag het in haar vaders ogen als ze hen 's avonds thuis samen aantrof: er waren verwachtingen gewekt.

'We hebben veel gemeen, jij en ik. We zijn vogels van eender veren. We begrijpen elkaar.'

Dat was waar, ze kon het niet ontkennen. Ze had hem gekend voordat hij ook maar één woord had gezegd. Hij was van hetzelfde slag, het type man dat zij geacht werd te trouwen: geen kouwe drukte, geen mooidoenerij, gewoon recht voor zijn raap en niet bang om hard te werken. Een toekomst met hem strekte zich lang en recht uit, zonder bochten in de weg. Ze wist al dat haar vader hem een goede partij vond, dat zag ze aan de manier waarop hij hem begroette. Sholto had ook gezien dat hun wegen onvermijdelijk verschillende kanten op zouden gaan. Hij was voorbestemd voor een socialite, zij voor een jachtopziener. Althans, dat zou zo zijn geweest als Frank Mathieson er niet was geweest.

Maar het was nu te laat en het maakte niet uit dat haar hart als een vogel in een kooitje tegen haar ribben fladderde. Felton was een goede man, hij verdiende beter.

Ze keek weer naar de visarenden, zag hoe ze zich klaarmaakten om te vliegen, zich voorbereidden om van hier te vertrekken naar een veiliger plek, ver weg. Als zij ook vleugels en geen verplichtingen had, zou ze precies hetzelfde doen.

Het was donker tegen de tijd dat ze terugliepen. Felton had een paar kleine zaklantaarns in zijn tas, die hij aandeed zodat een kleine lichtstraal elke stap terug naar de cottage verlichtte. Ze zeiden niet veel. Ze wisten allebei dat hij zijn kaarten op tafel had gelegd en had gezegd wat hij wilde zeggen. Ze wisten ook allebei dat zij op zeker moment zou moeten reageren. Maar niet vanavond. Als hun lotsbestemming zo onvermijdelijk was, waarom zou ze dan haasten? Haar ware lot zou zich snel genoeg openbaren.

Ze liepen in de ongedwongen stilte waar hun voorouders de basis voor hadden gelegd, met het grote landhuis achter hen. Daar keken de gouden ogen nog neer op het domein, net als voorheen, maar nu knipperde er één. Achter dat raam stond een gestalte te kijken naar twee lichtjes die als vuurvliegjes over het pad dansten.

27

'Daar ben je.'

Ze draaide zich om en zag Billy in de deuropening naar haar staan grijnzen.

'Billy,' zei ze glimlachend, blij om hem te zien. De sleur van de lange dagen die ze voornamelijk alleen doorbracht begon haar op te breken. 'Wat brengt jou zo ver westwaarts?'

'Je wordt in de stallen verwacht.'

'Ik?' Ze fronste. 'Waarom word ík in de stallen verwacht?'

Hij haalde zijn schouders op.

'Nou, wie verwacht me dan?'

Hij haalde weer zijn schouders op. 'Mr Weir heeft me gevraagd je te zoeken en je te vertellen dat je naar de stallen moet komen.'

Weir. Haar bloed stolde bij het horen van zijn naam. Ze legde het ei dat ze in haar nu trillende hand had – van de dennensijs – terug in het doosje. Ze wist dat dit het moment was waar ze op had gewacht, waarvan ze al weken wist dat het eraan zat te komen, als een op haar gerichte kogel – niet te stoppen. De stallen zouden privé en discreet zijn, weg van het grote huis.

'Hij zei dat je er vaart achter moest zetten,' voegde Billy eraan toe terwijl ze hem vol ontsteltenis aankeek.

Er gleed een koude rilling over haar armen. Ze liep de collectiezaal uit en volgde hem de trap af terwijl hij de reacties in de eetzaal op haar 'gewaagde' reddingsactie van Miss Petunia gisteravond uiteenzette. Ze hoorde er geen woord van.

'Weet je waar het is?' vroeg hij in de doorgang, klaar om terug naar de keuken te lopen.

Ze knikte zwaarmoedig, duwde de deur open en liep naar buiten. De eerste flarden van de herfst waren voelbaar in de lucht, er lagen al wat roodbruine bladeren op de grond en de bries kietelde haar met koude vingers. Ergens in haar achterhoofd was ze blij dat ze vanochtend een wollen vest over haar bloes had aangetrokken. Ze had het lang geleden voor John gebreid, zonder de vaardigheid van Jayne, ze had geregeld steken laten vallen op momenten dat ze zich niet goed concentreerde, maar het was zacht en hij had het niet erg gevonden dat de armsgaten niet van gelijke grootte waren.

Het was een korte wandeling naar de stallen, een paar minuten van het grote huis, maar ze was toch een beetje buiten adem toen ze er met bonkend hart en terwijl de adrenaline door haar aderen raasde aankwam. Ze keek om de steenrode deuren heen en zag acht lange hoofden over de paardenboxdeuren knikken. Maar geen hofmeester.

'Daar ben je,' zei een stem van boven.

Ze keek op en zag Sholto aan de andere kant van de stal op een ruw uitgehakte opstaphulp staan, naast een stalknecht en het enorme paard waar ze hem een tijdje geleden op had zien rijden. 'Ik begon me al af te vragen of ik zou worden afgewezen om een mandje eieren.'

Wat? Ze knipperde een paar keer met haar ogen.

'Weir heeft je toch gevraagd te komen? Ik dacht dat we een eindje konden gaan rijden.' Hij zei het terloops, alsof het iets was waar ze het bij het ontbijt over hadden gehad. Hij klonk niet als iemand die haar tijdens hun laatste echte gesprek twee weken eerder bijna de laan uit had gestuurd.

Ze keek hem met open mond aan. Hij droeg hetzelfde jasje en de camelkleurige rijbroek van enkele weken geleden. Ze had hem op St Kilda niet herkend als edelman, maar ze zag het nu wel: alles aan hem was voornaam en imponerend. Was hij veranderd? Of was zij veranderd?

Ze was te geschokt, te verward, om antwoord te kunnen geven. Alleen al de opluchting dat het niet Weir was die op haar wachtte deed haar wankelen.

Hij bekeek haar van top tot teen. Ze droeg haar gebruikelijke bruine broek. Die was zacht en wijd, dus ideaal om uren in kleermakerszit op de vloer in door te brengen om bijna identieke eieren te sorteren en catalogiseren. 'Ja, deze kleding is geschikt,' zei hij, en hij zette een voet in de stijgbeugel en gooide een been over de rug van het paard. 'Je hebt toch wel eerder gereden?'

Effie keek hem aan alsof hij gek was geworden en begon weer bij zinnen te komen. 'Waar? Waar zou ik op een paard gereden moeten hebben? Je weet dat we op het eiland geen paarden hadden.'

De stalknecht maakte een plotselinge beweging, alsof hij schrok van haar brutale toon. Sholto wierp een blik op hem en toen weer op haar, en ze zag dat dit allemaal toneelspel was voor de knecht: zijn achteloze manier van doen, zijn vriendelijkheid... Hij wilde niet dat de knecht iets zou meekrijgen van de spanning die in elke blik, elk woord, verborgen lag.

'Nou, als je voor een stier kunt zorgen, kun je ongetwijfeld ook een paard berijden. Dat stelt niets voor.' Hij duwde met zijn hakken in de flanken van zijn paard en het zette gehoorzaam een paar stappen vooruit, waarop een andere knecht naar voren stapte en een opgezadelde schimmel naar de opstaphulp leidde. 'Gannon helpt je wel. Ik neem aan dat je schrijlings wilt rijden? Dat doen alle dames tegenwoordig.'

Ze staarde hem aan in de wetenschap dat zijn waardigheid afhing van haar reactie. Haar baan hing er waarschijnlijk ook van af, maar ze voelde zich heen en weer geslingerd tussen de wens hem niet te vernederen door weg te lopen en de wens hem juist wél te vernederen door weg te lopen. *Ze is helemaal van jou.* De woorden klonken nog na in haar oren. Zijn terloopse wreedheid.

Even bleef ze besluiteloos staan. Haar trots vond dat ze hem zou moeten laten zitten, maar schijnbaar had haar lichaam een eigen wil, zodat ze op de opstap klom en haar voeten en handen plaatste zoals de knecht haar instrueerde. Ze liet hem de teugels in haar handen leggen en luisterde hoe hij de basismanoeuvres van halt houden, gaan en wenden uitlegde, maar ze zag ondertussen de opluchting op Sholto's gezicht dat ze het spel meespeelde. Ze wilde hem vragen waar dit over ging – ze had het tenslotte druk met haar werk – maar met de stalknechten in de buurt besloot ze te zwijgen.

'Maak je geen zorgen, ze is betrouwbaar,' zei Sholto, die zijn paard weer met zijn hakken aanspoorde en gebaarde dat ze hetzelfde moest doen. 'Maar ik hou wel een oogje op haar. Als ze ervandoor wil gaan, ga ik onmiddellijk achter haar aan.'

'En moet dat me geruststellen?' mompelde ze, wat haar weer een blik van hem opleverde. Zag hij nu in dat ze geen vrienden meer waren? Dat hij deze situatie had veroorzaakt?

Haar paard, Norma, stapte voorzichtig over de keitjes, onder een boog door naar buiten, het domein op. Effie was nog nooit zo ver boven de grond geweest zonder touw, maar ze voelde intuïtief aan dat het dier rustig was en het prima vond om haar te dragen.

'Ik betwijfel of ze je überhaupt kan voelen, zo licht ben je,' zei Sholto toen hij haar aarzeling zag.

'Waar gaan we naartoe?' vroeg ze, terwijl ze het waagde op te kijken.

'Nergens eigenlijk.'

Ze wierp hem een blik toe. Alleen hij kon een rit te paard over een van de mooiste landgoederen van Schotland onbeduidend laten klinken.

Ze reden verder. Effies ogen richtten zich op het smalle stukje tussen Norma's oren. Ze besefte dat ze genoot van het geluid van de hoeven, het tikkende ritme terwijl het paard voortstapte, knikkend met het hoofd en af en toe zachtjes hinnikend. Ze voelde dat Sholto opzijkeek, haar gadesloeg en haar zelfvertrouwen inschatte, maar hij zweeg en liet haar wennen in het zadel.

Toen ze de achterzijde van het grote huis passeerden, keek ze snel even opzij naar zijn knappe gestalte en profil. Hij hoorde duidelijk thuis in dit landschap. Zijn gezicht was ontspannen, zijn ogen waren gericht op de horizon, zijn handen rustten op de zadelknop. Ze veronderstelde dat hij al sinds zijn vroegste jeugd paardreed.

Maar klimmen deed hij nog niet zo lang. Daarin was ze hem in elk geval de baas.

Ze wachtte tot hij een verklaring zou geven voor deze paardrijles waar ze niet om had gevraagd, maar dat leek niet in zijn gedachten op te komen. Hij zei er althans niets over.

'Wat zijn we aan het doen?'

Hij keek opzij. 'Paardrijden.'

'Ik bedoel waarom?'

'Ik dacht dat je het misschien wel leuk zou vinden. En ik had behoefte aan gezelschap.'

Hij had behoefte aan gezélschap? Ze geloofde haar oren niet. 'Je hebt gezegd dat we bij elkaar uit de buurt moesten blijven.'

'Dat weet ik.'

'Dus?' zei ze kribbig.

Hij zweeg een ogenblik en zuchtte. 'Het is gewoon een beetje overdreven, vind je niet? Wat al te dramatisch dat we elkaar de hele tijd moeten vermijden.'

'Dat was jouw beslissing. Niet die van mij.'

'Dat weet ik. En ik heb me vergist. Ik was gewoon nogal... van slag. Maar ik heb mezelf vermand. Natuurlijk kunnen we bevriend zijn! Dat lijkt me zelfs veel beter.' Het klonk alsof hij iemand probeerde te overtuigen.

Ze stapten voort in een ongemakkelijke stilte. Het was niet bepaald de toenadering waar ze naar had verlangd. Ze kon hem niet volgen, hij bekende geen kleur. Hij was nog veranderlijker dan de wind. Hoe kon ze hem vertrouwen, na alles wat ze had doorgemaakt? Wat ze nog steeds doormaakte? Hij had geen idee wat zijn verblijf op St Kilda in mei voor haar had betekend.

'Bevalt het je hier?' vroeg hij.

Het leek haar een rare vraag, maar ze haalde haar schouders op. 'Er is een groot gebrek aan bergen.'

'Ja. Geen bergen, helaas. Dat hebben mijn voorouders niet voor elkaar gekregen.'

Bergen verzetten was schijnbaar het enige wat niet binnen hun bereik lag, dacht Effie terwijl ze stapvoets langs een aantal tuinlieden reden, die tegen hun pet tikten. De neiging om de natuur te beteugelen was voortdurend aanwezig. Billy had haar verteld dat er ook ergens een doolhof was; dat was kennelijk het indrukwekkendste wapenfeit.

Ze zagen Henry aan de andere kant van de tuin met de cheeta aan de lijn.

'Neemt Lady Sibyl haar altijd mee?' vroeg ze, meer uit nieuwsgierigheid dan als beschaafde poging om het gesprek op gang te houden.

'Margaux?' zei hij met een zucht. 'Ja. Zo vervelend. Ze komt er bij Claridge's niet eens meer in.'

Dat zei haar niets. 'Wie is Claridge?'

Hij lachte alsof ze iets grappigs had gezegd. 'Je bent een verademing, Effie Gillies.'

Ze snapte nog steeds niet wat er zo amusant was, maar iets in zijn plotselinge lach trok haar aan, deed haar denken aan een andere tijd, waardoor er een barstje in haar nieuwe schild ontstond. Ze wilde niet dat ze geen vrienden konden zijn. Als ze geen onenigheid hadden, verliep alles tussen hen zo gemakkelijk en natuurlijk.

Sholto begon dingen aan te wijzen, haar te vertellen over de werken en plannen die zijn voorouders hadden bewerkstelligd: de vijfde graaf van Dumfries had dít gedaan, de vierde markies van Bute dát. Het verbaasde haar dat ze meer dan één titel hadden, meer dan één naam – Crichton-Dalrymple – en ook nog een ander landgoed, Mount Stuart van de Stuarts op het eiland Bute, dankzij een gunstig huwelijk van een voorouder: de Crichtons hadden een goede naam, maar de Stuarts hadden geld. Zijn vader was in de eerste plaats bekend als de markies van Bute. Graaf van Dumfries was een eretitel die hij alleen voerde wanneer hij hier verbleef, hoewel zijn ouders de voorkeur gaven aan Dumfries House omdat het 'huiselijker' was en gemakkelijker bereikbaar vanuit de steden. Ze reden door wat hij

Cow Park noemde, waar enkele honderden glanzend bruine dieren rustig liepen te grazen. Ze dacht aan die ochtend in mei toen haar wang tegen Iona's buik lag en het jacht rond de landtong was verschenen. Wat leek dat nu lang geleden. En ver hiervandaan.

En toch waren ze nu hier, samen uit rijden.

Ze wierp weer een blik opzij en wenste dat hij er niet zo ontzettend goed uitzag. Dat hij gewoon iets minder knap was.

'En dat daar is Broad Wood,' zei hij, wijzend naar een bosje. 'Heel goed voor dassen. Ik ben in de loop der tijden enkele terriërs kwijtgeraakt aan die dassenholen.'

In een flits kwam er weer een herinnering in Effie op: Poppit die snuffelde aan haar hand, haar oren recht omhoog van opwinding als ze een papegaaiduikersnest had gevonden…

'Jij kent alle hoeken en gaten van dit landgoed,' zei ze, haar gedachten uit het verleden trekkend, hoewel die ene gedachte in haar achterhoofd bleef hangen.

'Zeker. Kende jij jouw thuis niet ook tot in alle hoeken en gaten? En dat was een heel eiland!'

'Ja, dat is natuurlijk waar.'

'Ik kan me niet voorstellen dat ik hier ooit weg zou gaan,' mompelde hij, met een blik op de vage contouren van de verre heuvels, de glooiende weiden. Dumfries House was nu slechts nog een heldere vlek achter hen. Hij keek haar aan. 'Daardoor besef ik hoe dapper het is, wat je hebt gedaan.'

'Ik was niet dapper. Ik had gewoon geen keus. Ik zou zijn gebleven als dat had gekund.'

'Echt?'

'Echt,' zei ze beslist. 'Ik heb altijd gezegd dat hier niets op mij wachtte – en ik had gelijk.'

Ze hield zich met opzet het beeld van Sibyl voor ogen. Zij en dit landgoed stonden hun in de weg, ze hadden nooit een kans gemaakt. Samen een plan maken was nooit een mogelijkheid geweest.

Er viel weer een korte stilte. 'Nou, voor wat het waard is…' zei hij stijfjes. 'Ik ben blij dat je niet bent gebleven. Ook al had je het gevoel dat er hier niets op je wachtte, ik hoop dat je nu voelt dat je een thuis hebt. Vrienden.'

'Vrienden?'

'Ja.'

'Je bedoelt zoals Mr Felton?'

Hij ontmoette haar blik en schonk haar een geforceerd glimlachje. 'Juist ja.'

'Je hebt gelijk. Ik heb vrienden.'

Ze stapten zwijgend nog een paar meter door tot hij plotseling aan de teugels trok en zijn paard van het bos wegleidde. 'Kom. We gaan deze kant op.'

Ze dacht dat ze hun bestemming al kon raden, want recht voor hen uit lag een bosje dat zo volmaakt rond was, en zo kunstig vormgegeven, dat het nooit door de natuur zelf kon zijn gecreëerd. Ze werden er als betoverd naartoe getrokken.

'Het heet Stairs Mount,' zei hij toen hij zag hoe ze ernaar keek terwijl ze ernaartoe reden.

'Het is heel rond.'

'Ja. Volmaakt, exact rond.'

'Waarom?'

'Dat is te danken aan de landschapsvisie en visuele artisticiteit van een getalenteerd man met de naam Capability Brown. Als we dichterbij komen, zie je dat er laantjes in zijn gemaakt die de beplanting splitsen. Ze creëren zichtlijnen op het huis aan de ene kant en op Cumnock aan de andere.'

'O.' Was het landschap niet al mooi genoeg zonder dat het werd vormgegeven? Maar ze sprak de gedachte niet uit. Wat wist zij van schoonheid? Van wat dan ook eigenlijk, behalve touwklimmen, vogels vangen en stieren verzorgen?

Het terrein glooide heel licht, was eigenlijk nagenoeg vlak te noemen, maar toen ze de Mount naderden, rees de grond omhoog als een pukkel met steile hellingen. Ze zag nu de laantjes die hij had beschreven, hoe het oog door de bomen naar het licht erachter werd getrokken. Het had het effect van een kijkdoos.

De paarden gingen in een langzame handgalop de helling op, maar Effie vergat zich zorgen te maken. Ze was bijna vergeten dat haar voeten de grond niet raakten. De weidse uitzichten, het gesprek met Sholto en Norma's rustgevende tred hadden haar in een ontspannen stemming gebracht.

'Je bent een natuurtalent. Dat wist ik wel,' zei Sholto bewonderend terwijl ze over een van de paden stapten. 'We kunnen hier afstijgen,' voegde hij eraan toe toen ze halverwege waren, waar de bomen terugweken van het middelpunt, waardoor er een volmaakt ronde ruimte in ontstond, met een majestueuze eik in het midden.

Ze voelde zich gevleid door het compliment, maar ze zei niets. Ze was te zeer afgeleid door de aanblik van een rieten mand – een picknickmand – op een kleed onder de eik.

Ze keek toe hoe hij zijn voet uit de stijgbeugel haalde en voorovergeleunde terwijl hij tegelijkertijd een been naar achteren bracht, het over het achterdeel van het paard zwaaide en zich op de grond liet glijden. Moest zij dat ook doen?

Hij bond de teugels van het paard om een van de kleinere boomstammen, waarna hij naar haar toe kwam en haar hielp afstijgen. Hij stak zijn armen omhoog en pakte haar om haar middel vast. Ze aarzelde, maar er was geen alternatief en een seconde later kwam ze zachtjes neer, als een kat.

'Is die mand voor ons?' vroeg ze snel, haar ogen afgewend terwijl ze zich van hem losmaakte.

Hij keek toe hoe ze ernaartoe liep. 'Ja. Die heb ik hiernaartoe laten brengen. Ik wist niet zeker of ik mijn handen vrij moest hebben om jou op dat paard in het gareel te houden.'

'Je zei net dat je wist dat ik een natuurtalent zou zijn.'

'Ja.' Met een ironische glimlach bond hij ook haar paard vast. 'Maar je kunt het nooit zeker weten.'

Ze draaide zich om en bekeek de bomen die in perfecte symmetrie om hen heen uitwaaierden en kiekeboe speelden met de wereld.

'Heb je trek?'

Ze knikte, ging tegenover hem op het kleed zitten en keek toe terwijl hij de mand openmaakte en er een pastei uit tevoorschijn haalde, kippenpoten en koude groenten, waarvan ze sommige herkende – tomaat, komkommers, pickles, wortels, bietjes... Alleen al de verscheidenheid was duizelingwekkend. Ze had nooit geweten dat eten zo veel kleuren en texturen kon hebben... 'Wat is dat?' vroeg ze toen hij een klein rond schaaltje neerzette.

'Paté.'

'O.'

'Heb je dat al eens gegeten?'

'Nee.'

'Ervan gehoord?'

'Nee.' Ze wierp er een bedenkelijke blik op.

'Het is heerlijk.' Hij keek er ook naar en trok langzaam een grimas. 'Maar ik moet toegeven dat het er... tamelijk onsmakelijk uitziet.'

Effie keek toe hoe hij de pastei in stukken sneed en op porseleinen bordjes serveerde. 'Mrs McLennan heeft ons ook van vlierbloesemlimonade voorzien, en van trifle en citroencake, dus we zullen niet verhongeren.'

Verhongeren? Dit was meer eten dan ze ooit in haar leven op één plek bij elkaar had gezien. Ze pakte iets kleins en roods op. Het was rond en hard, met een dun velletje.

'Een radijsje?' vroeg ze.

Hij knikte.

Ze nam een hapje en was verbaasd over de knapperigheid. Maar de smaak was... fris. En gronderig. Ze glimlachte, ze vond het lekker.

Ze begonnen te eten. Sholto trok zijn jasje uit en ging op zijn zij liggen terwijl hij een asperge pakte. Effie zat in kleermakerszit en probeerde overal van te proeven. Ze begon voorzichtig, maar alles was verrukkelijk en ze had meer trek dan ze zich had gerealiseerd. Ze nam nog een bietje. Zacht en zoet.

'Trouwens, ik heb het boek laten herstellen,' zei hij, en hij sloeg haar gade terwijl ze – te laat – de vlekken op haar vingers zag. Ze zag dat zijn blik naar haar mond gleed en ze vroeg zich af of het rood ook op haar lippen zat. Zag ze er belachelijk uit? 'O... Fijn.' Alleen al de gedachte aan het boek maakte haar nerveus.

'Ja, ze hebben het uitstekend gedaan en alles weer ingenaaid. Afgezien van een of twee licht gekreukte pagina's is het weer in dezelfde staat.'

Ze keek naar de grond. 'Het spijt me nog steeds heel erg.'

'Dat hoeft niet, het was een ongelukje.' Zijn ogen dwaalden even over haar heen. 'Bovendien was dat niet de meest schokkende gebeurtenis van die dag.'

'O nee? Wat was er dan nog schokkender?' Ze was er dagen ziek van geweest.

'Nou, jij!' Hij lachte. 'Ik stief bijna ter plekke van de schok toen ik binnenkwam en jou daar zag staan.'

'O.'

'Je keek zelf ook behoorlijk geschokt,' voegde hij eraan toe. Hij wilde kennelijk graag van haar horen dat het inderdaad schokkend was geweest. Vreselijk.

'Ik was nogal verontrust omdat ik me op twee meter van een cheeta bevond, als je dat bedoelt.'

Hij grijnsde en pakte nog een asperge, maar ze had het gevoel dat ze ergens omheen draaiden, dat ze er dichtbij waren, zonder het onderwerp aan te snijden.

'Is het je gelukt je vader uit de bibliotheek te houden?'

'Ja, maar het had wel wat voeten in de aarde. Hij wilde beslist naar binnen. Ik vertelde hem eerst dat er een vogel door de schoorsteen was gekomen, maar uiteindelijk moest ik zeggen dat er ook nog een compleet kauwennest naar beneden was gevallen. Met jonge vogels. Waardoor de ouders agressief waren.'

Effie staarde hem aan. De hand waarmee ze een radijsje naar haar mond had willen brengen, bleef halverwege in de lucht hangen. 'En geloofde hij dat?'

Hij haalde zijn schouders op. 'Schijnbaar wel.' Hij zag dat ze hem aanstaarde. 'Wat is er?'

'Kauwen brengen hun jongen in juni groot... Of op zijn laatst in juli.'

Sholto keek terug en zijn ogen begonnen te twinkelen. 'Echt?'

'Hoe kun je dat nou niet weten?' riep ze.

'Ah.'

'Ongelooflijk! Jullie hebben honderdduizend eieren in dat huis en jullie weten niet wanneer kauwen nestelen?' Een spottende lach ontsnapte haar en zonder na te denken, gooide ze het radijsje in zijn richting. Ze had het gedaan voor ze het wist.

Hij dook lachend weg. 'Wat zal ik zeggen? We zijn slechts nederige verzamelaars. Jij bent de deskundige!' Hij boog zich voorover en gooide een cranberry naar haar. Die vloog langs haar oor.

Ze hapte naar adem. Hij keek ook geschokt en een paar ogenblikken lang zaten ze aan de rand van een afgrond, met hun ogen op elkaar gericht. Was hij te ver gegaan? Of zij? De vormelijkheid en afstand die sinds haar komst tussen hen had geheerst, was plotseling verdwenen. Hier was de Sholto die ze kende weer, de Sholto van St Kilda die in het maanlicht zwom en over zee roeide, die in touwen klom en haar op hellingen achternazat.

Ze zag dat hij het lichtje in haar ogen zag en grijnsde. Hij wierp nog een cranberry in haar richting, die langs haar haar vloog, en ze gaf een gil. Ze gooide nog een radijsje naar hem en kwam lachend overeind. Het raakte hem op zijn slaap en hij slaakte een kreet, waarna hij met een klein bietje op haar schouder mikte. Hij gooide indrukwekkend precies en ze dook weg achter een boom voordat ze besefte dat ze het kleed niet had moeten verlaten, want nu was hij de enige met munitie.

Een paar lange momenten viel hij aan met een spervuur van kruisbessen, maar ze lokte hem uit zijn tent, rende door de bomen en dwong hem zo achter haar aan te gaan, zodat zij heel handig weer naar de mand kon hollen om een nieuw voorraadje te halen.

'Hé!' Hij lachte toen ze een trosje druiven pakte met hetzelfde behendige gemak als een roofvogel. Sholto wist haar nog een aantal keren te treffen met meer cranberry's, die als kleine bloedblaren op haar vest uiteenspatten. Zij scoorde een paar keer met de druiven, maar alles veranderde toen hij plotseling bij de mand stilhield om 'bij te laden' en zich langzaam oprichtte terwijl hij iets verborgen hield achter zijn rug.

Ze zag aan de blik op zijn gezicht dat het meer was dan een trosje druiven of bosvruchten.

'Nee...' Ze lachte waarschuwend en verschool zich achter een boom, vanwaar ze zijn voetstappen hoorde naderen. 'Wat heb je daar? Laat zien!' Ze tuurde om de boom heen en hij verstijfde toen hun ogen elkaar ontmoetten. Hij had een roomgebakje in zijn handen en aan zijn gezichtsuitdrukking kon ze zien dat hij niet van plan was het op te eten.

Ze gilde en holde naar de eik in het midden. Ze hoorde hem lachen terwijl hij achter haar aan kwam. Zou ze naar links of naar rechts uitwijken? Ze wist dat ze bij elke boom waar ze zich achter zou verstoppen vijftig procent kans had dat ze er aan de verkeerde kant omheen zou kijken.

Ze keek omhoog. Boven haar hoofd spreidde zich een enorm glinsterend groen baldakijn van verweven takken uit. Als ze daar kon komen... De hoogte stelde niets voor, maar de stam was breed en ze kon haar armen er niet omheen sluiten, en met haar voeten in haar leren schoenen zou ze niet zo behendig zijn als normaal. Maar ze hoorde zijn ingehouden lach terwijl hij dichterbij kwam en wist dat hij dacht dat ze daar alleen maar stond. Ze zou hem laten zien dat ze nog steeds een St Kildanaar was!

Ze zette de neus van haar schoen in de ruwe schors. Ze moest haar knie ongemakkelijk buigen, maar vlak boven haar hoofd zat een lage tak. Die was niet sterk genoeg om haar te dragen, maar ze kon hem wel gebruiken om van de grond omhoog te komen en een volgend houvast te vinden, een andere tak of een knoest...

Ze was al drie handelingen verder toen hij om de stam heen liep.

'O nee!' riep hij toen hij haar de boom zag beklimmen. Ze was al een heel stuk op weg naar de veiligheid van de takken. Hij stak een arm uit en greep haar been vast, waarop ze een gilletje van angst en verrukking slaakte. Ze hield zich goed vast aan de boom en keek naar beneden, waar ze hem zag staan met een hand om haar enkel. Hij zou haar niet naar beneden trekken, dat wist ze, maar ze kon nu ook niet meer aan hem ontsnappen. Ze zat vast.

'Ik had moeten weten dat je zou gaan klimmen!' riep hij lachend uit, nog steeds met het gebakje in zijn andere hand. Hij had het in de aanslag, klaar om ermee te gooien.

Effie grijnsde breed. Zonder te aarzelen draaide ze zich om, sprong omlaag met uitgestrekte armen – zoals ze op die eerste dag ook vanaf de kliffen naar de boot was gesprongen – en duwde het gebakje in zijn gezicht.

Hij struikelde achterover en viel terwijl zij op haar handen en voeten naast hem neerkwam. Even gebeurde er niets en knipperde Sholto verbaasd met zijn ogen door een masker van slagroom en jam.

Effie keek naar hem en schaterde bij de aanblik. 'Raak!' riep ze, proestend van het lachen, maar toen ze een sprintje wilde trekken, terug naar de picknickmand, kreeg hij haar weer te pakken en trok hij haar op haar buik terug over het gras naar zich toe.

'Niet zo snel!' zei hij hijgend en lachend terwijl ze zich uit zijn greep probeerde te wurmen. 'Je moet echt wat van dit gebakje proeven!' Zijn hand reikte om haar hoofd heen en smeerde slagroom over haar gezicht.

Ze gilde en draaide zich op haar rug, haar hoofd van links naar rechts bewegend in een poging de room te ontwijken. Hij veranderde van tactiek en viel stil, waarop zij haar ogen opende om te kijken wat er nu zou gebeuren.

Hij zat half op zijn knieën en lag half op haar, met een hand in de lucht, klaar om haar verder te besmeuren. Zijn gezicht zat onder de taart, maar toen zijn blik de hare ontmoette, voelde ze het lachen verstommen in haar keel. In een flits waren ze er weer, bungelend aan het touw, bedekt met olie. Alles was veranderd, maar tegelijkertijd was er niets veranderd. Ze zag ook bij hem het besef indalen, verbijstering en verlangen...

'Nou zeg! Wat een malligheid!'

Ze verstijfden bij het horen van de stem.

'Is dit een privémiddagje of mogen er meer mensen meedoen?'

Sibyl zat schrijlings op een grijsbruin paard in het laantje dat direct uitzicht op het landhuis verderop bood.

'Sid!' Sholto liet zijn arm zakken. Hij stond op alsof hij op een chaise longue had gelegen en streek op nonchalante wijze de room van zijn gezicht en handen. 'Je bent hier!'

Sibyl hield haar hoofd schuin met een vragende blik. Was dat niet duidelijk? Ze zag er elegant uit in een lang marineblauw jasje, goed van snit, een crèmekleurige rijbroek, een zijden halsdoek en een clochehoed. Effie sprong onmiddellijk op. Ze keek omlaag en zag dat haar kleren onder de mos- en grasvlekken en gebarsten cranberry's zaten. 'Dat is toch wel goed, mag ik hopen?'

'Zeker. Dat is... heel fijn. Hoewel ik bang ben...' Hij liep terug naar het kleed en tuurde in de rieten mand. 'Dat je de lunch hebt gemist. Tenzij... je zin hebt in trifle?'

Sibyl haalde haar schouders op. 'O, de kokkin kan vast wel iets voor me in elkaar flansen.'

Effie knipperde met haar ogen. Sholto en Sibyl leken elkaars kalme gemoedstoestand te spiegelen, alsof te laat zijn voor de lunch hier het probleem was. Was zij de enige met een hart dat uit elkaar leek te barsten? Ze beefde, maar ze wist niet of dat kwam doordat Sibyl hen had gestoord of om wat er misschien zou zijn gebeurd als ze dat niet had gedaan.

Het grijsbruine paard zette een paar passen naar achteren, maar Sibyl was onverstoorbaar. Effie zag dat ze comfortabel in het zadel zat, en aan haar zelfverzekerde houding kon ze zien dat ze bedreven was in het paardrijden. Ze voelde de onderzoekende blik van de andere vrouw en Effie wist dat zij er vergeleken met haar ongetemd moest uitzien. 'Nou, ik had het leuk gevonden als je me had verteld dat jullie een voedselgevecht planden,' zei Sibyl pruilend. 'Ik had graag meegedaan. Je weet hoe jammer ik het vind als ik de pret misloop.'

'Dit... was niet gepland,' zei Effie, die een cranberry uit haar haar plukte. 'Het is mijn schuld. Ik ben ermee begonnen.'

'O ja?'

'Barra vertelde me dat je lag te slapen, Sid, en ik wilde je niet storen.'

'Je weet dat ik het niet erg vind om door jou gestoord te worden,' zei Sibyl met gedempte stem alsof haar woorden alleen voor hem bestemd waren. Maar Effie had het gevoel dat dat niet zo was.

'Ik dacht dat je goed uitgerust zou willen zijn voor het feest.' Sholto veegde meer room van zijn gezicht. Er zat nu nog maar een klein beetje op zijn hals, als een restje scheerschuim. Hij streek met zijn handen door zijn haar en dat bleef achteroverzitten, plakkerig maar keurig.

'Dat is het nou juist! Ik kreeg een briljant idee, ik weet nu wat ik vanavond aantrek! Ik droomde erover en toen was ik ineens klaarwakker.'

'Ben je daarom opgestaan?' Sholto zuchtte, boog zich voorover om zijn jasje te pakken en trok het weer aan. Hij leek een andere man – een oudere man – dan degene die net had gelachen en Effie door de bomen achterna had gezeten. 'Wat trek je dan aan?'

'Dat is een verrassing. Dat zie je vanzelf!' plaagde ze koket.

Hij leek er niet erg enthousiast over te zijn. Hij wierp Effie een blik toe, maar zijn ogen ontmoetten de hare niet. 'Nou, dan moesten we maar eens teruggaan.'

Hij liep naar hun paarden toe.

'En dit allemaal?' vroeg Effie met een gebaar naar de mand en het kleed, en de bordjes vol eten.

Hij keek achterom. Hij leek de aanblik nu bijna pijnlijk te vinden. 'O... laat maar. Een van de stalknechten haalt het wel op.'

In Effies ogen was het verkeerd om het achter te laten, maar ze wist dat ze het moeilijk allemaal kon dragen terwijl ze paardreed. Ze zou beide handen nodig hebben, evenals beide benen en haar concentratie, als ze te paard terugging. Ze pakte de mand zo goed mogelijk in. Dat leek haar het minste wat ze kon doen.

'Hier.' Ze draaide zich om naar Sholto, die naast haar merrie stond en zijn handen ineenklemde om een soort opstapje te vormen. 'Ik geef je wel een zetje.'

Dat ging goed, zo kon ze haar andere been over het paard zwaaien en met enige elegantie in het zadel gaan zitten, want het klimmen had haar soepel gemaakt, maar ook sterk. Ze keek toe – onder de indruk – hoe hij zonder enige hulp op zijn eigen paard sprong en de teugels achteloos in zijn handen nam. Hij had zijn geruite jasje weer aan en zijn haar naar achteren gestreken, en er was geen spoortje meer te zien van het voedselgevecht van even daarvoor. Hij zag er weer net zo waardig uit als altijd. Zij zag er echter uit alsof ze oorlog had gevoerd met een heg.

'Zullen we dan maar?' vroeg Sibyl, die haar paard de sporen gaf.

Ze gingen achter elkaar het laantje door en de paarden daalden stapvoets voorzichtig de steile helling af. Instinctief bewoog Effie haar gewicht naar achteren en tegen de tijd dat ze het vlakke terrein bereikten, cirkelde Sibyl om hen heen.

'Wat dachten jullie ervan? Even hun benen goed strekken?'

'Nee, dit is Effies eerste keer op een paard,' zei Sholto snel.

'O ja?' Sibyl keek verbaasd. 'Dat zou ik nooit hebben gedacht. Je hebt een prachtige zit, lieverd.'

'Ze is een natuurtalent,' zei Sholto.

'Ja, natuurlijk. Ze is overal steengoed in. Neem alleen maar de redding van Miss Petunia gisteravond,' zei Sibyl met een glimlach. 'Slechts een rustige handgalop dan. Het duurt eeuwen om stapvoets terug te gaan en ik heb een hekel aan draven. Dan worden mijn hersens door elkaar gerammeld.'

Sholto keek Effie aan.

'Prima,' antwoordde ze voor hij weer namens haar bezwaar kon maken.

'Prachtig, zo mag ik het horen,' zei Sibyl, die aan haar teugels trok en in een rechte lijn richting het huis stuurde, dat van hieraf een stip in de verte was. Na een harde duw van haar hakken en een klap met de rijzweep begon haar paard te galopperen.

Effie deed hetzelfde. Ze stond zichzelf niet toe te aarzelen, want besluiteloosheid leidde tot verlamming, dat wist ze van het touwklimmen. Blijven bewegen, dat was het beste. De merrie begon gehoorzaam in een rustig, vloeiend ritme te versnellen. Instinctmatig verstrakte Effies lichaam, en ze hield haar armen en benen stijf om de vaart eruit te halen.

'Niet verstijven,' zei Sholto, die kalmpjes naast haar galoppeerde.

Uitademend door haar mond dwong ze zichzelf om de spieren van haar bovenbenen en armen te ontspannen, om de beweging van het paard door haar heen te laten stromen in plaats van zich ertegen te verzetten.

'Heel goed,' zei hij knikkend. 'Zo eenvoudig is het.'

Sibyl nam de leiding, reed voorop, moedigde aan. Af en toe keek ze over haar schouder. Het grote huis begon groter te worden terwijl ze door Cow Park reden, in de richting van de tuin, waarbij de pracht en de imposante omvang steeds dichterbij kwamen. Ze zag het brede bordes, het oostelijke en westelijke paviljoen...

Plotseling veranderde er iets. Effie voelde het meteen toen Sibyls paard ervandoor ging en hen achter zich liet. Het was slechts een paar seconden, want even later werd het gat verkleind toen Norma ook overging in galop. Effie hapte naar adem en haar ogen begonnen te tranen. Het landgoed werd wazig in haar ooghoeken en ze voelde de wind tegen haar oren waaien terwijl haar haar achterwaarts vloog.

'Sid, langzamer!' hoorde ze Sholto roepen, maar Sibyl hoorde hem niet boven het geroffel van de hoeven uit. Effie zag dat Sholto naast haar zijn paard een paar keer met zijn rijzweep sloeg en zich vooroverboog om zijn paard aan te sporen sneller te gaan.

Hij reed voor haar uit en probeerde naast Sibyl te komen. Effie wist wat hij aan het doen was, maar ze voelde de angst toeslaan nu hij haar alleen had gelaten. Ze kon zich alleen maar vasthouden. Ze keek niet naar beneden, de langsrazende grond was te duizelingwekkend. Ze trok aan de teugels, maar Norma's instinct liet zich niet temmen. Ze zou blijven galopperen zolang de andere paarden dat deden.

Hou je vast, zei ze tegen zichzelf. Hou je vast.

Ze zag dat Sholto dichterbij kwam. Zijn aanwezigheid schuin achter haar merrie moedigde Sibyl echter alleen maar aan nog sneller te gaan.

'Sid! Niet zo hard! Níét zo hard!'

Hij haalde haar bijna in, maar Sibyl keek niet eens opzij. Ze stond in de stijgbeugels, met haar heupen hoog, haar hoofd omlaag en haar blik op Dumfries House.

Effies lichaam voelde als versteend. Star en onbuigzaam. Als ze zou vallen, wist ze zeker dat ze in duizend stukjes zou breken. Ze zag hoe Sholto naast Sibyl ging rijden, maar hij was daar zo op geconcentreerd dat hij de greppel met het muurtje voor hen niet leek op te merken.

'Sholto! Kijk uit!' gilde ze, en ze trok vertwijfeld aan de teugels in een poging haar paard te laten vertragen.

Ze zag dat Sholto opkeek en de opdoemende greppel zag. Zijn lichaam spande zich en kromp ineen, maar ze zag niet wat er daarna gebeurde. Haar eigen paard, dat schrok van de greppel, draaide plotseling naar links en begon erlangs te galopperen.

'Nee!' riep Effie, maar haar stem klonk gesmoord toen ze inzag dat ze helemaal op zichzelf was aangewezen.

Haar kleine schimmel bleef maar galopperen, in paniek van vermoeienis en angst. De formele, ordelijke tuinen lagen maar een paar meter naast hen, aan de andere kant van de afscheiding, maar Effie kon de greppel niet over. Ze was zich bewust van de tuinlieden die begonnen op te staan en roepend met hun armen zwaaiden.

Maar niets kon het paard sussen of remmen. Recht voor haar was het pad waarover Sholto en zij weg waren gereden. Rook haar paard de stal? Of was het op weg naar het bos verderop? Effie wist dat ze tussen de bomen niet in het zadel zou kunnen blijven.

De paardenhoeven roffelden over het pad toen ze het gras verlieten en…

De wind ging liggen, net zo plotseling als die opgekomen was. Haar haar viel over haar schouders en ze schoot naar voren, bijna over de teugels heen.

'Ho!'

Zij was zelf niet degene die het woord uitsprak. Er stond een man grote ronde zwaaigebaren te maken, zodat het leek alsof hij de hele breedte van het pad vulde. 'Ho!' zei Felton nog eens met luide maar tegelijkertijd kalme stem. Er klonk rust in door, geen paniek, en terwijl Norma voorbijkwam stak hij zijn hand uit naar de teugel. 'Rustig maar, rústig,' zei hij, zijn armen sterk maar zijn stem zacht. Hij klopte op de flank van de merrie en liet haar zo weten dat ze hier gerust halt kon houden.

De plotselinge stop voelde als een klap. Effie was duizelig, ze viel bijna flauw. Ze had angstig en oppervlakkig geademd en het gebrek aan zuurstof in combinatie met adrenaline was overweldigend. Ze zakte ineen, compleet afgemat, hoorde nauwelijks iets van het geklepper van naderende hoeven en merkte amper dat haar voeten uit de stijgbeugels werden gehaald.

'Spring maar, Effie.'

Felton had zijn armen uitgestoken om haar op te vangen. Half vallend gleed ze van Norma's rug en toen ze neerkwam knikten haar knieën, waardoor ze bijna op de grond zakte. Maar zijn armen omvatten haar op tijd en hij hield haar overeind. 'Stil maar, je bent nu veilig,' mompelde hij in haar haar, met zijn wangen tegen haar hoofd.

'Effie! Mijn god! Mijn god!' Sholto sprong van zijn paard. Zijn gezicht was net zo rood als dat van haar bleek was.

'Waar ben je mee bezig?' barstte Felton boos los. Effie voelde zijn armen om haar heen beven van woede. Zijn lichaam voelde zo strak als een trommelvel. Ze probeerde zich van hem los te maken, maar hij leek het niet eens te merken. 'Haar zomaar op een paard zetten? Ze had wel dood kunnen zijn! Je hebt het recht niet haar zo in gevaar te brengen!'

Sholto stond stokstijf stil, verbijsterd door de woede-uitbarsting. Even zei niemand iets, waren ze allemaal buiten adem en nog verstijfd van de schok.

'Het was niet zijn schul…' zei ze terwijl ze zich zwakjes uit zijn greep probeerde te wurmen.

'Hij had het recht niet!' Felton keek zijn werkgever weer aan. 'Je had het recht niet, dat weet je heel goed!'

Effie bevrijdde zich uit Feltons omarming. Ze was er niet eens zeker van of hij wel doorhad dat hij haar vasthield. Al zijn woedende aandacht was op Sholto gericht. 'Huw, het gaat prima met me,' protesteerde ze.

Ze zag dat beide mannen reageerden op het feit dat ze hem Huw noemde, maar meteen daarop hoorden ze naderende paardenhoeven die bijna dansten over het grind.

'Ik zeg *brava*!' Sibyls schrille stem doorboorde de lucht.

Er viel een moment stilte.

'Brava?' Er klonk ongeloof door in zijn stem terwijl Sholto zich naar haar omdraaide. 'Wat was dat in godsnaam?' Zijn stem klonk zacht maar bars. Hij was net zo boos op haar als Felton op hem.

'Wat is er? We zouden toch samen terugrijden?'

'Niet in volle galop! Het had haar dood wel kunnen worden!' riep hij uit. 'Je wist heel goed dat het haar eerste keer op een paard was. Hoe haal je het in je hoofd?'

'Ik dacht dat ze het enig zou vinden!' protesteerde Sibyl, die van slag leek te zijn dat hij haar een standje gaf waar een personeelslid bij was. 'Ze deed het heel goed in de handgalop en we hebben allemaal gezien hoeveel ze durft. Wat is een lekkere galop vergeleken met dat klimmen in de touwen?'

'Dat was geen lekkere galop, dat weet je best! Moet je haar zien, ze is lijkbleek.'

'Het was goed bedoeld. Ik snap niet waarom je er zo veel heisa over maakt.'

'Héísa?' herhaalde hij op gedempte toon.

Niemand zei iets. Zelfs in haar nog wat versufte toestand voelde Effie dat er tussen hen vieren een spanning heerste waarin alles wat een van hen deed invloed had op de andere drie. Ze zag Sibyls paard onrustig bewegen op het grind, een stap voorwaarts, twee stappen achterwaarts. En toen weer naar voren. 'Ik ga naar binnen,' zei Sibyl met een zucht. 'Ik heb honger.'

Effie voelde dat Felton naar haar keek.

'Felton,' zei Sholto op ruwe toon, zijn aandacht opeisend. Hij wachtte tot de jachtopziener zich van haar afwendde en hem met zijn harde blauwe blik aankeek. 'Bedankt voor je hulp aan Miss Gillies. Ik zal ervoor zorgen dat je deze week extra loon ontvangt...'

Felton zette zijn stekels op nu Sholto de grens tussen lord en werkkracht herstelde. Ze wisten allebei dat hij niet had gehandeld om er financieel beter van te worden, maar ze spraken niet langer van man tot man. Niet meer. De directe crisis was voorbij en ze moesten hun eigen rol weer spelen.

'Breng de paarden maar naar de stal.'

De jachtopziener reageerde zichtbaar geïrriteerd. Het behoorde niet tot zijn taken om zich met de paarden bezig te houden, maar Effie voelde dat zijn baan en thuis, zijn hele bestaan, afhing van wat hij nu zou doen. Ze ving zijn blik. 'Alsjeblieft,' fluisterde ze. Hij mocht niet alles verliezen vanwege haar.

'Aye, sir.' Hij pakte ook de teugels van Sholto's paard en liep wrokkig in de richting van de stal.

Ze waren weer alleen. Sholto keek haar aan en zag er net zo van streek uit als zij zich voelde. Ze kon nauwelijks bevatten wat er was gebeurd: het moment dat tussen hen ontstond op Stairs Mount, Sibyls gevaarlijke wreedheid, Feltons roekeloze beschermdrang...

Sholto liet plotseling een kort lachje horen, alsof hij een klap op zijn rug kreeg waardoor het hem ontsnapte. 'Nou, het kan echt niet, hè?' vroeg hij. Er lag een vreemde klank in zijn stem en ze zag een schittering in zijn ogen waar ze nerveus van werd.

'Wat niet?'

'Ik was zo dom te denken...' Hij stopte halverwege de zin.

'Wat?'

Hij schudde zijn hoofd.

Voelde hij zich schuldig omdat hij haar mee uit rijden had genomen? 'Sholto, het was niet jouw schuld dat het paard ervandoor ging...'

'Ik heb het niet over het paard, maar over ons,' zei hij abrupt. Ze had deze toon nog nooit bij hem gehoord. Zijn stem klonk hol. Hij knipperde met zijn ogen en keek naar haar alsof ze iets ongrijpbaars was. 'Elke keer als ik denk dat er een kans is, een manier waarop we deel van elkaars leven kunnen uitmaken, bevriend kunnen blijven... gebeurt er iets om me te laten zien dat het gekkenwerk is. Dat het nooit zo zal zijn. Ik kan het niet verdragen, Effie. Andere mensen kunnen het niet verdragen.'

Ze fronste, verontrust door de blik in zijn ogen. 'Sholto...'

Hij lachte nog eens geforceerd, vreugdeloos. 'Ik bedoel, jij ziet het toch ook?' Hij streek treurig met een hand door zijn haar. 'Je begrijpt toch wel wat ik zeg? Iedereen is tegen ons.' Hij beet op zijn lip. 'Iedereen.'

Wie was iedereen? Zijn ouders? Haar vader? Felton? Sibyl? Want toen zij vanmiddag met z'n tweeën onder die boom lagen, had ze het gevoel gehad dat niets of niemand hun in de weg stond. Ze had het gevoel gehad dat alle krachten in het universum hen naar elkaar toe hadden geduwd. Als Sibyl op dat moment niet was gekomen... Ze zette een stap naar hem toe, maar hij zette er een paar achteruit om de afstand tussen hen te vergroten. 'Nee.' Hij schudde zijn hoofd. 'Nee.'

Nu keek hij naar haar alsof zíj het gevaar was. Ze voelde de afstand tussen hen groter worden.

'Ik zal... Ik zal Mrs Mac vragen een bad voor je te laten vollopen. En een flinke borrel voor je in te schenken, want die kun je wel gebruiken,' mompelde hij. 'De schok blijft wel een tijdje in het lichaam hangen.'

'Maar...' zei ze toen hij zich omdraaide en naar het huis begon te lopen. 'Sholto!' riep ze, maar hij keek niet meer om. Hij liep door en liet haar achter op het pad. Maar de schok bleef hangen.

28

'Mrs McKenzie, dit is echt niet nodig,' zei Effie met het likeurglas in haar hand.

'Opdracht van Lord Sholto,' zei de huismeesteres vanuit de badkamer, waar ze het water met haar hand rond liet klotsen om schuim te creëren. 'Je hebt een schok te verduren gekregen.'

Als ze dat nog één keer hoorde... Dachten ze dat ze een breekbaar poppetje was? 'Het was alleen maar even schrikken. Ik ben er niet eens af gevallen. Het gaat prima met me.'

'Maar toch. En deze zijn voor jou.' Mrs McKenzie overhandigde haar een stapeltje zachte handdoeken. 'Nou, doe wat je gezegd wordt en ga ontspannen in dat bad liggen. In elk geval kan ik de lord dan vertellen dat ik gedaan heb wat hij vroeg en me weer op mijn andere taken richten. We hebben het druk genoeg met de tweehonderd mensen die hier over een paar uur aankomen.'

Effie kon zich dat aantal mensen niet voorstellen. Zij kwam uit een wereld van slechts zesendertig mensen. 'Dank u.'

'Je hoeft mij niet te bedanken, ik doe alleen maar mijn werk. Laat me weten wanneer je klaar bent, dan kan ik Fanny daarna hiernaartoe sturen.' De huismeesteres verliet de kamer. Ze had het vermogen geruisloos te bewegen, alsof ze op rolletjes voortgleed.

Effie keek weer rond in de zalmroze slaapkamer, naar het hemelbed met de katoenen lakens met het monogram erop en de satijnen donsdeken. Er stonden nu andere bloemen dan in de nacht die ze hier had doorgebracht, er stond een nieuwe bos met leeuwenbekken en vingerhoedskruid in de grote vaas. De kamer zag er bij daglicht zachter uit, de kleuren waren lichter, maar ondanks alle schoonheid kreeg ze er de kriebels van. De bevestiging van Frank Mathiesons dood, de nachtmerries die haar het bed uit hadden gejaagd... En nu herstelde ze hier van een bijna-ongeluk met een paniekerig paard. Ze was veel liever naar haar oude slaapkamer op zolder gegaan, maar Mrs McKenzie had gezegd dat de nieuwe keukenhulp er al was ingetrokken.

Ze liep naar de badkamer, legde de handdoeken op een gebloemde leunstoel naast het roze geëmailleerde bad en kleedde zich uit. Ze stapte erin, trok haar knieën automatisch naar haar borst, zich schrap zettend voor de kou. Het badwater was in haar leven altijd koud (op zijn best lauw) en ondiep geweest, en ze had het moeten delen met dode spinnen en oude bladeren, maar dit water was warm en diep, het schuim geurde naar rozen en voelde zacht aan op haar huid. Ze slaakte een zucht. Dit was weer zo'n luxe die ze nooit had gekend, weer een onderscheid tussen haar leven en dat van hen.

Haar spieren ontspanden als langzaam smeltende boter en ze begon te beseffen dat haar lijf vol spanning had gezeten. Ondanks al haar bezweringen dat het prima ging, had haar ineengedoken lichaam zich schrap gezet toen het paard op hol sloeg, en ze wist dat ze dat morgen zou voelen.

Ze strekte haar nek en liet haar oor naar beide kanten even op haar schouder zakken, voordat ze zich met een zucht weer in het bad omlaag liet glijden. Het voelde echt heel fijn…

'Klop, klop.'

Er riep een stem vanuit de slaapkamer. Een vrouwenstem.

Effies hoofd kwam met een ruk omhoog en toen ze zich omdraaide zag ze Lady Sibyl over het tapijt lopen. Ze stopte in de deuropening en keek zonder enige gêne naar binnen. Ze droeg nog steeds haar rijkleding.

'Mrs McKenzie zei dat je hier was,' zei ze monter. 'Daar ben ik blij om.'

Effie gaf geen antwoord. Ze was helemaal bedekt door het schuim, maar ze voelde zich kwetsbaar, zo naakt liggend in het bad. Wat deed Sibyl hier?

'Hoe voel je je?'

'Prima, hoor. Dit is allemaal niet nodig.' Effies reactie was kort door het ongemak dat ze voelde, maar ook uit kwaadheid.

'Nonsens, je bent enorm geschrokken en dat is mijn schuld. Het spijt me enorm. Ik laat me altijd zo meeslepen als ik op een paard zit. Paardrijden is mijn grote passie, moet je weten. Ik ga er soms van uit dat iederéén het zo heerlijk vindt als ik.' Ze legde een hand boven haar hart. 'Maar het moet beangstigend voor je zijn geweest en ik voel me er vréselijk over, echt waar. Het was onbezonnen van me en ik kom hier om je te smeken het me te vergeven.'

Smeken? Effie knipperde met haar ogen. 'Ook dat is niet nodig, milady...'

'Noem me alsjeblieft Sid,' zei ze terwijl ze naar binnen liep en de handdoeken naar de vloer verplaatste om zelf op de kleine leunstoel naast het bad te gaan zitten. Effie wierp een blik op de handdoeken, die nu nog verder buiten haar bereik lagen. Ze kon nu onmogelijk uit het bad komen. 'Ik sta erop.'

'Sid?'

'Natuurlijk. Al mijn vrienden noemen me zo, en ik wil dat we vriendinnen zijn, Effie, echt waar. Ik weet dat we een ongemakkelijke start hebben gehad, met Margaux die jou zo veel angst aanjoeg.' Ze glimlachte en Effie zag hoe perfect symmetrisch haar gezicht was. Ze was net een pop, beeldig en netjes, er zat nog geen haar verkeerd.

Ze leunde naar voren. 'Kan ik je een geheim vertellen?'

Effie knipperde nog eens met haar ogen. 'Wat dan?' vroeg ze zacht.

'Toen we elkaar ontmoetten, was ik stíkjaloers op je.'

'Op mij?'

'Zeker! De graaf had me doodgegooid met verhalen over die bijzondere, jonge vrouw die hun gids was geweest tijdens hun verblijf op dat eiland. Toen verscheen je met die prachtig gebruinde huid en een figuur als van een mannequin. Sholto had gelijk, weet je, toen hij zei dat Nancy er in die jurk niet half zo mooi had uitgezien als jij.'

Effie geloofde haar oren maar amper.

'Ik weet dat hij jou ook mateloos bewondert, net als zijn vader, en dat hij wil dat we vriendinnen worden. Kunnen we dat? Kun je me vergeven voor mijn vreselijke gedrag? Ik ben zo onnozel en kleinzielig geweest.'

Ik was zo dom te denken... Dat we bevriend kunnen blijven. Iedereen is tegen ons. Iedereen.

Als zij en Sibyl vriendinnen konden zijn... 'Er valt niets te vergeven, milady.'

'Hoho! Sid.'

'Sid.'

'O, grandioos.' Sibyl straalde plotseling. Ze klapte in haar handen en haar bruine ogen glansden. 'Wat ben ik hier geweldig blij om! En om onze nieuwe vriendschap te vieren moet je vanavond naar het feest komen.'

'Wat? Nee!'

'Ja. Natuurlijk wel. Je móét gewoon komen. Iedereen zal er zijn en ik wil je aan hen allemaal voorstellen. Je zult ze fantástisch vinden! Ze zijn allemachtig leuk!'

'Maar ik kan dat niet. Ik kan niet met die mensen praten.'

Sibyl boog zich voorover en legde haar handen op die van Effie op de rand van het bad. 'Ik zal je geen seconde alleen laten. Ik blijf de hele avond aan je zijde. Iedereen zal jou gewéldig vinden.' Haar ogen glinsterden. 'We zullen hun vertellen hoe goed je kunt klimmen! Ik stierf zowat toen je gisteravond langs het raam klauterde. Al onze vrienden zullen onder de indruk zijn! Ze zouden willen dat ze zelf zoiets buitengewoons konden. Ze zullen verrukt van je zijn!'

Effie voelde een golf van paniek door zich heen gaan. 'Maar ik heb niets om aan te trekken,' zei ze vertwijfeld. Er moest een manier zijn om hieronderuit te komen.

'Natuurlijk wel! Je leent gewoon iets van mij. Wat je maar mooi vindt. Wat van mij is, is van jou. Kies maar uit. Ook sieraden.' Haar ogen lichtten verder op. 'En we laten Jenny ook jouw haar doen en je opmaken. We kunnen het allebei hetzelfde laten doen, dan zijn we net zussen.'

'Het is echt niet nodig...'

'Jawel! Je móét het me laten goedmaken. Ik weet niet hoe ik het mezelf anders kan vergeven.'

Effie had het gevoel dat er een stoomwals over haar heen denderde. Ze had de uitbundigheid van de jonge vrouw gadegeslagen, maar om erin meegenomen te worden... Het was alsof ze in een orkaan zat en de wind zijn gang liet gaan. Maar als dit vereist was om vriendinnen met haar te worden... Als dit betekende dat Sholto en zij ook bevriend konden zijn... Ze wist dat hij van plan was haar weer uit de weg te gaan. Er zouden weken voorbij kunnen gaan zonder dat ze hem zou zien. 'Goed dan.'

'Prachtig!' zei Sibyl stralend, terwijl ze met haar wijsvinger speels wat schuim naar haar toe tikte. 'Neem hier maar even de tijd. Ik moet me ook opfrissen en omkleden, maar kom naar mijn kamer als je klaar bent. O, dit wordt énig!' Ze sprong van de stoel en zag Effies kleren op een hoopje op de vloer liggen. 'En deze zal ik aan Jenny geven.' Ze trok haar neus op voor de kleverige vlekken. 'Dan kan ze ze laten wassen en zijn ze morgen weer schoon.'

'Dat is echt niet nodig. Dat kan ik zelf doen.'

'Doe niet zo mal. Er zitten vlekken in die er moeilijk uit zullen gaan.' Ze inspecteerde de bietenvlekken op Effies handgebreide wollen vest en keek haar toen met vriendelijke ogen over haar schouder aan. 'Het is het minste wat ik kan doen. Laat me je verwennen. Ik probeer je te laten zien dat het me spijt, weet je nog?'

Effie schonk haar een scheef lachje. 'Dat is het niet. Ik ben dankbaar voor al je vriendelijkheid, maar als je die kleren meeneemt heb ik niets om aan te trekken als ik de kamer moet verlaten.'

Sibyl lachte. 'O!' Ze keek snel rond. 'Kijk, daar. Daar hangt een badjas aan de deur die je kunt aantrekken. Als je naar mijn kamer komt, zullen we ook wat kleding voor overdag uitzoeken, maar ik ben bang dat het misschien wel een jurk wordt.' Ze trok een gezicht. 'Ik weet dat je daar niet zo dol op bent.'

Nu was het Effies beurt om te glimlachen. 'Een jurk is prima.'

'Mieters!'

Effie keek haar na. Ze was echt een wervelwind vol energie en goede bedoelingen. Plotseling begreep ze waarom Sholto er in haar gezelschap altijd zo vermoeid uitzag. Het was afmattend. Ze zakte langzaam weer onderuit in het bad, luisterend naar de knappende schuimbubbeltjes, en vroeg zich af waar ze zojuist in vredesnaam mee had ingestemd.

De muziek zweefde de trap op, helemaal tot boven in het huis. Effie zat nog steeds vast in de zalmroze kamer, op Lady Sibyls aandringen. 'Op die schoenen kun je onmogelijk van jullie cottage hierheen lopen,' had ze gezegd toen ze haar een paar van haar zilversatijnen Mary Janes had aangereikt. De hak was vele centimeters hoog en ze had gelijk – het zou voor Effie al een hele prestatie zijn om zich erop voort te bewegen in een zaal, laat staan over het landgoed.

De jurk die ze had geleend hing aan de deur van de kledingkast. Effie kon haar ogen er niet van afhouden. De japon had de kleur van de junihemel en was van soepel satijn dat prachtig viel en eindigde in een iets uitwaaierende lange rok. De helderblauwe tint had haar aandacht meteen getrokken toen ze voor Sibyls kledingkast stond, en pas nadat ze hem had uitgekozen had ze gezien dat de zedige voorkant gepaard ging met een gewaagd laag uitgesneden rug met slechts één strook stof over de ruggengraat. Sibyl had haar bedenkingen weggewuifd en gezegd dat dit de mode was, maar Effie had al besloten om steeds met haar rug naar de muur te blijven staan. Ze bleef stilzitten terwijl Jenny haar nieuwe korte donkere kapsel met een tang de strakke vingergolven gaf waar Sibyl de voorkeur aan gaf. Ze schrok telkens weer even als ze een glimp van zichzelf opving, maar Sibyl had gezegd dat het kapsel haar goed stond. Haar make-up was al gedaan: de wenkbrauwen waren aangezet, de wangen met rouge bewerkt en haar lippen felrood. Ze zag dat het paste bij de rest van de uitdossing, maar het was gewoon heel raar om verf op je lippen te smeren. Ze had achttien jaar lang geen make-up gedragen en nu binnen een paar weken al twee keer.

Effie merkte dat het dienstmeisje het vervelend vond om zich op deze manier met haar te moeten bezighouden. Ze had amper een woord gezegd en keek haar niet aan. Maar was het Effies schuld dat Sibyl had gezegd dat zij vanavond voor zichzelf zou zorgen? Dat ze door het stof ging om vergeven te worden na de gebeurtenissen van vanmiddag?

'Hoeveel mensen zijn er beneden?' vroeg ze terwijl ze het geluid van nog meer auto's op het grind hoorden. Het was een voortdurende stroom, leek het wel.

'Het zouden er tweehonderd worden, maar ik geloof dat Lady Sibyl er op het laatst nog wat aan heeft toegevoegd. Het schijnt dat er zelfs verslaggevers bij de poort staan.'

Effie kromp ineen. 'Waarom?'

'Voor de societypagina's. De mensen lezen graag over de beau monde.'

'O... ja. Natuurlijk.' Alleen al de gedachte aan verslaggevers maakte haar nerveus.

'Zo.' Jenny zette een stap achteruit en bewonderde haar eigen werk. 'Je zou Lady Sibyls tweelingzus kunnen zijn.'

Effie staarde naar haar nieuwe spiegelbeeld. Vanavond zouden ze inderdaad zussen zijn. 'Nou, dat kan alleen maar gunstig zijn,' mompelde ze. 'Hoe minder ik op mezelf lijk, hoe beter.'

'Zal ik je met de jurk helpen?' vroeg Jenny.

Effie knikte. 'Ik weet amper waar ik moet beginnen.'

Ze trok de badjas uit en bleef stilstaan terwijl Jenny de jurk langzaam over haar hoofd liet zakken, voorzichtig om haar haar te sparen, dat glansde als maanlicht en zo zijdezacht was als de vacht van een kat. Effie zag hoe de stof om haar lichaam viel en hoe goed de kleur bij haar eigen blauwe ogen paste terwijl Jenny de finishing touch die Sibyl voor haar had achtergelaten – een saffierblauwe ketting – om haar hals hing.

Ze schrokken allebei van het harde getoeter van een claxon buiten. Jenny rende naar het raam en keek omlaag. Ze zuchtte. 'Er zijn heel veel mensen. Ga maar gauw naar beneden. Ik moet vanavond helpen in de bediening.'

Effie knikte kort en wilde dat ook zij zich tussen de bedienden kon verschuilen. Maar ze wist dat ze moedig moest zijn, omwille van Sholto. Het zou het moeilijkst zijn om in haar eentje binnen te komen, maar Sibyl had gezegd dat ze op haar zou wachten bij de haard in de zaal met de wandtapijten. En zolang ze in het gezelschap van Sibyl verkeerde, kon ze rustig naast haar staan en simpelweg de gastvrouw laten schitteren. Ze zou waarschijnlijk geen woord hoeven zeggen. Niemand kon tippen aan de sociale dynamiek van Lady Sibyl Wainwright – en dat zou ze ook beslist niet willen, Effie zou er alleen zijn om Sholto te laten zien dat ze vriendinnen waren, Sibyl en zij. En dat betekende dat ook zij bevriend konden blijven, wat toch zeker beter was dan niets?

Effie schoof haar voeten in de schoenen, waarmee ze nog een aantal centimeters toevoegde aan haar toch al niet geringe lengte. 'Wens me maar succes.'

Het dienstmeisje schonk haar een merkwaardige blik. 'Succes.'

Ze verlieten de kamer en liepen door de brede jadegroene gang langs de grote portretten van Crichton-Dalrymples uit een ver verleden. Ze daalde de houten trap af. Het volume nam toe alsof het met een draaiknop werd bediend. Een vrouw in een ivoorkleurige satijnen jurk schoot voorbij. Ze droeg een witblonde pruik en had elk haartje van haar wenkbrauwen weggeplukt. Ze had een klein pruilmondje. Haar uiterlijk had iets... extreems. Een moment later zag Effie dat de vrouw achterna werd gezeten door een man met een snor, een wandelstok, een hoed en een raar, waggelend loopje.

Effie keek naar het hysterisch lachende stel dat door de gang liep en langs de stenen trap aan de andere kant. Ze verdwenen uit het zicht, maar Effie wist dat ze over enkele ogenblikken weer deze kant op zouden komen, want de gang op deze verdieping leidde alleen naar de kapel – en het leek er niet op dat ze wilden gaan bidden. Effie wilde dat ze Jenny kon vragen wat het was dat haar zo vreemd voorkwam aan het stel, maar die was ook al weg, de personeelstrap af, op weg naar de dienstvertrekken.

Effie zette zich schrap en liep de brede 'tinnen gang' in – hier was de tincollectie van de familie uitgestald. Dit was haar favoriete gedeelte van het huis, met gewelfde plafonds die waren voorzien van delicate decoraties in zachte tinten groen, blauw en roze met gouden details. Ze liep door naar de zaal met de wandtapijten. Ze hoorde haar satijnen schoenen klikklakken op de vloer en ving in een van de ronde ramen die ze passeerde een glimp van haar spiegelbeeld op. Ze stopte, verwonderd over de aanblik van zichzelf in beweging. Het was één ding om voor een spiegel te zitten en naar jezelf te kijken als naar een portret, maar nu ze zichzelf zag bewegen in deze kleren, door dit huis... Tot een aantal weken geleden was ze zich nooit bewust geweest van haar uiterlijk, en nu kon ze nauwelijks geloven dat zij dit was. Haar hart ging weliswaar als een razende tekeer onder haar ribben, maar dat liet de reflectie niet zien. De jonge, donkerharige vrouw die terugkeek zag er mooi en beheerst uit, en Effie besefte ineens wie ze was geworden: al was het maar voor één avond, zij was het meisje met het handgetekende boek, dat zijden jurken droeg en in een huis vol literatuur woonde. Er was geen spoortje te zien van haar voormalige zelf, gekleed in opgelapte kleren, ineengedoken in de donkere verenopslag. Ze raakte haar haar aan, en haar lippen, en glimlachte langzaam. Misschien kon ze echt de zaal in lopen en er thuishoren?

Verderop zag ze Henry door de deuropening verschijnen met een dienblad. Hij had rodere konen dan ooit, zelfs roder dan wanneer hij Margaux uitliet. Hij keek nog eens goed toen hij haar zag en was zichtbaar geschokt, ongetwijfeld door haar nieuwe donkere kapsel. Maar hij stopte niet en het volgende moment verdween hij naar de wenteltrap die naar de dienstvertrekken leidde.

Effie slaakte een diepe zucht voordat ze het strijdtoneel betrad. Ze stapte door de deuropening en werd begroet door een schouwspel dat haar de adem benam. Ze had nog nooit zo veel mensen in één ruimte gezien. Iedereen stond dicht tegen elkaar aan, pratend en lachend met glinsterende ogen, allemaal tegelijk. In deze ene zaal leek het leven zich op verblindende wijze te concentreren: kleuren waren feller, geluiden luider.

Ze bleef enkele ogenblikken staan om het allemaal in zich op te nemen tot de vrouw in de ivoorkleurige jurk haar voorbijschoot en tegen haar aan botste, nog gillend van het lachen. De man met het rare loopje kwam achter haar aan.

Effie sprong opzij voor hij ook tegen haar aan kon botsen, maar ze sprong meteen weer een stukje naar rechts toen er iets kouds over haar blote ruggengraat biggelde. Ze draaide zich meteen om en zag een man met een glas in zijn hand die op een ijsblokje stond te zuigen. Had hij... Hij keek haar recht aan en ze zag een blik in zijn ogen die haar niet aanstond. En waarom ging hij gekleed als Winston Churchill? Hij was Winston Churchill niet, dat wist ze, maar... Het was griezelig.

Ze begaf zich in de menigte om aan hem – en zijn starende blik – te ontsnappen. Ze verborg zichzelf tussen de feestgangers, de massa onbekenden. Ze moest Sibyl en haar vrienden zien te vinden. Ze liep naar het midden van de zaal, op weg naar de haard aan de andere kant. Sibyl had gezegd dat ze daar op haar zou wachten.

Het was erg warm en de geluiden overrompelden haar. Ze voelde handen op haar blote armen en schouders als ze voorbijkwam, alsof deze mensen haar kenden of haar claimden. Er stond een man voor haar. Hij droeg een officieel uitziend rood kostuum met een blauwe sjerp.

'Neem me niet kwalijk,' zei ze, terwijl ze zich langs hem probeerde te wurmen.

De man draaide zich om en ineens stond ze oog in oog met de koning.

'Uwe Koninklijke Hoogheid,' fluisterde ze.

De koning keek haar even streng aan. Had ze het verkeerd gezegd? Moest ze nu iets doen?

Maar toen lachte hij. Hij gooide lachend zijn hoofd naar achteren en toen zag ze het elastiekje waarmee zijn baard om zijn oren vastzat. Ze zag dat zijn ogen bruin waren, niet blauw.

'En wie moet jij voorstellen, *my dear*?' vroeg hij met een hand op haar elleboog. Hij zette een stap achteruit om haar eens goed te bekijken. 'Wacht. Laat me raden.'

Wie moest zij... Ze keek rond en zag plotseling geen kleren meer, maar kostuums.

'O, mijn hemel, ik weet het!' riep hij met glinsterende ogen.

'Miss Gillies!' Ze draaide zich om bij het horen van haar naam en zag een bekend uitziende man tussen de mensen door naar haar toe lopen, met een arm omhoog, alsof hij haar aandacht wilde trekken. 'Het is Miss Gillies, toch? Ze zeiden al dat u hier zou zijn.' Hij kneep zijn ogen tot spleetjes. 'Maar... u hebt een nieuw kapsel, zie ik?'

Het feest om haar heen viel weg nu haar verleden haar eindelijk inhaalde.

'Bent u het?' vroeg ze. Haar stem was amper luider dan een fluistering.

'Dus u herinnert zich mij?'

Het ijsblokje op haar rug was niets vergeleken met de ijzige kou die ze nu in haar aderen voelde.

'Ik wilde met u praten over de rentmeester. Wat vragen stellen...'

'Ah, ik weet het!' riep de man die als de koning verkleed ging uit. 'U bent Mr Thompson van Thomson and Thompson. Van de twee detectives uit de stripverhalen. Dikke snor, bolhoed. Verwarde gezichtsuitdrukking...'

Effie zag dat de man hem afwezig aankeek. 'Wat?'

'U weet wel, Thompson uit *Tintin*.'

De man zweeg even. 'Nou, nee, Uwe Majesteit, ik ben Mr Bonner. Van *The Times*,' zei de verslaggever op ironische toon.

De koning fronste en keek hem aan met samengeknepen ogen, waarna een langzame glimlach zijn gezicht weer een open blik gaf. 'O, heel goed! Leuk. Ja. Mr Bonner van *The Times*. Kom er maar eens op!'

'Effie?'

Ze voelde een andere hand op haar arm en draaide zich weer om, deze keer naar Sholto, die haar vol ongeloof aankeek. En er lag nog iets anders in zijn blik… Bezorgdheid?

'Wat doe jij hier?'

Ze had inmiddels geen idee meer wat ze hier deed. Ze had nooit gedacht dat een feest zo zou kunnen zijn. Ze wilde hem vertellen dat ze was gekomen om hem te laten zien dat Sibyl en zij vriendinnen waren. Dat ze hier voor hém was, maar…

'Mijn god, en je haar…' zei hij zacht terwijl hij er automatisch een hand naartoe bracht om het aan te raken. 'Wat heb je gedaan?'

Iets in haar wilde vragen of hij het mooi vond, en de jurk ook? Ze wilde hem vertellen dat Sibyl dit allemaal voor haar had gedaan zodat ze eindelijk vrienden konden zijn. Maar ze kon de woorden niet vinden. Mr Bonner van *The Times* was hier en hij was naar haar op zoek geweest.

'Heeft Sibyl dit gedaan?'

Het lukte haar te knikken. Waarom was hij niet blij?

'Effie…' Hij liet zijn ogen van haar af glijden en keek rond, kennelijk op zoek naar iemand. Wie?

'Zeg, Sholly, *old chap*, wie moet jij voorstellen?' vroeg de koning hem nu. 'Is dit niet gewoon je gebruikelijke avondkleding?' Hij gebaarde naar Sholto's chique zwarte pak en witte strikje.

'Lord Chatterley,' mompelde Sholto. 'Voor zijn ongeluk.'

De koning lachte. 'Ha, schitterend, ouwe jongen. Goed bedacht, ja, voor zijn ongeluk. Dat maakt een hoop verschil vanavond. Ik zou me voor geen goud op kniehoogte door deze menigte bewegen, kan ik je wel vertellen. Ik weet dat je niet van themafeesten houdt.'

'Nee, Ernest, dat klopt,' zei Sholto kortaf, met zijn ogen weer op Effie gericht. Hij keek vertwijfeld.

'Lord Chatterley voor zijn ongeluk. Die ga ik onthouden.' De koning tikte tegen zijn hoofd nu hij de hint eindelijk begreep, en liep weg door de mensenmassa.

'Effie, je hoort hier niet te zijn,' zei Sholto op dringende toon.

Het hart zonk haar in de schoenen. 'Waarom niet? Sibyl heeft me gevraagd...'

'Dat had ze niet moeten doen,' zei hij beslist. 'Dat was niet... niet aardig.'

'Ik begrijp het niet. Ze is juist heel aardig geweest. Sinds het paardrijden eerder vandaag heeft ze het goed proberen te maken. Dit zijn haar schoenen, haar jurk, haar sieraden...'

Hij keek haar aan met een blik die ze niet kon plaatsen.

'Wat is er?'

Sholto merkte de man op die nog steeds bij hen stond en het gesprek openlijk volgde. 'Dag, kennen wij elkaar?' vroeg hij afgemeten.

'Niet echt, sir, nee. Miss Gillies en ik stonden net nog met elkaar te praten.'

'Ken jij deze man?' vroeg Sholto haar.

'Miss Gillies en ik hebben elkaar ontmoet op St Kilda, Lord Sholto. Ik was daar de laatste week voor de evacuatie.'

'O. Vandaar.' Hij keek geërgerd.

'Ja. Dat was een hectische tijd. Stressvol ook. De emoties liepen hoog op, wat te verwachten viel. En later, zoals u weet, is de rentmeester van de landheer er dood aangetroffen.'

'Hm, ja. Een nare toestand,' mompelde Sholto afwezig. Er trilde een spiertje in zijn kaak. Zijn geduld was bijna op, en het kostte hem ook duidelijk moeite om zich beleefd te gedragen. 'Nou, wilt u ons excuse...'

'In feite hadden Miss Gillies en ik het net over hem.' De verslaggever keek van Sholto weer naar Effie. 'Omdat ik me herinner een... confrontatie tussen u en Mr Mathieson gezien te hebben...'

Ze verstijfde. Dit gebeurde niet echt. Niet hier. Niet waar al deze mensen bij waren. Waar Sholto bij was.

'Voor de kerk, de avond vóór de evacuatie. U liep terug naar het dorp en hij haalde u in. Het leek erop dat hij met u wilde praten.'

'Dat was waarschijnlijk ook zo.' Haar stem klonk iel. 'Hij had altijd wel commentaar op deze of gene.' Ze keek over zijn schouder. Zou de politie er ook zijn?

'Maar toen pakte hij uw hand. Of eigenlijk probeerde hij dat, en u schrok terug alsof u zich had gebrand.'

Ze slikte. 'Hij zal me wel verrast hebben.'

'Het leek een extreme reactie op een onschuldig gebaar.'

'Waarom denkt u dat Mr Mathieson zo onschuldig was?'

Ze had het eruit geflapt voor ze het wist. Zijn ogen vernauwden zich. 'U keek hem aan alsof u hem haatte.'

En dat deed ze waarschijnlijk nog steeds. Ze kon niet langer verbergen hoe ze over die man dacht, niet na alles wat hij had gedaan. 'Dat deden de meesten van ons. Hij was niet geliefd.'

Sholto keek van de een naar de ander. 'Nou, luister, ik heb de man zelf ontmoet, en ik kon hem ook niet luchten of zien. Over de doden niets dan goeds, maar een lofrede is niet aan de orde. Hoe dan ook, wat is de reden voor al deze... akelige vragen? We zijn hier op een feest. Ga een drankje halen, kerel.' Sholto probeerde hem af te schudden, maar Mr Bonner maakte geen aanstalten weg te lopen.

Effie voelde dat de spanning opliep. Ze kreeg een knoop in haar maag.

'Ik vroeg me af of Miss Gillies me zou willen vertellen wat zij denkt dat er met Mr Mathieson is gebeurd?'

'Waarom zou zij...' Sholto's gezichtsuitdrukking veranderde toen hij zich realiseerde dat dit niet zomaar een gesprek was. 'Verdraaid! U bent een verslaggever!' Hij keek rond en wist bijna meteen Henry's blik te vangen. Met een scherp knikje wenkte hij de lakei, die zich onmiddellijk naar hen toe haastte, zo snel als mogelijk was in de menigte. 'Ik heb een verbod ingesteld tegen u en uw collega's. U behoort buiten de poorten te blijven. Dit landgoed is privébezit en dit is een besloten feest. Hoe durft u! Wegwezen!'

'Ik ben hier niet om over uw feest verslag te doen, sir,' zei Mr Bonner haastig. 'Maar het kan niet aan uw aandacht ontsnapt zijn dat er veel belangstelling was voor de evacuatie. De St Kildanaren nemen een unieke plaats in het nationaal bewustzijn in. Het gevoel leefde dat er met hun vertrek iets van betekenis verloren ging. We kregen veel reacties op het verslag en nu er een politieonderzoek plaatsvindt, moeten we...'

Henry was er.

'Zet hem eruit,' zei Sholto woedend. 'Hij is verdomme een verslaggever! En zorg ervoor dat er niemand anders van zijn slag de poort passeert.'

'Natuurlijk, sir,' zei Henry, die zich tot zijn volle, indrukwekkende lengte strekte en de man bij de arm greep. 'U. Meekomen. Nu.'

'Goed, goed. Ik ga al.' Mr Bonner verzette zich niet, maar hij wierp Effie een boze blik toe die haar vertelde dat ze nog niet van hem af was. 'Een andere keer dan maar, Miss Gillies.'

'De brutaliteit...' mompelde Sholto, hem nakijkend.

De menigte duwde hen plotseling naar elkaar toe en zijn handen grepen haar automatisch bij haar blote armen terwijl mensen zich langs hen wurmden. Effie keek hem aan, nog bevend en overweldigd door wat er net was gebeurd – en nog gebeurde. Ze had het gevoel dat ze in een slangenkuil was gegooid. Was dit veel anders dan de beschrijving die de predikant altijd had gegeven van de hel? De mensenmassa maakte een bezeten indruk, alsof iedereen zich op het randje van hysterie bevond, en ze werd zich bewust van een groeiend tumult, een gestaag toenemend kabaal.

Sibyls lach weerklonk, maar tot Effies verbazing kwam die niet uit de richting van de haard. Ze stond daar niet de gastvrouw te spelen voor haar tweehonderd beste vrienden... ze kwam nog maar net binnen. Effie draaide zich om en keek, maar ze kon niets zien achter de met draad verstevigde golvende sjaal van iemand die verkleed was als Amelia Earhart. Ze zag wel een kronkel in de menigte, als een slang die door een rivier zwom en steeds dichterbij kwam.

De voortgang van de slang ging gepaard met gelach en geschreeuw. 'Maar wie moet je vóórstellen?' riep iemand terwijl het rumoer een hoogtepunt bereikte.

Plotseling stond de slang voor hen. Effie hapte naar adem terwijl Sibyl haar knipperend met haar ogen aankeek. Ze was bijna onherkenbaar. Haar gezicht was besmeurd met modder, haar haar zat in de war en haar kleren – een jongensbloes, een vest en een broek – zaten onder de voedselvlekken. Ze liep op blote voeten en had een touw om haar schouders gebonden waaraan een dode fazant bungelde.

'Wie denk je?' Ze gaf de dode vogel een duwtje. 'Ik weet dat het een zeemeeuw of zoiets moet zijn, maar daar kon ik op zo'n korte termijn niet aan komen. De jachtopziener heeft me aan deze geholpen.'

'Je hebt mijn kleren aan,' fluisterde Effie vol ongeloof terwijl ze haar van top tot teen bekeek.

'En jij die van mij! Is dat niet grandioos?'

Effie voelde haar ogen prikken van de tranen toen ze besefte wat Sholto haar al had geprobeerd te vertellen. Ze voelde de vernedering over zich heen komen nu de mensen van haar naar Sibyl keken en geleidelijk de truc begonnen door te krijgen. Plotseling voelde ze zich niet meer mooi maar belachelijk, zoals ze was uitgedost als die vrouw, en gekleineerd omdat Sibyl haar had neergezet als een of andere primitieve wilde. 'Waarom heb je dit gedaan?'

'Darling, het is een themafeest. We kruipen in de huid van een ander! Ik ben jou en jij bent mij.'

'Maar dat heb je me niet verteld!' De woorden ontsnapten haar als een kreet, waarin haar gekwetstheid doorklonk. Sholto keek naar haar met een gepijnigde uitdrukking op zijn gezicht.

'Nou, het leek me een geestige verrassing. Vind je het niet énig?' Voor het eerst merkte Effie iets hards op in Sibyls stem, en nam ze de gevoelloosheid achter haar ogen waar. Haar toenadering was niet aardig geweest, er was geen sprake van vriendschap. Ze was wreed. Kwaadaardig.

'Sibyl, wat is hier in godsnaam de bedoeling van?' Sholto's stem klonk snauwerig en er verschenen witte vlekken van woede op zijn wangen. 'Je weet dat dit volkomen onacceptabel is.'

Sibyls glimlach verdween als sneeuw voor de zon en er gleed een schaduw over haar gezicht toen ze zag hoe kwaad hij was. 'Hoezo? Waarom? Zij gaat als mij gekleed. Waarom kan ik haar dan niet zijn?' Er flitste iets in haar ogen. 'Is dat niet wat je eigenlijk wilt, Sholto? Haar, maar dan weer mij? Of mij, maar dan toch liever haar?'

Haar directe woorden raakten hem en hij slikte. Het feest om hen heen pulseerde als een hart en zij waren een verstopping. Een blokkade. Een gevaar.

'Hou op,' snauwde hij. 'Niet hier, Sid. Niet nu.'

Hij wendde zich af, maar Sibyl snelde naar hem toe. 'Nee? Is het niet het juiste moment?' Haar hand lag op Sholto's arm. 'Zeg eens. Aangezien het momént zo belangrijk voor je is, darling, wanneer vind jij dat het tijd wordt om al onze vrienden hier te vertellen dat we verloofd zijn... Al zes maanden? Waarom houden we het eigenlijk geheim? Waar wachten we op?'

Haar stem klonk hoog en schril en verschillende mensen om hen heen hapten naar adem. Een man, voorzien van een snor met omhoogwijzende punten en een monocle voor een oog, legde in een overdreven geschokt gebaar zijn hand voor zijn mond.

Effie deinsde terug. Hij was grotesk. Dat waren ze allemaal. Zelfs Sholto. Zelfs in al zijn beschaving en welgemanierdheid.

Er brandden tranen in haar keel en achter haar ogen terwijl ze hem aankeek. Dat ze nu te horen kreeg dat hij verloofd was, was niet zozeer verpletterend, maar wel het feit dat hij al verloofd was toen hij naar St Kilda kwam, toen hij haar had gekust en een plan met haar had willen maken... In de tijd dat hij haar op het eiland leerde kennen was hij al onbereikbaar voor haar geweest.

En hoezeer had ze geleden vanwege hem? Afgezien van haar eigen hartzeer had de jaloezie die hij bij Frank Mathieson had teweeggebracht een kettingreactie met verschrikkelijke gevolgen veroorzaakt, erger dan hij zich zou kunnen voorstellen: Mathieson zelf was dood, Poppit was dood en zij voelde zich gebroken door wat ze had moeten doen om te overleven. Haar hele leven lag aan scherven vanwege een man die dat helemaal niet waard was. Ze had in een leugen geloofd.

Ze trok de pruik van haar hoofd en gooide die naar hem toe. Zijn mond viel open nu ze weer als zichzelf voor hem stond, wild en opstandig.

'Ik verafschuw je!' riep ze. 'Je bent geen haar beter dan ik! Je bent slechter!'

'Effie...'

'Waar is je eergevoel?' wilde ze weten.

Sholto verbleekte door de vraag, maar ze was niet geïnteresseerd in het antwoord. Ze keek vertwijfeld rond, op zoek naar een weg door de mensen heen, een ontsnappingsroute naar de deur. Ze kreeg hier geen adem. Ze kon niet nadenken.

'Effie, wacht nou...' Sholto stak zijn hand uit en hield haar tegen.

'Hou je handen thuis!'

'Niet weggaan,' smeekte hij.

'Beter ten halve gekeerd dan ten hele gedwaald,' snibde ze.

'Alsjeblieft! Luister nou even...'

'Sholto!' Sibyls stem klonk geschokt. 'Waar ben je mee bézig?'

Effie gebaarde met haar kin naar Sibyl. 'Ze heeft gelijk. Waar ben je mee bezig?' zei ze spottend. Haar ogen spuwden vuur. 'De mensen kíjken!'

Hij keek haar wanhopig aan. 'Effie, ik kan het uitleggen...'

'Jullie verdienen elkaar.'

'Nee...'

'Jawel!' riep ze uit. 'Jawel! Doe nou niet of er een andere afloop kan zijn. Het is altijd de bedoeling geweest dat het zo zou gaan. Jij hoort bij haar. En ik hoor trouwens ook bij een ander.'

Zijn mond vertrok zich tot een streep. 'Felton is niet...'

'Nee, niet Felton,' onderbrak ze hem. 'Jij bent verloofd... en ik ben al getrouwd!'

Hij liet haar arm los alsof hij zich gebrand had en de pruik viel op de grond. 'Wát?'

Er laaide pijn op in zijn ogen en ze was blij dat te zien. Hij had haar misleid, maar ze zou zich niet als het slachtoffer gedragen. Ze voelde tranen opwellen in haar ogen, maar ze verzette zich ertegen. Ze zou niet huilen zolang ze hier stond. Nu mocht hij een keer pijn lijden. Voelen hoe het was om te verliezen.

Ze wierp Sibyl een hooghartige blik toe en draaide zich zwijgend om, waarop ze haar naaldhak in de blote voet van de wrede vrouw boorde. Er galmde een gil door de zaal met de cederhouten panelen, maar Effie liep weg. De enige echte wildebras in een zaal vol komedianten.

29

De hemel was helder en de sterren blonken terwijl Effie woedend door de avond snelde. Ze voelde zich besmet door de lelijke lichtzinnigheid van al die mensen die om niets of niemand leken te geven. Ze kon het bijna niet verdragen dat Sibyl daar nog was in de kleren van haar broer, omringd door haar vrienden die lachten om Effie én John en alles waar ze voor stonden. Maar er was niets wat haar ertoe kon bewegen terug te gaan. De schellen waren haar van de ogen gevallen. Ze had steeds geweten dat ze hier niet thuishoorde, maar pas nu besefte ze dat ze het ook niet wilde…

'Effie!' Sholto's stem klonk door de tuin.

Ze draaide zich verrast om. Hij was haar toch zeker niet naar buiten gevolgd? Dat was onmogelijk. Ze had hem voor al die mensen vernederd.

Zijn blonde haar glansde in het lamplicht terwijl hij rondkeek op het bordes, op zoek naar haar, maar er waren zo veel mensen, overal flirtende stelletjes, dronken van het leven, van geluk en champagne. Er zat een stel op het muurtje rond de fontein, de gloeiende puntjes van hun sigaretten dansten in het donker en hun gelach parelde als het water.

Alles in haar zei haar dat ze in een rechte lijn over het gras naar huis moest rennen. Hij zou haar in het licht van de lampjes zien, maar ze was snel, snel genoeg om hem voor te blijven, dat wist ze zeker. Bijna zeker. Bovendien zou hij geen scène schoppen en achter haar aan stormen… Toch?

Zijn ogen vonden haar. 'Effie!'

Ze haalde diep adem en schoot ervandoor, maar niet in de richting van de cottage. Hij zou verwachten dat ze naar huis zou rennen, dus moest ze hem misleiden en hem kwijtraken in de schaduwen. Ze rende een paar meter, maar die stomme schoenen die ze droeg zaten haar dwars en ze schopte ze na een paar meter uit, hoewel ze daar kostbare tijd mee verloor. Maar ze was snel en sprintte blootsvoets over het gras, met zwaaiende armen en haar blonde haar achter zich aan. Ze rende de lichte glooiing af, liet het grote huis achter zich en zette koers naar de boog van de Robert Adam Bridge. Daarachter lagen de vijvers en de ommuurde tuin. Daar kon ze hem toch zeker wel kwijtraken?

Ze holde onder oude beuken en eiken door, maar overal stonden lantaarns die het pad verlichtten. Rechts van haar was echter een dichte, hoge heg, die weliswaar met een bocht terug naar het huis leidde, maar wel in de duisternis.

Ze keek achterom, maar hij was nergens te bekennen. Nog niet.

Ze rende naar de heg en voelde de donkerte al, waarin het maanlicht haar jurk niet meer zou verlichten. Ze rende met de bocht mee en stuitte bijna meteen op een hoog gietijzeren hek met daarachter een donker laantje.

Ze tuurde erdoorheen. Daar zou hij haar nooit vinden! Ze trok eraan en er rammelde een ketting.

'Nee!' fluisterde ze paniekerig. Ze keek achterom en zag dat Sholto om een beuk heen holde, op weg naar de brug. Hij stopte toen hij het geluid hoorde en keek. Ze zag hem de schaduwen in turen. Hoewel hij kon haar nog niet kon zien, zou hij dat over een paar passen wel doen.

Ze keek hijgend omhoog. Het hek was ongeveer vier meter hoog. Een peulenschil... Zonder er verder over na te denken trok ze haar jurk op en klom snel naar boven. Ze sprong aan de andere kant naar beneden, maar daarbij bleef de rok hangen aan een punt, waardoor de stof scheurde.

Ze keek er onverschillig naar. Ze vond de jurk toch al niet meer mooi. Ze zou hem met liefde in het haardvuur gooien als ze thuiskwam.

'Effie! Niet doen!'

Ze hoorde hem over de harde grond stampen en ze ging er weer vandoor in een stille sprint over een smal graspad. De heg torende aan beide kanten boven haar uit en na een bocht naar links was ze uit het zicht. Ze kwam terecht op een ander smal pad, minder breed dan de spanwijdte van haar open armen. De hoge struiken aan weerszijden waren weelderig en massief. Ze fronste. Waar was ze?

Verward rende ze verder, ging linksaf en weer rechtsaf. Toen linksaf, nog eens linksaf, daarna weer rechtsaf, tot ze een stenen obelisk en een doodlopend pad bereikte. Ze raakte in paniek. Waar was ze? Hoe kwam ze hieruit? Moest ze teruggaan of een andere route zoeken?

Er klonk geratel bij het hek en ze wist dat Sholto – eveneens een goed klimmer – eroverheen klom. Ze hoorde dat hij op de grond neerplofte, waarna het even stil was. Ze luisterde naar haar eigen ademhaling.

'Effie, ik weet dat je daar bent.' Zijn stem klonk luid en tevens gedempt. De groene muren verrezen om haar heen en ze bleef zwijgend staan met haar rug en handpalmen tegen de bladeren gedrukt terwijl ze haar oren spitste. Ze troostte zichzelf met het idee dat als zijzélf al niet wist waar ze was, hij dat al helemaal niet kon weten.

'Alsjeblieft. Ik wil alleen maar met je praten,' riep hij.

Een eenzame uil kraste in een verre boom en ze draaide haar gezicht naar de lucht, starend naar de nacht die zo vol belofte was begonnen. Ze had hem alleen maar willen laten zien dat ze deel kon uitmaken van zijn leven. Ze had begrepen hoe de situatie in elkaar zat en ze had geaccepteerd dat ze alleen maar bevriend zouden kunnen zijn. En ze had een vriend nodig. Maar in plaats daarvan was ze erachter gekomen dat niet één moment dat ze hadden gedeeld ooit waarachtig was geweest... dat alles een leugen was geweest, dat hij niet te vertrouwen was.

'Het spijt me, Effie...'

Ze hoorde de emotie in zijn stem.

'Jou pijn doen was het laatste wat ik wilde.'

Ze schudde haar hoofd en probeerde zijn woorden te verdringen, maar de saffierblauwe nacht hing als een fluwelen mantel om hen heen. Ze waren hier alleen.

'Ik wilde alleen maar jou. En juist jou kon ik niet krijgen.'

Ze drukte haar handen tegen haar oren en probeerde de woorden tegen te houden, maar ze voelde ze door de aarde heen, ze kwamen tot haar op de wind, en de woede die haar van het feest weg had gedreven verviel tot iets teers en broos. Eindelijk begonnen de tranen die ze had ingehouden over haar wangen te glijden. Ze snufte en wreef in haar ogen.

Het was maar een klein geluidje...

'Het spijt me.'

De woorden werden zachtjes uitgesproken en zijn stem was ineens zo dichtbij dat ze schrok. Ze draaide zich om en deinsde een stukje achteruit, maar ze zag hem niet. Ze staarde naar de heg alsof de bladeren ter plekke konden verdorren om hem te onthullen, maar ze bleven groen en hielden hen van elkaar gescheiden.

Het bleef stil. De groene muur bleef staan. Hij was dichtbij maar ook ver weg, daar aan de andere kant.

'Het spijt me dat je het zo moest horen, van de verloving. Ik wilde je over mijn... situatie vertellen voordat ik St Kilda zou verlaten. Daarom wilde ik met je afspreken. Ik wilde je zeggen dat ik de verloving wilde verbreken.'

Ze zweeg. Ze verroerde zich niet, ademde niet. Hij loog.

Ze hoorde een zucht en een zacht geritsel, alsof hij met een hand over de takken streek. 'Ik heb die avond een briefje voor je achtergelaten bij de stierenstal, zoals ik had beloofd, waarin ik je vroeg me te ontmoeten.'

Ze fronste. Er was wél een briefje van hem geweest?

'Ik heb op An Lag gewacht, maar je kwam niet.'

An Lag? Niet de stormcleit? Mathieson had de briefjes verwisseld?

'Ik veronderstelde dat jouw wegblijven je antwoord was, dat jij een waarheid onder ogen zag die ik niet wilde zien. Ik dacht dat jij beter in staat was om onze situatie in te schatten en ernaar te handelen.'

Weer een stilte. 'Als ik had geweten dat jij...' Hij schraapte zijn keel. 'Met iemand anders...'

Ze duwde haar hand tegen haar mond en de tranen stroomden over haar vingers terwijl ze haar hoofd schudde bij het horen van zijn woorden.

'Natuurlijk was het arrogant van me om ervan uit te gaan dat je vrij was.' Hij zuchtte weer. Hij klonk vermoeid en... verslagen. 'Ik begrijp dat je me haat. Ik haat mezelf ook. Maar geloof me als ik zeg dat het me allemaal spijt, Effie. Dat ik je heb gekust zonder dat ik het recht had, dat ik dacht dat je voor mij voelde wat ik voelde voor jou. En ik heb spijt van hoe ik me gedroeg toen je hier aankwam. Mijn vader had je hiernaartoe gehaald en ik had niet het recht om het je zo moeilijk te maken.'

Ze geloofde haar oren niet.

'Maar ik was bang, begrijp je? Ik had al die maanden geprobeerd je te vergeten, omdat jij mij ook vergeten was. Ik dacht dat de herinnering aan jou na verloop van tijd zou vervagen en dat ik mijn toekomst met Sid weer zou kunnen accepteren. We hadden het best leuk samen, vóór St Kilda. Maar plotseling stond jíj daar in de bibliotheek en keek je me aan alsof je me die avond níét had afgewezen en... Toen wist ik dat er voor mij niets was veranderd. Ik voelde nog hetzelfde.'

Ze kneep haar ogen dicht.

'Mijn trots was gekrenkt. Vriendschap leek voor jou voldoende te zijn, maar dat was het niet voor mij.' Hij schraapte zijn keel weer. 'Elke keer dat ik je met Felton zag praten, werd ik bijna gek. Ik dacht dat je voor hem zou kiezen en ik... Ik kon het niet verdragen. Ik ken hem al mijn hele leven, als jongens hebben we samen gespeeld, maar ineens kon ik hem niet meer uitstaan. Ik wilde hem weg hebben. Weg! En waarvoor?' Hij verhief zijn stem in gefrustreerde wanhoop terwijl zij bleef zwijgen. 'Terwijl jij al die tijd met een ander was getrouwd!'

Ze legde haar gespreide handen over haar gezicht. De tranen bleven onophoudelijk stromen. Elk woord dat hij zei maakte het alleen maar erger. Hoe kon ze hem in vredesnaam uitleggen...

'Waarom heb je het me niet verteld?'

Ze draaide haar hoofd met een ruk om toen ze zijn stem opeens vlakbij hoorde en ze zag hem een paar meter verderop staan, aan het einde van het pad. Hij had zijn jasje niet meer aan, ongetwijfeld omdat hij over het hek was geklommen, en ze zag een flard blauwe zijde in zijn hand.

Ze knipperde vol ongeloof met haar ogen omdat hij haar had gevonden. 'Hoe...'

'Ik speelde hier als jongetje altijd,' mompelde hij. 'Ik ken het hier op mijn duimpje.'

Ze keken elkaar een paar eindeloze minuten langaan. Ze zag de pijn in zijn ogen en voelde haar eigen tranen over haar wangen biggelen.

Hij zette een stap naar haar toe. 'Waarom heb je het me niet verteld? Het had zo veel pijn kunnen voorkomen...'

'Omdat het anders zit dan je denkt,' zei ze vlug, met verstikte stem. 'Heel anders.'

Hij knipperde met zijn ogen, leek niet overtuigd. Hij hield zijn armen om zijn lichaam geslagen alsof hij gewond was. 'Wie is hij? Ik moet het weten. Vertel het me.'

Ze begon te beven. Alleen al de gedachte erover te praten zorgde dat ze wilde vluchten. Wilde verdwijnen. 'Het maakt niet meer uit. Hij is dood.'

Ze zag dat zijn gezichtsuitdrukking veranderde. 'Wát?'

'Hij is overleden.'

'Wanneer dan? En hoe?'

Ze wendde zich af. Ze wilde er niet over praten, er niet aan denken.

'Effie...' Geschrokken kwam hij een paar passen dichterbij, maar ze zette zelf een stap achteruit.

'Ik ben er niet rouwig om. Ik hield niet van hem,' zei ze snel. Opstandig. 'Ik haatte hem!'

Sholto staarde haar aan en keek naar haar gebalde vuisten en boos glinsterende ogen. Ze zag eruit als een vos in de val. 'Effie... zeg me wat er is gebeurd. Je moet het me vertellen!'

Ze schudde vurig haar hoofd. 'Nee. Het ligt nu achter me en ik wil nooit meer aan hem denken. Ik spreek zijn naam niet uit… Hij is dood en daar ben ik blij om en ik zal niet doen alsof ik dat niet ben. Ik haatte hem!'

Hij keek haar aan met een blik die ze niet kon verdragen en ze wist dat haar angst van haar afstraalde, dat alle angst en afkeer van die nacht hem het verhaal vertelden dat ze hem nooit had willen vertellen. U keek hem aan alsof u hem haatte, had Bonner gezegd.

Er gleed een schaduw over zijn ogen en hij verbleekte. 'Zeg me zijn naam.'

Ze schudde haar hoofd terwijl hij naar haar toe liep en haar protest negeerde.

'Effie, toe.' Hij legde zijn handen op haar armen, maar ze keek hem niet aan. Zijn stem klonk schor. 'Zeg me alsjeblieft dat… híj het niet was.'

Toen keek ze op, haar ogen glanzend van de tranen.

Hij legde zijn hand over zijn mond en wangen. Hij wreef over zijn gezicht en kneep zijn ogen dicht. 'O god, nee.' Hij schudde zijn hoofd. 'Niet hij.'

Ze voelde een steek van paniek bij het zien van zijn wanhoop. 'Hij heeft jouw briefje bij de stierenstal vervangen door zijn eigen briefje,' stamelde ze. 'Dat bracht me naar de stormcleit, aan de andere kant van de vallei.'

Sholto's gezicht vertrok nu het bedrog van de rentmeester werd onthuld. 'Nee.'

'Daar wachtte hij op me. Hij dwong me…' Ze slikte. 'Hij dwong me om met hem over de bezemsteel te springen…'

'Wat?'

'Hij zei dat ik daardoor… voor de wet de zijne werd.'

Zijn adem stokte in zijn keel en bleef er hangen als haar jurk aan het hek.

'Maar dat is niet waar! Bezemhuwelijken zijn niet wettig!'

'Hier misschien niet. Maar bij ons heersten nog oude tradities. Het was daar anders. Er golden ongeschreven regels.'

'Heeft hij...' Hij ademde zwaar, zijn handen tot vuisten gebald. Ze zag zijn vertwijfeling.

'Hij heeft het wel geprobeerd. Maar Mhairi en Pop...' Er ontsnapte haar een snik. Ze kon de naam van haar hond amper uitspreken '... Poppit hebben hem tegengehouden. Ze heeft in zijn been gebeten... Hij schopte haar en brak zo haar poot en een paar ribben.'

'Liep hij daarom mank?' fluisterde hij. 'Hij zei dat hij aan een spijker was blijven hangen.' Hij keek haar ontsteld aan, terwijl hij dacht aan de gastvrijheid die ze hem op het jacht hadden betoond toen de rentmeester hinkend aan boord was gekomen.

'Maar het is nu voorbij. Hij is er niet meer en daar ben ik blij om.' Ze stak haar kin in de lucht en zag hoe zijn uitdrukking veranderde van droefheid naar iets wat meer op angst leek. De rentmeester was tenslotte dood.

Hij verbleekte en keek haar strak aan. 'Effie? Wat heb je gedaan?'

Ze keek hem een paar lange ogenblikken aan. 'Wat ik moest doen... Ik moest me van hem bevrijden. Hij kwam me halen en ik... Ik wist dat ik dat leven niet kon leiden.'

'Dat begrijp ik.' Hij knikte en legde zijn handen weer op haar armen. 'Ik begrijp het, maar je moet me vertellen wat je hebt gedaan. Alles. Ik moet het weten, zodat ik je kan helpen. Als je me in het duister laat tasten...'

'Ik kan jou hier niet in meeslepen,' zei ze wanhopig. 'Ik wil niet dat jij erbij betrokken raakt.'

'Maar dat ben ik al! Vertel me wat er is gebeurd. Ik kan je niet helpen als ik het niet weet.'

Hij kon haar helemaal niet helpen. Weir had het boek uit haar tas gehaald, en daarmee had hij het bewijs in handen dat hij nodig had om de 'ongewone' relatie die hij tussen Frank Mathieson en haar vermoedde te staven. Het was onvermijdelijk en de klok tikte door, maar ze zag de ongerustheid in Sholto's ogen. Hij was een gekweld man. Als het hem zou helpen, al was het maar voor even, om te geloven dat er iets aan te doen viel... Ze haalde diep adem. 'De avond voor de evacuatie haalde hij me in bij de kerk, zoals Bonner al zei, en deelde hij me mee dat hij mijn vader zou vertellen dat wij getrouwd waren. Hij zei dat hij "schappelijk" was geweest door me die laatste week op het eiland met mijn vader te geven, maar dat ik met hém naar het vasteland zou gaan. Als zijn echtgenote.'

Sholto knipperde met zijn ogen. 'En wat zei jij?'

'Ik stemde in. Ik had me er maanden op voorbereid. Sinds hij die avond met jullie vertrok, wist ik dat hij terug zou komen. Dus ik bedacht een plan. Ik probeerde nooit met hem alleen te zijn, maar ik wist dat dat uiteindelijk onmogelijk zou zijn, hij zou me op de een of andere manier benaderen. Overdag zorgde Poppit er wel voor dat hij bij me uit de buurt bleef, maar hij had slechts een paar momenten met mij alleen nodig, die avond bij de kerk... Dus vertelde ik hem na mijn aanvankelijke verzet, waar Bonner getuige van was, dat ik me had verzoend met het huwelijk, dat hij een betere echtgenoot zou zijn dan waar ik op had mogen hopen en dat hij lang genoeg geduldig was geweest.' Ze slikte, rillend nu ze weer aan haar flagrante leugens dacht. 'Ik vroeg hem me om middernacht aan de andere kant van het eiland te ontmoeten,' zei ze zacht.

'Glen Bay?' Sholto fronste. 'Hij vroeg zich niet af waarom je zo ver van het dorp wilde afspreken?'

'Ik heb hem verteld dat we op een afgelegen plek... de tijd konden nemen en niet zouden worden gestoord...'

Hij verbleekte weer, begrijpend wat ze hem vertelde.

'Ik heb hem dronken gevoerd tot hij bewusteloos was en daarna heb ik hem vastgebonden. Ik legde een mes neer, buiten zijn bereik, maar waar hij het wel kon zien. Ik heb een schapenblaas vol water voor hem achtergelaten, genoeg voor vier dagen als hij er zuinig mee was, en wat havercrackers. De ss Dunara zou een paar dagen na ons vertrek arriveren, maar...' Ze beet op haar lip. 'Er begon een harde wind te waaien en het duurde te lang. Ze kwamen te laat om hem te redden.'

Hij fronste. 'Dus je hebt hem niet gedood?'

'Ik wilde alleen maar ontsnappen. Maar dat heeft wel zijn dood tot gevolg gehad.' Ze haalde hulpeloos haar schouders op.

'Ja, maar de intentie doet ertoe, Effie! In het ergste geval is het doodslag, geen moord. En je was bang voor wat hij wilde doen. We kunnen zeggen dat het zelfverdediging was. Dat maakt heel veel uit.' Hij keek haar indringend aan. 'Denk goed na. Heeft iemand je gezien?'

'Ik denk het niet. Het was donker en iedereen had het druk.'

'Is er iemand die weet wat je hebt gedaan?' Hij keek haar vertwijfeld aan.

Ze beet op haar lip. 'Er is één persoon die het zou kunnen vermoeden.'

'Wie?'

'Ik heb een van de trawlerkapiteins gevraagd om op het vasteland een fles whisky voor me te kopen. Die hadden we niet op het eiland.'

'Hm. Ik zie niet in waarom de kapitein jouw fles whisky in verband zou brengen met de dood van de rentmeester. Heb je hem verteld waar je de drank voor wilde gebruiken?'

'Om de stier te verdoven. Voor de evacuatie.'

Er verscheen een zweem van een lach in zijn ogen, die meteen weer verdween. Hij keek voor zich uit, in gedachten verzonken. 'Het is nu een paar weken geleden dat hij is gevonden en er is nog niets gebeurd. Dat is reden tot hoop,' zei hij zacht. 'Ik zal Sir John vragen wat ze bij de politie weten. Ik zal proberen uit te zoeken in welke richting ze denken.'

'Alsjeblieft, je mag je er niet mee bemoeien. Hoe minder jij erbij betrokken raakt, hoe...'

'Als jij denkt dat ik jou nog iets laat overkomen vanwege hém...' Zijn stem klonk scherp, maar ze wist dat hij niet kwaad was op háár. Hij pakte haar hand en drukte die tegen zijn wang. Hij boog zijn hoofd en kuste de binnenkant van haar pols. 'Het spijt me. Het spijt me. Maar hij zal je niet nog eens van me afpakken, Effie. Dat heeft hij bij leven gedaan, maar ik weiger het nog eens te laten gebeuren nu hij dood is.'

Ze keek hem aan en zag hoe wanhopig graag hij haar wilde beschermen, maar ze wist dat het hopeloos was. Zelfs al had de kapitein nog geen verband gelegd tussen haar fles whisky en de dood van Mathieson, als Weir eenmaal haar ongewone relatie met de rentmeester kon bewijzen – een overtuigende reden om hem te vermoorden – zou hij het verband snel genoeg leggen. Maar het had geen zin om Sholto ongerust te maken over iets waar hij geen invloed op had. 'Het komt wel goed. Ik ben er zeker van dat niemand ons heeft gezien. Zoals jij al zei, hebben ze nog niet bij me aangeklopt en met elke dag die voorbijgaat...'

Hij knikte verwoed, plantte weer een kus op haar pols en hield haar vast alsof ze iets heiligs, verhevens was, iets zeldzaams. Iemand om te beschermen, niet om te bezitten.

Hij keek haar weer aan met ogen vol verdriet en spijt. Hoeveel hadden ze niet al geleden – verloren – voor enkele heerlijke momenten? Hoeveel meer mooie momenten waren hun nog gegund?

Of was dit het al?

Hij keek haar weer aan en de tijd stond even stil. Ze boog zich voorover, kuste hem en voelde de spanning in zijn lichaam nu haar verhaal in hem was neergedaald. Ze voelde zijn natte wang tegen de hare, de zoetheid van zijn lippen nu hij haar dichter naar zich toe trok en haar kuste op dezelfde manier als aan het touw, toen ze verborgen waren voor de wereld, toen er niets en niemand anders bestond. Ze verborgen zich nog steeds, maar ze hield zich niet angstvallig vast, ze was nu niet bang om te vallen. Ze liet zich door hem naar de grond trekken en ze zuchtte terwijl zijn handen over haar lichaam gleden. Het weelderige gras geurde heerlijk in de nachtelijke lucht terwijl de uil in de boom verderop een eenzame roep liet horen.

30

'Effie!'

De stem werd weggeblazen door de wind. Het laken in haar handen wapperde als een ondeugend kind alle kanten op terwijl ze probeerde het met wasknijpers aan de lijn te bevestigen. Haar haar bleef als kleine zweepslagen tegen haar wangen slaan, maar ze glimlachte alleen maar. Niets zou vandaag de vreugde uit haar hart kunnen halen. Ze voelde zich als herboren. Voor de verandering maakten haar blote voeten geen contact met de grond, maar zweefden ze er een paar centimeter boven, alsof ze door engelen was gekust.

Maar ze was gekust door een veel aardser iemand. Ze rook nog het gras op haar huid, de koele, vochtige aarde in haar haar. Toen ze onder hem had gelegen, had ze het gevoel gehad dat hij haar de grond in had mogen drukken, een soort nieuwe mal, een gietvorm voor haar had mogen maken, zodat ze hier nu zou thuishoren. Thuis!

Ze sloot haar ogen en haar lichaam viel stil terwijl er weer een herinnering aan gisteravond bovenkwam. Eindelijk begreep ze de opwinding die haar vriendin Flora tentoonspreidde als ze op hoge, snelle toon had gesproken, als haar ogen gloeiden terwijl Effie haar brandende vreugde in kleermakerszit had gadegeslagen.

'Effie!' Er tikte iets hard op haar schouders en ze draaide zich om naar haar vader, die haar vragend aankeek. 'Ben je doof, lass? Of sta je te slapen? Billy is hier.'

'Billy?' Ze liet de rest van het wasgoed in de mand liggen en volgde hem naar binnen. Dat haar vader geen Engels sprak, had hem de afgelopen weken ingetogener gemaakt. Natuurlijk sprak Felton Gaelic met hem, en dat was prettig, maar alle nieuwe gezichten, de onuitgesproken pikorde en de grandeur van het landgoed overweldigden haar vader nog steeds.

Billy stond inderdaad op het pad voor de deur, met een zacht, in katoen gewikkeld bundeltje in zijn handen. Hij stond met zijn rug naar haar toe, zijn gezicht naar de zon gekeerd.

'Hallo, Billy,' zei ze terwijl ze door de gang liep, met haar vader achter zich aan.

Billy draaide zich om. 'Hallo, Effie. Mrs McKenzie heeft me gevraagd je dit te brengen.'

Hij stak haar het bundeltje toe en ze nam het van hem aan. 'Wat is het?'

'Je kleren. Ze zijn gewassen en gestreken.'

Effies ogen ontmoetten de zijne. Sibyl had haar kleren gisteravond nog gedragen. Dat ze nu al schoon en droog waren... Hoe laat waren de dienstmeisjes al met de was begonnen?

'Ze stond erop dat ze zo snel mogelijk naar je terug zouden worden gebracht,' zei hij alsof hij haar gedachten kon lezen.

Effie vouwde de bovenkant open. Johns wollen vest, dat ze voor hem had gebreid met alle steken die ze had laten vallen, lag mooi schoon bovenop – zonder bietenvlekken. Ze begreep meteen wat dit gebaar betekende. Het was een teken van solidariteit. De bedienden toonden vriendelijkheid als reactie op Sibyls kwaadaardige gedrag van de vorige avond. Het betekende ook dat ze allemaal wisten wat er was gebeurd, hoe ze in het openbaar was vernederd.

'Het is mijn was maar, vader,' zei ze in het Gaelic, en ze liet het hem zien.

'Ah,' zei hij. Hij verloor zijn belangstelling en schuifelde terug de cottage in om verder te gaan met het aanvegen van de vloer.

Billy keek hem na voordat hij weer iets zei.

'Ze is weg,' zei hij ferm, en de blik in zijn ogen vertelde haar wie 'ze' was.

'Weg?' Had Sholto het dus gedaan? Hij had gezegd dat hij haar zou wegsturen, maar zo snel al? Haar ziel maakte een pirouette.

'Aye. Fraser heeft haar vanochtend naar het station gereden.'

'Niet Sholto?'

'Nee.' Voor de verandering corrigeerde hij haar niet om de vrijpostigheid waarmee ze hem bij zijn voornaam noemde.

Ze staarde naar het bundeltje en probeerde te verbergen hoe snel haar hart klopte, maar ze wist dat ze bloosde. Ze barstte bijna uit elkaar van geluk. Kon ze het inhouden – of zag Billy het aan haar? Stond haar geheim op haar gezicht te lezen?

'Nou... dan zal Henry wel blij zijn,' zei ze luchtig met een zweem van een lach om haar lippen.

Zijn ogen twinkelden en hij grijnsde. 'O, Henry is opgetogen.'

Effie grinnikte zachtjes bij de gedachte aan de lakei die Margaux elke ochtend uitliet in de rozentuin. Maar de grote kat was nu verdwenen, samen met haar eigenares. Effie bracht de kleren naar haar borst en klemde ze tegen zich aan. Ze had gedacht dat ze ze nooit meer zou terugzien, haar enige aandenkens aan haar broer.

'Ik dacht dat je het vast wel wilde weten,' zei Billy, die haar gadesloeg. 'Maar ik moet nu terug. Het is een gekkenhuis. Alles moet weer aan kant zijn voordat de graaf en gravin thuiskomen.'

Effie was verbaasd. 'Komen ze vandaag terug?'

'Aye,' kreunde hij.

'Je zult wel afgepeigerd zijn! Hoe laat was het feest afgelopen?'

'O, niet lang nadat Lord Sholto jou achternaging in de tuin en Lady Sibyl zich in haar kamer had teruggetrokken,' zei Billy plompverloren en met een veelzeggende blik. Hij keek haar aan met dezelfde uitdrukking die ze die keer in de eetzaal had gezien toen de kwestie van de lelies werd besproken, die Fanny had verplaatst, waardoor de huismeesteres van slag was geweest. Effie had er toen niets van begrepen, maar nu begreep ze het maar al te goed. Ze wist dat Billy wist dat ze gedaan had wat ze niet had mogen doen, wat de predikant als grote zonde had bestempeld, waar Flora haar voor had gewaarschuwd, wat de rentmeester zijn leven had gekost omdat hij had geprobeerd... En ze had er geen spijt van.

'Je ziet er trouwens anders uit tegenwoordig. Minder... verloren.'

'Ik dacht dat je "wild" zou zeggen!'

Hij lachte. 'Ha! Nee! Ik denk dat je dat altijd zult blijven, wat er ook gebeurt.'

Wat er ook gebeurt. Ondanks haar vreugde was haar toekomst nog onzeker. Het geluk lachte haar toe, maar... daarboven hing ook een donkere wolk van wanhoop. Ze was nog niet af van de schaduw uit haar verleden. Die viel zelfs in het zonlicht over haar heen, verkilde haar botten en joeg haar na in haar dromen. Ze was in zekere zin bevrijd van Frank Mathieson, maar dat wilde niet zeggen dat ze hem helemaal van zich had afgeschud. Want zolang Weir dat boek had, kon er nog wraak volgen vanuit de dood.

'Tot ziens, Effie.' Hij tikte tegen zijn pet en liep terug over het pad naar de laan van het landgoed. Zijn fiets stond tegen het stenen muurtje en hij gooide een been over de stang. 'O, aye... over de duivel gesproken. Je hebt nog een bezoeker, zie ik,' zei hij met die kenmerkende ondeugende blik over zijn schouder.

'Wie dan?' Ze liep naar buiten en zag een ruiter in handgalop aan komen rijden.

Billy knipoogde. 'O, wat zou ik graag nog even blijven!'

'Wegwezen!' zei ze lachend.

Hij liet zijn fietsbel rinkelen en begon weg te peddelen weg terwijl Effie het bundeltje nog strakker tegen zich aan hield en bij het hek bleef staan wachten. Sholto knikte naar Billy, die wegfietste en beleefd zijn pet afnam.

'Effie,' zei Sholto toen hij dichterbij kwam en de teugels aantrok, en bij de eerste blik die ze wisselden zag ze dat ook hij bijna uit zijn vel barstte van vreugde. Het was niet te onderdrukken. Het liet haar in één oogopslag zien dat wat ze de afgelopen nacht hadden gedeeld écht geweest was, en geen droom.

Ze besefte dat ze straalde. Dat ze allebei straalden. Er stond een mand tussen zijn benen en hij sprong ermee van het paard. Hij gooide de teugels om de paal van het hek terwijl ze een stap achteruit zette om hem te laten passeren. Zijn blik viel op het bundeltje in haar armen. Aan zijn gezicht te zien wist hij wat erin zat.

'Hoe gaat het vanochtend met je?' vroeg hij met gedempte stem.

'Heel goed,' zei ze met en knikje, en ze wilde dat ze zich weer in zijn armen kon vlijen. 'En met jou?'

Zijn blauwe ogen drongen als zonnestralen tot de hare door. 'Uitstekend.'

'Uitstekend,' herhaalde ze, blij met het woord, met wat het betekende. Hij had geen spijt.

'Alweer een picknick?' vroeg ze met een blik op de mand in zijn armen.

Hij aarzelde. 'Nou, nee.'

'Wat dan?'

'Kijk maar.'

Met een nerveus lachje opende ze het deksel – en er kwam een koude, natte neus tevoorschijn.

'Slipper?' zei ze naar adem happend. Instinctief nam ze de hond in haar armen. Die kronkelde blij. 'Maar wat...'

Er verscheen nog een koude, natte neus. Ze knipperde met haar ogen. 'Heb je er twéé meegebracht?'

Hij straalde. Met dezelfde glimlach die ze nog kende van St Kilda. Ongekunstelde, bedwelmende blijdschap.

'Sholto, wat is dit?' vroeg ze lachend. 'Weet Huw dat je ze hier hebt?'

'Huw heeft ze me gegeven. Of eigenlijk heb ik er een gekocht en heeft hij me de andere gegeven om jou te schenken.'

'Maar waarom geeft hij me een geschenk? Ik begrijp het niet.'

'Ik ben vanochtend naar hem toe gegaan. We kennen elkaar al sinds onze kindertijd en ik wil dat het goed zit tussen ons. Ik wilde eerlijk tegen hem zijn.'

Ze slikte. 'Bedoel je...'

Hij knikte. 'Ik heb het hem verteld. Van ons.'

'Sholto.' Haar stem was nu een fluistering. 'Dat kan niet.'

'Ik heb het toch gedaan,' zei hij op besliste toon. 'En ik ga het iedereen vertellen. Ook mijn ouders.'

Ze schudde haar hoofd en voelde een koude golf van paniek door zich heen slaan. 'Nee.'

'Effie... ja.' Hij dwong haar hem aan te kijken. 'Ja.'

'Maar stel dat...'

'Mocht het ergste gebeuren, dan kan ik je beter beschermen als je mijn echtgenote bent.'

'Echtgenote?'

Hij knipperde met zijn ogen. 'Ik meen het, Effie. Ik wil je niet nog eens verliezen.'

Ze schudde opnieuw haar hoofd. 'Dit kun je niet doen. De schaamte die het voor je familie zou betekenen...'

'Hou op. Ik zal me nooit voor je kunnen schamen.'

'Je ouders zullen daar anders over denken, dat verzeker ik je!'

'Ze komen vanmiddag terug,' zei hij vastbesloten. 'En dan gaan we het hun vertellen.'

'Sholto...' protesteerde ze. Ze wist dat ze hem nu over Weir moest vertellen, voordat hij dit zou doorzetten. Hij moest weten dat het hopeloos was. De politie zou haar op het spoor komen zodra ze het boek in handen kregen. Dat was haar motief op een presenteerblaadje: zelfverdediging of niet, wat ze had gedaan viel dan niet meer te ontkennen.

Hij legde een vinger tegen haar lippen. 'Ik weet dat ze geschokt zullen zijn, maar ze vinden je geweldig en ze willen dat ik gelukkig word.'

Weer schudde ze haar hoofd. 'Geweldig is niet genoeg,' siste ze met een blik achterom om te kijken of haar vader nog in de cottage was. 'Als ik met je trouw is dat al schokkend genoeg, maar als je echtgenote wordt gearresteerd...' Haar stem brak. 'Nee. Ik heb iets verschrikkelijks gedaan, dat moet je onder ogen zien. Ik ben alles wat ze van me zeggen. Ik ben te wild.'

Hij pakte haar hand en gaf er een kus op. 'Effie, luister naar me. Ja, de mensen zullen erover praten, sommigen zullen ons zelfs de rug toekeren, maar dat kan me niet schelen. Jij hebt me laten zien wat vrijheid is, je maakt me aan het lachen. Met jou heb ik meer dan ooit het gevoel dat ik lééf. Het is je wilde aard waar ik van hou, snap je?'

Ze keek hem weer aan. Zelfs nu er geen leugens meer tussen hen bestonden, waren er nog obstakels.

'Ik kan mijn vader niet verlaten. Hij heeft me nodig.'

'Dat weet ik, en ik dacht dat hij in het grote huis kon komen wonen, maar volgens Felton zou hij dat vreselijk vinden.'

Ze glimlachte onwillekeurig. Felton had gelijk. Haar vader kon al die trappen in het grote huis niet aan, en hij zou zich er al helemaal niet op zijn gemak voelen. Hij voelde zich thuis in deze cottage. Elke ochtend plukte hij een appel van de boom in de achtertuin om mee te ontbijten, en nu de aardappelen, tuinbonen en wortels in de lazybeds stonden, was hij aan de bloembedden begonnen. Het had even geduurd voordat hij had kunnen accepteren dat iets louter decoratief kon zijn in plaats van alleen functioneel, maar een paar tuinlieden – die ook Gaelic bleken te spreken – waren naar hem toe gekomen met wat kamperfoelie- en rozenstekken, en hadden hem wat tips gegeven.

'Maar Felton zegt dat hij vlakbij woont, achter die bomen daar, en dat hij hem 's avonds zal bezoeken. En hij gaat de pup trainen om voor hem te zorgen, zodat je vader niet verlegen zal zitten om hulp of gezelschap. En we sturen een dienstmeisje om het huishouden voor hem te doen. Mrs McLennan kan Billy zijn avondeten laten brengen. En *wíj* zullen in de buurt zijn.' Hij maakte een hoofdgebaar in de richting van het imposante landhuis. 'Je kunt hem elke dag opzoeken.'

Effie knipperde met haar ogen. Hij had overal aan gedacht, maar ze wist dat het gezelschap van de jachtopziener de enige geruststelling was die haar vader nodig zou hebben. Dag na dag vulde hij de leegte die haar broer had achtergelaten. Huw Felton was geen sentimenteel man, maar wel een goeie vent. 'Wat zei hij toen je hem over ons vertelde?' vroeg ze zacht.

'Hij zei...' Sholto dacht even na en in zijn gladde voorhoofd verscheen een frons. 'Hij zei dat we twee zielen waren die "nooit het vuur hebben ontstoken dat toch tussen hen brandt". Zegt dat je iets?'

Ze glimlachte alleen maar. Het was een oud gezegde van de Hebriden en het toonde misschien nog eens extra aan waarom Felton beter bij haar paste, maar haar hart liet zich niet dwingen. Vanaf het eerste moment was het Sholto geweest.

Slipper snuffelde in haar hals en Effie begroef haar gezicht weer in haar vacht. 'Is ze echt van mij?'

'Felton zei dat ze vanaf de eerste ontmoeting al van jou was. Ze is jouw huwelijksgeschenk.'

Z glimlachte en hield het warme dier nog dichter tegen zich aan. Ze voelde iets in haar genezen, een wond die dichtging. Ze keek Sholto aan en slaakte een zucht. 'Dus je weet het zeker, ik kan je er niet van afbrengen?'

Zijn glimlach werd breder en zijn ogen sprankelden. 'Waar is je vader?' De blik in zijn ogen verplaatste zich naar het huisje.

Effie draaide zich om en zag haar vader stomverbaasd in de deuropening staan, met in zijn armen de andere jonge hond.

'Ze is voor u, vader,' zei Effie in het Gaelic, terwijl ze naar hem toe liep. 'Huw gaat haar voor je trainen.'

'Voor mij?' vroeg hij. 'Waarom?'

Ze slikte. 'Om je gezelschap te houden.'

Haar vader staarde haar aan alsof hij meer had gehoord dan die vijf woorden.

Sholto zette een paar stappen naar voren. 'Mr Gillies, ik hou van uw dochter,' zei hij. In het Gaelic!

Effies mond viel open. Ook haar vader keek hem verbijsterd aan.

'Zou ik u om haar hand mogen vragen?'

Er volgde een verwonderde stilte.

'Waar... waar heb je dat geleerd?' fluisterde ze.

'Felton,' mompelde hij zonder zijn ogen van haar vader af te wenden.

Effie keek ook naar haar vader. Nou?

Hij hield haar blik enkele seconden vast. De stilte tussen hen was dieper dan woorden ooit zouden kunnen zijn. Hij was in zijn leven zo veel kwijtgeraakt.

'Heb ik je niet altijd gezegd dat je ver van huis mocht scharrelen maar met de buurman moest trouwen?' zei hij ten slotte, met een breed armgebaar van de cottagetuin naar het grote huis verderop.

Ze lachte. In feite wáren ze buren, zij het met driehonderd schapen en zo'n tachtig hectare ertussen. 'Weet u het zeker, vader?'

'Hij houdt van je en hij heeft schapen,' zei hij schouderophalend.

'En een adellijke titel. Maar inderdaad, schapen.' Lachend liet Effie zich door hem omhelzen en ze rook de turfvuren van thuis, die hij nog steeds met zich meedroeg. De beide mannen schudden elkaar plechtig de hand.

'Ik vraag me af...' mompelde Sholto, die de cottage in liep.

'Wat doet hij nou? Je gaat nu toch nog niet weg?' vroeg haar vader, die Sholto naar binnen zag gaan.

'Nee, maar...' Ze had geen idee wat hij aan het doen was totdat Sholto even later weer tevoorschijn kwam met de bezem in zijn hand. Met een glimlach legde hij die voor haar vader neer op de grond en keek hem vragend aan.

Haar vader knikte instemmend.

'Je weet dat dat niet wettelijk is,' zei ze lachend toen Sholto haar hand pakte.

'Wel als we het allebei willen. Ik trouw met je op elke wijze die me ter beschikking staat, Effie Gillies.' Zijn ogen glinsterden en ze wist wat hij beoogde. Dit was niet alleen een eerbetoon aan hun eilandtradities, een teken van respect voor de oude gewoonten. Hij zette recht wat helemaal verkeerd was gegaan.

'Wil je met me over de bezem springen?' vroeg hij.

Ze straalde. 'Zo vaak als je maar wilt.'

31

Ze liepen hand in hand over het bordes naar het huis. Effie zag de tuinlieden kijken.

'Ontspan,' zei Sholto met een glimlach toen hij de spanning in haar greep voelde.

De deur werd voor hem geopend door Henry, die zijn kin naar voren stak en recht voor zich uit keek. Hij gaf er geen enkele blijk van dat hij hun ineengestrengelde handen zag, of hoe dicht ze naast elkaar liepen, maar Effie wist dat het nieuws als een lopend vuurtje door de dienstvertrekken zou gaan nu zijn vermoeden werd bevestigd. Had hij er een weddenschap op afgesloten? Of was dat Billy?

'Zijn de graaf en gravin al terug?' vroeg Sholto hem.

'Ze worden elk moment verwacht, sir,' antwoordde Henry, die nog steeds naar een vast punt op de muur keek.

'Mooi. Wil je hun vragen om ons in de blauwe salon op te zoeken als ze aankomen?'

'Ja, sir.'

Sholto gaf een kneepje in haar hand en ze liepen door de hal naar de salon terwijl Henry's voetstappen achter hen wegstierven. Hij liep naar de haard en drukte op de bel om Mr Graves te ontbieden.

Hij draaide zich weer naar haar om, buitengewoon knap in zijn pak, en zijn ogen gloeiden toen hij haar midden op het tapijt zag staan. 'Je ziet eruit als een verdwaald hertje dat vanuit het bos naar binnen is gewandeld,' zei hij zachtjes lachend. 'Kom eens hier.'

Ze liep naar hem toe, zich wild voelend in een kamer vol zijde.

'Ontspan. Dit is nu je thuis.'

'Maar...'

'Geen gemaar. Dit is jouw thuis.' Ze keek hem weer aan terwijl hij met zijn handen door haar haren woelde, haar hoofd in zijn handen hield en haar kuste. Niet zoals hij eerder had gedaan, waar haar vader bij was toen ze over de bezem sprongen, maar zoals gisternacht in de doolhof, toen er niemand bij was geweest. Ze voelde haar lichaam ontspannen. Was hij echt van haar? Was zij echt van hem?

Ze hoorden dat de deurknop werd omgedraaid en ze sprong met vuurrode wangen bij hem vandaan. Als de graaf en gravin hen zo zouden aantreffen…

'Bedankt, Graves,' zei Sholto, lachend om haar paniekerige reactie. Hij stak een hand in zijn broekzak. 'Dat was snel, moet ik zeggen. Ik heb Henry gevraagd om mijn ouders te verzoeken hiernaartoe te komen als ze arriveren. Wil jij een fles champagne koud zetten?'

Champagne? Het middaguur was nog niet eens aangebroken. Effie was net zo geschokt als de butler keek.

'Eigenlijk, milord, was ik al onderweg naar boven toen u belde.'

Sholto fronste. 'O?'

'Ik ben bang dat er wat… commotie is ontstaan in de dienstvertrekken.'

'Commotie?'

De butler keek nadrukkelijk naar Effie voordat hij Sholto weer aankeek. Het was duidelijk wat hij bedoelde.

Sholto liep naar haar toe en pakte haar hand weer vast. Voor Effie voelde het schokkend en gedurfd, maar Sholto was opstandig. 'Alles wat je te zeggen hebt, mag je zeggen waar Miss Gillies bij is.'

Het pleitte voor Graves dat hij geen spier vertrok en simpelweg knikte. 'Uitstekend, milord. Er is een politieman die u wil spreken.'

Er ontplofte een stilte in de kamer.

'Wat?' Sholto's stem klonk schor en hij keek Effie aan. Ze verstarde en verbleekte. 'Nou? Wat wil hij?'

'Het heeft te maken met wijlen de rentmeester van Sir John MacLeod.'

Sholto's greep werd strakker. Het duurde even voor hij antwoord gaf. 'Prima.'

De butler knikte en verliet de salon. Ze liet haar schouders hangen en al haar hoop vervloog. Sholto sloeg zijn armen om haar heen. 'Effie, luister naar me. Je zegt geen woord, hoor je me? Ik handel het wel af. Ik stuur hem weg en we zetten Kerr-Miller erop. Onze advocaat...'

Ze probeerde zich te concentreren op wat hij zei, maar hij klonk ver weg, alsof hij vanuit een andere ruimte tegen haar praatte. Ze voelde dat ze oppervlakkig ademde, ze was duizelig en haar handen begonnen te tintelen. Dit was het dan. Er was hun slechts een uur geluk gegund.

'Effie, kijk me aan. Je hebt niets te vrezen! Je had die nacht niet de intentie hem te doden. Zijn dood is veroorzaakt door een ongelukkige samenloop van omstandigheden, waar jij geen controle over had. Kerr-Miller zal aantonen dat je uit zelfverdediging handelde en dat Mathiesons eigen verderfelijke optreden jouw drijfveer was en zijn ondergang betekende...'

De deur ging weer open en ze maakte zich los uit zijn omarming. Graves kwam binnen met een agent in uniform. Hoe overtuigd Sholto er ook van was dat hij haar zou kunnen redden, zij wist iets wat hij niet wist: dat Weir kon bewijzen dat ze een motief had gehad, dat ze hem met opzet had willen uitschakelen en achterlaten, dat ze hem schade wilde toebrengen.

De agent nam zijn pet af en knikte naar Sholto. 'Lord Sholto? Ik ben brigadier Menzies.'

'Wat kan ik voor u doen, brigadier?' vroeg Sholto koeltjes. Hij rechtte zijn rug.

'Ik ben hier in verband met het onderzoek naar de dood van Frank Mathieson.' Hij aarzelde en keek vragend naar Effie, maar noch zij, noch Sholto reageerde. 'Het is een... gevoelige kwestie. Misschien wilt u liever een gesprek onder vier ogen?'

'Zeker niet.'

De agent aarzelde nog steeds. 'Nou, aangezien dit een lopend onderzoek betreft... Mag ik u vragen wie deze jongedame is, sir?'

'Miss Gillies is mijn verl...'

'Ik ben de beheerder van de ornithologische collectie van de graaf,' onderbrak ze hem resoluut.

Sholto keek haar aan met een blik van ontzetting, maar ze liet zich hier niet van afbrengen. Het moment was gekomen, dat viel niet te ontkennen. Ze mocht deze familie geen schande aandoen.

'Miss Euphemia Gillies?' De ogen van de agent vernauwden zich.

'Ja.'

Er viel een korte stilte. 'Nou, wat een gelukkig toeval dat ik u hier tref, Miss Gillies. U bent de volgende persoon die ik vandaag graag wil spreken...'

Effie liet haar schouders weer hangen. Ze dacht dat haar benen onder haar zouden bezwijken.

'Wat kan ik voor u doen, brigadier?' herhaalde Sholto, die de aandacht weer naar zichzelf toe trok.

'Ah, ja. Nou, ik zou u graag enkele vragen stellen, als dat mag, sir.' Hij haalde een notitieboekje en een potlood uit zijn binnenzak. 'U bent bevriend met Sir John MacLeod, is het niet?'

'Dat zijn wé inderdaad.' Het volledige gewicht van zijn voorname familie kwam tot uiting in dat ene tweeletterige woordje.

'En wist u van het grote aantal diefstallen dat de laatste maanden heeft plaatsgevonden op Dunvegan?'

Sholto fronste. 'Natuurlijk. Sir John heeft enkele kostbare artefacten verloren die onvervangbaar waren. Hij was erg van streek.'

'Kunt u zich specifieke dingen herinneren?'

Sholto dacht even na. 'Bonnie Prince Charlies gouden ring.'

'En een boek?'

Effies hartslag schoot omhoog, maar Sholto bleef kalm in zijn onwetendheid.

'Ja, nu u het zegt. Zijn exemplaar van *Zangvogels van Schotland* is gestolen. Dat is zeer kostbaar. Er zijn maar acht exemplaren van uitgegeven. Wij hebben er hier ook één.'

'Ah. En is het hier nog?'

'Ja.'

'Dus u hebt het recentelijk nog gezien?'

Sholto's frons werd dieper. 'Ja.'

'Weet u het zeker?'

'Heel zeker. Luister eens, waarom vraagt u me hiernaar?'

'Uw hofmeester, Mr Weir, heeft op 9 september een boekenantiquair in Glasgow bezocht. Weet u daar iets van, sir?'

'Ja.' Hij schraapte zijn keel en wierp Effie een vluchtige blik toe. 'Eh... ons exemplaar was beschadigd en moest worden hersteld. Er hadden wat pagina's losgelaten.'

'Maar het is nu weer hier?'

'Ja. Ik heb het zelf opgehaald van het station.' Sholto keek de rechercheur strak aan.

'En bent u van plan het te verkopen, sir?'

Sholto fronste weer. 'Natuurlijk niet! Het is al bijna tweehonderd jaar in het bezit van onze familie. Het is een van onze meest gekoesterde eigendommen. Hoezo?'

'De boekverkoper vertelde dat Mr Weir naar de marktwaarde van het boek informeerde.'

Sholto kneep zijn ogen samen. 'Wat? Waarom zou hij dat doen?'

'Ik hoopte dat u me dat zou kunnen vertellen, sir.'

'Ik heb geen idee! We zijn geenszins van plan het boek te verkopen. En ik begrijp niet wat ons herstelde boek te maken heeft met de dood van MacLeods rentmeester.'

De brigadier rechtte zijn rug en stopte zijn notitieboekje en potlood terug in zijn binnenzak. 'Helaas moet ik u meedelen, sir, dat wij reden hebben om aan te nemen dat wijlen Mr Mathieson kostbare – zelfs zéér kostbare – voorwerpen van Sir John MacLeod heeft gestolen, en dat hij ze verkocht aan privéverzamelaars, en we denken dat Mr Weir zijn handlanger was.'

Er viel een verbijsterde stilte. 'Wát?'

'Het Dunvegan-exemplaar van het boek dat u hebt laten herstellen, is zojuist bij een doorzoeking aangetroffen in een koffer onder

Mr Weirs bed. Hij is gearresteerd wegens bezit van en handel in gestolen goederen. We hebben hem in hechtenis genomen.'

'Ongelooflijk!' Sholto keek haar aan, maar Effie zweeg. Het bloed suisde door haar hoofd en haar hart klopte in haar keel. Mathieson en Weir?

'Weir? Een dief...' Sholto keek onthutst. 'Wat zegt hij er zelf over?'

De brigadier keek Effie recht aan. 'Nou, het is heel vreemd, maar tijdens ons verhoor had Mr Weir het herhaaldelijk over u, Miss Gillies.'

'Over mij?' Haar stem was een fluistering.

'Hij zei dat hij het boek onder úw bed had gevonden en dat hij het als bewijs had willen overhandigen ten bate van het onderzoek naar de dood van Mr Mathieson.'

'Dat is absurd!' tierde Sholto. 'Hoezo, "bewijs"? Waarvoor?'

Maar de politieman liet zich niet van de wijs brengen. 'Kende u Mr Mathieson, Miss Gillies?'

'Aye, zeker. Ik kom van St Kilda en hij was de rentmeester van de landheer.'

'Hoe zou u uw relatie met hem omschrijven?'

'Als beleefd.'

'Beleefd? Niets intiemers?'

Het lukte Effie om verontwaardigd naar adem te happen. 'Natuurlijk niet! Hij is bijna twee keer zo oud als ik.'

'Brigadier! Ik maak hier bezwaar tegen,' zei Sholto met klem.

'Het spijt me dat ik u zo'n gevoelige vraag stel, maar Mr Weir beweert dat Mr Mathieson het boek van Lord MacLeod heeft gestolen en het aan u heeft geschonken, Miss Gillies, als blijk van zijn liefde.'

Sholto keek spottend. 'Ik denk dat het overduidelijk is dat Mr Weir alles aangrijpt om eronderuit te komen. Hij wil klaarblijkelijk de aandacht van zijn criminele activiteiten afleiden door Miss Gillies te beschuldigen, simpelweg op grond van het feit dat zij van St Kilda afkomstig is, waar Frank Mathieson is gestorven.'

Er viel opnieuw een stilte.

De brigadier keek haar aandachtig aan. 'Hebt u hier iets over te melden, Miss Gillies?'

'Nee, sir. Ik begrijp niet waarom Mr Weir zoiets zegt.' Haar stem trilde onder het gewicht van de leugen. Ze had het gevoel dat haar leven een rondtollende munt was. Aan de ene kant bevond zich de vrijheid, aan de andere kant verlies – van vrijheid, van een toekomst, van Sholto... Maar naar welke kant zou de munt vallen?

'Hoe... hoe weet u dat het boek dat u hebt gevonden aan Lord MacLeod toebehoort?' vroeg ze.

'Het heeft het stempel van het wapen met de stier van de MacLeods, Miss Gillies. Iedere familie heeft een eigen wapen.'

'Dat van ons is een gevleugelde draak,' zei Sholto afwezig. Hij keek de agent weer aan. 'Denkt u dat hij ook van plan was om ons exemplaar te stelen en beide boeken te verkopen?'

'Mogelijk. Een paar van zulke zeldzame boeken zou zeker de hoofdprijs opleveren. We denken dat hij via de boekverkoper te weten wilde komen of er interesse voor bestond.'

Zou dat zo kunnen zijn? Was hij net zo verdorven als de rentmeester, zijn partner in crime? Of had Mathieson alleen gewerkt en had Weirs toevallige vraag, gesteld uit nieuwsgierigheid, zijn leven een wending gegeven waardoor híj nu verdacht werd – en niet zij?

Ze voelde haar hart bonzen terwijl ze probeerde te bedenken of hij zijn eigen onschuld kon bewijzen, zoals hij had geprobeerd haar schuld aan te tonen. Het boek bevatte niets wat erop kon duiden dat het ooit in haar bezit was geweest – geen inscriptie, helemaal niets. Het zou haar woord tegen het zijne zijn nu het enige bewijs dat haar in verband had kunnen brengen met Frank Mathieson aan hém gelinkt werd. Zij waren twee mannen van vergelijkbare leeftijd en stand, van wie iedereen wist dat ze bevriend waren geweest en dat ze in een vertrouwenspositie werkzaam waren voor machtige families. Ze proefde al bijna haar vrijheid, zwevend als een zeevogel op de thermiek. Ze wist dat zij niet onschuldig was, maar van Weir wist ze het niet zeker. Het verhaal klopte en ze was niet van plan om het te ontkrachten. Tenslotte had Weir achter haar aan gejaagd. Waarom zou ze hem redden?

Ze wierp Sholto een blik vol opflakkerende hoop toe. Ze zag de vertwijfeling in zijn ogen, een stil, dringend verlangen ergens anders te zijn.

'Miss Gillies, nu ik u toch spreek, wil ik u nog wat vragen stellen,' zei de agent, die het ontbrandende vlammetje doofde en weer een piek in haar hartslag veroorzaakte. 'Zoals ik al zei, was u de volgende op mijn lijstje. Ik begrijp dat u met uw vader in een cottage op het landgoed woont?'

'Nou, in feite...' zei Sholto.

'Inderdaad, sir,' zei Effie, hem opnieuw onderbrekend. Want zolang het zwaard boven haar hoofd hing, mocht hij hun relatie niet openbaar maken. Dat zou ze niet toestaan.

'Scotland Yard is bezig al uw voormalige eilandgenoten te verhoren. We proberen de eigenaren van de voorwerpen op deze foto te achterhalen.' De brigadier stak zijn hand in zijn zak en haalde een kleine foto tevoorschijn, die hij haar overhandigde.

Ze pakte hem aan met een zichtbaar trillende hand. Haar schuld drong zich op als een onbeschoft kind. Het was een zwart-witfoto, maar de voorwerpen waren duidelijk te zien. In de rechterbovenhoek zag ze vier vingers van een hand.

Effies maag draaide om toen ze begreep waar ze naar keek. Ze wilde het niet zien. Wilde hém niet zien.

Maar...

Ze fronste en tuurde. Het koude zweet prikte op haar huid toen ze het oude roestige mes zag dat ze naast een stuk touw had laten liggen, dat nu was doorgesneden. En de whiskyfles was stukgeslagen. Ze zag donkere spetters op de rotsen en het gras... Bloed?

Ze keek geschrokken op. De agent sloeg haar nauwlettend gade. Hij had het notitieboekje en het potlood weer in zijn handen.

Sholto, die naast haar stond, verstijfde ook. Ze wist dat ook hij kon zien dat dit niet overeenkwam met wat ze hem had verteld. Deze bloedige chaos was compleet anders dan het tafereel dat zij had achtergelaten, maar hoe kon ze hem dat vertellen?

'Wat is dit?' vroeg Sholto op gedempte toon, de woorden als asrestjes in zijn mond.

'Dit is de plaats delict. Deze foto laat zien hoe en waar het slachtoffer is gevonden, sir. Het was een gewelddadige aanval.'

'Aánval?' He woord – eerder een kreet – ontschoot haar als een kogel. 'Bedoelt u dat hij is vermoord?' Ze haalde moeizaam adem en haar lichaam voelde zwaar als lood.

'U klinkt verbaasd, Miss Gillies.'

'Ik dacht dat hij gewoon was... overleden. Dat hij was achtergebleven en van de honger of dorst was gestorven. Niet...' Ze staarde weer naar de vingertoppen in de hoek van de foto.

De ogen van de agent vernauwden zich. 'Miss Gillies, Mr Mathieson is vermoord. Zijn dood was geen samenloop van omstandigheden.'

Vermoord? Het woord golfde door haar hoofd.

'Ben je duizelig?' vroeg Sholto haar, toen hij zag hoe bleek ze werd. 'Dit is een vreselijke schok voor haar, brigadier,' zei hij tegen de agent. 'Effie, wil je even gaan zitten?'

'Ik kan het niet geloven,' mompelde ze. Ze begon haar hoofd te schudden, eerst langzaam. 'Nee. Nee. Ik ken iedereen op dat eiland en niemand van hen – echt niemand – is in staat iemand te vermoorden. Ze hebben het niet in zich.'

Het werd even stil.

'Een van hen kennelijk wel, Miss Gillies. En daarom is het belangrijk dat u me vertelt of u iets op de foto herkent.' Hij zette een stap voorwaarts en tikte met zijn vinger op het mes. 'Dat mes bijvoorbeeld?' vroeg hij. 'Hebt u dat eerder gezien?'

'Het is gewoon een vissersmes,' mompelde ze terwijl haar gedachten alle kanten op schoten. Ze begreep er niets van. Ze keek naar het touw. Had hij zichzelf weten te bevrijden? Zichzelf losgesneden? Maar hoe? Hij was bewusteloos geweest toen ze hem achterliet. 'Er waren wel duizend vissersmessen op het eiland.'

‘En de fles?’

Ze schudde haar hoofd. Die was leeg geweest, niet kapot, toen ze hem voor het laatst had gezien. ‘We dronken geen alcohol op Hirta. Daar was de predikant altijd heel streng in.’

‘Er waren die laatste week veel bezoekers op het eiland. Misschien heeft een van hen die fles meegenomen?’

Ze slikte. ‘Misschien. Ik zou het niet weten.’ De leugens volgden elkaar in rap tempo op. Zou de kapitein ook worden verhoord? Hij was geen eilander, hij kwam er alleen af en toe. Hij was er de laatste maand voor de evacuatie niet meer geweest. Waarom zouden ze aan hem denken? Hij zou vast over het hoofd worden gezien, dus misschien zou ook zijn rol in het leveren van een moordwapen in de vergetelheid belanden?

‘Goed, en dit dan?’

Ze keek omlaag in de verwachting dat zijn vinger het stuk touw zou aanwijzen, maar hij had op iets kleiners getikt, iets wat in een vreemde hoek lag en bijna niet te onderscheiden was. Het was haar nog niet eerder opgevallen. Ze bracht de foto dichter naar haar gezicht en voelde dat ze slap werd toen het object zich aan haar presenteerde.

‘Herkent u dit?’ vroeg hij met een onderzoekende blik.

Nee... Dit kon niet. Hoe kon dat daar liggen? Ze kon er met haar verstand niet bij en probeerde redenen te vinden waarom dat daar op die foto te zien was.

‘Miss Gillies, hebt u dit object ooit eerder gezien?’ Zijn stem klonk nu indringender.

‘Effie?’ zei Sholto vragend, met zijn hand op haar arm en een wanhopige blik in zijn ogen.

Ze keek hen allebei aan. Haar hart voelde als een nachtegaal die zong voor zijn leven.

De pen van de politieman hing klaar boven het papier. ‘Miss Gillies? Als u het weet, moet u het me vertellen. Van wie is deze broche?’

DANKWOORD

Ik heb het idee dat ik lange tijd heb gewacht met het schrijven van deze serie. Ik had in enkele andere boeken – zoals *Een Noorse winternacht* en *De Spaanse belofte* – al gespeeld met historische achtergronden, maar op de een of andere manier voelde ik me verplicht om het leeuwendeel van het verhaal in het heden te plaatsen. Met name in *De Spaanse belofte* had ik echter het gevoel dat de historische personages eigenlijk het kloppende hart van het narratief vormden. De drang om me volledig aan een andere tijd en plaats te wijden begon steeds meer vat op me te krijgen.

Maar welke tijd? En welke plaats?

Na een paar jaar gewacht te hebben stuitte ik op een zaterdagochtend toevallig op een klein berichtje in de krant. De kop luidde: NEGENTIG JAAR SINDS ST KILDA HET OPGAF. Ik had nog nooit van St Kilda gehoord, maar toen ik het googelde, kwam ik erachter dat het ging om een kleine archipel die aan de uiterste buitenkant van de Buiten-Hebriden lag, met als middelpunt het drie kilometer lange eiland Hirta, zo'n honderdzestig kilometer van het Schotse vasteland. Het was al verlaten sinds de eilanders in de zomer van 1930 verzochten om evacuatie, maar dat was niet wat mijn aandacht trok. Het was dat ene woord – *opgaf*. Was er iets misgegaan? Had iets de bewoners verdreven?

Ik zat er meteen in! Ik las elk boek dat er nog over St Kilda te vinden was, ik keek naar schokkerige stomme zwart-witfilms gemaakt door vroege toeristen, en ik reisde erheen. Zelfs nu nog is het een vrij zware overtocht: vier uur heen en terug over een woelige zee met een verblijf van slechts vier uur op het eiland zelf, wat heel kort is.

Toen ik er kwam, dacht ik dat ik al alles wist wat erover te weten viel, maar hoewel ik foto's, illustraties en kaarten had bestudeerd, was ik toch niet voorbereid op de schaal ervan. Hoewel het klein is, is het ook majestueus en zijn de hellingen veel steiler dan ik had verwacht. De eilanden zijn nu beschermd eigendom van de National Trust for Scotland, maar het Britse ministerie van Defensie heeft er helaas een observatiepost – en er een weg aangelegd naar de top van Mullach Mor. Het schijnt een van de steilste toppen op de Britse eilanden te zijn, en ik kan dat bevestigen. Het is heel bijzonder om de kliffen boven de horizon uit te zien rijzen en naarmate je dichterbij komt, dringt de schaal ervan tot je door. Het is verbazingwekkend dat deze hoge bergen op zo'n klein stukje land midden in de Noord-Atlantische Oceaan liggen.

Er zijn verschillende kleine veerdiensten die naar St Kilda varen, maar wij hebben gereisd met Go To St Kilda, en ik wil graag onze zeer ervaren schipper, Willie, bedanken, en zijn eerste stuurman, Gordon, die heel veel wist over de vogels en het zeeleven ter plekke, maar ook veel kon vertellen over de geschiedenis.

In dit boek heb ik ernaar gestreefd om zo getrouw mogelijk vast te houden aan wat ik over het leven van de eilanders te weten ben gekomen, dus de locaties en details waarover je leest komen overeen met de werkelijkheid – van het voeren van de koeien met zuringbladeren om ze rustig te houden tijdens het melken tot de marktprijs van papegaaiduikersveren voor de stofferingshandel. Dit blijft echter een fictief verhaal, dus de personages en wat ze doen binnen het geschetste kader zijn volledig verzonnen en hebben niets te maken met echte personen. Ik heb een aantal veelvoorkomende eilandernamen gebruikt – zoals Euphemia, Annie, Donald, enzovoort – en ook de achternamen zijn specifiek. Er werd een volkstelling gehouden toen de eilanders werden geëvacueerd, en daaruit bleek dat er zesendertig mensen waren en slechts vijf achternamen: Gillies, Ferguson, MacDonald, McKinnon en McKenzie. Het voelde goed om iedere heldin een van die achternamen – en haar eigen boek – te geven, maar ik heb me bewust niet verdiept in specifieke eilanders, om de combinatie van namen spontaan te houden.

De enige naam die historisch gezien echt bestaat is de titel Earl of Dumfries – de graaf van Dumfries – en die woonde inderdaad in Dumfries House in Ayrshire. Het is ook zo dat MacLeod of MacLeod de archipel in 1931 aan de graaf van Dumfries verkocht, het jaar na de evacuatie. De graaf was een fervent ornitholoog, en hij was dan ook degene die er een zeevogelreservaat van maakte en de eilanden later aan de National Trust for Scotland naliet. In het echte leven was de graaf echter jonger dan mijn fictieve versie, en in de jaren dertig van de vorige eeuw waren zijn kinderen nog peuters. Ik heb de achtergrond van zijn belang in en latere bezit van St Kilda als basis voor dit verhaal gebruikt, maar geen van de gebeurtenissen of personages zijn op waarheid gebaseerd. Ze zijn puur en alleen een product van mijn verbeeldingskracht.

Interessant genoeg is Dumfries House jaren geleden door de familie te koop aangeboden, maar in 2007 werd het landgoed door prins Charles gered en behouden voor de natie. Ik heb het zelf bezocht en ik raad je aan om erheen te gaan als je er ooit in de buurt komt. Het heeft de grootste privécollectie chippendalemeubels ter wereld en we hebben een high tea genoten in de oude stallen! Huisgemaakt gebak en goede thee, en daarna dwalen door de doolhof.

Ik heb historische plattegronden van architecten bestudeerd om Effie in deel twee door het huis te laten lopen, dus je loopt als lezer echt met haar samen door de gangen. Er is in dit opzicht echter één afwijking van de werkelijkheid: in het echte leven ligt de afscheiding met de greppel aan de noordkant van het huis, maar om logistieke en dramatische redenen heb ik die aan de zuidkant gesitueerd.

Ik heb dit boek met liefde geschreven en het was een voorrecht om mezelf te kunnen onderdompelen in de geschiedenis van St Kilda. Toen ik terugkeerde na mijn bezoek had ik het gevoel dat ik naar de Galapagoseilanden of Antarctica was geweest, zo bijzonder en zeldzaam en afgelegen is deze Schotse archipel, en daarom wil ik graag mijn uitgeverij, Pan Macmillan, bedanken omdat het idee voor deze serie er zo enthousiast is ontvangen. Ondanks de aantrekkingskracht die de eilandengroep op me uitoefende, aarzelde ik over de keuze voor het afgelegen decor, honderd jaar geleden, zonder communicatiemiddelen, zonder winkels, zonder nachtleven… Maar mijn redacteur, Gillian Green, en uitgever, Lucy Hale, dachten meteen dat het ontbreken van externe prikkels ervoor zou zorgen dat het verhaal zou worden voortgestuwd door een groep van sterke, levendige personages. En op een eiland zonder bomen en met slechts zesendertig bewoners moesten die personages heel hard hun best doen en behoorlijk vindingrijk zijn om geheimen te kunnen bewaren – want die hadden ze natuurlijk!

Iedereen van het team heeft heel hard gewerkt om dit boek bij te schaven, vorm te geven, te marketen en te verkopen. Dank aan jullie allemaal. Ik ben heel trots op wat we hebben neergezet.

Amanda Preston, mijn fantastische agent, die me opbeurt als ik dat nodig heb, me weet te kalmeren als ik gestrest ben en het luidst juicht van iedereen als we succes boeken, dank je wel! Teamwerk, meid. En natuurlijk ben ik afhankelijk van de toegeeflijkheid en het geduld van mijn man en kinderen als ik weer eens ergens diep in duik en me een paar maanden terugtrek in mijn hoofd. Ik schijn dan geen zin af te maken, vergeet te koken en draag maandenlang joggingpakken, maar toch houden ze van me. En ik hou van hen, altijd.

Lees ook de andere bestsellers van Karen Swan

Lees ook de volgende delen
in de *Wilde eiland*-serie:

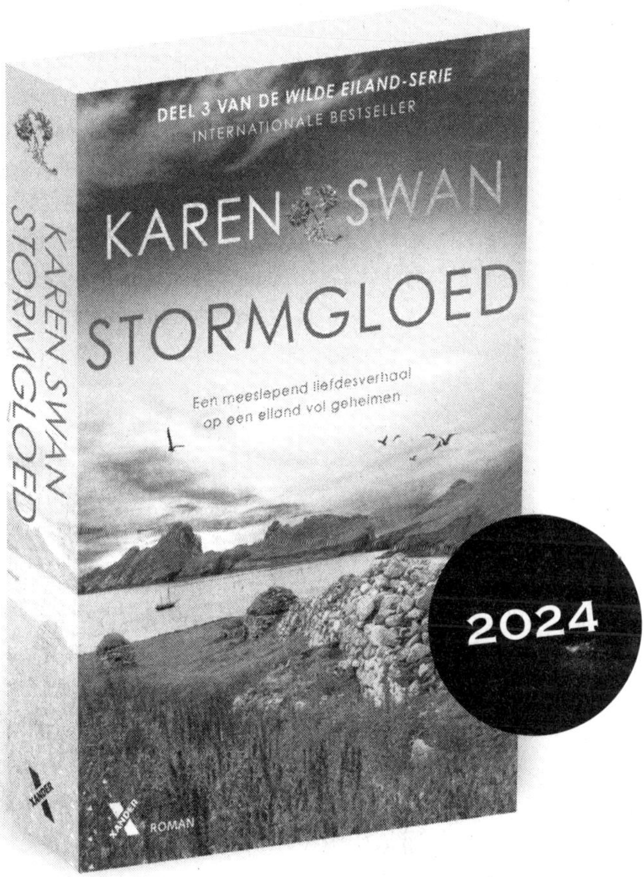
DEEL 3 VAN DE WILDE EILAND-SERIE
INTERNATIONALE BESTSELLER
KAREN SWAN
STORMGLOED
Een meeslepend liefdesverhaal
op een eiland vol geheimen
ROMAN
XANDER
KAREN SWAN
STORMGLOED
2024